Brilliante : 화려하게, 찬란하게

Brilliante : 화려하게, 찬란하게

초판 1쇄 인쇄_ 2014년 6월 5일 | **초판 1쇄 발행**_ 2014년 6월 10일
지은이_힐링캠프 | **엮은이**_나원선
펴낸이_진성옥 · 오광수 | **펴낸곳**_꿈과희망
디자인 · 편집_김창숙, 박희진 | **마케팅**_김진용
주소_서울특별시 마포구 토정로222 B동 1층 108호
전화_02)2681-2832 | **팩스**_02)943-0935 | **출판등록**_제1-3077호
http://www.dreamnhope.com| e-mail_ jinsungok@empal.com
ISBN_978-89-94648-62-0 43810
※ 책 값은 뒤표지에 있습니다.

대구광역시 교육청 책쓰기 프로젝트
책쓰기와 사랑에 빠지다

Brilliante

나로부터 출발한 이야기가 미래를 행복하게 꿈꾸게 한다

화려하게, 찬란하게

힐링캠프 지음 | 나원선 엮음

꿈과희망

| 책을 엮으며 |

Healing Camp

2013 이곡중학교 3학년 17명이 모여 책쓰기 동아리를 만들었습니다. 책쓰기를 사랑하는, 하지만 친구들과의 수다와 간식을 더욱 사랑하는 가현, 우나, 진주, 원영, 서영, 수민, 민주, 수빈, 주은, 소영, 채원, 주희, 정연, 종은, 영건, 종훈, 승민이 등 괴짜 친구들의 모여 한 권의 책을 완성했습니다.

각자 다른 취향과 취미를 가지고 자신의 진로를 고민하고 준비하면서 책을 쓰는 시간은 힘들지만 행복한 시간이었음을 고백합니다. 중학교 시절 마지막 해를 좀더 의미있게 만들고 싶었던 우리 친구들은 작가님을 만나 조언을 받기도 하고 서점과 도서관을 돌며 다양한 책들은 접하기도 하고 자신의 삶을 진지하게 들여다보며 자신만의 이야기를 써 내려고 애썼습니다.

Healing Camp!

어른들의 눈높이에서는 아직 어리고 어설프지만 스스로 많은 고민과 아픔을 이겨내며 열심히 삶을 살아가는 우리 친구들에게 책쓰기는 자신의 상처를 치유하고 다시 새로운 힘을 얻어 세상을 살아갈 Healing Camp가 되었음을 감히 얘기합니다. 몇 번이고 쓰던 글을 엎고 다시 시작하는 어려움이 있었지만, 완성된 후 돌아보며 아쉬운 생각도 들지만 많은 사람들 앞에 내놓는 첫 작품 우리의 솔직한 이야기들은 떨리는 마음으로 많은 사람들에게도 Healing Camp가 되었으면 좋겠습니다.

| 여는 글 |

책을 시작하기에 앞서 굉장히 거대한 이야기를 만들어보고 싶었습니다만, 다만 상황과 인물 심리의 묘사에 집중하기 위해 한 편의 사건을 서술하게 되었습니다. 기존의 소설과는 달리 빠르고 뻔한 결말을 내게 되었으므로 많이 당황스럽겠지만 이런 종류의 소설도 한번쯤 써보고 싶었습니다. 어떤 의미도 또는 교훈도 내포되지 않았으므로 마음 편히, 머리를 비우고 읽으시면 될 것입니다.

[고승민]

P.O.C는 처음 주인공과 마을 아이들이 매 꿈마다 이상한 경기장에서 무서운 괴물과 게임을 해야 하는 이야기였습니다. 꿈 속에서 게임하는 도중 사고사한 마을 아이가 침대 위에서 똑같이 죽은 채 발견되는 것으로 이야기가 시작됩니다. 그 이야기를 머릿속에서 이야기를 계속 수정한 끝에 나온 이야기는 10명의 아이들이 노래 부르는 동굴 안에서 팬텀이라는 존재를 만나는 내용으로 변해버렸습니다. 이런저런 힘든 부분도 많았지만 이야기를 쓰는 동안만은 참 즐거웠습니다. 내용은 많이 부족하나 재밌게 읽어주시길 바랍니다.

[여정연]

사실 'HEXE' 라는 작품을 이렇게 내게 될 줄을 몰랐습니다. 처음에 쓰고 싶었던 작품은 이 소설이 아니었기 때문입니다. 그렇다면 왜 굳이 이 책을 내게 된 것이냐고 물어보신다면 제 덜렁거리는 성격 탓에 쓰던 작품 내용을 저장해 둔 USB를 잃어버려서라고 말할 수 있습니다. 하지만 이 작품을 대체품이라는 느낌이 들지 않도록 나름의 노력을 했습니다. 그러니 뒷부분에 급 전개가 되는 느낌이 있지만 초보 작가의 귀여운 분량 조절 실패로 보고 읽어주시면 감사하겠습니다.

[김주은]

이 작품에 애정은 딱히 없었지만 마지막까지 끝내겠다는 일념 하나로 결국 두서없는 글을 쓰게 되었습니다. 제 인생 참 멋지네요. 이 책을 쓰면서 다른 아이들이 쓴 글을 보기도 하고 서로와 의견을 교환하는 과정을 경험하면서, 앞으로 제가 책을 한 번 더 써보고 싶다는 생각은 확고합니다. 의외로 마감의 끝에서 아슬아슬한 외줄타기를 하는 것이 나쁘지는 않더군요.

[조민주]

이 소설의 화자인 '나'는 죽은 첫사랑을 잊지 못하고 있다. 어릴 때부터 가정불화 속에 자라나던 '나'에겐 첫사랑의 존재가 구원이나 다름없었다. 그런데 '나'와 첫사랑의 추억 틈새에 죽은 첫사랑과 닮았다는 이유만으로 이복 동생이 스며들게 된다.

[최소영]

어떤 일이든 시작은 우연으로부터 나오는 것이 당연합니다. 제가 겪은 우연은 볼펜 끝에서 시작해서 타자기의 자판, 핸드폰까지 여러 사람들과 글로 소통해 가는 것을 배운 것입니다. A4용지에서 시작하여 편지지 패드, 샤프로 시작해서 0.28 볼펜까지, 초등학생에서 대학생들까지 여러 가지 이야기들이 책 속에서 여러분을 기다리고 있습니다. 사실, 몇 달 전 이 이야기는 끝이 났지만 언젠가 제가 잊어버릴 어릴 적 추억 한 조각이, 하늘이 붉은 마멀레이드 색으로 물들어갈 무렵, 제가 웃으며 울며 보았던 그 이야기들을 아무쪼록 재미있게 읽어주세요.

[허서영]

사실 제가 실제 작가도 아니고 공모전 같은 것에 참여해 본 경험도 전무하기 때문에 제 상상력을 믿고 적었네요. 가끔 혼자 소설을 써볼 때도 주연은 하나같이 적은 수가 아니었는데 '소설'은 주인공이 단 두 명뿐이었고 심지어는 이야기를 해설해 주는 인물이 두 명 중 한 명… 다른 이의 출연도 미미하다 보니 다소 적기가 어려웠습니다. 이 작품 말고도 다른 소설 2, 3개 정도 글을 더 써놓은 것이 있습니다만 전개가 불안해 보여 결국 이 소설을 택하게 되었습니다. 그렇지만 아깝다는 마음이 남아 적었던 단편 하나를 넣어보았습니다.

[피수빈]

일단 제 글을 읽어주시기 전에, 저는 책 쓰기에 대단한 소질이 있는 것이 아니기에 실수가 있더라도 너그럽게 봐주셨으면 합니다. 사실 제가 처음에 계획한 내용은 지금의 내용이 아니었습니다. 틀을 제대로 잡지 못한 탓에 도중에 막혀버렸거든요. 이럴 땐 정말 막막하더라구요. 그러다가 불현듯 떠오른 소재가 금붕어였습니다. 쓰다 보니 판타지였던 제 글이 자아정체감 비슷한 내용으로 흘러가버렸지만 나쁘지 않았습니다. 마감이 다가오니 급하기도 했지만 그래도 잘 쓰고 싶은 마음도 없진 않았습니다. 어쨌든 서툴긴 하지만 잘 마무리한 것 같아 뿌듯합니다.

[김종은]

제가 적은 글을 읽어주시기 전에, 저는 책 쓰기에 딱히 관심이 있던 것도 아니고 솔직히 친구의 추천으로 왔으나, 처음에는 나름 재미있어 열심히는 하였습니다. 하지만 역시 좀 무리였는지 시간도 촉박해서 내용도 너무 급하게 끝내버리거나 내용 정리가 안 되는 등의 문제가 많을 겁니다. 하지만 이런 제 글을 읽고도 흉만이라도 안 봐주시면 감사하죠. 어쨌든 급하게나마 제가 쓰던 내용을 끝낼 수 있어 기쁩니다.

[권수민]

책쓰기 동아리에서 쓰고 싶었던 건 성장 소설이었습니다. 하지만 처음 글을 써봐서 아무래도 성장 소설은 무리라고 생각했습니다. 그래서 귀신 이야기로 주제를 바꿨습니다. 다른 것도 아니고 귀신을 제 이야기에 넣으려고 한 이유는 아무래도 귀신은 사람들에게 무서운 존재이지만 제 이야기에서는 장난끼가 많고 엉뚱한 귀신을 소개하고 싶었습니다. 재미는 없겠지만 읽어주시면 감사합니다.

[김원영]

생각해 보신 적이 있으신가요? 학교에서 친구들과 싸웠을 때, 부모님께 억울하게 혼났을 때, 마치 영화 속처럼 멋진 슈퍼맨이 나타나 그들을 무릎 꿇려놓곤 회초리를 들고 혼을 내는 그런 장면. 솔직히 웃음이 나올 정도로 유치한 생각일지도 모르겠지만, 중학교 3학년인 저는 아직도 가끔 이런 상상을 펼쳐보곤 합니다. 처음 적어보는 소설이라 내용도, 문맥도 엉망진창이지만 잠시라도 독자 분들께서 즐겁게 읽어주셨으면 합니다. :) !

[도우나]

어릴 적 어린이 과학 잡지에서 읽었던 기억 지우는 지우개, 라는 소재로 시작한 소설입니다. 분량상, 시간상으로 많이 부족해 완벽하게 끝낸 작품은 아닙니다. 마지막 마무리가 살짝 아쉬웠지만 나름대로 이야기를 끝낼 수 있어 만족스러웠습니다. 독자분들도 즐겁게 읽어주셨으면 합니다!

[이가현]

무엇을 써야 하는가 고민하다가 쓰게 된 것은 다름 아닌 제가 2013년 1월경에 전국을 여행하려다가 어처구니없는 일로 도중 실패하게 된 이야기입니다.

소설과는 달리, 제 이야기를 그대로 써 내려가는 것이기에 쓰기도 수월하고 '기차

여행' 이라는 이야기와 함께 여행에 대한 Tip을 첨부하였습니다. 자신이 열차에 올라 여러 여행지를 누비고 있다는 생각으로 읽어주시길 바랍니다.

[서영건]

'HURT' 라는 제목의 글을 쓰기까지 우여곡절이 많았습니다. 맛있게 끓여진 라면을 후루룩 먹는 것처럼 부드럽게 글이 써지는 날도 있었지만, 써지지 않는 날도 있었습니다. 손에 잘 잡히지 않는 날이 잦아지다 보니 쓰기 싫고 포기하고 싶은 마음이 종종 들었습니다. 그럴 때에는 억지로 머리를 싸매가며 쓰지 않고 다음 날이나 그 다음 날에 조금씩 써내려 가다 보니 어느덧 글이 결말을 앞두고 있는 것을 눈으로 확인할 수 있었습니다. 그때 느낀 뿌듯함을 잊지 않고 마지막까지 써내려간 결과 'HURT'가 완성되었습니다. 포기하고 싶을 때 포기했더라면 'HURT'라는 작품이 나오지 못했을 것입니다. 완성은 했지만 부족한 점이 많은 글이라고 생각됩니다. 부족하지만 제 글을 읽는 누군가에게 잠시나마 힐링을 가져다 주었으면 좋겠습니다.

[홍주희]

한 권의 책을 쓰는 것이 이렇게 어렵고 힘든 일인지 처음 느꼈다. 글을 막힘없이 쓰는 것도 정말 쉬운 일이 아니라는 것도 몸소 실감했고, 도서관에 가보면 있는 수많은 책들 모두 그 힘든 과정을 거쳐서 나온 것이라고 생각하니 작가들이 참 대단한 직업이라는 것을 깨달았다. 단 한 권의 책을 쓴다는 것, 그것은 아무나 할 수 있는 것이 아니다. 우리 동아리 친구들은 반드시 훌륭한 작가 꿈나무가 될 것이다.

[최종훈]

어느 때부턴가 그런 생각이 들었다. '왜 주인공의 시각에서만 책을 읽어야 하지?' 책 속 주인공, 단 한 사람의 감정밖에 느끼지 못했던 나에게 다른 시각으로 다시 책을 읽는다는 건 다소 충격적인 일이었다. 주인공의 친구, 부모님, 적의 입장으로 내용을 재해석했고, 또는 해나 지나가던 바람이 되어 모든 것 제 3인칭의 시각으로 지켜보기도 했다. 그리고 동화에서 우리가 몰랐던 사실들이 꽤 많이 왜곡되어 있다는 것도 깨달았다. 동화 속 악역들이 나빠지고 싶어서 나쁜 짓을 한 것은 아니다. 그들도 나름 그들 스스로 피치 못할 사정이 있다. 70억의 독자들이 어쩔 수 없는 사정에 처한 그들을 나쁘게 보고 욕을 한다는 것이 그들에겐 얼마나 서러운 일이겠는가? 나는 그들의 입장을 대변하려 이 글을 썼다. 여러분의 생각이 부디 달라지길 원한다.

[이채원]

차례

제1장

16살, 우리의 뜨거운 삶의 이야기

꿈, 희망 그리고 내일로

서영건

"열정이 식는다는 건 젊은 내게 두려움이다."
– 경부선 대전역 대합실에 붙어 있는 현수막 –

제가 지금까지 다녔던 여행 중 가장 기억에 남는 여행이자 한국철도공사에서 발행하는 '내일로 패스'를 소개해 보고자 이렇게 써봅니다. PC방과 노래방을 쏘다니는 일상에서 벗어나 저 자신의 참모습을 찾아 떠나는 새로운 시도였기에 이렇게 글로 옮겨 써봤습니다.

작가 소개_서영건
대중적인 청소년문화(노래방, 쇼핑, PC방 등)보다는 여행 다니기를 좋아하는 청소년 여행가. 오랜 여행 경험과 지식을 통해 이번 소설을 쓰게 되었으며, 현재 대경권 철도동호회의 스탭으로 활동하고 있다.

여행의 준비 D-45

"내일로?"

그 포스터를 보게 된 건 2012년 11월 중순쯤 당일치기로 부산에 다녀왔을 때이다. 그때 당시 나는 아침 일찍 부산에 내려가서 동백섬, 해운대를 중심으로 해안가를 다니다가 바닷바람을 충분히 쐬고 다시 대구로 돌아왔고 대구에 도착한 시간은 저녁 8시였다.

집으로 향하는 급행버스를 타기 위해 대합실을 나서려고 하는 순간 내 눈에 띈 것은 한 포스터.

'7일간의 무제한 자유열차 티켓 내일로'

'젊음의 여행 트렌드! 내일로'

"7일간의 무제한 자유열차 티켓? 괜찮은데?"

가격은 56,800원. 잘만 활용하면 효율적으로 사용할 수 있었다. 내용을 보아하니 7일 동안 KTX를 제외한 모든 열차의 자유석과 입석을 이용할 수 있는 여행패스 라고 적혀 있었다. 나는 포스터 앞에 잠시 서서 포스터 내용과 함께 즉석에서 여행계획을 짜기 시작했다. 집에서 아직 허락받지는 못했지만 '갈 수 있을 경우' 를 생각해서 말이다. 지금까지의 여행은 아무리 길어봤자 1박 2일~2박 3일 이었는데 6박 7일이라면 충분히 전국을 돌 수 있을 듯했다.

"시간과 돈을 효율적으로 제대로 쓴다면… 충분히 가능해!"

하지만 여러 문제가 겹치고 여행패스 값만 56,800원이지 다른 경비도 문제였다.

"어디서 자고, 뭘 먹고, 어딜 가야 하지…."

한참을 고민하면서 발걸음을 옮기기 시작했다. 언제부터인가 가만히 있으면 생각이 제대로 안 되고 나의 잠재된 창의력과 집중력을 깨우려면 어떻게든 발걸음을 옮기면서 돌아다니며 생각해야 했다. 그것 때문에 여행을 즐기기 시작한 것일지도 모르겠다. 집중력과 산만함은 반비례하는 데 비해 이상하게도 나는 움직이면서 생각을 하면 더욱더 집중이 잘 되었다. 개인의 성향 차이일까? 다른 사람들은 나의 이런 점을 이해하지 못했다.

'반갑습니다.'

계속 포스터에 대한 생각에서 벗어나지 못하고 있던 나를 정신차리게 한 것은 시내버스의 교통카드 리더기였다.

너무 깊이 생각에 빠진 나머지 나는 무의식적으로 버스에 올랐고, 교통카드를 리더기에 댈 때 나는 소리에 정신을 차린 것이었다.

자리에 앉고 다시 생각에 빠지기 시작하였다.

"만약 내일로 티켓을 뽑으면 어딜 갈까…. 강릉? 아니면 도라산? 아니 좀 있으면 태백에서 눈꽃 축제 하는데 태백으로 갈까? 아니다 7일이나 되는데 그냥 다 갈까?"

대한민국이 좁다 라고들 하지만 나에게는 아니다.

우리나라의 관광지는 크게 3개로 나뉜다.

산, 바다, 도시

물론 내 기준에서 나눈 것 일뿐, 특별히 정해진 건 없다.

산으로 가면 또 계곡, 동굴, 골짜기, 폐광, 사찰 등이 있고 바다로 가도 동서남해가 발길을 어디로 돌려야 할지 고민하도록 만든다. 도시로 가도 대도시와 중소도시로 나뉘고 그 도시만의 먹을거리와 볼거리, 관광지, 물가, 교통편 등이 모든 것이 여행지의 선택 조건에 걸리게 된다.

난 다시 행복한 고민에 빠지기 시작했다. 예전부터 멀어서 가보지 못했던 강릉, 강릉을 중심으로 여행 계획을 세우기 시작했다.

"강릉에 가게 되면 어디를 가볼까? 경포대? 정동진? 주문진 어시장? 동해바다가 나를 부르는구나!"

점점 행복한 고민에 빠지고 있었다.

"강릉까지 가는김에 묵호항도 가보고 천곡동굴도 가보자! 아, 거긴 동해시이던가?"

계속 생각해 보니 가보고 싶은 곳이 너무 많았다. 또래친구들에 비해 여행을 꽤나 많이 다녀본 나지만 아직 대한민국에서 가보지 못한 곳은 무궁무진하게 많았다.

"안동도 가보고, 영주 부석사도 가보고, 곡성 기차마을도 가보고 ,대전 엑스포공원도 가보자!"

'이번 정거장은 원대오거리입니다. 다음 정거….'

"응? 이 버스가 왜 이쪽으로 가지…."

이제야 나는 버스를 잘 못 탔다는 것을 깨닫고 즉시 버스에서 내렸다.

너무 많은 생각을 깊게 하다 보니 버스노선을 안 보고 그냥 탄 것이다.

버스에서 내리고 우리 집으로 가는 버스가 멈추는 정거장을 향해 다시 걸었다.

걷고 또 걷고 또 걸으며 생각했다.

"중소도시 같은데 가면 교통편이 꽤나 불편할 텐데…. 그래도 관광지 같은데 가는 버스는 자주 다니겠지? 문제는 열차시간인가…. 열차시간이랑 버스시간이랑 잘 맞아야 할 텐데…."

잠시 정신을 차리고 보니 서구청이다. (원대오거리에서 대구 서구청까지는 걷는 거리가 상당하다)

놀라서 시계를 보니 거의 밤 10시를 넘기고 있었고 나는 바로 앞에 있는 버스정류장에서 급행버스에 올랐다.

그대로 잠이 들었을까….

전국여행을 시작하기 45일 전.

행복에 빠질 시간이다.

행복에 빠지면서도 현실을 깨닫고, 느긋하게 준비하면서도 서둘러야 할 시기.

D-45

7일을 위한 30일 D-30

드디어 2학기 기말고사가 끝났다.

기말고사가 끝나자 나는 본격적으로 여행자료 수집과 여행경비 마련, 경비 계산을 시작하였다.

무전여행을 할 수는 없는지라 필수적으로 '경비' 라는 것이 가장 중요했다.

어디를 가든 그곳에 가서 먹고 자고 하는 돈이 뒤따르고 그 돈을 알맞게 효율적으로 사용해야만 부담 없이 여행을 즐길 수 있다는 원칙이다.

여행 관련 서적을 뒤적거리고 전국 지도를 살펴보고 주변의 나처럼 기차여행을 좋아하는 사람들에게도 자문을 구했다.

그러던 중 한 통의 전화가 왔다.

"여보세요."

– 영건아 대전조차장 견학 때문에 전화했는데 말이야.

경기도 오산에 살고 있는 친한 형이다.

– 날짜가 2013년 1월 6일로 잡혔는데 올 수 있어?

내일로 여행계획을 세우기 전에 '대전조차장' 에 단체견학을 신청해 놨던 게 기억났다.

나도 나름대로 철도동호인으로서 철도를 즐기는 사람 중 한 명이고 나 같은 철도동호인들이랑 가끔씩 모임을 가지기도 했는데 이번엔 그 모임에서 대전조차장에 견학을 가기로 했었다.

"응, 갈 수 있어. 근데 말이야 형. 저번에 7일 동안 강원도랑 전라도 쪽에 돌아다녔잖아? 그거 혹시 내일로 티켓으로 한 거야?"

– 어 여름에 했었지. 그건 왜?

이 형은 내가 내일로 여행을 알기도 전에 여름에 이미 내일로 티켓을 이용하여 여행을 다닌 경험이 있었기에 내가 이번 여행을 할 때 많은 도움을 받을 수 있었다.

"나 그거 이번 겨울에 해보려 하는데 말이야, 언제 시작하는 게 좋을까?"

– 겨울에? 많이 힘들 텐데…. 겨울에 내일로 하다가 쓰러져서 병원 간 사람 내 주변에 한둘이 아냐. 그만큼 많이 피곤하고 지치기 쉬워.

"내가 강철체력인 건 형도 알면서 히히."

– 뭐 암튼 할 거면 1월 6일에 출발해라. 우리 그때 아침 9시에 대전역에 모이니까 그날 대구 출발해서 대전역 도착하면 딱이네.

"흠…. 그렇게 할까? 일단 알았어."

그렇게 전화가 끊겼고 여행 경로를 다시 생각해 보기로 했다.

우선 출발하는 날인 1일차에는 1월 6일에 출발하는 것으로 잡아서 대전에서 대전조차장을 견학하고 충북선열차를 타고 제천역으로 이동한 후 태백선 야간열차를 이용하여 강릉으로 갈 생각이다. 강릉에서 하룻밤을 묵고 다음날인 1월 7일에 강릉과 동해, 삼척을 둘러보고 민둥산 역으로 이동하여 정선선 열차를 타고 정선5일장에 가볼 생각이다. 마침 매월 5일에 한 번씩 (2, 7) 정선장터에서 정선5일장이 서고 마침 그때는 7일. 장이 서는 날이다. 정선 5일장을 둘러본 후의 계획은 아직 세우지 않았다.

강릉에서도 어디서 자야 할지 고민이다. 미성년자라서 찜질방에서 잘 수 있을지 의문이고 게스트 하우스나 내일러 쉼터(내일로티켓이용자를 위한 무료 숙박시설)를 찾아봐야 할 듯했다.

한창 추운 겨울에 7일 동안 여행을 떠난다고 하니 주변에서도 많은 걱정을 해주셨고 걱정만큼이나 도움도 많이 주셨다.

서점과 인터넷, 철도동호회 등에서 계속 자료를 뒤적거리며 여행 경로를 검토하고, 지역축제나 5일장 서는 날, 열차 시간표 등을 찾아봤다. 내일로 여행은 별도의 지정 열차 없이 직접 열차를 골라서 타고 알아서 내려야 하기에 여행 일정에 맞게 자신이 탈 열차 시간을 외우고 정신 바짝 차리고 다녀야 한다.

혹시 모를 상황을 대비하여 지인한테서 열차번호 읽는 법을 배웠다.

예를 들어 1214라는 열차번호가 있다면 맨 처음 '1' 은 여객 일반열차, 두 번째 '2' 는 경부선 경유 무궁화호 뒤의 '14' 는 열차 순서라는 것이다. 맨 뒷자리가 홀수면 하행선, 짝수면 상행선이라는 등. 번호만 보고 열차등급과 행선지를 맞추게 되었다. (가끔씩 틀리기도 했다)

부모님께서도 허락해 주셨고 이젠 주어진 시간과 돈을 효율적으로 분배하여 제대로 사용하는 일만 남았다. 누구는 1주일 동안 전국 방방곡곡을 다녀오는 반면 누구는 1주일 동안 한 도시에서만 계속 박혀 있는 일도 허다하다고 한다.

내 목표는 전국여행이다. 처음 가보는 타지에 대한 낯설음과 두려움을 즐기고 극복해내어 대한민국 방방곡곡을 다니는 것이 나의 목표다.

주어진 7일을 여유로우면서도 급하게, 급하면서도 여유롭게 즐기기 위해선 많은 시간과 연구가 필요하다. 남은 시간 30일 나는 무엇을 더 할 수 있을까?

여행시작 D-30
7일을 위해 30일을 투자해야 하는 시간.
7일을 위해 다른 모든 것을 포기하고
7일을 위해 집중적으로 공략해야 할 시간이다.

설레는 15일 D-15

곧 있으면 겨울방학이고 겨울방학시작 후 조금만 더 지나면 기다리고 기다리던 6박 7일간의 전국여행의 막이 오른다.

7일 동안 어디를 갈지, 어디서 잘지 기본적인 틀은 잡아 놓았다. 이제 세부적으로 몇 시에 있는 열차를 탈지, 시골로 갔을 때의 버스시간과 열차시간이 맞는지 등을 점검하고 최종적으로 경로 검토를 시작해야 했다.

"그러니깐 대전역 7번 플랫폼이 충북선 플랫폼이잖아. 충북선 플랫폼엔 사람 몇 없으니 모이기도 쉬워 응 응 어? 전라도에서 오는 사람은 어떻게 하냐고? 서대전에서 버스 타고 오던가 신탄진에서 환승하던가 하라 해."

내일로 여행 준비도 준비였지만 대전조차장 견학팀의 '총괄'을 맡았는지라 여러모로 머리가 복잡했다. 오늘은 6통의 전화 모두 대전조차장 견학 관련 문의였고 그때마다 친절히(?) 그에 답해 주어야 했다.

- 신탄진에서 환승할 만한 열차가 없어! 그냥 대전 동부소방서 앞으로 개별적으로 모이자니깐?

"이번 견학은 신입들도 꽤나 있고 대전 처음 가는 사람들도 있는데 어떻게 개별적으로 모이라는 거야! 그냥 대전역 7번 플랫폼에서 모여서 점심 해결하고 다 같이 버스 타고 가자 응?"

전화로 모이는 장소에 대해 한창 얘기중이다. 대전조차장 얘기가 아까부터 나오고 있는데도 불구하고 이 글을 읽는 분들을 배려하여 대전조차장에 대해 설명하지 않은 듯한데 대전조차장은 말 그대로 대전에 있는 조차장이다.

조차장이란 열차의 객차나 화차들을 연결하고 분리하는 곳이며, 일종의 '열차 주차장'이라고 생각하면 이해될 것이다. 하지만 차량기지랑은 다른 개념이다.

- 일단 알았어. 넌 그러면 1월 6일에 내일로 시작할 거야?

"그래야겠지? 첫 여행지가 대전이라…. 새벽에 동대구발 강릉행 무궁화 탈까 했는데 아침 새마을호 타고 대전으로 올라 갈 수밖에 없지 않겠어?”

– 파이팅

“응, 근데 형 이번에는 내일로 안 할 거야?

– 작년에 겨울내일로 했다가 얼어 죽는 줄 알았다, 얘. 옷 두껍게 입고 가는 게 좋을 거야. 두꺼운 옷 한….

“두꺼운 옷 한 벌보단 얇은 옷 여러 겹으로 입으라고? 형 그 말 지금 10번은 더 했을 걸?”

– 그랬나? 하하 아무튼 모쪼록 잘 다녀오고 1월 6일에 대전에서 보자

“알았어.”

통화가 끝났다. 내가 자신의 친동생인 양 많이 챙겨주는 형인데(저번에 통화한 오산 사는 형이다)

이번 내일로 여행에 대해서 많은 조언을 해주고 있다.

혼자서 기획하는 것보다는 동호회 카페에서 자문을 구하거나 다른 사람들의 여행 후기를 살펴보며 경로를 점검해 나가는 것이 좋다.

예산은 한 20만 원 정도로 확정했다. 주변에서는 부족할 것이라 했으나 난 사치를 즐기러 가는 게 아닌 전국 방방곡곡을 돌아보며 내 머릿속을 정리할 시간을 가지고자 이러한 여행을 계획하게 된 것이다.

아끼고 최대한 절약한다면 충분히 가능하다.

물론 20만 원으로 7일을 여행하기 위해 여행서적이란 서적은 다 뒤적거리며 도서관에 박혀 있었다.

이왕 다녀오는 거 제대로 알차게 다녀온다면 그만큼 더 기분 좋게 다녀올 수 있지 않을까?

여행시작 D-15

설레는 마음이 점점 치솟기 시작할 시점.

그만큼 제정신 차리고 여행계획을 최종적으로 검토해야 할 시간.

D-7이 되기 전까지 남은 8일 동안 검토하고 또 검토하고 또 검토하여야 한다.

여행 다녀와서 무언가 아쉽다는 감정을 느끼지 않으려면 말이다.

긴장되는 7일 D-7

"1월 6일 출발 내일로 1장이요"

겨울방학도 시작되었고 슬슬 여행은 1주일 앞으로 다가왔다.

미리 내일로 티켓을 발권하기위해 대구역을 찾은 나는 내일로 티켓과 함께 기념품을 잔뜩 품에 안고 집으로 돌아왔다.

내일로 티켓을 발권할 때에는 숙박할인, 무료숙박, 식사할인, 기념품 등 여러 혜택이 뒤따르는데 이는 역마다 다르니 잘 확인하고 발권해야 한다.

대구역은 여행안내책자와 필통, 손난로, 목걸이를 기념품으로 제공했고, 숙박할인과 식사할인도 제공했으나 내가 갈 경로에서는 숙박할인이 되는 곳이 없었기에 딱히 끌리는 혜택은 아니었다. (이러한 혜택들은 내일로 시즌 때마다 바뀐다)

여행 경로의 최종점검은 끝났으며 그 경로는 다음과 같았다. 자세한 관광지는 안 나타냈으며, '역' 만 이 글에서 적어 놓겠다. (관광지는 출발 글부터 전개하도록 하겠다)

1일: 동대구 → 대전 → 제천 → 강릉

2일: 강릉 → 삼척 → 동해 → 민둥산 → 정선 → 민둥산 → 사북

3일: 사북 → 제천 → 단양 → 영주 → 제천 → 충주

4일: 충주 → 제천 → 청량리 → 서울 → 의왕 → 영등포

5일: 영등포 → 문산 → 임진강 → 도라산 → 문산 → 용산 → 전주 → 곡성 → 순천

6일: 순천 → 목포 → 광주 → 익산 → 순천 → 마산

7일: 마산 → 진해 → 창원 → 밀양 → 대구

꽤나 빡빡한 스케줄이다.

7일 안에 전국을 돌아야 했고 열차를 한 대라도 놓치면 스케줄이 무너지는 타입이다. 조금 위험하긴 해도 이 정도면 평소 가볼 기회가 적은 곳도 다녀보고 내일로 티켓의 혜택을 제대로 뽑아 낼 수 있다.

첫날부터 강원도라…. 극심한 추위와 낮은 기온에도 불구하고 첫날부터 강원도를 가기로 선택한 것은 다름이 아닌 '눈'이 보고 싶어서다.

내가 살고 있는 대구는 영남 내륙지방의 분지도시. 눈이 잘 내리지 않는 것으로 유명하다.

쌓여 있는 눈, 넓은 들판에 펼쳐져 있는 설경을 보고 싶었다.

그래서 첫날부터 이왕 가는 거 강원도 동쪽 선로의 끝자락인 '강릉역'을 선택하였고 이는 여행계획에 최종 확정되었다.(그만큼 눈이 많이 보고 싶었다.)

춘천에 사는 친구는 눈이 오면 욕이 나온다는데(그토록 지겹고 지겨운 눈이란다) 누구는 보고 싶어도 못 보는 처지인지라 이해가 안 됐다.(하지만 여행 둘째 날 바로 이해하게 되었다)

그리고 2일차인 1월 7일은 바로 '정선5일장'이 열리는 날.

망설임 없이 정선행을 택했다. 원래는 아우라지역을 거쳐 구절리역까지 간 후 정선 레일바이크를 타볼 생각이었지만 미성년자는 예약이 불가능하고 부모님 명의로 예약할까 했더니 예약명의자 본인이 직접 와야 된단다. 어쩔 수 없이 레일바이크는 포기하고 정선5일장을 둘러본 후 화암동굴에 다녀오기로 했다.

3일차에는 강원도를 빠져나간 후 경상북도 단양 고수동굴과 영주 부석사에 가볼 예정이다. 그리고는 충주로 가서 탄금대의 야경을 보고, 4일차에는 서울로 갈 생각이다. 대구에 사는지라 수도권에 갈 기회를 마련하기도 힘들고 가더라도 막대한 왕복교통비가 들기에 이번 기회에 수도권을 둘러보기로 했다. 평소 가보고 싶었던 철도박물관과 문화역 서울 284를 가보고 좀 둘러볼 생각이다.

5일차에는 경의선 최북단 역인 '도라산역'에 갔다가 전주 한옥마을, 곡성 기차마을을 둘러본 후 순천에 가고, 6일차에는 순천 드라마세트장을 둘러본 후 버스를 타고 목포로 가서 목포항을 둘러보고 광주로 갔다가 저녁에 익산으로 가고 익산에서 야간열차로 순천. 순천에서 심야열차로 마산에 갈 생각이다.

마지막 날인 7일차에는 마산에서 시내버스를 타고 진해로 가서 미리 신청해놓은 진해해군기지 견학 후 진해 해상공원을 둘러본 후 열차를 타고 창원, 밀양역으로 간 후 바로 대구로 돌아올 예정이다.

그나저나 지금 내게 가장 중요한 일정은 '대전조차장 견학' 일 듯하다.

나 혼자 가는 것이 아닌 여러 사람들이 모여서 가는 곳이고 평소엔 함부로 출입하지 못하는 국가보안시설이기에 언젠가 한번 꼭 견학해 보고 싶었는데, 이렇게 기회가 찾아온 것이었다.

이젠 경로와 계획도 확정했고, 혹시나 모를 상황을 대비해서 제2경로를 생각해 놓을까 했으나 그냥 그건 그런 상황이 발생하면 그때 가서 생각하기로 결정했다. (솔직히 말하자면 제2경로 계획 하는 게 귀찮았다.)

여행시작 D-7
모든 준비를 마치면서도 준비를 시작해야 하는 시기.
계획을 최종적으로 확정하고 혹시 모를 상황에 대비하는 시기.
이 시기에 방심하면 모든 것이 물거품이 된다.

별 헤는 1일 D-1

어린 시절 초등학교 때 단체소풍 가기 전날 밤 기분이 이랬던가?

아침 일찍 열차를 타야 하는데도 불구하고 아무리 잠을 청해도 잠이 오지 않았다.

결국 밖에 나가서 체조라도 한 번 하고 들어와서 누워 잘 생각으로 집 앞 놀이터로 나갔다.

집 앞 놀이터로 나가서 달을 쳐다보니 초승달이 떠 있었다.

물끄러미 계속 달을 쳐다보니 달 옆으로 별이 하나, 둘 보이기 시작하였다.

도시에서 별을 보기란 그리 쉬운 일이 아니었기에 체조하러 나왔다는 걸 잊고 별을 찾는 데 집중하기 시작했다.

그러자 밝게 빛나는 별부터 약하게 살살 빛나는 별까지 여러 개의 별들이 내 눈에 들어오기 시작했다.

"별이 많긴 많구나."

어렸을 적 강원도에 있는 친할머니 댁에서 하늘에 깔린 은하수를 봤던 기억이 난다. 그때에 비하면 터무니없이 적은 양이지만 평소 보던 것보다는 더 많은 별들이 보였기에 내게는 많다고 느껴질 수밖에.

별은 사람의 영혼, 꿈, 희망을 상징한다고 들었다.

지금 내 눈에 보이는 별들은 몇 개 보이지 않지만, 계속 꿈을 키우고 희망을 현실로 이루어 내기 위해 노력한다면 좀더 많은 별들이 보이지 않을까?

별을 보다가 다시 집에 들어와서 이불 속에 들어가 잠을 청했다.

'…'

'…'

'…'

잠이 안 온다!

이런 기분 너무 오랜만에 겪는다. 최근 들어서도 여행을 자주 다녔지만 이런 기분이 든 적은 없었다. 이번 여행이 6박 7일 동안 이루어지는 전국여행이라서 그런 걸까….

하는 수 없이 여행 경로에 대한 생각을 했다.

부산, 김천 등 대구와 비교적 가까운 곳은 이번 여행지에서 제외했다.

내일로 여행을 통하지 않아도 경제적 여유와 시간만 있으면 언제든지 갈 수 있는 곳이기에 딱히 이번 기회를 통해 다녀오고자 할 마음은 없었다.

일단 잠을 청하고 잠이 안 오면 누워 있기라도 하기로 했다.

따뜻함을 느끼고 그 온기에 온 몸을 맡기면 정신을 서서히 잃게 된다.

정신을 서서히 잃으면 슬슬 잠이 온다.

컴퓨터 본체가 꺼지 듯이

나도 잠에 빠지기 시작했다.

여행시작 D-1.

설렘과 두려움이 극에 달하는 시기이다.

설렘과 두려움을 너무 즐기진 말아야 한다.

다음 날 늦게 자면 여행 계획이고 뭐고 처음부터 파탄이니….

출발 D-day

알람을 새벽 5시에 맞춰놨는데 새벽 4시 55분에 자동으로 눈이 떠졌다.

인간의 본능인가? 뇌에 알람시계 기능도 있는 듯, 내가 신경 쓰는 날에는 정해진 시간과 근접한 시간에 알람이 울리기도 전에 뇌가 자동으로 나를 깨운다.

그렇게 일어나자마자 내 눈에 들어온 것은 내 책상 위에 올려둔 배낭.

전날 밤 미리 싸놓은 배낭이다. 오늘 난 저 배낭을 메고 7일 동안 집을 떠나 대한민국 방방곡곡을 돌아다니게 된다.

일찍이 아침을 먹고 집을 나서니 새벽 6시, 아직까지도 동이 트지 않아 어두웠다.(당시는 1월이다) 새벽공기는 차갑고 건조했으며 가로등 불빛 아래를 지날 때마다 날 따라 다니는 그림자는 얇은 옷을 3벌이나 껴입고 그 위에 패딩을 입었음에도 불구하고 추운 듯이 몸을 잔뜩 움츠리고 있었다.

동대구역에 도착하니 6시 50분. 내가 탈 열차는 7시 40분에 있었다.

대전역에 모이기로 약속한시간은 9시 30분이었고, 좀 일찍 갈까 했었지만 이왕이면 편안하게 새마을호를 타고 가는 게 좋을 듯하여 대전역에 9시 27분에 도착하는 새마을호 1002호 열차를 탔다.

역시 경부선 상행 새마을호 첫차라서 그런지 빈 자리가 많았다.

좌석 판매 순서가 맨 마지막이라는 출입문 측 좌석에 앉았고, 푹신한 새마을호 좌석에 기대서 창 밖 풍경을 바라보았다.

열차는 곧 신천철교를 지나 대구역에 정차하였고, 대구역을 출발한 후 신나게 달리기 시작했다.

열차 승무원께서 검표를 실시할 때 내일로 티켓을 보여드리자 어디까지 가냐고 하기에 대전까지 간다고 하니 웃으면서 '대전역까지 빈 자리니깐 편하게 타고 즐거운 여행되길 바란다.' 라고 한 후 지나 가시더군.

서서히 해가 산 위로 떠오르고 있었다. 동은 한참 전에 텄지만 해가 제 모습을 보이며 햇볕을 내리쬐기 시작하니 따스함이 열차 안까지 전해졌다. 너무 따스해서 팔에 화상을 입을 뻔할 정도였다…. 알고 보니 햇볕의 따스함이 아닌 객차 내부 히터에 열기를 햇볕의 따스함이라고 생각한 것.

내가 탄 새마을호는 그렇게 달리고 또 달려 대전역에 1분 일찍 도착하였다.

"세이프인가? 다들 오랜만이야!"

라고 7번 플랫폼에 내려가며 외쳤지만 정작 3명밖에 안 와 있었다. (총 인원 12명)

"여어 영건이 왔냐?"

신탄진에 살고 있는 형이다.

"응, 근데 다들 어디 갔어?"

"승연이랑 삼교는 KTX 놓쳐서 다음 차 타고 온다더라고 9시 46분 도착이래. 명기는 선교 끌고 판암 갔고, 용지는 대전역이라는데 7번 플랫폼을 못 찾고 있고 또…."

지각 사유도 참 다양했다.

"잠깐만, 열차 놓친 건 그렇다 쳐도 명기 형은 어디? 판암을 왜 가?!! 용지는 7번 플랫폼 못 찾고 있으면 얼른 가서 데려와야지!"

잠시 후 KTX를 놓쳤다던 승연이와 삼교가 도착하였고, 용산 지선도 대합실 전광판 밑으로 나오라 해서 데려왔다. 대전 도시철도 판암역에 갔다 온 일행이 도착하고, 견학 팀원들이 다 모였다.

"자, 그럼 가자!"

일단 우린 대전역에서 시내버스를 타고 조차장 견학담당 직원분과 약속된 장소로 갔다. 대전도 제법 눈이 꽤나 왔는 듯 곳곳에 눈이 쌓여 있었다.

약속 장소에 도착하니 우리를 반겨준 건 승용차 2대.

승용차 2대에 12명이 꾸역꾸역 들어가자 대전조차장을 향해 출발하였다.

약속 장소에서 대전조차장까지는 몇 분 걸리지 않았다.

하지만 그 몇 분이 지옥이었을 뿐.

"으아아악 내 발!!!!!"

"형, 허벅지 찡겨!!!!!"

"야, 조금만 참아 금방 가!!!!!"

그 상태로 건널목을 몇 번 건너니 한국철도공사 대전조차장역이라는 표지

판이 보이면서 승용차가 멈췄다.

탈 때는 꾸역꾸역 탔지만 내릴 때는 순식간에 전원 하차했다.

곳곳에 객차들이 서 있는 것이 보였고, 선로에는 눈이 한가득 쌓여 있었다.

"대전조차장에 오신 것을 환영합니다. 여러분~"

대전조차장의 역장님이 반겨주셨다.

"자, 시간이 그리 많지 않으니 이쪽으로 오세요!"

직원 분을 따라가니 역무실 가는 길이 미로에 가까웠다.

비품창고 옆을 지나서 객차 격납고에 들어가니 무궁화호 2대가 나란히 서 있었다. 처음 봤을 때의 그 웅장함이란, 입을 다물지 못한 채 우린 역무실에 들어갔다.

일반역의 역무실과는 별 차이가 없었다.

역무실에서 간단한 면담 후 우린 안전모를 착용하고 아까 갔었던 객차격납고에서 열차에 대한 교육을 받기 시작했다.

평소 열차를 탈 때에는 들어갈 수 없었던 발전실, 방송실, 객차전원부 등을 직접 보고 작동시켜보고 체험함으로써 새로운 경험을 하게 되었다.

객차 격납고를 지나 옆 칸으로 가니 기관차 격납고가 나왔다.

특대형 디젤전기기관차, 8200호대 전기기관차 등 우리가 갔을 때에는 총 4대의 기관차가 모두 시동이 걸린 상태로 대기하고 있었다.

돌발 상황 (기관차 엔진이 고장 나거나 과열돼서 열차가 움직이지 못하는 상태 등)이 발생하면 이곳에서 예비기관차가 즉시 출발하여 돌발 상황이 발생한 열차를 가까운 역으로 견인한다고 교육을 받고 기관차의 시동 및 기동원리를 배우기 위해 특대형 디젤전기기관차에 올라타니 아니나 다를까, 갑자기 모두들 내리라 하시더니 기관사께서 열차 문을 닫고 바로 기관차가 격납고를 떠났다.

무전이 시끄러울 때 알아차려야 했다. 방금 말한 '돌발 상황'이 발생했다.

무전 내용을 들어보니 호남선 서대전역 인근에서 무궁화호 기관차의 엔진이 과열되어 열차가 멈췄다는 이야기였다.

어쩔 수 없이 우린 기관차를 보내고 다음 차례로 넘어갔다.

기관차격납고를 빠져나가니 우리를 반겨준 것은 8500호대 신형 화물전기

기관차.

기관실에 타고 전기기관차의 구동원리와 제동원리에 대해 교육 받았다.

기관실에 들어가니 왠 내비게이션처럼 생긴 모니터가 있었다.

"요즘은 기차에도 내비게이션을 쓰나?"

정답이었다. 농담 아니고 진짜 내비게이션을 쓴다고 한다. 속도제한, 신호, 구간에 따른 주의사항, 다음 역까지의 거리, 정차역 목록 등이 내비게이션에 다 표시된다고 한다.

간단하게 제동원리와 기관차 구동 원리에 대해 교육받고, 열차 구동 시범을 보이시는데 기관차가 출발하니 전철? 전철이 출발할 때 나는 소리랑 비슷한 소리가 나길래 다들 신기한 표정이었다.

8500호대 신형 화물전기기관차 탑승을 마치고 기념사진을 찍은 후 조차장을 빠져나오면서 열차행선판과 'KORAIL' 마크가 찍힌 전자파 방지 스티커를 기념품으로 받았다. (이 전자파 방지 스티커는 지금도 내 휴대폰에 붙어져 있다.)

슬슬 차에 타려는데 갑자기 한 명이 재미있는 생각이 떠올랐다는 표정을 하며 승용차 뒷좌석에 타더니 그대로 뒷유리에 행선판을 갖다 댔다.

"풉! 뭐냐 이거? 큭큭"

이름하여 부산발 강릉행 무궁화 승용차 되시겠다. 승용차 주인 되시는 직원분께서도 이걸 보시더니 그대로 웃음을 내뿜으셨고, 조차장 직원분들의 구경거리가 되었다.

우리는 이 승용차에 타고 행선판을 갖다 댄 상태로 차가 출발하였다.

우리가 탄 차가 설 때마다 뒤 차에 탄 사람들 시선은 다들 하나같이 박장대소 표정이었다.

대전역에 도착하기 직전에 시내버스가 한번 바로 뒤에 선 적이 있었는데, 그땐 시내버스에 탄 승객들 대부분이 앞으로 쏠려 나와서 우리가 탄 차의 행선판을 구경하는 일도 벌어졌다.

잠시 후 대전역에 도착하였고, 나는 충북선 열차시간이 임박하여 간단하게 인사하고 7번 플랫폼으로 뛰어갔다.

열차는 8번 플랫폼에 들어와 있었고, 다행히 아슬아슬하게 열차에 올라탔다.

내가 올라탄 지 30초가 채 안 되어 열차 문이 닫혔고, 열차는 제천역을 향해 출발하였다.

일요일 저녁의 충북선 열차는 비교적 사람이 많아 빈 자리가 없어서 서서 가야 했다.

열차도 4량짜리 짧은 열차고, 4량짜리 짧은 열차의 자리에 비해 열차에 탄 사람은 꽤나 많았다. 대전과 제천 사이를 왔다갔다 거리는 하루에 몇 번 없는 열차라서 그런지 나는 겨우겨우 카페 칸에 자리를 잡고 창밖에 펼쳐지는 풍경을 감상했다.

아직까지는 내가 원하는 장면을 보지 못했다. 한 청주쯤 지났을 때였던가?

슬슬 논밭에 눈이 쌓인 게 보이더니 충주에 다 와갈 때쯤에는 새하얀 설판이 눈앞에 깔려 있었다.

내 입에선 자동으로 감탄사가 연발로 나왔고, 계속 이어지는 창밖 풍경에 넋을 잃고 바라보았다.

한 1시간 30분 정도가 지났을까? 제천역에 도착한다는 안내방송과 함께 열차는 제천조차장을 지나서 제천역 구내선로에 들어섰다.

열차에서 내리니 넓은 허허벌판을 빼곡히 채운 것이 보였다. 예전에 지나가는 말로 들은 것이 기억났다. 동양 최대 규모의 차량기지가 한국 제천에 있다더니 이곳인가보다. 잠시 후 청량리발 강릉행 열차가 들어오고 열차에 오르니 역시나 빈자리가 없다. '신정이 지났음에도 불구하고 전날 밤 가서 아침에 해돋이를 보려는 사람들이 많이 있었다.' 라는 예상은 완전히 빗나갔다.

민둥산역, 사북역, 고한역에서 사람들이 가장 많이 내렸다.

듣자하니 이 지역에 유명한 카지노가 있단다. (K랜드) 위 3개 역을 지나서 태백역에서도 사람들이 많이들 내렸고 열차는 빈자리가 대부분이었다.

무궁화호 좌석에 앉아 창 밖을 바라보니 바깥은 이미 어두워져 있다. 가끔씩 열차 창 밖으로 빠져나가는 객차 전등 빛이 태백산맥과 계곡들을 비추기도 했다.

도계역을 지나 동해로 빠져나가니 동해바다 위에 떠 있는 어선들의 불빛들이 보였다.

동해역에 도착했을 때쯤 아버지한테서 문자가 왔다.

아버지 동창께서 강릉경찰서 경사로 계신다고 하시며 전화번호를 보내주셨다.

강릉역에 도착했을 때 전화하면 도움을 주실 것이라고 적혀 있었다.

잠시 후 정동진역을 지나자 저 멀리 해군함선들이 보였다. 강릉에 있는 1함대인 듯했다. 강릉 도심을 통과하는데 강릉도 다른 도시랑 큰 차이가 없는 중소도시 이었다.

종착역인 강릉역에 도착한 후 아버지 동창분께 전화를 하려다 그냥 문자 한 통 넣었다. '잘 도착했습니다. -서OO씨 아들-'

순식간에 답장이 왔다

'무슨 일 있으면 아저씨한테 바로 연락해라'

24시간 비상 체제라도 돌리실 기세였다.

인근 찜질방에 들어가서 내일로 티켓을 보여준 후 찜질 복을 받고 들어갔다. 다행히 대구역과 제휴된 곳이라 대구역에서 발권한 내일로 티켓을 보여주면 무료로 찜질방입장이 가능했다.

다음날 아침 6시 30분차를 타고 정동진역으로 가서 일출을 본 후 7시 10분에 있는 바다열차를 이용하여 삼척에 갔다가 삼척에서 아침을 먹은 후 동해역으로 가서 청량리행 무궁화호를 타고 민둥산 역으로 간 후 아우라지행 열차로 정선역으로 갈 생각이다.

잠에 든 시간이 새벽 1시였다. 내 뇌의 알람기능(?)을 믿고 바로 잠들기로 했다.

출발 D-day

힘찬 첫 번째 날이다. 그렇기에 너무 무리하지 않도록 조심해야 하는 날이다.

여행은 7일 동안 계속되기에 첫날에 너무 무리하면 중도 포기해야 하는 상황이 발생하기도 한다.

돈이 많이 있다고 펑펑 쓰지 마라.

7일 동안 쓸 돈을 잘 분배해서 써야 성공적인 여행을 즐길 수 있다.

강원도 D+1

뇌의 알람기능을 너무 믿으면 안 된다.

아침 6시 30분차를 탈 계획이었는데 아침 7시에 일어났다. 하는 수 없이 여유를 살짝 부리며 강릉역으로 가니 삼척 행 바다열차가 바로 출발했다. (못 탔다)

"오늘 운이 안 좋으려나…."

하는 수 없이 일정을 좀 앞당겨서 8시에 민둥산으로 가는 청량리 행 무궁화호를 타기로 했다.

플랫폼으로 나가서 미리 플랫폼에 들어와서 대기하고 있던 강릉 발 청량리 행 무궁화호에 올라타고 카페객차에서 멀뚱히 앉아 바깥 풍경을 바라보고 있었다.

고요한 강릉의 아침이려나…. 겨울이라서 그런지 아침 7시 40분인데도 불구하고 슬슬 동이 트고 있었다. 열차가 출발하고 정동진역에 다 와갈 때쯤 왼쪽으로 바다가 보였다. 바다위에 떠 있는 구름 속에서 서서히 햇살이 비춰지고 햇살을 따라 시선을 돌려보니 해가 보였다.

'꼬르륵'

그러고 보니 그날 아침부터 아무 것 도 안 먹은 상태였다.

카페객차에서 샌드위치를 하나 주문하고 샌드위치를 먹으며 다시 바다를 바라보니 눈에 띈 것이 있었다. 바로 철조망.

무장간첩 침투사건이 많은 동해에서도 휴전선과 근접한 지역이라서 그런지, 넓은 모래사장을 따라 철조망이 길게 뻗어져 있었고 군데군데에 초소도 보였다.

"철조망만 없었으면 모래사장과 해송들이 어울린 멋진 해수욕장이 될 텐데…. 이렇게 놔두기엔 너무 아까운 풍경이네…."

정말 군부대가 주둔하여 민간인의 출입이 통제된 곳 치고는 너무 아름다운 해안가였다. 열차가 달리고 있는 영동선은 군부대를 관통하여 철조망너머로 승객들에게 해안가풍경을 보여주고 있었고, 열차는 영동선 레일 위를 눈보라를 일으키며 힘차게 달리고 있었다.

어젯밤에는 어두워서 제대로 못 본 풍경들이 서서히 모습을 드러내고 있었다.

내가 그토록 보고 싶어 한 드넓은 산골짜기와 들판에 새하얀 눈이 쌓여 있었다.

기암절벽과 쏟아지다가 그대로 얼어버린 폭포, 곳곳에 보이는 허수아비와 동네 아이들이 만든 것으로 보이는 냉장고만한 눈사람(설마 어른들이 만들었겠어?)등 대구에서는 보기 힘든 광경들이다. 대구에서 저런 풍경을 못 보는 게 다행인 건지 안타까운 건지 헷갈리는 상태에서 열차가 민둥산 역에 도착했다.

민둥산 역에 내리고 열차시간표를 확인하니 아우라지 행 열차가 도착하기까지는 시간이 30분 정도 남아 있었기에, 역 앞 슈퍼에서 계란과 사이다를 사다가 저 멀리 보이는 민둥산을 바라보며 간단히 아침식사를 즐겼다.

강원도의 아침공기는 차갑지만 나무향이 섞여 있었다. 그래서일까 뜀박질을 해도 전혀 숨이 차지 않았고, 온 몸이 상쾌해지는 기분을 느꼈다.

아우라지 행 열차를 타고 정선선으로 들어가니 열차는 산골짜기를 따라 천천히 움직이다가 갑자기 멈춰 섰다. 열차의 멈춤과 동시에 나오는 안내방송

– 안내 말씀 드립니다. 앞 선로가 눈사태로 인하여 열차가 통과하기 힘든 관계로 열차의 운행이 지연되고 있습니다. 승객 여러분께서는 안전한 객실 내에서 기다려 주시길 바랍니다.

이제야 춘천에 사는 친구가 눈이 오면 욕을 한다는 이유를 깨닫게 되었다.

승객들이 웅성거리기 시작하였지만 잠시 후 열차가 조금씩 흔들리면서 움직이기 시작했다. 보아하니 기관사가 정면 돌파를 결심한 모양이다.

객차가 약간 흔들리긴 했지만 이내 선로 옆에 쌓인 커다란 눈 벽을 보고는 돌파에 성공했다는 것을 알 수 있었다.

잠시 후 정선역 정차 안내방송과 함께 열차가 정선역에 들어섰고, 객차에서 내리자마자 기관차 상태가 궁금하여 기관차를 보니 민둥산 역에서 탈 때에는

빨간색이었던 기관차가 하얀 색이 되어 있었다.

온몸에 눈을 묻힌 기관차가 객차들을 끌고 출발하는 걸 본 후 나는 정선역 대합실에 들어섰다.

"제설차량 들어갈 때까지 기다리라고 했잖습니까! 탈선했으면 어떻게 하려고 그런 짓을 하셨어요!"

– 탈선 안했잖습니까! 기관사 인생 16년에 지연이란 없습니다!

역무실에서 소리나는 걸 보니 아까 그 기차의 기관사와 무전교신하는 듯했다.

기관사께서 지연이란 없다고 하셨지만 2분 지연된 상태로 열차가 도착했다.

탈선될 뻔한 상황이긴 했지만 열차에 탄 승객이자 철도동호인으로서 보자면 그 속도에 기관차 무게 정도라면 탈선되지 않고 충분히 눈을 돌파할 수 있었다. (태풍 때 날아오는 나무도 그대로 부수면서 지나가는 게 열차다.)

정선역을 뒤로한 채 정선역 광장으로 나오자 정선5일장 행 시내버스가 바로 출발했다.

"진짜 오늘 운이 안 따라주는 건가? 아까부터 다 놓치네…."

결국 걸어가기로 결정했다. 어차피 정선역에서 정선아리랑장터(5일장)까지는 그렇게 긴 거리도 아니니 정선 읍내를 둘러 볼 겸 천천히 걸어갔다.

그날은 월요일이었는데도 거리에서 사람 찾기가 힘들었다.

곳곳에 눈이 얼은 상태로 쌓여 있다 보니 몇 번 미끄러져 넘어질 뻔하기도 하고 구를 뻔하기도 하고 걸어가며 장터에 가까이 가다보니 조양강이 나왔다. 다리로 건너려다가 '강을 걸어서 건너볼까?' 라는 생각이 들었고 그 생각은 행동으로 바로 옮겨졌다.

조양강의 너비는 약 200m 정도로 보였고, 강은 꽁꽁 얼은 듯했다.

혹시나 모르니 큼지막한 돌을 몇 개 던져봤지만 흠집만 날 뿐 그다지 얼음에 손상이 있진 않았다. 얼음 위를 걸어보니 서서히 미끄러져 앞으로 나아가기 시작했다. 강 중간쯤 왔을까? 내가 강 한복판에 서 있다는 게 신기했다.

바로 왼쪽에 아까 건너려 했던 다리의 기둥이 우뚝 서 있고, 아직 건너야 할 부분이 많이 남았다. 살살 걸어가다가 넘어지고 구르고를 반복하다가 겨우겨우 강 건너편에 도달했고 '다리가 괜히 있는 게 아니다' 라는 교훈을 얻었다.

정선5일장을 둘러보고는 정선의 특산물인 '곤드레나물밥' 과 '콧등치기' 를 먹고 시내버스를 타고 화암동굴로 이동했다. 여기서 나는 정선시내버스를 탈 때엔 목숨을 걸고 타야 한다는 것을 깨닫게 되었다.

처음 정선 읍내를 다닐 때는 일반적인 타 시, 도의 시내버스와 다름없었지만 국도로 빠져나가자, 버스는 미친 듯이 속도를 내면서 중앙선을 넘나들기 시작했다.

아무렇지도 않은 듯이 자신의 할 일을 하거나 창밖을 멍 때리며 보는 사람은 정선 주민, 불안하다는 듯이 버스기사와 전면유리창을 계속 주시하는 사람은 나 같은 타 시, 도에서 온 사람이라는 게 확실히 구분되었다.

그렇게 한 30분을 달렸을까? 내가 탄 버스는 화암동굴에 나랑 몇몇 관광객들을 내린 후 다시 미친 듯이 달려갔다.

화암동굴에서 내린 후 입장료를 내고 동굴에 들어가자, 바깥보다 더 추운 추위가 우리를 덮쳤다.

동굴 속을 둘러보는 건 둘째 치고 추위로부터 살아서 나가는 것이 문제였다.

화암동굴은 원래 예전엔 금광이었다는데, 일제 강점기 때 강제징용으로 굴진하다가 우연히 거대한 석회동굴을 발견하게 된 것이라고 한다.

1시간 40분 동안 추위를 견뎌내고 나오자 바깥이 너무 따뜻하게 느껴졌다.

다시 폭주하는 시내버스를 타고 정선역으로 가니 바로 열차가 들어와 열차에 올랐다. 아우라지 발 청량리 행 열차다.

민둥산 역으로 간 후 사북역으로 가서 사북에 있는 할머니 댁에서 자고 가려고 했는데, 민둥산 역에 도착하고 대합실에서 대기하니 삼촌한테 전화가 왔다.

– 영건아 지금 증산이지?

증산은 민둥산역의 예전 이름이다.

"네 어떻게 아셨어요?"

– 네 뒤에 있다

돌아보니 삼촌 차가 대합실 밖에 서 있었다.

강릉행 열차로 사북역으로 갈 필요 없이 삼촌차를 타고 할머니 댁으로 갔다.

할머니께선 가출했냐면서 놀라신 반응을 보였으나 삼촌께서 해명하시고, 그렇게 밤이 깊어갔다.

출발한 지 D+1.

한창 즐길 때이자, 스케줄을 쉽게 소화하지 못하는 상황도 생길 것이다.

정해진 일정을 따르는 것보다는 스케줄과는 뒤틀리는 상황에 부딪히며 극복해나가는 것도 좋은 경험이 된다.

충청북도에서 경기도로, 경기도에서 수도권으로. D+2

할머니 댁에서 하루를 묵고 다음날 아침 일찍 열차를 타고 제천역으로 빠져 나왔다. 부전행 무궁화호를 타고 단양에 가서 점심을 먹은 후 단양 시내를 둘러보니 별 다르게 눈에 끌리는 것은 없었다.

내가 단양에 간 이유는 단양 고수동굴과 다누리 아쿠아리움을 둘러보기 위해서 이었으나 화암동굴의 추위가 기억나서인지 고수동굴은 여름에 가기로 기약하고, 다누리 아쿠아리움으로 향했다.

이런 동네에 왠 수족관인가 해서 가보니 국내 최대 규모의 민물고기 수족관이란다.

큰 기대를 안 했으나, 막상 들어가 보니 들어가자마자 나는 어린아이처럼 '우와~' 를 남발했고, 그곳에는 역시나 도시에서는 쉽게 보기 힘든 민물고기들이 수조 속을 돌아다니고 있었다.

쏘가리 모형, 다양한 조형물 등 눈에 끌리는 것이 한둘이 아니었다.

다누리 아쿠아리움 속에서 너무 많은 시간을 보냈을까? 다누리 아쿠아리움에서 나오자마자 열차시간이 임박하여 단양역으로 뛰어갔다.

다행히 열차에 올랐고, 잠시 계획을 수정하기로 했다. 밖에 눈이 쏟아지고 있었고 영주로 내려가기엔 영주행 열차가 너무 늦게 오고, 충주로 들어가기에는 살짝 무리가 있는 듯하기에, 지금 탄 열차를 타고 청량리까지 올라가기로 결정했다.

오후 7시에 청량리역에 도착하니 수도권에 거주하는 형들과 친구들이 마중나와 있었다. 환영행사가 너무 화려한 것 빼고는 별 문제가 없었을 뿐.

국제공항도 아니고 대합실에서 '대구 서영건 첫 내일로 기념 수도권 방문!' 이라는 피켓을 들고 있는데 가까이 가자니 무언가 주위 시선들이 부담스럽기도 하고…. 조용히 대합실 빠져나가서 전화로 불러서 만나려 했는데, 대합실을 빠져나가기는커녕 플랫폼에서 대합실로 들어서자마자 그런 피켓을 들고

"서영건 발견!!!"을 외치는데 주위 시선이 다 나에게 쏠리지 않겠는가? 예상은 적중했고, 우리 일행은 재빨리 청량리역을 떠났다.

"아참 형. 그거 언제까지 들고 있을 거야?"

피켓을 계속 들고 다니는 게 좀 부담스러워서 보다 못해 말했다. 그러나

"너 수도권 벗어날 때까지 계속~"

이라고 말은 했지만 다행히도 전철을 타자 사람들의 시선을 의식했는지 그 형은 피켓을 최대한 숨기려는 듯 감추기를 시도했다.

우리 일행은 그대로 치킨 두 마리를 사들고 광화문 앞으로 가서 광화문 광장에서 치킨을 뜯으며 서로 얘기를 나눴다.

"내일로 하니깐 어때? 할 만해?"

"체력이 남아돌아서 펄펄 날아다닐 정돈데 뭘."

이라고 말하는 순간 타이밍이 절묘하게 그 자리에서 코피가 주르륵 내렸다.

"야, 너무 무리하고 있는 거 아냐?"

"괜찮아, 코피 한두 번 흘리는 것도 아니고."

갑자기 피로가 쏟아지긴 했지만 충무공 이순신 장군 동상 앞에서 그대로 퍼질러 잘 수도 없는 지라 치킨을 마저 먹고 인근 내일로 게스트하우스에서 하루를 묵었다.

여행시작 D+2

자신도 모르게 몸이 많이 피곤해졌을 수도 있다.

여행지 인근 온천이나 목욕탕을 찾아 온 몸의 피로를 풀고 움직이는 것도 하나의 좋은 방법.

여행지를 둘러보며 즐기는 것도 좋지만, 자신의 몸을 챙기는 것이 더 중요하다는 것을 깨닫고 여행을 다녀야 한다.

좀더 북으로, 그리고 다시 남쪽으로 D+3

내일로 게스트하우스에는 다행히 침대가 여유롭게 남아 있어서 침대에 누워서 푹 잘 수 있었다.

아침 8시쯤에 일어나서 게스트하우스에서 제공되는 조식을 먹고 경의선 문산역으로 향했다. 가장 가보고 싶었던 곳 중 하나인 도라산역(휴전선 근접 지역) 으로 가기 위해서 문산역에서 통근열차를 타고 임진강역으로 간 후 임진강역에서 헌병대에서 검문 및 출입수속을 받은 후 문산역에서 임진강역으로 타고 온 열차에 다시 타서 도라산역으로 향했다.

도라산역은 경의선 최북단 역으로, 듣자하니 예전에 남북한을 드나들던 개성공단 화물열차가 다니던 역이라고 한다.

지금은 통근열차만이 이 역에 하루에 몇 번 들어오지 않지만 말이다.

도라산역에 내리니 저 멀리 북한의 선전 문구가 보였다.

'위대한 어버이 수령 김정일 장군님 만세'

김정일이 사망한 지 약 1년 정도 지났지만 선전 문구는 그대로 내버려 둔 듯했다. 여기저기 녹슨 철조망이 곳곳에 깔려 있었고, 바로 뒤에서는 태극기가 펄럭거리고 있었다.

도라산역의 승강장은 총 5개였는데 그중 4개가 현재는 폐쇄된 상태이다.

개성공단 출입열차도 운행을 중지했고, 1개 승강장만이 문산-도라산 열차가 운행하여 개방되어 있는 상태이다.

도라산역의 대합실은 하나였고, 서울, 문산 방면 플랫폼 입구는 열려 있었으나 평양, 개성 방면 플랫폼은 문이 굳게 닫혀 있었다.

헌병대가 역을 지키고 있었고, 저 멀리 선로를 차단하고 있는 철조망 문이 안타까운 마음을 더해지게 하였다.

선로는 연결되어 있다. 하지만 철마는 이곳에서 발길을 돌린다.

도라산역에서의 아쉬움을 뒤로 한 채 통근열차를 타고 문산으로 돌아갔고, 문산에서 전철을 이용해 용산역으로 향하던 중 한 통의 전화가 왔다.

춘천에 사는 동생인데 서울까지 올라와 놓고는 춘천에 안 올 거냐고 한다.

"나 지금 전라도 내려가야 되는데?"

– ITX청춘 타면 2시간 밖에 안 걸리잖아 어차피 공짜면서

"ITX청춘은 내일로 혜택 못 받아, 사실상 180km/h로 달리는 지하철이잖아."

– 그럼…. 돈 내고 와!

"닭갈비 사주냐?"

– 아니

"끊어."

'뚝'

그렇게 전화를 끊고 얼마 지나지 않아 나는 용산역에 내렸다.

보통 일반적인 경상권을 비롯한 타 지역 사람들은 "왜 서울역에 가지 않고 더 멀리 있는 용산역에 가냐. 용산역에 꿀이라도 발라놨냐."라는 말을 한다. 모르는 소리, 경상도로 가는 열차가 서울역에서 발착하는 반면, 전라도로 가는 열차는 용산역에서 발착하기에 용산역으로 갈 수밖에 없다. 서울역과 용산역의 역간거리는 약 5분 정도인지라 대부분의 경부선열차는 용산역을 무정차 통과하여 서울역에 종착한다.

'13시 43분에 우리 역에서 출발하여 광주역으로 가는 새마을호 제1113열차가 타는 곳 7번으로 정시에 들어오고 있습니다.'

내일로의 묘미는 새마을호 열차다. 무궁화호와 속도 차이는 별로 안 나지만 요금은 KTX에 버금가는 등급의 열차라서인지 평소에는 탈일이 거의 없다. 하지만 지금처럼 내일로 패스를 이용하고 있을 때는 새마을호의 그 비싼 운임 요금도 무료가 되기에 어지간해서는 무궁화호보다는 푹신한 좌석과 조용한 분위기가 있는 새마을호 타려고 계획을 맞추는 여행자들이 많다. 또한 내가 탄 1113호 열차는 평일 5호차가 자유석으로 운영되고 있다. 자유석이란 한번 앉으면 목적지까지 내 자리가 되는 그러한 자리인데 운임요금은 입석표와 똑

같은지라 운이 좋아야 자유석표를 구입할 수 있다. 내일로 티켓의 혜택 중 하나가 자유석 혜택이기에 나는 5호차에 올랐다.

용산역에서 시발(始發)하는 열차이기에 당연히 객차는 텅 비어 있었고 마음에 드는 자리에 앉아 다음 일정을 점검했다.

"1113은 경부선을 타고 내려가다가 대전조차장에서 호남선으로 분기하니깐…. 다음 목적지가 전주이니 익산역에서 전라선이 분기하니깐 익산역에서 무궁화호로 갈아타야겠네? 도착하면 4시 반쯤이니깐 그때쯤 익산역에서 발차하는 무궁화호가…. 에이 알게 뭐야! 역에 가서 보면 되겠지."

원래는 1113호가 아닌, 뒤차인 1115열차를 타려고 했으나 수도권에서 딱히 끌리는 곳이 없어서인지 그냥 앞차인 1113호를 탔다. (괜히 자유석 때문이 아니다) 그래서인지 살짝 스케줄에 변동이 생겼고 2시간 정도의 오차가 생겼다. 결국 전주에 2시간 더 빨리 가 있기로 결정하였고 푹신한 새마을호 좌석에 기대어 낮잠을 청하였다.

그렇게 몇 시간이나 흘렀을까….

– 우리 열차는 잠시 후 익산역에 도착하겠습니다. 소지품을 두고 내리지 않도록 미리….

역시 사람의 뇌에는 알람시스템이 있는 게 틀림없다!

익산역 이전에도 서대전, 계룡, 논산 등 많은 역에 정차했으나 나는 깨지 않았고 익산역에 진입하기 직전에 정신을 차리고 잠에서 깨었기에 신기할 노릇이었다.

열차가 멈추자 공기 빠지는 소리와 함께 문이 열리고 상쾌한 저녁공기가 나를 반겨주었다. 소백산맥에 가로막혀서인지 바로 옆이지만 와보기 힘든 곳.

지금은 어느 정도 해소됐다지만 경상도와의 지역감정 때문에 말이 많은 곳.

난생 처음 혼자서 전라도에 발걸음을 내딛었다.

열차는 약 4시 40분에 익산역에 도착하였고 환승할 무궁화호는…. 오후 6시 30분에 있었다.

"젠장! 1시간 45분 동안 여기서 뭐하지!"

시간점검을 재정비하지 않아서 벌어진 당연한 결과였다.

미륵사지석탑과 같은 관광지는 익산역에서 적어도 1시간은 걸리는 상태라 움직일 수도 없었다. 결국 어쩔 수 없이 약 15분 후….

"전주 학생 1명이요."

–2900원 5시 정각입니다.

결국은 이왕 일찍 온 거 시간낭비 하지 말고 익산에는 다음에 방문하고 바로 전주로 넘어가기로 결정했다. 익산역에서 나오자마자 오른쪽으로 뻗어지는 길을 따라 1km(약 10~15분) 정도 걸으니 익산 고속버스터미널이 나왔고, 마침 바로 전주로 출발하는 버스가 있었기에 돈을 내고 고속버스에 올랐다.

버스는 약 30분 정도를 달렸고, 나를 전주시외버스공용터미널에 내려주었다.

'내가 살고 있는 대구광역시는 버스터미널은 크게 6곳(북부, 남부, 동부, 서부정류장, 서대구고속, 동대구고속버스터미널)으로 나누고, 각각 터미널의 버스 행선지를 나눠놓음으로서 터미널주변의 교통 혼잡을 어느 정도 분산하는 시스템이지만 대부분의 버스행선지가 터미널마다 다르기에 시민들의 혼란을 일으키는 경우가 잦다.

하지만 익산버스터미널이나 전주버스터미널을 둘러보니 이곳은 터미널을 합쳐놓고 한 곳에서 전국각지로 출발하는 시스템이지만 터미널 주변도로는 한창 붐비는 모습을 볼 수 있었다. 과연 어떤 것이 효율적인 것일까? 라는 생각을 하며 한옥마을로 향하는 버스에 올랐다. 내가 전주에 오기 전날 밤(아마도 이순신장군동상 앞에서 코피 쏟고 있을 때쯤?)에 제법 많은 눈이 쏟아졌다고 들었기에 노을을 배경으로 눈 덮인 한옥마을을 빨리 보고 싶었기에, 혹여나 도착하기도 전에 해가 져버릴까 봐 조마조마했다. 다행히도 내가 버스에서 내리고 한옥마을 전경이 보이는 언덕에 오를 때까지 해가 지지 않았고, 언덕에서 5분 정도 기다리자 수평선너머로 해가 지기 시작하였다. 그 장면을 휴대폰 카메라에 담으려 했지만 용량 초과로 인해 아쉽게도 찍지 못했다. 해가 지고, 한옥마을을 둘러봤지만, 대부분의 전시관이 문을 닫은 후라 마을만 둘러봐야 했다. 전주한옥마을은 원래 학기 중에 학교에서 수학여행으로 왔던 곳이었지만, 수학여행 당시는 빡빡한 스케줄로 인해 제대로 둘러보지 못했기에 이번에 다시 찾았다. 이번엔 겨울인데다 눈이 쌓여 있어서인지 더욱 아름답게 느껴지는 한옥들이다.

한옥마을을 둘러보고 나니 오후 7시 15분이었다. 숙소를 전주에서 묵을까 했는데 전주에서 자게 되면 발목이 묶일 듯하여 바로 이동을 결심하고 전주역으로 향했다.

전주 한옥마을에서 나와 시내버스를 타러 가는 길에 성문으로 추정되는 거대한 문을 발견했다. 서울의 숭례문, 대구의 영남제일관을 연상시키는 이 문은 바로 옛 전주읍성의 남대문인 '풍남문' 이라고 했다.

풍남문과 한옥마을 사이에 있는 도로에서 버스정류장을 발견했고, 마침 전주역으로 가는 버스가 들어오고 있었기에 바로 탈 수 있었다.

전주역에 도착하니 8시 정각, 바로 출발하는 여수EXPO행 무궁화호가 있었다. 열차티켓을 끊을 필요가 없기에 재빨리 플랫폼을 향해 달렸고, 가까스로 열차에 올라탔다. 아쉽게도 저녁열차라서인지 빈 자리가 없었고 객차 출입문 계단에 걸터앉아 다음 여행지를 점검했다.

다음 여행지는 곡성. 섬진강으로도 유명하고 기차마을이 있어, 수많은 관광객들이 찾는 곳이다. 문제가 있다면 숙소를 찾기 힘들다는 것이 가장 큰 문제였다. 지금 글을 쓰고 있는 이 시점에서는 최근에 곡성역 인근에 코레일과 제휴를 맺어 내일로 패스를 통해 할인을 받을 수 있는 게스트하우스가 들어섰다고 하니 한결 낫지만, 당시는 2013년 1월이었다. 모텔은 가격부담이 컸고, 찜질방을 가야 하는데 곡성의 찜질방들은 죄다 곡성군청을 중심으로 모여 있었기에 곡성역에서 한참 걸어가야만 했다.

전주역에서 곡성역까지는 무궁화호로 약 40분 정도. 곡성역에 도착하자마자 난 역무실을 찾아가 숙소의 위치를 여쭈었고, 늦은 시간임에도 불구하고 역무원분들께서는 친절히 걸어서 20분 정도 소요되는 가장 가까운 찜질방을 알려주셨고, 20분 후 나는 다행히 그 찜질방에 도착하여 짐을 풀었다.

동대구~대전~강릉 못지않게 만만치 않은 거리를 이동해서인지 피로가 급격하게 쏟아져 왔고, 간단히 목욕을 끝내고 수면실에서 잠에 들었다.

여행출발 D+3

많이 피곤하더라도 계속 힘을 내서 여행을 이어나가야 할 시기다.

돈을 탕진하지 않기 위해 조심하고, 시간 분배를 잘해야 한다.

여행에 지친다면 이대로 집으로 돌아가는 것도 좋은 선택이다.

이미 3박 4일에 56,800원이면 본전은 뽑았다. 무리해서 7일을 채우려고 하지 않아도 된다.

뒤틀린 계획표, 하루가 앞당겨졌다? D+4

곡성의 찜질방에서 자고 일어나니 아침 7시였다. 간단하게 샤워하고 짐을 챙겨 나온 후 내가 향한 곳은 당연히 곡성기차마을. 이번 내일로 여행 이전에도 기차여행을 많이 다녀보았고, 그만큼 많이 걸어 다녀서인지 3~40분 걷는 건 익숙했다.

숙소에서 곡성기차마을까지 가는 버스도 있긴 했지만 버스 기다리기도 귀찮고, 시골의 정기(?)를 강원도에 이어 다시 느껴볼 생각으로 무작정 이정표만 보며 걷기 시작했다. 20분 정도를 걸어서 곡성역 앞 사거리에 도착하였고, 얼마 지나지 않아 기차마을 정문에 도착하였다. 비수기인 1월이라서 입장료는 2000원을 냈던 것으로 기억한다. 겨울인데다 눈으로 덮여서인지 사람들은 없었다. 개장한 직후여서일지도 모르지만, 곡성기차마을의 상징이기도 한 증기기관차는 운행을 안하였다.

기차마을은 옛 전라선 곡성역을 중심으로 조성되어 있었기에 최첨단 현대에서 벗어나 6~70년대의 기차역풍경을 간직하고 있었다. 역 건물뿐만이 아니라 플랫폼으로 나가보니 옛날의 검정-주황 줄무늬도색의 기관차(흔히들 호랑이기관차라고들 한다)와 정체모를 동차, 증기기관차가 선로에 안착되어 있었고 그 뒤로 옛날에 운행하였던 비둘기호 객차 등이 전시되어 있었고, 그 뒤로는 6~70년대를 배경으로한 영화세트장이 있었기에 더욱 실감났다.

겨울인데다 눈도 쌓여서인지 할 수 있는 게 별로 없었다. 그렇게 기차마을을 둘러보고 현 곡성역으로 가서 10시 38분에 출발하는 여수EXPO행 무궁화호 제 1501열차에 탑승하였다.

예정된 계획대로라면 여행 5일차에 마지막순서로 순천에 들르기로 되어 있었다. 물론 내가 즉흥적으로 순서를 바꾸거나 급변경하긴 했으나(익산 추후 방문 등) 그래도 마지막 날이 다가오고 있었다. 그런데 생각을 해보니 원래 순천에는 초저녁에 도착을 해야 했지만 무언가를 빠트리고 온 듯하였다.

그러고 보니 원래는 오늘 수도권을 벗어나기로 계획을 했었으나, 지금 내가 있는 곳은 11시 10분쯤 순천역에 도착하는 전라선 무궁화호 열차 안.

무언가가 잘못 되었다. 계획표를 살펴보니 어제 추후에 오기로 기약했던 익산역도 계획에 잡혀 있었고, 무엇을 빼먹었나 싶어서 생각해 보니 아차, 충주를 안가고 바로 제천에서 단양을 내려간 후에 청량리(서울)로 올라온 것이었다.

또한, 계획표에 잡힌 영등포(숙소에 불과했다)와 의왕(철도박물관)을 안 가고 바로 전라도로 내려온 것이 현재 시간 단축의 원인이 되었다.

가만히 생각해 보다가 새로운 발상이 떠오르고, 나는 그 자리에서 계획표를 찢었다.

" 이렇게 된 거 즉흥여행으로 바꿔볼까?"

그리고 열차가 멈춰서고 문이 열리자, 순천역이라는 간판이 보였다.

열차에서 내리고 순천역 광장으로 나와 보니 순천에는 눈이 안 내렸는지 주변에 눈이 하나도 쌓여 있지 않았다.

순천역 건너편에서 시내버스를 30여분을 타고 간 곳은 순천만 자연생태공원. 즉흥여행으로 바꾸긴 했으나 이왕 기차에 오른 거 순천만은 꼭 와보고 싶었다.

다행히 물이 얼지 않아 생태체험선에 승선할 수 있었고, 요금은 청소년 기준 2,000원, 철새들을 보다 가까이에서 관찰할 수 있는 기회였고, 선착장에서 저 멀리서 바라보던 철새들을 바로 옆에서 해설사의 설명과 함께 볼 수 있었다.

도시에서는 보기 힘든 두루미와 저어새, 갈매기 등을 바로 앞에서 보니 무언가 신비하다는 느낌을 받았다. 배는 다시 선착장을 향해 뱃머리를 돌렸고, 아쉬움을 남긴 채 배에서 하선하였다.

순천만 드라마세트장이 유명하다고해서 가볼까 싶었으나, 갑자기 여수가 가보고 싶어져서 다시 순천역으로 발길을 돌렸다.

13시 47분에 순천역을 출발하여 14시 11분에 여수EXPO역에 도착하는 무궁화호 제 1503호 열차. 순천역에 도착하자 약 15분 정도 여유가 있었기에 순천역 방문기념(?)으로 역에서 입장권을 구매한 후 스탬프를 찍었다.

원래 기차역에서는 열차 승차권을 구매하지 않고 플랫폼에 들어가기 위해서는 입장권을 구매하여야 하며, 가격은 500원이다. 일반적으로는 입장권으로 쓰이지만 나처럼 내일로 패스를 통해 여행하는 사람들은 이 입장권을 역에 방문한 기념으로 구매하여 모으는 사람들이 많다.

각 역에 비치되어 있는 스탬프를 찍으며 입장권을 모으는 것도 묘한 재미다. 스탬프가 비치되지 않은 역도 있지만, 대부분의 기차역들은 각각 색다르고 다양한 모양의 스탬프를 비치하고 있다. 입장권에 찍는 게 대다수지만 몇몇 사람들은 작은 수첩에다가 스탬프를 찍어 모으기도 한다.

열차가 곧 역에 진입한다는 방송이 나오자 플랫폼으로 나갔다. 여수EXPO역은 예전에 학교 수학여행으로 2012 여수엑스포 당시 박람회장 바로 앞에 있던 것으로 기억한다. 기존의 여수역이 2012 여수엑스포 박람회장부지로 사용됨에 따라 현재의 건물로 이전을 하였고 엑스포가 열리기 약 1년 전인 2011년 10월경에 여수EXPO역으로 역명을 변경하였다고 한다.

무궁화호 열차가 역에 진입하였고, 사람들이 내리긴 했으나 정작 탄 사람은 나 혼자였다. 순천에서 여수까지는 비교적 짧은 거리라서인지 순천-여수구간을 열차를 타는 경우는 적다고 한다. 열차는 순천역에서 약 20여 분을 달려 여수엑스포역에 도착하였다. 여수엑스포역 당연히 여수엑스포 박람회장이 있다. 겉으로만 보기에는 수학여행으로 왔을 때와 큰 변화가 없는 듯하였으나 입장료가 없다 하여 박람회장으로 들어가 보니 일부 건물이 철거되었고 패찰이 뜯긴 곳이 많이 있었다.

아쿠아리움은 운영된다고 하여 들어가 볼까 했으나 내일로 여행자에게는 감당하기 힘든 요금으로 운영이 되고 있었기에 그대로 박람회장을 둘러본 뒤 게장골목으로 향했다. 여수 하면 돌게요, 돌게 하면 간장게장 아니겠는가? 여수 게장골목에서는 도시에 비해 저렴한 가격에 게장을 맛볼 수 있다고 들은 바가 있다.

"야, 영건아. 여기야 여기!"

여수 게장골목으로 가는 버스를 타기위해 여수엑스포역 앞 버스정류장으로 가니 나를 기다리는 두 남자가 있었다. 바로 그날 내일로 여행을 시작한 친구들이었다.

내가 여수로 간다는 소식을 듣고 4시간 전에 용산역에서 내일로 패스 혜택으로 KTX 50% 할인을 받아 여수엑스포역으로 직통 KTX를 타고 온 것이었다.

"서울에서 본 지 이틀밖에 안 지났는데 왜 이렇게 살이 쏙 빠진 것 같냐?"

"말도 마. 겨울에 내일로 하는 것도 힘들긴 힘들다야."

"게장 먹으러 가자. 맛있는 식당 안다."

"오케이. 앞장서라. 싸고 맛있는 식당으로 고고씽!"

여수엑스포역에서 게장골목까지는 버스로 약 20분 정도가 소요되었다. 친구들이 앞장서서 나를 데려간 곳은 게장골목 안쪽에 있는 식당이었는데, 지역주민들 사이에서는 유명한 곳이라고 한다. 게장정식은 1인당 8,000원이었는데, 당시에는 2인분 이상만 주문을 받았다. 시계를 보니 오후 3시. 평소였으면 점심도 먹지 않은 상태라서 엄청 배가 고팠을 텐데 이번 내일로 여행을 할 때에는 끼니 때마다 밥을 먹지 않아도 배고픔을 느낀 적은 없었다.

"그나저나 영건아, 너 이제 어디 갈 거냐?"

서울에 사는 친구A(인격권 보호 차원에서 이름을 안 밝히고 A, B로 표기합니다)가 내게 물었다.

"원래 목포 쪽으로 빠질까 했는데 오면서 계획표를 찢었어."

"뭐?"

내일로 여행은 타당성 높은 계획이 없으면 실패하기가 쉽다. 역에 가면 그때마다 자신이 원하는 행선지로의 열차가 나를 기다리고 있는 것도 아니고, 버스 정류장에 가면 그때마다 나를 위한 버스가 시동을 걸고 대기하고 있지 않기에 여행은 계획표에 충실해야 한다.

"역에 가서 가장 빨리 들어오는 일반열차 타고 그 열차 타고 가다가 마음에 드는 곳에 내리려고."

돈이 엄청 남아돌지 않는 이상 일반 열차승차권으로는 하기 힘든 일이다. 이리저리 이야기를 나누다보니 게장 정식이 나왔다. 간장게장과 양념게장, 돌게 된장찌개를 중심으로 한 반찬들이 상다리가 부러지도록 나왔다.

점심을 먹고난 후 친구들과 함께 여수엑스포역에서 순천역으로 온 후 나는 순천역에서 내려 열차를 갈아타기로 하였다.

"그럼 다음에 봐!"

"응~!"

친구들이 탄 열차가 친구들의 목적지인 '임실역'을 향해 떠났고, 나는 곧 바로 같은 플랫폼에서 출발하는 순천발 부전행 무궁화호 제 1942열차에 탑승하였다.

열차는 경전선을 달리고 달려 나를 부전역이 있는 '부산광역시'에 데려다 주었다.

도착시간은 밤 9시를 조금 넘긴 시간이었다. 부산은 평소에도 시간이 나면 오는 곳인지라 부전역에서 바로 동대구행 무궁화호에 탑승하였다.

'에? 아직 티켓기간 많이 남았는데 벌써 집에 가게?' 라는 생각이 들 것이다.

아직 안간다. 이 열차의 종착역이 동대구역이라는 것이지 내가 동대구역까지 간다고는 하지 않았다. 21시 07분에 부전역을 출발하여 동대구역으로 가는 무궁화호 제 1790열차에 올라탔고, 9시가 넘은 시각임에도 불구하고 사람이 많았기에 빈 자리에 앉아갈 수가 없어, 자유석 칸에 승차하였다. 90년도에 다니던 통근열차를 무궁화호로 개조하여 동해남부선, 경전선 등지에 투입한 차종을 RDC라고 한다. 내가 탄 열차의 차종도 그 RDC였고, 이 열차에는 다른 무궁화호와는 다르게 입석승객 전용칸이 있다. 그곳은 다른 객차들과는 다르게, 전철처럼 좌석이 서로 마주 보도록 길게 늘어져 있고, 손잡이도 달려 있다. 단거리를 운행하는 열차라서 가능한 일이다.

열차는 묵직한 엔진음과 함께 연기를 내뿜으며 부전역을 출발하였고, 얼마 후 나는 열차의 정차역 중 한 곳인 태화강역에 내렸다.

역 이름만 들으면 한적한 시골에 있는 간이역이 떠오르는 사람들도 있다지만, 실제로는 울산시내 한복판에 위치한 역이다.

내가 무작정 울산광역시에 있는 태화강역에 내린 것이 아니다. 포항의 호미곶과 울산의 간절곶 둘 중 한 곳에서 해돋이를 볼 생각이었는데, 동북아에서 가장먼저 해가 뜨는 곳이 간절곶이라는 선전포스터를 보고 간절곶을 선택하여 태화강역에서 하차하였다. (절대 포항까지 올라가기 귀찮아서가 아니다)

태화강역에서 약 5분 정도를 걸어가니 울산에 사는 철도동호인이 추천해

준 찜질방이 나왔다. 내일로 숙소로는 최고라고 하기에 울산에서 자고 가는 내일러들이 자주 이용한다고 들었다.

대부분 찜질방에서 잘 때 밤에는 청소년은 못 들어가지 않느냐고 묻는 사람들이 많은데, 코레일에서 발행하는 내일로 티켓을 보여주며 여행 중이라고 말하거나 부모동의서, 혹은 카운터에서 부모님께 전화 후 여행을 다니며 찜질방에서 숙박하는 걸 허락받은 걸 증명한다면 찜질방에 들어갈 수 있다. 단, 여학생의 경우 개인적으로 어지간해서는 찜질방보다는 안전한 게스트하우스에서 숙박하는 걸 추천한다. 내가 당시 찜질방에서 잘 때에도 그곳에서 새벽에 성추행사건이 벌어질 정도로 빈도가 잦기에 자신이 피해자가 되기 전에, 그런 일을 예방하는 것이 좋다고 본다.

여행 D+4

여행의 끝에 다가가고 있다. 경비가 얼마 안 남았을 것이다. 남은 돈을 잘 활용하여 끝까지 여행할 수 있도록 돈을 조심해서 써야 한다. 혹시 갈아입을 옷이 없는가? 일부 게스트하우스에서는 숙박객에 한하여 세탁기를 쓸 수 있도록 하고 있다. 숙소를 선택할 때 알아보고 가는 것도 Tip이라면 Tip이라고 할 수 있다. 본인은 큰 배낭을 메고 그 안에 여벌의 옷을 충분히 챙겨놨기에 세탁할 일은 없었다.

햇빛이 남긴 흔적을 따라서 D+5

새벽 5시 30분에 일어나서 바로 간절곶으로 가려고 했으나, 태화강역에서 간절곶까지 버스를 타고 약 2시간 정도 걸린다기에 하는 수 없이 인근 항구로 가기로 했다.

용모를 정리하고 태화강역에서 방어진항으로 가는 첫차를 탔다. 첫차라서 그런지 버스에는 나와 어르신 두 분만이 탑승하였고 버스는 약 30여분을 달려 방어진항 인근에 나를 내려주었다. 날씨는 해무(바다안개)가 좀 껴 있었지만 어느 정도 맑았고 아직 동이 트기 전이었기에 나는 방어진항의 부둣가로 이동하여 해가 뜨길 기다렸다. 방어진항은 시골의 어촌이라고 하기에는 애매한 항구였다. 항구 주변에 대규모 조선소가 있었고, 그 뒤로는 울산만을 따라 빌딩이 줄줄이 서 있어서인지 어촌이라고 하기에는 어울리지 않는 풍경이 펼쳐져 있었다.

부둣가 끝으로 이동하자 서서히 수평선이 밝아지기 시작하였고, 곧이어 둥근해가 떠오르기 시작하였다. 정동진에서 못 봤던 해돋이를 방어진항에서 보고 있었다. 수평선너머로 해무 사이에서 떠오르는 해를 지금 생각해 보면 사진으로 못 남긴게 아쉽지만, 그때는 영혼이 태양에 빨려들어가는 듯 넋을 놓고 바라봐서 사진을 찍을 생각도 못하고 있었다. 방어진항에서 보았던 해돋이는 지금까지 봐온 해돋이 중에서 가장 아름다운 해돋이였다.

해가 떠올라 온 대지에 따스한 햇살을 비추기 시작할 때 나는 방어진항에 다시 태화강역으로 돌아왔다.

태화강역에서 아침 8시 32분에 발차하는 무궁화호 제 1622 열차에 올라 앞으로의 계획을 생각해 보았다. 하지만 딱히 어딜 가고 싶다는 목적지는 없었다. 계획표를 찢어버릴 때의 생각 자체가 계획을 세우지 않기로 한 것이었기에 열차가 가는 곳 따라 나도 자연스레 내 행선지가 그때그때 바뀌는 즉흥여행인 것이다.

–우리 열차는 잠시 후 불국사역에 도착합니다. 미리 준비해 주시기 바랍니다….

'불국사?'

태화강역을 떠난 지 약 30분 만에 내가 탄 열차는 불국사역에 도착하고 있었다.

갑자기 머릿속에 여러 생각이 들면서 몸을 움직였고, 그 결과 정신을 차려 보니 나는 불국사역 플랫폼에 서 있었고 내가 타고 온 무궁화호는 출입문을 닫고 출발하고 있었다.

"이것도 병인가."

이렇게 된 거 불국사역을 빠져나와 버스정류장에서 시내버스를 타고 불국사로 향하였다. 약 20분 정도가 지나자 버스는 불국사 주차장에 도착하였고, 잠시 후 나는 '세계유산 불국사' 라고 적힌 커다란 돌 앞에 서게 되었다.

입장료는 청소년기준 3,000원. 당시 경주역에서 내일로 패스를 발권 받은 사람들은 불국사 입장료가 무료였으나, 나는 대구역에서 발권하였기에 혜택을 받지 못하였다. 경주 토함산에 위치한 불국사는 크게 4개의 영역으로 나뉜다. 대부분의 사람들이 '불국사' 하면 떠올리는 석가탑과 다보탑이 위치한 석가모니불을 모시는 대웅전 영역, 극락세계(저승)을 관할하는 아미타불을 모신 극락전 영역, 자비로움으로 대표되는 관세음보살을 모신 관음전 영역으로 4개의 영역이다. 개인적으로는 관음전 앞에서 다보탑을 바라볼 때의 설경은 매우아름답다고 느끼는 장소이다.

불국사를 빠져나와 불국사역으로 향하려고 가는데 석굴암행 셔틀버스가 곧 있으면 불국사로 온다는 이야기가 들렸다. 나는 망설임 없이 셔틀버스에 탑승하였고, 요금은 청소년 기준 1,200원이었다.

구불구불한 산 비탈길을 돌아 버스는 휘청거리며 이리저리 기울음을 반복한 후 석굴암 주차장에 도착하였다. 초등학교 때 이후로 처음으로 온 석굴암은 주차장이 눈으로 뒤덮여 주차된 차들과 주차할 공간을 찾는 차들로 가득 차 있었고, 나를 태운 버스는 그 사이사이를 비집고 들어가서 승객들을 매표소 인근에 내려 주었다.

석굴암 또한 입장료는 청소년기준 3,000원. 표를 끊고 10여 분을 걸어가니 사찰 건물들이 나타났다. 석굴암을 둘러보는데 약 3~40분 정도 걸린 듯하다. 석굴암 본존불은 동해바다를 바라보고 있다 하였고, 이에 관해 많은 소문이 있다고들 한다. 그 소문들은 여행을 다녀온 후에 찾아보기로 하고 나는 주차장으로 돌아왔다.

주차장으로 돌아오니 내가 아까 타고 온 버스가 출발 준비를 하고 있었다. 배차 간격이 1시간 정도 되기에 계속 석굴암주차장에서 대기한 듯했다.

역시나 마찬가지로 1,200원을 내고 버스에 올랐고, 버스는 불국사주차장에 나를 내려주었다. 셔틀버스에서 내린 곳에서 일반버스를 타고 불국사역이 아닌, 경주역으로 이동하였고 경주역에서 나는 동대구역으로 향하는 무궁화호에 탑승하여 동대구역으로 향하였다. 동대구역에 도착하니 1시 20분이었고 나는 어디로 갈지 고민하다가 일단 배부터 채우자는 생각으로 대합실에 위치한 우동가게에 들어갔다.

내가 사는 지역이자 여행을 출발할 때엔 대구역과 동대구역을 번갈아가면서 이용하는데, 동대구역에 올 때 가끔씩 열차에 오르기 전에 이용하는 우동가게라서 정이 가는 곳 중 하나다. 우동을 먹고 동대구역 광장으로 나와서 역을 바라보았다.

"크고 아름답다."

작고 아담한 시골의 간이역과는 달리 수천 개의 유리로 벽이 도배된 동대구역을 보니 저절로 감탄사가 나왔다.

이어서 계속 여행할까 싶었다. 그리고 코에서 무언가가 흐르는 느낌이 나더니 이내 피비린내가 나기 시작하였다.

코피가 나고 있었다.

"…. 집으로 가자."

6일 동안 너무 무리를 한 것 같기도 하다. 가지고 있던 여행용 티슈로 코를 틀어막고 버스에 올라 여행의 출발부터 지금까지를 회상해 보았다. 동대구역에서 출발하여 동대구역에서 끝내는 이 여행은 짧으면서도 길었고, 길면서도 짧았다. 아쉬움은 크게 느껴지지 않는 여행이었다. 적어도 집에 박혀 있는 것보다, PC방과 노래방을 오가며 시간을 보내는 것보다는 의미 있는 여행이었다고 생각한다.

어릴 때 유치원에서 '우리나라가 세계에서 가장 작다' 라는 말을 들었다. 지금 생각해 보면 그 말은 틀리지만 근본적으로 우리나라가 다른 나라에 비해 작다는 것을 알 수 있는 말이다.

하지만 나는 그렇게 생각하지 않는다. 비교적으로는 우리나라는 타국에 비해 영토가 작다. 그렇지만 이 글을 읽고 계신 독자 분들도 보다시피 내가 6일간 '전국여행' 을 타이틀로 잡고 여행을 시작했음에도 불구하고 아직 못 가본 곳이 수두룩하다.

심지어 기차를 타고 갈 수 있는 곳 중에서도 아직 못 가본 곳이 많고, 대한민국 기찻길은 우리나라 구석구석까지 다 훑으며 레일이 깔려 있진 않기에 기차를 타고 갈 수 없는 곳은 당연히 기차타고 갈 수 있는 곳보다 더 많다.

그런 의미에서 난 내가 1주일 가까이 되는 시간동안 우리나라를 둘러보고 싶었으나 아직 가보지 못한 곳이 많고, 가본 곳보다 가보지 못한 곳이 더 많기에, 우리나라는 비록 타국에 비해 작지만, 나에게는 크고 넓은 아름다운 나라라고 할 수 있겠다. 그렇기에….

– 이번 정류장은 원대오거리입니다. 다음 정류장은….

"헉 또 버스를 잘못 탄 건가?"

여행 D+5

내일로 패스가 7일이라는 시간을 주고 있지만, 그 시간을 꼭 채울 필요는 없다.

누구는 3일 만에 여행을 끝내기도 하고, 누구는 5일만에 끝내기도 하며, 시간이 부족하다며 내일로패스를 한번 더 끊고 1주일을 더 여행하는 사람들도 있다.

여행을 통한 일상탈출의 쾌감은 충분히 얻었는가? 다시 일상으로 돌아갈 시간이 다가오고 있다. 너무 무리하지 마라.

에필로그

대한민국 대부분의 청소년들은 여행을 다니기보다는 PC방, 노래방, 번화가로 다니는 것을 더 좋아한다.

여행에는 돈이 많이 들어간다는 오해와 귀찮음, 그리고 두려움 때문이다.

나도 불과 2년 전까지만 해도 그런 학생들 중 한 명이었고, 나가서 뛰어노는 것보단 집에서 컴퓨터 게임을 하는 것을 더 즐겼다.

여행을 시작하게 된 결정적인 계기라는 건 없다. 어느 순간부터 갑자기 멀리 가보고 싶어지고, 내가 사는 도시를 떠나 타지로 가서 그곳을 돌아본 후 다시 이곳으로 돌아오는 게 즐거웠을 뿐, 딱히 큰 계기는 없었던 것 같다.

비록 2013년 1월 내일로 여행은 돌발 상황으로 인해 스케줄이 완전히 깨졌지만, 2014년 1월에도 내일로 여행을 재계획하고 있다.

그때는 2013년에 가보지 못한 곳과 다른 여행지들을 다녀오고 다시 한 번 더 머릿속을 정리해 볼 시간을 가질 예정이다.

최근에는 한국철도공사에서 내일로 5일권과 9일권을 신설하였다. 꼭 7일이 아니더라도 계획을 알차게 세워 자신에게 맞는 티켓을 고르길 바란다.

'젊을 때 돌아다녀야 한다. 나중에 후회하지 않도록'

– 내일로 여행 도중 열차 안에서 뵌 어르신의 말씀

당시 견학자들과 조차장 직원들의 웃음보를 터트리게 한 강릉발 부산행 무궁화 승용차.
이 상태로 대전 시내를 질주하였다는 뒷이야기가 있다.

대전조차장의 기관차 격납고

대전조차장 검수 선에 대기 중이던
8500호대 신형 화물전기기관차

마멀레이드 하늘이 잼으로 변해가는 시기

-Marmalade Sky

허서영

언젠가 내가 잊어버릴 내 어릴 적 추억 한 조각이,
하늘이 붉은 마멀레이드 색으로 물들어갈 무렵,
내가 우편함 앞에서 웃으며 울며 보던 그 이야기들…
5명의 친구들과 2년 동안 했던 "Penpal"에 대한 솔직한 이야기

작가 소개__허서영
외국 드라마, 애니메이션, 소설, 사이퍼즈 등 각종 창작물 애호가
2012년, 이곡중 책쓰기 동아리 '북아띠' 어떤 도서관의 메르헨
2013년, 이곡중 책쓰기 동아리 'Healing Camp' 마멀레이드 하늘이 잼으로 변해가는 시기
http://blog.naver.com/gtd98

목차 Contents

어떤 일이든 시작은 우연으로부터 나온다. 내가 겪은 우연은 볼펜 끝에서 시작해서 타자기의 자판, 핸드폰까지 여러 사람들과 글로 소통해 가는 것을 배운 것이다.

A4용지에서 시작하여 편지지 패드, 샤프로 시작해서 0.28 볼펜까지, 초등학생에서 대학생들까지 여러 가지 이야기를 해줄 것이다.

몇 달 전, 사실 이 이야기는 끝이 났지만 언젠가 내가 잊어버릴 내 어릴 적 추억 한 조각이, 하늘이 붉은 마멀레이드 색으로 물들어갈 무렵, 내가 학원을 마치고 우편함 앞에 서서 울고 웃으며 보았던 그 이야기들이 잊혀져가는 것이 아쉽고 안타까워 이 책을 쓰게 되었다.

이 책을 독자와 10년 뒤의 나에게 바칩니다.

오렌지를 물과 베이킹 소다로 헹군다 _노란별

1년이 넘는 펜팔 교환의 시작은 블로그 관리를 좋아하던 중학교 2학년의 내가 어느 날 서포터즈 활동으로 알게 된 2살 연하의 여자아이의 제안을 하나 받게 된 것이었다. 아직 초등학생 이었던 그 아이는 자신의 중학교 생활에 대해서 나에게 멘토가 되어주면 안 되냐는 부탁을 했었고, 나는 성격도 소심하고 성적도 보통이지만 이런 '나'라도 괜찮다면 기꺼이 도와주겠다고 말했다.

사실, 나는 그때까지 그 아이가 어떤 방법으로 나에게 멘토 신청을 할지 상상도 못했다. 그저 인터넷 상에서 조그맣고 소박한 이야기를 나누는 형식으로 진행될 줄 알았는데, 내 예상은 멋지게 빗나갔다. 아이는 나에게 "펜팔"이라는 방식으로 소통을 하자고 했지만 난 "Penpal"의 'P'도 모르는 상태였기 때문에 그 아이가 먼저 나에게 편지를 보내면 비슷하게 해서 보내면 되겠다는 생각을 했다. 그리고 그 아이의 편지를 기다리면서 어느새 나는 언제나와 같이 나의 일상에 물들어 갔다.

몇 날을 기다리면서 "펜팔"의 존재를 완전히 잊어버릴 즈음 그 아이에게서 드디어 편지가 왔다. 우편함에는 여러 가지 통신사들의 광고지들이 있었는데, 평소와는 다른 두툼한 민트 색 땡땡이의 봉투 하나가 눈길을 사로잡았다. 솜씨가 많이 서툰 것인지 모서리 부분이 조금씩 찢어져 있기도 했다.

사실, 그 날의 난 2학년 중간고사 시험 날이었는데, 수학을 망치고 우울한 마음으로 돌아 왔기에 그 편지는 나에게 큰 위안이 되었다. 자판기에서 사 온 캔콜라를 따며 침대에 앉아서 편지를 뜯어보기 시작했다. 꼭 어느 기념일 날에 선물을 받는 것처럼 두근거리면서 열어 본 걸로 기억한다. 안에는 초콜릿 3조각, 필기구, 수첩이 들어 있었고, 편지는 초등학생의 글씨인 것처럼 삐뚤거리는 그런 글씨였다. 사실 여성스럽지 않고 남자 글씨 같아서 조금 많이 놀랐다는 것이 함정이지만 말이다. 내용도 짧고 통일성과 응집성 같은 건 전혀 찾아 볼 수 없었지만 그때의 난 아마 조금이라도 자신을 인정해 줄 사람이 필요했는지도 모

른다.

하지만 역시 처음이라서 그런지 그리 오래 가지는 못했고, 그 아이의 행방도 곧 묘연해졌다. 책임감 없는 그 아이의 태도에 화가 나기도 했지만 이걸 계기로 나는 펜팔을 통해서 많은 이야기를 할 수 있었으니 일종의 준비 운동이라 생각하자고 나 자신을 타일렀다.

From. 노란별

안녕하세요! 저는 노란별이라고 합니다. 실명은 '류'이에요! 으아, 먼저 글씨체 죄송합니다!

그리고 소멸하려고 하는 선물들. 죄송해요.

그리고 감사해요! 저랑 펜팔을 해주신다고 하시다니 매우 감사해요!

저 정말 언니랑 펜팔 하고 싶었어요. 자주 뵈는 분이시라서. 그리고 되게 좋으신 분이셔서.

시간은 너무 빨리 가는 것 같아요. 시험이 한 달도 안 남았어요.

알차게 보내야 하는데 말이죠. 망했어요! 전 끝이에요. 끝!

정말이지 말이죠. 2학년 때 잘 하면 되겠죠. 가 아니겠죠.

왜, 어째서 그렇게나 중학생이 되고 싶었는지 모르겠어요. 정말이에요.

주절주절. 저희는 시험이 끝난 후에 바로 수련회를 가요. 수련회에서는 '카레이싱'을 하기도 하고 '오징어 말리기'를 하기도 한다고 하네요. 제길.

수련회, 공포 그 자체 같아요. 하지만, 애들이랑 실컷 놀 수가 있지요! 또 동물 잠옷 같은 잠옷을 입고 놀기도 하고요.

요즘 계속 생각나는 건데 성공한 사람들 중엔 자기 주도 학습을 한 사람이 많다고들 하는데 성공 못한 사람들 중에서도 자기 주도 학습을 한 사람은 많을 건데 그렇게 따지면 성공한 사람들이 별로 없으니까 성공한 사람들은 정해져 있는 것 아닐까요?

헤헤. 언니는 성공 100% 하실 것 같아요. 저는 아직은 잘은 모르겠지만 괜찮을 것 같아요. 아직 가능성 0.001%는 있으니까요.

아무튼! 그건 제가 노력을 밤낮 경계 없이 해야만 가능한 것이잖아요?

언니랑 펜팔 할 수 있어서 정말 행복해요! 오랫동안 할 수 있으면 좋겠어요.

나중에 서포터즈 오프라인 모임에서도 만날 수 있기를!

매우 심각한 이야기지만 다음에는 꼭 글씨체도 바꿔 오겠습니다.

그럼 늘 좋은 하루 되시고 행복하세요!

오렌지 과육을 짜서 건더기와 즙을 분리한다 _라카체

지금 내 취미 중 하나인 마스킹 테이프(Masking Tape) 모으기의 시작은 역시 한 때 내 블로그 친구였던 라카체님에게서 비롯되지 않았나 싶은 생각이 든다. 같은 공부 블로그였던 그녀와 난 서로 취미도 비슷했기에 궁합이 잘 맞았는데 지난 설에 그녀는 자신의 블로그에서 한 일본 직구 쇼핑몰에서 구입한 5만 원어치 마스킹테이프의 리뷰를 올렸었다.

그 뒤로 펜팔 모집이 이루어졌고 라카체님과는 일펜(한 번만 하는 펜팔)을 하게 되었는데 역시 마스킹테이프를 5만 원어치나 사서 그런지 A4용지에 마스킹테이프를 덕지덕지 붙여도 뭔가 보통 편지지보다 더욱 더 예쁜 편지지가 되었다.

같은 종류의 블로거로써 약간 쑥스럽던 것은 편지의 첫 머리에 언제나 내 블로그의 글을 잘 보고 있다는 것이었다. 언제나 난 라카체님이나 나휼 언니의 블로그에 대해서 공경하고 있었는데 그런 분께 이런 말을 듣는 건 그야말로 영광이었다.

그녀의 상황은 대부분 나와 비슷해서 공감이 가는 부분이 많았다. 스티커를 사다가 엄마와 싸우고 학교에서 성적 문제 때문에 머리가 뒤죽박죽되기도 하고, 애니메이션도 마음껏 보고 팝송도 가끔씩 듣기도 한다. 그만큼 우리가 할 수 있는 이야기는 많았고 서로 기분도 편했을 것이라고 난 생각한다.

아쉬운 것은 라카체님이 저에게 정식적인 펜팔을 해보자는 이야기를 했을 때 난 왜 답장을 해주지 못했냐는 것이다. 그것에 대해서는 아직도 후회가 많이 남아 있다. 그렇지만 라카체님이 블로그를 초기화시키고 종적을 감추셔서 더 이상 뵐 수 없다는 것도 하나의 이유겠지만 말이다.

From. 라카체

안녕하세요, Tempo님! 항상 Tempo님의 다이어리를 눈으로만 보다가 이렇게 손 편지로 뵙게 되어 너무×100 반갑습니다. 저희의 첫 인연은 서포터즈였던 걸로 기억해요! 아닌가요? 어쨌든 Tempo님을 만나서 굉장히 기분 좋았어요. 뭔가 되게 감상적이고 생각이 깊으실 것 같아요. 어찌되었던 저는 방금 엄마와의 전투를 보내고 오는 길입니다. 요즘 엄마랑 트러블이 너무 많아 걱정이에요.

Tempo님은 부모님과 싸웠을 때 어떻게 하시나요? 전 친구관계보다 자꾸 트러블 생기는 동생+엄마가 걱정이에요. 언제나 나중에는 감정싸움이 되고, 게다가 겨울방학 때 인쇄소 스티커의 세계에 들어오면서 다꾸(다이어리 꾸미기), 펜팔 등등도 굉장히 많이 생기구요. 덕분에 돈에 대해 굉장히 민감해지고 우편물로 인해 트러블 쭉쭉 상승. 이번에 한 스티커의 발주도 한 번 해보려고 했는데 시간이 될지 모르겠어요. 으아, 진짜 너무 끊기 힘든 게 스티커 같아요.

엉엉, 요즘은 랩핑지도 같이 빠져 버려가지고. 근데 못 끊는다는 것이 함정. 어휴, 어쨌든 요즘은 자나 깨나 스티커 생각밖에 안 나요. 그리고 요즘 HOLIC된 애니메이션. 죄다 훌륭한 것이 공부에 방해되는 거예요! 방학 때도 애니메이션을 너무 많이 봐서 그런지 간단한 일본 회화를 할 수 있게 되었습니다. 미쳤네요. 하여튼 덕후라고 하셔도 할 말이 없습니다. Tempo님은 어떤 애니메이션이나 웹툰을 보시는지 궁금하네요. 이제 끊고 공부도 해야 하는데 말이죠.

진짜 중학교 3학년이 되니까 선생님들 압박이 장난이 아니라고요. 저희는 비평준화지역이라 일종의 미니 수능 같은 걸 치고 고등학교에 가야 합니다. 그래서 학교에서 공립인데도 0교시+8교시 크리(Critical)가 쩔어요. 사실 전 외고 생각하고 중학교 1학년 때부터 공부를 했는데 제가 거기서 잘 할 수 있는지 모르겠어서 내신 잘 받아서 심화 반 들어가려고요. 영어만 믿고 나댔는데 내신 특별 반 들어가려니 쉽지가 않네요. 각 과목당 과목등수 20등 올려야 하고 말이죠. 에휴. 너무 한풀이가 된 것 같아 죄송해요. 글씨도 엉망이고, 우선 뒤의 이야기는 뒷장에서 계속해요.

안녕하세요. Tempo님~ 첫 번째 편지에 이어서 두 번째 편지입니다. 사실 첫 번째를 쓰고, 아무 생각 없이 포장해서 앞의 내용이 좀 웃기지요? 혹시 '팝송' 좋아하시나요? Tempo님의 어떤 가수를 제일 좋아하시나요? 저는 'Taylor Swift'를 굉장히 좋아해요. 여신님이라고 부를 정도로 정말 아름다운 것 같아요. 〈Love Story〉라는 MV에 보면 정말 꿀 피부에 이목구비도 뚜렷하고 노래도 정말 잘 부르고 작곡하는 테일러 누님 덕분에 요즘은 컨트리풍 노래가 정말 좋아졌습니다. 테일러 누님 요즘 앨범 많이 내고 있으니까 꼭 한 번 들어 보셨으면 좋겠어요!

특히 요번 〈RED〉의 앨범 표지의 빨간 립스틱이 정말 잘 어울리는 것 같으세요. 아, 이게 문제가 아니라 좀 많을지도 모르겠지만 끌리는 것 골라서 들어 보세요. "Enchanted" - 마법에 걸린 것 같은 그런 느낌의 노래입니다.

"Red" - 감정을 색깔로 표현해서 신선 했어요. "Mean" - 이거 진짜 저 정말 한동안 계속 불렀습니다. "Picture to burn" - 뭔가 컨트리 하면서도 락풍의 신나는 노래입니다. "If this was a movie" - 철자가 맞는지는 모르겠는데 조금 차분하면서 팝적인 요소가 많아요. 지금 당장 생각나는 건 이것 뿐. 그리고 이건 추가로 제 벨소리인데, "Maroon5의 Payphone" 들어 보세요.

그럼 이만 음악 이야기는 그만 하도록 하고 제가 요즘 제일 걱정되는 학교생활 이야기를 해볼게요! 저희 반에 친구가 한 명이 있는데 되게 감성이 특별한 아이입니다! 초등학교 6학년 때부터 친구였는데, 중학교 3학년에 올라와서 많이 소심해진 것 같더라고요. 근데 평범하게 소심한 게 아니라 뭔가 스스로 가두는 느낌? 피부도 뽀얗고 이뻐서 얼음 공주 같은 느낌이라고 해야 할까? 전 예전부터 친해서 이 아이의 활달한 모습도 알아서 괜찮지만, 저희 반 아이들이 오해할까 봐 두려워요. 혹시 Tempo님에게 좋은 방안이 있으시면 살짝쿵 조언 부탁드려요.

어휴, 글씨체를 보니 정말 엉망인 것 같아요. 조금 못 나도 조금만 참고 읽어주세요. Tempo님 요즘 블로그는 어떻게 되어 가나요? 실례가 되는지는 모르겠지만 Tempo님 다꾸 솜씨를 보는 건 정말 즐거웠거든요. 전 요즘 엄청 밀려서 슬퍼요. 제가 좋아하는 빈티지 꼴라주로 일단은 매우고 있기는 한데 말이죠. 다꾸 꾸준히 하는 비결이 뭔가요? 중학교 3학년을 올라와서 피곤에 절여서 항상 오자마자 자요.

엇, 벌써 편지를 마무리해야 하네요. 즐거웠어요. 좋은 하루 되세요!

백설탕을 뿌린 후 중탕에서 끓인다 _나휼

앞의 라카체님이 동갑내기 중 내일 제일 동경했던 블로거라면, 나휼 언니는 나보다 1살 연상인 블로거 중 동경하는 블로거였다. 지금은 고등학생이라서 이리저리 공부하러 다녀서 블로그를 접었지만 꼭 돌아온다는 약속을 하고 갔고 뭐든지 약속은 지키는 언니였으니 난 그 약속을 믿고 있다.

2013년 2월, 중학교 마지막을 겪기 전 언니와 펜팔을 한 나는 편지에서 언니가 중학교에 대한 아쉬움이 있는 그런 감정으로 편지를 썼다는 것을 알게 되었다. 편지의 주 내용은 내가 먼저 질문한 '피타고라스의 정리'를 위주로 시작해서 중학교 졸업식에 대한 이야기, 고등학교 선행에 대한 이야기가 짧고 굵게 써져 있었다.

글씨는 나와는 완전히 다른 성숙한 미가 있는 어른들의 글씨였다. 조금 웃기게 들릴지도 모르겠지만 만약 내 글씨를 보고 나휼 언니의 글씨를 본다면 당연히 나휼 언니의 글씨가 더 나을 것이라고 할 것이다.

나휼 언니가 수도권에 살아서 서포터즈나 체험단의 기회가 훨씬 많으니까 블로그를 시작하기 전부터 많이 블로그를 보아 왔었는데 이번 펜팔로 언니도 완벽한 사람이 아니라는 걸 알게 되어서 조금 기쁘기도 하다. 사실 난 편지를 하기 전에는 언니가 공부도 잘 하고 뭐든지 잘 하는 엄친딸(엄마 친구의 딸의 준말)인 줄 알았는데 뭔가 안도의 한숨이 나오기도 한다.

2015. 12. 1 나휼 언니 comeback 예정!

From. 나휼

벌써 '졸업'이라는 말을 하게 될 줄 몰랐는데 차디 찬 겨울을 보내고 2월이 다가왔네!

펜팔에서 이름을 아는 사이라는 건 편지에도 좀더 진심으로, 친근하게 대해도 된다. 라는 생각을 해서 위에 실명으로 적었는데 괜찮아?

괜찮다고 생각하고 편지를 쓸게. 그래야 서영이도 나한테 편하다는 느낌을 빨리 느낄 수 있을 것 같아!

사실 피타고라스의 정리는 "a2+b2=c2"로 끝. 그 다음은 많이 하면 저절로 풀어진다고 해야 할까. 삼각비도 Sin, Cos, Tan만 잘 외우면 뭐. 그런데 오빠가 과학 고등학교에 다니다니 완전 부러운 걸? 엘리트 같아.

나는 그냥 뭐 편지에 특별한 질문이 없는 이상 내 이야기 중심의 편지를 쓰므로 이제 일상 TALK를 해 봅시다!

서울이 이번에 눈이 많이 와서 2월 7일이 졸업인데 추워 죽겠어. 심지어 졸업식 뒤풀이가 우리 학교. 그래서 교복이 아닌 사복을 입고 졸업식 한다고 하더라고. 완전히 슬프다. 졸업인데 마지막을 사복으로 장식한다는 것이 말이 돼? 진짜 우리 학교 싫다. 심지어 다음날인 8일은 고등학교 배정이라 졸업식 후에 학교로 다시 갑니다. 어떻게 이런 일이! 차라리 2월 8일에 졸업하고 배정받고 대신 개학을 하루 늦출 것이지. 진짜.

참. 내가 고등 선행을 다른 친구들보다 늦게 시작해서 편지가 조금 늦을 수도 있는데 괜찮아? 시간이 많이 없어. 친구들 따라 잡으면 여유가 생기지만 그렇지 않으면 빡빡하게 지내야 해서 말이야. 이해해 주길 바래. 괜찮을 것이라고 믿어! 오늘 학교에서 롤링 페이퍼 덕분에 손이 아픈지라 완벽한 악필이 된 것을 사과하면서 마칠게. 설전에 도착하지 못할 것 같지만 새해 복 많이 받고 2013년 Fighting!

2013. 02. 05

끓어 오른 거품을 걷어낸다 _ 초코파이

이 언니랑 시작한 날이 언제인지 정확히 기억은 나질 않는다. 하지만 몇 번의 연락두절에도 불구하고 언니는 정신을 차리면 어느 샌가 또 편지를 보내곤 했다. 처음 편지를 시작했던 건 작년 11월 달이었고 마지막으로 편지를 주고받은 건 이번 연도 여름인 8월 달이었다.

언니와의 이야기는 주로 학교생활이었는데 내가 알지 못한 참신한 이야기들을 자주 들려주고는 했다. 예를 들어, 학교 축제날에 자신의 반에서는 게임카페를 해서 복불복 샌드위치를 먹었으나 옆 반의 귀신의 집에 눌렸다거나 자신의 가정 도우미인데 임산부를 체험을 해서 한동안 배가 엄청나게 무거웠다는 이야기가 그 중 하나였다.

하지만 올해 초반에 내가 보냈던 펜팔이 되돌아 온 일이 생김에 따라 난 '혹시 언니가 고등학생이라서 이제 내 편지를 받아 주지 않는 걸까?'란 생각에 몇 달 동안 편지를 보내지 않다가 7월말에 시험을 끝내고 카카오톡(SNS)에서 언니의 톡을 받았다.

언니도 아마 내가 편지를 안 보낸 게 자신의 탓이라고 생각해서 한동안 이러지도 저러지도 못하다가 나에게 이제야 편지의 행방에 대해서 묻기 시작한 것이었다. 톡으로 한동안 이야기를 한 우린 서로 편지를 한 번 주고받았다. 운 좋게 난 되돌아온 편지를 보관하고 있었기에 보내지 못했던 편지들도 같이 보내기로 했고 언니는 그 대가로 6장이나 되는 편지를 나에게 답장으로 보내 주었다.

내가 다시 편지를 보내고 벌써 또 몇 달이 지났지만 언니의 답장은 오지 않고 있다. 하지만 또 언젠가 답장이 올 그날을 생각하면서 오늘도 역시 언니를 위한 편지를 적는다.

From. 초코파이

안녕. 오늘은 11월 20일이야. 사실 오늘 야자시간에 다 쓰고 돌아가는 길에 보내려고 했는데 우표를 두고 온 거 있지? 그런 관계로 내일 붙일게. 아. 글을 너무 많이 썼더니 팔이 아파서 글씨가 이상하다. 별 차이는 없지만, 독서 기록장을 쓴다고 아주 죽겠어!

일단 첫 펜팔이니까 간단하게 자기소개를 할게. 나는 17살이야. 관심사는 책, 음악, 여행, 외국 드라마 등 많이 있어. 책은 사진이 많은 여행 기행문이나 판타지, 추리물을 제일 좋아해. 혹시 '호스트(The Host)'라는 책 알아? 내가 어제 읽은 책인데 저자가 "Stephenie Meyer"이더라. 난 전혀 그 사람이 쓴 소설이 아닌 줄 알았어. 트와일라잇(Twilight)이랑 뭔가 다르다고 해야 할까? 나만 그런가? 어쨌든 책 읽는 걸 좋아한다면 꼭 한 번 읽어보도록 해.

음악은 공부 할 때나 책 읽을 때, 게임 할 때 듣기 때문에 조용한 노래를 좋아해. 그러다보니 거의 드라마 OST를 좋아하더라고. 잔잔하니까. 그래서 그런지 티아라는 그다지 좋아하지는 않는데 티아라의 노래는 좋아해. 노래가 어둡다고 해야 하나? 내가 싫어하는 노래는 가사가 이상하거나 시끄러운 노래. 그러므로 싸이의 '강남 스타일'은 패스~ 넌 무슨 노래를 좋아해?

여행은 중국 빼고 전 세계를 가보고 싶어. 특히 스웨덴이나 네덜란드, 캐나다를 꼭 가보고 싶어. 중국은 치안 상태라던가, 음식문화 때문에 싫어해. 중국음식은 향신료도 많이 들어가고 기름기도 장난이 아니잖아. 나중에 돈 모아서 인도로 배낭여행을 가고 싶어. 왜 인도를 가고 싶어 하냐면. 그냥 가고 싶어. 헤헤.

요즘은 '보고 싶다(MBC 드라마)'만 보고 있는데 넌 보는 드라마가 있니? 보다가 문득 생각하는 거지만 요즘은 아역배우들이 더 연기를 잘 하는 것 같아. 나만 그런가? 내가 좋아하는 연예인은 특별히는 없는데 잘 생기다면 모두 O.K. 나에 대해 모르는 것이 있다면 언제든지 물어봐.

내가 저번 주에 축제를 했는데 각 반마다 하는 게 있잖아. 우리 반은 게임 카페를 했는데 어떻게 말해야 할까. 지금 그 아이를 욕하고 싶어서 짜증나지만 첫 편지니까 참도록 할게. 혹시 궁금하다면 다음에 알려줄게.

안녕. 12월 18일이야. 편지는 그저께 도착했는데 오늘 편지를 쓰는구나. 먼저 축제는 그럭저럭 끝났어. 게임카페를 한다고 했었지? 우리 게임카페에는 먹을 걸 팔지 않았어. 그 대신에 복불복으로 딸기잼 바른 토스트랑 고추장 바른 토스트 중에 골라 먹기 또 콜라랑 간장 중에 골라 먹기 뭐 그런 거 했지. 게임기 같은 것은 없어. 우리는 가난한 학생이니까. 대신 다른 게임을 했어. 고스톱이나 블랙잭, 사람 찾기 복불복. 사실, 옆 반이 10반이었는데 거기서 엄청난 스케일의 귀신의 집을 해서 우린 거의 망했어.

중학교 때 우리 학교도 산 중턱이었어! 동지구나 우리! 우리 학교 5층에서 학교를 보면 엄청난 개수의 무덤도 보였었지. 거기다 눈이 오면 제대로 내려가지도 못해. 경사가 너무 높아서 말이야.

난 고등학교를 가까운 곳+내신을 딸 수 있는 곳으로 왔어. 우리 집에서 걸어서 한 20분 거리에 율하고랑 대청고가 있는데 대청고는 기숙형 고등학교라서 내신 따기가 좀 어렵거든. 그래서 율하고로 왔지. 근데 내가 고등학교를 다녀봐서 알겠는데 진짜 가까운 곳이 최고야! 가까이 있는 곳이 질이 너무 안 좋으면 다른 데 가야 되지만 비슷비슷하면 가까운 곳으로 가! 근데 나 내신 따려고 조금 낮은 우리 학교로 왔거든. 우리 학교 커트라인은 70%. 생긴 지 올해로 2년째인 신설교라서 좀 낮아. 그러고 보니 요즘은 우편 분실이 심하게 잘 된다고 하나 봐. 우리 받았을 때랑 보낼 때 카톡해 주기로 하자.

지금 이 편지가 도착 하면 크리스마스겠지? 조금 이른 감이 있지만 Merry Christmas 그럼 이만 Good bye~

안녕, 서영아~ 오늘은 1월 15일이야. 나의 방학도 이미 반이나 지나갔지. 더 안타까운 건 그 반을 학교에서 보냈다는 거지. 집에서 쓸 때는 1.0짜리 볼펜으로 쓰다가 0.5로 쓰니까 뭔가 빡빡하다고 해야 하나? 하여튼 그래. 앞에 인사하는 부분은 집에서 썼고 갑자기 굵기가 바뀐 부분부터는 학교에서 쓰고 있어. 일단 편지 쓸 때는 편하게 쓰면 돼! 존댓말이든 반말이든. 우리 서로 존댓말로 써 주기 할까? 그런 펜팔도 왠지 재미있을 것도 같고 말이야. 그치?

역시 요즘 분실이 많아서 나도 걱정이야. 그러니까 우리 보냈다고 연락이 왔는데 2주가 지나도 도착을 안 하면 알려주기로 하자. 분실 때문에 갑자기 펜팔이 끊기게 된다면 억울하잖아.

우리 학교는 요즘 보충 수업을 열심히 하고 있어. 1교시부터 4교시까지 수업을 하고 5교시부터 6교시까지. 그 다음은 자습시간 100분. 완전 지옥이라니까. 축제를 토요일에 하는구나! 난 초, 중, 고를 통틀어서 토요일에 축제를 해본 적이 없어. 그리고 6시간이 넘어서까지 축제를 해본 적도 없어. 너희는 달라? 우리는 오전, 오후로 나누어 가지고 오전에는 먹거리, 오후에는 공연관람을 해. 너희는 과학시간에 그런 것도 만드는구나. 우리는 only 수업이야. 아, 그래 영화 봤었지. 코어라는 지구의 내핵과 외핵에 문제가 생겨서 자기장의 방향이 바뀌어서 지구가 종말하는 내용이야. 마지막에는 주인공들 덕분에 원래대로 돌아오지만 볼 만 하더라고.

우리는 시험 끝나고 피자 토스트를 만들었어. 그리고 김치 볶음밥도 해 먹었지. 원래 우리 조에서 선생님한테 음료수를 하나 줘야 하는데 그걸 까먹고 음료수를 다 먹어 버린 거 있지? 내 친구는 옆에서 남자친구 줄 거라고 난리치고. 에잇! 커플 따위는 깨져라! 설마 너도 커플? 너희 음악 선생님은 호랑이구나. 우리는 싸이코야. 더 중요한 건 담임이라는 거지. 우리 담임의 만행을 다 적으려면 10장으로도 모자라겠지. 그 이야기는 다음에 하도록 할게. Bye.

안녕! 오늘은 1월 17일이야. 지금 학교 자습 시간인데 마치고 편지 붙이러 가기 전에 하나 더 쓰고 싶어서. 어제 버스를 타고 갔는데 한 번씩 그런 아저씨들 있잖아. 갑자기 급정거 하고 막 꺾고. 어쨌든 그런 버스를 탔어. 중간 정도에 그 아저씨가 갑자기 꺾어서 버스 문 밖으로 튀어 나갈 뻔 했거든. 그래서 양손을 꽉 잡고 있었는데 갑자기 급정거를 해서 서 있는 사람들이 전부 다 앞으로 넘어진 거야! 나도 그 중에 한 명이었지.

어떤 사람들은 기사한테서 전화번호를 받아서 갔는데 나도 받아 올 걸 그랬

어. 내일이면 보충수업도 끝나! 이제 진짜 방학을 만끽할 수 있어. 방학 때 막상 쉬니까 하고 싶은 게 없다. 고1의 겨울방학은 중요하다고 하는데 공부 해야겠지? 오늘은 이 만큼 쓸게. Bye~

안녕! 오늘은 8월 15일이야. 정말 우리가 몇 달 만에 편지를 주고 받는 건지. 나도 갑자기 끊겨서 혼자 막 이야기를 지어내고 보내봐야 하나 말아야 하나 하다가 시험기간이고. 그러다가 시간이 이렇게 흘러 버렸다. 네가 예전에 썼던 편지들도 같이 보내줘서 기뻐. 나도 하나하나 읽어보면서 쓸게.

너희 엄마가 제과제빵 다니시는구나. 우리엄마도 다니셨으면 좋겠다. 우리 엄마는 요리는 잘 하시는데 제빵쪽으로 만들어 주신 적이 없어. 음, 사실은 나도 고등학교부터 책을 읽기 시작해서 말이지.

초등학교나 중학교 필독도서는 거의 안 읽어봤어. '나의 라임 오렌지 나무'라든지 '어린 왕자' 네가 말한 '빨간 머리 앤' 이라든지 말이야. 유일하게 읽어본 것 중에 유명한 게 '모모'일까나. 엄마가 사줘서 그냥 읽어 봤는데 꽤 재밌더라고. 최근에 '클라우드 아틀라스'라는 책을 샀는데 너무 재미가 없어서 환불하고 싶어. 정말 책을 살 때는 결정을 잘 해야 해.

나도 중학교 때는 수학을 참 잘했는데. 왜 사람들이 고등학교 2학년만 되면 수학을 포기하는지 이해가 될 것 같아! 진짜 조금만 멍 때리면 금방 금방 다른 거 가르치고 말이야. 특히 로그함수와 시그마, 계차수열 이건 정말. 2학기 때는 미적분도 배워야 해서 그냥 포기할까 봐. 사실 난 문과라서 다른 이과 애들을 보니까 시간표가 정말 최고더라고. 우리 이번 수학 평균이 전체 22.5였으니 완전 최악이었지. 그거 듣고는 "아, 애들이 수학을 포기 했구나."라고 혼자 중얼거렸어.

아, 정말 덥다. 이번 주부터는 폭염도 수그러진다고 하는데 여전히 찜통이야. 선풍기를 켜도 덥고 말이야. 오늘은 간식으로 사온 마들렌을 먹었어. 난 고구마랑 초코가 제일 맛있던데 넌 어때? 오늘은 여기까지.

약한 불에서 7분 동안 더 끓인다 _수바규

만약 내가 가장 성실하게 펜팔을 했던 때가 있다면 아마 수바규와 했을 때가 아닐까 싶다. 수바규는 카톡으로 항상 서로의 안부를 물었기 때문에 내가 하루라도 답장이 늦으면 그 즉시 무슨 일이 있었냐면서 물어보는데 그게 역으로 살벌하게 느껴지기도 했다.

그렇지만 그렇기 때문에 서로 덜 속상했고, 끝이 날 때도 서로 후회가 없이 깔끔하게 끝낼 수 있었다. 그 만큼 서로 안 힘들게 노력하고 정이 들었기 때문에 헤어질 때도 더욱 더 아쉬운 그런 아이였는데, 하는 이야기는 대부분 학교 이야기 뿐이었다.

내가 하도 자기를 별명이 아닌 이름으로만 부르니까 자기 친구들은 자신의 항상 별명으로만 부른다면서 신기해 했다. 순간, 나 역시 친구들에게 별명으로 부리는 경우가 많아서 역시 공감 갔는데 밝히지는 않았다. 난 자기가 인정하지 않는다면 밝힐 필요는 없다고 생각했기 때문이다.

내가 생각하는 수바규는 발랄하고 지도력 있는 아이일 것 같은데, 수바규가 생각하는 나의 모습은 꼼꼼하고 조곤조곤 조리있게 말을 잘 하고 시크하면서 공부를 엄청나게 잘 할 것 같단다. 수바규는 나에 대해서 너무 과대평가를 하는 것이 아닐까 생각해 본다. 실제 현실에서의 난 엄청나게 소심하고 말도 잘 못하는 보통의 아이인데 말이다. 그렇게 따지면 합창대회에서 반을 1등으로 이끈다던가, 과학을 98점을 득점한다던가, 통계대회를 나간다던가 대단한 아이인 것 같다.

내가 제일 재밌던 에피소드는 '2단 뛰기'에 관한 건데, 그때는 한창 체육시간 때 2단 뛰기 수행평가를 할 때라 줄넘기를 못 하던 내가 미친 듯이 연습해서 14개를 넘어 15개를 뛰어 수행평가 A를 받았다고 수바규한테 자랑을 하니까, 그녀는 자신은 그렇게 연습을 하다가 병을 얻었다면서 우울해 했었다. 같이 했는데 다른 결과가 나온 경우는 흔히 있지만 나에게는 가까운 사람한테서 듣는 거라 그런지 좀더 색 다른 느낌이었다.

From. 수바규

내 생각에는 서영이는 꼼꼼하고 조곤조곤 조리있게 말 잘하고 시크하면서도 공부도 잘할 것 같아! 내가 되고 싶은 성격이야. 글이나 글에서 나오는 말투에서 보면 그 사람을 성격을 알 수 있다고 하잖아? 아, 대구에 갈 일이 없어서 정말 아쉽다. 헤헤.

일단 공부 잘하는 건 100% 맞을 것 같아. 고등학교 문제를 선행한다는 건 나 같으면 상상도 못 할 일이야. 학원이라도 다니면 몰라. 난 아무데도 안 다니거든. 서영이는 학원에서 상위반인 것 같네! 대단해! 윗지방 애들은 벌써 고등학교 공부하고 수능준비 한다던데 그게 진짜구나.

우리 쪽은 솔직히 잘하는 학원도 없고 논술학원 한 군데 있다더라. 나중에 내가 서울 간다면 학원들을 보고 깜짝 놀라겠지? 대구도 큰 도시니까 시설 같은 거 좋을 것 같다. 난 이제 3학년 2학기 기말 부분을 배우고 있어. 고등학교는 기숙사로 가고 싶은데 그러면 과외도 잘 못 받겠지? 혼자 공부 한다는 건 너무 어려운 일인 것 같아.

나도 고민은 참 많은데 제대로 된 해답을 찾지 못 했어. 그 제대로 된 해답을 찾기 전에 시간에 기대 버리는 것 같네. 시간이 모든 것을 해결해 주지는 않지만 어느 정도 해결해 주는 것 같아. 잠시나마 우리에게 힐링할 시간이 필요한 것 같아. 서영이도 조금이나마 해답을 찾아내고 힐링 타임을 갖길 바래! 우리 둘 다 파이팅!

어제 내 생일이었어! 내 친구들이 케이크를 사와서 노래를 불러줬지. 복도에서 말이야. 5월 8일이 신체검사하는 날인데 애들이 과자만 잔뜩 사 왔어. 이런. 어쨌든 중학교 마지막 생일인데 재미있게 보낸 것 같아서 다행이야.

내가 트로닷을 정말 가지고 싶어서 엄마한테 말했더니 생일선물로 사주신대. 내가 트로닷 오면 여기저기 찍어줄게. 원하는 이니셜이나 문구 있으면 언제든지 말해.

음, 서영이는 시험 다 끝났겠구나? 나도 끝났는데 첫 시험이라서 그런지 못 쳤어. 특히 국어 말이야. 서영이는 국어를 싫어하는 구나? 왠지 잘 할 것 같은데 말이야. 편지 쓰는 것 보면 왠지 정리도 잘 되고 말이야. 난 뒤죽박죽인데. 어쨌든 과학을 난 제일 좋아해서 이번에도 98점을 받았지. 이번 시험은 쉬웠는데 내가 공부를 잘 안 해서 100점이 하나 밖에 없고. 반에서 몇 등이 될지 막막하네.

내가 한 펜팔 중에 서영이가 제일 오래된 것 같아. 오늘은 추석 전날이야. 학교에 가지 않아서 그나마 시간이 조금 남는 것 같아. 하지만 이제 시험이 2주 밖에 안 남았어. 말이 쉬는 거지 집에 쳐 박혀서 공부나 해야 될 판이야.

서영이는 추석 때 어디가? 난 시험기간 아니어도 어디 멀리 가지는 않는 거 같아. 어쨌든 추석 아프지 않고 잘 보냈으면 해~ 즐거운 추석 되었길. 이번 추석이 수, 목, 금에 걸려서 5일이나 쉬는 황금 주말이 되었어. 거의 봄방학 수준이야. 아침에 이상하게 빨리 눈이 떠지더라고. 그리고 아, 오늘부터 학교 안 가는구나 하는 생각이 들어서 다시 잤어. 요즘 날씨가 더워졌다가 어제부터 바람이 시원해진 느낌이야. 기분이 좋다.

아! 내가 네티즌 투표 해달라는 것 있잖아. 그거 우리 탈락하고 스타벅스 10매를 얻게 되었어. 네티즌 투표에서 1위 한 사람들이 뽑혔더라고. 그때 진짜 노력했었는데 지금은 시간이 좀 지나서 그냥 우리가 안 뽑혔구나~ 하는 생각만 들었어. 연습할 때는 우리가 안 뽑히면 삼성을 테러하자고 막 했는데. 좀 아쉽게 됐어. 딱히 많은 기대는 하지 않았지만 말이야.

얼마 전에 서영이가 졸업 여행을 간다고 했지? 우린 이번 졸업여행 투표에서 가는 사람이 80% 이하가 되면 못 간다고 하더라고. 솔직히 나도 가기 싫기도 했고. 알다시피 난 놀이기구도 못 타고 짐 챙기기도 귀찮아서 말이야. 1박2일인데 가는데 4시간이야. 도대체 몇 시간을 놀 수 있다는 거지? 그래서 난 그냥 안 간다고 적어 놨어. 우리 반에 나만 그렇게 낸 줄 알았는데 생각보다 많이 그렇게 내서 선생님이 특별한 사유 없이는 무조건 가야 한다고 하더라고. 나도 반장

한테 설득 당하고 있어서 고민 중이야. 놀이기구는 싫어하지만 친구를 버릴 수 없잖아. 이게 마지막 편지구나. 그동안 고마웠어. 만약 된다면 다음에 다시 또 펜팔 하자!

식혀서 용기에 담는다 _ Tempo

많은 사람들과 펜팔을 하고 난 뒤 돈도 많이 쓰고 집에 약간의 잔상이 남아 있어 부모님과 싸움을 많이 했다. 하지만 내가 펜팔을 했다는 것에 대해서는 아직까지도 후회하지 않는다. 난 이제 고등학생이고 이런 경험은 두 번 다시 하지 못할 것이기 때문이다.

이제 내가 볼 하늘은 마멀레이드 빛깔이 아니라 블루베리로 만든 탁한 보랏빛 하늘이겠지만 언젠가 또 우연한 만남이 생긴다면 다시 그대로 돌아가 추억을 주고받고 싶다.

Tempo 2017. 01. 01 Comeback 예정

아름다운 줄만 알았던 이곳에 상상할 수 없었던 공포가 기다리고 있다

나이아가라 폭포

최종훈

"아들아, 잘 들으렴.
이 강을 쭉 따라 가다 보면
거대한 폭포 하나가 나올 거야.
우리가 살기 위해선
반드시 그 폭포를 건너야 해.
그런데 말이야.
그 폭포가 워낙 높아서 말이지.
반드시 폭포에서 떨어질 때
정신을 잃게 될 거야.
그리고 운이 나쁘면
정신을 잃은 채 사람들 손에 잡혀가지.
어때 아들아,
할 수 있겠니?"

작가 소개__최종훈

1998년 대구에서 태어남
2010년 신서초등학교를 졸업함.
2011년 소설 〈지구하우스〉를 씀.
2013년 소설 〈나이아가라 폭포〉를 씀.

학교 과학 시간의 일이었다. 과학 선생님께서 폭포에 대해 설명하시던 도중, 나이아가라 폭포에 다녀오신 이야기를 하셨다. 이야기의 앞부분은 기억이 잘 나지 않지만, 이런 말씀을 하셨다. 나이아가라 폭포가 워낙 높기 때문에 폭포 위에서 떨어지는 물고기들은 떨어지고 나서 잠시 동안 기절하는데, 어부들은 이걸 이용해 미리 폭포 밑에서 기다렸다가 기절한 물고기들을 양동이에 담는다는 내용이었다. 반 친구들은 이 사실에 별로 반응이 없어 보였지만, 나는 물고기가 불쌍하다는 생각이 들어 과학 수업이 끝날 동안 계속 그것이 머릿속에서 맴돌았다. 그리고 이 내용을 가지고 물고기 입장에서 책을 써보면 어떨까 하는 생각이 스쳤다.

이 책의 키워드는 '두려움' 이다. 모두들 한번쯤은 두려움을 경험해 본 적이 있을 것이다. 아니, 두려움을 경험하지 못한 사람은 없을 것이다. 놀이공원에서 무서운 놀이기구를 탈 때, 영화관에서 무서운 영화를 볼 때, 처음 두발 자전거를 타볼 때, 아니면 수학숙제를 덜했는데 수학선생님께서 회초리를 들고 숙제 덜한 사람 나오라고 할 때 등, 우리는 매우 많은 순간 두려움을 느끼며 살아간다. 그리고 그 두려움에는 한 가지 중요한 특징이 있다. 바로 사람마다 두려움에 대한 반응이 심하게 다르다는 것이다. 그리고 유난히 두려움을 많이 타는 사람을 우리는 '겁쟁이' 라고 부른다.

사실 나는 겁쟁이다. 그것도 심하게. 남들이 다 타는 바이킹을 타지 못하고, 무서운 영화도 절대 보지 못한다. 하지만 이런 것들은 선택적인 상황이다. 바이킹을 안 타면 되고, 무서운 영화도 안 보면 된다. 선택적인 상황만 있으면 겁쟁이로 사는 것도 그렇게 나쁘지는 않을 텐데, 문제는 피할 수 없는 상황들이다. 이빨이 썩어 치과에 가야 하고, 선천적 비염이 심해 아픈 수술을 해야 하고, 특히 남자라면 꼭 가야 할 군대…. 이런 피할 수 없는 상황들 속에서 나에게 두려움은 원망의 대상이다. 실제로 나처럼 이런 문제 때문에 괴로워하고 있는 겁쟁이들이 많다는 것을 알고 있다.

그리고 캐나다 나이아가라 강 상류에서 같은 문제로 무척 괴로워하고 있는 겁쟁이 물고기 한 마리가 있다. 아름다운 나이아가라 폭포로 유명한 나이아가라 강에 무슨 문제가 있기에 그토록 괴로워하고 있는 것일까? 우리 함께 겁 많은 물고기의 이야기를 들어보자.

***

어제 밤에 엄마가 한 말 때문에 잠을 한 숨도 자지 못했다. 아니, 잘 수가 없었다. 어떻게 그 말을 듣고 잠을 잘 수가 있단 말인가. 아무 일 없었다는 듯이 편히 자고 있는 내 동생이 이해가 가지 않는다. 아직 어려서 생각이 없는 것인가 아님 엄마 말을 제대로 못 알아들었나 생각하며 동생을 바라보고 있던 중, 동생이 잠에서 깼다.

"오빠, 왜 내 얼굴 빤히 쳐다보고 있어?"

아무것도 모르는 표정으로 내게 물었다.

"어? 아냐… 아무것도."

나는 대충 얼버무렸다. 그리고 동생에게 물었다.

"너 어제 밤에 엄마가 한 말 기억나지? 잊어버린 것은 아니지?"

"에이, 설마~. 다 기억나지. 왜? 아직도 걱정돼?"

다행이다. 잊어버린 것은 아니었다. 그런데 뒷말이 가히 충격적이었다.

아직도 걱정되냐니. 그럼 동생은 이제 걱정되지 않는다는 것인가.

나는 놀란 눈으로 물었다.

"그럼 너는 걱정 안 되니?"

동생이 당연하다는 듯이 답했다.

"응, 당연하지. 어차피 그건 엄청 나중의 일이잖아. 그건 그때 돼서 걱정해도 늦지 않아. 그리고 계속 그거 생각하고 있으면 공포만 쌓일 뿐이야. 그냥 별거 아닌 것처럼 생각해."

헐…. 나는 할 말을 잃었다. 여태 철이 없어 보였던 동생이 갑자기 어른이 되어 나를 동생처럼 대하던 순간이었다.

이때 멀리서 엄마가 헤엄쳐 왔다. 엄마는 나를 걱정스러운 눈빛으로 바라보았다. 나는 엄마의 이 눈빛을 기다렸으나 뭔가 반갑지는 않았다. 아직 어린 애기 같은 마음과 좀 커버린 반항스러운 마음이 교차했다. 그래도 역시 엄마만이 나를 잘 알고 있구나 라는 생각에 고마웠다.

엄마는 워낙 나에 대해 잘 알고 있기 때문에 날 항상 잘 배려해 주신다. 물 위에서 거센 비가 내리고 천둥이 칠 때는 나를 꼭 껴안아 주셨고, 무서운 물고기들이 떼를 지어 우리 주변을 어슬렁거릴 때는 엄마가 동생보다도 나를 더 지키려고 하셨다. 그리고 어제, 엄마가 나이아가라 폭포에 대해 말씀하실 때도 계속 나의 눈치를 살피며 조심스레 말하셨다.

나는 이런 엄마의 배려 깊은 모습이 고맙지만, 항상 고마운 것은 아니었다. 남들 앞에서 엄마가 나를 너무 애기 취급하실 때에는 내가 너무 부끄러웠다. 마치 남들이 '쟤는 덩치도 큰데 아직도 행동은 애네?' 라고 말하는 눈빛으로 나를 보는 것 같아서 말이다. 하지만 이것도 엄마를 탓할 순 없다. 내가 겁이 많고, 아직 마음은 어리기 때문에 엄마가 걱정할 수밖에 없다는 것을 잘 알고 있기 때문이다. 그래도 남들 앞에서는 안 그러셨으면 좋겠다.

아무튼 걱정스러운 엄마의 눈빛을 한 몸에 받으며 나는 아침밥을 먹으러 사냥을 떠났다. 애써 태연한 척을 하며 헤엄쳐 떠났지만, 엄마의 시선이 닿지 않는 곳으로 가자 나의 우울한 표정은 다시 돌아왔다. 나는 복잡한 마음을 정리하기 위해 물 밖으로 얼굴을 내밀었다.

물 밖 세상은 오늘따라 더 아름답게 보였다. 새파란 나뭇잎이 무성히 든 나무들과 구름 한 점 없는 깨끗한 하늘, 그리고 흐르고 있는 것이 내 몸으로 느껴지는 이 깨끗한 물. 셋이 모여 최고의 장관을 이루고 있다. 나는 한참동안 어느 여름 아침의 멋진 장관을 바라보며 마음이 편안해졌다. 어제 엄마의 말을 들은 이후 유일하게 엄마의 그 말이 생각나지 않은 순간이었다.

새우로 아침을 때운 후 가족 곁으로 헤엄쳐 가는 중, 친구 짱아를 만났다. 짱아는 우리 숭어의 영원한 천적인 메기를 오직 아가리로만 싸워 이겨 생긴 별명이다. 한때는 "짱아가리"로 불렸지만 지금은 줄여서 짱아라고 부른다. 짱아는 우리 친구들 중에서도 가장 힘이 세고 활기차다. 매일 아침 강에 있는 모든 숭어들에게 인사하며 장난기가 심해 늦잠을 자고 있는 숭어들에겐 잠이 확 깨는 꼬리지느러미 샷을 날려준다. 겁도 없어, 아무리 큰 물고기가 와도 날카로운 표정으로 제압한 뒤 아가리로 사정없이 공격한다. 한 마디로 짱아는 나의 성격을 정반대로 뒤집어 놓은 녀석이다. 그리고 믿기지 않겠지만, 나와 짱아는 둘도 없는 가장 친한 친구이다.

"어이, 쫄아. 너 어디 아프냐?"

쫄아. 내가 겁이 날 때면 항상 아가미가 쪼그라들어서 생긴 별명이다. 물론 시도 때도 없이 작은 거에도 잘 쫄아(?)서이기도 하다. 별명은 짱아랑 비슷하지만, 뜻은 완전히 다르다.

"아니, 전혀. 왜? 아파 보여?"

나는 아무렇지 않은 표정을 취하며 물었다.

"어, 니 지금 표정 엄청 어두운 거 아냐? 무슨 일 있나?"

"아무 일도 없는데? "

"거짓말 하지 말고. 난 니 표정만 보면 다 안다."

3년 지기 친구를 속이기란 쉬운 일이 아니었다. 이젠 표정만 봐도 무슨 일이 있는지 다 아는 사이인데 내가 너무 짱아를 얕잡아봤다. 사실대로 어제 엄마에게 들었던 말을 짱아에게 말하기로 결심했다. 그래도 참혹한 사실을 말해주기엔 너무 미안한 마음이 들어서 천천히 너무 충격 받지 않게 말했다.

"야, 너 있잖아…. 나이아가라 폭포에 대해 들어봤니?"

"나이아가라 폭포? 지금 우리가 있는 곳이 나이아가라 강이잖아. 폭포가 뭔데?"

짱아는 다행히도 지금 우리가 있는 이 강이 나이아가라 강이라는 것은 알고 있었다. 하지만 폭포에 대해 설명해 주어야 했다.

"폭포가 뭐냐면…. 이 강을 계속 쭉 헤엄쳐 가다보면 물이 곧장 밑으로 떨어지는 그런 절벽이 나온대. 그걸 폭포라고 하는데, 있잖아…. 우리가 그걸 건너야 한대."

폭포에 대해 설명하다가 실수로 결론까지 말해버렸다. 하지만 짱아는 전혀 놀란 기색이 없었다. 이 정도까진 예상한 결과였다. 아직 하이라이트를 말하지 않았기 때문이다.

"그런데 여기서 문제가 있어. 놀라지 말고 잘 들어, 알겠지?"

나는 짱아에게 미리 경고를 했다. 미리 경고를 하지 않으면 놀라 심장마비로 죽어버릴지도 모른다고 생각했기 때문이다.

"세상에 말이지. 그 폭포가 하도 높아서 우리가 그 폭포에서 떨어지면 정신적 충격 때문에 무조건 기절한대. 그리고 우리가 기절할 때 폭포 밑에서 기다리고 있던 사람들이 우리를…."

나는 차마 말을 잇지 못했다. 내가 말하면서도 너무 두려워 아가리가 떨려 말을 할 수가 없었다. 나는 미안한 마음에 짱아를 쳐다볼 수 없었다. 괜히 이런 말을 했나 후회하며 자책하고 있었는데 나의 착각을 깨는 말이 들려왔다.

"오~~~ 완전 재밌겠다. 야, 진짜지? 거짓말 아니지?"

충격이었다. 우리가 죽을지도 모르는 상황이 재밌겠다니. 고개를 들자 짱아는 완전 신나는 표정을 하고 춤을 추고 있었다. 나는 짱아가 이해가 가지 않았다. 아무리 겁이 없고, 명랑하고, 씩씩하다 해도 이 상황을 즐거워한다는 것은 전혀 예상하지 못했다. 그런데 춤까지 추고 있다니. 짱아는 외계에서 온 괴물이 틀림없다.

"야, 넌 그게 재밌겠냐? 우리가 죽을지도 모르는데?"

나는 어이없다는 듯이 물었다.

"쫄아야, 어차피 지나쳐야 할 운명이라면 그냥 즐겨, 쫄지 말고. 계속 생각하고 걱정하고 있어봤자 운명은 바뀌지 않아. 그 폭포를 건너지 않을 방법은 없는 거잖아, 그치?"

"응…. 없지."

나는 참담하게 대답했다. 그러지 않아도 당연히 어제 엄마에게 물어봤다. 나이아가라 폭포를 건너지 않고 갈 방법은 없는지를. 역시 엄마의 대답은 '없다' 였다. 강물은 시간과도 같아서 흐르는 대로 가야 하며, 길은 하나밖에 없다. 이것은 물고기의 법칙이자, 규칙이다.

"그니깐 너무 걱정하지 마. 기절한다고 해서 죽는 건 아니잖아. 그리고 사람들이 잡아가는 것도 다는 못 잡아 갈 거야. 설마 우리가 잡혀 가기야 하겠어? 아무~ 걱정하지 말고 그냥 즐겨."

짱아의 말은 사실이었다. 어제 엄마가 말씀하시길 다 죽는 것은 아니었다. 실제로 엄청 운이 나쁜 경우에만 사람에게 잡혀가 죽고, 대부분 산다고 하셨다. 하지만 나는 죽을 확률이 존재한다는 것 자체만으로도 이미 겁이 났다. 나보다 심한 겁쟁이는 아마 없을 것이다. 나는 나 자신이 너무 부끄러워 얼른 대화를 끝내려고 했다.

"응 알겠어, 짱아야. 나 이제 가봐야 할 것 같아. 엄마가 빨리 오라고 했거든."

"어, 잘가. 담에 또 보자~"

다음을 기약하며 짱아와 헤어졌다. 나는 아무 생각 없이 헤엄을 쳤다. 너무 많은 생각이 들면 오히려 아무 생각이 없어지는 법이다. 어제 밤부터 시작해 지금까지의 세상은 내가 살던 세상과는 다른 세상 같았다. 뭔가 이제 세상의 현실과 무서움을 알아가는 어른이 되어가는 것 같았다. 하지만 내 마음은 아직 아기에 머물러있다. 세상의 현실과 무서움을 알기엔 아직 난 너무 어리다.

오늘 밤, 또 잠이 오지 않았다. 잠을 자려 해도 자꾸만 머릿속에서 엄청난 높이의 폭포 앞에 있는 내 모습이 떠올랐다. 내가 무서워하는 건 폭포에서 떨어지는 과정이 아니다. 바로 폭포 앞에서 느낄 최대의 공포이다. 폭포 앞에서 폭포 밑을 바라보면 얼마나 무서울까…. 폭포 밑을 한 번도 본 적이 없지만 왜 이렇게 상상이 잘 되는지 모르겠다.

나는 상상을 잊기 위해 오늘 있었던 일을 정리해 보았다. 오늘 아침에 봤던 자는 동생의 얼굴, 날 한없이 걱정하던 엄마의 눈빛, 세상에서 가장 아름다웠던 물 밖 풍경, 그리고 우연히 만난 짱아에게 들은 그 말.

'어차피 지나쳐야 할 운명이라면 그냥 즐겨. 계속 생각하고 걱정하고 있어봤자 운명은 바뀌지 않잖아.'

짱아에게 들었을 때는 몰랐는데, 지금 생각해 보니 참 멋진 말 같다. 짱아가 이렇게 멋진 말을 할 놈이 아닌데, 지금 나에겐 짱아가 다시 보인다. 그러다 문득 내 자신이 원망스러워졌다. 왜 나는 이런 성격을 가지고 태어난 것일까? 짱아같이 겁 없는 성격으로 태어났다면 얼마나 행복할까?

세상은 겁 없는 놈에게 더 행복한 곳임에 틀림없다. 겁 많은 놈은 세상을 살아 갈 때 좋은 점이 한 개도 없다. 겁 많은 놈에게 폭포란 공포의 대상이자 두려움이다. 앞으로 닥칠 공포 때문에 현재의 삶도 불행해진다. 하지만 겁 없는 놈에게 폭포란 오직 즐거움의 대상이다. 겁 많은 놈이 불행할 동안에, 겁 없는 놈은 불행하지 않는다. 겁 없는 놈의 세상은 더 즐겁기까지 하다. 겁 많은 놈이 무서움 때문에 즐기지 못하는 스릴을, 겁 없는 놈은 마음껏 즐길 수 있기 때문이다.

겁 없는 놈에게 더 유리한 세상, 나도 겁 없는 놈이 되고 싶다. 하지만 세상은 겁 없는 놈과 겁 많은 놈을 철저히 분리시켜 놓았다. 겁을 느끼지 마라는 말은 없다. 겁이 나면 겁을 느끼는 것인데, 겁을 느끼지 말라고 해서 겁이 느껴지지 않는 것은 아니기 때문이다.

내가 불공평한 세상을 탓하며 괴로워하는 동안 얼마 남지 않은 밤은 흘러가고 있었다.

날이 밝고 다시 아침이 되었다. 나는 이틀 동안 자지 못해 극도로 신경이 날카로워진 상태였다. 아직 이른 아침이라 엄마와 동생은 자고 있었다. 외롭고 짜증나는 마음에 엄마를 깨운 후 나도 모르게 짜증을 냈다.

"엄마, 좀 일어나 봐! 나 또 밤 샜단 말이야! 괜히 엄마가 그딴 말 해가지고 나 어떻게 살라는 건데!"

정말 턱도없는 짜증이었다. 내가 밤을 샌 것이 엄마의 잘못도 아니고, 엄마 때문도 아니었다. 그리고 엄마가 그때 한 말은 비록 안 좋은 소식이지만 꼭 해야 할 말이었다. 만약 엄마가 더 늦게 말했다면 난 왜 이제 그런 말을 하냐고 짜증을 냈음이 분명하다.

암튼 엄마에게 맘에도 없는 소리를 하고, 뒤도 돌아보지 않고 아침 사냥을 나섰다. 아침의 고요한 강물을 헤엄치면서 엄마에게 그런 말을 하고 나온 것이 점점 미안해졌다. 그리고 돌아올 때 꼭 엄마에게 사과할 것을 다짐했다.

아침 사냥을 끝낸 후 돌아가던 중 어제 봤던 멋진 물 밖 풍경이 생각이 났다. 잠시 또 보러 가고 싶은 생각이 들었지만, 빨리 엄마에게 사과해야 되기 때문에 계속 쭉 헤엄쳐 갔다. 하지만 유혹은 뒷심이 강한 법. 시간이 갈수록 물 밖 풍경을 보고 싶은 마음은 커져만 가고, 결국 딱 잠시만 보고 오기로 했다.

물 밖 세상은 역시 아름다웠다. 쪽쪽쪽 울려 퍼지는 새소리. 바람에 흔들리는 나뭇잎 소리. 그리고 솨- 퍼지는 물소리. 나는 물 밖 세상의 소리를 감상하다, 맘이 놓이고 눈이 감겼다. 이틀 동안 실패했던 잠이 들었다.

그렇게 몇 시간이 지났나, 이상한 소리가 들려 잠이 깼다. 구름 한 점 없이 맑았던 하늘은 더 이상 맑지 않았고, 내 몸에 그대로 있던 강물은 차갑게 느껴졌다.

그때였다. 하늘에서 무슨 이상한 물체가 내게로 쏜살같이 내려오더니, 물 밖으로 내밀고 있던 내 얼굴을 낚아챘다. 노랗고 날카로운 부리가 내 얼굴을 물더니, 푸드덕 푸드덕 소리를 내며 하늘 높이 날아갔다. 물총새였다. 물 밖에서 자다가 물총새에게 잡혀 돌아오지 못한 물고기 괴담을 들어 본 적이 있어서 지금 날 물고 있는 것이 물총새인지 바로 알 수 있었다. 근데 지금 그 괴담의 주인공이 나라니…. 내 심장은 터질 듯이 뛰고 있었고 앞은 아무것도 보이지 않았다. 난 이대로 죽는구나 라는 생각이 머릿속에서 떠나지 않았다. 그러다 문득 이런 생각이 들었다. 만약 짱아가 이 상황에 처해 있으면 어떻게 행동할까? … 그리고 그가 한 말이 다시 떠올랐다.

'어차피 지나쳐야 할 운명이라면 그냥 즐겨. 계속 생각하고 걱정하고 있어봤자 운명은 변하지 않아.'

즐기라고? 이 상황을? 그래. 만약 짱아가 이 상황에 처해 있으면 하늘을 날고 있는 것을 즐길 것이다. 비록 물총새의 부리 안에 얼굴이 있더라도. 그리고 나도 짱아처럼 이 상황을 즐겨 보려고 했다. 그리고 마음속으로 외쳤다.

와! 하늘을 날고 있어~

그러자 정말 거짓말처럼 놀라운 일이 벌어졌다. 폭발할 것 같았던 공포와 두려움은 스릴과 짜릿함으로 변하고, 쿵쾅거리던 심장 소리는 그 스릴과 짜릿함을 더해 주는 쾌감으로 느껴졌다. 세상에서 가장 겁이 많다면 많을 놈이 지금 이 상황을 즐기고 있는 것이다!

그리고 짱아에게 나이아가라 폭포에 대해 말했을 때 짱아가 했던 것처럼 나는 춤을 추고 있었다. 그것도 아주 격렬하게. 그것은 절대 공포와 두려움 때문에 나오는 저항이 아니었다. 순수한 즐거운 마음에서 나오는 흥분의 댄스였다.

나의 격렬한 댄스에 물총새는 당황하였다. 보통 물총새에게 잡힌 물고기들은 기절하거나 체념하기 마련이다. 그런데 이 물고기는 춤을 추고 있으니 얼마나 이상할까. 상태가 이상한 물고기라 생각한 물총새는 부리를 벌려 뱉어내고 유유히 사라졌다. 내가 물총새에게서 살아난 것이다!

나는 하늘에서 떨어졌다. 물로 풍덩 떨어질 때 느낌은 좋았다. 뭔가 물이 나를 치유해주는 느낌이었다. 하지만 빨리 엄마에게로 가야했다. 내 아가미에서 피가 나고 있었기 때문이다.

하지만 엄마에게로 헤엄쳐 가는 길은 참 멀었다. 어느 새 오후가 되어 붉은 노을이 비치는 강물엔 내 붉은 피도 함께 비쳤다. 오늘 내가 겪은 일, 그리고 그것을 혼자 겪었기 때문에 사무치는 외로움이 이 강물 색깔 같았다. 엄마가 빨리 보고 싶은 마음에 나는 그만 울음을 터트리고 말았다.

먼 길을 헤엄쳐 온 끝에, 드디어 엄마가 보였다. 엄마는 나를 찾으며 울고 있었다. 나는 바로 엄마 품으로 달려갔다. 엄마는 나의 아가미에 난 상처를 보고 놀라며 무슨 일이 있었는지 물으셨다. 하지만 나는 아무 말도 하지 않고, 엄마 품안에 쏙 들어갔다. 오늘 내가 겪은 일들이 엄마의 따뜻한 품을 더 따뜻하게 만드는 것 같았다.

그리고 드디어 이 말을 할 수 있게 되었다.

"엄마, 오늘 아침에 미안했어…."

시간은 흘러 밤이 되었고, 엄마와 동생은 잠들었다. 내 아가미에 난 상처는 아직 따갑긴 하지만 엄마가 수초로 만든 약을 발라준 덕분에 많이 나았다. 나는 수면 위로 비치는 밤하늘의 별을 바라보며 낮에 물총새의 밥이 될 뻔 했을 때를 떠올렸다.

'어떻게 내가 그 상황에서 하늘을 나는 것을 즐길 생각을 했지?'

나는 아직도 그때의 내가 이해가지 않았다. 개구리도 무서워하고 도롱뇽도 무서워하는 내가 어떻게 물총새에게서 살아남았는지 내가 겪고도 신기했다. 정말 짱아의 말이 맞는 것 같았다. 어차피 지나쳐야 할 운명이라면, 운명을 즐겨라고. 그러다 문득 이런 생각이 들었다.

'혹시 나이아가라 폭포도 즐기면서 건너면 안 무섭지 않을까?'

하지만 나는 이건 결코 말이 안 된다는 것을 깨달았다. 오늘 같은 일은 예상치 못한 공포였기 때문에 덜 무서웠지만, 나이아가라 폭포를 건너는 것은 이미 다 알고 있기 때문에 절대 모르고 당할 수 없기 때문이다. 그리고 내가 두려워하는 것은 폭포에서 떨어지는 과정이 아니라 폭포 위에서 내려가기 일보직전의 그 공포감이다. 만약 오늘 내가 물총새에게 잡혀간다는 사실도 알았더라면, 물총새가 나에게 올 때의 공포감을 생각하며 온종일 두려워했을 것이다.

그래도 오늘 밤은 덜 무서웠다. 나이아가라 폭포에서 맞이하게 될 공포가 예전보다 덜 두려워진 것 같은 기분이 들었다. 그래서인지 오늘은 밤을 새지 않고 잘 수 있었다. 그날 이후로 가장 덜 무서운 밤이었다.

다음 날 아침, 짱아를 만났다. 나는 짱아를 보자마자 어제 있었던 얘기를 했다. 그리고 네가 해준 그 말 덕분에 살았다며 고마움을 전했다. 그러자 짱아는 소스라치게 놀라며 내게 물었다.

"겁쟁이인 네가 물총새에게 잡혔는데 살았다고? 그것도 즐거워서 춤을 췄기 때문에?"

나는 뿌듯해 하며 말했다.

"응, 정말이야. 너 말대로 즐겨야겠다고 생각하니 하나도 안 무섭던데. 물총새에게 잡혔을 때 너는 어떻게 행동할까 생각해 봤는데 즐길 것 같더라고. 그래서 나도 즐겨야겠다고 생각했지."

그런데 짱아가 우울한 목소리로 말했다.

"아냐. 내가 물총새에게 잡혔으면 즐기지 못했을 거야…."

나는 궁금한 목소리로 물었다.

"왜? 너는 겁도 없고 나이아가라 폭포에 가는 것도 즐거워하잖아."

짱아는 조심스레 말했다.

"너…. 물총새 괴담 들어본 적 있지? 물 위에서 자다가 물총새에게 먹힌 그 괴담의 주인공…. 사실 우리 아버지야."

나는 깜짝 놀라 입을 다물지 못했다. 짱아는 계속 말을 이었다.

"내가 만약 물총새에게 잡혔다면 난 즐기지 못했을 거야. 아버지에 대한 기억 때문에 물총새를 무서워했을 걸. 내가 아무리 겁이 없다 해도 물총새는 정말 무서워."

의외였다. 짱아가 무서워하는 것이 있었다니. 이때 처음으로 깨달았다. 겁 없는 놈과 겁 많은 놈이 철저하게 분리되었다는 것은 잘못된 생각이었다는 것을. 겁 없는 놈인 짱아도 겁 많은 놈이 될 수 있고, 겁 많은 놈인 나도 겁 없는 놈이 될 수 있다.

그것은 어떤 공포가 누구에게 무슨 의미인지에 따라 다르다. 물총새에게 아픈 기억이 있는 짱아는 물총새가 무섭지만, 나에게 물총새는 그다지 무섭지 않았다. 공포는 모든 사람에게 같게 주어지지만, 그 공포를 어떤 의미로 받아들이냐에 따라 공포의 크기가 변하는 것이었다.

그렇다면 공포를 없애려면…. 그 공포를 나에게 좋은 의미로 받아들이면 되지 않을까? 좋은 의미…. 하지만 나에게 나이아가라 폭포는 좋은 의미가 없다. 나는 잘 때 좋은 의미가 뭘까 찾기로 하고 일단 짱아를 위로해 주었다. 그리고 머쓱해진 분위기를 띄우기 위해 화재를 돌렸다.

"짱아야, 너 내일 뭐해? 할 거 없으면 나랑 같이 놀자."

그러자 짱아가 의아해 하는 표정으로 내게 물었다.

"야, 너 내일 뭔 날인지 몰라? 내일 그날이잖아."

나는 그날이 뭔지 감을 잡을 수 없어 물었다.

"내일이 무슨 날인데? "

"나이아가라 폭포 건너는 날이잖아, 바보야."

아뿔싸! 나는 나이아가라 폭포를 건너는 날이 언제인 줄도 모르고 두려워하고 있었다. 그런데 내일이 그날이라니! 아직 마음의 준비도 되지 않았고 좋은 의미가 뭔지 찾지도 못했는데….

실제로 지금 강물은 계속 빨라지고 있었다. 엄마가 폭포에 가까워지면 강물은 점점 빨라진다고 했는데 오늘 강물의 빠르기가 어제의 2배쯤 되는 것 같았다. 이제 하루가 지나고 내일이 되면 이 강물이 폭포를 지날 것이다. 마음이 조급해졌다. 그렇지만 일단 짱아에겐 내 마음을 숨겼다.

"아, 난 또~ 무슨 큰일인 줄 알았네. 내일이 나이아가라 폭포 건너는 날이라는 건 당연히 알고 있었지. 나 이제 그거 하나도 안 무서워."

물론 뻥이다. 나도 모르게 이제 용감해진 척을 하였다. 그러자 거짓말을 한 죗값이 바로 나왔다. 바로 짱아의 말이었다.

"오, 그럼 내가 같이 있어주지 않아도 되겠네? 내일 네가 뛰어내릴 때 무서워할까 봐 옆에 있어주려고 했는데."

나는 속으로 망연자실했지만 애써 태연한 척 말했다.

"그럼, 당연하지. 내일 폭포 밑에서 살아서 보자 "

"그래, 꼭 살길 바란다, 겁쟁아, 아 이젠 겁쟁이가 아니구나. 어쨌든, 내일 보자."

그렇게 짱아와 헤어지고, 나는 내가 무슨 말을 한 거지 한탄하며 내 아가리를 원망했다. 그런데 어디선가 누군가 우는 소리가 들렸다. 소리를 따라 가보니, 다름아님 내 동생이었다. 동생은 울며 내게 말했다.

"오빠, 나 너무 무서워. 내일 혹시라도 운이 안 좋아서 오빠 얼굴 영원히 못 보게 되면 어떡해. 엉엉 "

사실 동생은 나보다 더 내일의 일을 두려워하고 있던 것이었다. 나는 동생의 등을 토닥이며 동생을 위로했다. 이 때 처음으로 동생의 의젓한 오빠가 된 기분이었다. 나는 오랫동안 동생을 아무 말 없이 꼭 껴안아 주었다.

마지막일지도 모르는 밤이 깊어갔다. 내일의 피날레를 장식하기라도 하듯 밤하늘엔 거센 비가 내렸다. 평소엔 이렇게 거센 비가 오면 무서워서 엄마 품 안에 들어가 웅크리고 있었지만, 오늘은 내일 훨씬 더 큰 무서움이 기다리고 있기 때문에 비가 내려도 무섭지 않았다.

나는 오늘 밤까지 꼭 찾기로 한 나이아가라 폭포가 내게 주는 좋은 의미를 생각해 보았다. 하지만 도무지 생각이 나지 않았다. 한참을 고민하다, 드디어 찾았다. 내가 나이아가라 폭포를 뛰어내리면 다른 물고기들이 내가 더 이상 겁쟁이가 아닌, 용기 있는 물고기라고 생각할 것이다. 그리고 용기 있는 물고기가 되면 인기도 많아질 거고, 결국 예쁜 여자와 사귈 수 있게 될 것이다. 즉, 나이아가라 폭포를 뛰어내리면 예쁜 여자를 얻을 수 있는 것이다. 이렇게 생각하니 나이아가라 폭포가 그렇게 무섭지 않았다.

이제 내일이 되면 며칠 간 두려워했던 시간이 온다. 모든 준비는 끝났다. 이제 시간을 기다리기만 하면 된다. 솔직히 며칠 전만 해도 내가 나이아가라 폭포를 뛰어내릴 수 있을까 확신이 서지 않았다. 뛰어내리기 하루 전 날 차라리 자살이라도 하는 줄 알았다. 하지만, 이제는 확신이 선다. 물론 나이아가라 폭포 위에 서면 정말 무섭긴 하겠지만 뛰어내릴 수는 있다고. 폭포를 뛰어 내려서 얻는 것을 위해서라도 뛰어내릴 것이다.

며칠 전 날의 밤을 떠올렸다. 그때 나는 겁 많은 내 자신을 원망하며 불공평한 세상을 탓했다. 세상은 겁 없는 놈에게 더 유리하다고 생각했고, 나는 겁 없는 놈이 될 수 없다고 생각했었다. 하지만 지금 와서 생각해 보니, 지금 내가 그때의 생각을 떠올리는 것은, 마치 엄마의 입장에서 사춘기의 아이를 바라보는 것 같다. 지독히 부정적인 편견과 착각, 하지만 그땐 그걸 몰랐었다. 걱정과 두려움에 쌓여 있었으며, 세상의 현실을 받아들이기엔 마음이 너무 어렸다.

나는 이제 변했다. 아니, 변했다기보다는 컸다는 표현이 맞겠다. 이제 더 이상 세상은 불공평하다고 탓하지도 않고, 내가 겁쟁이라고 생각하지도 않는다. 그리고 이제 더 이상 내일의 그 시간이 무섭지도 않다. 날 이렇게 성장시켜준 물총새가 고맙다.

우리가 성장하기 위해서는 고난이 필요하다. 그것이 예상한 것이든 예상치 못한 것이든. 그리고 우리가 비로소 그 고난을 이겨내고 성공할 때, 우리는 한층 더 성장하게 된다.

나는 마음속으로 이런 멋진 말을 남기고, 내일의 도전을 기리며 눈을 감았다. 인생 최대의 고난을 겪고 멋지게 성장할 나를 꿈꾸며, 아름다운 밤을 보냈다.

드디어, 그날이 왔다.

나는 모든 준비를 마쳤다. 물살은 계속해서 빨라지고 있었다. 나는 비장한 표정을 하고 폭포를 기다렸다. 내 옆에선 엄마와 동생이 날 신기하다는 듯이 바라보았다. 엄마와 동생은 지금쯤 내가 오만상 겁을 내며 울고 있을 줄 알았나 보다. 나는 정말 오랜만에 써보는 존댓말과 함께 씩씩하게 말했다.

"어머니, 걱정하지 마세요. 이제 하나도 안 무섭답니다. 전 더 이상 겁쟁이가 아니니깐 저 걱정하지 마시고 동생이나 봐줘요. 그리고 어머니도 힘내세요."

말하고 있던 순간, 저 멀리 앞에서 폭포 소리가 들려왔다. 이제 정말 폭포에 가까워진 것이다. 나는 살포시 눈을 감고 내 몸을 흐르는 물에 맡겼다. 심장이 두근두근거렸다. 점점 폭포 소리는 커지고 물은 매우 빠른 속도로 흘러갔다. 나는 심호흡을 했다.

'후우…. 후우….'

그리고 3번째 심호흡 차례. 나는 이 심호흡이 끝나면 내 몸이 물과 함께 폭포에서 떨어질 것이라는 걸 직감으로 알아챘다. 나도 모르게 두 눈을 질끈 감고 요동치는 심장에서 마지막 숨을 뱉어냈다.

'후우……'

소설

피수빈

대학에 다니던 중 아마추어 소설이란 세계에 접해 감명받고 졸업 후 가출한 주인공. 처음 연재하게 된 웹소설이 큰 인기를 얻어 출판사에서 제의를 많이 받았지만 절정 단계이기에 제의를 포기. 현재 차기작을 준비하고 있다.
그러다 슬럼프에 빠져 하루하루를 그냥 허무히 보내다 어느날 고양이를 만나게 되는데…

작가 소개_피수빈

이제 고교를 준비하는 '말년 병장' 이려나요.

관심분야 : 작곡, 경제학, 심리학

2013년도 책 쓰기 동아리 '힐링캠프' 소설 [소설]의 작가

"아악! 소재… 소재가 하나도 떠오르지 않아!"

모니터를 붙잡은 채 열심히 머리를 박는 나. 친구들에게 카카오톡으로 소재도 구걸해 봤지만 결국 주워먹을 것은 딱히 없었다. 트윗도 들러 '소설연성봇' 을 마구 뒤져보았지만 내 마음을 확 사로잡을 만한 소재는 찾지 못했다.

"손아 너 여태까지 잘 써왔잖아. 나한테 왜 이러는 거야! 내 차기작은 어쩔 거냐고!"

소설

– 소개

사실 나는 M사에서 꽤 인기 있는 소설을 연재하고 있는 '작가지망생' 이라고 보면 될 것 같은 사람이다. 별점도 10점 중에 평균 9.8로 정식으로 연재하시는 작가님들과 비교해도 나름 인정해 주는 편. 사람들 사이에선 인기 있다 보니 정식연재 제의도 3~4번 정도는 받아보았다. 그러나 돈벌이를 목적으로 연재하는 것도 아니었고, 소설은 이미 클라이맥스에 이르렀기 때문에 거절할 수밖에 없었다. 이대로 끊고 제의를 승낙하면 이때까지 봐왔던 독자들은 다시 처음부터 봐야 하는 꼴이 아닌가. 나도 이 소설을 연재하기 전만 해도, 아니 지금도 한 명의 독자이기에 처음부터 볼 독자의 마음을 이해할 수 있다. 나도 예전에 좋아하던 소설이 있었는데 한 중반부까지 왔음에도 제의를 받아들여 하는 분을 보았기 때문에 나는 더없이 이 소설을 정식 연재하지 못한다. 그래도 기회를 차버린 건 조금 아깝다는 생각은 하고 있다. 하지만 이 정도의 인지도와 인기면 차기작은 정식으로 연재할 수가 있으리라.

"드디어 막바지를 향해가는구나! 이제 조금 있으면 나도 어엿한 작가가 될 수가 있을 거라고!"

앉아서 키보드를 눌러대는 것은 여간 힘든 일이 아닐 수 없다.

어깨, 허리, 등… 몸 곳곳이 쑤신다.

"아악! 아 진짜 아파!"

쑤시는 몸을 진정시키려 기지개라도 켜자! 해서 팔을 쭉 뻗었는데 손을 장롱 모서리에 푹 하고 찍었다. 손을 어루만지고 있으니 얼마나 억울해지는지 나는 그대로 몸을 일으켜 섰다. 등과 무릎에서 뚜 두둑 하는 소리가 난다. 대개 독자들은 이상한데 웃기면

"작가님! 약 빨지 말라 했잖아요!"

라고 드립을 친다. 나도 많이 했던 말이다마는 막상 내가 작가가 되어보니 이게 먹을 수밖에 없더란다. 등은 쑤시지 소설 구상만 하다가 보니 가구에는 먼지가 수북이 쌓여 기관지도 좋지 않고…. 쓸 시간은 많지만 그래도 차기작 구성으로 인해 현재 즉석 제품만 먹고 있어 이건 뭐 병이 생기지 않고는 못 배기는 상황이다.

"콜록"

때마침 기침이 나온다. 아 못 해먹겠다. 나는 손을 머리 뒤에 대고 바닥에 털썩 누워버렸다. 이럴 때마다 꿈을 포기하고 싶다는 생각이 든다.

"아아- 포기할까 봐."

하루에 한 번씩 나는 이런 생각을 해본다. 내가 갈 수 있는 길은 이 길 하나뿐인 걸까. 내가 이 소설을 여기서 끊으면 독자님들은 어떤 반응을 할까. 아마 질타를 받거나 울고불고 난리가 나시려나? 솔직히 말해 이 소설의 결말을 하루라도 빨리 낼 수만 있다면 지금 이 클라이맥스에서 끊고 바로 결말로 갔을 것이다. 독자들을 위해서 어쩔 수 없었던 것이지만.

'더는 이것에 연연해 봤자 소재는 떠오르지 않는다.' 그렇게 생각한 나는 팔을 뻗어 머리 맡에 있는 베개를 집어 대신 배었던 팔을 뺀 자리에 쑤셔 넣었다. 그러곤 옆에 있는 담요를 덮었다. 나는 곧바로 어두운 밤하늘에 빠져들고 말았다.

1. 별점 : 독자들의 평가를 별의 개수에 점수를 매겨 그것을 표현한 것
2. 드립 : 1) 어이없는 말이나 앞뒤가 맞지 않아 황당한 말을 표현하는 말.
   '애드립' 에서 격하된 말이 '드립' 이다.
   2) '헛소리 하지 마' 라는 함축적인 의미

– 잠을 설치다

나도 편하게 연재하는 작가는 아니지만 그래도 나보다 좀더 시간이 빡빡한 정식 연재작가님들은 대게 잠을 자지 않는다고 한다. 소재며 내용 전개며 신경을 써서 소설을 적어야 하기 때문에 잘 시간이 나지 않는다고 한다. 난 여러모로 용자인 셈이네. 흔히 작가들은 고등학교 문과, 대학생 때는 국문문예창작과라도 나온 줄 알고 있지. 천만의 말씀이다. 나는 고교 이과 출신에 약학대학을 나왔다. 출세가 보장된 미래였으나 포기한 이유는 현재 말할 수 없지만 내 나름대로 있다.

그래 나름대로 있었지….

갑자기 아파져 오는 머리에 정신을 차린 곳은 내 방. 하지만 어째서인지 형상이 일그러져 있었다.

"뭐. 뭐야 이곳은."

일그러진 형상 때문인지 멀미가 나려 한다. 급하게 입을 틀어막고 창문으로 향했다. 원래라면 나사 때문에 열리지 않아야 했으나 어째서인지 활짝 열리었다. –사실 제정신이 아닌 터라 모르고 넘어갔지만 나중에 친구에게 말한 후 알게 되었다– 나는 막았던 손을 떼고 숨을 들이마셨다. 청량한 공기가 나를 감싼다.

"하아. 살겠다."

솔직히 평소 같으면 '또 아픈 건가.' 라며 약을 먹었겠지. 근데 지금은 딱히 먹고 싶은 생각이 들지 않는다. 대충 정신을 차리고 찬찬히 내 방 모든 곳을 둘러보았다. 뭔가 이상한데 무엇이 문제인지를 모르겠다. 찬찬히 생각해 보자 이재연. 여기에 컴퓨터가 있고 서랍장이 여기… 였던가?

"이상하네. 아무리 생각해 봐도 여기가 아니었던 것 같은데 대체 뭐가…."

나는 눈을 감고 생각해 봤다. 때마침 딱 떠오르는 생각 하나.

"아, 그래! 그거였구나!"

나는 확신을 담은 미소로 방안을 꽉 채우고도 남을 만큼 큰소리를 질렀다.

"대칭, 대칭이었던 거야!"

지난 2년간 이토록 행복했던 적이 있던가. 삶이 이렇게나 달콤했단 것을 알았던 대학생 시절. 이때까지 부모님께 떠밀려 바람에 스치듯 지나온 세월. 나날이 어깨에는 "넌 우리 아들이니까.", "우리 집안의 자랑이 될 거잖니."이란 말의 무게가 늘어가고 땅에 파묻힐 때쯤. 처음 접했던 아마추어 작가들의 소설. 비록 허술하지만, 일상을 담고 꿈을 향해 나아가며 자신이 좋아하는 것을 하고 있다는, 그런 느낌을 소설에서 받아 나는 처음으로 부모님에게 반항해가며 집을 나왔다. 그렇지만 지금의 나는 여기가 아닌 다른 곳에 있는 듯 매일 허망하기만 하다. 처음 시작할 때는 이런 마음가짐으로 시작한 것이 아닌데.

"그래. 아닌데 난 왜 이렇게."

나는 아무것도 없는 허공에 팔을 뻗었다. 아무리 잡으려 해도 잡히지 않는 공기. 내 꿈도 공기처럼 네게 다가갈 수 없는 존재일까. 주먹을 움켜쥔 채 나는 뻗은 팔로 눈을 가린다. 옆으로 살짝 흐르는 눈물. 내가 쌓아온 것은 도대체 무엇을 위함인가. 열린 창문 사이로 바람이 불어와 머리카락을 흔든다.

맑고 상쾌한 바람이었지만 내 마음에 짙은 안개가 낀 탓일까. 마치 폭풍처럼 느껴진다. 바람에 넘어가는 책이 밉기만 하다.

'내 마음은 아직 너를 놓지 못한다는 걸 느낀다.'

삐걱삐걱 울려대는 괘종시계가 날 깨운다. 꿈이었다. 그 모든 것들이. 사라져버릴 듯 초췌한 내가 있을 장소로 다시 돌아온 것이다. 식은땀과 함께 눈물이 흐르는 삐쩍 말라버린 얼굴과 몸뚱어리. 그 유년시절의 멋진 모습은 사진 속에 감추어 둔 채 오늘도 나는 살아간다.

살아가는 것이 원망스러울 정도로

꿈에서의 내가 눈앞에 아른거린다. 선명히 웃고 있던 내 모습. 잃어버린 감정과 쏟아지는 눈물이 교차해 내 마음을 찌른다. 이 아픔을 꿈에서 느꼈다면 무거움이 덜했을까.

– 고양이를 줍다

나가기가 두려워 세든 방안에 박혀 있은 지가 2주일. 그리도 많았던 컵라면을 다 먹었다. 오랜만의 외출. 묘한 긴장감 속에 나는 현실로 나선다.

무수히 많은 화살이 나를 향한다. 그도 그럴 것이 현재 인상착의가 딱 소매치기로 밖에는 보이지 않기 때문이다.

푹 눌러쓴 검은 모자에 오래 깎지 않은 것으로 보이는 수염

검은색 후드가 달린 지퍼형의 지퍼를 목 부분까지 끌어올린 상의

검은색 트레이닝복 바지까지.

나는 그저 주머니에 손을 넣었을 뿐인데 사람들이 흉기를 꺼낸다고 의심을 한다. 이렇게 외관만 보는 세상이 싫었다. 소설은 들여다보고 이해하지 않으면 안 된다. 물론 자신이 좋아하는 장르의 소설을 막 집어넣어 봐도 결국은 내용이 볼지 말지를 판을 가른다.

"눈에 띄지 않으려고 일부로 이렇게 입고 왔는데 헛수고네."

가까이에 있는 사람도 들릴 듯 말 듯 한 작은 소리로 말했다. 그랬더니 살인마가 중앙에서 무슨 이야기를 하고 있다고 말하는 아주머님. 나는 한번 째려봐주곤 서둘러 마트로 발걸음을 옮겼다. 옮길 때마다 질퍽거리는 발걸음. 기분이 썩 나쁘지만은 않다.

"어? 새로 나온 모양이네. 이것도 담고 저것도"

결국 컵라면 한 칸을 모조리 다 담아버렸다. 이럴 줄 알았으면 차라도 가지고 나올 것을 생각을 잘못한 모양이다.

"응. 이 정도면 한 달은 먹을 수 있겠네."

나름 흐뭇한 미소를 짓고 그 많은 컵라면을 계산대 위에 와르르 쏟아 부었다. 주위 사람들은 놀랜 눈치였지만 너희한테는 '쌀' 같은 존재니까 그렇게 신기한 눈으로 볼 것 없는데 라고 반박했다.

"돈은 있으신가요? 손님."

물어오는 점원의 말이 아니꼽다. 이렇게 입고 다니지만 의사집안의 독남. 물론 가출은 했어도 어머니께서 아버지 몰래 꽤나 많은 돈을 식비라는 명목으로 꼬박꼬박 붙여주신다. 근데 내가 돈이 있냐는 질문을 받아야 하다니 내 어

이가 없다.

"얼만데?"

상해져버린 기분에 존댓말이란 단어를 잊어버린 듯 이모뻘 되는 점원한테 반말을 틱틱 내뱉었다. '적반하장도 유분수지' 라는 표정. 오히려 내가 할 말 같은데 빨리 여기서 벗어나고 싶다.

삑- 삑- 기계음소리가 '내가 담은 거지만 참 많이도 샀다' 라는 걸 내 귀에 속삭이는 듯 울려 퍼진다.

"다 해서 20만 원 되겠습니다."

나는 과시하려는 것처럼 현찰로 계산한 후 점원에게 다가가 귓속말로 '그런 태도 짜증나' 라며 말해 주었다. 그리고 나가기 전에 다시 다가가

"아, 이건 팁. 고치라고 주는 거니까 다시 왔을 때는 말 가려서 해요."

하며 손에 라면 값과 같은 액수의 돈을 쥐어주고 나왔다. 조금 아깝긴 했으나 그것으로라도 태도가 고쳐진다면 적은 돈이지. 그렇게 썼던 모자도 컵라면이 잔뜩 담긴 봉투 안에 넣고 터덜터덜 걸어가는데 눈에 띈 일그러진 박스 하나.

낑낑대며 들고 온 봉투를 살며시 옆에 놓아두고 나는 박스를 바라보았다. 위에 테이프가 붙여져 있는 것을 보아 무엇인가 안에 들어 있는 것이 아닌가 라는 생각이 들어 박스를 들어보았다. 무겁진 않은데 무언가가 들어 있는 것은 확실했다. 나는 흥분을 감추지 못하고 그대로 테이프의 끝을 잡고 떼어냈다.

틈새 사이로 보이는 종잇조각.

" '이… 아이를 데려가 주세요' 라고?"

보통 이런 쪽지는 상자밖에 붙여두지 않나? 그리고 데려가 달라는 말을 보아하니 생명이 있는 동물인 것 같은데 테이프를 붙여놓았다. 생명체가 상자 뚜껑을 열지 못하도록. 어지간히도 말썽을 피웠나보군. 어디 그 귀한 얼굴 좀 볼까하고 박스를 여는 순간 안에 있던 아이가 툭 튀어나와 어느새 내 품 안을 파고들었다.

고양이였다.

검정색 고양이. 발부분에만 하얀 눈이 내려앉은….

나는 주변을 두리번거린 후 고양이를 품에 안은 채 집으로 뛰었다. 컵라면

도 내버려둔 채로 말이다. 추운 날씨에 도망칠 수도 없는 박스 안에 있던 녀석은 떨고 있었겠지.

"너 때문에 운동 한번 잘했다 헉헉…."

숨이 차오르지만 그 녀석을 향해 미소를 지어보이며 말했다.

"암튼 잘 왔다. 너와 내가 살 집에."

고양이가 나를 향해 미소를 짓는 듯 그런 느낌이 들었다. 이제껏 느껴보지 못한 따뜻함이 느껴졌다.

'내가 안 해준 게 뭐가 있어. 난 너에게 모든 것을 바쳐왔어. 왜! 너는 내게 그 값을 바치지 않겠다는 거지? 기대에 부응하지 않는 거냔 말이다!'

…안 좋은 기억이 떠올랐다. 얼른 씻고 자야 할 것 같다.

잠자리에 누워 장난치는 너. 사람의 손을 많이 탔구나라는 것을 보여준다. 그래. 사랑하던 주인에게 버림받은 넌 나와 같은 처지이겠지.

많은 일이 있었다. 너에게도 나에게도.

그렇게 시간은 흘러 아침햇살이 날 맞이하고 있었다. 부스스한 머리를 털고 일어났다. 색색거리며 자고 있는 너. 그런 너를 보니 번뜩 떠오른 생각 하나.

'내 컵라면'

너를 데리러 올 때 허겁지겁 오느라 놓아두고 온 내 컵라면. 나는 슬픔을 손으로 감싸 안은 채 오열한다. 놀란 너는 털을 곤두세운다.

"아아- 내 컵라면!"

결국 그 시선을 다시 받아가며 슈퍼에 가야만 했다. 다만 '고양이가 옆에 따라오는 걸 보아하니 산책시키나보다.' 로 시선은 순화된 모양이었다. 누가 들고 갔는지는 모르겠지만 잡히면 지옥행이다. 주웠으면서 경찰서에 가져다주지 않다니 정말 잡히면 두고 봐라. 이를 바득바득 갈며 나는 B마켓을 향해 발걸음을 옮겼다.

오늘도 어김없이 한 칸을 쓸어 담는다. 주위 사람들은 또다시 벙찐 얼굴로 나를 바라보지만 별로 신경 쓰지는 않는다. 그렇게 카트를 밀고 가는 도중 애완동물 코너가 보였다. 나도 이제 고양이를 기르게 되었는데 사료라도 사줘야 하는 게 아닌가 싶어 그 쪽으로 방향을 틀었다. 사료도 가지각색. 조금 당황스러워 한 발짝 물러나니 점원이 내게 다가온다.

"이쪽이 제일 잘 팔리는 제품이고요. 이 제품은 유기농이라서…."

사료에 유기농이 뭐가 필요한 건지. 배 속에 들어가면 그거나 저거나 똑같을 텐데.

그래도 사람한테도 유기농은 좋은 거니까. 라고 생각하며 그 쪽으로 손을 뻗었다. 그리고 너의 장난감을 몇 개 집어넣고 계산대로 향했다. 저번에 그 성질 더러운 점원을 만났다. 역시 물질만능주의. 돈이 사람을 바꿔놓았다. 나는 한숨을 깊이 내쉬고 빨리 계산을 한 뒤 '너' 가 기다리는 문 앞으로 갔다.

"오래 기다렸냐? 미안하다. 그래도 너 먹이 사온다고 늦은 거니까 그리 미워하진 말아라. 알겠냐? 요 녀석."

'너' 의 머리를 쓰다듬곤 집으로 간다. 그리도 싫어하는 밖에 나왔는데도 기분이 썩 나쁘지만은 않다. 오히려 개운한 기분이 들었다. 너와 같이 나와서일까.

– The Past

부모에게 버림받은 내 마음을 그 누구보다 잘 이해해 줄 '너'

그리고 너의 마음에 공감하는 '나'

그렇게 새로운 오늘이 밝았다. 너는 내리쬐는 햇볕이 따가운 것인지 내 품에 파고든다. 커튼이라도 하나 달아야 하려나라는 생각이 들었다. 나도 이제 고양이 애호가가 다 된 모양이다. 몇 일되었다고 참.

"어이 일어나라고 이 털 뭉치야."

점점 이불 속으로 들어가는 너. 이럴 때 보면 내가 엄마고 넌 아들 같다니까. 것도 나 같은 아들…. 갑자기 차오르는 눈물에 어찌할 바를 모르고 그냥 흘려보낸다. 너는 놀란 기색의 표정을 숨기지 못하고 내 곁을 맴돈다.

"미… 미안해."

북받치는 감정에 나도 모르게 휩쓸려버렸다. 뭘 알기나 알고 그런 행동을 취하는지 고양이는 내 등 뒤를 토닥거려준다. 이래서 사람은 혼자 살 수는 없다는 말이 있나보다. 고마워. 그리고

"이런 모습 보여줘서 미안해."

나는 너를 감싸 안고서 이대로 잠깐만 있자며 나를 다그쳤다. 하필 거기서 부모님이 생각날 줄은 꿈에도 상상하지 못했어. 생각하기도 싫었다. 난 그저 아버지의 꼭두각시 인형이었을 뿐. 그 이상도 이하도 아니었다.

"넌 우리 집안의 미래니까 이렇게 내게 말할 시간이 있다면 그 시간을 활용해 공부를 하거라. 봐라. 이렇게 말하는 사이에도 시간은 계속 흘러가고 있어. 빨리 들어가서 공부하지 못해!"

미웠다. 공부만 하다가 죽는 것이 아닐까싶을 정도로 나는 열심히 했다. 그리고 내가 약학대학의 합격통지서를 받고 아버지께 말씀드렸을 때 아버지는 내게 말했다.

"수석이 아니라고? 왜 내가 너에게 돈을 부었다고 생각하나! 이 한심한 것. 얼굴 보는 것도 싫으니 네 방안에 틀어박혀 있거라!"

난 한심하지 않다. 난 내 나름대로 열심히 해온 성과였고 그것을 보여준 것일 뿐이거늘. 그런데… 그런데!

쾅—

벽에 주먹으로 몇 번을 내리치니 손에서 피가 흘러내렸다. 피가 흘러내렸지만 그다지 아프지 않았다. 치면 칠수록 후련해지는 마음에 나는 벽에 주먹을 계속 내리 꽂았다. 그 소리를 듣고는 어머니께서 내 방으로 황급히 달려오셨다. 상황을 살피던 어머니는 내 손을 보고서는 등을 매우 치시며 말했다.

"그거 혼났다고 그러지 말거라. 네가 잘 되게 하시려고 저러는 게 아니니."

마지막 말에 분노가 치밀었다. 저런 말이 어떻게 내 자식 잘 되라고 하는 소리로 들릴 수가 있는 것인지 의문이었다. 나는 어머니의 팔을 붙잡은 채로 몇 분을 서 있었다. 눈에선 눈물이 계속 쏟아져 나왔고 곪을 대로 곪아버려 아물지 못한 내 마음 속의 상처에는 피와 진물이 함께 배어나왔다.

"잘 되게 하려고 하는 말 때문에 사람이 과연 죽고 싶어 할까요? 네? 어머니 대답해 보세요!"

어머니는 내 말을 듣고 난 뒤 고개를 떨구셨다. 그리고 미안하다는 말을 반복해서 말하셨다. 나는 잡았던 손을 놓은 채 돌아서서 문 앞으로 향했다. 검은 양복을 입은 마치 '저승사자' 같았던 그 사람. 아버지가 문 앞에 서 계셨다. 나는 고개를 빳빳이 세우고 아버지의 앞으로 걸어갔다.

짝! 하는 소리와 함께 고개가 돌아갔다. 참다못한 아버지가 내 뺨을 내리친 것이었다. 나는 금방이라도 눈물이 떨어질 듯한 표정을 지은 채 그냥 아버지의 옆을 스쳐지나갔다.

옅게 미안하단 소리가 들려왔으나 아버지가 내게 그런 말을 할 리가 없다고 판단한 나는 내 앞길을 향해 나아갔다. 그렇게 아버지와의 사이는 완전히 틀어졌고 내가 소설 얘기를 꺼내기 전까지 단 한 번도 만나지 않았다.

지금도 소설 얘기 후로는 전혀 만난 적이 없다.

내가 이 길을 택했기에 불만은 없다. 할아버지의 '꼭두각시' 따위가 또 다시 나를 꼭두각시로 삼으려 하다니 그때 그 생각을 하며 매우 불쾌해 했던 것이 기억난다. 무언가가 내 볼을 핥는 감촉에 나는 서서히 기억 속에서 눈을 뜬다.

일어나보니 텅 빈 방안에 계속 돌아다니는 고양이 한 마리가 보인다. 주인이 안 좋은 꿈을 꿨다는 걸 아는지 타이밍 좋게 깨우는 군.

내게 손을 내미는 너.

"응. 괜찮아 나는 괜찮아."

'괜찮지가 않아. 여기서 벗어나고 싶어.'

마음속으로 괜찮지 않다고 외쳐놓고는 입으로 하는 말은 거꾸로 나온다. 아마 너를 진정시키기 위해 본능적으로 거짓말을 한 것이겠지. 다행이도 너는 내 말을 진실이라고 판단하였는지 마음 놓고 내 품을 파고든다. 그래… 그래. 오늘만 산책 나가지 말자. 괜찮겠지? 야옹거리는 널 보며 난 흐뭇한 미소를 짓는다.

그리고 너를 내 옆에 뉘어놓고 잠을 청한다. 너와 있으니 아마도 기분 좋은 꿈을 꾸지 않을까 생각해 본다. 밝은 햇살에 너와 포근한 잔디밭에 누워 언제까지고 웃을 수 있는 꿈을. 아무 생각없이 자연에 몸을 맡길 수는 그런 꿈을

눈을 뜨면 암담한 현실이 눈앞에 기다리고 있겠지. 그럼에도 살고 싶은 것은 감출 수 없는 사람의 이기적인 감정을 드러낸 것이려나. 생각이 먼지처럼 늘어난다. 쌓아두다 보니 쉴 새 없이 늘어난 저 생각과 고민들. 그런 말을 들은 적이 있다.

사람은 자살할 때 생각한다. 지금까지의 고민들은 모두 해결할 수 있는 거였구나. 지금 내가 떨어지는 것을 막을 수 없다는 것만 빼면.

해결방법을 찾기 위해 뛰어내리지는 않겠지만. 한 때 시도는 한 적이 있다만 그때도 겁쟁이였으니까 내가 제대로 시도하지는 못했다.

"너 이 새끼! 오늘은 반 죽여 버릴 거라고 내가 말했지?"

"나도 오늘은 못 참아!"

오늘도 우리 반은 싸움이 끊이질 않구나. 나는 창가에 기대어 놈들이 싸우는 모습을 보고 있었다. 질리지도 않나. 그렇게 시간이 흐르고 싸움은 더욱 격해져만 갔다. 멈추는 법을 모르면 싸우지를 말던가. 어휴.

"자아– 자. 이제 그만하ㅈ…?"

말리려다 쓰러지는 놈과 함께 뒤로 넘어졌다.

그래. 자의식이 아닌 타인에 의해서. 실수로 떠밀려 창문 밖으로 떨어졌었지. 뭐 2층이라서 그렇게 심하게 다치지는 않았지만. 보고도 못 피했냐는 아버지의 말에 또 비수가 꽂혔었지. 하. 집에 한번이라도 가야 할 텐데. 가고 싶

은 마음은 죽어도 없지만 매달 돈을 붙여주시는 어머니를 봐서라도 들어가 봐야겠지.

– BRIGHT NIGHT SKY

너를 데리고 온 지 벌써 2주째. 오늘은 부득이하게도 집에 돌아가 봐야 한다. 이렇게 빨리 찾아올 줄은 몰랐던 어머니의 생신 때문에라도. 장롱 깊숙이 숨겨두었던 정장을 꺼내어 입고 차를 기다린다. 너는 사뭇 진지한 내 모습에 조금 놀랐는지 평소 같으면 품에 파고들었을 터인데 그저 옆에 얼어 있을 뿐이었다. 색다른 너의 모습에 긴장했던 나도 느슨해지는 느낌이다.

조금 뒤 차가 도착하고 나는 그 차에 익숙하게 올라탔다. 너는 처음 보는 곳에 흠칫했지만 내가 타는 것을 보고는 바로 뒤따라왔다. 가는 길목에 헤어샵에 들러 머리와 수염을 잘랐다. '어머니에게 가는 길이거늘 어떻게 부스스한 머리 꼴을 하고 만나러 간단 말인가.' 라며 미련없이 잘랐으나 남은 허전함은 어찌 채울 수가 없더란다.

그렇게 차를 타고 가길 40여 분 후 드디어 도착했다. 집을 나간 지는 2~3년 정도. 그 전에도 이렇게 어머니의 생신 때마다 본가에 들렀었지만 왜인지 아버지는 아무리 돌아다녀도 한 번도 본 적이 없다.

그쪽도 날 피하는 건지도 모르겠다. 뭐 어찌 되었던 난 돌아다니기 덜 불편하니 이것도 나름 나쁘지는 않은 것 같다.

"어머! 왔어!"

현재 내 눈앞에서 호들갑을 떠는 사람은 내 사촌 누나인 '주 여진' 내 꿈을 유일하게 지지해 주었던 인물이다. 나는 "풋" 하고 작게 웃음소리를 흘렸다. 달라진 게 하나도 없었기에 안심이 되어서 나도 모르게 웃음이 나왔다.

"누나는 변한 것도 없구나."

"없긴. 키 커진 거 안 보여?"

"하이힐 신은 걸로 키 커진 거라고 우기면 못 써. 누나."

금세 뾰루퉁해진 얼굴. 놀려먹는 재미가 있는 누나라서 가끔씩 만나게 되면 항상 이렇게 된다. 내가 달래주고 누나는 삐져 있고. 빨리 풀리는 편이라 그다지 신경 쓸 필요는 없지만 말이다. 이런 장난도 오랜만이라 더 좋은 것 같네.

"어? 이 고양인 뭐야? 새까매."

아– 잊고 있었다.

"저번에 컵라면 사오는 길에 주웠어."

"와아. 네 옆에만 달라붙어 있네."

낯설어서 그런 거지 꼭 있으면 다른 이들에게도 애교를 떨 것이다. 산책하다가 알게 된 사실이다. 자신에게 익숙한 장소에 있는 다른 이들에게는 애교를 떤다는 것을. 그럴 때마다 사람 손을 너무 많이 탄 듯하다는 생각도 든다.

그렇게 누나와 얘기를 나누고 오랜만에 친척들과 만나니 난 들떠서 날아갈 것만 같았다. 뭐. 네가 옷자락을 잡고 있으니 날아갈 수는 없겠지만 말이다. 그리고 해가 저물었다. 나는 창문을 내다보며 해가 지는 것을 너와 함께 보고 있었다.

그때 오늘의 주인공이신 어머니께서 들어오시고 나를 보자마자 안아버리셨다. 그래. 이때까지만 해도 기분은 매우 좋았다. 하지만 다음에 들어오는 사람 때문에 미소가 가득했던 내 얼굴은 순식간에 일그러지고 말았다. 다름 아닌 아버지였다. 어머니는 내게 나가지 말아달라고 눈치를 주었지만 한 공간 안에 있다는 것 자체가 싫었다. 미안해요. 하지만 나가야 할 것 같아요 어머니.

나가려고 문고리를 향해 뻗은 내 손을 누군가가 잡았다. 아버지…. 심장이 떨려왔다. 숨이 가파르게 쉬어지고, 내 온몸은 서늘하게 얼어붙은 것만 같았다.

제발 그 눈으로 절 보지 마시고 그 입으로 제게 말하지 말아주세요.
라는 내 기대는 빗나가고 나는 아버지 손에 이끌려 중앙으로 오게 되었다. 너에게 도움을 요청해 보았지만 이미 다른 곳에 정신이 팔려 날 보지도 못했다. 집에 가서 굶기리라고 생각했다. 한 사람이 준비했던 마이크를 아버지께 전해드리고 아버지는 정장 안주머니에서 꼬깃꼬깃 접어놓은 종이 한 장을 꺼냈다. 그리곤 거기에 써진 글씨를 읽기 시작했다.

"아들아. 내 3년 전 모습이 너무 어리석었다. 네가 없는 3년 동안 난 많은 생각을 해보았다. 내가 너에게 너무 강요한 것은 아닌지…

… 정말 미안하다고 너에게 사죄하고 싶구나. 이제 끝으로 하나만 더 말하자면 아비는 널 누구보다도 아꼈단다. 진심이다 아들아."

내가 살면서 가장 미웠고 증오했던 사람이 내게 용서를 구하니 눈물이 차올라서 뭐라 말할 수가 없었다. 어머니도 어느새 내 옆으로 오셔서 내 손을 꼭 잡고 눈물을 흘리셨다. 우리가 눈물을 펑펑 쏟고 있는 중간 주위에서 박수소리가 작게 들리더니 소리가 점차 커져갔다.

"저야말로."

한 번도 보인 적이 없었던 환한 미소로 나는 아버지의 말에 화답했다. 그렇게 큰 박수소리로 넘쳐나던 방 안에는 이제 웃음소리로 가득 찼다.

창문 난간에 기대어 너와 하늘을 바라본다. 유난히도 별이 많았고 뚜렷이 보임을 느꼈다. 마음속 안개와 먹구름이 개인 기분이라는 게 이런 것일까.

"아! 차기작을 너와 내 이야기로 하자! 어때 강, 나름 좋은 생각인 것 같지 않아?"

말을 이해한 듯 '강'은 야옹하고 내게 대답해 주었다.

오늘 따라 유난히 별이 아름다운 밤이었다.

『단편 [삶]』

부제 :: 죽은 그것은 존재하고 있었다.

나뭇잎이 하나둘씩 떨어져 갈 때쯤 그것은 내 눈앞에 나타나기 시작했다.
무엇이든 상관없었다. 그 물건이 무엇이든 내가 사라져간다는 생각이 나를 미치게 하였다.
"힘든 시간을 끝내는 것일 뿐…. 마지막으로 한번 웃어보는 게 어떠한가."
어느 날 그것이 나에게 말을 걸어왔다. 항상 나를 보며 싱긋이 웃고 있는 그것이 나에게 말을 걸어왔다. 그것은 내게 힘든 시간의 끝을 내는 거라고 웃어보라고 내게 말했다. 그것은 내게 웃으면서 말을 걸어왔다. 그 말은 날 더욱 흔들어놓았다. 끝이라고 그렇게 쉽게 답을 낼 수가 있다니 정말이지. 나는 그것의 말을 이해할 수가 없었다. 아니 이해하기 싫었던 것일까.
"이렇게 고통뿐인 공간 안에서 도대체 뭘 원한다는 것인지 모르겠구나."
그래. 날이 갈수록 고통은 더욱 심해지고 있지. 그렇기 때문에 난 더욱 살고 싶단 욕망이 더 클지도 모르겠다. 내 나무의 나뭇잎이 점점 떨어져 간다는 것을 나는 느끼고 있다. 이젠 견디기가 어려워진다. 맥박은 느려져만 가는데 호흡은 가파르게 변하기 시작했다.
"힘들어 보이는구나. 작은 아이야."
그것의 형상이 점점 커져만 갔다. 그것에게 이유를 묻고 싶었지만 거칠어진 호흡 탓에 말이 제대로 나오지 않았다. 그것은 나를 보며 딱하다는 표정을 짓곤 내 얼굴 쪽으로 손을 내밀었다. 나는 그것의 행동을 말없이 지켜볼 뿐이었다. 이제 눈앞이 옅은 회색으로 칠한 듯 희미하게 보여만 간다. 더 이상은 눈을 뜰 힘도 조각이 나버린다.
"네 소원은 이 몸으로 살아보는 것이냐 아니면 처음부터 새로 시작하는 것이냐."
이젠 눈을 뜰 힘도 없는 마당에 나에게 질문을 던지는 그것이 이상했다. 왜인지 그 둘 중 내가 선택을 하면 이루어줄 것처럼 내게 묻는 그것이 이상했다.

나는 가까스로 눈을 떠 그것을 바라보았다. 그것은 내게 미소를 보이고 있었다. 마치 '너의 선택을 기다리고 있어' 란 의미를 담고 있는 듯 그런 미소로.

"인생은 끔찍하거나 비참하거나 둘 중의 하나이다. 허나 내 너의 처지가 딱하여 이리 선택권을 주는 것을. 자아 살고 싶다면 내게 말을 해 보거라. 이뤄줄 테니."

이루어준단 말인가. 정말로 이루어준단 말인가. 그렇게도 간절했던 그 소원을… 믿기지가 않았다. 의사들조차, 가족들조차 포기한 나를 다시 살려준다고 말하는 것인가. 나는 다시 살 수 있다는 희망에 남은 힘을 쥐어짜내어 말했다.

"처음부터 새ㄹ…."

그것은 환한 미소를 짓곤 사라졌다. 점점 힘이 빠져나간다. 이젠 다시 살 수 있어란 생각으로 편히. 잘 있어라 이 벌레만큼도 못한 나의 첫번째 인생이여.

그렇게 나는 눈을 감았다.

"이제야 편히 너를 걷어갈 수 있겠구나. 어찌나 삶에 발버둥을 치는지 이 말을 하지 않으면 걷어가지 못할 뻔했구나. 참 인간이란 부질없는 짓이란 것을 알면서도 매달리려 하다니. 잘 가게나."

[삶] 에필로그

'병원에서 독약을 먹고 숨진 채 발견된-

주치의의 말에 의하면 5년을 더 살 수 있었음에도 불과하고 *는 병의 괴로움을 이기지 못하고 결국 자살을 한 것으로 추정하고 있습니다.'

사람은 자신의 현재 상황만 보고 극단적인 결론을 내린다.

자살 또한 마찬가지이다. '아무리 벗어나려고 해도 이미 늦은 거야.' '이렇게 살아가는 것보단 차라리 죽는 게 나아' 라며 자신이 지금의 고통에서 벗어나면 다인 줄 알고 있다. 자신이 죽은 후 받을 타인의 고통은 모른 채. 가족들조차 아니 세상이 자신을 버렸다고 자신의 죽음을 합리화한다. '나는 아무 죄가 없어. 단지 세상이 날 버린 것뿐이야' 란 식으로. 구차한 변명을 늘어놓는다. 사람은 이기적인 동물이다.

제2장

상상 속에서 치유를 꿈꾸다

기억정원

이가현

기억을 지울 수 있게 된 세상에서 기억보관소가 세워진다.
각자의 다른 목표를 지니고 만나게 된 기억보관소에서 일어나는 이야기.

'잊고 싶은 기억이라도 무작정 지우는 것이 과연 옳은 일일까요?'

작가 소개_이가현

그림 그리고 글 쓰는 걸 좋아하는 평범한 중3 여학생. 우리 또래들의 일상이 담긴 소설을 쓰고 싶었지만 도저히 적성에 맞지 않아 결국엔 판타지를 쓰고 말았네요.

방 안엔 무거운 침묵만이 흘렀다. 그런 압박감을 이기지 못해 고개를 푹 숙이며 자리에 앉은 아이는 몸을 움츠렸다. 아래로 숙여 바닥만 내려다보던 시야에 아이의 두 손이 보였다. 아이답게 작은 손에는 긴장으로 인해선지 송글송글 땀이 맺혀 있었다. 아이는 조심스레 고개를 들었다. 자신의 앞에서 싸우는 어른들의 너머로 작은 창이 열려 있었다. 아이는 그 창 너머를 주시했다. 시간이 늦은 탓인지 창밖엔 이미 깊은 어둠이 깔려 있었다. 문득 나가고 싶다는 생각을 하며 눈을 깜빡인 아이는 어른들에게로 시선을 돌렸다.

"그 눈 저리 치워!"

찢어지듯 날카로운 소리가 아이의 고막을 파고들었다. 아이는 명백한 거부 표시에도 담담한 표정으로 시선만 돌렸다. 여자는 진저리난다는 표정으로 아이의 손목을 잡아 올렸다. 아이와 어른의 당연한 키 차이에 아이가 까치발을 들었다. 까치발을 들고는 멍하니 여자를 올려다보는 아이의 얼굴에 대고 여자는 폭언을 쏟아부었다. 어린 아이가 듣기에는 과할 정도로 심한 폭언을 토해내던 여자는 문득 고개를 돌려 바깥을 보았다. 창밖엔 역시나 어둠이 깊게 깔려 있었다. 여자는 다시 한 번 소리치려 벌렸던 입을 닫았다.

"이리 와!"

여자는 아이의 손목을 세게 잡아끌었다. 까치발을 들고 종종거리듯 끌려나가는 아이는 팔이 아파져 와도 그것을 꾹 참아내며 여자를 올려다보았다. 키 때문인지 아이의 눈길은 여자의 턱에 겨우 와 닿았지만, 여자는 그것조차도 좋아하지 않았다. 자신의 얼굴 쪽으로 와 닿는 시선을 이기지 못하고 여자는 아이의 뺨을 쳤다. 그리 세게 치진 않았지만 그래도 맞았다는 것에 아이는 눈을 아래로 내리깔며 여자에게 잡혀 있지 않은 손을 들어 뺨을 감쌌다. 여자는 더러운 눈 치우라며 욕설이 섞인 말을 내뱉었다. 아이는 무덤덤한 표정으로 눈만 깜빡였고, 여자는 다시 아이의 손목을 잡아 이끌었다.

"이제 혼자서 살아가. 그 더러운 눈으로 살 방법이나 궁리해 보라고."

여자는 잡고 있던 아이의 손목을 내팽개치듯 놓았다. 발갛게 물든 손목을 잠시 바라본 아이는 고개를 들어 여자를 보았다. 깊고 검은 눈동자가 빛났다. 조금도 슬퍼하는 기색이 없이 무덤덤한 표정의 아이를 내려다보던 여자는 몸을 낮춰 아이와 키를 맞추었다. 뭔가를 말해주려는 듯 아이의 귀로 입을 가까이했다. 아이는 여자가 무슨 말을 할지 궁금했던 탓에 귀를 기울였다.

"넌 내가 낳은 최대의 불행이야."

아이는 아무 대꾸도 하지 않았다. 부서질 것만 같은 웃음이 아이의 입가에 머물렀다. 아이의 눈이 검게 가라앉았다.

***

소년은 활발했고, 소녀는 조용했다. 또래들 사이에서 잘 적응하지 못하는 소녀를 위해 소년은 평소보다 더 많이 말을 해야 했다. 그것이 큰 효과가 있진 않았지만, 적어도 소녀가 소년에게만은 마음을 열었다는 것은 그 둘을 보는 누구나가 느낄 수 있었다. 소년은 이만큼 마음을 열어준 게 어디냐며 환한 웃음을 지었다. 그리고 이름이 없는 소녀에게 이름을 지어주었다.

"헤일렌 프로시아 어때?"

소녀는 고개를 갸웃했다. 그게 무슨 말이냐고 묻는 듯한 모습에 소년은 너의 이름이라고 대답했다. 소녀는 소년의 예상보다 더 기뻐했다. 자신의 이름을 외우려고 계속해서 작게 속삭이며 반복해서 이름을 말하는 소녀의 표정은 붉게 상기되어 있었다. 전보다 한결 더 풀어진 모습에 소년은 어째서 원래 이름을 쓰지는 않냐고 물어보았지만, 소녀는 그 질문에만큼은 침묵으로 답해 주었다. 소녀는 밝아졌다. 또래들 사이에서 말도 꺼내지 못하고 혼자 놀던 소녀는 어느새 많은 친구를 사귀고, 고아원 원장님의 총애를 받을 정도로 뛰어난 머리를 자랑했다. 소녀의 변화는 소년을 중점으로 일어났다는 것을 고아원의 모두가 알았다.

그러나 소녀와 소년의 사이가 좀더 좋아졌다는 것은 아니었다. 그렇다고 그들이 일부로 서로 멀리한 것도 아니었다. 시간은 계속 흐르고 흘렀지만, 그들은 여전히 같은 모습이었기에 그랬던 걸 수도 있다. 당사자인 본인들조차 서로가 멀어졌다는 것을 눈치채지 못할 정도로 조금씩, 천천히.

둘이 처음 만났던 봄에서 시간은 흘러 가을이 되었다. 소녀는 땅에 떨어져 메마른 소리를 내며 발에 밟히는 낙엽을 내려다보았다. 하늘엔 검은 먹물이 뿌려진 거라고 생각될 정도로 깊은 어둠이 내려앉아 있었다. 밤하늘과 같은 눈이 반짝였다. 소녀는 약 1년밖에 되지 않은 자신의 과거를 회상했다. 부모에게서 버림받은 아이치고는 꽤 행복하게 살고 있다는 생각을 한 소녀는 작은 미소를 머금었다. 그녀는 자신의 운명이 불행하다고 생각하지 않았다. 매일 자신의 눈이 더럽다며 밀어내던 여자와는 달리 고아원에서 함께 지내는 모두가 자신의 눈이 예쁘다며 사랑해 주었다. 아이는 고아원에서 사는 것이 좋아졌다.

그러나 여전히 귓가엔 여자가 자신에게 속삭이는 소리가 들려왔다.

넌 내가 낳은 최대의 불행이야.

바람이 불고, 낙엽이 흩날렸다. 소녀의 손안에서 낙엽이 작은 소리를 내며 바스라졌다. 행복이 그리 오래 갈 것 같진 않았다.

***

소년은 운동을 시작했다. 살을 빼기 위한 것도, 건강을 위해서도 아닌 오로지 출세만을 목적으로 한 운동이었다. 한창 기사들이 떠오르기 시작한 때였고, 귀족이나 평민이나 구분 없이 기사를 동경했던 때였다. 자격만 있으면 신분에 관계없이 누구나 기사가 될 수 있다는 매력적인 직업이기도 했다. 사실 귀족 자제들이 기사의 90% 이상을 차지하고 있었지만 평민들은 남은 10% 안에 들 수 있기를 희망했다. 평민들은 기사가 되기 위해선 귀족 자제들이 선발위원회에 내는 돈만큼 돈을 몰래 줘야 한다는 사실을 몰랐다. 속으로는 곪아 들어가다 못해 썩어가는 제도였으나 그 위에 얇게 덮인 포장에 평민들은 속아 넘어갔다. 그것에 속아 넘어간 것은 소년 또한 마찬가지였다. 어린 소년의 꿈은 기사가 되는 것이었다.

소년과 소녀를 거두어준 고아원은 그다지 형편이 좋지는 않았다. 소녀가 고아원에 온 것을 시점으로 고아원에서는 더 이상 다른 고아들을 거두어주지 못했다. 소년은 눈치가 좋은 편이었다. 어두워진 원장님의 얼굴, 새로운 부모님이 생겼다며 고아원에서 나가던 형, 누나들의 애매한 웃음, 잠들지 못하는 밤에 바람소리에 실려 들려오는 울음소리. 모든 것은 고아원의 끝을 알리고 있었다.

"전 기사가 될 거에요."

그것 참 좋은 꿈이구나, 어째선지 눈 밑이 발갛게 물들어 있던 원장님은 소년의 머리를 쓰다듬어 주었다. 따뜻한 손길에 소년은 헤실 웃었다. 어린이용 검이긴 하지만 소년이 휘두르며 연습할 수 있을만한 검도 선물로 받았다. 원장님은 고아원 후원자님께 후원받은 돈으로 샀다고 했지만, 소년은 고아원에 더 이상 후원자는 없다는 것을 알고 있었다. 그 모든 배려에 소년은 이를 악물고 더욱 열심히 검을 휘둘렀다.

고아원의 형편은 더욱 나빠졌다. 나라의 지원을 잘 받지 못한 탓도 있었지만, 원장님의 마음씨에도 약간은 문제가 있었을지도 모른다. 늘 웃어주며 베풀어 주신 분. 소년은 한겨울, 모두가 잠들어 있을 시간에 홀로 흐느끼는 원장님을 보았다. 그는 그의 어려운 형편에 슬퍼하지 않았다. 그가 더 이상 아이들을 돌볼 여력이 되지 않는다는 것에 슬퍼했다. 소년은 검을 들고 멍하니 서 있었다. 어떻게든 도움이 되고 싶었지만 자신이 어리다는 것은 변치 않았다. 슬퍼지는 마음에 소년은 눈을 꾹 감았다.

다시 눈을 떴을 땐 많은 것이 변하리라, 소년은 검을 쥔 손에 힘을 꽉 주었다.

***

소년은 기사가 되지 못했다. 기사가 되기 위해 심사위원들에게 몰래 쥐야할 뒷돈도 없었고, 실력도 귀족 자제들에 비해 확연히 떨어졌기에 그것은 당연한 일이었다. 1년에 한 번만 열리는 기사 선발 대회는 그렇게 끝이 났다. 소년이 고아원에서 말없이 빠져나온 후 4년이나 지나 있었다. 소년은 고아원도, 소녀도 모두 잊고 그렇게 살아가고 있었다. 고아원의 원장님을 돕기 위해 출세하겠다는 어린 마음은 온데간데 사라지고 없었다. 그저 자신이 원하는 기사가 되어보겠다는 고집만이 남아 있었다. 그의 나이 17살, 그는 아직 어렸다. 그가 기사가 되기로 결심했던 이유 따위 이미 사라지고 남은 것은 고집뿐이었다.

선발대회에서 터덜터덜 걸어 나온 소년은 한숨을 내쉬었다. 또다시 1년을 기다려야 한다. 기사가 될 방법은 오로지 두가지 뿐이었다. 많은 돈이나 뛰어난 실력으로 선발대회에서 우승을 차지하는 것, 혹은 1%의 운으로 귀족의 눈에 들어 후원을 받는 방법 뿐. 소년은 자신이 운이 없는 편이라는 것을 알고 있기에 후자의 방법에는 조금의 기대도 품지 않았다.

마을에서 훨씬 벗어난 곳에 소년의 집이 있었다. 집이라기보단 폐가에 가까운 곳이었지만 소년은 집을 살 여건이 되지 않았기 때문에 버려진 집을 대충 정리한 후 살 수밖에 없었다. 한 손에 검을 쥔 채 터덜터덜 힘없이 걸어 도착한 집 앞에는 마차와 사람 한 명이 서 있었다. 소년은 고개를 갸웃하며 집 근처로 가까이 다가갔다.

***

소녀는 큰 사고를 당했다. 소년이 고아원에서 몰래 나간 뒤 1년이 지난 후의 일이었다. 고아원이 결국엔 문을 닫았고, 아이들은 뿔뿔이 흩어졌다. 소녀는 다른 마을로 건너가 어떻게든 일자리를 찾아보겠다는 생각만 했다. 숲 속을 걷던 소녀는 몇 번의 비명소리를 들었다. 소녀가 뒤를 돌아보기도 전에 누군가 소녀의 머리를 강하게 내리쳤다.

정신을 잃었던 소녀가 눈을 떴을 때, 그녀는 낯선 공간에 홀로 누워 있었다. 한참 후에 그녀를 찾아온 사람들은 그녀가 굉장히 큰 사고를 당했고, 그로 인해 정신을 잃었던 그녀를 자신들이 데려왔다고 말해 주었다. 그들은 소녀의 이름과 거주지를 물어보았다. 소녀를 집까지 안전하게 데려다 줄 테니 집 근처의 병원에서 치료를 받으라는 충고도 함께 해 주었다.

"집이요?"

소녀는 고개를 갸웃했다.

"이름도 기억이 안나는데…."

***

소년은 기사가 되었다. 소년은 그것이 1%의 운 덕이라고 생각했다. 곤경에 처한 귀족 자제를 도와 구덩이에 빠져 있던 마차를 대신 밀어주고 휴식을 취할 수 있게 집을 빌려주었다. 소년은 배려심도 많고 기본적인 예의를 잘 지킬 줄 알았다. 소년의 경계심 없는 배려에 귀족 자제는 소년을 꽤 좋게 생각했다. 그는 소년의 집에 있던 검과 훈련의 흔적을 보았고, 그는 검술에 뜻을 두고 있던 귀족이었다. 실력을 보고 싶다는 그의 말에 소년은 떨리는 손으로 검을 잡아 언제나처럼 연습하듯 휘둘렀다.

특이한 검술이구나, 그가 말했다. 소년은 독학을 배운 것이라 모자라기 짝이 없다며 자신을 낮추었다. 그는 그런 의미로 한 말은 아니지만 소년이 스스로를 미숙하게 여긴다면 어쩔 수 없는 것이라며 소년에게 손을 내밀었다. 내밀어진 그 손의 의미를 알 수 없어 소년은 고개를 갸웃하며 그를 보았다.

"도와주마."

그것은 소년이 잡을 수 있는 구명줄이나 다름없었다. 그렇기에 소년은 한 치의 망설임 없이 그의 손을 잡았다. 그는 소년의 손에 박혀 있는 굳은살에 감탄했지만 굳이 그것을 표정으로 드러내진 않았다. 그러나 그가 소년을 대하는 태도에는 약간의 변화가 있었다. 그 때문인지 소년은 오만하기로는 하늘을 찌를 듯하다고 알려진 귀족에게서 크다면 클 수 있는 배려를 받을 수 있었다.

***

기사로 임명받기 위해서는 다른 모든 것은 필요없어도 기사의 이름은 필요하다고 했다. 소년의 이름은 몇 년 전 고아원에서 한 소녀에게 받은 이름을 쓰고 있었다. 그러나 소년은 그 이름이 굉장히 여자같다는 생각을 했었다. 그는 전장에서 이름을 내걸고 싸울 기사였다. 그는 자신의 이름을 바꾸고 싶어했다.

누군가가 자신의 이름을 물었다.

"리벤 크로니안입니다."

사람들의 환호성이 들려왔다. 귀가 얼얼해질 정도로 들은 소년은 무덤덤한 표정으로 묵묵히 검을 들고 서 있었다. 소년은 앞으로도 이렇게 많은 함성을 들을 거라는 것을 알고 있었다. 그렇기에 그는 더 이상 자신의 옛 이름에 의미를 두지 않았다. 빛을 보지 못한 이름은 지워졌다. 빛바랜 이름은 소년도 누구도 기억하지 못했다. 오랜 시간 끝에 빛을 본 소년의 이름은 리벤 크로니안이었다.

***

기억을 잃은 소녀는 자신의 이름이 프로안이라고 말했다. 그것이 확실한지 알 수는 없었지만 소녀는 지금 생각나는 것이 그것뿐이라고 말하며 고개를 휘저었다. 눈을 감고 기억을 떠올리려 할 때마다 머릿속이 텅 비는 느낌에 소녀는 한숨만 내쉬었다. 꼭 머릿속에 아무것도 존재하지 않는 듯한 기분이었다.

"프로안씨, 갈 곳이 없다면 저희 쪽에서 일을 해보실래요?"

친절한 그녀의 말에 프로안은 고개를 끄덕였다. 고아원이 문을 닫은 후에는 갈 곳도 없던 그녀가 의식주를 모두 해결할 수 있는 직업은 다시 찾아오지 않을 기회였다. 한 치의 망설임 없이 고개를 끄덕이는 그녀에게 연구원으로 추정되는 복장을 한 여자가 싱긋 웃어주었다.

"여긴 어딘가요?"

"기억에 대해 연구하는 연구소에요. 많은 전문가들이 모여서 연구하고 있죠. 프로안씨에게도 도움이 될 곳이네요!"

기억을 잃었다는 프로안에게 희망을 주려는 것인지 밝게 말해주는 그녀에게 프로안은 싱긋 웃어주었다. 기억을 잃은 자신에게 직업이 주어졌다. 자신에게 도움이 될 직업이었다. 이곳에서 기억을 찾을 방법을 알 수 있을지도 모른다는 생각에 더욱 기분이 좋아졌다. 이곳에서 무슨 일을 하든 즐겁게 할 수 있을 것 같다는 생각을 하며 프로안은 환한 웃음을 지어보였다.

한껏 웃으며 건물 안을 구경하던 프로안이 어디선가 울리는 진동소리에 몸을 돌렸다. 프로안의 옆에서 길을 안내해 주던 여자의 허리쯤에서 울리는 소리였다. 프로안의 시선이 와 닿자 여자는 멋쩍은 웃음을 지으며 양해를 구하고는 반대편 복도로 들어갔다.

***

리벤은 어느새 어엿한 기사가 다 되었다. 23살에 고아 출신 기사로 많은 사람들의 사랑을 받으며 멋지게 자랐다. 그의 검술은 흐르듯이 유려하게 흘러가는 듯한, 물처럼 여유롭게 다가오는 듯하면서도 빠르고 날카롭게 찌르는 간결한 검술로 유명했다. 리벤을 기사로 만들어준 귀족은 자신의 선택이 옳았다는 것에 기뻐했다. 리벤은 이제 유명한 기사였다.

그러나 그는 어디까지나 고아 출신 기사였다. 출세에는 한계가 있었다. 어떻게든 출세를 해 보고 싶었던 그에게 누군가가 말했다.

"기억보관소라고, 출세하기도 편하고 일하기도 편한 곳이 있어요!"

리벤은 기억보관소를 이미 알고 있었다. 기억보관소, 잊고 싶은 기억을 빼내 보관해 주는 곳. 리벤은 이미 기억보관소의 도움을 받아 자신의 어린 시절에 대한 기억을 조금 빼냈다. 그 기억은 넓은 기억보관소 건물에서 보호받고 있었고, 그가 원한다면 언제든 다시 가져갈 수 있었다. 그는 속는 셈치고 기억보관소에 가기로 했다.

***

"안녕하십니까. 새로 발령받은 리벤 크로니안입니다."

리벤은 기억보관소의 총책임자라는 여자에게 가볍게 인사를 했다. 여자라기 보단 소녀에 가까워 보일 정도로 어려보였지만 일단 자신과 나이가 같다고 들었다. 소년은 호기심 담긴 눈으로 여자를 쳐다보았다. 다른 사람들에 비해 깊고 검은 눈이 인상적인 사람이었다. 그리고 그 검은 눈이 어딘가 익숙하기도 한 사람이었다.

"출세가 목적이신 거라면 굳이 와서 인사할 필요 없어요."

여자는 성격이 그다지 좋지 않은 듯했다. 인사를 하러 찾아온 리벤을 지나치듯 쳐다보고는 바로 눈을 돌려버리고는 가시돋힌 말을 내뱉었다. 출세를 목적으로 온게 맞기도 했기에 리벤은 순간 할 말을 잊고 멍하니 서 있었다.

"출세가 목적이긴 하지만 그래도 이름정도는 알려주실 수 있지 않습니까?"

"프로안이에요. 출세가 목적이시면 알 필요도 없을 텐데."

여자는 틱틱 쏘아붙이듯 말을 내뱉더니 이내 리벤이 제 발로 나가는 것보단 자신이 먼저 나가는게 더 빠를 것이라 생각했는지 리벤이 잡기도 전에 방 밖으로 나가버렸다. 어느새 밖으로 나가버린 여자를 쫓던 눈이 멈췄다. 리벤은 고개를 갸웃했다.

"이상하게 익숙하네…. 내가 빼냈던 기억 안에 있는 사람인가?"

그러나 그것은 크게 중요하지 않다는 사실을 깨달은 리벤은 고개를 몇 번 젓고는 더 관심을 가지지 않기로 결정했다. 기억이 나지 않는다면 크게 중요한 사람은 아닐 것이었고, 만약 그녀가 중요한 사람이라고 해도 지금 당장은 필요한 사람이 아니기 때문이었다. 그가 기사가 되어 지금까지 살아가며 터득한 삶의 방법 중 하나였다. 당장 필요하지 않은 일에 시간을 낭비하지 않기.

"이상하네~ 프로안이 그렇게 까칠한 편은 아닌데?"

동료 기사가 말했다. 리벤이 프로안을 만난 첫 날 상황에 대해 얘기했을 때 그는 고개를 갸웃하며 혹시 그녀에게 뭔가 실수를 했냐고 물어보았다. 남들에게 굉장히 따뜻하고 배려심깊은 여자라며 잘못을 해도 리벤이 했지 프로안이 그럴 사람은 아니라고 말이다. 리벤은 자신이 뭔가 실수를 했던건지 곰곰이 생각해 보았지만 전혀 그런적은 없다는 결론을 내렸다. 잘못한 것도 없는데 어째서! 리벤은 짜증이 치밀어오르는 것에 심호흡을 몇 번 했다.

"참 나, 어이가 없어서."

지금 멋대로 사람을 차별하는건가? 리벤은 묘한 짜증에 자리에서 벌떡 일어났다. 동료 기사가 어딜 가냐며 그에게 물었지만 그는 대꾸할 필요성을 느끼지 못했기에 그대로 프로안이 있는 방으로 향했다.

프로안이 머무르는 방은 예상보다 구석진 곳에 있었다. 마을 급 크기의 건물에서 이렇게 조그만 방을 쓸 줄은 몰랐기에 리벤은 고개를 갸웃했다. 검소한 사람인가, 간단히 단정지은 리벤은 두어 번 노크를 하고는 문을 벌컥 열어젖혔다.

푹-.

듣기만 해도 살벌하지만 리벤에겐 어쩐지 익숙한 소리였다. 곧 그 소리의 정체를 알아낸 리벤은 버럭 소리를 질렀다.

"무슨 짓입니까!"

"아… 실수."

전혀 미안한 기색 없이 무표정으로 대답하는 프로안을 어이없다는 듯 쳐다보는 리벤의 옆엔 시퍼런 날이 갈려 있는 검이 꽂혀 있었다.

"허락도 없이 문을 연 그 쪽 잘못."

"노크했습니다만!"

"노크는 허락을 요청하는 행위지만 난 허락을 해주지 않았지."

말장난을 치자는 것도 아니고 끝없이 이어지는 말꼬리에 결국은 리벤이 먼저 말을 멈추었다.

"…기사도 아니면서 검술 연습을 하는 이유를 물어봐도 괜찮습니까?"

"아니."

"…그럼 하나만 더 물어보고 싶은 게 있어서 말입니다."

"답변을 해줄지 안 해 줄 진 몰라."

"어째서 다른 사람들과 저를 대하는 태도가 다른 거죠?"

벽에 박힌 검을 뽑아내려 힘을 쓰던 프로안이 멈칫하며 고개를 돌렸다. 어째선지 벙찐 듯한 표정을 짓던 프로안은 눈을 깜빡였다. 그리고는 다시 고개를 돌려 리벤에게 향했던 눈길을 돌렸다. 도로 검으로 돌아간 시선에 리벤은 빨리 답이나 말해달라고 부추겼고, 프로안은 조용히 입을 열었다.

"굳이 알아서 뭐하겠냐만…."

"누구는 아직까지도 옛 기억을 찾으려 아등바둥거리는데 넌 아무렇지도 않게 그걸 빼내서 다른 곳도 아닌 이곳에 맡겨놨으니까."

반짝거리며 빛나던 프로안의 눈이 가라앉았다. 한 눈에 보이는 그녀의 심정변화에 리벤은 순간 아무런 말도 꺼내지 않았다.

"난 네가 여기에 네 기억을 버리듯이 놓고 간걸 기억하고 있어."

프로안은 아무 말도 꺼내지 못하고 입만 벌린 채 서 있는 리벤을 방 밖으로 쫓아내듯 몰아냈다. 프로안의 말에 반박할 말이 떠오르지도, 반박할 마음도 사라졌기 때문에 리벤은 크게 반항하지 않고 조용히 밖으로 나왔다. 이번 일로 프로안이 기억을 잃은 사람이라는 것을 알 수 있었다. 어쩌다 그런 사람이 기억 관련 직업에서 일을 하게 된 거지? 여러 가지 생각을 하며 자신의 방으로 돌아간 리벤은 끝까지 그녀가 어떻게 자신이 기억을 이곳에 보관했다는 것을 알았는지, 그리고 여자인 프로안이 어째서 검술을 연습하는 건지에 대해서는 의문을 가지지 못했다.

프로안과 리벤은 처음 만난 날만 그렇게 요란한 이후엔 더 이상 만나지도, 대화하지도, 서로에 대해 잠깐이라도 생각하지도 않았다. 두 사람은 어차피 곧 헤어질 인연이었기 때문이었다. 할 일 없는 기억보관소에서의 날은 그렇게 하염없이 흘러갔다. 계절이 세 번 바뀐 겨울날 밤, 리벤은 기억보관소 건물 뒤쪽에서 어김없이 훈련을 했다. 몇 달만 버티면 인생 핀다며 술파티를 열어대는 동료 기사들이 고지식하다며 그를 놀려댔지만 리벤은 꿋꿋이 훈련을 계속 했다.

문득 올려본 기억보관소 건물은 여전히 칙칙했다. 회색 벽에 드문드문 보이는 창문. 아무리 중요한 기억을 보관하는 곳이라 해도 창문이 이렇게 작어서야 안에 사는 사람은 환기도 제대로 못하고 답답한 공기 속에 살아가야 할 것 같아 리벤은 보기만 해도 답답해지는 기억보관소 건물이 싫어졌다.

기억들이 보관되는 곳인 2층쪽 계단에서 불빛이 어른거렸다. 프로안은 매일 밤 늦은 시간에 홀로 등불을 들고 돌아다니며 보관중인 기억들을 살펴보는 편이었다. 리벤은 매일 보는 등불이지만 오늘따라 불빛이 유난히 깜빡거린다는 생각을 하며 고개를 돌렸다. 반복되는 일상도 이쯤이면 슬슬 지겨워지기 시작했다. 이곳에 온 이후 처음으로 훈련을 도중에 중단하고 방으로 돌아가기로 결정했다.

***

2층 복도가 소란스러웠다. 기억보관소에 있는 사람은 프로안과 기사들 뿐. 기사들은 이미 술파티를 끝내고 뻗어 있을 시간이었다. 이상하게도 소란스러운 복도에 3층 자신의 방으로 올라가려던 리벤은 한숨을 내쉬며 도로 2층으로 내려왔다. 보나마나 술 취한 기사 중 하나가 난리를 피우고 있는 것이리라. 빨리 방으로 데려다 놓고 자신도 쉬고 싶다는 생각을 하며 리벤은 입을 크게 벌리며 하품을 쩍 했다.

퍽, 쨍.

입을 흉하게 벌리고 하품을 하던 리벤의 몸이 그대로 멈췄다. 그도 그럴 것이, 리벤은 지금 1년에 한 번 일어날까 말까한 일을 겪고 있었기 때문이었다. 기억보관소가 출세하기에 좋은 이유는 당연히 할 일도 없고, 사건도 터지지 않지만 이곳에서 1년 정도만 있어도 어째서인지 기사로서의 자질을 확실하게 인정받는다는 것 덕에 그랬던 것이다. 그런데 지금 리벤의 눈 앞에서 벌어지는 이 일은 대체 뭘까. 리벤은 멍하니 생각했다. 커다란 가방을 들쳐 매고 자신의 쪽으로 질주하는 이 남자의 뒤로 굉장히 지쳐 보이는 프로안이 벽에 기대 콜록거리고 있었고, 그 뒤로는 기억을 보관하는 유리병이 군데군데 깨져 있었다.

"야, 멍청아! 잡아!"

한 손에 검을 쥐고는 어딘가 불편한 것인지 연신 기침을 토해내며 프로안이 외쳤다.

"아, 이게 지금 무스…."

너무도 갑작스러운 일에 상황파악도 제대로 하지 못한 리벤은 무작정 검을 잡고 자세를 취했다. 그 모습에 리벤의 쪽으로 달려오던 남자는 손에 들고 있던 방망이를 마구잡이로 휘둘렀다. 아무리 기사라도 그런 막무가내식의 대항은 상대하기가 곤란했기에 리벤은 주춤하며 물러설 수밖에 없었다. 결국 남자는 보란 듯이 도둑질을 한 후 도망을 가버렸고, 빠른 속도로 계단을 내려가는 남자를 따라잡을 자신이 없었던-리벤은 계단을 빠르게 내려가지 못하는 편-리벤은 방향을 틀어 기침만 계속 해대는 프로안 쪽으로 향했다.

"괜찮습니까?"

"난 괜찮은데 바닥도 문제고…, 도둑맞은 기억들은…."

프로안은 자신의 뒤 쪽에서 깨진 유리병 사이로 흘러나오는 연기 같은 물질을 가리켰다. 리벤은 저것이 기억이라는 것을 잘 알고 있었기에 난색을 표했다.

"전 기억을 다룰 수가 없어서 저걸 해결할 수가 없습니다만…."

"저건 내가 알아서 정리하면 돼! 근데 도둑맞은 기억들이 문제란 말이야!"

프로안은 마지막으로 몇 번 더 기침을 토해낸 후에야 진정이 됐는지 심호흡을 했다. 리벤은 프로안을 부축해 일으켜 세우고, 얼마 나 있지 않은 창문 중 하나를 열어 바깥을 살폈다.

바깥엔 이미 깊은 어둠이 깔려 누군가가 지나다녀도 보이지 않을 정도였다. 남자를 찾는 것을 포기한 리벤이 한숨을 푹 내쉬고는 프로안을 보았다. 그새 프로안은 몸을 대충 추스르고 쏟아 내린 기억을 정리하고 있었다. 이리저리 돌아다니며 기억들을 다시 한데 모으는 프로안을 바라보던 리벤은 바닥에 널린 유리조각에 얼굴을 찌푸렸다.

"제가 유리 치워드릴 테니까 조금만 기다려보세요."

"기억들 섞이기 전에 얼른 치워야 돼. 유리는 그 다음 문제야."

자신에 대한 걱정은 하나도 하지 않는 것인지 담담하게 흘러나온 대답에 리벤은 답답했다. 손으로 바닥을 쓸어 유리를 손으로 밀어내며 기억을 모으는 프로안의 모습은 딱 보기에도 위험해 보였다.

"기억을 만질 수 있는 건 프로안님 밖에 없나요?"

"나밖에 없으니까 이렇게 넓은 건물에 나 혼자 살아가는 거겠지."

프로안의 대답을 들은 리벤은 기억을 주워 담는 프로안의 옆에 같이 쪼그리고 앉아 기억이 보이는 곳으로 손을 쭉 내밀었다. 프로안처럼 손에 잡혀 깨지지 않은 유리병으로 들어가지 않고 안개처럼 빠져나가는 것에 리벤은 다시 자리에서 일어났다. 뭐하냐는 듯한 눈빛으로 쳐다보는 프로안에게 리벤은 빗자루라도 들고 오겠다고 말하며 2층 복도를 벗어났다.

자신의 방에 놓여 있던 빗자루와 프로안의 손이 생각나 붕대를 함께 들고 나오던 리벤은 다른 동료 기사들도 불러야할까 생각했지만, 어차피 술만 퍼마시고 자고 있던 이들이 도움이 될 것 같진 않아 그만두기로 결정했다. 계단에 약한 리벤이 느리게 계단에서 내려와 2층 복도로 들어왔을 때 그는 프로안을 발견하고는 빠른 속도로 달려 그녀의 손을 잡아챘다.

"거기까지."

"아… 왜 또! 섞이면 안 된다고 말하잖아!"

리벤은 손에 들고 있던 붕대를 프로안에게 던져주고는 빗자루로 바닥을 쓸었다. 이럴 줄 알았으면 걸레도 들고 올 걸, 리벤은 바닥에 한두 방울씩 떨어지다 못해 줄줄 흐른 피에 얼굴을 찌푸렸다. 어떻게 자기 몸을 이렇게 함부로 다치게 둘 수가 있는 거지. 리벤은 이해할 수 없는 프로안의 머릿속이었다. 빗자루로 바닥을 대충 쓸어다 커다란 유리들만 쓸어낸 리벤이 뒤를 돌아 프로안을 보았다. 다행히도 자신이 붕대를 던져준 이유는 알았는지 붕대를 풀어내 손에 칭칭 감기까지 한 프로안은 그것을 고정시킬 생각까진 안했는지 붕대의 끝이 바닥에 쓸려 너덜너덜해지고 있었다. 그 모습에 리벤은 골치 아프다는 표정으로 머리를 한 번 감싸 쥐고는 프로안의 옆으로 가 다시 몸을 쪼그리고 앉았다.

"뭔데?"
"고정은 해야죠, 좀…."
짜증섞인 목소리로 대꾸한 리벤은 붕대에 꽂혀 있던 고정용 클립을 빼내 너덜너덜 해진 프로안의 붕대를 다시 감아 고정시켜주었다. 프로안은 물끄러미 그것을 내려다보다 다시 고개를 돌려 섞이기 직전인 기억들에 손을 뻗었다.

***

어느새 아침 해가 떠오르고 있었다. 밤늦게까지 술파티를 벌인 동료 기사들은 아직까지 일어날 기색도 없었다. 방금 전까지도 계속 기억을 정리하던 프로안을 지켜보다 막 나와 아침 해가 떠오르는 걸 발견한 리벤은 그제서야 밀려오는 수많은 생각들에 머리를 감싸 쥐고 고민에 빠졌다. 그 중에서도 가장 큰 고민은 남자가 훔쳐간 기억들을 어떻게 되찾아 오느냐였다. 범인이 쫓아오라고 친절하게 길 안내를 해줄 확률 따위 없다는 것은 리벤도 잘 알고 있었다. 결국 리벤은 한숨만 푹푹 내쉬며 언뜻 짧은 시간동안만 볼 수 있었던 범인의 얼굴을 떠올리려 노력했다.
"뭐하냐? 머리 감싸 쥐고."
"범인을 어떻게 잡을까 고민 중입니다…."
"아, 그거 관해서 할 말이 있는데."
"네, 네…. 못 잡은 제 책임인 거 다 알아요."
"아니, 그 기억들…. 방금 확인하니 주인이 찾길 원하지 않는 기억들이야. 영구 폐기될 기억들이었다고."
그럼 찾지 않아도 된다는 얘기인가요? 희소식에 리벤이 입가에 웃음이 맺히는 걸 숨기지 못하며 물었다.
"그 기억들 중에 딱 한 명의 기억이 또 있었어. 영구 폐기 대상 기억이 아닌 사람의 기억."
"…아…. 뭡니까, 그 짜증나는 인간은…."
"너야."
이럴 줄 알았으면 기억 따위 빼내지 않는 건데, 리벤이 중얼거렸다.

"그래서 묻는 거야."

"뭘요?"

"네 기억을 영구 폐기하길 원하냐고."

리벤은 갑작스런 말에 머리가 아파져 오는 걸 느꼈다. 갑자기 기억을 영구 폐기한다니 뭐니, 그런 말은 리벤이 평소에 하던 생각의 범주에서 크게 벗어나 있었다. 결국 리벤은 눈을 몇 번 깜빡이고는 프로안에게 잠시 생각할 시간을 달라 말했다. 뭘 그런 걸 고민하냐고 비꼬았을 줄 알았지만 의외로 프로안은 얌전히 그를 내버려두었다.

리벤은 자신이 빼낸 기억이 정확히 어떤 기억인지 알 수 없었다. 자신에겐 이미 없는 기억이 무엇인지 알 수 있을 리가 없었기 때문이었다. 그러나 자신의 어릴 적에 대해서만 기억이 애매한 것이, 자신이 10대 초반일 때의 기억을 빼낸 것이라는 것은 알 수 있었다. 리벤은 문득 자신이 그 기억을 빼낸 이유가 궁금해졌다. 그리고 원래 사람이란 모두 그런 것이라고 생각했다. 가지고 있긴 싫고 남 주기도 싫고. 결국 리벤은 그런 욕심에 이끌려 기억을 되찾고 싶다는 결정을 내렸다.

그 결정을 프로안에게 말하자마자 그녀는 그럴 줄 알았다는 듯, 리벤에게 짐이 가득 들어 있는 가방을 던졌다. 얼떨결에 가방을 받아들고 멍하니 서 있는 리벤을 비웃으며 뭐하냐는 질문을 던진 프로안은 붕대를 칭칭 감은 양 손으로 주먹을 쥐었다폈다 반복하고는 밖으로 쏙 나가버렸다.

"저희 둘만 가는 겁니까?"

"그 일 일어날 때 있었던 사람이 우리뿐이잖아. 메모 한 장 남겨두고 왔으니 알아서 하겠지."

프로안의 뒤를 좇아 나왔던 리벤은 메모에 써져 있던 내용을 떠올리고는 헛웃음만 지었다. 지금 그런 메모 하나 달랑 써 놓고 어딜 간다고…, 결국 프로안은 리벤의 손에 다시 방으로 끌려가 제대로 된 쪽지를 남겨두고 와야 했다.

"아, 다 같은 내용 가지고 뭘 그렇게 까다롭게 굴어."

"다 같은 내용인데 조금만 예쁘게 쓰면 어디 덧납니까?"

"그거야 내 맘이지!"

막무가내식의 말에 리벤은 할 말을 잃었다. 더 이상 아무 말도 않는 리벤의 모습에 프로안이 비웃으며 발걸음을 옮겼다.
"잠깐."
"왜, 또?"
"그… 범인이 어디로 갔는지는 알고 쫓아가는 겁니까?"
"추적기 붙여놨어."
순식간에 변하는 리벤의 표정에 프로안이 쿡쿡 웃었다.
"위험하지만 어쩔 수 없이 해야 하는 일, 일을 하다 맞이하는 죽음도 기꺼이 받아들여야 하지. …이 곳에서 내가 하는 역할이 원래 이런 거야."
프로안의 알 수 없는 말에 리벤이 프로안을 돌아보았다. 프로안은 요 1년간 봐왔던 것 중 가장 우울한 얼굴을 하고 씁쓸한 미소를 지었다. 보는 사람까지 괴롭게 만드는 얼굴이었다. 따라 웃지 않고서는 견디지 못할 만큼.

***

프로안의 허리춤에는 검이 한 자루 묶여 있었다. 여자가 이런 걸 들어봤자 제대로 휘두를 수 있냐는 질문에 프로안은 마침 그 질문 잘했다며 지금 당장 한 판 붙어보자고 했다. 처음 만났던 날 목숨의 위협을 받았던 일도 있고 해서, 리벤은 당장이라도 한판 붙고 프로안의 콧대를 꺾어버리고 싶었으나 기억을 훔쳐간 남자가 얼마나 빠르게 이동하는지도 알 수 없는 상황에서 그런 일은 시간 낭비라고 생각했다. 계속해서 대련을 해보자고 징징거리는 프로안을 진정시키고 빠른 속도로 걷던 리벤이 문득 든 생각에 프로안을 돌아보았다.
"어라?"
"…뭔데, 그 표정."
굉장히 신기한 것을 봤다는 듯한 표정에 프로안이 불만 섞인 목소리로 물었다.
"여자인 주제에 내가 걷는 속도도 용케 잘 따라온다 싶어서…."
"지금 나 무시했냐?"
둘은 어느새 반말까지 할 정도로 사이가 가까워져 있었다. 그 둘이 서로 반말을 쓰고 있다는 것을 본인들은 아직 자각하지 못한 건지 그다지 신경을 쓰진 않았지만 주변에서 그들을 보는 사람들은 누구나 그들이 굉장히 친한 친구

같아 보인다고 느꼈다. 물론 그 말을 들으면 누가 저런 놈이랑! 이라며 화낼 리벤과 프로안이었지만.

***

첫 날은 해가 질 때에 딱 맞춰 작은 마을에 도착했다. 돈이 없다며 프로안의 가방에서 멋대로 돈을 빼내 방을 두 개 잡은 리벤은 그 후 프로안에게 머리를 한 대 맞기는 했지만 머리 한 대만 내주고 넓은 방에서 편안한 휴식을 취할 수 있었다. 침대에 누워 천장을 올려다보던 프로안은 문득 떠오른 생각에 가방 속에 있던 유리병들 중 하나를 꺼내들었다. 유리병의 뚜껑을 열어 흘러나오기 시작한 기억을 방에 흘려놓은 프로안은 다시 침대에 누워 한쪽으로 몸을 돌려 자신이 바닥에 뿌려놓은 안개 형태와 같은 기억을 물끄러미 쳐다보았다.

"… 이것도 아니네."

프로안은 눈을 깜빡였다. 언제나 다른 이들의 눈에 띄었던 검은 눈이 반짝였다. 아무렇게나 뿌려놓은 기억이 흐릿하게 흩어졌다. 프로안의 눈이 감겼다. 침대 아래로 늘어뜨린 손 끝에서 유리병이 작은 소리를 내며 굴러 떨어졌다.

***

다음날, 프로안의 눈을 유심히 쳐다보던 리벤이 말했다.

"눈 색이…, 뭔가…."

"그래, 알아. 눈 색 연해졌겠지."

"이게 실제로 가능한 일인가?"

"기억 하나를 열어놓고 그냥 자서 그래. 지금 그 기억의 주인이랑 여러모로… 섞여 있다고 보면 되려나. 시간 지나면 원래대로 돌아와."

그 기억을 왜 열어놓고 잤는지가 궁금하다고, 가장 궁금했던 사실은 물어보지 못한 리벤은 프로안의 표정을 보고는 질문을 입 안으로 밀어 넣었다. 언젠가 때가 되면 알게 되겠지. 그런 생각을 하며 다시 프로안이 가리키는 방향으로 걸음을 옮겼다.

* * *

운이 좋다고 해야 할지 리벤이 유명한 기사여서 그런 건지 두 사람은 탈 없이 편한 여행을 할 수 있었다. 사람 한 명을 잡으려는 것 치고는 지나치게 느긋한 면이 없잖아 있었지만 굳이 그것에 대해 신경쓰진 않았다. 목숨을 걸고 찾을 만큼 소중한 기억도 아니었고, 언젠간 잡을 수 있으리란 생각을 하고 있었기 때문이었다.

프로안이 가리킨 방향을 쳐다본 리벤이 얼굴을 확 찌푸리며 꼭 저 마을을 통해서 가야겠냐고 물었다. 그렇게까지 과한 거부표현은 처음이었기에 프로안이 왜 그러냐고 되물었다. 리벤은 진저리가 난다는 표정을 짓고는 마을 이름이 써진 팻말을 손가락으로 가리키며 말했다.

"범죄율 가장 높은 마을! 아무리 저라고 해도 여기 들어가면 그때부턴 선망받는 기사가 아니라 그냥 이 마을 사람들의 표적일 뿐이라고요!"

"범인이 이 마을에 있을 확률도 있겠네, 그럼."

…. 리벤은 잔뜩 부은 얼굴로 머리를 엉망으로 헝클었다. 들어가기 싫다는 어린아이의 반항과도 같은 그 모습에 프로안은 애도 아니면서 고집 피우지 말라며 리벤의 엉덩이를 한 번 걷어찼을 뿐이었다.

* * *

"기억하세요. 이 마을은 나라에서도 통제가 되지 않는다고요. 강도짓은 기본에 살인도 저 마을 사람들에겐 이미 익숙한 일이에요. 그야말로 살인자집단이라고 봐도 되요. 가끔 기사 출신 범죄자들도 이곳에서 설친다고 하니까 제가 있다고 해도 프로안님이 안전한 건 아니에요. 가지고 계신 검으로 최소 자신의 몸 하나는 지키셔야 해요."

리벤의 말이 농담은 아니었는지 그는 마을에 들어가기 전, 프로안을 붙들어 세우고는 장장 30여 분에 걸쳐 긴 설명을 늘어놓았다. 초반엔 쓸모 있는 정보라도 주는가 싶어 얌전히 듣던 프로안도 슬슬 질리기 시작했는지 하품을 슬쩍 했다. 더 이상 리벤의 말을 들으려는 의지조차 보이지 않는 프로안 덕에 리벤은 설명을 더 해주는 것을 포기하고 마을로 들어섰다.

나라에서 포기한 마을의 상황은 처참했다. 길가엔 쓰레기와 핏방울이 드문드문 떨어져 있었고, 마차 몇 대가 완전히 박살난 채 마을 입구 옆에서 굴러다녔다. 아직 밤도 아닌 이른 저녁임에도 밖을 돌아다니는 사람들은 거의 보이지 않았고, 그나마 보이는 사람들마저도 험악한 인상에 접근을 할 수 없었다.

"이거야 원… 찾을 수 있을지나 걱정되네요. 다행인지 불행인지 이 마을이 나라가 포기한 곳이라 이 안의 사람이 죽어도 신경 쓰지 않는다는 거죠."

리벤이 검을 쥐고 있던 손에 힘을 주었다. 손등 위로 핏줄이 솟아날 정도로 세게, 흔치 않게 잔뜩 긴장한 모습에 프로안도 장난칠 생각을 잊고 허리춤에 묶고 있던 검을 풀어 손에 쥐었다. 스릉. 날카로운 소리에 리벤이 화들짝 놀라 뒤를 돌아보았고, 그 뒤엔 놀라는 리벤 때문인지 프로안이 도로 검을 검 집에 집어넣고 있었다. 리벤은 놀란 가슴을 쓸어내리며 말했다.

"아, 아니… 검 넣지 마세요. 언제 일이 생길지 모르니까…."

프로안은 고개를 끄덕이곤 다시 검을 검 집에서 꺼냈다.

"역시… 가장 괜찮아 보이는 사람을 한 명 찾아서 물어봐야겠어요. 기억을 훔쳤다고 떠벌리고 다니는 자가 있는지."

"조금 위험할 것 같은데."

"지금으로선 그게 최선의 방법이니까요."

확실히 그 외엔 특별한 방법이 없었기에 프로안은 고개를 끄덕였다. 추적기도 아직 성능이 좋은 것이 아니었기에 이 마을에 그가 있다는 것만을 알려준 채 더 가까운 범위로는 알려주지 못했다. 프로안은 추적기를 배낭에 집어넣고 길을 걷는 리벤의 뒤를 따랐다.

한참 전부터 느껴진 위화감. 프로안은 주변을 휙휙 둘러보았다. 어쩐지 처음 오는 마을임에도 불구하고 익숙한 마을의 모습과 머릿속에 떠오르는 마을 지리. 확인해 볼 겸 여러 골목을 드나들었지만 역시나 골목의 모습 또한 자신의 머릿속에 떠오르는 것과 같은 모습이었다. 알 수 없는 이 상황에 리벤을 불러 말이라도 해볼겸 리벤을 찾던 프로안이 고개를 이리저리 돌려보았다.

"… 일났다."

리벤과 떨어진 듯하다.

***

"아, 진짜! 사람 말은 뭣같이 안 들어!!"

어느새 사라져버린 프로안을 찾기 위해 마을 이곳저곳을 헤집고 다녔다. 처음에 마을에 들어오기 전에 서로 약속했던 '마을에서 눈에 띄지 않게 돌아다니기' 조건은 이미 깨진지 오래였다. 애초에 멀쩡한 몰골로 돌아다니는 것 자체가 이 마을에서는 눈에 띄었지만 말이다.

"후… 어떡하지."

이대로 도둑을 잡아 기억을 되돌려받고 나올까, 프로안을 먼저 찾아 올까. 마을도 마을인 탓에 결국엔 프로안을 먼저 찾기로 결정했다. 겨울엔 해가 일찍 진다고 했다. 개인적으로 낮보단 밤을 더 좋아하는 편이기에 겨울을 좋아했었으나 지금 같은 상황엔 차라리 여름이 훨씬 더 나았을 것 같다. 너무 빨리 어두워져버리는 마을은 이제 혼자 돌아다니기에도 무서운 곳이었다. 꽤나 이름 날린 기사인 리벤조차도 불안해지는 곳인데 프로안 혼자 돌아다니는 것이 얼마나 더 위험한 일인지 알고 있기에 프로안을 찾는 발걸음이 더욱 급해졌다.

시야에 덩치 큰 남자 두 명이 들어왔다. 그들이 둘러싸고 있는 사람이 누구인지 확인하려 했으나 워낙 남자들이 덩치도 크고 무엇보다도 둘러싸여 있는 여자가 몸을 한껏 쪼그리고 있어 얼굴을 볼 수도 없었다. 금방이라도 발을 뻗어 찰 것 같은 모습에 그냥 손에 쥔 검을 고쳐 잡고 뛰어들었다.

"거기까지이-!"

***

완전히 허탕이었다. 프로안인 줄 알고 검까지 뽑아들고 지키려 했던 여자는 전혀 다른 여자였다. 이제 진짜 프로안을 찾을 순 있을까 싶은 마음에 한숨만 푹푹 내쉬며 길을 걸어 다녔다. 멀리서 노래 소리와 시끌벅적한 말소리에 범죄자들끼리 모인 마을에서도 파티는 하는 구나…같은 멍청한 생각만 해대며 발걸음을 옮겼다. 노래소리와 말소리, 파티…. 들리는 목소리만 대강 들어도 열댓 명은 넘는 인원이 있다는 것을 알 수 있었다. 저렇게 많은 인원이 모여 있다면 오늘 마을에 들어온 눈에 띄는 여자에 대해서도 말하지 않을까. 리벤은 꽤 그럴 듯한 추측을 하고는 조심스레 소리가 들리는 쪽으로 걸어갔다.

"그러니까! 빌 녀석이 이번에 기억을 훔쳐왔다고 자랑을 하더라고!"

"그 기억 쓸 데가 어딨다고 훔친걸로 자랑해?"

"아, 글쎄 그걸 잘 섞어서 쓰면 마약했을 때처럼 환각도 볼 수 있다고 온갖 헛소리를 하던데, 진짜인진 모르겠고. 어쨌든 그놈은 알 수 없는 놈이야. 십수 년 전에 아내가 지 새끼를 버리고 왔다는데도 아무 말도 안한 걸 보면."

"에이, 그건 그 꼬마애한테 뭔가 문제가 있었다던데?"

"있어 봤자 그렇게 큰 일도 아니었을건데, 뭐. 앞가림도 못하는 쪼만한 애를 버리고 왔단 게 중요한 거지."

이 마을에 사는 사람들치고는 건전한 대화였다. 이 사람들이라면 괜찮겠다 싶은 생각에 리벤은 앞으로 조금 더 걸어가 그들의 앞에 모습을 드러냈다.

"저기, 묻고 싶은 게 있는데…."

＊＊＊

리벤은 뛰고 있었다. 숨이 턱 끝까지 차오르고 있었음에도 불구하고 계속해서 뛰었다. 방금 전 들은 남자들의 말이 귓가에 맴돌았다.

'아, 아까 댁이랑 똑같은 질문을 한 여자가 있었어.'

'네?'

'회색 눈? 검은색 눈? 아무튼 간에 눈이 되게 예쁜 여자였어.'

'제가 찾는 사람이 맞는 것 같은데….'

'그럼 내가 방금 말한 빌 녀석을 쫓아가면 될 거야.'

'기억을 훔쳤다고 자랑하는 사람이 있냐길래 그 놈 주소까지 가르쳐줬지. 열심히 뛰더라구.'

도무지 자신의 몸을 걱정하지 않는 건지 위험성에 대한 걱정이 없는 건지 생각 없이 여자 혼자 달려갔다는 말에 리벤은 뛰지 않을 수 없었다. 만나게 되면 일단 안전불감증 프로안에게 긴 연설을 해주리라 마음 먹었다.

***

마을 중앙에서 큰 소리로 떠들던 남자들에게 기억을 훔쳤다고 자랑하는 이가 있냐고 물어보았다. 다행스럽게도 바로 튀어나오는 이름에 안도의 한숨을 내쉬며 그의 주소를 물었다. 그들은 뭘 하려는 건진 모르겠지만 여자 혼자 돌아다니면 위험하다는 진심 어린 충고까지 해주었다. 사실 그다지 위험하다는 것도 느끼진 못했지만.

빌이라는 사람의 집 문을 두드렸다. 곧 짜증을 내며 문의 체인을 풀고 손잡이를 돌리는 소리에 옆으로 슬쩍 기대 문을 연 남자의 시야에서 살짝 벗어났다. 더러운 장난 당했다고 생각하며 다시 문을 닫으려던 것을 붙잡아 활짝 문을 열고 집 안으로 뛰어 들었다.

"뭐, 뭐야!"

"뭐긴 뭐야, 기억 주인이다!"

정확히는 기억을 대신 보관해 주는 사람일 뿐이지만, 편의상 주인이라고 치기로 했다. 당황한 남자는 기억을 보관하는 유리병을 들어 깨버리겠다며 협박했지만, 어차피 기억을 만져서 다시 도로 담을 수 있는 나에겐 그다지 협박같지 않은 협박이었기에 어깨를 으쓱하며 심심하다면 유리라도 깨던가, 시덥잖은 말장난이나 쳐주었다.

결국엔 유리를 깨더니 깬 조각을 가지고 덤비려는 그에게 검을 빼내 협박했다. 검에 찔리는게 먼저일까, 내가 유리조각에 찔리는게 먼저일까. 승산이 없다고 생각한 것인지 씨익거리며 불규칙적인 숨소리를 내뱉으며 남자는 유리조각을 내렸다. 리벤도 없는데 무난하게 일이 해결된 것에 기분이 좋아져 바로 경계를 풀고 남자의 옆에 흘러내린 기억을 회수하기 위해 가까이 다가갔다.

"만지지 마! 나가! 여긴 내 집이야!"

고개를 잠깐 숙인 사이에 유리 조각을 다시 집어들기라도 한 건지 귓가에 비명과도 같은 외침이 울려퍼졌다. 고개를 돌렸을 땐 이미 눈 앞에 유리 조각이 반짝이고 있었다.

***

열려 있는 문을 보고는 집 안으로 뛰어들었다. 멀리서 비명소리를 들은 것 같기도 했기에 마음은 더욱 조급했다.

"프로안!"

"응, 그래, 나 여기 있어."

예상과는 달리 바로 들려오는 대답에 당황했지만 어찌 됐건 프로안이 무사한건 확인했으니 다행이라는 생각을 하며 목소리가 들려온 곳으로 뛰어갔다.

뛰어 들어간 방 안엔 왠 남자 하나가 널부러져 있었고, 프로안은 아무렇지도 않은 표정으로 머리만 문지르고 있었다. 무슨 상황인지 이해가 되질 않아 멍하니 쳐다보기만 하자 프로안이 손에 쥐고 있던 뭔가를 던지며 소리쳤다.

"붕대나 감아줘."

"… 지금 이 상황이 전혀 이해가 가질 않아서 그러는데, 이게 무슨 상황인지 설명해 주면."

설명이 꼭 필요했다.

"유리 조각 들고 나 찌르려고 설치다 이마쪽으로 빗나갔어. 그래서 그냥 칼등으로 살짝 쳐줬을 뿐이야."

그 말이 사실이긴 했는지 프로안의 바로 옆에 검이, 이마에 대충 감고 있던 붕대에선 피가 조금씩 배어나오고 있었다. 그리고 그녀의 손에는 작은 유리병도 들려 있었다. 굉장히 짧은 설명이긴 했으나 그래도 해 준 게 어디냐는 생각에 머리에 붕대를 새로 감아주고 잔소리를 조금 했다. 지겹다는 표정으로 귀를 막아 버리길래 상처 부위를 한 번 꾹 눌러주며 잔소리를 더 해주었다. 한 번 더 잔소리를 하려 입을 열자 프로안이 그 입 좀 다물라며 유리병을 하나 내밀었다.

"기억이야."

"누구, 나?"

그럼 너겠지 누구겠어, 당연한 걸 왜 묻냐고 귀찮아하는 프로안을 어쩔 수 없단 표정으로 쳐다보곤 유리병의 마개를 열었다. 이거 마개 열고 하면 바로 기억의 주인에게 기억이 돌아오는 건가? 개인적으론 바로 돌아왔으면 했지만 예상과는 달리 기억은 돌아오지 않았다. 결국엔 프로안이 욕을 쓰며 기억을 다시 주워 넣었다.

"어떻게 써야 되는 건데?"

"방 문 잘 닫아놓고 마개를 열어서 기억이 모두 밖으로 빠져나오면 한숨 자고 일어나면 돼."

아하, 리벤이 고개를 끄덕였다. 대답만 하면 될 것을 고개는 뭐하러 끄덕이냐며 나중에 기억보관소로 돌아가서 꺼내라는 프로안의 말에 리벤은 조용히 유리병을 배낭에 집어넣었다.

***

간만에 돌아온 기억보관소는 예전과는 살짝 다른 느낌이었다. 뭐라고 해야 할까, 반복되는 일상에 지겨움을 느꼈었지만 한 번 여행을 다녀와 한결 편해진 기분이라고 해야 할까. 아무튼 이전과는 색다르게 느껴진 건물이었다. 자기 방으로 올라가서 잠부터 자겠다는 프로안을 배웅해 주고, 리벤은 얼른 방으로 들어가 씻고 유리병을 꺼냈다.

엄지 손가락만한 크기의 작은 유리병에 자신의 기억이 들어가 있다는 사실이 내심 신기했다. 자신이 무엇 때문에 기억을 굳이 빼내서 보관했는지는 알 수 없었지만, 그래도 걱정이 호기심을 이기진 못했다.

결국 리벤이 잠이 들었을 때, 유리병의 마개는 열려 있었다. 잠결에 누군가의 목소리가 들린 것 같기도 했다. 다시 눈을 떴을 땐 많은 것이 변할 거야. 쿡쿡 웃는 소녀의 웃음소리가 들리는 것 같았다.

***

"리벨 프로안…."

잠결에 들은 목소리는 정확했다. 눈을 뜨니 정말 많은 것이 변해 있었다. 이전 이름이 리벨 프로안이었다는 것이 가장 큰 충격이었지만 말이다. 익숙한 눈동자라는 생각은 했었지만 그게 저 아이일 줄은 몰랐다. 이제 저 얼굴을 어떻게 봐야 할까 하는 생각에 머리를 싸매고 고민하던 리벨은 한숨만 푹푹 내쉬었다.

"아니, 재도 날 못 알아보지 않았던가…? 이름도 내 이름 쓰고 있고…."

문득 떠오른 생각은 그동안 리벨이 떠올리지 못하던 중요한 부분이었다. 헤일렌 프로시아가 어째서 자신의 이름이었던 프로안을 쓰고 있고, 그녀 또한 자신을 알아보지 못했다.

'누구는 아직까지도 옛 기억을 찾으려 아등바등 거리는데 넌 아무렇지도 않게 그걸 빼내서 다른 곳도 아닌 이곳에 맡겨놨으니까.'

귓가에 어렴풋이 그녀가 했던 말이 맴돌았다. 그제서야 지금까지의 상황이 모두 이해가 했다. 자신이 기사가 되겠다고 고아원에서 빠져나온 후, 헤일렌은 무슨 일인지는 알 수 없으나 사고를 당해 기억을 잃었을 것이다. 그리고 그런 헤일렌을 이 기억보관소에서 거두어 일을 할 수 있게 해줬던 것이고, 출세를 위해 왔던 자신을 알아보지 못했던 것이다. 머릿속이 정리가 되자 그제야 헤일렌의 처지가 이해가 됐다. 어쩐지 안타깝다는 생각이 들었다.

벌컥, 문이 열리는 소리가 났다. 갑작스런 누군가의 방문에 리벨은 문 쪽으로 고개를 휙 돌렸다.

"야, 너! 기억 다시 찾았지!"

"어, 어…. 찾긴 찾았는데…."

차마 자신이 프로안과 어릴 적 인연이 있었다는 것을 말할 수 없었던 리벨은 눈을 돌리며 그녀와 눈을 마주치지 않았다. 그러나 프로안은 아랑곳 않고 리벨의 양쪽 볼을 잡아 자신과 눈을 마주치게 했다.

지금 뭐하는 짓이냐고 소리를 지르려던 리벨의 눈과 프로안의 눈이 맞닿았다. 검은 눈동자가 오묘한 빛에 휩싸여 반짝이고 있었다. 말로 형용하기 어려운 그 눈 색에 벙 쪄버린 리벨과 프로안의 시선이 얽혔다. 검은 눈동자에 휩싸인 것마냥, 리벨은 아무 말도 못한 채 붙잡혀 있었다.

"끝."

한참이 지나서야 볼을 잡고 있던 프로안의 손이 떨어졌다. 그제서야 자유롭게 시선을 둘 수 있었던 리벨은 천천히 가라앉기 시작하는 검은 눈동자에 시선을 고정했다. 마지막으로 한 번 반짝인 눈동자는 오묘한 빛을 잃고 원래의 순수한 검은 색을 띄었다.

"아… 아니, 뭘 끝냈다는 거야, 지금?"

"네 기억을 읽었어. 그게 내가 기억을 다룰 수 있는 능력 중 하나야."

담담하게 흘러나오는 말이었지만 리벨은 담담하게 반응할 수 없었다. 지금 남의 기억을 멋대로 읽은 거야? 그게 가능한 일이야?! 화를 내려 발끈했던 리벨의 어깨를 잡은 프로안이 다시 눈을 마주쳤다.

"그리고 이건 내 기억이고."

이게 내가 다룰 수 있는 능력의 최대치야. 또다시 반짝이는 눈이 어른거렸다. 눈앞의 시야가 뿌옇게 변하고 프로안의 과거가 보였다. 부모님으로 추정되는 사람이 나왔고, 자신이 나왔다. 한참이 지나서야 리벨이 입을 열었다.

"저번에 그 마을…,"

프로안 네가 살던 곳이었어. 리벨이 중얼거렸다.

"이젠 헤일렌이라 불러. 둘 다 기억하는데."

"둘 다? 너도 기억을 찾은 거야?"

"어젯밤에 잠깐 돌아보다 찾았어. 운이 좋았지."

사고를 당한 건 정말 운이 없었던 거지만, 기억을 잃은 것은 순전히 연구원들의 짓이라며 헤일렌이 작게 욕을 중얼거렸다. 기억을 미리 빼내놓고 사람을 깨워내 기억보관소로 보내 자신의 기억을 자신 스스로가 유리병에 넣어 보관하도록 했다. 헤일렌 그녀를 무시하는 처사임이 틀림없었다.

"어쨌든 이제라도 찾았으니 다행이지."

헤일렌은 매일 밤마다 기억들을 하나하나 찾아볼 필요가 없게 됐다고 굉장히 기뻐했다. 리벨은 매일 밤마다 창문 근처에서 어른거리던 등불 빛의 이유를 알 수 있었다.

"이제 기억도 되찾았으니 좀더 편하게 일해도 괜찮겠다."

일을 그만둔다고 할 줄 알았으나 예상과는 달리 그녀는 좀더 편해질 거라는 생각만 하고 있었다. 어째서냐고 물어보았지만 헤일렌은 이곳을 벗어나봤자 자신이 잘 할 수 있는 일도 없기 때문에 자신이 가장 잘 일할 수 있는 곳에서 계속 할 수 있길 원한다고 했다. 그리고 연구원들이 멋대로 기억을 빼낸 것에 대해선 당연히 따로 보상을 받을 것이라고 말했다.

"너도 곧 1년이 지나면 출세하러 갈 거잖아?"

헤일렌이 리벨에게 물었다.

"그다지… 이젠 출세를 해야 할 필요도 못 느끼겠고."

리벨의 말은 진심이었다. 그동안 이유 없이 오로지 출세만을 위해 달려왔던 그가 유일하게 편하게 쉴 수 있었던 기억보관소. 리벨은 굳이 이곳을 떠나야 할 필요성을 느끼지 못했다. 리벨의 말에 헤일렌이 밝게 웃으며 손을 내밀었다. 아직 붕대가 감겨있던 손이 내밀어지자 얼떨결에 손을 맞잡은 리벨이 고개를 갸웃했다. 무슨 의미의 악수야? 그녀는 대답해 주지 않았지만, 리벨은 그 의미를 약간은 알 것 같기도 했다. 그러나 굳이 그것을 입 밖으로 꺼내진 않았고, 그렇게 이어진 정적 끝에 헤일렌은 일을 하겠다며 밖으로 나가버렸다.

***

기억보관소에서의 1년이 지났다. 리벨과 헤일렌이 처음 만났던 봄으로 시간은 되돌아가는 듯했다. 이곳저곳에서 봄꽃 향기가 물씬 풍겼고, 회색 벽의 칙칙한 기억보관소 건물도 조금씩 밝아지고 있었다. 이렇게 칙칙한 건물에서 일할 맛이 나냐며 리벨이 꽃을 마구잡이로 사온 까닭이었다. 헤일렌은 기억보관소의 예산을 멋대로 써버리는 리벨의 모습에 약간의 불안감은 느꼈지만, 예산을 숨길 때마다 자신의 돈을 들여 엄청난 양의 꽃을 사오는 리벨에게 결국 예산을 맡기고 말았다. 의외로 리벨은 예산 관리를 잘 해주었고, 사오는 꽃의 양도 어느 정도 조절이 되었다.

"이제야 좀 제대로 된 건물같아 보이네."

리벨은 꽃으로 뒤덮이다시피 된 건물을 만족스럽다는 얼굴로 올려다보았다. 꽃냄새는 질릴 정도로 맡았다며 짜증을 내는 헤일렌은 어쩔 수 없었지만, 그래도 회색 벽의 칙칙하던 건물이 이렇게 변한 것을 보면 나름 만족스럽기도 했다. 자신의 옆에서 예산 낭비는 적당히 하라며 질타하는 헤일렌을 쳐다보았다.

"그래도 이전보단 밝아져서 좋지?"

리벨의 환한 표정에 헤일렌도 인심 쓴다는 표정을 지으며 고개를 끄덕여주었다.

사람들은 더 이상 그 건물을 기억보관소라 부르지 않았다. 리벨 프로안과 헤일렌 프로시아가 함께 돌보는 기억정원이라 부르기 시작했다.

Phantom Of The Cavern

여정연

"동굴에서 나오는 사람은 없어야 하니까. 자네처럼 겁 많은 친구라도 하나 안겨 줘야겠어."

괴담을 무시한 채 동굴로 들어간 10명의 아이들
동굴에서 노랫소리를 듣고 잠에 빠진다.
잠에서 깨어나 아이들을 맞이한 것은…

작가 소개＿여정연
추리, 판타지 관련 소설만 읽는 독자
사이퍼즈를 잘하고 싶지만
바닥만 기는 이상한 실력의 소유자
2013년, 이곡중 책쓰기동아리' 힐링 캠프'

00.

나는 꿈을 꾸고 있었다. 아주 짧고 이상한 꿈을.

나는 내 친구와 함께 동굴 앞에 서 있었다.

아니, 일행이라고 해야 할까. 내 또래의 아이였지만 누군지 몰랐다. 이목구비라도 보면 알 수 있을지 모르겠지만…

그런 건 보이지 않았다.

"디미트리."

일행이 나를 향해 이름을 부른다. 누구의 이름인지 모르겠지만 내가 알고 있는 사람 중 디미트리라는 이름은 없었다.

"왜?"

눈앞에 있는 일행의 말에 나는 입을 열고 대답했다. 입을 통해 나온 목소리는 전혀 다른 음색을 띠고 있었다. 내가 알 수 없는 곳, 알 수 없는 인물. 나는 이제 꿈속에 있음을 확신하게 되었다.

"나갈 수 있겠지?"

얼굴 없는 일행이 물었다. 지금 이 둘은 어딘가에 갇혀 있는 것인가?

"당연히, 나갈 수 있지. 나가자마자 이 망할 동굴 입구부터 막아버리자고."

디미트리는 입꼬리에 힘을 줘 웃으며 말했다.

"그럼 들어가자. 여기만 지나면 나갈 수 있을 거야."

그렇게 한 걸음씩 걸어가 크게 벌어진 동굴의 입구 앞으로 다가가는 동안…

퍽-

생각보다 길고 큰 충격음이 들리더니 지면이 이리 뛰고 저리 뛰기 시작했다. 뛰어다니던 지면은 눈앞으로 직행해 세상을 까맣게 만들었다. 동시에 커다란 무언가가 힘없이 떨어지는 소리가 들리고, 나는 눈을 떴다. 그 뒤에 중요한 일이 일어난 듯하지만, 너무 흐릿해 생각이 나지 않았다.

01.

"롤리, 조, 제시카, 리처드, 레베카, 자일, 하먼, 데이나에 나까지 하면 9명. 미르주는? 안 왔나?"

한 명씩 꼼꼼히 세던 한스가 미르주를 찾아 두리번거리며 물었다.

"저 뒤에 오네."

한스가 등지고 있던 길을 멍하니 쳐다보던 리처드가 말했다. 저 멀리서 검은 점 하나가 점점 크게 다가오고 있었다.

"야, 빨리 와!"

"양초 개인당 4개씩 40개에 여벌 4개 해서 총 44개, 램프도 여벌까지 12개, 구급약 2개, 성냥 5갑, 여벌 옷이랑 침낭은 개인이 확인해 주고, 음식이랑 취사도구는 내가 가져왔고, 텐트 2개… 음. 다 가져왔네."

길 위에 여벌옷과 침낭을 제외한 모든 물품을 쏟아 붓고 맞게 가져왔는지 개수를 세어보았다.

"자 그럼 각자 가져왔던 물건들 챙겨서 올라가자. 어서 도착해야지 텐트를 치고 쉬지."

말을 마치자마자, 모두 각자 가져온 물품을 다시 들고 산에 난 작은 산책로를 따라 오늘의 목적지인 크래이크 아저씨네 집 앞마당으로 나아가기 시작했다.

"동굴 탐사하는 건데 이렇게 많이 싸가나?"

아까 전부터 너무 많은 양초와 개인 램프, 여벌로 준비한 양초와 램프, 그리고 캠핑 도구들의 연관성을 찾지 못했던 미르주가 물어보았다.

"크래이크 아저씨는 동굴 근처에도 못 오게 하잖아. 설마 텐트에 취사도구까지 들고 가는데 동굴에 들어간다고 생각하겠어?"

나는 손에 쥐어진 취사도구를 들어 올리며 대답했다.

"하지만 램프랑 양초 수가 너무 많은 거 아닌가? 이대로 가면 아저씨한테 들킬 텐데…."

항상 안전한 방향을 생각하는 롤리가 자신의 짐 중 하나인 44개의 양초를 바라보며 말했다.

"그래 좀 심하게 많지. 그러니까 여벌로 준비한 램프와 양초, 성냥은 조금만 남기고 다 다른 곳에 숨겨놔야지."

"오, 네 머리에서 그런 생각이 나오다니… 그런데 어떻게 숨기게? 구덩이라도 파야 하나?"

데이나는 그런 노동은 질색이라는 표정으로 물어보았다.

"그건 벌써 파 놨지. 그나저나 레베카 포대는 가져왔어? 아까 못 봤는데?"

자랑스러운 듯 엄지를 세워 자신을 가리키던 한스가 말했다.

"그래 몰래 들고 온다고 고생 좀 많이 했지."

남들은 우리가 숲 속으로 캠핑을 간다고 생각하지만, 우리의 진짜 목적은 동굴에 들어가는 것이다. 이 숲 속에 있는 동굴은 그냥 시커먼 동굴이 아닌 '노래 부르는 동굴' 이다. 동굴이 노래를 부를 때 안에 있으면 가면을 쓴 유령의 사유지로 이동해 그곳에서 괴물로 변해 떠돈다는 괴담 때문에 생긴 이름이다. 30년 전까지만 해도 동굴 안에서 노랫소리가 들렸지만, 크래이크 아저씨가 동굴 입구를 막아버리자 더는 노랫소리가 들리지 않게 되었다. 사람들은 크래이크 아저씨의 행동 때문인지 동굴 근처에도 접근하지 않기 시작했다. 이런 곳을 나는 왜 들어가려고 하는가. 아마 호기심 때문일 것이다. 왜 사람들이 그런 괴담에 신경을 쓰는 지, 아저씨는 왜 갑자기 입구를 막아버린 것인지 궁금해서 일 것이다. 이런저런 이야기를 나누고 생각하고 하니 어느덧 구덩이를 파 놓은 곳에 도착했다.

"여기에서 아저씨네 집까지 좀 먼 거 아닌가?"

주변을 두리번거리며 집이 있나 찾아보던 자일이 물어보았다.

"지름길을 이용하면 엄청나게 짧아지지. 길도 그렇게 위험하지 않고."

"그리고 집에서는 여기가 안보이고!"

지름길이 있다는 나의 말과 아저씨의 레이더에 걸리지 않는 공간이라는 한스의 말을 들은 아이들은 왜 여기인지 이해가 갔다는 듯 고개를 끄덕였다.

"그럼 여기다 짐 내려놓고 올라가자고."

02.

"생각보다 길이 많이 어둡지 않네."

지름길을 이용해 짐을 내려놓은 구덩이에 가는 도중 데이나가 말했다.

"그리고 생각보다 엄청 짧지? 아, 도착이다."

그 뒤에서 내려오던 한스가 앞을 보며 도착을 알렸다.

맨 앞에 서 있던 나는 구덩이에서 짐을 꺼내며 말했다.

"혹시 모르니까. 불은 동굴 안에서 붙이고 지금은 램프랑 양초 받아가."

개인 램프 하나와 양초 10개. 양초 10개는 과장일지 모른다고 생각하겠지만, 동굴을 누비는 데 얼마나 시간이 걸리는지 모르므로 넉넉히 준비해야 한다는 것이 롤리의 의견이었다.

"이거 완전 암흑인데? 빨리 들어가서 램프 켜야겠다."

휘파람을 불며 감탄사를 내뱉던 조가 안으로 들어가며 말했다.

"어이, 그래도 뛰어들어가지 말라고."

하나둘씩 들떠 뛰어들어가기 시작한 아이들을 말리기 위해 소리를 쳐보지만 벌써 다 들어가고 난 후였다.

03.

"그나저나 너는 어떻게 이런 길을 알아낸 거야?"

동굴에 들어간 후 한스가 신기하다는 듯이 물어봤다.

"오래전에 길을 잃었다가 우연히 발견했지. 들어가서 돌아다니다가 보니 막힌 동굴이랑 연결 돼 있더라고. 여기 말고 다른 입구도 있고."

"안에 구조는?"

"길 여러 개가 한군데로 몰려 있지."

아이들은 램프 안에 양초를 넣고 불을 붙이는 짧은 시간 동안 내가 어떻게 이 공간을 알게 되었는지와 같은 질문을 쏟아 부었다.

"너희 그렇게 자꾸 큰 소리 내면 동굴이 일어나겠지? 일어나면 뭐부터 할까… 아. 노래 한 곡 뽑겠네."

쏟아지는 질문을 막기 위해 나는 재빨리 애들 앞에 서서 겁을 주었다. 그러자 아이들은 약속이라도 한 듯 입을 다물었다.

"조용히 하라고 하는 소리다. 동굴이 일어나기 전에 아저씨가 우릴 잡으러 올걸?"

할 말 다한 나는 뒤로 돌아 안으로 걸어 들어갔다.

동굴이 살아 있는 생물도 아니고. 설마 진짜 일어나서 노래를 부를까?

"여기도 막다른 길."

나는 램프로 앞을 비추며 말했다. 램프가 내뿜는 작고 둥그런 빛은 길을 막은 크고 작은 돌들을 보여주고 있었다.

"뭐라고! 끝이라니! 이쪽 길에 들어선지 얼마나 됐다고! 너 벌써 들어간 길로 들어선 거 아니야?"

끝일을 못 믿겠다는 듯 돌아다니던 리처드는 내 앞에 서서 으르렁거렸다. 다른 아이들은 막다른 길은 이제 지겹다는 표정을 하고 가만히 서 있었다.

"자자, 여기서 계속 이러지 말고 엄청 큰길 한번 보러 가야지?"

한스가 손뼉을 쳐 애들을 주목시키고 말했다.

"그래."

"여기 있어 봤자 시간 낭비지."

아이들은 한스의 의견에 찬성하며 발을 돌려 길을 되돌아가기 시작했다.

"그래, 이번에는 큰길이다."

나는 램프를 고쳐 들고 애들을 뒤따라가기 시작했다.

"야. 여기 왜 이래? 원래는 안 이랬잖아?"

"뭐야, 왜 다 막혔어?"

갑자기 선두로 나아가던 몇몇이 웅성거리기 시작했다.

"무슨 일이야?"

나는 앞에서 우왕좌왕하는 아이들을 헤쳐나가며 물었지만…

"들어온 길도 막혔어!"

제시카의 비명에 묻혀버렸다.

처음에는 애들이 짜고 친 장난이겠지 라고 생각했지만, 제시카의 등불이 비추는 곳을 보고 생각이 싹 바뀌었다.

이건 애들이 친 장난이 아니라고.

“잠깐! 큰길도 막혔어?”

표정을 보니 아직 큰길을 확인하지 않았나 보다. 나는 어서 큰 길이 있는 쪽을 향해 뛰어갔다. 불행인지 다행인지는 모르겠지만, 큰길은 막히지 않았다.

“여기는 안 막혔어!”

나는 뒤로 돌아서 이 소식을 알렸지만 들려오는 대답은 전혀 다른 소리였다.

“야! 너 뒤에 뒤!!”

“우와악! 저거 뭐야!!”

“레베카! 뒤에 조심해!”

“빨리 뛰어와!”

다들 내 뒤에 있는 무언가를 보더니 느낌표가 여러 개 붙어야할 정도로 큰 소리를 질러대기 시작했다. 기분이 이상해 일단 애들과 같이 있자 앞으로 달려나가려 했지만, 갑자기 나타난 커다란 손이 길을 방해했다.

그 후,

뒤에서 어떤 소리가 희미하게 울려 퍼지기 시작했다.

소리?

눈이 가려진 채 잡혀 움직이지 못하는 나는 동굴 전체에 울려 퍼지는 희미한 소리에 귀를 기울여보았다. 음 사이사이로 말을 하는 듯했다.

“노래…소리.”

잠시 잊어버렸었다. 이곳에서 가장 주의해야 할 것은 노래라는 것을.

“귀 막아!”

나는 애들을 향해 비명을 질렀다. 귀를 틀어막아 보지만, 노랫소리는 손가락 사이를 매끄럽게 넘어 귓속으로 들어오고 있었다.

You need to know
(너는 알아야 해)
Why is he doomed not to reach his potential?
(왜 자신의 잠재력을 펼치지 못하는가?)

아이들이 하나 둘씩 쓰러지는 소리가 들리고
His soul is black (선에게서 등을 돌린) when he turns his back (그의 영혼은) upon good. (검다)

몸에서 힘이 빠지기 시작한다.
아, 늦은 건가.

One thing is certain – the evil is stronger.
(확실한 것 한가지. 악은 선보다 강하다는 것)

눈을 가린 손이 치워짐과 동시에 세상이 기울어진다.
갑자기 머리가 띵하다.

You need to go
(너는 가야만 해)
where no man has ventured before
(인간이 이제껏 가본 적 없는 곳을)
to search for the key to the door
(그곳에서 모든 비극적이고 무의미한 부패를 끝낼)
that will end all this tragic and senseless decay!
(문으로 향할 열쇠를 찾아야 해!)

마지막에는 천장을 장식한 붉은 점들과 푸른 가면으로 얼굴을 가린 남자를 봤다.

But how to go
(하지만 어떻게?)

푸른 가면의 눈 부분은 핏빛으로 빛나고 있었다.

You need to know
(너는 알아야만 해)

04.

"레베카… 레베카!"
웅성거리는 소리, 차갑고 축축한 바닥 때문인지 머리가 더 욱신거린다.
"레베카아!"
시끄러운 소리에 눈을 떠보니 한스가 소리를 지르며 흔들고 있다.
야, 멀미난다고.
"나 안 죽었어."
나는 일어나 앉았다.
애들이 모두 나를 보고 있었다. 걱정이라도 했던 걸까.
"그리고 나는 '레베카' 지 '레베카아' 가 아니라고."
애들에게 괜찮다는 뜻으로 썰렁한 농담을 던지고 주변을 살펴보았다. 램프는 있지만, 우리가 가져온 램프가 아니었고, 양초는 바닥을 기고 있을 정도로 녹아 있었다. 배낭도 없었다. 거기에 새 양초가 들어 있는데. 머리가 아프다. 아픈 곳을 만지니 축축하게 젖어 있었고 머리카락이 엉켜 있었다. 아픈 곳을 만진 오른손을 보니 피가 났었나 보다.
"레베카! 머리에! 피! 피! 피! 피! 피! 피!"
내 손과 머리를 자세히 살펴보던 롤리가 소리를 지른다. 가만히 뒀다가는 얼마 없는 정신이 롤리의 호들갑으로 싹 다 날아갈 것이다.
"괜찮아, 롤리."

일단 롤리를 진정시킨다.

"피도 많이 멎었고, 지금은 손수건으로 잠깐 누르고 있으면 돼."

그 말과 함께 주머니에서 손수건을 꺼내 롤리가 있는 쪽으로 고개를 돌리며 말했는데.

"롤리? 어디에 있어?"

"어? 네가 지금 보고 있잖아."

고개를 돌린 곳에는 어둠밖에 없었다.

"어, 그냥 소리 들리는 곳으로 고개만 돌린 거지 너는 안 보이는데?"

"그래? 나는 잘 보이는데? 머리를 박아서 그런가?"

뒤에 앉아 있던 한스가 말했다. 뒤를 돌아보니 한스가 있긴 있는데…

"데이나! 얘 눈 색깔이 왜 이래?"

"내 눈은 지극히 정상이거든?"

큰 소리로 데이나를 부르며 삿대질하자 한스는 발끈하면서 소리쳤다.

"내 눈에도 롤리가 보이고 한스 눈도 정상으로 보이는…."

"야! 너도 이상해!"

세상에. 진짜 내가 머리를 박아서 돌았나 보다. 한스와 데이나의 눈은 초록색과 노란색이 섞인 듯한 빛으로 타고 있는데 말이다.

"아, 이거 때문인가."

데이나는 눈 가까이에 있는 무언가를 손가락으로 집어 꺼내는 시늉을 했다. 그러자 손가락 사이에서는 모노클이 나타났다. 모노클? 그런 걸 왜 끼고 있지?

"아까 미르주가 모노클 있다고 끼더니 '우왕! 우왕!' 거리더라고. 그래서 뭔 일인가 싶어서 껴 봤지. 너도 있네. 단추에서부터 늘어져 있는 거."

데이나의 친절한 설명 덕분에 단추에 매달려 흔들리는 모노클을 찾을 수 있었다. 평범하길 바랐지만 한스와 데이나의 눈에서 나는 빛과 같은 색의 빛을 띠고 있는 렌즈를 보니 이곳에서 평범함을 추구하기에는 글렀다는 생각이 들었다. 모노클을 오른쪽에 끼고 다시 롤리가 있는 쪽을 보니 오, 보인다. 기쁨도 잠시. 갑자기 허공에 파란 글씨가 새겨지기 시작했다. 아이들도 같은 상황인지 당황해 하고 있었다.

05.

[지금부터 숨은 '사람' 찾기를 시작하겠습니다.]

'사람' 이라는 단어를 강조한 파란 글씨의 문장을 멍하니 보고 있었을 때

퍽!

이상하게 작은 폭발음과 함께 세상이 어두워졌다.

"ㅁ…뭐야! 이거!"

뒤에서 한스가 소리치는 소리가 들려온다.

['숨은' 사람을 정하고 있으니 잠시만 기다려주십시오.]

파란 글씨의 문장이 다시 나타나고 얼마 뒤 세상이 다시 밝아졌다.

[이제부터 숲 안에 숨은 사람을 찾아 선착장 앞으로 오세요.]

도대체 누가 숨었다는 것일까? 주위를 돌아보려는 그때 허공에 또 다른 글씨가 나타났다.

[그럼 지금부터 '행동' 놀이에 대해 설명하겠습니다.]

이번에는 '행동' 이라는 단어를 강조한 문장이 허공에 나타났다.

[행동놀이란 행동 메시지를 받은 후 메시지가 요구하는 행동을 하는 놀이입니다. 지금 이 시간 이후부터 메시지를 받아 행동을 완료할 때까지 지속해서 위협을 받게 됩니다. 행동을 완료한 후에는 이 위협은 없어지게 됩니다.]

'죽기 전에 조용히 내 말에 따르라.' 는 말을 세 문장으로 풀어쓴 파란 글씨를 보며' 이건 그냥 협박이잖아!' 라고 외치려는 그때, 파란 글씨가 하얗게 타오르기 시작했다. 새하얗게 타던 글씨는 점점 붉은색으로 변해 갔고 새로운 문장을 만들었다.

[레베카 블레이크가 행해야 할 행동은 '관찰자' 입니다. 양초가 꺼지고 게임이 시작되는 순간부터 모든 상황을 관찰하고 추리하여 하나의 이야기로 만든 후에 마지막 가면에게 들려줍니다.]

왠지 내가 제일 이상한 거 같은데. 알려지면 곤란해질까 봐 속으로 투덜거리고 있는 사이 양초가 꺼지고 눈앞의 붉은 문장은 다시 파란 문장으로 바뀌었다.

[지금부터 숨은 사람 찾기를 시작하겠습니다.]

양초가 꺼져 온 세상이 껌껌해 질 줄 알았는데 모노클 때문인지 그냥 밝은 대낮에 있는 거 같은 느낌이 든다. 아, 지금 이럴 때가 아닌가.

크롸라아라라라라라라–

쾅, 쿵.

갑자기 주위에서 엄청나게 큰 소란이 일기 시작하면서 애들의 표정은 점점 굳어져 갔다.

"어 그러니까 어서 움직일까? 이러고 있다가 뭔가 큰일 날 거 같아."

굳어지는 얼굴들을 향해 말을 걸어 보았다.

06.

"미르주랑 조, 제시카. 이렇게 세 명이 없어."

굳은 얼굴들 중 그나마 풀어진 한스가 주위에 남은 아이들을 세고 말했다.

"일단은 내려가면서 찾아보자."

주위를 둘러보던 나는 내려가는 길을 찾았다. 2열로 서서 지나가도 넉넉한 넓이의 길을 내려가던 우리는 커다란 발톱이 나무를 그은 거 같은 흔적이 있는 것을 발견했다. 자세히 보니 방금 새겨진 자국이었다. 그나마 얼굴이 풀어져 있던 아이들을 다시 굳어지게 만들어 버릴 정도로 소름 돋는 흔적이었다. 이대로는 찾지 못할 거 같다며 조를 짜자는 데이나의 의견을 받아들여 우리는 3개의 조를 짰다. 내려가면서 주변을 뒤져 숨은 애들을 찾은 후 선착장에서 만나기로 약속하고 흩어졌다.

그로부터 몇 분 뒤, 같은 조가 된 나와 한스는 얼굴이 창백해질 수밖에 없었다. 바로 앞에 있는 거대한 암회색 고치 두 개와 갑자기 나타나는 파란 문장 때문이었다.

[레베카 블레이크와 한스 프로스트가 숨은 미르주 엘린과 조 매클로이를 찾았습니다.]

07.

우두둑, 툭, 츠츠츠츠…

머리 위에서 나뭇가지가 부러지는 소리가 크게 나더니 굵은 나뭇가지와 나뭇잎에 떨어지기 시작했다. 나와 한스는 머리를 손으로 감싸고 웅덩이에서 조금 떨어졌다. 이제 아무 일도 없을 거로 생각하던 그 순간.

쿵

그럼 그렇지. 어쩐지 너무 평화롭다 했다.

08.

커다란 충격음과 함께 검은 액체가 사방으로 튀어 다니는 소리가 들린다. 몸과 얼굴에 튄 액체에 눈썹을 찌푸리며 주변을 둘러보았다. 바로 옆에 있던 한스는 입 안에 들어간 검은 액체를 토하고 있었다.

"이게 뭐야?"

충격음이 들렸던 쪽을 바라보던 한스가 아직도 액체를 토하며 말했다. 도대체 얼마나 마신 것인지. 암회색 고치들 앞에는 검고 커다란 무언가가 떡하니 자리를 잡고 있었다. 검고 윤기 있는 모습에 흑요석과 같은 돌일까 생각해 봤지만, 푸딩같이 생겨서 탱글탱글한 것이 전혀 아니라는 결론이 나왔다.

"무지막지하게 크고 검은 푸딩. 무식하게 생겨서 엄청나게 맛없어 보여."

그렇게 푸딩의 맛을 모함하는 동안, 저 검고 커다란 푸딩은 웅덩이에서 한참을 꿈틀거리더니 옆구리가 터졌다. 그냥 평범하게 터지면 좋겠지만, 푸딩은 터지지 않고 뭉개지지 않던가. 터진 옆구리에서는 풍선 바람 빠지는 소리, 한스가 토하던 검은 액체와 함께 검은색의 오른팔이 나와 있었다. 푸딩에 팔이라니요. 그렇게 기분 좋은 조합은 아니다.

"나 말이지. 그냥 푸딩이면 모를까. 저렇게 시커멓고 커다랗고 꿈틀거리고 검은 액체를 내뿜고 팔까지 달린 푸딩 앞에 서 있는 건 아니라고 생각하는 데.

저건 혐오 식품이야."

"그 의견에 찬성이야. 그런데 한스. 저건 이미 식품의 경계선을 넘어갔어. 혐오 식품이 아니라고. 머리 같은 거도 나왔다고!"

진짜로. 내가 말한 대로 저 푸딩은 이제 푸딩이 아니다. 우리가 말하는 사이 푸딩 앞쪽이 터지면서 머리로 추정되는 길쭉한 두개골이 나왔으니까. 그리고 두개골 안에서 빛나는 붉은 누는 나를 뚫어지라 보고 있었다. 와우 이러다가 내 몸에 구멍 뚫리겠소.

"지금 저 두개골이 나를 꼬나보고 있거든. 이러다간 내 몸에 구멍이 뚫릴 거야. 나머지가 다 나오기 전에 선착장으로 뛰어야겠어."

09.

말을 마치자 내 몸은 붕 떠 허공을 가로지르기 시작했다. 이게 내가 바라는 대로 이루어지는 마법이라면 얼마나 좋을까. 하지만 내 몸은 마법이 아닌 물리적 충격으로 허공에 떠 있었다. 불안해지는 마음에 발버둥을 쳐보지만 돌아오는 것은 발이 땅에 닿았음이 아니라 검은 것이 나를 낚아챘음이었다. 덜거덕거림과 어지러움이 진정되자 나는 나를 낚아챈 검은 것의 정체를 알 수 있었다. 조금 전까지 검은 푸딩에 붙어 있던 검을 팔과 붉게 빛나는 두개골을 가지고 있는 괴물이 나를 움켜쥐고 있다. 푸딩같이 생긴 껍질이 질겨 보여 오래 걸릴 줄 알았는데 아닌가 보다. 꽉 움켜쥐고 있지 않아서 벗어날 수 있으리라 생각했지만, 생각보다 손에 힘이 많이 들어가 있었다. 어떻게든 빠져나가려고 몸부림을 치는 동안 붉은 눈은 나를 관찰하고 있더니 중얼거렸다.

"…아니야…아니야…아니야…아니야…."

언제부턴가 왼쪽 손에 잡힌 한스와 오른쪽 손에 잡힌 나를 번갈아 쳐다보던 괴물은 살며시 땅바닥에 떨어뜨리더니 다른 곳을 두리번거리며 말했다.

10.

괴물이 사라진 후 나와 한스는 괴물에게 또 잡힐까 봐 미친 듯이 뛰어 선착장에 도착했다. 선착장의 한 부분에는 길고 가는 석등이 빛을 내고 있었고 그 옆에는 데이나, 자일, 하먼이 있었다. 롤리네 조가 도착하기 전까지 우리는 흩어진 후부터 이곳에 도착하기 전까지 일어났던 일들을 하나도 빠짐없이 말하고 들었다. 자일은 묵직한 돌에 피가 묻어 있는 것을 보았고 하먼은 바닥의 핏자국과 피가 묻은 칼을 발견했다고 했다. 칼에 묻은 피는 선홍빛이었다고 한다. 데이나는 나무에 커다란 칼을 박아 이동한 것 같은 흔적을 보았으며, 나무에도 피가 조금 묻어 있었다고 말했다. 한스는 암회색 고치들의 발견과 위에서 떨어진 검은 푸딩과 그 안에서 나온 검은 괴물이 우리를 들었다 놨다한 이야기를 들려주었다. 그런데 다들 파란 글씨에 대한 언급이 없다. 모두 암회색 고치 안에 있는 것이 미르주와 조였을 거라는 추측을 하지 않았기 때문일까. 그냥 설마 하고 넘기는 걸까. 이상하다며 이런저런 생각을 하던 중 갑자기 허공에 파란 글씨가 날아다니기 시작했다.

[롤리 에반스가 숨은 제시카 설리번을 찾았습니다.

제시카 설리번의 행동 놀이가 끝났습니다.]

제시카의 행동 놀이가 끝나다니. 허공에 나타난 문장을 좀더 꼼꼼하게 읽고 싶었지만 그럴 수 없었다. 귀가 먹먹해질 정도로 큰 짐승의 포효가 들렸기 때문이다.

11.

크롸라라라라라라라–

멀리서 들리는 듯하지만 엄청나게 큰 소리 때문에 모두 귀를 막아야 했다. 주변이 좀 잠잠해지고 귀를 막은 손을 치웠지만 계속 먹먹했다.

“이게 뭔 소리야?”

큰 소리에 놀란 자일이 옆에서 물어봤지만 먹먹한 귀에 신경이 쏠렸는지 모두가 그 질문에 답을 하지 못했다. 그때, 호숫가에서 조금 떨어진 나무들이 점점 흔들리기 시작했다. 마치 무엇인가 나무를 타고 이곳으로 오는 듯이. 선착장에서 좀 가까운 거리의 나무가 흔들릴 때쯤 리처드, 제시카, 롤리 순으로 뛰고 있는 모습이 눈에 들어왔다.

"무사했구나!"

유혈사태의 사건 현장과 우리가 만난 검은 괴물이야기에 롤리네 조를 걱정하던 데이나가 기쁜 얼굴로 소리쳤다. 그냥 그렇게 모두가 만나면 좋겠지만… 아까 전부터 흔들리던 나무가 신경 쓰였다.

쿵

나무가 흔들리는 소리가 멈추자 무거운 물체가 땅에 떨어지는 소리가 들렸다. 그 후 제시카와 롤리네 조의 뒤로 검은 물체가 굴러 시야에 들어왔다.

"레베카? 저거 그때 봤던 거 아니냐?"

뒤에 굴러온 물체를 훑어보던 한스가 말했다. 검은 팔, 길쭉한 두개골, 눈구멍 속에서 빛나는 붉은 눈. 나를 한 손으로 잡아 관찰하던 그 괴물이다. 그때는 자세히 관찰하지 못했는데 놈은 하얗고 길쭉한 두개골과 붉은 눈을 뺀 나머지 부위가 다 검은색이었다. 갈비뼈와 팔은 사람의 것을 닮았고, 갈비뼈에는 검고 얇은 막이 감싸져 있었다. 다리는 예상외로 1개밖에 없었지만, 몸집만큼이나 큰 발 때문에 이동에 불편함은 없어 보였다. 크기도 컸다. 정확히는 모르겠지만 어림잡아 3미터정도. 괴물은 점점 제시카 일행과의 간격을 좁혀가고 있었다. 다시 숲 속으로 가 나무 밑에 숨어 있을까 생각했지만, 흔들리는 나무를 생각하자 나무를 타고 위에서 이동하는 놈에게는 들킬 것 같았다. 우리는 이곳에 발이 묶여버린 것이다.

뎅. 뎅. 데엥.

호수 쪽에서 종소리가 나더니 안개가 깔리고 저 멀리서 작은 나무배 한 척이 이쪽으로 오고 있는 것이 보인다. 위기의 순간 하늘이 내린 동아줄과 같은 유일한 희망. 제발, 제때 도착해 준다면…

"여기! 여기요! 빨리!"

하먼도 종소리를 듣고 배를 발견했는지 손을 흔들며 선착장 끝에서 소리를 지르고 있었다.

"어이! 배가 오고 있어! 더 빨리 뛰어!"

내가 할 수 있는 유일한 행동은 달려오는 애들이 더 일찍 도착하게 재촉하는 것밖에 없었다. 하지만 놈은 벌써 꼴찌로 달리던 롤리를 잡아채 여기로 던져버렸다. 데이나는 날아오는 롤리와 부딪혀 나뒹굴게 되었다. 그러는 동안 놈은 제시카를 붙잡고 …

풍덩

선착장 앞에 펼쳐진 호수 속으로 뛰어들었다.

12.

"이봐, 빨리 오라고 부르더니… 빨리 안타? 안 그래도 자리도 없구먼."

멍하니 제시카와 괴물이 사라진 자리를 보며 서 있던 우리는 갑자기 들려오는 괴상한 목소리에 놀랐다. 여기에 사람이 있었나? 목소리가 들린 방향으로 고개를 돌려보니 초록색 가면의 노파가 작은 나무배에 타 노를 잡고 있는 모습이 눈에 들어왔다.

"자리가 얼마나 있는데요?"

이 할망구는 뭔가 하는 투로 리처드가 물어보았다.

"말투하고는… 다섯이다. 이놈아."

다섯 자리? 넷까지는 밀어 넣어도 다섯은 무리일 텐데?

"저기 죄송한데 넷까지는 알겠는데 나머지 자리 하나는 어디에 있나요?"

도저히 이해할 수 없었던 나는 배를 가리키며 다섯 번째 자리의 위치를 물어보았다.

"어디긴 어디야. 기둥에 자리 하나 있어."

기둥? 왜 작은 나무배에 어울리지 않는 기둥이 있을까 했는데 다섯 번째 자리였구나… 그나저나 우리는 일곱인데 어떻게 둘을 빼고 가지?

"참고로 이야기해 두는 데 여기는 아무리 쑤셔 넣어도 다섯밖에 안 들어가."

노파가 우리를 지켜보다가 강조의 말을 했다. 그러니까 그 말은… 두 명은 계속 여기에 있어야 한다는 것이다.

"나…난 안 가고 싶어. 아까 괴물이 호수 안으로 들어갔잖아. 배를 타고 있다가는 순식간에 당하게 될 거야."

롤리가 소심하게 한쪽 손을 낮게 들면서 말했다.

"그래? 그럼 나는 배 타고 가겠어. 그 녀석 때문에 얼마나 고생했는데… 만나면 떡으로 만들어 버릴 거니까."

리처드는 그 후에 바로 배에 탔다. 리처드가 자리를 잡고 앉아 노파는 방금 생각났다는 듯이 말했다.

"그리고… 거기 붉은 머리. 너는 기둥 자리야. 그럼 이제 3명만 더 모집한다."

응? 나는 왜 강제로 승선해야 하는 거지? 아, 행동 놀이. 어쩔 수 없이 타야 하는구나. 이 놀이를 생각한 사람이 내가 만나야 할 사람일까? 나중에 만나면 인사하기 전에 머리부터 내리치고 시작하리다. 나는 나중에 만나면 한 대는 때리겠다는 다짐을 하면서 배에 올라탔다. 그 후, 자일은 롤리와 같이 남겠다고 하였고, 한스와 하먼은 배에 올라타게 되었다. 기둥 위쪽을 올려다보니 안으로 들어간 곳이 있었다. 저기까지 어떻게 올라가나 기둥을 살펴보니 사다리 모양처럼 홈을 파둔 곳이 보였다. 어찌어찌하여 안으로 들어간 곳에 도착해 앉아보니 덩굴이 자라나 손목과 발목을 단단히 감았다. 놀라 발버둥을 치자 밑에서 노파가 소리쳤다.

"안전벨트다!"

13.

"이제부터 제자리나 지켜라. 개념 없이 떠들지도 말고. 그녀는 누군가가 자신의 노래에 잡음을 넣는 것을 무척이나 싫어하니까. 어기게 된다면 대가를 치르게 될 테니까."

본격적으로 안갯속으로 들어가기 시작해 출발했던 선착장에 있는 초록빛이 흐릿해지자 안개 깊숙한 곳에서 노랫소리가 들려오기 시작했다.

We' re the magics of the nighttime that fade at dawn,
(우리는 새벽에 사라지는 밤의 마법들)
singing songs of the nighttime til night is gone.
(밤이 질 때까지 밤의 노래를 불러)

[롤리 에반스의 행동 놀이가 끝났습니다.]

흐릿하게 나타난 파란 문장이 두드러지자 저 멀리서 비명이 들리기 시작했다.

"꺄아악!"

"으아아! 뭐야!"

노래가 시작되자 선착장에 남아 있던 두 사람은 비명을 지르기 시작했다. 좌석을 선착장 쪽으로 돌려 상황을 살펴보려 했지만, 아무것도 보이지 않았다.

Nighttime is where we live,
(밤이 우리가 사는 곳)

크르릉릉르르…

메아리쳐 들려오는 소리에 비명의 원인이 뭔지 알게 되었다. 지금 선착장에 괴물이 나타났다. 무언가를 기다렸다는 듯이.

"저 저리 가! 히익!"

"돌아와! 살려줘! 꺄악!"

Night is when we give everything we want to get.
(밤은 우리가 가지고 싶어 하는 모든 것을 주는 시간)

기…기기…기기긱…

갑자기 둘의 비명이 멈추고 무엇인가 계속 삐걱거리는 소리가 났다.
"ㄷ…도…와줘…."
"히이익! 으아아아아아아아!"
첨벙.
롤리가 잡혀 있나 보다. 자일은 겁은 먹은 나머지 호수 안으로 잠수한 것 같았다. 그리고 헤엄치는 소리도 들린다.
"나도…나갈 거야…."
기긱…기기기…기걱…기
그렇게 롤리도 제시카처럼 사라졌다.

Hey, do you really need to fill your heart with empty dreams?
(이봐, 꼭 그렇게 헛된 꿈으로 마음을 채워야겠니?)
stop chasing that distant gate!
(멀리 있는 출구를 쫓는 건 그만해!)

"살려줘! 나도 탈 거야!"
롤리가 사라진 사이 벌써 여기까지 헤엄쳐온 자일은 미치광이 같은 표정을 짓고서 노파의 노를 잡더니 고집을 부리기 시작했다. 하먼은 결국 제자리를 지키지 않고 일어나 자일에게 손을 뻗었다. 그러자 허공에 또 다른 파란 문장이 나타났다.
[자일 아발론의 행동 놀이가 끝났습니다.
하먼 모리에의 행동 놀이가 끝났습니다.]
"그러게 재빨리 탔어야지. 겁부터 먹으면 어떡해? 다 네놈 책임이야."
노파는 관심 없다는 어투로 대답한 후 하먼을 원래의 자리로 던진 후 자신의 노로 자일의 머리를 내리쳤다.
퍽.
그 소리와 함께 다른 아이들의 주변에서 안전벨트용 덩굴이 올라와 각자의 허리를 고정하기 시작했다. 정신을 잃은 자일은 호수 한가운데에 떠 있다가 안갯속으로 사라졌다.

Here is where we live,
(여기는 우리가 사는 곳)

"어… 왜 내 자리만 덩굴이 없지?"

이런. 하먼의 자리에만 덩굴이 올라오고 있지 않았다.

"가만히 앉아 있어라. 원래는 없어도 되는 물건이니까. 떨어지지나 마라. 여기서 움직일 수 있는 사람은 나밖에 없는 데… 나는 떨어지면 안 건질 거라서."

노파는 이제 짜증이 나기 시작했다는 듯 약간 으르렁거리며 말했다.

That' s why the day can never be bright (그래서 동굴의 창조물들에게) for the creatures of the cavern. (낮이 결코 밝을 수 없어)

콱.

하지만 하먼은 곧바로 자리에 앉지 않았고 결국 물고기 머리를 한 괴물에게 머리를 물려 호수 깊은 곳으로 끌려 내려가는 결과를 만들어 냈다.

We' re the creatures of the cavern…
(우리는 동굴의 창조물들)
Just the creatures of the cavern…
(그저 동굴의 창조물일 뿐)

14.

"다 도착했다. 이놈들아. 당장 내려."

노래를 불러 괴물들을 쫓아낸 뒤 안개가 사라지면서 육지가 나타나기 시작했다. 노파는 적당한 곳에 배를 세우고 발을 굴러 몸을 감고 있던 덩굴을 치워주었다. 나는 기둥에서 내려오기 전에 주변 지형을 살펴보았다. 정체 모를 문

빼고는 아무것도 없었다. 이 정도 살펴보면 되겠지. 제일 마지막으로 리처드만 내리면 되는데 이 녀석 반응이 이상하다. 리처드는 옆에 있던 노파를 거세게 밀어 넘어뜨린 후 뒤에서 노를 가져와 높이 들어 올렸다. 그러자 허공에 파란 글씨가 새겨지기 시작했다.

[리처드 스타우드의 행동 놀이가 끝났습니다.]

철컥.

뭔가 수갑 같은 쇠고리가 채워지는 소리가 들리자 어리둥절한 리처드는 자신의 발목을 쳐다보았다.

"아하하하하하하하!"

리처드의 표정을 본 노파는 하늘을 향해 미친 듯이 웃기 시작했다.

"아하하하하하ㅎ…."

콰득.

무언가가 목덜미를 물어뜯는 소리가 들리고 노파는 웃는 얼굴을 한 채 앞으로 꼬부라졌다.

위잉. 위이잉. 위잉.

바로 앞에서 울려 퍼지는 기계음. 노파의 등위에 올라탄 철로 된 거미.

"아오… 쥐 같은 괴물에 거대 물고기… 이번에는 기계 거미냐?"

옆에서 이제 질린다는 표정을 한 한스가 중얼거렸다.

위잉. 위잉. 위이잉. 위잉. 웅-

ㅊㅊㅊㅊㅊㅊ…

"정확히 말하면 기계 거미떼지."

나는 노파의 시체 너머에서 몰려오는 기계 더미를 바라보며 말했다.

"으아아아아아! 저리 가란 말이야!"

시끄러운 비명에 아직 배에 있는 리처드가 생각났다. 거미 떼 밑에 깔려 발버둥 치는 모습이 보이지만, 구출할 방법이 없어 그저 바라볼 수밖에 없었다. 그렇게 멍하니 있을 때, 데이나가 슬그머니 뒤로 빠지더니 냅다 뛰기 시작했다.

"이런 야! 당장 거기서!"

문을 향해 달려가는 데이나를 본 한스가 뒤를 쫓아가기 시작했다. 시야를 옮기다 눈에 문이 들어오자 파란 글씨가 문 둘레를 둘러싸기 시작했다.

[단 한 명만 이곳에 들어올 수 있음.]

아, 저거구나. 그렇게 데이나가 움직이는 이유를 알게 될 때쯤 한스는 데이나를 따라 잡았다.

"이거 놔!"

한스에게 따라잡힌 데이나가 소리쳤다. 이러고 있을 때가 아니다. 일단은 기계 거미를 피하는 것이 우선순위였다. 하지만 저 둘은 전혀 그런 거에는 신경 쓰지 않았다. 나는 둘이 있는 곳으로 달려가기 시작했다.

"절대로 넌 저기 못 들어가!"

"난 나갈 거야!"

"아니! 못 나가! 모두 다 죽을걸?"

"닥쳐!"

빡!

언제부터 데이나의 손에 돌이 쥐어져 있는지는 모르겠지만 데이나는 손에 든 둔기를 이용해 한스의 머리를 후려쳤다. 한참을 비틀거리던 한스는 데이나의 얼굴에 주먹을 꽂았다. 둘 다 정상이 아니었다. 점점 난폭해질 것 같은 모습에 둘이 있는 곳으로 데려다 주고 있던 발은 방향을 틀어 문으로 뛰어들어가고 있었다.

"멈춰!"

데이나는 돌로 한스의 코를 짓뭉개던 중 문을 향해 달려가는 나를 발견하고 소리쳤다. 데이나의 빈틈을 본 한스는 데이나의 손에 있던 돈을 빼앗아 들고는 데이나를 두들겨 패기 시작했다. 내가 문 안으로 들어갈 때까지 둔탁한 타격음은 계속 울려 퍼지고 있었다.

15.

"어서 와."

눈앞에 펼쳐진 새하얀 정원에 이게 뭔가 하며 주위를 두리번거리던 그때,

조금 먼 듯하면서 가까운 곳에서 어떤 목소리가 들린다. 소리가 들린 곳으로 고개를 돌리자 나타난 하얀 테이블과 의자, 주위와 전혀 어울리지 않는 검붉은 망토를 두르고 푸른 가면을 쓴 남자가 눈에 보인다. 자신의 건너편에 놓인 의자를 권한 남자는 다른 찻잔을 꺼내 차를 따라 주었다.

"그럼 지금까지 일어난 일에 대해 정리를 해볼까."

이제는 관찰자였던 내가 엄청나게 말을 많이 해야 할 때였다.

"좋아. 재밌게 잘 들었어."

그 말과 함께 푸른 가면의 남자는 공중에 손을 휘젓자 허공에 푸른 실이 생기더니 하나의 문장을 이루었다.

[레베카 블레이크의 행동 놀이가 끝났습니다.]

"그럼 좋은 꿈 꾸시길."

16.

얼마나 지났을까. 잠에서 깨어나 보니 거대한 성의 홀이었다. 홀은 천장과 바닥, 기둥, 내가 앉아 있는 의자를 제외한 모든 벽이 거울로 이루어져서 그런지 약간 괴상한 느낌이 나는 곳이었다. 분명히 벽은 거울이 맞는 데… 의자에 앉아 있는 내 모습이 거울에 비치지 않았다. 내 눈으로는 팔과 다리가 보이는데 거울에는 보이지 않는다. 거울이 이상한 거다. 멀쩡한 나를 안 보이게 하니까. 거울이 정상이라면? 아니다. 아닐 것이다. 내가 이상한 것이 아님을 생각하며 의자에서 일어났다. 의자는 왕좌처럼 화려하게 꾸며져 있었고, 오른쪽에는 망토를 걸어놓은 옷걸이가 있었고 왼쪽에는 납작한 잿빛 상자가 놓인 탁자가 있었다. 상자 안에 있는 물건이 궁금해 뚜껑을 열어보기로 했다. 그런데 손이 상자를 통과했다. 거울에 비치지 않는 내 모습과 연관이 있을까, 망토도 통과할까 생각하며 망토를 만져보았다. 망토는 통과하지 않았다. 망토를 넘어 보이는 거울에 내 손과 팔 아랫부분이 나타났다. 혹시나 싶어 망토에서 손을 떼자 거울에 보이던 부분이 연기처럼 사라졌다. 망토를 입고 상자를 열어볼까… 하지만 그 후의 일이 어떨지 몰라 망설여졌다. 한참을 고민한 끝에 망토를 입기로 했다. 망토를 입자 거울에 망토 입은 모습이 거울에 보였다. 하지만 망토의 허용범위 밖에 있는 머리는 거울에 비치지 않았다. 망토에 모자라도 달려 있다면 좋을 텐데. 머리 부분이 아직 보이지 않는다. 이러고 있을 때가 아니지. 이제 상자를 열 수 있을까 생각하며 뚜껑으로 손을 가져갔다. 손은 뚜껑을 통과하지 않았고 나는 상자를 열어 내용물을 확인할 수 있었다. 암회색 바탕에 이마 부분에는 회백색의 뿔 모양, 눈가에서 광대까지는 회청색의 덩굴 문양이 장식된 가면이었다. 나는 가만히 가면을 들어 더 자세히 살펴보며 의자에 앉았다. 가면의 뒷면을 살펴보는 도중 문득 한 번 써볼까 하는 생각이 들었다. 하면 안 된다는 느낌이 들어 가면을 다시 상자 안에 넣으려고 하자 갑자기 몸이 제멋대로 움직이기 시작했다. 몸에 힘을 주어 막으려 했지만 소용없었다. 상자로 향하던 손은 다시 무릎 위로 올라와 있고 자세를 고쳐 앉고 가면 뒷면이 나를 향하게 두 손으로 들고 그대로 나는 가면을 써 버렸다. 그렇게 가면을 쓰자 몸이 원상태로 돌아왔다. 그리고 세상이 어두워지기 시작했다.

17.

눈을 떠보니 나는 푸른 남자를 만나러 갈 때 지나쳤던 문 앞에 서 있는 기계 거미위에 앉아 있었다. 앞에는 한스가 멍하니 주저앉아 있었다. 데이나는 피떡이 되어 좀 먼 곳에 널브러져 있었다.

"수고했어."

기계 거미 위에 앉아 있던 내가 말했다.

"너 뭐야."

멍하니 있던 한스가 눈만 돌려 나를 노려보고 있다.

"레베카 블레이크."

"…아니야."

한참을 노려보던 한스가 입을 열고 말했다.

"괴물이겠지."

"농담이 심하네."
나는 기계 거미 위에서 내려오며 말했다.
"재미없어."
기계 거미는 앞으로 달려들어 한스를 공격했고, 거미의 공격을 방어하지 못한 한스는 목을 심하게 다쳤다. 바닥에 쓰러지고 한참을 꿈틀거리며 살아남으려 발버둥 쳤지만, 얼마 후 움직임이 멈추었다. 기계는 점점 흐물흐물해지더니 한스의 목에 난 큰 상처를 통해 안으로 들어가기 시작했다. 다 들어가고 나자 상처는 빠른 속도로 아물었고 기계 거미는 한스의 몸에 완벽하게 정착했다.

I was bom of the stage of a poisonous dark
(나는 불쾌한 어둠의 무대에서 태어났어)
Beaten and broken and chased from the lair
(그곳으로부터 패배하고 부서지고 추격을 당했어)

한스의 탈을 쓴 괴물이 몸을 일으키자 나는 노래를 부르기 시작했다. 노랫소리는 허공에 울려 퍼지면서 더 큰 소리를 내고 있었다.

I was hung from the tree made of hand of the weak
(나는 나약함의 손으로 만들어진 나무에 매달렸어)
The branches were bones of liars and beasts
(나뭇가지들은 사기꾼들과 짐승들의 뼈였어)

나는 웃으며 앞으로 나아갔다. 손을 휘젓자 바로 앞에서 커다란 구멍이 생겨났고 한발 내디뎌 먼저 들어서니 좀비나 다름없는 몰골의 애들이 하나둘씩 뒤따라 들어가기 시작했다.

Rise up above it, high up above and see
(이것보다 위로 설 거야, 그리고 볼 거야)

어두운 구멍 안으로 들어가 한참을 걷자 눈앞에 나무로 만든 벽이 보였다. 뒤에서 조용히 따라오던 아이들은 나무 벽을 부수고 하얗게 빛나는 출구를 만들었다. 나는 웃으며 출구를 통해 밖으로 나갔다.

Cover your eyes, the phantom inside
(눈을 감아, 유령은 그 안에 있어)
One night of the phantom
(유령의 밤에)

"오랜만이네."
"히익! 네가 왜 거기서 나오는 거야!"
내가 웃으며 인사한 상대는 크래이크 아저씨였다. 웃으며 인사했는데도 불구하고 아저씨는 얼굴이 창백해지면서 비명을 지르기 시작했다.

One night to remember
(기억해야 할 밤에)
One day it' ll all just end
(이것은 모두 끝나겠지)

"어째 예전보다 겁이 많아졌네. 아, 내가 소개해 주고 싶은 친구가 있는데 말이지."
나는 말을 하며 손으로는 묵직한 돌을 찾고 있었다.

One phantom of the carven
(한 동굴의 유령)
One thing to remember
(기억해야 할 것에)

"한 번 만나볼래?"

One day it' ll all just end
(이것은 모두 끝나겠지)

퍽.
그 말과 함께 나는 돌을 쥔 손을 높이 들었다 목표물을 향해 강하게 내려쳤다.

Honest to God I' ll break your heart
(나는 맹세코 너의 심장을 부술 거야)
Tear you to pieces and rip you apart
(너를 조각내고 찢어버릴 거야)

어디서 들어본 듯한 길고 큰 타격음이 울려 퍼지고 아저씨는 피를 흘리며 쓰러졌다. 옆에서 아무렇지 않은 표정으로 지켜보던 아이들이 아저씨의 사지를 잡고 동굴 안으로 끌고 가기 시작했다.

One night to remember
(기억해야 할 밤에)

"동굴에서 나오는 사람은 없어야 하니까. 자네처럼 겁 많은 친구라도 하나 안겨 줘야겠어."

One day it' ll all just end
(이것은 모두 끝나겠지)

아저씨를 끌고 들어간 동굴처럼 새까만 어둠이 몰려오고 나는 다시 잠에 빠졌다.

그 단짝 친구와 금붕어

김종은

여느 학생들과 같이 여름방학을 맞이한 여고생. 어느 날 그녀의 눈앞에 보인 것은 빨간 금붕어였다. 그녀는 그 금붕어에게서 왠지 모를 그리움을 느꼈고 자신과 관련있을 것이라 여겨 단서를 찾다가 그 금붕어가 자신과 옛날에 가장 친했던 친구 것임을 알았고, 그 친구가 죽었다는 것도 알았다. 그녀는 과거의 기억을 되살려 친구를 찾아가는 대충 그런 내용입니다.

작가 소개__김종은

할 일 없이 그림만 그리는 예비 고1입니다. 책 쓰는 데에 뛰어난 소질이 있는 것은 아니지만 이야기 상상하는 것을 좋아합니다. 딱히 이러다 할 취미는 없지만 요즘은 공책에 그림 채우기에 빠져 있습니다.

〈1〉

여름방학을 한 지 벌써 5일이 지났다. 별 한 것도 없이 내 고등학교 1학년의 생활은 벌써 방학까지 접어들었다. 입학한 것이 바로 엊그제 같은데 말이다. 시간은 참 빨리 흐르는 것 같다.

그리고 이곳에 이사온 지도 벌써 7년. 나는 빨래를 개던 손을 잠시 멈추고 창밖을 쳐다보았다. 구름 한 점 없이, 쓸데없이 맑은 하늘이 보인다.

'오랜만에 도서관이나 들릴까나.'

한 동안 가만히 멍을 때리고 앉아 있었다. 그러자 방 밖에서 밥 먹으라고 소리치는 동생의 목소리가 들려왔다. 나는 알았다고 대답하고는 남을 빨래를 개었다. 그리곤 방을 나와 부엌으로 발걸음을 옮겼다.

"나 참. 빨래 개는데 시간이 그리 오래 걸려?"

"나름 빨리 갠 거니까 투정부리지마. 네 것까지 개줬잖아."

나를 향해 투덜거리는 동생을 무시한 채 나는 의자에 앉아 식탁에 놓여 진 밥을 먹는다. 곧이어 동생도 나를 한번 째려보고는 같이 식사를 하였다. 평소에도 그렇지만 식사할 때만큼은 일절 말을 하지 않기 때문이라서 그런지 싸한 정적이 흐른다.

이미 익숙해 질대로 익숙해져버렸지만 말이다.

뽀글뽀글.

'어라? 어디서 물소리가 들리는데.'

잘못 들은 건가 싶어 식사를 계속하였지만 물소리는 끊이지 않았다. 나는 밥을 계속 먹으면서 고개만 움직여 주변을 둘러보았다. 그런데 믿을 수 없는 광경을 보고야 말았다.

"금…붕어."

"금붕어? 언니 금붕어라도 키우고 싶은 거야?"

"응? 아니. 아무것도 아니야."

순간 입에서 튀어나온 말에 몹시 당황스러웠다. 나를 의아한 표정으로 쳐다보는 동생에게 아무것도 아니라며 손을 이리저리 휘저었다. 그리곤 아무 일도 없다는 듯이 식사를 계속 하려고 노력을 해보지만 신경 쓰인다.

우리 밥상 위를 자유롭게 헤엄치는 저 금붕어. 도대체 뭐가 어떻게 된 건지 사고가 정지되어버렸다. 그나저나 동생 눈에는 아무것도 안 보이는 것인가. 저렇게 우리 위를 헤엄치고 있는 저 금붕어가 정말 안 보이는 것인가!

어쩌면 내가 지금 꿈을 꾸고 있는지도 모른다는 생각이 들었다.

"다현아. 내 무릎 좀 한번 차 볼래?"

"갑자기 왜? …음… 어쨌든 찬다."

빡!

잇(?!). 나는 손에 쥐던 숟가락을 떨어트리고 맞은 무릎을 감싸 쥐었다. 동생은 살짝 미안해 하는 기색을 보였지만 이내 아무렇지 않은 듯 식사를 이어갔다. 아무래도 멍이든 것 같다. 어쨌든 꿈은 아닌 것으로 판결이 났다.

결국 내 위에 둥둥 떠 있는 저 금붕어도 꿈이 아니라는 것. 일단 나는 남은 식사를 빠르게 해치우고 빈 그릇을 싱크대에 갖다놓고 절뚝거리며 내 방으로 들어갔다. 얼음 팩을 손에 쥐고서 말이다.

문을 꼭 닫고 침대 위에 올라와서 얼음찜질을 하였다. 살짝 고개를 들어 주변을 둘러보았다. 아까 그 금붕어는 보이지 않았다. 나는 한숨을 쉬며 머리를 뒤로 쓸어 넘겼다. 그리곤 뒤로 털썩 누워버렸다.

나는 미동도 없이 가만히 누워 있으며 생각에 빠져버렸다. …기보단 멍을 때리고 있다는 것이 더 정확하다. 그런데 어디선가 바람이 살랑거리며 불어왔다. 바람이 부는 쪽을 보니 창문이 열려 있었다.

'아. 맞다 창문 열고 나갔었지. … 여름 바람 기분 좋다.'

눈을 감고 숨을 들이쉬었다. 가만히 누워있으니 누워있는 내 머리위로 시원한 바람이 돌아다니고 있는 것처럼 느껴졌다. 무릎에 생긴 아픔이 느껴지지 않을 정도로 기분 좋은 바람이다.

'새빨간 금붕어.'

갑작스레 나타나는 바람에 내색하지는 않았지만 많이 놀랐다. 그런데 꼭 어디서 본 것 같은 느낌이 든다. 전혀 낯설지가 않았다는 뜻이다.

나는 아픈 무릎을 짚고 일어나 방을 나왔다. 그런데 이상하게도 시끄럽던 동생은 어디 가고 없고 조용한 기운이 나를 반겼다. 발걸음을 옮겨 부엌으로 들어갔더니 식탁 위에 작은 쪽지가 올려져 있는 것을 발견하였다. 쪽지의 내용은 이랬다.

'사랑스러운 동생은
친구들과 쇼핑하러 갑니다.
그러니 날 찾지 마.

ps. 설거지 해놔.

바보 같은 언니에게'

나는 생각할 필요도 없이 쪽지를 구겨버리고 쓰레기통에 던졌다. 손을 터는 시늉을 하며 싱크대를 쳐다보았다. 산더미 같이 쌓인 그릇들이 보였다. 아까까지만 해도 저렇게 많아 보이진 않았었는데 언제 저렇게 쌓였을까 하고 의심을 했다.

그래도 동생의 잔소리는 듣기 싫었다. 나는 빠르게 설거지를 끝내버렸다. 손에 묻은 물기를 대충 옷에 닦으며 거실로 나왔다. 늘 있는 일이긴 하지만 왠지 모르게 오늘따라 집이 넓어보였다.

집에 혼자 있는 건 쓸쓸하다. 고로 도서관이나 갈까하고 생각했지만 생각해보니 아직 반납하지 않은 책이 있었다. 게다가 찾지 못했다. 그러므로 도서관은 포기했다. 나는 서 있는 채로 어디로 갈지 고민에 빠졌다.

뽀글뽀글.

갑자기 들려오는 물소리에 나는 순간 몸이 굳어버렸다. 우두커니 서 있는 내 머리 위로 검은 그림자가 보였다. 나는 고개를 살짝 들어 위를 올려다보았다. 그러자 아까 보았던 빨간 금붕어가 헤엄치고 있었다.

나는 깜짝 놀라 금붕어에게서 멀찍이 떨어졌다. 그러자 금붕어가 빙글빙글 헤엄치며 서서히 내 쪽으로 다가오고 있었다. 살짝 겁이 났지만 왠지 내게 피해를 줄 것 같지는 않았다.

'그보다 내가 생각한 사이에 바로 앞까지 와 버렸어?!'

나는 차마 도망가진 못하고 눈을 질끈 감았다. 한 동안 눈을 감고 있었지만 아무것도 일어나지 않았다. 감고 있던 눈을 살짝 떴다. 그러자 얌전히 내 앞에 입을 뻐끔거리는 금붕어가 보였다.

뭔가 내게 무슨 말을 하려는 듯 계속해서 입을 뻐끔거리고 있지만 알 턱이 없었다. 하지만 금붕어는 계속해서 입을 움직이고 있다. 도대체 내게 무엇을 알려주고 싶은 것일까.

'어라? 어디 갔지?'

내가 눈을 한 번 깜빡였더니 금붕어는 어디가고 사라져버렸다. 주변을 아무리 둘러보았지만 그림자조차 보이지 않았다. 신경이 쓰인다. 결국 금붕어가 말하려고 한 것을 알지 못했다.

그런데 확실한 것이 있다. 그 금붕어를 볼 때마다 그리움이 느껴져 온 다는 것을. 그것도 아주, 아주 많이 느껴져 온다는 것을.

나는 거실 바닥에 드러누웠다. 베란다 창문을 통해 바람이 불어온다. 오늘따라 바람이 자주 부는 것 같았지만 상관없다. 그냥 또 다시 눈을 감고 숨을 들이 쉴 뿐이었다.

〈2〉

'여긴 어디지?'

아무리 주변을 둘러보았지만 그저 캄캄할 뿐이었다. 몇 걸음, 또 몇 걸음을 걸어보았지만 캄캄한 것은 똑같았다. 소리라도 쳐볼까 하는 해서 입을 벌리는 순간 나는 정지하고 말았다.

'어째서 목소리가 나오지 않는 거지?'

그렇다. 목소리가 나오지 않았기 때문이다. 그런데 목소리 대신 맑은 물방울들이 생겨나더니 보이지 않는 위쪽으로 올라가버렸다. 계속해서 입김을 불자 또 물방울들이 생겨나 위로 올라간다.

뽀글뽀글.

계속해서 입김을 부는 나의 뒤로 물소리가 들려왔다. 분명 이 소리는 금붕어가 나타날 때에 소리였다. 나는 고개를 뒤로 돌렸다. 하지만 정작 보이는 것 금붕어가 아니라 노을이 진 작은 놀이터였다.

노을이 지고 있는데도 불구하고 많은 아이들이 뛰어놀고 있었다. 하지만 그것도 잠시 부모로 보이는 사람들이 아이들을 데리고 갔다. 그런데 아직까지도 모래를 만지작거리며 쓸쓸한 표정을 짓고 있는 아이 하나가 보였다.

참 낯익은 얼굴의 아이였다. 나는 멈췄던 발을 움직여 천천히 그 아이의 곁으로 다가갔다. 이제 근처까지 다 왔을 때였다.

'오현아!!'

순간 내 이름을 부르는 소리에 나는 소리 나는 쪽으로 돌아보았다. 노을 때문에 얼굴이 잘 보이지는 않았지만 머리를 반만 묶은 여자아이였다. 그리고 그 아이는 점점 내 쪽으로 아니 사실은 내 앞에 있는 아이에게로 달려왔다.

'그럼 설마 저건 나인가?… 어렸을 때에….'

그런데 도대체 저 아이는 누구지? 뭔가 알 것만 같은데 얼굴이 보이지 않았다. 궁금해서 더 다가가려고 했지만 몸이 움직이지 않았다. 결국 그 아이가 누구였는지 확인할 수가 없었다.

〈3〉

"…니.…언니…."

"으음…."

"언니!!!! 얼른 일어나. 왜 거실 바닥에서 자고 있는 거야?"

나는 부스스해진 머리를 긁적이며 일어났다. 비몽사몽인 채로 하품만 해댔더니 옆에서 날 깨우던 동생이 잔소리를 속사포로 뿜어낸다. 나는 귀를 막으며 일어났다. 그리고 대충 웃어넘기며 동생에게 진정하라고 한마디를 던져주었다.

동생은 또 하는 수 없다는 듯 혀를 찬다. 그보다 나는 언제 잠든 것인지. 게다가 확실하게 기억은 안 나지만 어렴풋이 기억이 난다. 어릴 때의 나와 친구로 추정되는 아이. 얼굴을 못 보았지만 만약 그 아이가 실제로 내 친구였다면 금방 기억해낼 수 있을 것이다. 왜냐하면 난 어렸을 때 친구가 별로 없었기 때문이다.

"다현아. 나 오늘 저녁 안 먹을게. 입맛이 없어서."

"응… 알았어. 나중에 달라고 하지 마!"

하하. 그게 걱정이었나. 나는 허탈한 웃음을 지으며 방 안으로 들어갔다. 잠시 눈을 감고 숨을 내쉬었다. 그리고 책상 밑으로 들어가 내가 어릴 때에 썼던 모든 물건들을 꺼내었다.

일기장, 학교 공책, 앨범, 소중한 것들을 담은 상자까지 모두 꺼내었다. 솔직히 그 냥 넘어가도 될 법하지만, 꿈에 나온 아이가 신경 쓰인다. 그것도 엄청나게 신경 쓰인다. 뭔가 반드시 기억해내야 할 것 같은 느낌이 든다.

어느새 해가 져서 방안이 깜깜해졌다. 나는 방에 불을 켜고 다시 단서를 찾아보았다. 하지만 딱히 중요한 단서가 될 만한 것들은 보이지 않았다. 나는 그대로 뒤로 누웠다. 이 정도로 찾았는데도 나오지가 않는다니. 혹시 뒷마당 창고에 있을까.

지금 당장이라도 찾으러 가고는 싶지만 이미 어두워진 바깥 때문에 아마 그건 무리일 듯하다. 나는 기지개를 펴며 꺼내놓은 물건들을 하나씩 정리했다.

밤새도록 찾았지만 결국 단서를 찾지 못한 채 밤은 깊어져 갔다.

……

"내가 왜 언니를 도와서 창고를 뒤져야 하는 거야?!"

"그러지 말고. 나중에 화과자 사줄 테니까."

여름방학 6일째. 나는 빈둥거리고 있던 동생을 끌고 나와 창고 정리를 시작하였다. 낮은 목소리로 중얼거리며 짐을 옮기는 다현이 때문에 저절로 웃음이 나왔다. 나도 열심히 상자를 옮기고 있긴 하지만 내 어릴 적 물건이 들은 상자는 좀처럼 나오지가 않는다.

꺼내는 도중에 다현은 더는 못하겠다면서 마룻바닥에 털썩 앉아 손으로 부채질을 한다. 그 더위는 나도 마찬가지였다. 아무래도 7년 전의 물건이라 훨씬 안쪽에 있는 모양이다. 나는 꼭대기에 있는 상자를 조심스럽게 안아 들어 올렸다.

톡.

그런데 내 옆으로 무언가가 떨어지는 소리가 들려왔다. 가까이 다가가서 자세히 보니 꽤나 낡아 보이는 앨범이었다. 그 위에 쌓인 먼지를 툭툭 털어내고 천천히 앨범을 펼쳐보았다. 그러자 오래되어 변색된 편지 여러 개가 우스스 떨어졌다.

떨어진 편지 중에서 하나를 골라 살펴보았다. 뒷면에는 글씨체가 삐뚤빼뚤하게 '오현이에게 , 수희가' 라고 적혀 있었다. 안의 내용을 보니 꽤나 오랫동안 주고받은 듯했다. 그러고 보니 어제 방 안에서 찾아볼 때 두세 개의 우표와 작은 편지지를 발견하였다. 나는 그것을 별 대수롭지 않게 생각하고 넘어갔다.

혹시 나는 이 아이와 편지를 주고받으려고 산 것일까. 나는 순간 아무 말도 하지 않고 꼭 굳어버린 사람처럼 미동도 하지 않았다.

'수희…수희라면'

'수희' 라는 이름을 머릿속에서 되새기자 갑자기 마음 한구석에서 찡해져 오는 듯한 느낌이 들었다. 그럼 그 꿈에 나왔던 아이가 설마 이 아이인건가.

"어라? 수희? 이거 그 죽은 언니 이름 아니야?"

"죽었다니?… 그게 무슨…."

"무슨 소리야. 그 언니 죽고 나서 … 언니 엄청나게 울었잖아."

죽었다? … 그리고 울었다.

드디어 생각이 났다. 그동안 내가 잊고 있었던 사실을. 내 삶에서 첫 번째 친구이자 내 우상이었던 수희를. 그리고 그 아이가 죽었다는 사실을 말이다.

뚝.

"어라? 이게 뭐지?"

갑자기 눈앞이 흐려지면서 앞이 보이질 않는다. 내 눈에서 눈물이 한, 두 방울씩 떨어지는 것이 느껴졌다. 옆에서 다현이가 어쩔 줄 몰라 허둥대는 소리가 들려왔다.

친구를 잊으려 했던 내 자신이 너무 싫다. 미안함과 후회감이 잇따라 밀려온다. 이 눈물을 멈추고 싶은데 멈춰지질 않는다.

……

"언니, 물이라도 좀 마셔."

"고마워."

나는 낮은 목소리로 대답하며 물 컵을 받아들었다. 너무 크게 울었던 것일까. 물 한 모금을 마시고 목으로 넘어갈 때 살짝 따가운 느낌을 받았다. 이제껏 참았던 울음들이 한꺼번에 쏟아져 나온 느낌이다.

속이 시원함이 느껴져 오는 동시에 소중한 친구를 잊어버린 후회감이 밀려왔다. 하지만 눈물은 더 이상 나오지 않았다. 나는 한숨을 쉬며 머리를 뒤로 쓸어 넘겼다. 다현은 그저 조용히 나를 지켜보다가 집 안으로 들어가 버렸다.

하늘을 보니 어느새 해가 져 가는 것이 보였다. 더위를 날려 보내려는 것인지 바람이 살랑거렸다. 왜 인지는 모르겠지만 바람소리가 귓가에 크게 울려 퍼지듯 들려왔다.

뽀글뽀글.

바람을 가로질러 조용히 내게 들리는 물소리. 나는 천천히 고개를 들었다. 그러자 예전과 같이 하늘 위를 마음껏 헤엄쳐 다니는 금붕어가 보였다. 왠지 모르게 마음이 편해지는 것 같았다.

그리고 계속 내 주변만을 맴도는 금붕어는 마치 나를 위로 하는 것같이 느껴졌다. 나는 그런 금붕어를 그저 조용히 바라만 보았다. 잠시 후 나는 입을 열었다.

"이제 기억해서 미안해."

그랬더니 금붕어가 헤엄치는 것을 멈추고 나를 바라보았다. 하지만 그것도 잠시 가만히 떠 있던 금붕어는 곧 꼬리를 살랑거리며 내 주변을 맴돈다. 나는 조금 씁쓸하지만 작게나마 웃을 수가 있었다.

나는 생각했다. 그녀의 기일은 이틀 후다. 그때 찾아가서 제대로 사과하고 싶다. 그리고 고맙다고 해주고 싶다. 이제껏 못 한 얘기를 다해 주고 싶다. 나는 조용히 마루에서 일어나 바지자락에 묻은 먼지를 털어내었다.

그리고 내 옛 추억이 담긴 물건만 빼곤 다시 정리해 창고에 넣어 정리하였다. 나는 그것을 품에 꼭 안고 집 안으로 들어갔다.

〈4〉

수희를 기억해낸 그날부터 이틀이 지났다. 오늘은 수희를 만나는 것 뿐 아니라 7년 만에 고향을 찾아가는 날이기도 했다. 이곳으로 이사 온 뒤로는 한 번도 찾아간 적이 없기 때문에 어떻게 변해 있을지에 대한 기대심도 없지 않았다.

현재 시각은 7시 38분. 여기서 고향까지 가려면 적어도 전철에 버스도 타야 하기 때문에 적어도 대략 3시간은 걸린다. 나는 간단한 짐을 가방에 싸고 편한 복장으로 집을 나섰다. 한 손에는 꽃을 들고 말이다.

집을 나와 언덕을 내려가는 길은 참으로 조용했다. 내 발소리만 들릴 정도로 말이다. 하지만 오히려 더 마음이 안정되고 편안해지는 것 같았다.

"여기 있습니다."

나는 전철 안내원이 건네준 표를 받았다. 아침이라 사람이 그렇게 많지는 않았지만 적은 수도 아니었다. 얼마 지나지 않아 전철이 도착하였다. 나는 아무데나 자리를 잡아 앉고 메고 있던 가방을 들어 끌어안았다.

전철의 창문을 통해 본 밖은 온통 초록색뿐이었다. 이 근처는 전부 산이기 때문이다. 덜컹거리는 전철 소리도 꽤나 나쁘지 않았다. 나는 살짝 눈을 감았다.

수희를 만나러 간다면, 나는 무슨 이야기부터 해야 할까. 자신을 잊어버린 나이지만 웃으면서 반겨줄까 하는 생각에 빠져들었다.

〈5〉

내가 수희와 만난 것은 초등학교 입학식이었다. 입학식 전에 내 옆집으로 이사를 온 수희는 아는 사람은 물론 친구조차 없었다. 만약 나 같았으면 이에 적응도 못한 채 방황했을 것이다.

하지만 수희는 달랐다. 사교성이 없고 소심한 나와 달리 수희는 밝고 명랑하고 낙천적이기까지 했다. 모두가 그런 수희를 좋아했다. 물론 나도 같았다. 그녀는 나의 우상이었다. 한번은 내가 수희의 뒷자리가 되었을 때이다.

"있잖아, 너 내 옆집에 사는 애가 맞지?"

"… 응. 맞는데."

"잘됐다. 옆집인 것도 인연인데 친하게 지내자."

정말 기뻤다. 내가 옆집에 살고 있다는 것을 기억해 주고 있다는 것에 대해 말이다. 우리는 이 사소한 계기로 조금씩 친해져 갔다. 부모님의 잦은 외출로 인해 집에 혼자 있는 때가 많은 수희는 종종 우리 집을 방문했다.

같이 이런저런 얘기를 하고 게임도 하고 잠 자기도 하였다. 그리고 수희가 우리 집에 올 때면 항상 데리고 오는 것이 있었다. 그것은 금붕어였다. 몸 전체가 새빨갛고 보라색으로 살짝 물들어진 꼬리를 가진 금붕어였다.

수희가 우리 집에 처음 오던 날, 자신의 생일에서 가장 사랑하는 아빠에게 받은 소중한 친구라며 자랑하던 때가 있었다. 그 뒤로는 우리 집에 올 땐 한 번도 빠짐없이 데려오게 되었다.

하루는 수희가 내게 이런 얘기를 하였다.

"있잖아, 금붕어의 수명은 10년도 넘는데."

"우와. 정말? 되게 오래 산다."

"그렇지? 나도 듣고서 깜짝 놀랐지 뭐야? 이 금붕어와도 오랫동안 같이 살 수 있어!"

그 빨간 금붕어와 오래 살 수 있다며 기뻐하는 수희의 모습이 아직까지도 생생했다. 그 환한 미소를 보자니 나도 저절로 웃음이 지어졌다. 나는 수희와 같이 지내며 내가 조금씩 변해가고 있다는 것을 느꼈다.

그저 소심하고 사교성이 없었던 내가 말이다. 수희만큼은 아니었지만 내 성격이 조금씩 밝아져간다는 것을 내 스스로가 느낄 정도로 변해갔다. 내가 이렇게 변할 수 있었던 것은 다 수희 덕이었다.

나는 앞으로도 이렇게 행복하기만 했으면 좋겠다고 바랬다. 하지만 항상 '행복하고 싶다.' 라는 건 불가능한 것이었다. 수희의 금붕어가 죽어버린 것이다. 정말 갑작스러운 일이었다. 그 누구도, 대단한 하느님이었더라도 예측치 못한 일이었다.

나는 슬프고 그저 안타깝기만 했다. 하지만 이 일을 가장 슬퍼해야 하는 인물은 다름 아닌 수희다. 가장 사랑하는 아빠에게 받은 선물이자 소중했던 친구였는데 말이다. 그것을 생각하면 나도 마음이 아팠다.

그런데 정작 가장 슬퍼해야 할 본인은 그저 웃기만 했다. 그것이 거짓이라는 것을 나는 단번에 알아차렸다. 전혀 기뻐 보이지 않았기 때문이다.

어떤 날은 선생님의 부탁으로 다른 아이들보다 조금 늦게 학교를 하교를 하던 날이었다. 집으로 가는 길엔 작은 놀이터가 있었다. 누군가 우는 소리가 들리기에 나는 고개를 돌려 쳐다보았다.

예상은 하였지만 역시 수희였다. 내가, 그리고 주변 사람들이 걱정을 할까봐 억지로 웃고 있었던 것이다. 나는 천천히 발걸음을 옮겨 울고 있는 수희에게로 다가갔다. 내 발소리를 들은 수희는 고개를 들어 나를 보았다.

"사실은 울고 싶으면서 그렇게 억지로 웃지 않아도 괜찮아."

"아니야. 지금 난 정말 괜찮아."

거짓말. 그녀가 거짓말을 치고 있다는 것은 너무 울어서 새빨개진 눈시울이 증명해 주고 있었다. 나는 그저 가만히 수희를 쳐다보고 있다가 한마디 하였다.

"네가 소중히 하던 금붕어가 죽어버린 것은 나도 슬퍼. 하지만 지금 가장 슬픈 건 바로 너야. 그런데도 억지로 웃으면서 참는 것은 안 좋다고 생각해."

"……. "

수희는 그저 멍하니 나를 바라볼 뿐이었다. 그리곤 정적이 흐른다. 나는 갑자기 부끄러움이 확 몰려와 얼굴이 화끈거리는 것을 느낄 수 있었다. '내가 지금 무슨 말을 한 거지?' 하고 말이다. 수희가 억지로 웃고 있다는 생각에 입이 제멋대로 움직였다.

"푸!… 하하하하하하하…."

순간 흠칫하며 놀랐다. 느닷없이 큰소리로 웃기 시작하는 수희 때문이었다. 나는 그저 당황스럽고 부끄럽기만 했다. 그리곤 양쪽 볼을 어루만지며 빨개진 얼굴을 가라앉히려고 하였다. 그러자 눈가에 눈물을 훔치며 수희가 내게 말하였다.

"고마워, 오현아. 덕분에 슬픈 게 싹 가셨어."

너무 울어서 그런지 갈라진 목소리였다. 하지만 정말 활짝 웃고 있었다. 억지로 웃어 보이는 것은 아닌 것 같았다. 마음속에서 '다행이다' 안도감을 느끼며 나도 덩달아 따라 웃었다.

그 며칠 뒤로도 몰래 우는 것은 아닌가 하고 생각은 하였지만 적어도 우리 앞에서 짓는 웃음은 '거짓이 아니었다.' 라는 것을 느낄 수 있었다. 조금이나마 슬픈 감정이 사라진 것 같아 안심을 하였다.

〈6〉

"이사라니?"

"이번에 아빠 출장으로 좀 멀리 가게 되었거든. 일주일 후에 갈 거니까 준비해두렴."

어느 날 내게 갑자기 들이닥친 소식이었다. 침착하고 작은 목소리로 말씀하시는 엄마께 차마 반박할 수가 없었다. 하지만 너무 갑작스레 들은 얘기라 여간 당황스러운 게 아니었다.

이제야 친구들과 얘기도 하며 적응할 수 있게 되었는데 이사라니. 하지만 가장 중요한 것은 '수희에게 어떻게 말하지?' 였다. 내가 조금이나마 친구에게 다가가는 것을 가르쳐 준 정말로 소중한 친구. 그래서 그런지 말하기가 더욱 꺼려졌다.

일주일이나 시간이 있긴 하지만 그래도 먼저 말하는 게 낫지 않을까 해서 나는 전화기 쪽으로 다가갔다. 심호흡을 하고 수화기를 천천히 들어 수희네 집 전화번호를 눌렀다. 직접 만나서 얘기해도 되지만 그럴 만한 용기는 지금 내겐 없었기 때문이다.

몇 초의 간격으로 '뚜루루―' 거리며 전화 가는 소리가 들렸다. 잘못한 것이 없는데도 불구하고 마음이 초조하기만 했다.

"여보세요? 오현이니?"

갑작스레 수화기 너머로 들리는 수희의 목소리에 순간 몸이 굳어버렸다. 머릿속이 하얘져 무엇부터 얘기해야 할지 몰랐기 때문이다. 그래도 나는 일단 대답을 하였다.

"어, 나 오현이야. 할 말이 있어서."

"직접 만나서 해도 될 텐데. 전화로 해야 하는 얘기야?"

"… 그게 나 일주일 후에 이사 가게 됐어."

뚝.

그런데 내게 돌아온 것은 수희의 대답이 아니라 전화 끊김이었다. 내가 당황스러워하고 있을 그때. '쾅쾅쾅' 하며 현관 두드리는 소리가 들려왔다. 뛰어가서 문을 열어보니 얼굴이 새빨개진 수희의 얼굴이 보였다.

수희는 몇 번 숨을 헐떡이더니 한번 심호흡을 하고는 내게 소리치며 말을 했다.

"정말? 정말로 가버리는 거야?"

"으응…."

나는 힘없이 고개를 끄덕였다. 나의 대답에 잠시 수희는 고개를 떨구었다. 그러곤 미동도도 없더니 갑자기 작은 목소리로 실실 웃으면서 "좋은 생각이 있어!"라며 소리쳤다.

'도대체 무슨 좋은 생각인 걸까' 하고 궁금해서 물어보았지만 단호하게 거절당했다. 많이 궁금하지만 어쩔 수가 없다. 수희는 눈웃음을 짓고 내 어깨를 툭툭 치며 '기대하고 있어야 돼.' 라는 말을 남기곤 내 집을 나가버렸다.

"저…기!!…."

현관에 나 혼자 남기에는 순식간이었다. 나는 놀라 잠시 동안 뻥져 있는 얼굴로 가만히 서 있었다. 정말 무슨 생각이지 아무리 고민해도 예상할 수는 없었지만 그래도 '기대하고 있어.' 라는 한마디에 나는 기쁘기만 했다.

하지만 그 뒷날부터 수희와 인사 정도만 나누고는 말을 나누지 못했다. 어느 순간 찾아보면 수희는 어디론가 사라지고 없었다. 일주일 동안 추억을 쌓지 못해 아쉽기야 하지만 그래도 이사 가는 날은 좋게 떠날 수 있을 거라 생각했다.

나는 그날이 오기만을 바라며 온갖 상상을 하며 기쁘기 그지없었다. 그것이 내 착각이었다는 건 나중에야 알 수 있었다. 수희와 좋게 이별하는 날은 영원히 오지 않았다.

내가 수희의 사망소식을 들을 건 이사 가는 당일 날이었다. 수희 어머니께선 내게 작별 선물을 전해 줄 거라며 뛰어가다 차사고로 인해 죽었다고 말했다. 나는 그 말을 들은 순간 뒤통수를 맞은 기분이었다.

그저 생각나는 것이 '미안하다.' 였다. '내가 이사 간다고 말했기 때문에 이런 일이 생긴 걸까.', '이건 다 나 때문이야.' 라는 생각이 머릿속에서 떠나지 않았기 때문이다. 그리곤 우는 것만이 내가 할 수 있는 일이었다.

나를 보시던 아주머니는 힘들겠지만 잊으라고 하셨다. 하지만 그것은 아주머니의 거짓말에 불과했다. 사실은 수희를 잊지 말아달라는 뜻이었다. 내가 이사를 가도 잊지 않기를 원하셨던 것이다. 하지만 그 속뜻을 알아차리기엔 나는 너무 어렸고 어리석었다. 생각이 짧았던 나는 아주머니의 말 그대로 힘들겠지만 잊는 쪽을 선택한 것이었다. 그게 벌써 7년이나 되었다는 얘기다.

만약 그때 내가 수희를 잊지 않으려 했다면 지금쯤 나는 어떻게 자랐을까, 어떤 모습을 하고 있을까 하는 생각이 들었다. 그래서 그녀에게 더욱 후회스럽고 미안하기만 했다.

……

"다음 역은 …역입니다. …역입니다."

천장 구석에 작게 달려 있는 기계에서 다음 역을 알리는 기사의 목소리가 들려왔다. 언제 잠들었는지 목 주변이 찌뿌듯했다. 나는 안고 있던 가방을 메고 일어나서 문 앞으로 다가갔다.

그러자 멀지 않은 곳에 정거장이 보이기 시작했다. 드디어 만날 수 있다. 전철이 천천히 멈추고 문이 열리자마자 나는 얼른 발걸음을 옮겨 정거장을 빠져나왔다. 그리곤 마을버스를 타고 내가 태어난 마을로 들어갔다.

7년이란 세월이 지난 만큼 마을은 참 많이 변해 있었다. 하지만 내 눈에 익은 곳도 적지 않은 만큼 남아 있었다. 그제야 나는 뭐랄까. 내가 드디어 고향에 돌아왔다는 실감이 났다.

왠지 모르게 손에 힘이 들어갔다. 이것은 기쁨일까. 긴장감일까. 나는 천천히 발걸음을 옮겨 마을을 둘러보았다. 그렇게 둘러보다 내 발걸음은 아주 자연스레 수희네 집으로 이끌려갔다.

빨간 벽돌에 철 대문이 날 맞이해주는 단독주택. 좀 낡긴 하였어도 내가 알던 예전에 모습 조금도 잃지 않았다. 나는 조용히 대문으로 다가가 초인종을 천천히 눌렀다. 그러자 집 전체를 울리듯 소리가 크게 울려 퍼졌다.

얼마 있지 않아 "누구세요?"란 말이 인터폰에서 나왔다. 그것은 아주머니의 목소리였다. 나는 작은 목소리로 그에 대답하였다.

"아주머니, 저예요. 오현이에요."

조용한 목소리로 인사를 하며 내 이름을 말하였지만 인터폰에선 정적만 흐를 뿐이었다. '역시 용서해주시지 않았겠지' 라는 생각을 하며 발을 돌리려던 그때였다. 대문 안쪽에서 뛰어오며 슬리퍼가 끄슬리는 소리가 들려왔다.

그리곤 대문이 활짝 열리며 깜짝 놀란 듯한 얼굴을 하고 계시는 아주머니의 얼굴이 보였다.

"죄송해요. 이제야 찾아와서 너무 죄송해요."

조금 놀라긴 했지만 나는 낮은 목소리로 침착하게 말을 하였다. 그런 나를 잠시 동안 가만히 쳐다보시던 아주머니는 나를 꼭 안아주셨다. 너무 당황스러웠다. 화를 내실 줄 알았기 때문이다.

하지만 나를 따뜻하게 안아주시는 아주머니는 화를 내긴 커녕 '괜찮아.' 라는 말씀을 해주셨다. 그 순간 울컥하는 바람에 눈물이 한두 방울씩 떨어지는 것이다. 나는 한 손으로 눈물을 닦으며 '감사합니다.' 라고 작게 중얼거렸다.

"이것 좀 마시렴."

"감사합니다."

내게 오렌지주스가 든 투명한 컵을 내밀며 주시는 아주머니께 인사를 하고는 한 모금 마셨다. 아주머니는 조용히 내 반대편에 살며시 앉으셨다. 정적이 흐른 탓에 나는 긴장할 수밖에 없었다.

"저… 저기…."

"이제라도 내 딸 기억해 줘서 고마워요."

"아, 아니에요. 이제야 기억해서 너무 죄송한 걸요."

내가 당황하듯 얘기하는 것이 즐거우셨던 것일까. 아주머니는 작게 미소를 지으셨다. 7년이 지난 만큼 아주머니의 얼굴에는 주름이 조금 느셨지만 언제나 따뜻하게 웃어주시는 아주머니의 표정만큼은 변함이 없으셨다.

"내 딸이 살아 있을 때는 한 번도 너의 칭찬을 빼놓은 날이 없었단다. 정말 환하게 웃으면서."

"내 칭찬을…."

"그리고 그땐 미처 주지 못해서 지금에서야 줄 수 있게 되었구나."

그렇게 말하시면서 내게 좀 오래된 상자를 건네주셨다. 나는 놀란 듯 가만히 있다가 상자를 받아들었다. 서툰 솜씨로 노란 포장지로 싼 듯한 흔적이 보였다. 나는 천천히 그 포장지를 뜯어 상자를 열었다.

상자를 열자 보이는 것은 물색의 예쁜 목걸이와 돌돌 말린 도화지와 편지였다. 말린 도화지를 펼쳐보니 빨간 금붕어와 주 여자아이가 그려져 있었다.

"이… 이건 설마…."

나는 고개를 들어 아주머니를 쳐다보며 작은 목소리로 말하였다. 아주머니는 아무 말없이 고개를 끄덕이셨다. 도화지를 놓고 편지를 펼쳐보았다.

오현이에게.

갑자기 이사 간다고 하는 바람에 너무 서운 했어.
그래도 이사 가서도 우린 친구야. 급하게 배워서
만든 거라 많이 이상할거지만 잘 사용해 줘.
그리고 내 금붕어도 절대 잊지 마.
나중에 또다시 만날 수 있을 거라 생각해.
그러니 잘 가.

수희가.

뚝.

편지지에 떨어진 눈물이 슬며시 번진다. 너무 미안했다. 내가 그동안 수희를 잊었던 것이 미안했다. 그녀가 살아 있으면 지금쯤 나에게 '어서 와.' 라며 환하게 웃어주겠지 라고 상상을 하였다.

나는 계속해서 나오는 눈물을 닦으며 작은 소리로 울었다. 그런 나를 아주머니는 가만히 지켜보기만 하셨다. 작은 미소를 지으시면서 말이다.

"그럼 아주머니, 전 거길 들렀다 이만 내려갈게요."

"여기까지 와줘서 고마워. 나중에 또 놀러 와야 한다."

나는 활짝 웃으며 대답하고는 집을 나왔다. 왠지 불안하던 감정들이 싹 씻겨나간 듯한 느낌이 들었다. 수희에게 찾아 가는 발걸음도 뭔가 가벼워진 것 같기도 했다. 나는 언덕을 올라가는 동안 수희의 소중한 선물을 품에 꼭 껴안았다.

좀 걷다보니 주택들은 없어지고 넓은 밭들이 놓여 있었다. 그리고 위를 쳐다보니 작은 묘가 보였다. 나는 서둘러 걸음을 옮겼다.

"하… 하…."

너무 급하게 뛰어온 탓에 숨이 차긴 했지만 드디어 도착하였다. 드디어 소중한 친구와 7년 만에 재회를 하는 것이다. 나는 나오려는 눈물을 훔치고 무덤 앞으로 다가가서 앉았다.

뽀글뽀글.

물소리를 내며 내 머리 위에서 헤엄치는 금붕어가 보였다. 왠지 내가 온 것을 기뻐해주는 듯 꼬리를 살랑거리며 날 반겨주는 것 같이 느껴졌다. 나는 그저 환하게 웃을 뿐이었다.

그리고 품에 안고 있던 상자를 열어 목걸이를 꺼내어 내 목에 달고는 금붕어를 쳐다보며 "고마워."라고 말하였다. 금붕어는 점점 내 앞으로 다가와 나와 눈높이를 맞춘다. 난 그런 금붕어를 바라보았다.

그리곤 금붕어는 내게 뭐라고 뻐끔거린다. "어서 와"라고 말이다. 나는 깜짝 놀란 얼굴을 하였다. 드디어 목소리가 들렸다. 수희는 나를 미워하거나 하지 않았다는 생각에 그저 슬프고 고맙기만 했다. 나는 그에 활짝 웃으며 답하였다.

"다녀왔어. 수희야."

HEXE

김주은

전대미문의 여왕 즉위 이후 마녀사냥이라는 명목 하에 잔인한 학살이 일어난다. 이 이야기의 주인공인 아르나 또한 마녀사냥의 희생양으로 지목이 되고 그녀의 가족들은 그녀를 살리기 위해 온 힘을 쏟는다. 가까스로 위험을 피한 그녀는 작은 마을에서 자신이 여자인 것을 숨긴채 심부름꾼으로 살아가는데…

작가 소개_김주은

2013년도 고등학생 진학을 앞둔 중학교 3학년 학생이다. 애니메이션이나 소설, 그림 등 각종 창작물 애호가 이며 최근에는 사이퍼즈 라는 게임을 친구들과 함께하고 있다.

"하아…하아…."

숨이 가파온다. 멀리까지 뛰어온 듯 한데도 아직 내 눈 앞에는 불타고 있는 우리 집이 보이는 듯한 느낌이 든다. 나도 내게 왜 이런일이 생기는지… 모르겠다. 그냥 어느 날 갑자기 수배령은 내려졌고 착하던 마을 사람들이 태도를 바꿔 우리가족을 적대시 여기기 시작했다는 것, 그것이 내가 아는 모든 것이다. 내가 무엇을 잘못해서 '마녀' 라고 불리는지, 아무것도 모른 채 나는 도망간다. 저 멀리서 희미한 불빛이 여러개 보이고 "마녀를 찾아라!"라는 소리도 꽤 큰 소리로 들려온다.

***

"잠깐만요, 에반(Evan Steter)!"

높고 가는, 노래하듯이 부드럽게 흘러가는 아름다운 여성의 목소리. 그 목소리에 에반이 목소리의 주인공을 돌아보았다. 놀란 듯 그의 둥글둥글한 에메랄드빛의 눈이 빠르게 깜박였다. 그리고 그 아름다운 눈동자는 자신을 부르며 손을 흔들고 있는 세에라(Seira Hain)를 담았다. 곧 세에라가 숨을 헐떡이며 달려와 에반의 품에 폭삭 안겼다. 그녀의 진한 갈색 곱슬머리가 흩어지고, 그의 손에 들려 있던 꽤 커다랗던 꾸러미가 바닥으로 떨어졌다. 갑자기 이러한 일이 닥치면 당황할 법도 하건만, 자주 있는 일인 것인지 그는 당황하지 않았다. 그저 그녀의 흐트러진 머리를 매만져주는 친절을 행했을 뿐이다.

"세에라 누나, 오늘은 무슨 일로 절 부르셨나요?"

또 이상하게 얼버무리시지 마시구요, 그가 덧붙인 말에 세에라가 그에게서 떨어졌다. 그리고는 이를 드러내며 환하게 웃었다. 그녀의 웃음에 에반 역시 살짝 웃어주었다. 하여간 예리하다니까, 세에라가 그에게 말했다.

"보아하니 오늘도 가는 길에 네가 보이 길래 불러 본 거야, 라고 말하려고 했나보죠?"

"네, 그런데 미리 들켜버렸네요? 이젠 놀라시지도 않구. 아이, 재미없어라."

세에라가 뾰로통한 표정을 만들어내며 잔뜩 토라진 목소리로 말했다. 그러나 그녀의 잿빛의 눈동자는 여자아이로서는 드문 장난기를 한아름 품으며 반짝이고 있었다. 마을의 그 누구보다 눈치가 빠르다고 할 수 있는 에반은 그 눈빛을 놓치지 않았다. 그랬기에 그가 그녀의 장난을 잘 받아주는 것일지도 몰랐다.

"어쨌든 재미없어요, 치."

"어차피 매일 보는 얼굴인데 뭐가 그리 신기하시다고. 재미없을 게 있나요?"

"음, 전 에반이 매일 봐도 엄청나게 신기하고요. 원래 놀래야 되는 장면인데 에반은 하나도 안 놀래주잖아요. 그러니 재미가 없죠, 흥."

세에라의 말에 그가 저의 뭐가 그리 신기한가요? 하고 되물었다. 그의 되물음에 세에라는 에반의 하얀 살결은 톡톡 건드리며 꺄르르 웃었다.

"에반이 남자라는 게요. 전 에반이 이 마을에 처음 왔을 때, 여자인 줄 알았거든요. 이것 봐요. 여리 여리한 몸집에 하얀 피부, 둥글둥글하고 커다란 눈… 목소리도 높으면서도 매력적이구. 아니, 하여간에 전부다 매력적이라고나 할까, 세상에 존재하지 않는 고고한 아름다움…. 아, 신은 왜 에반을 남자로 만든 건지!"

"이런… 그거 남자한테는 욕인 거 모르세요? 남자가 남자다워야지 여자 같으면…. 음, 그거 충분히 욕인데요? 혹시 저한테 원한 있으세요? 하하."

세에라가 당연히 아니죠! 하며 흥분해서 그의 말에 반박했다. 그녀가 필요이상으로 흥분하자 에반은 당황해서 그럼요, 장난이었어요, 하며 그녀를 살살 달랬다. 정말이죠? 세에라가 되묻자 에반은 조용히 고개를 끄덕였다. 세에라는 성격이 꽤나 불같아서 그로서는 감당이 안 되었기에 더욱더 순순하였던 것일지도 몰랐다. 그는 세에라의 흥분을 살살 달래준 후 저 혼자 생각에 빠졌다. 어찌나 깊숙이 빠졌던지 세에라가 있잖아요, 하고 다시 말을 꺼내자 굉장히, 그것도 진심으로 놀래는 듯했다. 그러나 세에라 역시 자신만의 생각에 빠져 있었던 것인지 그가 놀랐다는 사실을 깨닫지 못한 듯했다. 있잖아요, 세에라가 다시 한 번 똑같은 소리를 반복했다. 에반이 그녀의 잿빛 눈동자를 뚫어지게 쳐다보았다. 눈치 빠른 그는 그녀가 깊게 생각에 빠져 있는 걸 깨달았던 모양이다. 그저 참을성 있게 다음 말을 기다렸을 뿐 그녀를 재촉하지 않았다. 허나, 약속이라도 있는 것인지 중천에 떠있는 해를 계속해서 힐끔거렸다.

"난, 운이 정말 좋아요."

"네?"

뜬금없다면 뜬금없는 그녀의 말에 그가 되물었다.

"아니, 아무것도 아니에요. 그냥 갑자기 생각나서요."

세에라가 어색하게 웃었다. 그리고는 크게 신경 쓸 것 없다는 듯 손까지 휘저어보였다. 그러다가도 에반이 궁금해 하는 것을 느꼈는지 난 이래저래 정말로 운이 좋거든요, 하며 재빨리 덧붙이기까지 했다. 이번에는 눈치 빠르고 말 잘 알아듣는 에반마저도 무슨 의미인지 모르겠다는 듯 고개를 갸웃거렸다.

에반이 다시 한 번 해를 힐끔 쳐다보았다. 지금 출발하면 늦지는 않겠네, 에반이 중얼거리며 허리를 굽혀 떨어진 꾸러미를 집어 들었다. 세에라가 비정상적으로 커다란 꾸러미를 보며 의아하다는 듯 고개를 갸웃했다. 마치 그 모습이 그건 뭐죠? 라고 묻는 듯했다. 에반 이 그 시선을 느꼈던 건지 살짝 웃으며 말했다.

"이건 미스 소네트(Miss. Sonnet)께 보내지는 물품이에요. 봉인을 보니 꽤나 이름 있는 가문인 것 같더라고요. 그래서인지 꾸러미도 꽤 크죠?"

"그러게요. 어쨌든 지금 이러고 계실 시간은 없겠네요. 얼른 가보세요. 잡아놓고 있어서 정말 미안해요."

"아니에요, 미스 오. 오히려 저는 즐거웠어요. 세에라 누나와 있는 시간은 언제나 즐거우니— 아, 이게 아니라… 에, 그럼 지금은 심부름 때문에 바쁘니 내일 뵈도록 해요. 저번처럼 뛰어가다가 넘어지지 말고 조심히 가세요."

에반이 걱정 어린 말투로 그녀에게 말했다. 곧잘 넘어지는 세에라였기에 걱정이 되었나보다. 그는 짤막하게 고개 숙여 인사한 후 뒤로 돌아서서 세에라가 서 있는 반대 방향으로 스쳐지나갔다. 스쳐지나가는 와중에서도 그는 힐끔힐끔 뒤를 돌아보았다. 그녀는 그때마다 괜찮다며 손을 흔들어주다가 그의 모습이 더 이상 보이지 않자 기운 빠진 모습으로 터덜터덜 집 방향인 반대 방향으로 걸어갔다. 불어오는 미풍에 항상 그의 몸에서 풍기는 달콤하면서도 새콤한 라임 향이 그녀의 코를 스치고 지나갔다. 그녀는 자신의 손을 바라보았다. 방금 전까지 에반의 손을 잡고, 에반을 안고 있었던 그 손. 그녀는 자신의 손을 들어 자신의 코에 갔다댔다. 약하게나마 그만의 향이 남아 있는 듯했다. 기분 좋은 향이었다.

"미스 소네트, 프리다(Sonnet de Prida)라…."

에반의 말이 자꾸만 세에라의 머릿속을 헤집고 다녔다. 이건 미스 소네트께 보내지는 물품이에요, 이건 미스 소네트께 보내지는…, 이건 미스 소네트께…. 하아, 그녀의 입에서 한숨이 나왔다. 우울했다. 하필이면 왜 에반을 시켜 그 집에 물품을 보내는지부터 속상할 지경이었다. 그가 묵는 여관에 가서 아저씨한테 푸념이라도 해야겠다 싶어 고개를 돌리자마자 가게 벽에 걸려 있는 거울이 보였다. 꽤나 커다란 거울에는 그녀의 모습이 있는 그대로 비쳐졌다. 그곳에 비쳐지는 자신의 모습과 미스 소네트의 모습을 비교하니 더욱더 우울해졌다. 마을에서 가장 아름다운 소녀와 가장 못생긴 소녀. 마을에서 공작 가家 다음으로 영향력 있는 집안의 딸과 마을에서 가장 가난한 집안의 딸. 그녀는 다시 한숨을 쉬며 조심스레 가게 창문 쪽으로 다가갔다. 다가가면 다가갈수록 거울에 그녀의 모습이 더욱더 자세하게 새겨졌다.

자신은 척 봐도 요란스러울 정도의, 푸석푸석한 곱슬머리를 갖고 있다. 게다가 머리색은 촌스럽게 진한 갈색이다. 그러나 프리다는 아름다우면서도 윤기가 흐르는 금발을 갖고 있다. 자신은 자주 밖을 돌아다닌 탓에 햇빛에 까맣게 그을리고 주근깨가 여기저기 나있다. 그러나 프리다는 하얗고 뽀얀, 잡티 하나 없는, 그야말로 백옥 같은 피부를 갖고 있다. 자신은 키도 작고 오동통하며 눈, 코, 입이 모두 작아 못생겼다. 그러나 프리다는 키는 작아도 그것이 귀여움으로 보일 정도로 가느다란 몸과 아름다운 눈, 코, 입을 갖고 있다. 자신은 칙칙한 잿빛의 눈동자를 갖고 있다. 그러나 프리다는 보기만 해도 청량함이 느껴지는 푸른 눈동자를 갖고 있다.

정말 우울했다. 세상은 너무 불공평 하다는 생각까지 들었다. 프리다는 집이 잘 살뿐만 아니라 너무나도 아름다웠으며, 소문에 따르면 성격까지 완벽하다고 한다. 거기다가 에반을 생각하니 세상이 불공평하다고 생각하다 못해 화까지 날 지경이다.

"아까 내가 운이 좋다는 말, 에반 같은 남자가 내 친구여서, 가장 친한 친구여서 너무 좋다는 의미였어요. 내 인생 가장 큰 행운, 에반 스테터…."

갑작스런 충동에 운이 좋다고 말해버렸지만 진심이 가득 담긴 말이었다구요, 세에라가 중얼거리며 거울에 비친 자신의 모습을 한 번 더 살펴보았다. 이리 봐도 저리 봐도 10분을 더 보고 있어도 마음에 들지 않는 것은 매한가지였다. 마음에 드는 것이 있다면 외모가 아닌 목소리다. 그가 너무나도 감미롭다고, 아름답다고, 달콤하기까지 하다며 극찬을 아끼지 않았던 목소리.

세에라의 머릿속에서 갑자기 자신의 목소리를 칭찬하던 에반의 모습과 그 매력적인 음성이 떠올랐다. 순간 그녀의 얼굴이 한 떨기 장미꽃인양 빨갛게 물들었다. 왠지 모르게 기분이 좋아졌다, 라고 생각하며 거울에 비쳐졌던 자신의 모습과 계속해서 생각나던 프리다의 모습을 털어냈다. 그녀의 생각에 따르면 프리다의 아름다운 용모보다 더 좋은 건 에반이 자신의 친구라는 점이다. 오히려 프리다가 그녀를 부러워해야 한다는 생각까지 들 정도였으니, 그에 대한 그녀의 자부심은 대단했다. 세에라는 환하게 웃으며 에반이 자신과 가장 친하다는 사실에 힘을 냈다. 외모에 대한 자신감 부진으로 다가왔던 우울함이 에반에 대한 생각을 한 번 한 것으로 금세 날아가 버렸다.

***

에반은 고풍스럽게 지어진 커다란 저택 앞에서 자신을 가로막고 있는 철문, 문지기들과 대치중이었다. 누가 부잣집 아니랄까봐 철문너머로 보이는 집의 크기가 장난이 아니다. 문마저도 크다. 그 철문에는 소네트 가의 상징인 하얀 장미 봉오리가 커다랗게 위치하고 있었다. 또한 철문사이로 언뜻언뜻 보이는 푸른빛의 정원이 정신이 혹할 정도로 아름다웠다. 그러나 그에게 중요한 건 그 아름다운 풍경이 아니었다. 문지기가 자신이 들어가지 못하게 막고 있다는 점이 더욱더 중요했다. 아까부터 그의 앞을 막고 도통 들여보내주지를 않는다. 분명 그의 행색은 심부름꾼이었고, 그걸 증명하듯 커다란 꾸러미를 두 손에 쥐고 있었다. 뭐야, 내가 소네트 가문 테러라도 하러 왔다는 거야, 뭐야? 그의 인상이 절로 찌푸려졌다. 그러거나 말거나 문지기들은 그저 가라는 듯 손짓을 해보일 뿐이었다. 상황설명도 안 해주고 무작정 내쫓으려는 그들의 모습에 기가 막힐 뿐이다. 그러나 그는 타고난 이성으로 짜증을 꾹꾹 눌러 참으며 말을 건넸다.

"심부름꾼이라니까요."

"아, 글쎄 심부름꾼인지 아닌지 어떻게 아오?"

"시치미 떼지 마시지요. 전 이전에도 이 집을 몇 번 드나들었습니다만."

그들의 말도 안 되는 변명에 이제는 정말로 화가 나려고 한다.

"저는 문제가 되지 않습니다. 혹여 꾸러미에 무슨 문제라도 있습니까?"

문지기 두 명이 서로의 얼굴을 쳐다보더니 씨익, 웃으며 드디어 할 말이 생겨 기쁘다는 듯 만면에 웃음을 띠고 동시에 고개를 끄덕였다. 그 모습을 보며 에반은 황당하다는 표정을 지었다.

"저, 이거 폭탄 등의 집안을 위협하는 물건은 아닐 텐데요?"

"발신인이 문제요."

"아니, 이 집안도 꽤 이름 있는 집안이라 신용이 있을 텐데 왜 안 된다는 겁니까?"

"우리같이 문이나 지키는 놈들은 모르지. 허나 아가씨께서 그 문장이 찍힌 봉인은 일체 받아들이지 말라 하였소. 그만 힘 빼시고 돌아가시게나."

"그건 아니 됩니다. 제가 맡은 심부름은 미스 소네트께 이 물품을 전해드리는 것입니다. 중도포기하면 손해 보는 것은 저인데 말이지요."

"들어 가봐야 봉변만 당할 거요."

"그래도 들어가서 전하고 와야겠습니다. 뒷일은 뒤에 생각하는 것이 저의 철칙입니다만."

끈질기게 물어지는 에반의 모습에 만면에 웃음을 띠우고 있던 문지기들도 슬슬 짜증난다는 표정을 겉으로 드러내보였다. 그러나 이제 딱 두 가지를 제외하면 무서울 것이 없는 에반은 계속해서 자신의 주장을 밀어붙였다. 보다 못한 문지기 중 한 명이 자신이 전해주겠다는 말을 넌지시 전해보았으나, 그는 단호히 자신이 전해야 한다는 것을 강조하며 거절하였다. 그는 계속해서 문지기들을 회유해보기도 강경하게 나가보기도, 끝내는 화를 내기도 해보았으나 그들은 미동조차 하지 않았다. 충성심은 과히 개에 비유해도 나쁘지 않을 정도다. 오히려 초조한 것은 에반이다. 이대로라면 가는 길에 해가 질것이 분명하였다. 더더욱 다급해졌다.

"그렇다면 미스 소네트께 말이라도 전해주시면 안 되겠습니까? 밖에서 에반 스테터가 꾸러미를 가지고서 기다린다고 말입니다."

"그래야 할 이유가 우리에겐 없소이다. 제발 부탁이니 좀 돌아가시오."

"전해주기라도 하십시오. 이렇게 돌아가게 되면 제게 심부름을 시킨 분을 어찌 뵙는단 말입니까."

"들여보냈다가 우리가 이 자리에서 쫓겨난다면, 그건 또 어찌 할 것이오?"

"그렇다면 담이라도 넘어 가리까?"

에반은 굉장히 끈질겼다. 한 번이면 된다고 설득에 설득을 하고 하다못해 협박 아닌 협박까지 하는 그를 보며 문지기들은 한숨을 푹 내쉬었다. 쉽게 돌아갈 타입은 아니라는 생각이 정말 지긋지긋할 정도로 머릿속에 박힌 탓이다.

"열어 줘야 하나?"

"안 열어주면 계속 저러고 있을 태세요."

"난 스트레스 받아서 더 이상은 못 버티겠네. 자네가 버티겠나?"

"사양하겠네. 그냥 열어주세나. 저 소년이 쫓겨날 운명이라면 쫓겨날 것이고, 아니라면 정중히 안내되지 않겠소?"

문지기들은 저들끼리 쑥덕대더니 에반에게 눈짓을 했다. 포기했다는 듯한 표정으로 들어가라고 이르는 문지기들의 모습이 참으로 가련해 보였다. 그걸 아는지 모르는지, 아니면 모른 척 하는 것인지 그들에게 환하게 웃어 보이는 에반은 그 어느 때 보다도 밝아보였다. 그들에게 있어서 에반은 굉장히 얄미운 존재일 테다. 어쨌거나 문지기들과의 신경전에서 승리한 그는 마침내 밖에서 보이던 아름다운 정원에 발을 디뎠다. 정원은 밖에서 철문 창살사이로 본 것과 같이 아름다웠다. 녹음이 진 잔디밭은 푸르름을 보여주었고 드문드문 심어진 나무라든가 장미들, 그리고 분수가 그들의 부유함을 드러내보였다. 그러나 마음이 급한 에반에게 그 정원의 아름다움은 보이지 않았다. 문지기들을 상대 할 때와는 달리 마음이 더 급해진 탓이다. 도대체가 이렇게 문을 열어줄 것이었으면 왜 대치하고 있었는지 이해가 가질 않는다. 이제 그에게는 생각할 시간마저 아까울 지경이 되었다. 그저 그가 걸을 수 있는 최고의 속도로 정원을 가로질러 저택의 문 앞으로 걸었을 뿐이다.

그가 저택의 종을 울렸다. 맑은 종소리였으나, 그 종소리마저 그의 귀에는 제대로 들리지 않았다. 종이 울렸는데도 사람이 나오지 않았다는 것에 초조할 뿐이다. 그는 다시 한 번 종을 울렸다. 다시 한 번. 또 한 번. 그렇게 여러 번을 계속 울렸다. 맑은 종소리가 시끄러울 지경이 되었다.

"누구십니까?"

열댓 번을 더 울리고 나서야 커다란 문이 열렸다. 그를 맞아주는 건 중후한 목소리를 한 노인이었다. 복장을 보아하니 소네트 가의 집사인 것 같았다. 에반은 왠지 모르게 외알 안경을 낀 그의 모습이 푸근하게 느껴져 그를 멍하게 쳐다보았다. 일순 정신을 놨다고 하는 표현이 옳을 것이다. 자신을 맞아준 이가 푸근한 인상이었기 때문일까. 아까 종을 울리던 모습과 달리 천천히, 그리고 조근조근하게 자신의 목적을 설명했다. 프리다를 자신이 '직접' 만나서 전해야겠다는 말 역시 잊지 않았다.

그러자 집사가 눈동자를 굴려 그가 들고 있는 커다란 꾸러미와 그의 얼굴을 자세하게 살펴보았다. 아마 얼굴은 익숙할 것이었다. 그 집에도 꽤나 자주 드나들곤 했으니—에반이 그를 본 것은 처음이었다. 그러나 문제는 꾸러미에 찍힌 봉인이었다. 그것이 입구에서부터 말썽을 부리더니 여기에서까지 말썽을 부리려 한다. 그는 집사가 꾸러미에 찍혀 있는 봉인의 문장을 살펴보고 있다는 것을 알고 슬쩍 손으로 그것을 가렸다. 그러나 이미 늦은 행동이었다. 이미 집사는 봉인을 보았다. 웃음의 의미가 '난처함'이었을지언정 문지기들처럼 무식하고 저돌적으로 무조건 안 돼 식으로 밀고 나가 문장을 보았고 그 증거로 그의 푸근한 얼굴에 난처하다는 표정이 떠올랐기 때문이었다. 그러나 집사는 끝까지 웃음을 잃지 가지는 않았던 것이다. 문지기들이 들었더라면 노발대발 했을 터이지만.

집사가 예의바르게 물어왔다.

"제 선에서 결정할 수 없는 일이 아닌 것 같습니다, 미스터Mr. 아가씨께 말씀을 전해 드릴 터이니, 신분을 말씀해 주시겠습니까?"

"에반이라고 합니다. 에반 스테터. 아까 말씀드렸듯 심부름꾼 자격으로 방문했습니다."

잠시만 기다려 주십시오, 집사의 말과 함께 커다란 문이 에반의 눈앞에서 다시 닫혔다. 그와 함께 그의 입에서는 한숨이 새어나왔다. 결국 늦을 수밖에 없구나, 하는 생각이 먼저 들어서였다. 노집사가 티를 내지는 않았지만 집안은 전체적으로 자신을 받아들이지 않고 내쫓으려는 분위기다. 게다가 이 모든 것을 지시한 것은 프리다다. 그러니 프리다가 그를 들이는 것을 쉽게 허락할 것 같지는 않다. 그는 자신의 가느다란 몸을 저택의 벽에 기대었다. 하늘을 다시 한 번 쳐다보았다. 해가 떠있기는 했지만 아, 하늘이 밝구나, 조금만 빨리 하면 될 거다, 하는 긍정적인 생각보다는 이제 여기서 조그만 더 있으면 늦을 것이다, 아슬아슬한 생각이 먼저 들었다.

"아가씨께서 '우선은' 들라 하십니다, 미스터 스테터(Mr. Steter)."

"아, 그럼 실례하겠습니다."

그는 집사의 입에서 나온 '우선은' 이 아주 조금, 신경에 거슬렸다. 마지못해 들이라는 말이었기 때문이다. 뭐, 아무래야 상관이 없었다. 그는 그저 물품만 똑바로 전해주면 되는 것이다. 딱히 기분이 나쁘지도 않았다. 상황에 따라 비굴하게 들릴 수도 있으나 일단은 들어오게 해준 것만으로도 충분히 고마워하고 있었다. 비록 입에 삐뚜름한 미소가 달려 있기는 했지만.

"아가씨께서는 응접실에서 기다리고 계십니다. 제가 안내해드리겠습니다."

집사가 조용한 목소리로 말하며 그를 집안으로 인도했다. 집안은 저택의 외부와는 비교도 되지 않을 정도로 화려했다. 복도에 전시되어 있는 각종 골동품과 벽에 걸린 꽤나 유명해 보이는 미술작품들…. 저택의 분위기는 화려하면서도 한 사람을 눌러버릴 듯 압도적이었다. 그 분위기에 위축이 되어버린 에반은 아까의 삐뚜름한 미소를 지우고 조심스레 집사의 뒤를 따랐다. 이집에서는 말이라도 한 번 잘못했다가는 목이 뎅강 날아갈 것 같은 기분이 들었기 때문이었다. 그저 조용히 따라 가기만 하는 것이 좋을 것 같았다.

"집이 밖에서 보던 것 보다 훨씬 큰 것 같군요."

"이 집의 구조가 조금 특이하기 때문일 것입니다. 자, 이쪽으로 오시죠."

에반이 침묵을 참지 못하고 한마디했다. 그러자 집사가 싱긋 웃으며 답변해

주었다. 그로서는 고마운 일이 아닐 수 없었다. 집사는 여전히 인자한 미소를 띤 채 그를 인도했다. 무슨 미로 찾기라도 하는 듯했다, 응접실까지 가는 길은. 그는 자칫하면 길을 잊어 버리겠는 걸, 중얼거리며 이때까지 온 길을 기억하기위해 머리를 도르륵 굴렸다. 남의 집에서 길은 잃기 싫었기 때문이다.

그 후에도 여러 번 길을 꺾어 도착한 응접실의 분위기는 모순적이었다. 천장에 달린 커다란 샹들리제가 화려함을 보이면서도 벽난로와 푹신해 보이는 의자는 안락함을 보여주었다. 안락함과 대비되어 복도에서와 같이 압도적인 느낌도 여전히 존재했다. 한마디로 그곳의 공기는, 갑갑할 정도로 턱 막히었다. 응접실에 비치된 두개의 의자 중 하나에는 이미 사람이 앉아 있었다. 그들 쪽에 등지고 있었기에 얼굴을 확인할 수는 없었지만, 에반은 그 사람이 프리다라고 추측할 수 있었다.

"아가씨, 미스터 스테터를 모셔왔습니다."

"아아, 오셨군요 집사님. 여기까지 안내하시느라 수고하셨습니다."

미스 소네트는 집사가 말을 건넸음에도 불구하고 뒤도 돌아보지 않았다. 그저 높고 가는 목소리로 적당히 대답을 할 뿐이었다. 그 대답에도 정말 말 그대로 '적당히' 일 뿐 상대에 대한 감사함이 전혀 보이지 않았다. 그러하니 에반에게 있어 프리다의 첫인상이 마냥 좋지만은 않을 수밖에 없었다. 소문은 다 헛것이었다, 라는 생각이 들 정도로 그에게 보이는 프리다의 인상은 나빴다. 목소리는 천상의 목소리라더니, 세에라가 훨씬 더 아름답다. 소문은 과장되어 도는 것인가, 그는 못마땅했으나 집사는 익숙하다는 듯 그녀를 향해 허리 숙여 인사한 후 조용히 물러났을 뿐이었다. 에반은 여전히 꾸러미를 든 채 엉거주춤하게 서서 그녀가 말을 걸기를 기다리고 있었다. 꽤나 시간이 지났다고 생각됐을 무렵, 프리다가 고개를 돌렸다. 외양은 소문과 같았다. 그녀는 아름다웠다.

"앉지 않으실 건가요, 미스터 스테터?"

"…언제 저더러 앉으라고 말하신 적이라도 있으신지요? 이곳은 저의 집이 아니지 않습니까, 미스 소네트. 주인이 허락하지 않는 이상 마음대로 앉을 수는 없는 노릇이라 생각합니다만."

미스 소네트가 재미있다는 듯 후후, 웃었다. 에반의 인상이 살짝 찌푸려졌다. 무엇 때문에 웃으시는 겁니까? 에반의 순진하기만 한 물음에 그녀는 다시 한 번 후후, 하고 웃을 뿐이었다. 비웃는 건가 싶을 정도로 웃기만 했다. 집안에 들어올 때부터 좋지 않았던 기분이 더더욱 나빠지고 있다.

"재밌군요, 미스터 스테터. 아주 재미있어요. 소문과 너무나도 같아서 놀라울 정도예요. 그럼 앉으시겠어요?"

"아니오, 됐습니다. 저에 대한 소문이 어찌 돌고 있던 좋은 소문이라 믿어 의심치 않겠습니다만, 미스 소네트는 소문과 같지만은 않은 것 같습니다. 아니, 이 모든 것을 제쳐두고 저는 이 꾸러미를 미스 소네트께 전달해드리라는 심부름을 받고 왔습니다. 굳이 자리에 앉아야 할 필요는 없겠지요."

"프리다."

네? 에반이 뜬금없는 그녀의 말에 무슨 의중으로 말하는 것인지 알아채지 못하고 반문했다. 그러자 그녀가 보는 사람이 혹할 정도로 아름다운 미소를 지으며—정작 에반은 혹하지 않았다— 그의 되물음에 답했다.

"프리다 소네트(Prida Sonnet). '프리다' 라고 부르라는 말이었습니다, 에반."

"그것이 중요한 일은 아닌 것 같습니다만. 이 꾸러미를 우선 받아주시겠습니까, 미스 소네트? 이것을 계속 들고 있으려니 슬슬 팔이 아프기 시작하는군요."

"…여느 남자와는 다르네요, 에반의 반응은. 그래서 더욱 관심이 가요. 아, 그래요. 일단 저에게 온 물품은 받는 것이 좋겠군요. 그 꾸러미는 바닥에 놔주시기 바랍니다."

그는 성의 없이 고개를 까닥하며 자신의 발치에 꾸러미를 내려놓았다. 이름으로 부르라 하여도 '미스 소네트' 라 꼬박꼬박 부르는 모습과 그녀의 앞에서도 대충대충 행동하는 그의 예의 없다면 예의 없는 모습을 보던 프리다가 조금은 맥 빠진 듯한 미소를 지었다. 처음이었다, 그녀의 지시대로 하지 않고 특별히 그녀에게 잘 보이려 노력하지 않는 남자는. 그래서 그녀는 그에게 더욱 관심이 갔다. 그러나 그러한 것을 알리가 없는 에반은 어떠한 감정도 내비치지 않은 채 그저 보고만 있을 뿐이었다.

약 5분 정도 불편한 침묵이 이어졌다.

"바쁜가보군요."

불편한 침묵을 프리다가 깼다. 그러나 그것으로 끝이었다. 그녀는 에반이 뭐라고 말하기를 기대하고 있는 듯했지만 그는 그녀의 바람을 알아채주지 못했다. 평소에는 그렇게 눈치가 빠르다더니 왜 지금은 저리 둔하게 행동하는 건지 그녀로서는 알 수 없었다. 하나는 알 수 있었다. 그가 그녀를 마음에 들어 하지 않는다는 것. 그녀가 한숨을 푹 내쉬었다. 이렇게 둔한 남자는 정말 처음이야, 라고 그 한숨으로 말하려는 듯했다.

"지금 가야 하는 건가요? 꼭?"

"이리 치이고 저리 치일 수밖에 없는 하찮은 심부름꾼의 입장인지라 빨리 가보아야만 합니다. 눈칫밥을 먹지 않아도 되는 당신과 같은 높은 존재가 아니니 말입니다."

그의 말이 가시가 되어 그녀를 찔러왔으나, 그녀는 그 가시를 능력 좋게 받아넘기며 웃어보였다.

"아쉽네요. 차라도 한 잔 할까 싶어 응접실까지 부른 것이었는데 말이죠. 이번에 새로 들어온 하녀, 차 우리는 솜씨가 굉장하거든요. 맛보여 주고 싶었는데 말이지요."

프리다가 어깨를 으쓱해 보였다. 그렇습니까, 에반의 무성의한 말에 그녀는 초지일관 흥미롭다는 표정으로 그를 쳐다보았다. 그를 보는 것만으로도 재미있었던 모양이었다. 지금은 당장 가봐야 한다는 그의 말에 아쉬운 표정이 곁들여져 있었다. 어쨌든 그녀는 아름다웠다.

"꼭 지금 가보아야 하는 건가요? 내가 뒷일을 해결해 준다고 해도?"

"죄송하지만, 그렇게 될 수밖에 없으니 이해해 주시기 바랍니다."

"뭐, 더 잡아두려고 해도 당신이 거부할 테니 어쩔 수가 없군요, 나로서는. 참 안타까워요, 당신을 내 마음대로 할 수 없다는 것이."

"누군가에게 조종당하는 것 같은 그런 삶은 싫으니 다행이라 할 수 있겠군요."

에반이 표정 없이 멋들어지게 받아쳤다. 분명 그녀를 비꼬는 말이었음에도 불구하고 프리다는 자신에 대한 그의 무뚝뚝함이 좋기만 한지 시종일관 흥미롭다는 표정을 고수하고 있다. 그의 말에 자존심이 상할 법도 하건만, 성격이 좋은 것인지 아니면 에반이라 그저 좋은 것인지 알 수가 없다. 이젠 할 말도 없겠다, 그는 고개를 까닥해 보였다.

"그럼 가보겠습니다. 다시 만날 그날까지 안녕히 계시길."

에반은 가만히 그를 바라보기만 하는 프리다를 응접실에 둔 채 등을 돌려 밖으로 빠져나왔다. 길은 아까 말했듯 미로 찾기 하듯 복잡했지만, 그의 뛰어난 머리가 올 때의 길을 기억하고 있어서인지 적어도 헤매지는 않았다. 그리하여 최대한 빠른 시간 안에 그 누구의 도움 하나 받지 않고 넓다란 집을 빠져나왔다. 다시는 들어가 있고 싶지 않은 집이었다. 그만큼 서 있는데도 누군가 위에서 누르는 듯 위압감이 강한 집이었다.

"자, 잠깐만요, 에반!"

환청처럼 프리다의 목소리가 그의 고막을 진동시켰다. 뒤를 돌아보니 그녀가 그에게로 뛰어오고 있다. 약간 붉어진 햇빛을 받아서인지 그녀의 휘날리는 머리카락이 구릿빛으로 보였다. 환상처럼 잔상이 남았다.

"에반, 잠깐만 기다려요."

"왜 그러십니까?"

"저, 그게요…."

쉽게 하기 힘든 말인지 그녀는 그의 옷자락을 잡고 꾸물댔다. 그는 그녀가 얼른 말하기를 바랐다. 이미 해는 저 너머 서산에 걸리기 직전이었다. 노을이 이제 막 지려고 하는 시점에 프리다가 이처럼 놓아주질 않으니 그로서는 다급할 수밖에 없었다. 이럴 줄 알았더라면 노을이 사라질 때까지 버티고 나올 것을…, 하는 생각이 들었지만 이내 생각을 고쳐먹었다. 숨 막히게 넓은 저 집에서 프리다와 단둘이 남아 어색하다 못해 적막만 흐르는 대화를 나누고 싶은 생각은 조금도 남아 있지 않았으니 말이다.

"에반 스테터, 다음에 제가 집으로 초대하면 올 수 있나요?"

그녀가 여자의 입으로 말하기 부끄러웠던 모양인지 얼굴을 붉혔다. 그래도 에반을 놓치기는 어지간히 싫었던 모양이었다. 에반은 이제 어지간히 다급해지기 시작했다. 싫다, 라고 대답하고 싶었으나 그렇게 대답했다간 그녀는 노을이 지는 풍경에서 계속해서 그를 붙잡고 있을지도 모른다. 그 생각까지 미치자 아니오, 라는 단어가 목구멍 위에까지 올라갔다 내려갔다. 그는 억지웃음을 지으며 프리다의 손을 조심스레 떼어냈다.

"알겠어요, 언제든지요."

"정말이지요? 약속한 겁니다, 에반. 다음에 딴 말하기 없기예요."

"…좋습니다. 그럼 이제 가 봐도 되겠습니까? 아까 말씀드렸듯 지체할 시간이 더 이상은 없습니다."

"아, 그렇군요. 잠시 잊고 있었어요. 그럼 잘 가요, 에반. 여관주인에게 전갈을 보낼 테니 그때 꼭 와 주셔야 해요."

그는 고개를 까닥해 보이고는 프리다를 등지고 걸어갔다. 하필이면 그녀와 만날 수밖에 없는 일을 맡아버리다니. 덕분에 귀찮은 일정이 하나 추가되었다. 그것도 절로 하아, 하는 한숨이 나오는 일정. 노을이 지는 시간만 아니었더라도 단호히 거절 했을 거다, 라고 생각하며 그는 하늘에 위태롭게 걸려 있는 해를 계속해서 힐끔거렸다. 아직 해는 걸려 있다. 걸려 있기는 하다. 그는 바닥에 대리석이 잘 깔린 정원을 다급하게 걸었다. 들어올 때와는 달리 더욱 더 급해졌기에 아름답던 정원을 감상할 생각은 하지도 않았다. 그저 해가 저기에서 더 넘어가기 전에는 여관으로 돌아가야겠다는 생각에 사로잡혀 걸음을 더욱 빨리할 뿐이었다. 아까 들어올 때의 넓군, 하는 생각과는 다른 의미로 정원이 넓다. 어찌나 넓은지 험한 말을 일체 쓰지 않는 에반이 머릿속에서 정말 더럽게 넓군, 하는 생각을 할 정도였다. 마음은 급한데 대문은 가까워질 생각을 않는다. 정말 말 그대로 더럽게 넓기만 하지 지금 상황에서는 도움도 안 된다. 아무리 걸어도 느릴 수밖에 없는 걸음걸이지만, 그 걸음걸이 내에서도 최대한 빠르게 걸음을 재촉해 대문을 통과했다.

***

대문은 통과했을지언정 여관은 여전히 멀다. 그가 고개를 젖혀 해를 똑바로 쳐다봤다. 질 때도 다된 해가 빛은 여전히 세다. 눈만 아프고 눈물만 줄줄 흘러내릴 뿐, 점점 붉어지고 있는 하늘을 확실하게 확인했다는 성과밖에는 얻을 수 없었다. 노을이 하늘을 붉게 물들이고 산과 마을을 불태우기 전에 얼른 여관 안으로 사라지고 싶다. 그러나 그것이 무리라는 것은 그 누구보다 에반, 그 자신이 제일 잘 알고 있다. 프리다의 집에서 여관까지의 거리는 약 2마일(약

3km 정도). 걸음걸이가 유난히 느린 그로서는 더더욱 시간이 걸린다.

"…뛰어가면 조금 덜 늦으려나. 아니지, 난 달리기는 못하는데."

에반이 계속 걸음을 최대한 빨리하며 혼자 중얼거렸다. 그가 멈칫하며 크게 한숨을 내쉬었다. 그냥보면 별 이상이 없어 보이기는 하지만 뼈에 이상이 가면 안 된다는 의사의 말에 따라 그는 달리기는 할 수 없다. 뼈의 이상보다는 자칫 중심이라도 잃으면 크게 다칠 위험이 있기 때문, 이라는 이유가 더 합당하겠지만. 평소에 별로 불만은 없지만, 이러한 상황이 오면 뛰지도 못하는 다리가 한스러울 뿐이다.

"그러고 보니, 세에라 누나의 집이 이 근처였던 것 같은데."

그는 주위를 휘휘 둘러보았다. 판잣집이 즐비하다. 분명 세에라를 바래다 줄 때 마다 보이는 판자거리다. 세에라가 사는 거리가 확실했다. 그의 입가에 절로 호가 그려졌다. 세에라에게 라면 도움을 요청하기 쉬워진다. 친해서, 라기 보다는 왠지 모르게 위안을 주는 듯한 느낌이 좋아서, 라는 이유가 맞을 것이다. 세에라의 집은 판자거리를 통해 3분가량만 더 걸으면 되는 거리이다. 그가 다시 하늘을 쳐다보았다. 하늘은 아까보다 더 붉어져 있었다. 곧 온 마을이 타기 시작할 것이다. 아무래도 세에라에게 도움을 청해 노을이 지는 동안만이라도 그녀의 집에 머물러 있는 것이 좋을 것 같다, 라고 생각한 에반은 발걸음을 살짝 틀어 세에라의 집 쪽으로 돌렸다. 쭉 직진해서 3분 정도만 더 걸으면 될 테니 마을이 타고 있는 모습은 보지 않아도 된다. 발걸음이 아까보다는 더 가벼워졌다. 마음 한구석에서는 세에라가 부담을 가지지는 않을까, 하는 걱정도 담겨 있었다.

[어머, 처음 보는 얼굴. 우리 마을은 외부인 출입금지인데.

여자 아니에요?

흐음, 내 마음에 쏙 드는데요?

제 이름은 세에라 칼른(Seira Kalen), 당신은 이름이 뭐예요?

좋아요, 내가 도와줄게요!

에반? 이름이 엄청 예쁘네요.

아, 그거요? 걱정 마요. 여관, 아니 상인들 숙소 주인아저씨랑 내가 좀 아는 사이거든요, 헤헤. 친구라고 말하면 이해해 줄 걸요?

어라? 미세하지만 다리가 좀 불편한 것 같은데…. 심부름꾼같이 하루 종일 돌아다녀야 되는 일 해도 돼요?]

그녀의 집을 향하고 있자니 자연스레 그녀와의 첫 만남이 생각이 났다. 그녀는 처음 만난 그를 편하게 대하면서도 불안해 하는 그에게 안도감을 불어넣어 주었다. 에반은 그녀에게 처음 만난 사람한테 그렇게까지 대해 주는 사람은 세에라가 유일할 거예요, 라고 늘 말해 왔다. 그 특이하다면 특이한 만남이 생각나자 피식, 하는 웃음이 새어나왔다. 유난스럽긴 했지만 마음을 편안하게 해주는 그 목소리, 그리고 불편한 점을 딱 집어 배려해 주는 성격들이 마음에 들어 다른 성(姓)임에도 불구하고 친구사이를 맺었다. 이전이라면 생각지도 못할 일이었지만 그들에게는 그들만이 중요했기에 개의치 않았었다. 그것은 지금도 그러하다.

그녀와 처음 만난 날을 생각하면서도 다른 이런저런 생각을 하는 동안 어느새 세에라의 집 앞에 도착했다. 예전에 얼핏 봤던 것처럼 꽤나 낡아서 세게 치면 삐거덕 소리를 내며 열릴법한 문이다. 그러고 보니 그녀가 걱정스러워지기 시작했다. 여자 혼자 이렇게 낡은 집에 산다는 건 위험하기 짝이 없는 일임에 틀림없다. 그는 걱정스런 마음에 인상을 살짝 찌푸리면서도 조심스럽게 손잡이를 잡고 쿵쿵, 문을 두드렸다. 잠시 만요, 하는 세에라의 목소리에 에반이 살짝 웃었다. 언제 들어도 기분 좋은 목소리다. 지금 나가요, 하는 목소리와 함께 문이 살짝 열렸다. 열린 문틈으로 세에라 만이 갖고 있는 잿빛의 커다란 눈동자가 보였다. 이내 그녀의 동공이 놀라움과 당황으로 커졌다. 이 시간에 다른 사람도 아닌 에반이 찾아왔다는 사실에 놀란 것이다.

"에반, 이 시간에 우리 집에는 무슨 일이에요?"

"저, 그게…. 제가 이 시간에는 밖에 있는 걸 굉장히 무서워하는데 여관은 도달하려면 멀었고…. 그래서인데 노을이 다 질 때까지만 이라도 이 집에 있어도 될까요?"

역시 여느 남자와는 다르다, 세에라가 싱긋 웃었다. 다른 남자들이라면 이 상황에서 자존심 세우느라 별 변명을 다 만들어낼 테다. 그러나 에반은 아니다. 그는 너무나도 솔직하게 무섭다고 말하고 있었다. 이러한 점이 너무나도 마음에 든다. 솔직한 사람을 누구보다 좋아하는 그녀이기에 더 한 것일지도 모르겠다. 그녀는 불안하게 하늘을 쳐다보고 있는 그의 손을 잡아 집안으로 들어오라는 제스쳐(Gesture)를 취해 보였다. 그에 에반은 멍하게 서 있다 그녀의 제스쳐를 알아듣고 고맙다는 인사를 하고서 집 안에 발을 들여놓았다. 그러고 보니 에반으로서는 세에라의 집 방문은 처음이었다. 예전에 몇 번 정도 집 앞에 데려다 준 적은 있어도 집 안까지 들어가는 것은 처음이었던 것이다. 집안은 낡고 허름하기는 했지만 그녀의 깔끔한 성격이 드러나는 듯 깨끗했다. 낡았지만 더러운 느낌은 전혀 나지 않는 집이다. 그래서 흔히 낡은 집에서 보여 지는 불쾌함은 없다.

"음…, 제 집이 많이 낡았죠?"

"아니, 괜찮은데요? 아주 멋진 집이라고 생각해요, 세에라 누나. 그러니 너무 신경쓰지 마세요."

진심으로 말했다. 분명 그로서는 진심이었다. 그녀 혼자 꾸리는 살림치고는 굉장했기 때문이다. 어차피 낡은 건 신경도 쓰지 않았다. 그 역시 한때이기는 하지만, 이보다 더 허름하고 낡은 곳에서 산 적이 있으니까 말이다. 한두 해 정도였지만, 하도 가난하게 살았던지라 그에게 있어 어느 정도 낡은 것은 낡은 축에도 들지 않는다. 그녀의 집은, 그의 입장에서는 아주 멋진 곳이었다.

"괜찮다면 식사라도 하고 갈래요? 마침 준비하던 중이었는데."

"그럼 저야 감사하죠. 마을에 소문나 있는 세에라 누나의 요리솜씨가 궁금했는데 마침 잘됐네요. 한 번쯤은 먹어보고 싶었달까, 하하."

에반의 답변에 세에라는 뭐, 소문이랄 것까지는 없고…, 하며 살짝 웃어보였다. 그때부터 그녀의 손놀림이 현란해졌다. 화덕에 불을 지펴 그 위에 솥을 얹고 물을 가득 부어 당근, 풀 등의 야채와 소금 등을 넣는 듯하더니 휘휘 한두 번을 저었다. 그 상태로 그녀는 또 바쁘게 움직여 칼을 집어 들고 칼 옆에 놓여져 있던 잘 다듬어진 생선을 집어 들고 크지 않은 크기로 썰어 솥에 집어넣었다. 요리는 단 한 번도 제대로 해본 적 없는 에반의 눈에는 그 모든 과정이 마치 하나의 예술처럼 느껴졌다. 어쩐지 모르게 박수를 쳐주고 싶은 생각이 들었다. 에반이 뒤에서 눈을 반짝이며 동작 하나하나를 보고 있다는 사실을 모르는 세에라는 계속해서 손을 놀렸다. 솥의 내용물을 휘휘 젓는가 하면 식탁 위에 놓여져 있던 빵 덩어리를 두개 접시에 받쳐 식탁에 얹기도 했다. 빵과 함께 말랑말랑해 보이는 샛노란 버터가 접시에 담겨 식탁에 얹어졌다. 그녀의 현란한 몸놀림을 보고 있던 에반은 자신이 자각하지 못하는 사이 집안에는 맛있는 냄새가 감돌고 있다는 것을 깨달았다. 담백한 향이 도는 것으로 보아 스프인 듯하였다. 그 맛있는 냄새에 정신을 차린 에반의 눈에는 정성스럽게 솥의 스프를 휘젓고 있는 겐즈가 담겼다. 그와 동시에 뱃속에서 꼬르륵-하는 민망한 소리가 났다.

"다 되어 가니까 배고파도 좀 참아줘요, 에반."

뒤에서 그녀를 계속 주시하고 있는 그가 마음에 걸렸다. 그러던 찰나 그의 뱃속에서 소리가 나자 살짝 웃으며 조금만 기다리라고 말했다. 그러자 에반은 말 잘 듣는 순진한 어린아이처럼 붉어진 얼굴로 순순히 고개를 끄덕이며 알겠어요, 고마워요 라고 중얼거리듯 말했다. 뱃소리가 심히 부끄러웠던 모양이다. 생각지도 못한 귀여운 모습을 본 세에라의 입가에는 푸근한 엄마미소가 떠올랐다. 국자에 떠진 스프가 걸쭉해지는 데 까지는 약 20분이라는 시간이 더 걸렸다. 생각보다 오래 걸렸다. 이제 막 허기에 의해 군침이 돌 때쯤 딱 맞게 그녀가 수프를 쟁반에 받쳐 들고 왔다. 그녀가 환하게 웃으며 그의 앞에 접시를 내려놓았다. 크림색의 스프색이 예쁘다, 라는 생각이 들 정도로 뽀얗다. 세에라가 그의 맞은편에 앉아 먹어요, 하며 숟가락을 들었다. 그녀가 수저를 들자 에일 역시 숟가락을 들며 잘 먹을게요, 하고는 스프를 한 숟가락 떠 입에 집어넣었다. 부드럽다.

"우와, 맛있어요. 소문날 만한데요? 이거, 매일 얻어먹고 싶을 정도예요."

"과찬이에요, 에반. 맛있다니 다행이네요."

"과찬이 아니라 진실인데요? 나중에 저한테 시집 안 오실래요? 하하"

무슨… 하고 말하는 세에라의 얼굴에 홍조가 떠올랐다. 그 모습을 보지 못한 에반은 그저 즐거운 표정으로 스프를 입에 흘려 넣을 뿐이었다. 지금 이순간은 그에게 스프가 전부였다. 스프에서는 아침 햇살의 맛이 났다. 들풀 향이 강하게 나는 스프는 듣도 보도 못한 그러한 종류의 것이었지만, 이름과 관계없이 정말 진심으로 맛있었다. 다른 사람이 하면 이렇게까지 맛있을 것 같지는 않다. 그는 숟가락을 내려놓고 빵 덩어리를 하나 집어 들었다. 직접 집에서 구운 것인 듯했다. 아직까지 따끈따끈한 빵을 반으로 쪼개자 흑 빛의 속살이 드러났다.

"저는 굉장히 가난하기 때문에 밀로 빵을 만들기는 힘들어요. 늘 검은 빵을 구워 먹지요."

세에라가 드러나는 빵의 속살을 보며 설명했다. 그러나 그는 그녀의 설명을 이해 할 수 없었다. 왜 검은 빵밖에 못 먹느냐가 아닌 왜 그것을 설명하느냐, 하는 의문이 들었다. 그 역시 항상 검은 빵만을 먹어왔기에 그것이 이상하다는 생각은 해본 적이 없다. 어쩌면 그녀가 손님이 있다는 사실에 부담스러워하는 것일지도 몰라, 그가 생각했다.

"저도 흰 빵은 단 한 번밖에 먹어보지 못했어요. 항상 귀리나 수수로 만든 검은 빵만을 먹었지요. 저희 집도 대단히 가난한 농민층이었으니까. 오히려— 나는 검은 빵이 더 좋던데. 흰 빵 먹었다가 위가 받아들이지 못해서 하루 종일 토한 기억이 있거든요. 그때를 생각하면 흰 빵은 공짜로 줘도 안 먹고 싶어요."

그가 나이프로 버터를 떠 빵에 발라먹으며 말했다. 세에라를 안심시켜주려는 목적이었다. 그리고 부담스러워하지 말라는 뜻이었다. 분명 그녀는 손님이 있다는 자체만으로도 부담감을 받은 것 같았다. 그러나 그녀는 정말 최선을 다해 요리를 준비해주었다. 오히려 부담스러워 해야 하는 것은 그 자신일 듯하였다. 버터를 내놓은 것은 꽤나 사치였을 것이다. 그 증거로 그녀는 버터에는 손 하나 대지 않고 있었다. 그는 여관주인과 함께 식사를 하기에 종종 버터가 올라오는 것을 볼 수 있었으나, 세에라에게는 버터가 굉장한 사치품일 것이었다. 그가 세에라 몰래 한숨을 내쉬었다. 그녀가 부담스러워 하는 것을 보니 괜히 세에라 집에 와 그녀를 불편하게 했다는 생각이 들었다. 제가 괜히 방문했나요, 라고 물어보면 그녀는 분명 호들갑을 떨며 아니라고 할 것이다. 뭐라 미안하다 말하지도 못하고 그렇다고 그냥 있기는 뭐한, 어색한 상태가 식사가 끝날 때까지 이어졌다.

***

"오늘 정말 고마웠어요. 아니, 배웅 안 나오셔도 되요. 요즘은 추우니까."

"그래도 혼자가면 쓸쓸하잖아요. 그러니까 광장까지만이라도…."

식사를 마친 후 밖을 보니 이미 노을은 지고 사라진 채, 까만 어둠만이 세상을 덮고 있었다. 에반은 이제쯤 나가야겠다 싶어 자리에서 일어났다. 세에라는 조금 더 있다 가도 되는데, 라고 말했지만 식사 때의 어색함이 남아 있는 자리에서 더 이상 있었다간 정말 가시방석에 앉은 기분을 맛볼 것 같아 정중히 거절한 것이다. 그는 그를 배웅하려는 세에라에게 못 박듯 인사를 했다. 나오지 말라는 무언의 의사였다. 그러나 어찌나 고집이 센지 광장 까지만 이라도 배웅하겠다고 뜻을 꺾지 않고 있었다. 마치 그녀의 부탁을 정중하게 거절하는 것이 아니라 그녀와 거래를 하는 듯했다.

"제가 쓸쓸하다고 미스 오를 데리고 가면, 헤어지고 자신의 자리로 돌아가야 할 때 미스 오도 쓸쓸함을 느껴야 하잖아요. 쓸쓸함은 저 혼자만으로도 괜찮아요, 익숙해져 있으니까."

마침내 그의 단호한 의지에 굴복한 듯한 세에라가 조금은 아쉬운 듯한 미소를 지으면서 문 앞에서 그를 배웅했다. 점점 멀어져가는 그의 모습을 보며 세에라는 문에 몸을 기댔다. 마치 어둠속으로 사라지는 그의 모습이 위태위태해 보였다. 꼭, 어둠이 그를 삼키고 있는 것 같아. 무엇하던 사람이었기에 쓸쓸함이 익숙하다는 건지 모르겠다. 그녀가 생각하며 공기 중으로 손을 뻗었다. 아무런 목표물 없이 뻗어진 손은 허공에 존재하는 공기만을 움켜쥐었을 뿐이다. 어둠 속으로 사라지고 없는 그를, 그녀의 손으로 잡을 수는 없었다. 그는 너무 멀리 존재했다. 언제나 잡을 수 없는 그런 곳에 존재하는 것만 같았다. 그는 정말로, 마법같이 환상적이었다. 그러나 마법같이 일시적으로 머물고 있었다.

"길이 어둡기는 하네."

에반이 중얼거리며 어둑어둑해진 거리를 걸었다. 꽤나 늦은 시간이었다. 이렇게나 늦게까지 있을 생각은 없었다. 세에라의 집에서도 식사만 대접받고 나왔으니 오래 있지는 않았을 지언데 어느 새인가 이런 시간이 되어버렸다. 지금 돌아간다면 아마 여관의 주인에게 된통 혼날 것이 분명했다. 그래도 무섭지는 않았다. 붉은 것보다는 검은 것이 더 좋았다. 훨씬 마음이 편했다. 붉은 빛이 모든 것을 태워버리는 느낌이 난다면 검은빛은 그를 포근하게 안아주는 느낌이 들었다. 그래서인지 그는 편한 마음으로 거리를 거닐 수 있었다. 불빛이라고는 한 가정의 문틈으로 새어나오는 빛이 다였지만, 이미 암순응이 되어서인지 사물이 안보여서 위험하다던가, 길을 못 찾는다는 등의 일은 일어나지 않았다. 그러나 혼자 걷고 있으니 심심하기는 심심하였다.

"요즘 아웃러리(Otlawry:판결을 받기 전에 도주한 피고인에게 붙여지는 형벌로 이들은 더 이상 법의 보호를 받을 수 없다. 또한 이들을 죽인 자는 5실링의 상금을 주었는데, 마치 사냥감 사냥하듯 죽일 수 있었으므로 누구든 신분의 제약 없이 그들을 죽일 수 있었다.)를 받은 마녀를 잡는다고 정신이 없던데, 곧 우리 마을에도 들어오려나?"

사냥꾼들이…, 그가 의미심장하게 중얼거렸다. 그들을 생각하면 지금도 치가 떨릴 지경이었다. 그들이 사냥감(쿼리Quarry)를 잡는 방법은 정말이지 지독했다. 그들에 관한 기억이라면 생생할 정도로 박혀 있을 정도니까. 그는 바닥만을 보며 길을 걷다 잠시 고개를 들어 정면을 바라보았다. 허공, 암흑으로 뒤덮인 허공은 그의 밝은 녹안에 지체 없이 들어섰다. 그는 한때 자신의 운명을 이와 같이 본적이 있었다. 눈을 떠도 감아도 같은 환경인 어둠속에서 움직이지 못하고 갇혀 있는 영혼. 가장 슬픈 영혼이라 믿어 의심치 않았던 때였다. 그래서 그 현실에서 도망치고자 했다. 결국은 도망쳐버렸다. 도망친 결과 지금은 그 나름대로 잘 살아가고 있다 자신하고 있었다. 잠시 세이멜에 정착하기까지 과정을 회상하던 그는 이럴 때가 아닌데, 하며 걸음을 빨리해 여관을 향했다. 분명 들어가면 주인아저씨의 고함소리부터 들려올 것이다. 그러나 좋았다. 그를 신경써주는 사람이 있다는 것에 즐거웠다.

"이놈, 뭣하다 이제 들어오고 지랄이여!"

예상대로 여관 주인의 불호령이 떨어졌다. 상인들을 상대하느라 투박해진 말투, 늘 있던 일이라 익숙해질 만한데도 그저 그 과정만 익숙해질 뿐 주인의 고함소리는 익숙해지기는커녕 귀만 아프다. 언제쯤 익숙해지려는지 모르겠다. 에반은 한쪽 귀를 틀어막은 채 사람 좋게 웃으며 에이, 주인아저씨도 참… 한두 번 있는 일도 아니고 왜 그렇게 소리쳐요? 라고 말했다. 유하게 넘어가려는 그의 눈치를 아는지 모르는지 이제는 삿대질까지 하면서 그에게 호통을 쳤다. 이때 쯤 되면 그냥 가만히 참는 수밖엔 길이 없다. 주인아저씨는 매일매일 그를 야단치는 것이 질리지도 않는 모양이었다.

"이게 다 널 위해서야, 이놈아! 내가 소리 안치게 생겼냐? 여리 여리하게 생겨가지고는 이 야밤에 걸어 다니다가는 정말 큰일 당한다니까! 어어, 웃어? 웃을 일이 아니야, 인마. 귀 막을 손 떼고 잘 들어. 요즘 마녀출현이다 사냥이다 뭐다 하면서 일이 많어. 그러다보니 마을도 위험하단 말이다. 마녀는 문제가 안 된다만—그건 과장 소문일 것이고, 사냥꾼들이 문제다 말이여. 알겠냐?"

이미 골백번도 더 넘게 들은 이야기다. 정말 지겹다. 이제는 옆에서 웃기만 하던 부인도 진저리가 나는지 그에게 둘둘 말린 커다란 종이를 두개 쥐어주며 그만하라고, 이거나 여관 벽에 붙이라며 잔소리를 해댄다. 아주 그냥 쌍방으로 잔소리를 하는 격이다. 다행히 부인은 이기지 못하는 주인이 입을 다물었기에 망정이지 곧 그의 귀가 터질 위험에 처할 뻔하였다. 그래도 그는 즐겁기만 했다.

"이건 또 뭐여?"

주인이 말했다. 그러자 아내가 퉁명스레 말하길, 아까 당신이 말하던 그거유. 주인의 얼굴이 미세하게 일그러졌다. 좋은 내용은 아닌 듯했다. 에반 역시 궁금한 듯 그게 뭐예요, 하고 물어왔다. 주인은 말하기도 싫다는 듯 손을 휘휘 저어보였다. 하지만 옆에서 부인이 그 방정맞은 입으로 술술 불었다. 동네 촉새라는 별명이 무색하지 않게 말이다. 그녀는 말하는데서 즐거움을 찾는 듯했다. 그 즐거움은 잃을 수 없는지 주인아저씨가 옆에서 그녀를 쏘아보는 데도 아랑곳 하지 않는다. 에반은 속으로 아줌마 최고!를 외쳤다.

"아까 이 양반이 해대던 마녀사냥 얘기다. 너도 들었을 걸? 아웃러리를 받은 마녀가 떠돌아다닌다는 이야기 말이다. 이젠 우리 마을도 수색하려는 모양인지 수배지? 하여간 그 비슷한 걸 여기저기 붙이고 돌리더구나. 오다가 못 봤니? 벽 여기저기에 붙어 있었을 텐데?"

부인의 말에 에반은 웃으며 아뇨, 어두워서 못 봤어요, 라고 대답했다. 그러자 부인이 쯔쯔, 하며 혓소리를 내더니 난 먼저 올라가 보겠수, 하고는 위층으로 올라갔다. 왠지 모르게 분위기가 험악해진 것 같아 에반이 주인의 눈치를 슬슬 살폈다. 그의 얼굴은 일그러질 대로 일그러져 있었다. 어쩌면 그는 마녀 사냥이라는 자체를 꺼림칙하게 여기고 있는 것일지도 모르겠다.

주인이 한숨을 푹 쉬더니 둘둘 말린 종이 두 개 중 하나를 펼쳐들었다. 제일 위에는 QUARRY라는 큼직한 글자가 박혀 있었다. 서서히 내려가는 종이는 그에게 호기심을 주기에 충분했다. 첫 번째로 사람의 머리끝이 보였다. 연한 갈색 빛의 머리가 보였다. 흔히 이런 수배지에는 색감을 넣지 않는데 특이하게도 안료가 쓰였다. 그 점은 다시 한 번 그의 호기심을 자극했다. 두 번째로 사람의 얼굴이 보였다. 그림에서도 보일 만큼 충분히 작은 얼굴, 그 작은 얼굴은 그림 안에서도 하얗게 빛을 발하고 있었고 둥글둥글하면서도 커다란, 싱그러운 녹안은 아름답게 빛나고 있었다. 계속해서 종이는 내려갔다. 이때부터는 종이가 굉장히 빠르게 내려가는 듯했다. 그의 착각이었겠지만. 머리카락은 부드럽게 흘러내려 허리를 휘감고 있었다. 워체트(Wachet; 연한 청록색)빛 튜닉 드레스 자락, 그리고 그 밑으로 보이는 미끈하게 쭉 뻗은 다리. 투박하게 그려진, 그리고 칠해진 그림속에서도 한눈에 알아볼 수 있을 정도로 눈이 부실 정도로 미인이었다. 그리고 그 그림의 밑에는 ARNA KAN이라는 굴직한 글자가 눈에 확 들어올 정도로 크게 박혀 있었다.

"헉!"

에반이 숨을 몰아쉬었다. 당황한 것이다. 그는 그 자리에서 못 박힌 듯 움직이지를 못했다. 피하고 싶은 자리였으나 피하지 못했다. 수배지에 그려져 있는 얼굴은 분명 그가 매우 익숙한 얼굴이었다. 이름 역시 굉장히 익숙했다.

후우, 그는 심호흡을 했다. 여기서 들켜버리면 말짱 도루묵이며 도로 아미타불이다. 그는 차분하게 주위를 살폈다. 그를 주시하고 있는 사람은 없었다. 주인 역시 두 번째 종이를 꺼내들고 붙이기에 바빴다. 그는 이번에도 그가 아는 사람이 아니길 빌면서 그 종이를 바라보았다. 그 종이 역시 QUARRY라는 큼직한 글자가 박혀 있었다. 그는 저 종이 역시 여인의 그림이 그려져 있을 것이다, 라고 짐작했다. 아니, 바랬다는 표현이 올발랐다. 그는 여인의 그림이 그려져 있길 간절히 바랬다. 종이가 다시 천천히 내려갔다. 이번에는 검은빛 머리가 보였다. 검은 빛의 머리는 하얀색과 다른 의미로 굉장히 깨끗해 보였다. 역시나 두 번째로는 사람의 얼굴이 보였다. 아까 여인의 얼굴만큼 작지는 않지만 충분히 작다고 할 수 있을 만한 머리였다. 그리고 날카로운 듯한 눈매, 그 속에 숨겨져 있는 여인과 전혀 다른 흑요석 같은 검은 눈동자, 하얀 얼굴. 계속해서 종이는 내려갔다. 또다시 종이가 굉장히 빠르게 내려갔다. 이번의 아웃러리는 그의 바람과 다르게 남자임에 분명했다. 짧게 끊어져 있는 검은 머리, 새하얀 셔츠와 감색의 바지. 제일 밑에 박혀 있는 KYLE KAN이라는 굴직한 글자.

그는 더 이상 그 자리에 서 있을 수 없어 자신의 방으로 쿵쾅쿵쾅 소리를 내며 뛰어 들어가다시피 했다. 아까 잠깐 서 있었던 것으로 머리가 축축히 젖었다. 모두다 식은땀이었다. 그는 자신의 방에 걸쇠를 채웠다. 온몸이 부들부들 떨렸다. 살아 있었구나, 살아 있었어! 그의 속은 두 가지로 분화되어 있었다. 환호와 불안. 그는 창가에 놓여져 있는 책상을 향해 비틀비틀 다가갔다. 책상 위에는 항상, 언제나 그렇듯 단검이 놓여 있었다. 그는 검집에서 단검을 빼들었다. 그의 모친이 직접 썼을 것으로 생각되는 TO. ARNA라는 글씨가 새겨져 있는 은제단검은, 그의 모친과 부친이 언젠가부터 가지고 다니라고 신신당부한 선물이었다. 그는 그 단검을 보며 생각했다. 어쩌면 그의 부친과 모친은 예상하고 있었을지도 모른다고, 언젠가 그에게 닥쳐올, 그리고 과거에 닥쳐왔던, 지금 다시 닥쳐올 그 위험을.

그의 머릿속으로 그때의 악몽이 스쳐지나갔다.

***

새 여왕이 등극했다. 이례적인 사례였으나 그녀는 직계 혈통이였고 그 누구보다도 순수한 피를 갖고 있었다. 그러나 이상했다. 현법에는 후손 중 남자가 있을 경우 '남자' 만이 왕이 될 수 있다고, 명시되어 있었기 때문이다. 그리고 백성들은 알고 있었다. 후손 중 남자가 있다는 것을. 그러나 대대적으로 그는 왕위를 거부했다고 알려져 있다. 그 한마디가 백성들의 불만을 잠재웠다. 백성들은 그녀가 현국을 부강하게 만들 것이라 믿어 의심치 않았다. 그리고 그녀는 그 기대에 부응하기 위해 우선 만백성 앞에서 왕위 계승식을 거행하였다. 그리고는 말했다.

나는 마법을 믿습니다. 그리고 내가 믿는 마법에는 두 가지가 있습니다. 흑黑과 백白. 백은 여러모로 현을 부강하게 만드는데 힘이 되어 줄 것임을 믿어 의심치 않습니다. 그러나 흑은 현을 몰락하게 할 것입니다. 흑은 여자만이 사용할 수 있습니다. 일명 '마녀' 라고 하지요. 또한 저는 확신합니다. 이 나라에서 분명 한 명 이상은 흑을 사용하는 마녀일 것입니다. 이번 왕위에 등극하면서 난 생각했습니다. 이 나라를 어지럽히는 '마녀' 들을 모조리 '사냥' 해버리겠다고. 그들을 처벌하는 법안을 합법화 시켜 이 나라를 안정시키겠다고 말입니다!

그녀는 의지에 차보였다. 단호하고 당당해보였다. 그러나 난, 그녀의 입가에 맺혀 있던 악마와 같은 잔인하고 비릿한 미소를 발견하지 못했던 것이다. 그녀의 말에 따라 곧 거리는 피로 물들었다. 그녀가 말한 일인 '사냥' 은 아주 빠르고 간단하게 처리되었다. 도가 지나칠 정도로 아름다운 여인들, 혼자 아이를 낳아 기르고 있는 여인들, 조금이라도 특별한 행동—가령 밤에 산책을 한다든가—을 하는 여인들은 모조리 마녀로 몰려 재판을 받고 그 자리에서 죽어야만 했다. 주로 그들은 목매달려 죽었다. 한 번 구경한 적이 있었다. 그저 목매달려 죽는 것인데, 그들의 표정은 너무나도 절망적이고, 우울하고, 무서웠다. 한동안 그들의 표정이 꿈에서 날 쫓아다닐 정도로. 소일에서도 누군가는 죽어갔다. 내가 12살 때였다. 마녀라고 불리던 미스 루인(Miss. Ruin)이 화형당한 적이 있었다. 교수형 당한 여인의 표정이 너무나도 무서웠기 때문에 나는 그 근처에도 가지 않았던 것으로 기억한다. 그러나 그녀가 불에 타서 죽기 일보직전에 지르던 그 비명, 귀가 째질 듯한 그 비명은 귀를 틀어막고 방안에 박혀 있는 나에게 까지 생생하게 들려왔다. 모든 장면을 왕좌에 앉아 방관하고 있는 여왕은 너무나도 잔인했다.

나의 집은 마을 외곽에 위치한 '마녀의 숲' 바로 옆에 자리 잡고 있었다. 언제부터였는지는 모르겠다. 꽤나 오래 전부터 그곳에서 살았던 것 같았다. '마녀의 숲' 은 빽빽하게 우거진 나무에 의해 빛 한 점 들어오지 않는 숲이었다.

언제 가도 암흑인 그곳을 언제부터인가 마을사람들이 피하면서 여왕이 등극한 이후 '마녀의 숲' 이라 이름 지어졌다. 온통 암흑이니 분명 흑이 그곳에 있을 것이라는 이유 때문에서였다. 그러한 숲 옆에 우리 가족의 집이 위치하고 있었다.

나의 가정은 가난했지만 언제나 행복했다. 엄하시면서도 한없이 따뜻한 아빠, 자상하고 아름다우신 엄마, 나, 그리고 착한 나의 남동생 카일(Kyle). 이렇게 4명으로 이루어진 우리 집은 늘 웃음소리가 끊이지 않았다. 옛날 마을의 허름한 방 한 칸을 빌려 생활 할 때도. 그러나 언제부턴가 조금은 이상한 낌새가 보였다. 친구들이 하나 둘 사라져갔다. 그 시점부터 엄마는 나의 바깥출입을 통제했다. 엄마가 설명 하나 제대로 해주지 않았기에 무슨 일인지도 제대로 몰랐다. 그러나 나는 엄마를 존경하고 믿기에 군말없이 따랐다. 분명 이유가 있을 것이라 생각하면서 말이다. 이상한 낌새는 내게 계속해서 보였다. 엄마가 왠 단도를 하나 주셨다. 은제단도였다. 구하기 힘들었을 텐데, 라는 생각보다는 이걸 왜, 라는 생각이 먼저 들었다. 역시나 이상했지만 엄마를 믿기에 그 말씀에 따라 허벅다리에 항시 매달아 소지했다.

내가 13살이 막 되었을 무렵이었다. 아빠는 커다란 집을 사놓았다며 이사를 서두르셨다. 카일과 엄마는 아빠의 이사하자는 의견을 1초의 망설임도 없이 수긍했다. 마치 그러는 것이 당연하다는 듯한 행동이었다. 느낌이 이상했다. 분명 뭔가 벌어지고 있는데, 나만 쏙 빼놓고 엄마, 아빠, 카일 셋이서 비밀로 삼고 공유하는 듯한 그런 느낌, 기분. 좋은 느낌은 아니었지만 분명 내가 모르게 한 것은 나는 모르는 것이 이롭기 때문이라고 믿기로 했다.

이상한 느낌 속에서 이사한 집은 마녀의 집 바로 옆이었다. 나는 그 숲에 대해 그닥 거리낌이 없었던 것 같다. 오히려 그 숲을 감싸고 있는 어둠이 숲 전체를 안아주는 느낌이나 포근하다는 느낌이 먼저였달까. 마을 사람들이 이 숲을 피하는 이유를 이해할 수 없을 지경으로 포근한 느낌이 들었다. 집은 생각보다 더 컸다. 그 집이 좋았다. 커다랗고 작고를 떠나 조용한 분위기가 너무나도 좋았다. 그러나 내가 지금 생각하는 그 이유가 맞다면 부모님은 심각한 오류를 한 가지 범한 것이었다. 지금에서야 안 것이지만 마을에는 내가 마녀라는 소문이 돌고 있었다. 그런데 그 상황에서 마녀의 숲 옆으로 이사를 하다니!

소문을 부추기는 행위였던 것이다, 새로운 이사는. 한마디로 자살행위였다. 그래도 나는 마냥 좋았다. 뭐가 그리 좋았는지는 지금에 와 기억이 나지 않는다. 그냥, 그저 좋았다, 라는 말 한마디로 표현하고 싶다. 행복한 시간은 오래 가지 않았기에 더더욱 그리 표현하고 싶다.

"마녀를 죽이자!"

"여왕님을 위해!"

"그 가족까지 싹 죽여 버려!"

이사한 지 며칠 되지 않아서 마을 사람들이 횃불을 들고 단체로 우리 집을 찾았다. 찾았다, 라는 말보다는 '습격'이라는 말이 더 어울리겠지만. 그들은 여왕을 위해 우리 일가족을 죽여야 한다고 주장하며 술에 취한 듯 고래고래 고함을 쳐댔다. 그 모습은 흡사 악귀, 그래, 악귀 같았다. 내가 왜 마녀라는 것인지, 왜 마녀라고 소문이 났던 것인지는 아직까지도 이해가 가지 않는다. 그러나 나를 마녀라고 외치는 그들의 모습이 더 악귀 같은 것은 정말 아이러니컬했다. 급하게 거실로 뛰어 내려갔다. 집 대문은 그들이 두드림으로 해서 금방이라도 부서질듯 애처롭게 진동하고 있었다.

"마녀를 죽여라! 그 일가족을 몰살시켜라!"

그들은 계속해서 고함을 질러댔다. 이 근방이 그들의 고함소리로 떠나갈 정도로 말이다.

"엄마, 지금 이게, 그러니까 도대체 무슨 일이…. 내가 왜 마녀야? 응? 엄마, 얘기해 봐…."

"아르나(Arna), 귀를 막으렴. 저 사람들이 하는 소리는 듣지 마. 모든 것이 헛소리야. 위층에서 그들의 모습을 보았겠지, 아르나? 생각해 보렴. 네가 마녀 같니, 아니면 저 밖에서 미친 듯이, 그래 미친 듯이 고래고래 소리나 지르는 저 사람들이 마녀고 악귀 같니?"

엄마는 그녀의 품속에 어린 아기처럼 파고들어간 나의 귀를 막아주며 귓가에 속삭였다. 금방 갈 거야, 그냥 이대로 있으면 돼, 금방 갈 거야…. 그건 내게 하는 말이라기보다는 엄마가 자기 자신을 위로하려고 중얼거리는 말 같았다. 모든 일이 꿈 같았다. 흩어진 모래알처럼 주어 담을 수 없는 이 현실을 마냥 꿈으로 치부해 버리고 싶었다. 그래야만 미치기 일보직전의 이 정신을 가다듬을 수 있을 것 같았다. 아빠는 마녀의 숲으로 식량을 구하러 갔다가 돌아오지 않았다. 그래서 더욱 꿈만 같았다. 그 꿈만 같은 현실에서 나는 엄마의 가슴에 얼굴을 묻고 울어버리고 말았다. 늘 내가 해오던 숨죽여 울기가 아닌 말 그대로 어린아이처럼 엉엉 울어버렸다.

나의 울음소리에, 사람들의 고함소리에도 방에서 꼼짝 않던 카일이 놀라서 미끄러지듯 계단을 내려왔다. 어찌나 다급하게 내려왔는지 집 전체가 쿵쿵 울릴 정도였다. 울던 도중에도 저렇게 내려왔다가 넘어지면 어쩌나, 하는 걱정이 들었다. 카일은 내려올 때와는 달리 조심스레 내게로 다가와 엄마의 품에서 날 떼어냈다. 떼어 냈다기 보다는 엄마가 날 넘겨줬다는 표현이 맞겠지만, 순간 나는 그의 품에 폭삭 안기었다. 언제나 그러했다. 엄마보다는 카일이 내 울음을 달래주는데 익숙했다. 그리고 달래줄 때는 언제나 안아서 어르곤 했다, 아주 어릴 때부터…. 나는 마녀가 아니야! 울부짖었다. 나는 마녀가 아니란 말이야! 더욱더 세차게, 카일의 옷자락을 부여잡고 그렇게 울부짖었다.

"그래, 누나는 마녀가 아니야."

카일이 부드러운 목소리로 말하며 나를 다독여 주었다. 그 다정함이 너무나도 좋아서, 너무 고마워서 흐르는 눈물을 주체하지 못한체로 그에게 미소를 지었다. 그가 나의 눈물을 닦아주었다. 지금 생각하면 미안하지만 그의 셔츠는 나의 눈물로 흠뻑 젖어 있었다. 콧물이 안묻은게 다행이였다. 고마워, 그에게 작은 목소리로 늘 그렇듯 고맙다는 의사를 전했다. 그는 어느새 나보다 훌쩍 커버린 키로 나를 내려다보며 말했다. 천만에, 그의 입술이 나의 이마에 닿았다. 늘 그렇듯.

"미엘르 칸(Miel Kan)이 저기 온다! 잡아라!"

"잡아라! 잡아서 죽여라!"

카일 덕에 마음이 조금은 평온해졌다. 그러나 완전히 평온할 수 없었던 이유는 아직 돌아오지 않은 아빠 때문이였다. 평온과 불안이 공존하던 중 악귀들의 입에서 아빠의 이름이 터져 나왔다. 아빠가 돌아오고 있었다. 그는 지금 이곳의 상황이 어떠한지 모르는게 분명했다. 그러지 않고서야 마녀의 숲에서 평온히, 그리고 태연히 나올리가 없었다.

"아빠… 아빠아!!"

나는 놀래서 창문으로 뛰어갔다. 악귀들은 이제 집을 주시하고 있지 않았다. 이제 그들은 마녀의 숲에서 나오고 있는 아빠를 향해 뛰어가다시피 다가가고 있었다. 그는 피하지 않았다. 오히려 평온한 얼굴로 악귀들을 반길 뿐이였다. 입모양이 다들 무슨 일인가, 라고 인사를 하듯 벌어졌다. 아빠,아빠! 나의 간절한 부름은 그에게 닿지 않는 듯했다. 오히려 그는 이미 언젠가는 이러한 일이 벌어질줄 알았다는 듯 태연하기까지 했다. 그러한 그가 잠깐 창문가의 나를 봤다. 나는 그저 울고만 있었던 것 같다. 인간의 눈물샘에 이렇게나 많은 눈물이 저장되어 있을 줄은 꿈에도 몰랐다.

아빠가 손짓했다. 얼른 집 안쪽으로 들어가 있으라는 손짓이였던 것 같지만, 나는 세차게 고개를 흔들었다. 아빠를 이해할 수 없었다. 어쩜 저렇게 태연할 수 있는지. 아빠 도망쳐! 도망쳐, 그래 난 그저 그렇게만 말했던 것 같다. 그러나 아빠는 내 말은 들리지 않는다는 듯, 다시 고개를 돌려 악귀들을 맞았다. 안 돼, 나는 정신 나간 사람처럼 창문에서 비켜서 집 대문을 향해 달렸다. 얼른 나가야만 했다. 나가서 아빠를 말려야만 했다. 지금 저 악귀들이 아빠에게 무슨 짓을 할지도 모른다. 달렸다. 내가 낼 수 있는 최고 속력을 낸 것 같은데도, 대문까지 가는 시간이 너무나도 오래 걸린 것 같다. 마치 1초라는 시간이 굉장히 느리게 가고 있는 것처럼. 내가 대문을 열려는 찰나 엄마의 안 돼! 하는 소리와 함께 카일의 억샌 손이 내 어깨를 붙잡아 끌어당겼다.

"이게 무슨 짓이야!"

카일이 내게 소리를 버럭 질렀다. 아마 그도 놀랐을 것이리라. 내게 단 한번도 소리질러 본 적 없던 그 애가 내게 소리를 질렀던 것은 아마 그가 엄청나게 놀랐었기 때문이리라. 아마 나갔더라면 그 자리에서 난 죽고 말았을 테니까. 그러나 그 상황에서 난 그런 건 신경 쓸 여유가 없었다. 아빠가 중요했다. 난 내 목숨보다는 아빠가 더 중요했다. 그랬기에 앞뒤상황 가리지 않고 대문을 향해 뛰어들었던 것이다.

"아빠가, 아빠가… 피할 생각을 안 해, 으으…. 피할 생각을 안 한다고…."

"진정해, 진정해 누나! 지금 누나가 나가면, 아빠를 구하는 게 아니라, 오히려 아빠와 누나 둘 다 죽을 수도 있어. 그걸 왜 몰라, 아니 왜 모르는 척해! 자, 숨을 들이쉬고… 진정해, 응?"

나를 진정시키려는 그의 목소리는 어느 샌가 낮아지고 있었다. 그의 끝소리와 나의 끝소리가 젖어들었다.

어서 들어와, 제발, 아르나… 하는 엄마의 목소리도 젖어들고 있었다. 평온한 건 악귀들을 마주하고 있는 아빠였다. 집에 안전하게 갇혀 있는 우리는 오히려 울고 있었다. 미친 듯이 울고 있었다. 아빠는 지금 무슨 이야길 하고 있을까, 날 살려달라고, 다른 가족은 살려달라고 빌고 있을까. 아니면 아빠의 주특기인 동문서답형 대화를 하고 있을까. 가족과 함께 있음에도 함께 있는 다는 느낌이 들지 않았다. 아빠에게 모든 신경이 쏠려 있었다. 우리는 살아 있는 걸까. 엄마와 나, 카일의 상태는 절망적이었다.

"차라리 나 하나만 죽으면 되지 않을까…."

"누나, 뭐?"

"나로써 빚어진 일이잖아. 어차피 나 하나만 죽으면 가족은 안전 한 거 아냐? 그런데 왜 이렇게 날 보호하려 드는 거야? 응? 아빠가 죽을지도 모르고 엄마가 죽을지도 몰라. 카일, 네가 죽을지도 모르지. 그런데 왜! 왜 날 보호 하냐고!"

그때 나는 이성을 잃었었던 것 같다. 대화 내용이 제대로 기억이 나질 않는 것으로 보아 제정신이 아니었을 것이다. 기억나는 건 마마의 얼굴이 하얘지고 카일 역시 화를 참는 듯 입술을 세게 깨물고 있었다는 것 정도. 카일은 다혈질이다. 참는 듯싶더니 내게 다가와 다짜고짜 내 뺨을 올려붙였다. 찰싹, 하는 날카로운 음과 함께 내 고개가 오른쪽으로 돌아갔다. 왼쪽 뺨이 금세 빨갛게 부어올랐다. 그 마찰음과 함께 내 정신이 제대로 돌아왔다. 그러나 그의 손은 다시 한 번 날아왔다. 난 피할 생각을 하지 않았다. 피해야 할 이유가 없었다. 난 맞아도 싼 년 이었으니까. 그러나 카일은 그리 생각하지 않는 듯했다. 그는 자신의 오른손을 보더니 제길, 하고 중얼거리더니 내 어깨를 부여잡고 간절하게 호소하듯 말했다.

"누나는, 어떻게 그런 잔인한 소리를 아무런 생각 없이 할 수 있어?"

"왜? 맞는 말이잖아? 모두 다 죽을 필요 있어? 저 악귀들을 봐. 이대로 있다가 우리가 살아나갈 수 있을 것 같아? 응?"

"아르나 칸! 정신 차려!"

"정신은 제정신이 된 지 오래야! 이건 내 생각에서 빚어진 말이라고. 아, 그게 더 이상해? 이 상황에서 내가 정신을 차린 게? 하긴, 그럴지도 모르겠다. 하지만 난 이미 제정신이야. 똑바로 박혔어, 정신이. 그런데 뭘 더 정신을 차려? 넘겨. 날 차라리 저 악귀들한테 넘기라고!"

악을 써댔다. 아무 잘못도 하지 않은 카일에게 화를 낸 격이다. 그러나 카일은 나의 말에 그저 기가 차다는 듯 나를 내려다 볼 뿐이었다. 엄마는 울고 있었고, 카일은 화가 나있었고, 나는 악을 쓰고 있었다. 불안정한 기류가 흐르는 도중에 나의 하하, 하고 웃는 소리가 공기를 울렸다. 하하하하하하하하하, 아하하, 아하하! 나는 미친 듯이 웃었다. 어쩌면 난 정말로 제정신은 아니었을지도 모르겠다. 문득 웃음을 멈추었다. 그제 서야 내 눈에는 울고 있는 엄마와 화를 참고 있는 카일의 모습이 보였다. 사과를 해야 겠다…라고 생각했다. 그러나 이상하게도 이 상황에서도 자존심을 챙기고 있는 건지 미안하다는 소리는 나오지 않았다. 어쩌면 내가 잘못했다는 사실을 순순히 시인하기 싫어서였을지도 모르겠다. 나는 계속 망설였다. 사과를 해야겠지? 굳이 해야 할까?

아, 역시 사과를 해야겠구나, 마음먹었을 때였다. 밖에서 악귀들의 갑작스런 함성소리가 들려왔다. 그리고 난 그 속에 숨겨져 있는 자그마한 윽, 하는 신음소리를 들었다. 아빠였다, 그 신음소리를 낸 것은. 내 뛰어난 청력이 이 순간만큼은 저주스러워졌다. 집이 떠나갈 정도의 함성 속에서 조그맣게 퍼지는 신음소리는 내 마지막 자존심을 무너뜨리기엔 충분했다. 아마 엄마와 카일은 듣지 못했을 것이다. 그러나 짐작은 하는 것 같았다. 그 짐작에는 내 표정도, 들어 있을 것이리라. 엄마와 카일을 신경 쓸 새가 없었다. 중요한 건 아빠의 생사여부였다. 대문에서 기다시피 해 창문으로 다가갔다. 후들거리는 다리를 간신히 제어하며 창문틀을 부여잡고 일어섰다. 본 바깥풍경에는 악귀들만이 보일 뿐, 아빠의 모습은 그 어느 곳에서도 보이지 않았다. 미칠 것 같았다. 아빠는 어떻게 된 건가, 칼에라도 찔려서 신음성을 낸 것인가, 혹시 치명상을 입고 죽은 것인가…!

다시 주르륵 미끄러져 주저앉았다. 악귀들은 여전히 함성을 지르고 있었다. 그 소리는 어찌나 기괴하던지, 지금도 잊을 수 없었다. 나는 그때 막연하게 현실을 도피하려 하고 있었다. 내게 일어나고 있는 일이 믿기지 않았다. 아니,

피부는 현실이라 느끼고 있었지만 머리로는 믿고 싶지 않았을 뿐이다. 지금이라도 막을 수 있다면 당장에라도 막아버리고 싶은 심정이었다. 그러나 내게는,

"미엘르 칸이 죽었다!"

"와아아아!"

저런 끔찍한 사람들, 악귀들을 막을 힘이 없었다. 아빠가 죽었다. 이젠 부질없는 희망도 함께 사라졌다. 저들은 우리를 죽이고 당당하게 웃는 낯으로 마을로 돌아갈 것이다. 이 상황에서 나는 어떻게 해야 할까. 울어야 할까? 아니면 안 돼요, 날 죽여요, 하며 밖에 나가 애원해야 할까? 아빠가 죽었다는 소리에 침묵이 깨졌다. 엄마가 울기 시작했던 것이다. 그녀로서는 한계였을 것이었다. 그건 카일도 마찬가지였고, 나 역시도 마찬가지였다. 악귀들의 함성소리 속에서 엄마의 울음소리가 섞여 들렸다. 그 울음소리에 무언가 해야 할 것 같았다. 내가 이렇게 기운 죽어 있을 때가 아니라고 생각했다. 우선은 일어섰다. 비틀거리면서 당장이라도 쓰러질 것 같은 몸이었지만, 어떻게든 일어났다. 모든 것이 나로 인해 일어난 일이었다. 나는 엄마를 위로해야했다. 엄마의 곁으로 다가갔다. 엄마를 위로해야 했다. 도저히 위로할 수 없는 상황이었지만 위로해야 했다. 위로해야 했다.

"엄마… 미안해, 미안해요. 울지 마… 응? 울지 마요…."

"아르나, 아르나…, 내 딸, 내가 미안해, 내가 정말로 미안해…."

쿵쿵, 하는 의문 모를 소리가 계속 났다. 그 사이에서 우리는 계속해서 미안하다고만, 서로 미안하다고만 중얼거렸다. 시간이 어떻게 흘렀는지도 모르겠다. 모든 것은 이상하리만큼 자연스레 흘러가고 있었다. 나를 제외해놓고서는, 내 주위를 제외하고서는, 시간마저도 잔인하리만큼 자연스레 흘러가고 있었다. 상황역시 너무나도 자연스레—.

"젠장, 이거 막기도 엄청 힘드네."

계속해서 쿵쿵하는 소리가 나던 것이 그들이 집 문을 부수려 두드리고 있었던 모양이다. 도끼 같은 건 준비해서 오지 않았는지 그저 몸으로 부딪힐 뿐이었다. 도끼라도 가져왔으면 우리 집은 그대로 끝이었겠지. 우리 가족은 끝을 보고 있었겠지. 씁쓸한 미소가 입가에 흘렀다. 지금 어른 몇 명이서 문을 부수

려 몸을 던지고 있을까? 두 명? 세 명? 그것을 카일이 막고 있었던 것이다. 카일의 입에서 어지간해서는 잘 나오지 않는 욕설이 흘러나왔다. 그만큼 지금 힘들다는 것일 테다. 지치고 있다는 것일 테다. 머리가 어떻게 되어 버렸는지 한참을 생각하고 나서야 그가 혼자서는 지치겠구나, 하는 생각을 할 수 있었다. 그 다음은 순식간이었다. 엄마 옆에서 일어나 문 쪽으로 다가갔다. 그리고 카일의 힘을 조금이나마 줄여주고자 문을 있는 힘껏 손으로 밀었다. 카일은 됐으니까 가라는 듯한 표정으로 날 바라보고 있었지만 난 문을 밀고 있는 손에 힘을 뺄 수가 없었다. 계속 생각해왔듯 모든 사건의 발단은 나였으므로 도무지 가만있을 수가 없었기에. 이 문을 카일 혼자 지키라고 하기에는 그 역시 어린 소년에 불과했기에.

"이봐, 이거 영 안 열리는데?"

"쳇, 미엘르, 제 주제에 집 하나는 튼튼하게 지어놨군. 아니면 문 뒤에서 애새끼들이 막고 있기라도 하는 건가? 쳇, 이걸 어떻게 한담?"

"그냥 우리끼리 화형 시켜 버리면 안 되나, 도미닉Dominic?"

"그렇지만 역시 다 죽이는 건…, 좀… 그렇지 않나?"

이 대목에서 난 고개를 미친 듯이 끄덕였다. 차라리 나만 죽여요, 문에다 대고 이 말을 외치고 싶은 걸 얼마나 참았는지 모르겠다. 다시 그 말을 했다간 마마는 울 테고 카일은 화를 낼 테니까. 입술을 꽉 깨물고 마음속으로 제발제발제발제발!을 얼마나 외쳤는지도 모르겠다. 그냥 당장 이 문을 부수고 들어와서 나만 처리해 주길 바랬다. 그러나 모순되게도 나는 문을 밀고 있는 손에 힘을 더 주었다. 밖에서 들려오는 말소리 때문에라도 손에 힘을 뺄 수는 없었다. 그 말소리들은 비수였다. 말소리들이 비수가 되어 내 왼 가슴에 자리하고 있는 심장을 찔러댔다. 왜 피가 흐르지 않을까, 하는 의문이 들 정도로 날카로운 비수들이었다. 잔인하게 찔러대는 비수들이었다.

"어차피 우린 미엘르 칸도 죽였잖소? 더 죽이지 않는다고 해서 우리의 죄가 감해지는 건 아니라네. 결국 전부다 죽을 인간들인데 뭐, 하하."

"이사람 말에 모두들 인정하잖나, 이들은 우리가 죽이지 않아도 죽어. 어딜 가던 죽게 되어 있는 요물들이야."

"그건 맞네만… 아무래도 꺼림칙한 기분을 완전히 지우기엔 무리가 있구만."

양심이 있는 사람이, 우리를 불쌍히 여기는 사람이 그나마 한 명쯤은 있었던 모양이었다. 목소리를 들어보니 중후한 느낌이 우리 마을에서 가장 가난하기로치면 둘째가 서럽지 않던 멜Mel 아저씨인 것 같았다. 아무래도 우리와 제일 가까이한 사람이니만큼 양심의 가책도 그만큼이나 많이 느끼고 있었던 것 같다. 아저씨도 나는 죽어야 한다, 라고 생각하고 있겠지만 가족 전체가 죽어야 한다고는 생각하지 않는 듯했다. 감사했다. 그것만으로도 충분히 감사했다. 그러나 그는 마을 사람들 사이에서 영향력이 절대 세지는 못했다. 아쉽다라면, 그 점이 아쉬울 수밖에 없었다.

"다 필요 없네. 그냥 불태워 죽이자고. 괜히 살려뒀다가 폐하의 심기라도 거스르면 우린 끝이야, 끝!"

"그러나 폐하는…."

"멜, 폐하는 이걸 원하신단 말일세. 마녀의 처형, 가족의 파멸. 그 누구보다 폐하가 간절히 원한단 말일세."

"멜 이 사람아, 지금은 이들을 걱정할 때가 아니네. 그러니까 마음을 다 잡아."

안 돼, 이럴 수는 없어, 라고 생각했다. 그들은 더 이상 문을 부술 듯 쾅쾅 두드리지 않았다. 무언의 눈짓으로 화형으로 결정된 것이다. 화형으로 결정되었으니 그들은 굳이 힘을 빼지 않아도 된다. 태우면 둘 중 하나였다. 도망쳐 나왔을 경우, 그들의 손에 잡혀 죽는다. 집에 머물렀을 경우, 그저 타죽는다. 수 분 이내로 집은 벌겋게 달아오를 것이다. 우선 문부터 달아오르기 시작할거고, 곧 그 불길은 걷잡을 수 없을 만큼 커질 것이다. 그들은 우리가 끌 수 없게 집 사면에 모두 불을 지를 것이 틀림없었다. 수군거리는 소리가 조금은 멀어졌다. 불을 지필 장작을 주우러 가는 것이리라. 지금 나가면 살 수 있을까? 나는 한 올 희망이라도 잡기 위해 문에 귀를 대어보았다. 아니다, 아직까지 문 앞을 걸어 다니는 기척이 있다. 지금 나가면 돌아다니는 기척이 신호를 보낼 것이고, 그렇게 되면 화형이고 뭐고 그 자리에서 즉결처분. 안 된다. 누군가가 죽어서는 안 된다. 그렇다고 이렇게 기회만 엿보고 있기에는 희망이 너무 없다.

"카일, 어서 창문으로 빠져 나가."

카일에게 속삭였다. 그는 빠져나가야 했다. 살아야만 했다. 마마도 그걸 바라실거다. 마마의 마음까지 담아 나는 그에게 달아나라고 속삭였다. 그러나 그는 내 옆에서 꼼짝도 하지 않았다. 듣지 못한 걸까, 싶었지만 나는 그가 듣지 못할 정도로 작게 속삭이지는 않았다. 그는 내 말을 듣고도 도망치지 않고 있었던 것이다. 제발 도망가, 창문으로 빠져나가, 그에게 계속해서 속삭였다. 그러나 그는 계속해서 못들은 체 했다. 이럴 때 만큼은 좀 말을 들었으면 했다. 이상한 반항 따위는 이런 때에 하지 않았으면 하는 마음에 소리를 낮춰 그를 얼렀다.

"얼른 빠져나가. 넌 빠져 나가야만 해, 카일. 누나 말 들어, 제발 좀!"

"…오늘 하루만 누나말 듣지 않을래. 빠져나가야 되는 것은 내가 아니니까."

"네가 아니면 누가 빠져나가, 응? 네가 빠져 나가야 돼. 넌 아직 앞날이 밝은 아이잖아. 다른 마을에 가면 넌 다른 삶을 살 수 있잖아. 제발, 다음엔 언제든지 내말 듣지 않아도 되니까 오늘만큼은 좀 들어, 응?"

어느새 문이 뜨거워지고 있었다. 밖이 다시 소란스러워졌다 했더니 벌써 그들이 장작더미로 쓸 만한 나뭇가지들을 찾아왔던 모양이다. 이미 문은 달구어지고 있었다. 벌겋게 달아오른 모양이 곧 있으면 문이 그 어느 곳 보다 먼저 타 바스라 질 것 같았다. 그 모양을 보니 내 마음이 조급해졌다. 카일은 여기서 죽어선 안 되었다. 그는 살아야만 했다. 살아서 생을, 그만의 삶을 살아야만 했다. 어떻게 해서든 그는 보내야만 했다. 엄마더러 그를 설득하라고 할 생각이었다. 그러나 엄마는 내가 입을 열기도 전에 아니, 라며 거부의 의사를 보였다. 이해할 수가 없었다. 엄마가 말한 '아니다' 의 의미는 무엇이지? 내가 알고 있는 아니다, 라는 의미와는 생판 다른 것일까? 아니면, 네가 설득해라, 라는 의미일까. 알 수가 없었다. 엄마는 그저 아니, 라고만 할 뿐이었다.

"내가 설득하란 거야?"

"아니. 카일의 말이 맞다, 는 의미야. 나가야 하는 것은 우리가 아니라 너다."

"그건 카일이잖아. 카일이 나가야 해. 카일이 살아야 한다구. 그가 나가야 살아서 그의 미래를 펼쳐야 하잖아. 그래야 하잖아. 내가 아니잖아…."

“여기서 나가 네 미래를 펼쳐나가야 할 사람은 카일도 나도 아닌, 너란다. 네가 먼저 탈출한다면, 카일은 내가 어떻게 해서든 내보내보마.”

“무슨 소리야, 그게? 도대체 무슨 소리….”

“누나, 토 달지 말고 마마 말 들어.”

“이해할 수 없어. 살아야 하는 건 내가 아니라 카일이잖아! 날 우선시 하지 말고, 우선 카일부터….”

“아르나.”

마마가 드물게 단호한 목소리로 내 이름을 불렀다. 나는 반박을 멈췄다. 엄마의 눈빛이 그만하라고, 그녀의 말을 따르라고 애원하고 있었다. …그래, 아까 내가 카일더러 나가라고 애원하듯 그녀가 내게 애원하고 있었다. 내가 나가지 않으면 엄마는 더 슬퍼할 것이었다. 더욱더 서럽게 울 것이었다. 내가 여기서 버티고 있는 다면 카일과 엄마, 그리고 나, 모두가 죽을 수밖에 없는 운명에 처할 것이었다. 엄마와 카일의 고집은 나도 혀를 내두를 정도였으니까 말이다. 내가 나가지 않으면 이들도 나가지 않을 것이었다.

“마마…, 내가 나가면 금방, 금방 뒤따라 나올 거지…?”

“나는 몰라도 카일은 꼭 내보내마.”

“아니, 엄마도 살아야만 해. 무조건 같이 나와. 나 혼자만 사는 것도, 나와 카일 둘이서만 살아남는 것도 싫어. 그러니까 엄마도 나와, 무조건.”

떨리는 목소리로 말하자 엄마가 살짝 웃으며 대답했다. 나는 절대 안 된다며 단호하게 못 박아 버렸다. 마마도, 카일도 나와야만 한다고 말이다. 문은 불길에 잡아 먹혀 바스라진지 오래였다. 게다가 악귀들이 예상과 같이 집 사면에 나뭇가지 등의 탈만한 것들을 둘러놓은 듯했다. 창문 밖으로도 거센 불길이 보이는 것으로 봐서는 말이다. 하긴, 그들의 입장에서는 그렇게 하지 않으면 우리가 언제 탈출 할지 모르니 당연할지도 모르겠다.

불길은 더욱 거세졌다. 하필이면 밖에는 또 바람이 불고 있었다. 그 바람을 타고 불이 더욱 거세지는 것을 보니 겁이 덜컥 났다. 지금이라도 빠져나갈 수 있을까 싶었다. 내가 나갈 테니 내가 나간 후에는 반드시 같이 나오라고 큰소리 탕탕 쳐놨는데, 도저히 나갈 용기가 나지 않았다. 불은 내게 무서운 존재였다. 그런데 저런 거센 불길을 뚫고? 두려움에 그 자리에서 조금도 움직이지 못했다.

"누나, 이걸 얼굴에 둘러."

"앗, 차가워!"

카일이 왠 천을 내 얼굴에 덮었다. 물에 젖었는지 굉장히 축축하고 차가운 것이 좋은 느낌은 아니었다. 이걸 왜 덮냐고 물어보니, 그는 나의 얼굴이 타서 일그러지면 안 되니까, 라며 히죽 웃어보였다. 덕분에 지금 앞은 전혀 보이지 않는 상태다. 그가 말했다. 보란 듯 살아남으라고. 그래서 누구 못지않게 떵떵거리며 잘살라고. 어째 말하는 폼이 저는 살아 나오지 않을 것이라 말하는 것 같아 엄마에게 한 것처럼 못 박았다. 무조건 살아서 만나자고. 그러나 그는 내 말에 대답하지 않았다. 그저 싱긋 웃을 뿐이었다. 불길했지만 똑똑한 아이이니 믿어보자며 나 자신을 다독여 보았다.

나갈 통로는 이제 저 창문 밖에 없어, 그가 내 머리를 만지작거리며 말했다. 분명 내 키로 빠져나가기에는 무리가 있을 만큼 높이 달린 창문이었다. 그러나 불길이 어찌나 높이 솟았는지 그 높은 창밖으로도 이글대고 있는 모습이 보일 정도였다. 머리카락이 안탔으면 좋겠네, 그가 혼자 중얼거리며 내 머리카락을 높이 틀어 올려 천으로 고정시켰다. 누나, 이거 잘 부탁해. 그가 끈에 뭔가를 달아놓은 듯했다. 알겠다고 고개를 끄덕이자 그는 나를 번쩍 안아들었다.

"그럼 누나, 안녕."

"안녕이 아니라 다음에… 으아앗!"

다음에 다시 만나야지, 하고 말하려는 순간 그가 세찬 힘으로 나는 창문 쪽으로 던져, 그래, 던져버렸다. 한없이 어리게만 생각했었더니 남자긴 남자였는지 힘이 꽤 셌다. 얼굴이 가려져서 잘은 모르겠지만 내가 공중으로 날아가고 있다는 사실만은 알 것 같았다. 날아가던 어느 순간부터 몸이 내려가고 있는 것을 느꼈다. 그와 동시에 발목에 강한 통증이 왔다. 창틀에 왼 발목을 강하게 부딪힌 것이다. 아팠다. 뼈 하나가 박살이라도 난 듯 굉장한 통증이 느껴졌다. 비명소리가 나오지 않도록 이를 악물었다. 발목의 통증과는 별개로 계속해서 내 몸은 곤두박질치고 있었다. 어디가 어딘지도 모르고 그저 떨어지고만 있었다. 우리 집이 이렇게나 높았나, 하는 생각이 들 정도로. 아마 내 기준으로 시간이 굉장히 느리게 흘러가는 듯했다. 그러나 언젠가는 바닥에 닿게 되어 있었다. 땅으로 떨어지기 일보직전에 왼쪽 발목에 뜨거움이 느껴졌다. 살이 이글이글 타고 있는 듯한 그런, 아픔과는 별개의 뜨거움과 찌릿한 고통이 고스란히 나의 뇌로 전해졌다. 1초의 찰나, 나는 집 뒤의 뜰에 떨어졌다. 착지 후에도 이글거리는 아픔과 뼈가 부러진 듯한 고통은 여전했다. 너무 아팠기에 얼굴에서 젖은 천을 떼어내고 발목을 살폈다. 아니나 다를까 약간은 꺾인 듯한, 그리고 불이 붙어 있는 왼 발목. 알고 나니 고통은 두 배 이상이 되어 다가왔다. 젖은 천을 매만져보았다. 아직도 축축했다. 나는 급하게 그 천을 왼 발목에 덮었다. 젖었기 때문인지 천은 그슬리기만 할 뿐 제대로 타지는 않았다. 더불어 나의 퉁퉁 부은 나의 발목이 조금 편해지는 기분이 들었다.

발목의 부상 정도로 힘들어 하다니, 어떻게 불에 타 죽을 생각을 했을까. 끔찍하게 아팠다. 이대로 주저앉아 엉엉 울고 싶을 정도였다. 발목이 삔다는 것이, 이렇게나 끔찍한 고통을 동반할 줄은, 발목을 삔다는 것이 꽤나 아프다는 것을 이제 서야 깨달았다.

불길은 여전히 집을 감싸 안고 이글대고 있었다. 얼른 엄마와 카일이 탈출해서 나왔으면 했다. 집 뒤쪽의 뜰, 즉 마녀의 숲 길 어귀였기에 마을사람들은 이곳에 오지는 않았다. 사람이, 그것도 내가 탈출했다는 사실 자체를 모르고, 그 가능성 역시 생각지 않은 것이 분명했다. 그러나 불안했다. 불안했기에, 혼자 있기에는 불안했기에 얼른 엄마와 카일이 나왔으면 했다. 그들이 나오기 전에는 움직일 수 없었다. 일단은 기다려야 했다. 그러나 불길이 집의 지붕까지 삼켜버릴 때가 되어서도 마마와 카일은 나오지 않았다. 불안한 예감이 들었다. 그와 동시에 내 머릿속에는 카일이 했던 말이 스치고 지나갔다.

'누나, 안녕.'

그래, 그는 안녕이라고 했었다. 안녕안녕안녕. 다음에 만나자, 가 아닌 영원히 만날 수 없어, 의 안녕.

"으, 으아… 으아…!"

절로 울음이 밀려왔지만 참았다. 울음소리를 냈다가는 당장이라도 악귀들이 날 죽이러 올 것이었다. 그들에게 걸려 잔혹하게라도 죽고 싶은 마음이 절로 들었지만 그것도 참았다. 내가 죽는 걸 카일과 엄마가 원치 않았었던 것을 기억했다. 아빠, 엄마, 카일…! 조용한 목소리로 나지막하게 비명을 질렀다. 그 비명에 내 모든 슬픈 감정을 담았다. 그 이상은 해서는 안 되었으니까. 그저 기도했다. 불길이 지금이라도 멈추게 해주세요. 그러나 그 기도는 이루어지지 않았다. 날름날름 하늘을 향해 뻗어가는 불길은, 기어코 집을 삼키었다.

집을 삼키고 나서야 신은 내 소원을 들어주셨다. 흐릿흐릿하던 날씨가 기어코 비를 뿌려댔던 것이다. 비는 어느새 폭우가 되었고, 천둥번개까지 쳐대며 울었지만 집의 불길을 잡기에는 역부족이었다. 나는 도망쳤다. 뼈가 부러졌는지 제대로 설 수 조차 없는 그 왼발을 젖은 천으로 꽁꽁 동여매고서 오직 살기 위해 도망쳤다. 마녀의 숲은 이름대로 어둑어둑하면서도 기괴한 분위기를 자아냈다. 그래도 전혀 무섭지 않았던 것 같다. 어둠은 언제나 나를 포근하게 안아주었을 뿐이다. 무서워 할 이유가 없었다. 그리고 나는 살아야 한다는 생각에 아무것도 생각 할 수 없는 상태였다. 오직 내가 살길만을 생각했다.

그때 나는 마녀의 숲으로 소일(Soil:외부인 출입금지 조치가 취해져 있는 마을이다)과 이어져 있는 마을인 세이멜을 기억해냈다. 들어가서 자리 잡고 살기에는 꽤 까다로운 부분이 있는 마을이지만, 그곳에 정착하기만 한다면 내가 소문난 마녀라는 점을 가릴 수 있을 터였다. 그러나 세이멜과 소일까지의 거리는 15마일(대략 24km) 정도나 되었기에, 날이 밝기 전에 도착하려면 꽤나 서둘러야만 했었다. 그러나 나는 그때 한 가지 간과한 점이 있었다. 내가 다리 부상자라는 아주 치명적인 약점을 말이다. 다친 다리로는 한 시간에 2마일(대략 3km) 조금 넘게 갈 수 있었다. 그러나 그런 건 생각도 제대로 하지 않았다. 그때의 나는 무조건 세이멜로 한시라도 빨리 도착해야 한다는 마음 뿐이었던 것 같다.

다리의 통증은 끊임없이 날 괴롭혔다. 걸을만하다 싶으면 나를 주저앉게 만들었다. 이 상태로는 세이멜에 도달하기 전에 내가 지쳐 쓰러질 것 같았다. 결국 난 마음을 고쳐먹었다. 우선은 쉬어야 뭘 하겠다는 생각이 든 것이다. 주변을 둘러봤다. 빽빽하게 들어찬 나무들밖에는 보이지 않았다. 그러나 내 코에는 한순간이나마 신선한 물 특유의 향이 머물렀었다. 그리고 보니 친하게 지내던 세이멜 상인들에게서 마녀의 숲에 인간의 손을 타지 않은 연못이 있다는 소리를 들은 적이 있었던 것 같았다.

"정말 대단하지 않나? 이 마을 사람들은 마녀의 숲을 두려워해. 그러나 그곳은 정말 아름다운 천국이야."

"그럼, 그럼. 특히나 그곳 '연못'의 물맛은 상상을 초월하지!"

"…정말이요?"

"그럼, 아르나. 연못은 보기만 해도 청량감이 느껴지는 푸른빛을 띠고 있단다."

그 때의 나는 그가 내 이름을 어떻게 알고 불렀나? 라는 생각은 하지도 못한채 그에게 물어봤다.

"어디쯤에 위치하고 있는데요?"

"이곳 지리로 따지자면… 마녀의 숲 입구로부터 6마일도 떨어져 있지 않는 곳에 위치하고 있지, 하하."

기회가 된다면 꼭 가서 구경해 보거라, 아름다울 뿐만 아니라 물맛도 좋거든, 하는 상인들의 목소리가 메아리쳤다. 6마일! 이때까지 내가 온 거리는 약 5마일 정도였다. 말인즉 30분가량만 더 걷는 다면 그 연못에서 쉴 수 있다는 말이 아닌가. 나는 희망에 가득 차 지금 당장이라도 쉬어야 한다고 칭얼대는 다리를 이끌었다. 다리에 힘이 들어가지 않은지 오래였다. 나무를 짚어가며 손의 힘으로 처진 몸을 옮기고 있다는 말이 어울릴 정도로 난 다리를 질질 끌고 가고 있었다. 그럼에도 고통은 느껴졌기에 나의 워체트(Watchet; 옅은 청록색)빛 튜닉드레스가 식은땀으로 축축하게 젖어갔다. 안 그래도 비에 젖어 있던 드레스라 느낌이 더없이 불쾌했다. 이 악조건을 딛고 악착같이 버틸 수 있었던 것은 '연못'이라는 희망 때문이었다. 죽고 싶을 만큼 힘들다, 라고 생각할 때마다 떠오르는 가족의 얼굴 때문이었다.

"아!"

나의 입에서 자그마하게 탄성이 터져 나왔다. 하루 종일 밤인 마녀의 숲 안에서도 푸르게 빛나고 있는, 보기만 해도 청량감이 느껴지는 연못! 상인들이 말한 그대로였다. 아니, 상인들이 말한 것은 일부분에 불과했다. 연못이 나를 유혹했다. 얼른 와서 나를 마셔, 발도 담그고 여기서 여정을 푸는 거야. 쉬어가는 거야. 연못의 유혹에 따라 얼른 가서 물을 마시고 싶었다. 죽을힘을 다해 연못근처까지 다가갔다. 연못은, 정말로 아름다웠다. 눈물이 날정도로.

연못에는 떠 있지 않은 허상의 달이 비치고 있었다.

***

"…갑자기 이건 왜 생각이 나는 거야."

그, 아니 그녀인 아르나가 은제 단도의 반짝이는 칼날을 보며 중얼거렸다. 그때의 일은 정말 생각하기도 싫을 정도였다. 한 번씩 비가 오는 날이라든가, 노을에 불타는 마을을 봤을 때, 심적으로 무척이나 피곤할 때 그녀는 그 장면을 악몽으로 꾸곤 했다. 그때의 그녀는 어떤 행동을 할지 몰랐다. 주인아저씨의 목을 세게 죄고 있을 때도 있었다. 그리고는 항상 정신을 차리고 나면 어린 아이처럼 몸을 말아 엉엉 울곤 했던 것이다.

그녀가 한숨을 푹 쉬었다. 그때 한 번만이 아니었기에 주인아저씨에게는 항상 미안한 것이 그녀의 마음이었다. 그녀의 마음은 무뎠다. 그러나 칼날은 여전히 예리했다. 그녀의 아름답던 긴 머리를 싹둑 잘라버린 단도. 그 단도가 빛을 받아 반짝이고 있었다. 마치 그날 연못에 비치던 허상의 달처럼 아름답게.

"언제까지 이러고 살아야 하는 걸까. 죽을 때까지?"

그녀의 혼잣말이 방안의 공기를 진동시켰다. 다시 한 번 한숨을 내쉬었다. 그녀는 여전히 예리하기만 한 은제단도를 다시 검 집에 집어넣었다. 세이멜에 무작정 와 돈이 없을 때, 단도를 팔까 생각한 적이 있었다, 그녀는. 그러나 그녀의 어머니의 유품이라는 생각에 정처 없이 마을을 돌아다니기만 하다가 세에라를 만났고, 여관에 자리도 얻었다. 아르나는 세에라와의 만남을 생각하며 웃음 짓는 한편 마음 한 구석이 불편해져 오는 것을 느꼈다. 세에라는 그녀의 친구였다. 그 누구보다도 소중했다. 그러한 그녀를, 자신은 속이고 또 속이고 있는 거다. 그것이 그녀를 즐거운 상태로만 유지시키지 않았다. 만날 때마다 자신에게 친절하게, 친근하게 말을 걸어주는 그녀를 좋아했다. 그래서 항상 미안했다.

당신은 이대로, 이대로 살아가야 하는 거다. 만약 여왕이 널 찾아낸다 하면, 리엔Lien을 찾아라. 도움을 요청해.

왜 당신을 도와 주냐고? 난, 빌어먹을 여왕에게 갚아야할 빚이 있거든. 그러니까 당신은 살아야만 한다. 당신은, 여왕에게 주는 최고의 복수가 될 테니까.

그녀는 돌연 들려오는 목소리에 고개를 세차게 저었다. 연못에서 사람을 만났을 때, 그때 얼마나 까무러치게 놀랐던가. 그때를 생각하면 아직도 오싹한 느낌이 남아 있을 정도였다. 그러나 그 사람은 자신을 신고하지 않았다. 몰골이 말이 아니어서 그녀가 어떤 상태인지 알 법도 한데 그저 도와주기만 했다. 남장을 하라며 조언까지 해준 것도 그다. 왜 도와 주냐고 물으니 그녀가 복수가 될 거라고 했다. 알 수 없는 소리만 하고 사라진 그가, 그녀는 이상하게도 정감이 갔었다. 그녀의 남동생과 닮은 눈동자를 갖고 있었기 때문일지도 모르겠다.

그녀는 피곤했다. 너무나도 피곤했다. 이 짧은 시간동안 너무 많은 긴장을 한 탓이다. 과거를 회상하는 것만으로도 신경이 곤두서게 된다. 그녀는 침대에 누워 곤두선 신경을 잠재우기로 마음먹었다. 그리고 곧장 실천으로 옮겼다. 침대에 몸을 날려 누운 그녀는 천장을 바라보았다. 천장 쪽으로 손을 뻗었다. 그녀의 커다란 눈이 자신의 눈앞에서 왔다 갔다 하는 고운 손을 응시했다.

"리엔… 리엘르 드 리엔Lielreu De Lien…."

세이멜에 와서 제일 먼저 한 일이 정착할 곳을 찾는 것이었다면, 두 번째로 한 일은 리엔이 누구인지를 알아보는 일이었다. 이 일은 첫 번째 일과는 달리 순탄했다. 리엔은 세이멜, 소일, 미헨(Mihen), 페나(Pena), 그리고 리엔(Lien), 이 다섯 개의 작지 않은, 오히려 큰 쪽에 속하는 이 마을들을 다스리는 역할을 하는 공작가문의 이름이었다. 리엔 공작가. 그리고 현 리엔 공작가의 주인이 리엘르 리엔이었다. 용모가 매우 아름답다고들 하는 리엔 공작가의 장남. 이들을 모르는 자는 거의 간첩이라고 소문날 정도였다. 그녀는 왜 소일에 살면서도 그 공물을 바치는 상대가 누군지 몰랐던 자신을 탓했다.

그녀는 계속해서 눈알을 도륵도륵 굴렸다. 그는 리엔 공작가와 무슨 관계가 있기에 여왕에게 정체를 들키거든 그곳에 가 도움을 요청하라고 했을까. 왜 하필이면 리엔 공작가일까. 평소에는 잘 나오지도 않던 의문이 그날따라 꼬리에 꼬리를 물고 나와 그녀의 머릿속을 어지럽혔다.

"설마 여왕이 이런 공작가의 마을까지 방문할리가…."

공작령의 마을은 왕족이 간섭하지 못했다. 행차 한 번 하는데도 공작의 허락을 구해야 할 정도였으니 공작의 영향력은 꽤 세다고 할 수 있었다. 그녀는 여왕이 허락까지 구하면서 공작령을 방문할 것이라는 생각은 전혀 하지 않았다. 생각만 해도 고개가 설레설레 저어진다. 손을 내렸다. 그리고는 자신의 왼손을 자세히 살펴봤다.

왼손 중지에 끼어진 은반지가 불빛을 받아 반짝였다. 어디서 구한 건지 아콰마린까지 박혀 있다. 카일의 유품이라면 유품인 셈인 이 반지는 그가 잘 부탁한다고 말한 물품이다. 그런 그가 살아 있다. 그때 죽은 줄로만 알았던 그가 멀쩡히 살아 있다는 사실에 그녀는 불안해하면서도 안도했다. 가족의 끈은 질기디 질겼다. 그러니 언젠가는 만날 수 있을 것이었다. 그를 만나기 이전에 우선은 정체가 들키지 않게 잘 처신해야만 했다. 한눈에 봐도 그녀는 수배지의 여인과 많이 닮은 상이다. 더더욱 조심해야 한다.

그녀는 이불안에서 꾸물대며 몸을 동그랗게 말았다. 둥그렇게 말면 침대에 혼자가 아닌 듯한 느낌이 들기 때문이었다. 오늘은 굉장히 지친 상태였기에 어떻게든 혼자가 아니라는 느낌을 만들어 내야 한다. 그녀에게는 오늘 하루가 천년 같았다. 3년 전 그날과 마찬가지로 많은 일들이 일어났기 때문이다. 그래서 더 불안했다.

좋은 생각만 하려고 노력을 하지만 방금 전에 수배지를 본 기억 때문일까, 냉정한 판단을 내리기가 힘들다. 점점 생각은 좋지 않은 쪽으로 흘러가다보니 당장에라도 우리 아버지를 죽였던 것 그 사람들과 같이 이 곳 사람들이 변할 수도 있다는 두려움에 아르나는 방안에 있는 자신의 물건들을 바라본다. 자신의 물건들이라고 해봤자 몇몇 옷가지밖에 없다는 것을 깨닳고는 나는 언제라도 이곳을 떠날 수 있어, 라고 중얼거린다. 이럴 때 일수록 좀더 침착해져야 된다는 사실을 그녀의 머리는 알고 있으나 실천이 안 되는지 손톱을 물어 뜯는다. 아래층에서 웅성웅성대는 소리가 들리자 이 장소가 여관이라는 사실조차 잃어버린 채 아르나는 지갑만을 가지고 절룩거리는 걸음거리로 방 밖으로 나간다. 누군가가 자신을 죽이기 위해 다가오는 것을 보고 필사적으로 도망치는 쥐나 벌레같이 말이다. 여관 밖으로 나가는 뒷문 쪽에는 저녁식사 후 더러워진 그릇들을 닦기 위해 주인아주머니가 바쁘게 움직이고 있었다.

"어머, 에반! 이 늦은 시간에 어디가니? 그 양반이 알면 또 큰소리 할 텐데…."

평소의 아르나라면 주인아주머니의 말에 싱긋 웃으며 잠깐 바람 좀 쐬고 올게요, 라고 말했겠지만 그녀는 아주머니의 목소리에 얼굴이 딱딱하게 굳는다. 아마 그녀의 눈에는 3년 전의 상황이 지금의 상황과 겹쳐 보이는 것일지도 모른다. 그녀의 눈빛에서 뭔가가 느껴진 것인지 아주머니는 걱정하지 말라는 듯이 미소를 지으며 그녀에게 다가간다. 뒷걸음질을 치던 아르나의 눈에서는 따스한 미소를 지어보이는 아주머니가 아닌 도미닉(3년 전 사건에서 아르나의 집에 찾아와 그녀의 아버지를 죽인 사람들 중 1명)이 일렁이는 듯하다. 그때 그 악귀들 중에서 가장 죄책감을 느끼는 사람 같았지만 그도 그녀와 그녀의 가족들의 손을 놓아버린 존재였으니까…계속 뒷걸음질 치던 아르나는 휘적이던 손이 문 손잡이에 닿는 것을 느끼자마자 손잡이를 돌린다. 그리고는 빠르지 못한 발걸음이긴 하지만 나름의 방법으로 달린다. 깜깜한 거리에 절뚝거리며 걸어가는 소년으로 보이는 아르나의 모습은 눈에 보이지 않는 무언가에 쫓기는 것으로 보였다. 그녀는 인적이 드문 골목으로만 다니면서 동쪽 숲인 통칭 어둠의 길이라는 숲으로 걸어간다.

"여기라면… 그들도 오지 않을 거야. 마녀의 숲도 꺼려서 그 악귀들에게 모든 일을 시켰던 그들인 걸."

그녀는 어두운 얼굴을 하고선 나뭇잎마저도 검은색으로 물든 숲으로 들어간다. 그 순간 바람이 살랑하고 불면서 나무들이 '스스스' 거리는 소리를 낸다.

***

사치품으로 둘러싸여 있는 화려한 성의 테라스에 머리를 높게 틀어올린 여성이 티타임을 즐기고 있다. 한 손에는 자신의 충실한 부하인 '귀령' 이 보낸 업무 보고서가 들려 있고 한 손에는 달콤해 보이는 비스켓이 들려 있다. 그녀는 업무 보고서를 보면서 [아르나 칸은 신분을 숨긴채 거주하고 있던 여관에서 나와 어둠의 길이라 불리는 숲으로 자취를 감추었다.]라는 구절을 읽고 새빨간 입술을 말아올린다.

"그래… 아르나. 너같이 주위에 불행을 안고 다니는 마녀라면 다른 사람들과 어울려서는 안 돼. 내 기억이 맞다면 넌 좀더 큰 후에는 더 많은 사람들을 불행하게 만들었을거야. 그때처럼."

혼자 중얼거리듯이 말을 마치고 여성은 비스킷을 입에 쏙 집어넣고는 맛있게 먹는다.

푸른 나비

~ 푸른빛의 예언자 ~

도우나

[의뢰에 대한 취소는 불가능하며, 결과에 대한 모든 책임은 당신에게 있습니다.]
모든 선택지의 열쇠를 보관 하는 자. 그저 세상을 바라보는 자. 바로 푸른 나비.

그녀의 손에 있는 열쇠를, 푸르게 빛나는 그 열쇠를 당신은 사용하시겠습니까?

작가 소개_도우나
여러 가지 소소한 취미를 모아 네이버에서 블로그를 운영중인 예비 고등학생입니다. 어릴 적부터 '책쓰기' 등과 같은 글쓰기 창작 활동에 관심이 많아 동아리에 가입하게 되었습니다. 열심히 쓴 모두의 노력이 여러분께 전해졌으면 하네요 :)_★

나비?

12시 정각, 돌아가고싶은 그때를 생각하며 의뢰를 작성한다.
그 종이를 6번 찢은 후 침대 아래, 벽장 등의 어두운 곳에 뿌려둔다.
다음 날 낮 12시, 나비로부터의 답변이 그 장소에 도착한다.

대가

어떤 선택이든 반드시 결과가 따르는 법. 자신의 선택에 대한 그 결과.
또한 죽어서 천국도 지옥도 갈 수 없는 인간이 아닌 존재로
영원히 떠돌아 다니게 된다고 한다.

의뢰

1. ILLUSION(上)
짧았던, 너무나도 달콤했던

2. ILLUSION(下)
나와 함께해 줄 사람?

3. REAL VS IDEAL(上)
당신이 살아가고 있는 그 세상은?

4. REAL VS IDEAL(下)
현실, 그 안의 너의 이상

5. BLUE NABI ~ ENDING ~
예언자 그녀의 이야기

CHARACTER

푸른 나비 (푸른 예언자)
성별 # 여
나이 # 불명
성격 # 어려보이는 모습과 달리 과묵하다.
존재 # 천국에도 지옥에도 사후세계에도 현실에도 존재하지 못하는 사람들의 부름이 만들어낸 존재. 형태는 존재한다.
능력 # 환상, 시공간 이동

어시스 (ASSISTANT)
??# 성별
? # 나이
감정에 대한 개념이 부족하다. 푸른나비에게 자신이 얻은 정보를 제공한다. # 성격
형태가 존재하지 않음. 푸른 빛덩어리로 보인다. # 존재
푸른나비의 어시스턴트. 정보 수집 및 주인의 판별을 담당한다 # 특징
수집. 판별 # 능력

푸 른 나 비 _ ILLUSION

아무도 없는 고요의 시간. 댕 댕 댕 하고 시계가 12번 울렸다. 한밤중. 모두들 잠자리에 들어 아무도 꿈쩍하지 않았지만 한 소년만은 달랐다. 그는 잠에 들지 못하고 쭉 뒤척인 듯했다. 소년은 헝크러진 머리를 적당히 손질하더니 자리에서 일어났다. 곧 그는 책상에 앉아 서랍을 뒤적거렸다. 그리고 그는….

ILLUSION ~ 보이지 않는 환상 ~

12시 자정. 부스럭부스럭 하는 소리가 들리더니 곧 툭 하고 볼펜의 소리가 들려왔다. 그는 잠시 고민하는 듯하더니 고개를 두어 번 흔들고 글을 쓰기 시작했다.

[신하루. 푸른 나비 그때의 잘못된 선택지로 데려가 주세요….]

그는 슬쩍 휴대폰을 터치하여 꺼져가는 화면을 켰다. 휴대폰 화면에서 무언가를 중얼중얼 읽더니 종이를 6번 찢어 침대 밑으로 던져버렸다. 그 후 그 방에서는 아무런 소리도 들리지 않았다. 방 안에는 회색 달빛만이 고요하게 반짝였다.

***

3월 4일. 벚꽃이 흩날리는 봄. 그리고 개학식과 입학식. 거리에는 다양한 교복들이 하나 둘 줄을 맞추어 걸어가고 있었다. 아이들의 표정은 제각각 다양했다. 몇 반이 될까 하는 기대감에 가득 찬 아이. 과제물을 다 하지 못하여 울상인 아이. 방학이 끝났다는 생각에 터덜터덜 걸어가는 아이. 그리고

"누나 좀 천천히 가자니까-!!"

숨이 차 헉헉 거리면서도 저만치 앞에 있는 누나를 따라가는 남자아이. 그의 부름에 뒤도돌아 보지 않고 누나라고 불린 소녀는 "니가 느린 거야 하루!"라고 대답하며 계속해서 걸어 나갔다. 하루 라고 불린 남자아이는 실내화 주머니를 흔들며 달려갔고 겨우 따라잡은 누나에게 가볍게 꿀밤을 때렸다.

"남동생을 버리고 혼자 가다니 우리 누나 맞아?"

"네가 친동생 아니었으면 난 벌써 저 앞에 가 있었을 걸? 난 오늘이 고등학교 첫등교란 말이야."

그녀는 투덜대는 남동생의 머리를 쓰다듬으며 한숨을 쉬었다.

그것도 잠시, 그녀는 동생의 가방끈을 잡고 질질 끌고 학교로 향했다. 현재 시각 08시 09분. 주변은 언제나처럼 떠드는 아이들의 소리로 가득했다.

"1학년 7반 신유라. 첫날 등교부터 3분 지각이다-!"

그녀의 중학교 앞. 결국 첫날부터 화려하게 지각을 하고 말았다. 누나를 보고 남동생은 살짝 메롱- 하더니 인상을 찌푸린 누나의 얼굴을 보곤 달리기 시작했다. 그런 장난꾸러기 남동생을 언젠간 꼭 반 죽이겠느라 하고 유라는 몇 번이고 마음속으로 다짐했다.

가까스로 학주선생님의 손에서 벗어난 그녀는 숨을 가다듬지도 않고 배정받은 7반을 향해 계단을 한 칸 한 칸 뛰어 올라갔다. 겨우 도착한 반. 그녀는 망설일 시간도 없이 앞문을 벌컥열고 교실로 들어섰다. 다행히 담임선생님은 들어오지 않으신 상황이었다. 그녀는 마음속으로 [세이프]를 외쳤다. 얼마나 시간이 지났을까. 드륵 드륵 하고 힘겹게 앞문이 열렸다. 문 틈으로 보이시는 선생님은 조금은 거칠게 보이는 남자선생님이셨다. 뚜벅뚜벅 구두를 신으신 채로 교탁 앞에 다가오시더니 출석부를 내려놓으셨다. 쿵 하고 부딪히는 소리가 긴장감을 한층 더 올려주는 것 같았다. 아는 친구도 없는 탓에 불안감은 더더욱 커져만 갔다.곧 선생님은 묵직한 출석부를 펴셨고 한 명 한 명 이름을 부르시기 시작하셨다.

"김수민" "네" "김하신" "네"

하나 둘씩 아이들이 대답을 했고 어느 새 선생님은 그녀의 이름을 부르셨다. 긴장한 탓일까. 그녀는 굳은 듯한 목소리로 가까스로 대답했다.

"아… 네-에!"

어색하던 공기도 째깍째깍 거리는 소리와 함께 점점 정화되기 시작하고 조금 적응을 할까- 하고 마음을 먹은 차에 하교소리를 알리는 종이 울렸다. 그녀는 조금 아쉬운 듯한 한숨을 내쉬더니 가방을 등에 울러매고 서둘러 학교 교문을 빠져나왔다. 첫날 꿈으로 가득찼던 중학교 등교일은 그렇게 막을 내렸다. 만화책처럼 말을 걸어주는 사람은커녕 학교가 멀지 않아 다행이라고 할까.

"헤에- 누나 느림보-."

터덜터덜 교문을 나섰을 때, 어디선가 익숙한 소리가 들렸다. 뒤를 돌아보니 역시나 원수 같은 동생이 헤헤 하며 웃고 있었다.

"으이구 이 웬수 얼마나 날 괴롭히면 성이 풀리냐?"

유라는 가볍게 남동생을 향해 꿀밤을 날렸다. 그런 그녀에게 오만상을 찌푸리며 짜증을 내는 하루. 하지만 그런 유치한 싸움도 잠시, 그들은 서로를 바라보고 슬쩍 웃더니 문구점 앞을 향해 달려갔다. 도착하자마자 그들은 주변을 슬쩍 둘러보고 기계에 백원짜리 동전을 두어 개 넣었다.

[개울가에 올챙이 한 마리-꼬물꼬물 헤엄치다-♬]

구멍에 국자를 가져다대니 기다렸다는 듯이 희고도 흰 설탕이 나온다. 그들은 환호를 지르며 마지막 한 알까지 싹싹 긁어내었다.

"빨리 좀 해봐 설탕 타잖아!"

"그럼 네가 하던가! 이게 얼마나 팔 아픈지 알아?"

화해하고 달려온 지 얼마나 되었다고 또 그 둘은 삐걱삐걱 싸우기 시작했다. 우여곡절 끝에 설탕과자를 완성하고 그들은 한입씩 크게 깨물어먹었다. 바삭 하고 부서지는 설탕과자의 소리와 함께 현관문을 연 그들은 불량식품을 먹었다며 몇분간 반복되는 어머니의 잔소리를 들어야만 했다. '신유라! 신하늘!' 로 시작해서 '몇번이나 경고했지?' 로 끝나는 문장을 그들은 끝없이 듣고만 있었다.

"앞으로 안 할게요 엄마!"

남동생의 애교로 겨우 어머니의 잔소리에서 겨우 벗어난다. 방으로 들어가 둘은 소리가 나지 않는 작은 하이파이브를 한다. 그리곤 배를 잡고 웃는다. 아무리 둘러보아도 그 곳은 도저히 나비가 나타날 수 없는 곳이었다.

아무도 없는 그 곳에서 나비는 조용히 머리를 손질한다.
12시. 차원의 문이 열리는 순간 ~ ILLUSION ~

푸른나비 _ ILLUSION

"오늘은… 뭘 해야 할까."

그녀는 흐르는 강을 바라보다 몇 번 첨벙첨벙 거리곤 흥미를 잃은 듯 뒤도 돌아보지 않고 집을 향해 나아갔다. 나비는 마치 영화 속 주인공처럼 쾅 하고 문을 열어본다. 우르르 적이 몰려나오던 영화와는 달리, 쾅-하는 메아리 소리만 울려퍼진다.

ILLUSION ~ 보이지 않는 환상 ~

"그래서, 날 부른 이유는 이걸로 된 건가?"

햇살이 내려쬐는 12시. 창문밖에서 부는 바람 때문인지, 그녀의 흔들리는 머릿결에 신비로운 분위기가 흘러넘쳤다. 게다가 그녀의 무표정한 모습은 솔직히 조금 무서워 보인다. 언제나 애교 많고 말이 많았던 하루였지만 그런 나비의 앞에서는 움직이는 것조차 불가능했다.

"진짜 와준 거야…? 나비."

그의 떨리는 손이 긴장했음을 알려주고 있었다. 하지만 나비는 그에게 아무런 감정도 없었다. 나비는 빛나는 파란 눈으로 그를 바라보았다.

"네가 후회하고 있는 그 순간으로 데려가주지. 하지만 그 이후가 어떻게 될지는 네 선택에 따라 달렸어. 그 모든 건 네 책임. 그리고 원래 차원의 문은 인간은 드나들 수 없는 곳이야. 그렇기에 어느 정도 패널티는 있을꺼고."

"패널티…?"

"차원의 공간을 건너 간다는 건 넌 인간이 아니라는 거야. 그렇기에 죽더라도 인간과는 다른 대우를 받겠지."

그는 금방이라도 울 것 같은 표정으로 나비를 바라보았다. 나비는 한숨을 쉬더니 그의 팔을 잡았다.

"장난으로 할 일은 아니라는 의미."

나비는 벽을 한번 쓰다듬더니 그 곳으로 하루를 끌어당겼다. 그는 반응할 시간도 없이 이끌려갔다. 그 곳에 펼쳐진 광경은 돌아가고 싶었던 그 시간이었다.

***

"하루! 오늘은 엄마도 외출하셨으니까 또 오랜만에 몰래~ 달고나 해먹을까?"

하루는 누나의 팔을 잡으며 방긋 웃었다. [그거 재밌겠는걸!] 하고 대답하면서.

"안 돼…!"

달려 나가려는 나의 팔을 그녀는 꽉 붙잡았다. 나는 그런 그녀의 팔을 뿌리치고 돌아가고 싶었던 그 시간으로 달려 나갔다. 나비는 포기한 듯 나를 바라보았다.

눈을 뜨니 어느 새 내 앞에는 주방을 뒤적거리는 누나가 서 있었다. 나는 그녀의 옷자락을 잡으며 말했다.

"누나 역시 오늘은 단것보단 뭔가 다른 게 먹고 싶은데-."

"헤에 네가 웬일이야 하루. 드문데? 그럼 뭐라도 시켜먹을까? 어차피 달고나로는 저녁이 되지 않으니까."

그녀는 열었던 가스벨브를 잠그며 말했다. 그제서야 나도 응! 하고 대답했다.

"어이 하루! 갑자기 왜 우는 거야?"

음식점 전화번호를 찾던 누나가 나에게 달려왔다. 문득 눈을 감아본다. 지금까지 있었던 모든 것이 꿈만 같았다. 내 앞에서 웃고 있는 누나를 보니 어쩐지 모르게 조금 눈물이 나온다. 누군가가 말해 주었으면 좋겠다. 그때 눈 앞에 있었던 붉은 불꽃이, 점점 작아져만가는 누나의 목소리가 모두 다 나쁜 악몽이었다고.

"조금 나쁜 꿈을 꾼 것 같아 누나 그것뿐이야. 괜찮아"

역시 날 안아주는 다정한 누나가 너무나도 좋아서 나는 몇 번이고 눈물을 닦았다.

그 장면을 바라보는 것은 나비뿐만이 아니었다.

"앞으로 못 볼 지도 모르겠지만 난 그래도 누나가 웃는다면 다행이야."

12시. 차원의 문이 열리는 순간 ~ ILLUSION ~

푸 른 나 비 _ Real VS Ideal上

오늘도 어김없이 눈을 뜨면 푸른 풍경 아니 어쩌면 차가운이라고 말해야 더 맞을지 모르겠다. 푸른 이라는 맑은 단어로 표현하기에는 너무나도 쓸쓸하고 외로웠으니까. 차가운 풍경 속에서 그녀는 꽃을 두어 송이 땄다. 그러자 그 꽃은 덧없이 축 쳐져버렸다. 그런 꽃에게 흥미를 잃은 나비는 툭 하고 땅바닥에 놔두었다. 그녀는 그렇게 [외롭다] 는 단어를 알아가고 있었다.

아무도 없는 어두운 집. 불어오는 찬바람. 방 문 안에서 무언가를 두드리는 소리만이 들려온다.

타탁탁탁. 가벼운 소리. 무엇인가 궁금한 마음에 살짝 문을 열고 방을 살펴보았다. 중 고등학생 즈음 되어 보이는 아이의 얼굴이 밝은 빛에 비춰졌다. 어두운 곳에서 갑자기 빛을 본 탓일까. 나비는 눈을 꾹 감아버렸다. 한참을 있다가 다시 한 번 문을 열었다.

[끼익-]

너무나도 조용한 집 때문일까 문을 열 때의 소리가 더욱 크게 들렸다. 하지만 그 아이는 돌아보지도 않은 채 계속해서 자판을 치며 모니터를 바라보고 있을 뿐이었다. 십분 이십분. 아무리 바라보아도 단지 그 아이는 컴퓨터만을 하고 있었다.

결국 그런 아이에게 실증이 난 나비는 아이의 등을 툭툭 쳐보았다.?그러자? 그녀는 화들짝 놀란 채?모니터를 뒤로 한 채 나비를 바라보았다.

"너 누구…?"

그 소녀는 나비를 노려보더니 곧 질문했다.

"나비. 푸른 나비. 너희 말로 번역하자면 푸른 예언자 정도."

그런 소녀를 향해 나비는 퉁명하게 대답했다.

그러자 [그래.그렇구나.나비….] 라는 말만을 남겨둔 채 그 소녀는 계속해서 타자를 치기 시작했다. 그런 소녀에게 나비는 지쳤다는 듯이 한숨을 후 하고

쉬곤
"내가 뭐하는 자 인지 모르는 건가? 언제 사라질지도 모르는데 꽤나 태평하네."
라며 대화를 이어나갔다.
컴퓨터 소녀는 나비가 귀찮다는 듯 [아 그래. 그렇구나] 라는 단답으로 대화를 끊었다.
"너 사라진다고 곧."
"아 그래서 뭐?"
나비가 자꾸 말을 걸어서인지 그녀는 이제 슬슬 화가 난 것처럼 대답했다. 나비역시 그런 그녀의 태도에 답답해 죽을 맛이다.
한참의 침묵이 흘렀다. 나비는 그저 모니터에 비치는 그녀의 얼굴만을 바라보았다. 그렇게 얼마나 지났을까.?나비는 그녀에게 말을 걸었다.
"사라진다. 죽는다는데 무슨 반응이 그래?"
"뭐 어떤 반응을 기대하는 건데? 나한텐 이딴 세상, 아무 필요없는 존재거든?"
그녀는 돌아보지도 않은 채 짜증난 목소리로 대답했다. 그 목소리는 누구보다 당당한 목소리. 무(無)에 대한 조금의 망설임도 없었다. 마치 죽음 이라는 단어를 이해하지 못한 것처럼. 그녀는 계속해서 말을 이었다.
"꽤나 마음에 드는 조건이라고. 솔직히 말해 나도 고민하고 있었으니까. 믿을까 말까 하고 조금은 말야. 봐 이거. 정말 진지하게 생각한적 있었다고."
그녀는 모니터를 손가락으로 툭툭 치며 말했다. 어두운 그 방에서 빛나는 모니터에는, 푸른 나비 전설에 대한 자세한 설명, 사례 등이 적혀 있었다.
책상을 밀어 의자를 뒤로 돌리더니 그녀는 다리를 꼬았다. 그리고 나비를 똑바로 바라보며 말했다.
"너도 귀찮지? 이런 일 하느라. 왜 하고 있는진 모르겠지만 꼭 해야 하니까 하는 거잖아. 그러니까 빨리 죽여 버리고 치워버리지? 도대체 어떤 차원의 바보가 이곳을 어떤 생각으로 이 장소를 바라는 건지는 모르겠지만."
그런 그녀의 말에 나비의 눈동자는 흔들렸다. 그녀가 나비에게 거침없이 말을 걸었기 때문일까? 자신이 하는 일에 의문을 가져서 그런걸까. 그것도 아니면 그녀의 생각에 공감한 탓일까. 나비 자신도 그 이유는 알지 못했다.

한참의 시간이 흐른 뒤 나비는 그녀에게 말을 걸었다.

"정말 그 말에 조금의 후회도 없는 거겠지? 보통 인간들은…."

하지만 그녀는 책상을 쿵하고 쳐 나비의 말을 자르곤 말했다.

"부탁이니까. 보통 인간들이랑 날 비교하지 마. 이제 듣기도 싫고 지긋지긋해. 보통사람들? 하 웃기지 말라고 해. 내가 이 세상이라는 공장에서 나온 불량품이라고 손가락질 당하든 말든 그딴 건 내가 알 바 아냐. 그들이 학교를 가던 학원을 가던 친구를 사귀던 말던!…."

"……."

"난 여기에 있는데… 남들이 밖에서 뭘 하던 나한테 무슨 상관이야."

모니터의 빛에 그녀의 눈에 맺힌 눈물이 반짝였다. 나비는 그런 그녀에게 어떤 위로의 말도 해줄 수 없었다. 정확히 말하면 어떤 태도로, 어떻게 얘기를 해 주어야 하는지 알 수 없었다. 나비에게 살려달라며, 잘못했다며, 손발을 싹싹 비는 인간들은 수 없이 많이 보아왔지만 그녀와 같은 반응은 처음이었기 때문이다.

"알아들었으면 그냥 빨리 할 일 해."

나비는 콜록 하고 헛기침을 하곤 뒤를 돌아보고 말했다.

"미안하지만 게이트가 열리는 시간에만 가능한 의식이야."

"그래?"

그녀는 실망한 표정으로 다시 한 번 모니터를 바라보았다. 하지만 곧 모니터를 손으로 눌러 껐다. 그리곤 침대 위에 털석 누웠다.

"어차피 없어질 꺼면 뭐 할꺼 있나 잠이나… 자야지…."

나비는 조용히 방에서 나왔다. 거실. 아무런 가구도 없었다. 주방. 오늘 아침부터 아무것도 먹지 않았는지 싱크대는 텅텅 비어 있었다. 작은방. 아마 그녀의 남동생 즈음 되는 인간이 쓰는 방인지 로봇 장난감들과 교과서라고 적혀 있는 종이뭉텅이들이 여기저기 흩어져 있었다. 큰방. 아마 부모님 이라 불리는 사람이 사용하시는 방인가보다. 온갖 옷들이 어지럽게 널려 있었다. 나비는 곧 그런 집에 흥미를 잃었다는 듯이 다시 그녀의 방문을 열었다. 나비가 거실에 켜놓은 빛이 방 안으로 환하게 들어왔다. 그 빛으로 인해 나비는 처음으로 그녀를 직접 바라볼 수 있었다. 그녀는 너무나도 마른 체형에 키는 너무나도 작았다. 그런 그녀를 보고 나비는 후 하고 한숨을 쉬었다.

"문 닫아줘."

잠에서 깼는지 그녀는 나비에게 외쳤다. 나비는 심술이 났기 때문일까. 문을 더욱 활짝 열고 거실뿐만이 아닌 주방, 큰방, 한술 더 떠 먼지로 가득 묻어 있는 그녀의 방의 스위치까지 켰다. 그리곤 크게 한숨을 쉬며 말했다.

"이런 건 내 취미가 아니라고…. 인간들이랑 같이라니."

나비는 주방 냉장고를 뒤적뒤적 거리더니 다시 한 번 더 한숨을 쉬었다.

"정말 남동생 먹을 것밖에 없구나. 너네 집."

"당연하지 우리 집에서 난 없는 존재니까. 그것보다 불이나 좀 꺼줘. 눈부셔 죽겠단 말이야."

나비는 그녀의 말을 무시하곤 무언가를 골똘히 생각했다. 이거면 되겠지 하고 중얼거리더니 그녀는 아무것도 없는 공간을 툭툭 치는 듯한 시늉을 했다.

그러자 어디서 나타났는지, 푸른색 빛이 그녀의 어깨 위로 날아왔다. 그래, 날아왔다.

"푸른 나비라서 동업자도 나비날개인 거야?"

그녀는 의아한 표현으로 그 빛을 바라보았다. 그런 그녀의 물음에 나비는 고개를 저었다.

"엔 에이 비 아이(N A B I). 프랑스어로 예언자. 하늘을 나는 그런 나비가 아니야. 이 이름도 옛날에 누가 지어줬었지."

"그런데 왜 나비날개를 달고 날아오는 건데?"

"글쎄. 누가 이게 어울린다고 말했던 것 같네."

나비는 기억이 잘 나지 않는다는 듯 머리를 긁적이며 말했다. 그런 나비가 웃겼는지 그녀는 푭 하고 웃었다.

"불빛 아래에서 웃으니까 더 예쁘잖아."

나비는 그녀가 들을 수 있도록 꽤나 큰 소리로 중얼거렸다. 그런 칭찬이 어색한지 그녀는 이불을 푹 덮어썼다.

"어시스."

나비는 푸른 불빛을 향해 무언가를 속삭였다. 그러자 불빛은 알아들었다는 듯이 반짝 하고 빛나더니 곧 주방의 싱크대 위에는 처음 보는 무언가들로 가득 채워졌다.

"뭐야 이것들은?"

그녀는 나비에게 물었다. 하지만 나비는 대답도 하지 않은 채 주방을 뒤적거렸다.

"주방 좀 빌릴 테니까 넌 그냥 자고 있어."

나비는 칼을 꺼내들더니 곧 그 [무언가] 들을 잘게 썰고, 썰고 또 썰었다. 그리곤 타닥타닥 하고 가스레인지를 켜다가 불이 자꾸 꺼지는지 화를 냈다. 한참을 시도하다가 그녀는 뜨거운 거면 되는 거잖아 하곤 어시스 라고 불렀던 불빛을 들어 가스레인지 위에 올렸다. 동시에 무언가가 달달 볶아지는 소리가 들려왔다. 꽤나 먹음직스러운 소리와 냄새였다. 재료의 생김새는 괴상했지만. 고소한 냄새가 온 집에 퍼졌다. 잠시 후 나비는 그 완성된 요리를 그릇에 담아 쟁반에 올려 그녀 방 침대까지 들고왔다.

"죽을 때 사라지더라도 먹고 가자고. 시간도 많이 남았으니까. 내가 있는 곳엔 밥 같은 건 없어."

나비는 퉁명하게 그녀 앞에 쟁반을 내려두었다. 나비가 가져온 그 음식은 뭐라고 할까. 딱 보아도 푸른 나비답다고 할까. 전반적인 모든 색상은 푸른색이었다. 아 물론 맛이 없어 보인다는 뜻은 아니었다. 파랑색 소스와 파란색 면 그리고 파란 해산물같이 생긴 것들은 꽤나 조화를 이루어 먹음직스럽게 보였고 냄새도 좋았다. 고소하고도 달콤한 그런 냄새.

그녀는 젓가락을 들곤 살짝 망설이더니 곧 스파게티 같은 그 음식을 모두 먹어치웠다. 그저 맛있다! 라는 감탄사만을 내뱉으며.

그런 그녀를 보며 꽤나 뿌듯한지 나비는 살짝 웃었다. 그녀가 다 먹고 나자 나비는 말없이 그릇을 가져가더니 설거지를 했다.

"이거 무엇으로 만든 거야?"

그녀는 나비에게 물었다. 나비는 말없이 남은 재료를 들어 그녀에게 보여주었다. 나비가 들고 있는 재료는 너도나도 할 것 없이 모두 푸른색이었다. 그녀는 그 재료들을 빤히 바라보더니 헤에 하고 신기하다는 듯이 툭툭 건드려도 보았다.

"방금 너한테 만들어 준 건 내가 자주 먹는 빠레쥴이라고 하는 메뉴. 물론 레시피부터 전부 내가 만든 거지만."

"헤에- 대단하다 나비."

"먹을 만했다니 다행이다 그래도."

그런 나비에게 그녀는 조금 호기심을 갖기 시작했다. 그녀는 입 주변에 묻은 크림을 쓱 닦더니 곧 나비에게 물었다.

"나비, 넌 도대체 누구야?"

그런 그녀의 질문에 당연하다는 듯이 나비는 대답했다.

"이 세상을 바라보는 자. 모든 선택지를 바라보는 자. 예언자 그것뿐이야."

그녀가 물은 질문에
나비는 잠시의 망설임도 없이 대답한다.
12시. 차원의 문이 열리는 순간 ~ Real VS Ideal ~

"나는 사라질 꺼야."
푸 른 나 비 _ Real VS Ideal下

"나비, 넌 도대체 누구야?"

그런 그녀의 질문에 당연하다는 듯이 나비는 대답했다.

"이 세상을 바라보는 자. 모든 선택지를 바라보는 자. 예언자 그것뿐이야."

그녀의 답은 간단했다. 수십 번 수천 번도 이런 질문에 답변해왔다는 듯이 표정하나 변하지 않고 잠시의 고민도 없이.

"예언자? 왜 이런 걸 하는 거지?"

"글쎄. 이제 나도 뭐가 뭔지 아무것도 모르게 됐어."

그녀의 질문에 나비는 잠시 아무런 말도 하지 않았다. 한참을 그저 앉아 있었다. 그녀는 위를 바라보더니 말을 이었다.

"이기적이니까. 나밖에 모르니까. 잘못된 일이라는 걸 알면서도…."

그녀의 의미심장한 말에 그녀는 하? 하며 머리를 긁적였다. 그러자 나비는 부가설명을 덧붙였다.

"나도 어쩌면 너랑 같을지도 몰라. 이딴 세상 흥미도 없고 사라져도 나랑 관계없어. 그렇게 생각하고 살아가고 있는 거야."

그녀는 아무런 말도 하지 않은 채 그저 나비의 말을 듣고만 있었다.

"그 때 누군가가 날 부르는 소리가 들렸어. 그는 날 푸른 나비라고 불렀어. 그리고 난 그를 목소리님이라고 불렀지. 목소리는 바로 옆에서 들렸지만 형체는 보이지 않았으니까."

나비는 아무 말도 하지 않는 그녀를 아랑곳 하지 않은 채 계속 해서 얘기했다.

"그는 나에게 말해 줬어. 인간을 내 세계로 데려오는 방법을. 차원이동이라는 금기를 통해서지만, 금기따위 아무래도 상관없었어. 어떻게 해서라도 '혼자' 라는 공포에서 벗어나고 싶었으니까."

그렇게 말하곤 나비는 한참동안 아무런 말도 하지 않은 채 그저 천장의 붙어 있는 벽지만을 뚫어져라 바라보았다. 그녀 역시 그런 나비를 바라만 볼 뿐이었다.

하루 종일 컴퓨터로 온 세상을 바라보고 있었기 때문일까. 그녀는 짧은 상황설명만을 듣고도 모든 것을 이해했다는 듯 나비를 바라보았다. 그리곤 다시 한 번 무언가를 곰곰이 생각하는 듯하더니 나비에게 질문했다. 그런 그녀의 말에 나비는 아무런 대꾸도 할 수 없었다.

잠깐의 정적이 흘렀다. 조용한 방 안, 갑자기 하암- 하는 하품소리가 들렸다.

"이제 그만두자. 역시 차원의 이야기는 어려워."

그녀는 귀찮다는 듯 머리를 긁적이며 말했다. 그런 그녀에게 나비는 그저 고개를 끄덕였다. 둘은 동시에 서로를 바라보았다. 조금은 붉어진 눈망울이 너무나도 웃겨서 둘은 마주보고 서로를 향해 살짝 웃는다. 그 웃음을 마지막으로 환했던 그 방에는 더 이상 아무것도 남아 있지 않았다. 윙- 하는 컴퓨터 소리만이 쓸쓸하게 울렸다.

"어이 나비. 네가 있는 곳은 어떤 곳이냐?"

그녀는 조금이라도 더 나비와의 대화를 이어가보려고 애썼다. 평소 사람과 이야기를 많이 해 본적 없는 그녀인지라 애 쓰는 모습이 얼굴에 드러나 있었다. 그런 그녀의 마음을 당연히 나비는 읽을 수 밖에 없었다. 나비는 자신도 모르게 살짝 웃어버렸다.

"질문에 답하기 위해 고민한건 처음이네. 이런 질문은 들어본 적이 없었거든."

그녀는 음 하고 고민하기 시작했다. 하지만 그것도 잠시, 답을 찾아내지 못했다는 듯 나비는 고개를 절래절래 저었다.

"역시 좀 많이 어려운 질문이야"

나비의 대답에 그녀는 "어떤 경치가 있다거나 무언가가 있다거나?"라며 추가적으로 질문하기 시작했다. 그때서야 나비는 아 하더니 이야기를 시작했다.

"이쪽과 비교한다면 조금은 유럽 이라는 나라와 닮았을지도 모르겠다. 집이나 정원의 형태가 가장 비슷해. 그리고…."

이야기를 적당히 그려보자면 이러했다. 아무도 없는 넓은 들판에 피어나는 것은 푸른색의 잡초 뿐. 그런 들판을 걷다보면 나오는 금방이라도 무너질 것만 같은 나무다리는 그녀에게 있어 단 하나뿐인 놀이기구. 삐걱삐걱 거리는 소리를 듣고 있다보면 어느 새 어둑어둑해지는 풍경을 볼 수 있다고 한다. 그 이후의 이야기를 듣고 싶었지만 나비는 "그 다음에는…."이라는 말을 남겨두고 아무런 말도 하지 않았다. 그녀는 조금 더 찔러볼까 하고 망설였지만 나비의 표정을 보니 아무래도 묻지 않는 편이 좋을 것 같아 그만두기로 했다.

"헤에- 나 꽤나 흥미 있을지도!"

그녀는 조금은 우울해 보이는 나비를 북돋아 주기 위해 두 손에 주먹을 꾹 지곤 외쳤다. 그런 그녀를 바라보며 나비는 연신 무언가를 중얼거렸다. 그녀는 알 수 있었다. 들리지 않을 정도의 작은 목소리였지만 마음속으로 울리는 큰 소리를. 미안해.

"일상을 벗어나는 것도 의외의 재미라고 죄책감 많은 나비씨?"

그녀는 나비의 마음을 안다는 듯 살짝 끌어안고는 속삭였다. 그리곤 나비를 향해 살짝 꿀밤을 때렸다.

"난 너와 함께하는 시간이 좋으니까 멋대로 미안하다느니 뭐라니 결정짓지 말란 말이야!"

그녀의 말에 나비는 곧 살짝 웃어보였다.

"따라오도록 해. 너에게 꼭 보여 주고 싶은 장소가 있어."

나비의 말과 동시에 그녀는 나비의 손에 이끌려, 마치 마법의 게이트를 통과하는 듯, 열쇠구멍의 속으로 걸어 들어갔다. 그 곳에서는 ….

끝없이 펼쳐진 그 세상에서

둘은 어떤 생각을 하고 있을까. 적어도 외롭지는 않을 것이다.

12시. 차원의 문이 열리는 순간 ~ Real VS Ideal ~

푸 른 나 비 _ BLUE N.A.B.I

푸른 나비. 나는 도대체 누구인 걸까. 도대체 왜 이곳에 있는 걸까. 왜 혼자서 있는 걸까. 왜 외롭다고 생각해 버리는 걸까. 왜 이렇게 이기적인 걸까.

나도 사실 잘 모른다. 어느 날 눈을 떠 보니 이 곳에 있었고 어떤 곳에서 내게 속삭이는 소리가 들려왔다. 처음, 사실 난 그 목소리를 잘 들을 수 없었다. 하지만 하루가 지나면 지날수록, 착각일 수도 있겠지만, 그 목소리는 점점 가까이에서 들려왔고 어느 새 나는 그의 말을 또렷히 들을 수 있었다.

[외롭지? 쓸쓸하지? 너라면 가능해. 인간을 데려 오는 거야.]

아무도 없던 그 곳. 나는 그 목소리에 의지하며 하루하루를 살아갔다. 처음엔 불안했었다. 인간을 데려 온다. 이 곳에서는 나 이외에는 어떤 생명도 오래 살아갈 수 없다. 나는 그 사실을 너무나도 잘 알고 있었다. 하지만 알고 있었지만 내 귓가에 들려오는 그 목소리가 조금씩 들리지 않게 될 즈음에는 나도 모르게 조금씩 불안을 느끼고 있었다. 그리고 생각하고 있었다. 이곳에 나 이외의 무언가가 존재하는 장면을. 어떤 감정을 가지고 있든 상관없다. 펑펑 울어도 좋았고 코흘리개 시끄러운 꼬마아이도 상관없었다. 그저 바람소리만 울려퍼지는 이 곳이 너무나도 두려웠다.

"너에게 선물을 하나 주지. 이 푸른 열쇠를…. 발휘해 봐, 너의 멋진 능력을. 그런 귀중한 재능을 이렇게 썩히는건 너무 아깝지 않은가? 나비. 푸른 예언자."

이기적이었던 난 결국 잘못된 길을 선택했다.

나는 그가 날 불렀던 [나비]라는 이름을 가지고 소문을 퍼트렸다. 그리고 마치 나는 언제나 바람직한 선택을 한다는 거짓을 기억 끝 속으로 집어 던진 채 인간들의 잘못된 선택을 고쳐주었다. 그가 준 푸른 열쇠를 가지고 수십 번 수백 번 차원의 문을 열어왔다. 인간들은 아무것도 몰랐다. 자신의 바람이 이루어질 때 그 차원의 인간은 어떻게 되는 건지. 그들이 물어보지 않았기에 나 역시 얘기해주지 않았다. 묻지 않은 질문에 대해 답변할 필요는 없다 는 잘못된 생각으로 현실을 왜곡하고 있었던 것은 그들이 아니라 오히려 나 푸른 나비이다. 그 열쇠를 사용하여할 자는 바로 나. 하지만 다시 혼자 남겨질까 두려운 탓에 그저 앞으로 나아만 갔다. 불 빛 하나 없는 어두운 그 길을.

***

이건 내가 첫 번째로 데려 온 아이의 이야기이다. 인간에 관한 이야기는 모두다 쓸모없는 것이라 여기고 있는 나는 이 세계에 왔던 모든 아이들을 기억하지 못한다. 하지만 왜인지 모르게 이 꼬마만큼은 어떻게 해도 잊혀지지 않는다. 나의 기억에 의하면 이 아이는 정말 태평했다. 누구보다 낙천적이고 두려움도 없었다. 그래 지금 생각하면 정말 귀여운 소년이었다.

"나비누나-! 오늘은 무슨 일이 일어날 것 같지 않아?"

"그치만 나에겐 나비와 함께하는 시간도 이곳도 소중한 걸."

그는 아무것도 없는 이 세계를 소중하다고 말해주었다. 모든 진실을 알면서도 항상 웃고 있었다. 그런 그와 함께 앉아 있는 소소한 시간도 조금은 즐겁다고 느껴졌다. 눈을 뜨면 누군가가 있다는 그 생각만으로도 답답함은 사라졌고 매섭던 바람소리는 들리지 않았다. 하지만 그가 웃으면 웃을수록 하루가 지나면 지날수록 나는 이상한 느낌이 들었다. 정말 이걸로 괜찮은 걸까.

그가 잠결에 가족의 이름을 부를때면 그저 불안해졌다. 그의 머리맡에서 '미안' 이라는 두 글자만으로 모든 것을 없애려고 했다. 도대체 나는 얼마나 잔인한 걸까. 그는 당연히 그의 세계에서 살아가야만했다. 친구 가족 이라는 존재와 함께. 나는 그 사실을 소름끼치도록 잘 알고 있었고 내가 바꾸지 않은 그의 밝은 미래의 길 역시 읽을 수 있었다. 그래도 옆에 있어 주었으면 했다. 이대로 쭉 웃어준다면….

어느 날인가 그는 점점 힘을 잃어가기 시작했다. 처음에는 머리가 아프다는 평범한 이유였지만 점점 이젠 자리에서 일어날 수 도 없을 정도로 약해졌다.

나는 그를 구하고자 했다. 수없이 망설였던 열쇠를 집어들었다.

"무얼 또 망설이고 있는 거야…."

언제나처럼 열쇠를 가볍게 흔들었다. 하지만 마치 나를 놀리는 듯, 차원의 공간에 열쇠가 들어가지 않았다. 몇 번을 끼워넣어도 같은 결과.

"의뢰를 받는거야 더욱 더 많이, 더 많이."

언젠가부터 귀를 기울이지 않게 된 소리. 듣고 싶지 않았던 그 목소리가 내 귓가에 울린다. 다시 한 번 열쇠를 들었다. 그때 차가운 무언가가 내 손을 잡았다.

"너무나도 …웠어. 나비누나."

그는 마지막까지 나에게 아무런 질책도 하지 않았다. 언제나처럼 밝게 미소를 지어주었다. 나는 그런 그가 정말 질 나쁜 아이라고 생각한다.

"말해. 말하라고. 나 같은 이기적인 건 필요 없다고. 얼굴도 보기 싫다고. 말하란 말야…!"

아무리 외쳐 봐도 더 이상 그는 아무런 대답도 해주지 않았다. 그리고 난 수상한 감정에 휩싸여 아무것도 보이지 않았다. 나는 모든 바람을 모았다. 간절히 바랐다.

[언제나 내 곁에 있어. 떠나지 말아줘. 화내도 때려도 그래도 괜찮으니까. 날 혼자 두지 마.]

어두운 밤. 내 손에서 푸른 불빛이 반짝 하고 빛난다. 만져도 절대로 사라지지 않는 그런 존재. 내가 만들어낸 내가 짊어져야 할 너는 그런 빛이야. 의뢰를 받자. 많은 의뢰를 받아서 함께 차원의 문을 지나가자. 언제나 나와 함께 있어줘.

"읽었지? 내 기억. 인간주제에.
자는 동안 몰래 읽다니 치사하다고 생각하지 않아…?"

Dream's Memory

권수민

이 책의 내용은 루시드 드림이란 것으로 예전에 왕따를 당했던 아이가 받은 상처를 치료해 주는 이야기로 청소년 성장물입니다.

* 루시드 드림이란?
수면자 스스로 꿈을 꾸고 있다는 사실을 자각한 채로 꿈을 꾸는 현상

작가 소개_권수민

저는 중학교 3학년으로, 졸업해야 하는 시점에 마지막으로 기념할 수 있도록 책 쓰기동아리에 들었지만 사실은 친구를 따라갔죠. 책이란 것을 많이 안 읽어보고 이해력도 부족하고 제가 원하는 내용을 책에 쓰는 것이 힘들었으나, 결국은 해냈습니다. 네…. 많이 부족하지만 잘 봐주시길 바랍니다.

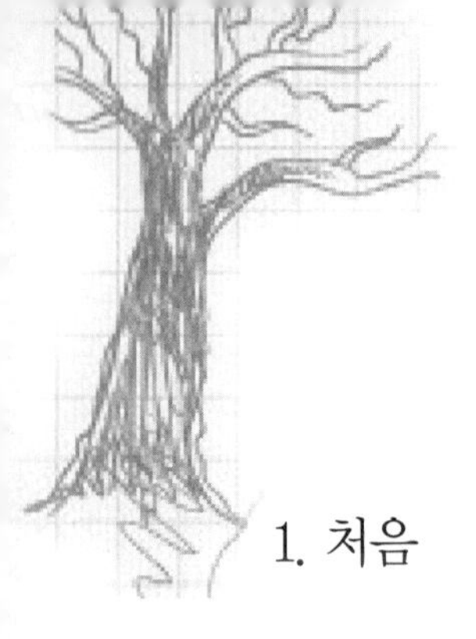

Dream's Memory

1. 처음

'음. 이건 뭐지? 몽롱한 기분이 드는 이 느낌은…'

멍하니 있다가 순간생각 난 것은… 루시드드림. 어째서 이런 꿈을 자신이 꿨을 있을 수 있는지 모르겠지만… 순간 나는 기쁜 나머지 흥분을 해서 순간 잠에서 깨버렸다.

"내가… 내가… 루시드드림을 꿨어! 야호!!"

순간 너무 기쁜 나머지 환호까지! 너무 기쁘다. 루시드드림을 꾸는 것이 나의 소원이었는데 이렇게 갑자기 꾸게 될 줄 누가 알았겠어. 순간 쿵쾅쿵쾅 거리는 소리가 들리고 문을 벌컥 열렸다.

"야!!! 누가 아침부터 그렇게 소리를 지르랬어!!이러면 이웃한테 피해 가잖아!! 내가 잘하지는 못할망정 최소한 남한테 민폐는 끼치지 말라고 했지!!!"

이렇게 소리를 지르는 언니는 바로 나의 언니인 벨리타 언니이다. 그리고 나는 그 언니의 동생인 벨이다. 벨리타 언니는 나의 이복언니이다. 옛날에는 나와 같이 놀아 주던 정말 착한 언니였지만 2년 전 부모님이 두 분 다 동시에 돌아가신 이후로 언니의 성격이 삐뚤어져 버렸었다. 그래서 언니가 싫었었다. 하지만 작년 여름 심한 독감에 걸려 죽을 것 같았던 나를 밤새워서 내 머리 위에 찬 수건을 계속 얹어주며 간호해 주는 것을 보고 그 이후부터 언니가 나에게 심한 말을 해도 진심이 아니라는 것을 알고 열심히 언니를 따랐다. 그렇게 혼나는 도중 밖에서

"벨~ 빨리 학교가자!"

라고 목소리가 들려왔다. 미셀이었다. 그 소리를 듣고선 언니는 흥분을 가라앉히고서 빨리 학교나 가버리라는 듯이 말하고선 내 방에서 나갔다.

미셀은 나랑 같은 반의 친구다. 집이 가깝고 같은 학교라서 아침마다 같이

학교에 간다. 미셸이 부르는 소리를 듣고 빨리 준비해서 내려갔다.

"근데 벨 오늘 왜 이렇게 시끄러웠어?"

"엥? 소리가 너한테 까지 들렸단 말이야?"

순간 부끄러워 고개를 푹 숙였다.

"아니 걱정 하지 마. 난 네 집 앞에서 들었는 걸."

"그래? 그나마 다행이다."

"근데 오늘 왜 이렇게 시끄럽게 소리를 질렀어? 얼핏 들으니 루시드드림이라고 하는 것 같던데… 혹시! 루시드드림을 꾼 거야? 대단하다!! 그럼 넌 이제 루시드드리머인거야?"

"아. 그게 아직 우연으로 이번한번만 꾼 거 일수도 있고… 헤헤."

"그럼 한 번 더 한다면 하고 알려줘."

–그날 밤

"우와 우연이 아니었나 봐! 또 할 수 있다니."

'우선 상상 먼저 해볼까?'

난 넓은 들판과 그곳에 벚꽃나무 한 그루, 새까만 밤하늘에 보름달이 크고 환하게 비치는 상상을 하였다. 그 순간 그 광경이 펼쳐지고, 나는 극도로 흥분을 했다.

그런데 갑자기 몽롱하고 몸이 둥둥하고 뜨는 듯 그런 느낌이 들더니 정신을 차리고 보니 이미 꿈에서 깨어 있었다.

'에이. 아쉽다. 왜 깬 거지?'

라는 의문을 가진 채 나는 학교로 향했다. 그리고 미셸을 만나서 그 이야기를 해주었다. 그 애는 나를 한심하다는 듯이 나를 보고서는,

"넌 루시드드림에 대해서도 모르면서 어쩌다가 그 꿈을 꾸게 된 건지."

라며 나를 원망스럽다는 듯이 쳐다보았다.

"나도 모르지. 그리고 이 학교에서 루시드드림에 관심이 있고 그것에 대해 연구하는 건 너밖에 없어. 애들도 루시드드림이 있다는 거만 알지 너 같은 그런 지식은 없다고!"

라고 짜증을 내니 미셸은 말을 돌리면서 꿈에서 깬 이유를 설명해주었다.

"그건 네가 흥분을 해서 그래, 원래 그 꿈을 꾸면서 흥분 등 감정이 격하게 변하면 꿈에서 깨거든."

"근데 너 신기해 꿈 한번 안 꿔본 애가 그냥 꿈도 아닌 그 힘들다는 루시드 드림에 대해 연구하다니."

미셸은 꿈을 안 꾸는 것인지 아님 그 꿈을 기억 못하는 건지 모르겠지만 그 애의 말로는 한 번도 꿈을 안 꿨다고 하였다. 진짜인지는 모른다.

"그렇지! 루시드드림을 하는 사람은 다른 사람 꿈에 갈 수도 있대. 네가 내 꿈에 와서 정말 나한테 꿈 자체가 없는지 아니면 내가 기억 못하는 건지 좀 알려주라~제발~"

'흠… 재밌을지도?'

"그래 좋아! 대신 한턱 쏘는 거 잊지 말라고!"

미셸은 반짝이는 눈으로 나를 쳐다보며 고개를 끄덕였다. 그런데 만약 정말로 꿈이 없는 상태에서 내가 가면 어떻게 되는 거지? 두려웠지만 약속은 이미 해버렸고.

'그 까짓 거 해보지 뭐'

– 그날 밤

'와! 진짜 드리머이긴 하나 봐, 또 꾸다니! 근데 어떻게 미셸의 꿈으로 가는 거지? 그걸 안 물어봤네. 한번 상상해 볼까?'

미셸의 꿈에 들어가는 것을 상상하니 갑자기 눈앞이 환해졌다. 그리고 둥그런 방울 속에 미셸이 있는 것이 보였다. 그 속으로 들어가니, 온통 까만색 바탕뿐이었다.

'여기가 꿈속인가? 그런데 왜 이렇게 어둡지? 진짜 꿈이 없는 건가? 근데 어째서 나는 아무렇지도 않지?' 라고 생각하는 순간 희미한 빛이 보이고 그 쪽으로 가니 미셸이 서 있었다. 미셸은 멍하니 어딘가를 보고서는 막 울부짖고 있었다.

'무엇을 보는 거지?' 라는 의문을 품고 미셸의 곁으로 갔다. 여러 아이들이 큰 나무를 둘러싸고 빙빙 돌며 놀고 있었다. 그것을 본 나는 즐거운 기분이 들었다. 그런데 미셀은 왜 우는지 궁금했다. 미셀에게 말을 걸려는 순간 무언가가 나를 잡아끌었다. 그리고 나는 꿈에서 깼다.

"어? 뭐지? 왜 꿈에서 깬 걸까? 그다지 흥분을 하지도 않았는데."

'가지 마. 가지 마.'

"응? 뭐지?"

순간 나의 머릿속에 맴돌았다. 한 번도 들어 본 적 없는 목소리.

"야, 학교 가자 빨리 나와."

'그렇지! 미셀에게 물어보면 되는구나'

2. 드림

- 학교 가는 중

"벨, 나 어제 꿈을 꿨어! 굉장하지 않니?"

미셀은 들뜨며 나에게 말을 했다.

"그게 굉장한 거야?"

나는 장난스럽게 미셀에게 말을 했다.

"당연하지. 내 생에 처음으로 꾼 꿈인데 굉장한 게 맞지. 근데 좀 이상한 꿈이었어."

미셀은 말을 하다가 멈칫했다.

"어떤 꿈인데?"

나는 미셀에게 의아해하며 물어보았다.

"그게 꿈인지는 모르겠지만… 검은색의 바탕이 기억나."

"그래? 그래도 꿈이겠지. 기억이라도 나니깐. 흐흐 축하해!"

나는 미셀에게 박수를 치고선 빨리 학교로 갔다.

– 밤

“아 맞다! 루시드드림에 대해 말하는 걸 깜박했네.”

‘으~함~ 요새 왜 이리 피곤 한 거 같지? 빨리 자자.’

“와….”

역시 루시드드림은 아무리 들어와도 질리지가 않는다는 흐뭇한 생각이 들었다. 미셸에 꿈속에 들어가는 상상을 하며 몸이 붕 뜨는 느낌을 느낀다.

‘아 눈부셔. 이상하다 여기는 원래 어두웠는데, 왜 갑자기 이렇게 눈이 부시지?’

“하하하 하하하하!”

어디선가 들려오는 여자의 웃음소리. 누굴까 생각을 하며 소리가 들리는 쪽으로 가보았다. 미셸이 저번과 같은 것을 보고 있었다. 하지만 저번과 살짝 달랐다. 그곳에는 저번과 다르게 미셸도 같이 놀고 있었다.

‘어…, 미셸이 있어. 저건 대체 뭐지? 물어봐야겠어.’

미셸에게 다가가 말을 걸기 위해,

“저기….”

말을 걸려는 순간 갑자기 목소리가 나오지 않았고, 나는 정신을 잃었다. 그리고 어느새 난 또 꿈에서 깨어 있었다.

“헉헉….”

“벨 빨리 나와! 너 요새 계속 늦게 나오더라?”

웬일인지 오늘은 미셸이 기분이 좋아 보인다.

– 학교

“저기 미셸, 갑자기 왜 이렇게 기분이 들떠있는 거야?”

“히– 사실 나 어제 또 꿈을 꾼 것 같아! 정말로 즐거운 느낌이 드는 꿈이었어.”

무슨 꿈이었는지 물으니 미셸은 기억이 나지 않는다고 하였다. 하지만 미셸은 중요한 건 꿈을 꾼 것 같다는 거라며 즐거워하였다.

'혹시 그 이상한 장면이 미셸의 꿈인 건가?'

나는 의아함을 품고 오늘 밤 미셸의 꿈속으로 들어가 보기로 결정을 내렸다.

'다른 사람 꿈속에 들어갈 수 있으니 분명 그 속에도 들어갈 수 있을 거야! 그래! 들어가 보자!'

미셸의 꿈속으로 왔다.

'어라…? 이상하다 왜 저번과 다르게 이번에는 어두운거지?'

"흑…흑…."

갑자기 누군가 흐느껴 우는 소리가 들린다.

소리가 나는 쪽으로 가보니 이번에는 미셸이 다른 아이들에게 괴롭힘을 당하며 흐느껴 울고 있었다. 하지만 그 울음소리는 그리 슬프게 들리지 않았다.

뭐랄까 … 그나마 다행이라는 울음…?

미셸에게 물어보고 싶었지만, 이번에는 좀더 다르게 그 장면에 손을 대보았다. 왠지 물을 만지는 느낌이었다. 갑자기 그 속으로 빨려 들어갔다. 눈을 떠보니 커다란 나무 아래에서 아이들이 미셸을 밟고 있었다. 가까이 가서 보니 어린 미셸이었다.

괴롭힘을 당하는 미셸은 살며시 웃고 있었고, 미셸을 밟고 있는 아이들은 괴롭다는 듯이 울고 있었다. 표정만 보면 미셸이 아이들을 괴롭히는 것 같았다. 우선 저 상황을 말려야 할 것 같아 나는 그 아이들에게 뛰어갔다. 그런데 갑자기 안개가 꼈다. 얼마 안 있어 안개가 개자, 아이들은 사라져 있고 미셸은 나를 멍하니 쳐다보면서 중얼거렸다.

"진짜 왔네?"

놀란 말투였지만, 표정은 무표정. 갑자기 오싹한 기분이 들었다. 뭐라 말하지 못할 공포에 휩싸인 난 빨리 밖으로 도망을 가고 싶었지만 나가는 방법을 몰라 당황해 주변을 두리번거리기만 하였다. 그런 나의 손목을 잡은 미셸은,

"어디 가는 거야?"

라며 웃는 목소리지만 표정은 여전히 무표정이다. 빨리 그 손목을 빼내려고 했지만 빠지지가 않았다.

'여기서 어떻게 나가지? 저번이랑 같은 방법으로 나가면 되려나? 저번에는

미셸에게 말을 걸었으니 또 말 걸면 될까?'
나는 살며시 미셸에게 말을 걸어보았다.

3. 탈출

"미세에엘!"
미셸의 이름을 부르는 순간 머리가 어지럽고 나는 쓰러져버렸다.
"벨, 빨리 일어나 지각하겠어."
밖에서 미셸의 소리가 들려왔다. 시계를 보니 지금 시각은 7시 50분.
"지각이다!!"
나는 들고 있던 시계를 던지고 옷을 입은 후 빨리 밖으로 나갔다.
"왜 이렇게 요새 늦게 나오는 거야? 진짜 지각할 뻔 했잖아"
미셸은 나를 나무라며 달린다.
"아 몰라. 몰라 힘들어 말 걸지 마!! 너는 그렇게 짜증을 낼 거면 먼저 가면 되지 왜 기다리고 있는 거냐?"
"그야 네가 지각할까 봐 걱정 되어서? 후훗."
미셸은 의미심장한 웃음을 띠었다.
"언제부터 나를 그렇게 걱정했다고… 그냥 따로 할 말 있는 거 아냐?"
"음. 글쎄 정답일 걸?"
미셸은 씨익 웃으며 나중에 이야기해 준다며 빨리 뛰어 가버렸다. 나도 미셸을 따라 잡기 위해 빨리 뛰어 간신히 지각을 면했다.

- 쉬는 시간

"미셸, 미셸 아까 하려던 말이 뭐였어?"
나는 미셸을 붙잡으며 말했다.
"아. 그게 별거 아니고 그냥… 또 꿈을 꿨다고."
미셸은 망설이면서 나한테 말을 하였다.

"그래? 오 어떤 꿈인데?"

나는 혹시 그 꿈일까 해서 미셸에게 물어보았다.

"그게… 이번에는 검은색 바탕에 초원이 있었어. 그리고 살짝 무언가가 보인 게 있었는데 뭐냐면 내가… 내가 다른 아이들과 나무에서 신나게 노는 꿈을 꾼 것 같아!"

"엥? 같아가 뭐야?"

"그냥 뭐랄까 노는데, 노는데 슬퍼서."

갑자기 미셸은 눈물을 흘렸다. 나는 당황해하며 미셸에게 물어보았다.

"뭐. 뭐야. 갑자기 왜 울어?"

"그냥. 옛날 생각이 나서. 저기 벨이 우리 친구 맞지?"

갑자기 그런 말을 하는 미셸을 보고 나는 당황했다.

"거… 걱정하지 마. 우리 친구 맞아 그것도 제일 친한 친구!"

난 웃으며 미셸에게 말을 해줬다.

"그래? 그렇지? 알았어! 말을 해줄게!"

미셸은 결심한 듯 말을 했다.

"그게 나는 사실 이 학교 오기전의 전의 학교에서 왕따를 당했어."

미셸이 한말은 들은 나는 깜짝 놀랐다, 왜냐하면 미셸은 정말 전교생이 알아주는 완전 밝은 아이였기 때문이다.

"놀랐지? 그럴 만해 내 성격에 왕따라니, 사실 처음부터 그런 건 아니었어. 그건…."

4. 과거

"우리 반에 정말 예쁜 여자아이가 전학을 왔었어. 하지만 그 누구도 그 애에게 말을 걸지 않았어. 나도 주위 분위기에 휩쓸려서인지 나도 그냥 무시를 했지. 그러던 어느 날, 한아이가 말을 걸었어. 하지만 그 애는 소심한 아이인지 대답을 머뭇거리더니 결국 말을 하지 않았어. 그러자 말을 걸었던 아이는 기분이 상했는지 더 이상 말을 걸지 않았고, 그 영향 때문인지 다른 아이들도 말을 걸지 않게 되면서 그 여자아이는 혼자가 되어버렸어. 그 여자아이가 그렇게 괴롭힘 당한 것도 아니고, 애들도 거들떠보지도 않고, 자신도 자신의 소심한 성격에는 딱 맞는 상황이라 생각을 했겠지. 우리 반에는 아무 일도 일어나지 않았어. 정말 평화로웠어 ….”

갑자기 미셸은 말을 멈추었다. 그러고선 미셸은 아무 말도 해주지 않고 그냥 집으로 먼저 가버렸다. 나는 이 일이 너무 신경 쓰여 혹시 꿈속에서 라면 말을 들을 수 있지 않을까라고 생각하며 길을 걷고 있었는데 누군가와 부딪혔다.

“죄… 죄송합니다, 잠시 딴생각을 해서.”

“괜찮아, 나도 딴생각을 했으니깐”

“아… 그렇군요. 근데 갑자기 왜 반말을 하시는지?”

“아 미안, 그쪽 학교에 내가 아는 사람이 있거든, 그리고 딱 봐도 나보다 어려보이구만 뭐.”

그 사람은 능글능글 웃으면 이야기를 했다. 그 사람의 얘기에 ‘내가 그렇게 어려보이나?’ 하고 잠시 생각해 보았다.

“아, 혹시 여기에 있는 미셸이라는 아이를 아니?”

“미셸은 제 친군데 왜 찾으세요?”

“아. 내가 미셸의 오빠 되는 사람이니깐”

‘이상하다. 미셸은 한 번도 나에게 오빠가 있다고 말해준 적 없는데?’

“거짓말 아니에요?”

나는 그 사람을 노려보며 말했다. 그러자 그 오빠라는 사람은 당황하며 물어보았다.

“왜 그렇게 생각하니? 혹시 미셸이 말해 주지 않았니? 우선 몇 반인지만 말해 주겠니?”

“안 돼요. 미셸에게 오빠가 있는지 확인하기 전까지는 알려주지 않을 거예요!”

나는 재빨리 집으로 뛰어갔다. 그리고 바로 미셸에게 전화를 하였다.

뚜르르- 뚜르르- 달칵!

“여보세요?”

미셸은 잠에서 막 깬 듯한 목소리였다.

"어. 미셸 나야, 낮잠이라도 자고 있었나 봐?"

"어… 좀 피곤해서."

"저기 미셸 묻고 싶은 것이 있는데."

"응? 뭔데? 오늘 내가 먼저 간 것도 있고 아까 그이야기랑 상관없다면 다 말해 줄게. 말해 봐."

"그럼… 말할게. 혹시 너한테 오빠 있니?"

몇 분간 침묵이 흘렀다. 그리고선 떨리는 목소리로

"네가 그걸 어떻게 알아?"

라며 미셸은 말했다.

"아니 그게…."

"어떻게 아냐고 묻고 있잖아!"

미셸은 소리를 빽-하고 질렀다. 나는 순간 당황하며

"그게… 오늘 집에 오다가 너의 오빠라면서 말을 걸어오던 사람이 있었단 말이야. 정말로 있는 거야?"

라고 물었다. 미셸은 아무 대답도 해주지 않고 전화를 끊어버렸다.

'오빠가 있구나… 틀림없어 분명히 있는 거야!'

라고 생각하며 거실로 나갔는데, 벨리타 언니가 나를 세우며

"너 요새 왜 이리 힘이 없냐?"

라며 걱정을 해주었다.

"그냥… 아 근데 언니, 미셸에게 오빠가 있었어?"

라고 묻자, 언니는 나를 이상하다는 듯이 쳐다보았다.

"무슨 소리야? 당연히 있었지, 옛날에 그 오빠가 너랑 미셸이랑 나랑 얼마나 많이 놀았었는데,"

"그럼 그 오빠는 나이가 어떻게 돼?"

나는 성급히 물었다. 언니는 잠시 생각하는 듯하다 이내 말했다.

"음- 아마 나보다 한 살 많을 것 같은데?"

'그렇구나. 그럼 20살. 에이. 갓 어른이 된 사람이잖아… 내일도 만난다면 물어봐야지, 우선 오늘밤에 할 일도 있고.'

나는 언니에게 고맙다고 하며 빨리 내 방으로 올라갔다.

– 밤

'꿈을 꾸면 우선 물어볼 것부터 물어보고…. 꿈에서 깨지 않도록 해야지!'
나는 계획을 세우곤, 잠이 들었다.

5. 대면

'역시나 또 루시드드림이구나, 그럼 이번에도 빨리 미셸에게 가볼까나?'

– 미셸의 꿈 속

나는 미셸을 발견했고 말을 걸려는 순간 문득 생각에 잠겼다.
'그러고 보니 미셸이 있는 곳 말고 다른 쪽은 뭐가 있는지 확인을 안 해봤잖아… 혹시 뭔가가 있을지도 몰라'
나는 눈앞에 있는 미셸을 두고 반대쪽으로 가보았다.
가면 갈수록 하얗던 바탕은 사라지고 점점 어두워지고 있었다. 깊숙이 들어가자, 희미하게 또 다른 미셸이 보였다.
'저기도 미셸이 있네. 그러면 저건 내가 첨으로 왔던 장소인가 보네…'
내가 어두운 곳에 있는 미셸에게 말을 걸려는 순간, 누군가가 나의 손을 잡고 어디론가 끌고 갔다. 나는 빨리 손을 놓고 나를 끌고 갔던 사람의 얼굴을 보았다. 미셸의 오빠라고 했던 사람이었다.
"다… 당신이 어떻게 미셸의 꿈속에 있는 거죠?"
"그야 난 원래 매일 밤마다 미셸의 꿈속을 순찰중이거든."
그 사람은 씨익 웃으며 말했다.
"아! 그러고 보니 미셸의 오빠가 맞는 것 같더라고요. 저기… 성함이 어떻게 되세요?"

"그래, 내 이름은 마르셀이야, 너는?"

"아… 저는 벨이라고 해요"

마르셀은 순간 정색을 하다가, 바로 원래 웃고 있는 표정으로 바뀌었다.

'뭐야 기분 나쁘게… 순간 정색이라니.'

"저기요, 혹시 옛날에 저랑 놀아준 적 있나요? 저의 언니가 말해 주었거든요."

"너의 언니라면 벨리타니?"

"네."

"그래, 놀아준 적 있어. 네가 기억 못 하는 걸 보니 꽤 옛날 일이라서 그런 것일 거야."

나는 고개를 끄덕였다. 나는 마르셀과 떠드느라고 미셀에게 말을 거는 것을 까먹고 있었다. 나는 기억이 나서 마르셀에게 고개를 꾸벅 숙이고 난 뒤 미셀에게 가려고 했는데, 마르셀이 나를 막았다.

"뭐하는 짓이에요? 전 미셀에게 볼일이 있단 말이에요!"

"너야말로 뭘 하려는 거야?"

"저야, 미셀에게 말을 걸려는 거죠! 미셀은 항상 이상한 장면만 보고 있으니깐. 그리고 알고 싶은 것도 있으니깐 말을 걸려는 거죠!"

하지만 마르셀은 비켜주지 않았다.

"왜 이래요! 전 빨리 가야 한단 말이에요!"

"안 돼! 아직 미셀은… 미셀은 아직 불안정하다고! 저게 뭔지 알아? 검은 곳에 있는 미셀은 미셀의 무의식이라고! 게다가 그 반대편의 미셀도 아직 불안정하고…."

"잠시 기다려 봐요. 원래 무의식은 고요하고 가장 안정적인 상태가 아니었나요? 어째서?"

나는 당황하며 물어보았다.

"그게…사람에 따라 달라. 그리고 미셀은 안 좋은 기억도 있으니…."

마르셀은 머리를 긁적이며 말했다.

"혹시 안 좋은 기억이라면 미셀이 왕따를 당한 건가요?"

내가 물으니 마르셀 갑자기 화를 내며 어떻게 알았냐고 막 화를 냈다.
"그게… 미셸이 알려 줬어요. 자신은 왕따를 당한 적이 있다면서 말해 줬어요."
마르셀은 안도한 듯 한숨을 쉬며
"그래? 그럼 미셸은 너를 신뢰하나 보구나."
라며 말하며 씁쓸한 웃음을 지었다. 나는 그 웃음이 신경 쓰였지만, 미셸에게 가는 것이 먼저였다.
"저기 마르셀씨? 비켜주시겠어요?"
마르셀은 잠시 고민하는 듯이 보였지만 바로 비켜주었다. 그러고선
"미셸을 잘 부탁해. 나는 그만 일어나야 할 것 같아."
라는 말을 하고선 갑자기 사라졌다.
'그러고 보니 저 사람도 드리머였나? 그리고 순찰이라니… 설마 이상한 것이 있는 건 아니겠지?'
나는 미셸에게 다가갈까 망설이다 이내 결심하고 다가갔다.
다가가자마자 미셸은 나를 쳐다보고서는
"왜 왔어? 이번에는 애들을 쫓아내지 않을 거지?"
라며 기분 나쁘게 웃었다.
'그러고 보니 이이상 다가가면 다시 꿈에서 깰 것 같아. 우선 이 거리에서 대화를 나눠 볼까?'
나는 그 자리에 멈춰 서서 대화를 이어갔다.
"넌 왜 여기 있어?"
"그야 내 꿈이니까. 너도 알잖아? 그런 시시한 질문은 대답하지 않겠어."
라며 미셸은 내개 싱긋 웃어주었다. 그래도 나는 꿋꿋이
"넌 누구야?"
등 뻔한 질문을 계속했지만, 미셸은 아무대답도 해주지 않고 그냥 나에게 웃어만 주었다.
"그럼 넌 방금 무엇을 보고 그렇게 울고 있었니?"
미셸은 가만히 있다가 나에게 조금씩 다가왔다. 나는 미셸이 다가올 때마다 어지럽고, 또 이 꿈에서 깨어나게 될까 봐 점점 뒷걸음질했다. 그러자 미셸은

"어째서 도망가는 거야? 왜 다가오지 않는 거야? 그 질문에 답을 알고 싶은 거 아냐?"

며 무표정으로 말하며 걸어왔다. 그렇게 나는 계속 뒤로 밀려나다가 하양색 바탕인 곳으로 왔다. 그곳에 오니 미셀은 더 이상 오지 않았다. 미셀은,

"난 그쪽에 갈 수 없어. 혹시 답이 알고 싶다면 이쪽으로 넘어와. 그쪽에 있는 미셀은 아는 게 없는 바보라서 너에게 아무 말도 해주지 않을 거야."

라고선 다시 돌아갔다. 나는 이제 하얀 바탕의 꿈을 가려는 순간 정신이 아찔하더니 기절해버렸다. 눈을 뜨니 내 방안 침대에 있었고. 온몸이 땀으로 젖어 있었다.

'이게 어떻게 된 거지? 이제 어떡하지? 또 잘까? 하지만 이제 잠은 오지 않아… 그렇지! 미셀의 오빠인 마르셀을 찾아가면 되겠지? 아마 마르셀이라면 미셀이 어디 있는지 알 거야!'

나는 빨리 옷을 갈아입고 미셀의 집으로 달려갔다. 미셀의 집 앞에는 마르셀과 미셀이 서 있었지만, 미셀은 울며 곧바로 들어가 버렸다. 그리고 나는 마르셀과 눈이 마주쳤다. 마르셀은 웃으면서 나한테 인사를 하였고, 바로 우리는 공원 쪽으로 가서 드리머에 관한 것과 미셀의 과거에 대해 이야기를 나누었다.

6. 사연

"미셀은 옛날에도 지금처럼 많이 밝은 아이였어. 하지만 한 여자애 때문에 미셀은 완전히 망가진 적이 있었어. 아 너는 그 여자애를 모르겠지?"

라며 마르셀은 물어보았다.

"아뇨, 미셀이 조금 말해 준 것이 있어서 조금은 알아요."

나는 고개를 저었다. 그러자 마르셀은 환하게 웃으며 나의 머리를 쓰다듬어 주면서 말했다.

"아무래도 미셀은 너에게 의지를 하고 있나봐. 기쁜데?"

그러자 나는 순간 얼굴이 붉어졌다.

"아니에요, 의지는 무슨… 오히려 제가 더 의지를 하는 걸요… 그건 그렇고 빨리 미셸에 대해 이야기해 주세요."

마르셀은 표정이 진지해지며 이야기를 했다.

"이건 네가 옛날에 이사를 가고 난 뒤의 이야기인데, 미셸이 너에게 처음 부분만 설명을 해줬나 보구나. 그 다음에 미셸은 그 아이가 그림을 그리는 걸 보고서 조금 그 애에게 흥미가 생겼나 봐. 미셸은 그림을 감상하는 걸 좋아하니깐. 그래서 계속 그 애에게 가서 말을 걸고는 했었데. 그 여자아이는 처음에는 부담스러워 했던 것 같아. 하지만 너도 알다시피 미셸은 꽤나 귀찮은 성격이잖아? 그래서 결국 그 여자아이와 친해지게 되었어. 둘은 꽤나 친해졌다나봐. 하지만 처음에 무시당했던 애는 사람을 차별한다며 그 둘을 왕따 시켰어. 그래서 그 둘은 서로 의지하며 지내게 되었어.

그러던 몇 달 후, 그 아이가 갑자기 외국으로 이민을 간다는 거야. 그래서 결국 서로 떨어지게 되었고, 꽤나 힘들어 했었다는 것 정도만 알아. 나도 그 뒤는 잘 몰라. 계속 물어도 보고했지만, 자꾸 그 일을 물어보니 화가 났는지 가출해서 지금상태까지 왔지만 생각보다 괜찮아보여서 다행이네. 내 이야기는 이게 끝이야. 하지만 미셸은 아직도 그 일을 신경 쓰고 있는 것 같아. 그래서 부탁이 있는데, 그 일에 대해 좀더 자세하게 알아줄 수 있을까? 미셸이 그런 이야기를 한 건 네가 처음이니… 괜찮겠니?"

라고 마르셀이 물었다. 나도 좀더 자세히 알고 싶어 승낙을 했다. 갑자기 나는 궁금한 점이 생겨서 마르셀에게

"근데 당신도 어느 정도 알고 있다니, 방금 미셸이 그 이야기를 남에게 해준건 제가 처음이라고 했죠? 당신은 어떻게 알고 있는 거예요?"

라고 물어봤더니 마르셀은

"오빠니까"

라며 웃으며 대답했다. 그러고는 더 궁금한 건 없냐며 물어보았다. 그래서 나는 루시드드림에 대해 물어보았다.

"그럼 미셸은 왜 꿈을 기억하지도 못하고, 당신은 그때 어째서 미셸의 꿈속을 순찰중이고, 그때 제 이름을 듣고 왜 정색을 하신 거예요?"

라고 질문을 하자, 마르셀은 질문이 많아서 당황하며 차근차근 설명해 준다고

했다.

“우선 너의 첫 번째 질문인 미셀이 꿈을 기억하지 못 하는 건 아마 미셀이 무의식적으로 기억하고 싶지 않아서일 거야.”

“왜 기억하기 싫어하는 거죠?”

“그건 그게 싫은 거…겠지?”

“하지만 이상해요. 요즘 갑자기 미셀이 기억이 날 것 같다고 했어요.”

“그게 혹시 니가 루시드드림을 시작한 시기 아니니?”

라며 마르셀이 물었다.

“맞아요. 제가 루시드드림을 하고 난 뒤 미셀의 꿈으로 드림워킹 했을 때에요.”

“그건 너라서 기억나려는 것일 수도 있어.”

“그렇군요. 근데 왜 저 때문이죠?”

“글쎄? 그게 아마 네가 이제부터 조사해야 하는 것 아닐까?”

마르셀은 웃으며 이야기했다. 왠지 나더러 알아오라고 압박을 하는 느낌이다.

“아…그렇군요. 어쨌든 본론으로 돌아가죠.”

“아 그래, 두 번째 질문의 답은 아직 불안정하기 때문이지.”

“불안정하다니요? 무슨 뜻이죠?”

“그건 꿈은 그 사람의 정신과 관련된 건데 미셀은 불안정해. 만약 그 꿈속에서 폭주라도 하게 되면, 그 다음 정신이 분열되기 때문이지. 그렇게 때문에 더욱더 조심하기 위해서야.”

“미셀이 그 정도로 불안정할 줄은 몰랐어요. 미셀은 항상 밝은 아이였으니깐….”

“그렇지? 그리고 마지막 질문은… 너의 이름은 듣고 정색을 한 이유는 그냥 네가 여기 있다는 게 의외라서 그랬어.”

“의외예요?”

“그래. 미셀이나 너나 기억을 못하겠지만, 옛날에도 너희들은 정말 친했고, 너는 그 당시 루시드드림을 하고 있었으니깐.”

“잠시만요! 제가 그때도 루시드드림을 하고 있었다니… 말도 안 돼요! 기억도 안 나는 걸요?"

"당연하지. 너랑 내가 그때 꿈속에서 루시드드림에 대해 기억을 하지 않겠다고 약속했고, 무의식적으로 정말 기억을 못하게 됐으니깐."

"근데 오빠는 계속 하고 계셨잖아요."

"그건 미셀이 왕따를 당하다 보니 그것에 대해 알아보려다가 하게 된 거야."

"그렇군요. 하지만 미셀은 쉽게 대답을 해주지 않을 것 같아요…."

"그러니깐 열심히 해야지?"

마르셀은 검지를 치켜세웠다.

"네, 그럼 안녕히 가세요. 저 이제 할 일이 있어요."

나는 인사를 하고 마르셀과 헤어졌다. 솔직히 할 일은 없다. 단지 빨리 미셀에게 가서 물어보고 싶었을 뿐이다. 그래서 나는 미셀의 집으로 빨리 뛰어갔다. 하지만 문을 계속 두드리고, 벨을 아무리 눌러도 미셀은 나오지 않았다. 하는 수 없이 내일이라도 물어보기로 하고 집으로 돌아갔다.

– 밤

'드디어 밤이 되었다. 이제 미셀의 꿈속으로 들어가야겠지?'

나는 잠에 들었다.

–미셀의 꿈 속

눈이 부시다. 이번엔 푸른 초원에 밝은 햇빛. 정말 기분이 편안해지는 꿈이야. 나는 지금 이 꿈을 꾸는 미셀은 안정적일 것 같다고 생각을 했다. 그런데 갑자기 회오리가 불어왔다. 나는 그 회오리에 빨려 들어가지 않도록 땅으로 내려갔다. 내려가다가 한 오두막이 보여 그 안으로 들어갔다. 그런데 그 안에는 미셀이 있었고, 미셀은 겁을 먹고 덜덜 떨고 있었다. 나는 미셀에게 다가가서 말을 건넸다. 미셀은 그 순간 나를 쳐다보며 중얼거렸다. 내가 미셀이 뭐라고 하는지 자세히 듣기위해 다가가자, 갑자기 미셀이 나를 한 대 후려치고서는 밖으로 나갔다. 나는 밖에 큰 회오리가 있어 미셀이 위험할까 봐 밖으로 나갔으나, 미셀과 회오리는 사라져 있었다. 나는 미셀을 찾기 위해 여기저기 날아다니다가 낯익은 사람을 발견했다. 마르셀이었다. 나는 마르셀이 있는 곳으로 내려갔다.

"이게 어떻게 된 거예요? 아까 커다란 회오리가 있었는데 미셀이 나가니까 사라져 버렸어요. 혹시 그것도 미셀이 불안정해서인가요?"

라고 나는 마르셀에게 물어보았다. 하지만 마르셀은 아무 대답도 하지 않았고, 그저 하늘만 바라보았다. 그리고 잠시 후, 회오리가 다시 왔다. 그래서 나와 마르셀은 아까 내가 들어갔던 오두막에 다시 들어갔다. 그 곳에 또 미셀이 덜덜 떨며 있었다.

"역시나군…."

라며 마르셀은 고개를 끄덕였다.

"뭐가요? 뭔가를 알고 있는 거예요?"

라고 마르셀에게 다급하게 물어보았다.

"넌 어째서 검은색과 흰색이 바탕이었던 이 꿈이 이렇게 들판과 하늘과 회오리가 생기는지 알겠니? 그건 바로 점점 미셀이 꿈을 꿀 수 있는 상태로 변하고 있다는 거야. 하지만 이 꿈은 아직 회오리가 생기거나 사라지면서 불안정한 상태야."

라며 마르셀은 이야기를 해주었다.

"그럼 이 꿈은 시간만 지나면 완전히 안정적이게 되는 게 아닌가요? 검은 바탕이 갑자기 이런 초원이 변한 것처럼…."

내가 마르셀에게 물었다.

"꼭 그런 건 아니야. 이전까지는 아무리 시간이 흘러도 이렇게 변한 적은 없었어. 하지만 네가 이 꿈에 오고난 후부터 변화가 생긴 거야. 알겠니?"

라고 마르셀은 나에게 물었지만, 나는 고개를 갸우뚱거렸다.

"그러니깐 너는 미셀에게 자극을 주는 관계라는 거야. 좋은지는 모르겠지만…."

라고 마르셀이 말하는 순간, 미셀은 대화하던 나와 마르셀을 밀치고서는 밖으로 달려갔다. 나는 재빨리 미셀이 나간 후 문을 열었지만, 이미 회오리와 미셀은 사라져 있었다. 나는 순간 정신이 아찔하더니 쓰러지게 되었다. 옆에서 마르셀이 부르는 소리가 희미하게 들렸다.

– 아침

정신을 차리며 일어나니, 또 온몸이 식은땀에 젖어 있었다. 아마 루시드드림을 너무 오래해서 몸이 무리한 거겠지. 나는 정신을 차리고 빨리 씻고 학교에 갔다.

'오늘도 미셸은 학교에 안 올려나…'

하고 생각하는 순간 미셸이 웃으며 나에게 달려들었다.

"벨, 벨, 벨! 나 꿈꿨어! 이번에는 제대로 된 꿈이라구."

라며 미셸은 말했다.

나는 놀라며 무슨 꿈이냐고 물어보니 미셸은 얄밉게 웃으며 반에서 이야기해 준다 하고서는 달려갔다. 나는 빨리 들어보기 위해 미셸을 따라 반으로 뛰어 들어갔다. 반에 들어 간 후, 미셸에게 가서 무슨 꿈을 꿨는지 물어보았다.

"그게 어떤 꿈이냐면… 내가 저번에 초원에서의 꿈을 꾼 것 같다고 했지? 그 곳이랑 장소는 같은데, 내가 뭐했는지는 기억 안나. 하지만 한 가지 확실한 건 그 곳에 나랑 너랑 마… 르셀 오빠가 있었어…."

갑자기 미셸의 표정은 어두워졌다, 나는 마침 마르셀 오빠 이야기도 나온 김에 예전에 미셸에게 있었던 일을 물어보았다. 그러나 미셸은 아무 대답도 해주지 않고 자신의 자리로 돌아가 버렸다. 하지만 나는 한 가지라도 알아내려고 쉬는 시간 마다 미셸을 찾아갔고, 집에 갈 때도 물어보았지만 미셸은 아무 말을 해주지 않았다.

미셸이 한 마디도 하지 않으니 나는 거의 포기한 상태로 집으로 갔는데 순간, 무의식 세계라면 옛날 기억에 관한 것도 있을 거 같다는 생각이 들어 바로 마르셀에게 달려가 이야기를 했다. 그랬더니 마르셀은

"그래! 그럴 가능성이 있어. 그리고 안 좋은 기억이라면… 역시 그 회오리겠지? 생각해 봐. 그 기억은 안 좋은 기억이기도 하고, 미셸이 지우고 싶어 하는 기억이야. 그러니 오두막 안에서는 그렇게 떨고 있고, 숨기기 위해 미셸이 나

가면 그 회오리가 사라지는 거야. 그러니 우린 그 회오리에 있는 정보를 알아오면 돼!"

하지만 나는 의문이 생겨 바로 물어보았다.

"저기… 미셸에게 바로 물어보면 되지 않나요?"

"그건 안 돼. 저번에 말했다시피 붕괴될 위험이 있어. 그 정신은 너무나도 불안한데 괜히 질문을 해서 자극을 할 필요는 없어. 그러니 우린 그냥 그 회오리에 직접 가면 되는 거야."

라며 설명을 해주었다, 그래서 나는 마르셀과 오늘 밤 미셸의 꿈속에서 만나기로 약속하고, 서로 집으로 헤어졌다.

– 밤

'이제 곧 있으면 미셸의 과거도 알게 되는구나…'

나는 두근거리며 잠에 들었다.

– 미셸의 꿈 속

어제와 달리 꿈속이 바다 속으로 변했고, 미셸은 해저동굴 안에 숨어 있었다. 나와 마르셀은 그 동굴 앞에서 만났다.

"근데 이곳에서는 어떤 식으로 회오리가 생기죠? 그리고 괜히 위험해지는 거 아니에요?"

나는 떨며 말했다. 하지만 마르셀은 웃으며

"그래도 할 수밖에 없잖아?"

라고 말했다.

그 순간 바다가 거세게 일렁였다. 그리고 꼭 목욕탕의 물이 내려갈 때 생기는 회오리같이 생긴 것이 생겨났다.

"저 안으로 들어가야 하는 건 아니죠?"

나는 불안한 느낌이 들어 마르셀에게 물어보았다.

"글쎄… 들어가야겠지?"

라며 마르셀이 대답했다. 하지만 나와 마르셀은 어디로 들어가야 할지 몰라 머뭇거리고 있었다. 그 순간 그 회오리는 그 둘을 덮쳤고, 나는 정신을 잃었다.

– 미셀의 과거 편

"미셀 너 아직도 포기 안했냐?"
라며 어릴 때의 미셀에게 한 소녀가 말을 걸었다.

"당연하지! 난 절대로 포기하지 않아"
라고 미셀이 말했다. 하지만 그 소녀는 한숨을 쉬며 "그냥 포기해, 저런 애랑은 그냥 안 놀면 돼, 감히 내가 친히 말을 걸어줬더니 무시를 하다니…. 저런 애랑 친해져 봤자 손해야 그러니깐 우리들이랑 놀자, 응? 미셀"이라고 말을 했다.

그러자 미셀은 화를 내며 어떻게 그렇게 쉽게 아이를 왕따를 시키느냐면서 자리를 박차고 일어나 그 애에게 갔다.

그 애의 이름은 '샤를'.

"저기 샤를, 오늘 점심 같이 먹지 않을래?"라고 미셀은 샤를에게 웃으며 이야기를 걸었지만 샤를은 오리혀 미셀은 무시하고는 그냥 가버렸다.

점심시간이 되자 다른 아이들은 각자 같이 먹는 애들끼리 모여 밥을 먹는다. 그리고 미셀은 샤를을 찾고 있었다. 그것을 본 여자애는 같이 먹자고 말을 했지만 미셀은 그 소리를 못 듣고 바고 샤를 옆자리로 갔다.

"샤를, 밥 같이 먹자니깐?"
이라며 미셀은 샤를 옆에 앉았다. 그러자 샤를은 내게 쏘아 붙이듯이 말을 꺼냈다.

"내가 언제 같이 먹는다고 했어?"

"하지만 싫다고는 안했잖아."
라며 미셀은 능청스럽게 굴었다. 둘은 티격태격하면서도 웃으며 이야기를 하고 있었다. 하지만 그 뒤에서는 아까 미셀이 실수로 무시를 해버린 여자애는 그 둘을 짜증이 난다는 듯이 쳐다보고 있었다.

그 여자애의 이름은' 리오넬'. 리오넬은 자신의 자리에 미셀 쪽을 보며 밥을 먹었다.

"샤를, 집에 같이 가자."

라며 미셀은 샤를을 잡았다. 하지만 샤를은

"넌 눈치도 없니?"

라며 그냥 가버렸다. 미셀은 무슨 이야기인 줄도 모르고 그냥 혼자 집에 가려는 순간 리오넬과 친구들이 미셀의 앞에 서서

"너 마지막 기회야, 우리랑 놀 거야? 샤를이랑 놀 거야?"

라며 말했다.

"너희들 정말 실망이야. 그냥 다 같이 놀면 되지 왜 그렇게 편을 가르려고 그래?"

라며 미셀은 정색하며 말을 했다. 그러자 리오넬은 "그래? 그럼 우리랑 안 논다는 거지? 미셀, 너 후회하게 해줄 거야."라는 말을 남긴 후 달려갔다.

새로운 아침의 해가 떴다.

미셀은 학교로 가는 도중에 리오넬을 만났다. 미셀은 어제의 일이 신경 쓰였는지 리오넬에게 사과를 하려고 리오넬에게 가서 말을 걸었다.

"저기 리오넬 어제 미안 했어…."

하지만 리오넬은 미셀을 무시하고서는 친구랑 그냥 가버렸다. 미셀은 그냥 아직도 삐져 있고 곧 있으면 화가 풀겠지 라며 그냥 학교에 갔다. 미셀은 샤를 자리에 갔지만 오늘 샤를은 병결로 학교에 안 왔다.

– 수업 중

미셀은 열심히 필기를 하는 도중. 머리에 뭔가를 맞는 듯한 느낌이 들었다.

그래서 뒤를 돌아봤더니 애들은 다 고개를 숙이고 필기를 하고 있어서 '기분 탓이겠지' 라며 다시 필기를 쓰기 시작했다.

그리고 또 몇 분 뒤 또 머리를 맞아서 뒤를 돌아봤더니 애들이 킥킥대며 웃고 있었다. 왜 웃는지 까닭을 모르는 미셀은 주위를 둘러볼 뿐이었다. 그렇게

둘러보던 중 바닥에 지우개 조각이 널브러져 있었다. 미셀은 갑자기 이상한 낌새를 느끼고는 선생님께 배가 아프다고 하고서는 보건실에 갔다.

보건실에 가서 누워서 곰곰이 생각을 하였다. 그리고 쉬는 시간 종이 쳐서 반으로 돌아갔다.

돌아가니 또 애들은 킥킥거리며 웃고 있고 반에 미셀의 책상과 의자는 없었다. 그리고 리오넬은

"여기 너 자리도 없는데 여기는 왜 왔니?"

라며 웃어댔다. 미셀은 이제야 애들이 자신을 따돌린다는 것도 알아챘다.

하지만 이제 와서는 뭐라 할 수도 없고 그냥 책상과 의자를 찾으러 갔다.

아무리 찾아봐도 없었고, 결국 수업시작 종이 쳐버렸다. 하지만 미셀은 그냥 돌아갈 수는 없었고 그냥 학교에서 뛰쳐나와 버렸다. 그리고는 근처 놀이터에 가서 저녁이 될 때까지 그냥 그네를 타고 있었다.

하늘이 빨갛게 물들어 갈 무렵. 미셀은 집으로 돌아갔다.

미셀은 돌아가면 혼나겠지 라며 걱정하며 집으로 갔지만 집에는 아무도 없었다. 책상에 메모지가 있어서 읽어보니 오늘 오빠는 야자, 그리고 엄마아빠는 일 때문에 늦는다고 적혀 있었고 전화기에는 부재중이 5번 정도 있었다. 그 중 하나는 엄마이고 나머지는 학교 에서 왔다. 엄마는 과연 내가 오늘 학교에서 가방까지 두고서 집에 왔다는 것을 알까 라고 생각하며 방으로 들어가 잠이 들었다.

누군가 방을 두드리는 소리에 미셀은 잠에서 깨었다. 시계를 살펴보니 시간은 새벽 2시였다. 그리고 방문을 열어보니 마르셀이 걱정스러운 표정으로 미셀을 바라보았다.

"미셀, 오늘 왜 학교에서 가방도 안가지고 그냥 나왔니?"

라며 물어보았다. 하지만 미셀은 학교에서 따돌림 당한다고 말할 수도 없고 해서 결국 아무 말도 하지 않았다. 마르셀은 알았다 듯이 가방을 주며 그냥 더 자라고 하고서는 문을 닫고 가버렸다. 미셀은 그대로 침대로 가서 누웠다.

다음날 미셀은 학교 갈 준비를 다하고서는 평소보다 일찍 학교로 갔다.

일찍 가서 책상과 의자를 찾으려고 갔지만 반에는 이미 미셀의 책상과 의자

는 있었고 샤를이 책을 읽고 있었다. 미셀은 혹시 샤를이 찾아주었나 라고 생각하며 "이거 네가 찾아 준 거야?"라며 물어보았다. 샤를은 단지 고개만 끄덕이고 다시 책을 읽었다. 미셀은 샤를에게 고맙다고 하며 자리에 앉아 수업 준비를 하는데 샤를이 와서는 어제의 수업필기를 나에게 보여주었다.

"샤를, 정말 고마워. 샤를 너 밖에 없어."

라며 미셀은 필기를 베껴 썼다. 그리고 좀 있다 리오넬과 친구들이 왔다.

미셀은 이제 자신도 저 아이들을 무시한다며 가만히 앉아 있었다.

"어머 미셀 어제 왜 그냥 집에 갔어? 걱정했잖아."

라며 리오넬은 걱정스러운 눈빛으로 물어보았지만 입은 웃고 있었다.

"글쎄…. 딱히 너랑은 상관없는 것 같은데?"

라며 미셀도 웃으며 말을 했다. 순간 리오넬이 뭔가를 말하려다가 종이 울려 자리로 돌아갔다. 미셀은 신경이 쓰이지만 신경 끄기로 했으니 그냥 가만히 있었다. 문이 열리며 선생님이 들어오시고는 미셀보고 교무실로 오라고 했다.

그리고는 선생님은 나가고 미셀은 곧바로 교무실로 갔다.

"왜 어제 그냥 집으로 가버렸니?"

라며 물어보았다. 미셀은 딱히 뭐라 말할 수가 없어 그냥이라는 대답밖에 하지 않았다. 선생님은 한숨을 쉬고서는

"반성문 한 장 쓰고 부모님 사인 받아 오렴."

이라고 말하시곤 그만 가라고 하셨다.

미셀은 반으로 돌아왔는데 또 책상과 의자가 없었고 또 애들은 웃고 있었다.

미셀은 이제는 당당해져야지라며 리오넬에게 가서 책상이랑 의자 어디에 있어 라고 물어보았다. 하지만 리오넬은 계속 웃으며 무시했다. 미셀은 이 상태에서는 알려 줄 것 같지 않아 그냥 나가려는 순간 샤를은 큰소리로 체육창고에 있다며 말을 하고서는 미셀을 끌고 체육창고를 갔다.

체육창고에서 교실로 가는 중 미셀과 샤를은 같이 책상과 의자를 옮기며 이야기를 나누었고 그 둘은 그것을 계기로 친해졌다. 그래서 애들이 아무리 괴롭혀도 미셀과 샤를은 서로 도와주면서 극복해나갔다.

하지만 어느 날 샤를은 집안 사정 때문에 다른 나라로 이민을 간다고 하였다.

샤를은 미안하다면서 가버렸고 이제 반에는 미셀 혼자 남았다. 리오넬은

"내가 말했지? 저런 애랑은 노는 거 아니라고?"

라며 웃었다. 미셀은 그 다음 날부터 아이들에게 직접적으로 괴롭힘을 당했고 결국 미셀은 방에다가 집을 나가겠다는 쪽지를 남기고서는 가출을 하였다.

– 현실

벨은 꿈에서 깨며 이때까지의 이야기를 다보고서는 바로 미셀에게 갔다. 그리고 이때까지 본 것을 미셀에게 말을 하니 미셀은 눈물을 흘리며 울고 있었다.

"많이 힘들었어…, 이제 나 어떡하지? 네가 이일을 알고 나면 너를 제대로 못 볼 것 같아."

라며 계속 울었다. 벨은 미셀을 달래 주고 밖으로 나왔다. 밖으로 나오니 마르셀이 있었고 그 둘은 공원으로 갔다.

"저 미셀 과거를 봤어요. 미셀은 그이야기를 듣고 울면서 이제 내 얼굴 보기 힘들 것 같다고 했지만…."

이라고 벨은 이야기를 하니 마르셀은 수고했다며 주스를 사주고서는 오늘 미셀을 꿈속에서 또 보자라며 둘은 각자 집으로 돌아갔다.

– 미셀의 꿈 속

이번 미셀의 꿈속은 하얀 바탕이고 미셀은 중간에 서 있었다. 그리고 벨은 빨리 마르셀을 찾으려 이리저리 날고 있다가 마르셀을 만났다.

"내가 곰곰이 생각해 봤는데 이일을 해결하려면 역시 당사자와 만나야 할 것 같아."

라며 마르셀은 흥분하며 말을 했다. 벨은 걱정스럽다 듯이

"당사자끼리 만나는 건 좋지만 미셀을 괴롭히던 애들이 어디 있는지 무얼

하는지 또 우리가 막무가내로 데리고 올 수도 없는데 어떻게 만나게 해요?"
라며 물어보았다.

"그거야 간단하지. 우리는 지금 루시드드림에다가 드림워킹을 할 수 있잖아? 그러니깐 이걸 이용해 그 애들을 미셀의 꿈속으로 데리고 오면 되는 거야."
라며 웃으며 말을 했지만 벨은 여전히 걱정스러운 얼굴로 "하지만 그런 짓을 했다가는 또 미셀은 불안정해지는 거 아닌가요?"라며 대답했다.

"당연히 우리가 데리고 오기 전에 설득 같은 것을 해야겠지?"
라며 마르셀은 말했다. 그리고 그 둘은 서둘러 실행에 옮겼다.

7. 만남

우선 그 둘은 리오넬의 꿈속으로 가기로 했고 바로 그 아이의 꿈속으로 들어갔다.

- 리오넬의 꿈 속

리오넬의 꿈속은 무지개가 떠 있고 꽃밭에… 완전 소녀 같은 꿈이 있었다. 하지만 반쯤은 땅이 메말라 있고 쩍쩍 갈라져 풀 한 포기 없는 곳도 있었다.

그리고 그곳도 미셀과 똑같이 회오리가 불고 있었다. 마르셀은 우선 리오넬을 찾자고 하고서는 벨과 떨어졌다. 그리고 벨은 리오넬을 찾기 위해 날아다녔다.

그리고 리오넬을 발견한 곳은 그 아름다운 꽃밭과 회오리가 부는 바로 그 경계면에 리오넬은 서 있었다. 우선 이걸 바로 마르셀에게 말을 하고 둘은 같이 리오넬 있는 곳에 갔다. 리오넬은 회오리를 보면서 한숨을 쉬고 있었다. 자세히 들어보니

"그렇게까지 할 것 없었나? 하지만 난 시키는 대로 했을 뿐인데…,"
라고 중얼거리고 있었다. 벨은 리오넬에게 다가갔다.

"뭐 하고 있어?"
라고 리오넬에게 물어보았다.
"후회하고 있어…. 근데 넌 누구야?"
리오넬은 벨에게 물어보았다.
"아, 난 지금 미셸에게 친구인 벨이야. 근데 넌 왜 후회를 하고 있어? 혹시 미셸 때문이야?"
라며 벨은 리오넬에게 질문을 던졌다. 리오넬은 말없이 고개를 끄떡인 뒤 요새 미셸은 잘 지내냐는 등의 질문을 했고 벨은 그에 친절히 답해 주었다.
"저기 있잖아. 아까 후회했다고 했잖아. 혹시 미셸 일이야?"
라고 벨이 묻자 리오넬은 그렇다고 답하였다.
"그럼 같이 미셸이 있는 곳에 가서 사과하지 않을래? 내가 알기로는 네가 그…."
벨이 말을 더듬자 리오넬은
"맞아, 내가 하자고 했어. 그리고 가서 사과는 할게. 근데 문제점이 두 개 있어. 미셸이 있는 곳에는 어떻게 가? 여긴 꿈속이잖아"
라고 하자 벨은 걱정 말라며 루시드드리머라고 소개를 하고 그것에 대해 설명을 해주었다.
"그럼 됐지? 이제 가자."
라며 미셸을 끌었다.
"잠깐 아까 그 두 가지 문제점 중에 이게 하나라면 다른 하나는 뭐지?"
"아, 그건 샤를도 데리고 가야 한다는 거예요."
마르셀이 물어본 질문에 리오넬은 대답했다.
"어째서 샤를은 미셸이랑 같이 괴롭힘 당한 애인데 왜 데리고 가? 혹시 그 애 한테 사과하라고?"
라며 웃으며 벨은 말했다. 하지만 리오넬은
"내가 왜 그딴 녀석한테 사과를 해야 해? 내가 그…그 녀석 때문에 제일 좋아하는 친구도 잃었는데! 내가 왜!"
라며 소리를 지른 후 갑자기 리오넬은 울었다. 벨은 당황하며
"갑자기 왜 그래?"

라고 묻자 리오넬은 마음을 가다듬고 자신이 알고 있는 이야기를 벨과 마르셀에게 설명해 주었다,

8. 반전

"사실 일이 이렇게 된 건 샤를 때문이에요, 사실 샤를은 저와 옛날부터 아는 사이였고 그래서 그때 만난 게 너무 반가워서 인사를 하다 샤를은 미셀이 걸리적거린다며 계획을 짰고 저도…어쩔 수 없이 도와주었어요. 샤를은 미셀보다도 친한 친구였으니깐…."
이라며 흐느끼며 울었다.
"미셀보다 더 친하다고 그런 짓을 해!?"
라며 벨은 화를 냈고 리오넬은 계속 울었다. 마르셀은 미셀을 말리며 먼저 리오넬과 미셀의 꿈속에 가 있으라 하고 자신은 샤를을 데리고 오겠다 했다. 하지만 벨은 자신이 샤를을 데리고 오겠다고 하며 마르셀의 이야기는 더는 듣지도 않은 채 바로 샤를의 꿈속으로 무작정 들어갔다.

-샤를의 꿈 속

샤를의 꿈속은 아무것도 없다, 정말 아무것도 없다 검은 배경 같은 것이 아니라 정말 짙고 소름이 끼칠 정도의 '어둠' 이었다. 그 속에서 어둠과 같이 물들여져 있는 예쁜 한 소녀를 발견한 벨은 곧바로 그 애가 있는 곳으로 갔다.
"네가 혹시 샤를이야?"
라며 벨은 물어보았다. 하지만 샤를은 아무 대꾸도 하지 않았다.
"난 현재 미셀의 친구인 벨이라고 해."
라며 말을 건넸다. 그러자 샤를은 벨을 넘어뜨리며
"내꺼야! 건들지 마!"
라며 소리쳤다. 그러자 거대한 회오리가 생기고 샤를은 사라졌다. 벨은 우선 돌아가야겠다고 생각하며 미셀의 꿈속으로 돌아갔다.

돌아와 보니 리오넬과 미셸은 화해를 했는지 이야기를 나누고 있었고 미셸의 꿈속에 있던 회오리 크기도 작아졌다.

"아, 벨. 어서 와. 샤를은 어떻게 됐어?"

라고 마르셀이 손을 흔들며 물어봤다. 벨은 실패했다 듯이 마르셀에게 엑스사인을 보냈다. 미셸은 마르셀에게 가서

"저기 이제 미셸은 대화도 가능한가요?"

라며 소근 거리며 이야기했다.

"그게…, 리오넬을 보자 먼저 말을 걸어오더라고. 그리고 꿈속도 꽤나 안정적이고 괜찮을 것 같아서 일단은 지켜보고 있어."

라고 마르셀은 이야기했다.

"혹시 샤를에 대해 이야기 했어요?"

라며 물어보았다,

"아니. 혹시 또 무슨 일이 생길까 봐 아직 이야기는 안했어."

라고 마르셀은 이야기했다.

"그렇다면 제가 이야기할게요."

라며 벨은 미셸에게 갔다. 순간 마르셀은 벨을 막지만 이렇게 있는 것보다는 진실을 아는 게 중요하다며 소리치고서는 미셸에게 다가갔다. 벨이 미셸에게 다가가자.

"와 정말 내 꿈속에 있어? 신기하다"

라고 말하며 굉장히 즐거워했다.

"저기 있잖아. 나 너의 과거에 대해 알아버렸어"

"그래 알아버렸구나 그래서 궁금한 거 있어?"

라며 질문을 했다

"궁금하기보다는 샤를에 대해 할 말이 있는데."

"샤를이 이 일의 주요 원인이란거지? 알고 있었어"

라며 미셸은 능청스럽게 웃었다. 벨은 놀라며 물었다.

"근데 어째서 그 일을 가슴속에 담고 있는 거야? 샤를에게 따지거나 했어야지."

라며 흥분했다.

"그게 나도 물어봤지 하지만 샤를은 외국으로 간다고 하고 다른 애들은 나를 어떻게 대할지 불안해서 그냥 집을 나와 버린거야"라며 미셸은 말했다.

"바보 같아."

라며 옆에서 리오넬이 말했다.

"그렇다고 도망가버리냐? 내가 그것 땜에 정말 힘들었는데"

라며 리오넬은 울기 시작했고, 나는 한번 더 샤를을 만나러 가보겠다하고 샤를의 꿈속으로 갔다.

– 샤를의 꿈 속

꿈속은 아까와 다른 건 없었다. 그리고 샤를에게 다가갔다. 그리고 이번에는

"같이 미셸에게 가지 않을래?"

라고 말을 걸었더니 샤를은 벨을 보면서 "내가 왜?"라고 말했다.

"그야 너가 잘못 했으니깐! 가서 사과하고 화해하면 되잖아!"

라며 말했다. 하지만 샤를은 여전히 자신의 잘못이 아니라는 듯

"하지만 미셸이 먼저 리오넬을 가져가려고 했단 말이야. 리오넬은 원래 내 껀데… 근데 왜 사과를 해야 해? 난 잃고 싶지 않아서 그랬을 뿐인데!"

말을 하고 난 뒤 울었다.

"지금 미셸의 꿈속에 리오넬도 같이 있어"

라고 벨은 말했다. 하지만 샤를은 여전히 울고 있었다.

"샤를 잘 들어 넌 그때 리오넬을 잃고 싶지 않아서 그랬다고 했지? 하지만 지금 가서 화해하면 리오넬과 다시 친해질 수 있을 거야. 그리고 미셸도 있어 넌 미셸도 친구라고 생각하지 않아?"

라며 타이르듯이 벨이 말했다. 샤를은 벨을 보며 고개를 끄덕인 뒤 미셸의 꿈속으로 갔다.

9. 해결

– 미셸의 꿈 속

벨은 샤를을 데리고 미셸의 꿈속으로 왔다. 와보니 미셸은 아직도 리오넬과 대화 중이였다. 갑자기 미셸은 우리 쪽으로 쳐다봤고 미셸과 샤를은 눈이 마주쳤다. 그리고선 미셸은 그 자리에서 벌떡 일어나 샤를 쪽으로 왔다. 그리고선 "오랜만이야 샤를."이라고 하며 샤를을 안았다.

미셸의 갑작스러운 행동에 나와 샤를은 물론이고 리오넬과 마르셀도 놀랐다.

샤를은 갑자기 미셸을 밀치며

"뭐하는 짓이야!"

라며 소리쳤다. 그러자 미셸은 웃으며 말했다.

"그야 널 보니 반가워서 그렇지."

"웃기지 마! 내가 너한테 그런 짓을 했는데! 왜!"

라며 샤를은 소리쳤다.

"그야 내가 널 용서했으니깐 니 마음 다 이해하고 했으니깐 괜찮아."

라며 미셸은 말했다. 샤를은 갑자기 눈물을 흘리며 돌아섰다. 그리고 "동정하지 마!"라며 소리치고서는 가려고 하자 미셸이 샤를을 잡았다

"도망가지 마 내가 도망가봐서 알잖아. 지금 도망가면 엄청 후회해. 그냥 옛날일 다 잊고 다시 친구로 지내자, 응? 샤를."

라며 미셸은 말해 주었다. 샤를은 흘렸던 눈물을 닦으며

"미안해…. 나는 단지 리오넬을…, 내 친구 리오넬을 뺏기고 싶지 않아서 그런 건데 네가 그렇게 떠날 줄은 몰랐어, 정말 미안해."

라며 샤를은 말했다.

"사실 떠난 것에는 이유가 있어 어떤 이유냐면 내가 계속 그 학교에 있으면 괜히 너희들 사이 안 좋아질까 봐 나온 것도 있고 너희들이 받을 벌은 죄책감으로 충분하다고 생각해 하지만 역시 무서웠나봐 꿈도 못 꾸다가 이상한 꿈도

꾸고….”

갑자기 미셸은 울어버렸고 벨과 마르셀은 이제 곧 잠에서 깨어날까 봐 샤를과 리오넬을 각자 꿈으로 보내주고 미셸에게 인사한 뒤 꿈에서 나왔다.

– 벨의 침대 위

벨은 빨리 일어나 준비하고 미셸에게 달려갔다. ‘혹시 미셸이 꿈을 기억하고 있을까?’ 라고 생각하며 미셸에게 갔다. 그리고 미셸과 만난 뒤 이야기를 나누니 다행히 기억을 다 하고 있었다. 벨은 잘됐다며 미셸을 축하해 주고 미셸은 고맙다며 벨을 껴안았다.

“근데 이제부터 집으로 돌아갈 꺼야?”

라고 벨은 물었다.

“그게 사실 나 계속 여기 있어. 대신 가족들이 이쪽에 오기로 했어.”

라며 미셸은 말해 주었고 벨도 무척이나 기뻐했다.

10. 완료

– 몇 달 뒤

“벨, 빨리 나와!”

미셸은 밖에서 소리치고 벨은 여전히 늦잠을 잤다.

“벨, 벨 들어봐. 이번에 꾼 꿈은….”

미셸은 항상 벨을 만나고 맨 처음 하는 이야기는 꿈 이야기고, 벨도 지루해하지 않고 잘 들어주었다. 미셸이 일이 끝난 뒤 벨은 더는 루시드드림을 할 수 없고 미셸은 꿈을 꿔도 기억을 할 수 있게 되었다.

“요새도 리오넬이랑 샤를이랑 연락하니?”

벨은 물어보았다.

"물론이지. 하지만 요새는 좀 뜸하단 말이야."
라며 미셸은 인상으로 폈고 둘은 이야기를 나누며 학교로 갔다.

– 학교

학교 안에서 미셸과 벨이 이야기를 나누고 있는데 "저기…."라며 옆에서 익숙한 소리가 나서 보았더니 리오넬과 샤를이었다.
"너희들이 왜 여기 있어?"
라며 미셸과 벨은 동시에 물어보았다.
"그야 전학 왔으니깐"
이라며 리오넬은 활기차게 말하고, "실제로 보는 건 처음이네 벨 잘 부탁해" 라며 샤를은 귀엽게 웃었다. 이제 그 네 명은 절친한 친구가 되었고, 그 일은 이제 마음 속 추억 한 켠에 남아 영원히 기억될 것이다.

제3장

그래도 삶은 아름다워

난 1년 동안 미쳤었던 걸까나?

김원영

갑자기 전학 온 학교 화장실에서 요란하게 만난 귀신, 화장실에서 만난 귀신을 따라간 음악실에는 귀신 30명이 있었다. 그 중에서 귀신 3명을 성불을 시켜야 한다. 하지만 생각대로 귀신들은 얌전히 따라주지 않는다. 그리고 성불을 시켜야 하는 이유조차 제대로 모른 채, 귀신들을 도와줘야 한다.

작가 소개_김원영

처음으로 글을 써보아서 그런지 글이 재미가 없어요. 그래도 읽어주시면 감사하겠습니다. 참고로 저의 취미는 글을 쓰는 것과는 상관이 없습니다. 하지만 제 글을 써보는 것도 재밌는 경험이겠다 싶어서 하게 되었습니다.

Prologue

"아! 이놈의 살! 왜 내 몸 구석구석에 붙어서 나를 괴롭히는 게냐!"

여름방학이 지나고 나니 몸무게가 4kg이나 불어나 있었다. 안 그래도 부모님한테나 망할 오빠한테도 완전 돼지라는 소리를 듣는데, 돼지에서 한 단계 업그레이드 된 울트라 돼지라고 불리게 생겼다. 나는 화장실 거울을 보면서 한숨을 쉬면서 팔뚝, 다리, 배를 보았다.

"아휴"

한숨만 내쉬어서 뭐하나, 수명만 줄어들 뿐이지. 하지만 뭘 이상한 것을 먹은 것처럼 한숨에 한숨, 또 한숨 밖에 나오지 않는다. 그리고는 매번 똑같이 다이어트를 결심하지. 하지만 매번 실패. 그래서 요즘은 아예 시도조차 하지 않는다.

그래도 뭐, 작년에 비하면 몸이 너무 건강해서 비만에 육박할 지경이다. 아, 그리고 작년 하니까 생각이 나는 건데 누가 나한테 100억 원을 준다고 해도, 삐까뻔적한 보석을 준다고 해도 되돌아가고 싶지 않은 작년이었다.

왜냐하면 나는 귀신이 보였기 때문이다. 이상하게도 중학교 3학년, 1년 동안 귀신이 보였었다. 2년 동안은 아무 탈이 없었다. 3학년 때, 아니, 3학년 새 학기 시작하기 전이니까. 2학년 봄방학에 집안사정으로 지금 살고 있는 집으로 이사를 왔었다. 그리고 역시 학교도 전학을 가야만 했는데, 하필 전학을 간 학교에 귀신이 한 명도 아닌 30명, 그중에서 친했던 3명의 귀신이 있었다. 3명의 귀신은 그냥 귀신이 아니다. 그렇다고 나쁜 귀신도 아닌 착한 귀신도 아닌 사람 놀리고, 괴롭히고, 물건을 떨어뜨리는 등, 유치한 행동을 서슴없이 하는 머리가 이상하다고 해도 과언이 아닐 멍청한 귀신 한 명과 자기가 죽기 전에 가수지망생이었는지 시도 때도 없이 노래를 부르고 다닌다. 또 잘 부르면 몰라. 와 정말 욕이 나올 정도로 정말 노래를 못 부른다. 그리고 남은 한 귀신은 도대체 어디에 있었는지 내가 찾으면 한 번에 나온다. 부른지 5초도 안 되어서 말이다. 처음 만난 지 며칠 동안은 스토커인 줄 알았다. 알고 보니 관심종자 귀신. 생각만 해도 머리가 지끈지끈 거린다. 아무튼 이상한 귀신 3명과 나는 1년 동안 친구처럼(?) 지내왔다.

1."님아 귀신 처음 봄?"

"아함."

나는 새 학기 첫날 등굣길에 하품을 몇 번 했는지 모른다. 이상하게도 잘 꾸지 않는 꿈을 꾼 것이다. 그것도 재수도 없게 악몽을 꾸었다. 나는 그 악몽을 잊은 채로 3학년 7반으로 들어섰다. 2학년 봄방학 때 전학을 와서 역시나 아는 애들이 한 명도 없었다. 나는 구석에 조용한 자리에 앉았다. 그리고 마침 종이 쳤다. 새로운 담임선생님께서 들어오셨다.

그리고 아침 조회가 끝나고 쉬는 시간, 의외로 사교성이 좋은 나는 새 학기 첫날부터 친구가 생겼다. 이름은 한 은율. 나랑 비슷한 성적에 성격도 비슷하고, 집도 가까운 곳에 살고, 비슷한 것이 의외로 많았다. 하지만!! 무엇보다도 새로 사귄 친구, 은율이는 나와 다른 게 딱 한 가지 있었는데, 그건 귀신과 관련된 것을 좋아한다. 다행히도 자기의 관심사를 다른 사람들에게 말하고 다니지 않는다. 뭐, 다른 사람에게 자기의 관심사에 대하여 말을 해줬다면, 은율이는 지금 여기, 이 학교에 다니지 않았겠지만.

-2교시 쉬는 시간-

나는 혼자서 복도를 걷고 있었다. 걷고 있던 중, 은율이가 나를 불렀다.

"야! 권 성민! 야, 귀먹었냐?! 좀 서 보라니깐!"

나는 은율이가 부르는 소리에 뒤를 돌아보았다.

그 뒤로 나는 은율과 이야기를 하였는데, 이야기 내용을 듣고는 경악을 하였다. 아니 무슨 2년 동안 학교를 잘 다녀왔는데 3학년 새 학기 첫날부터 섬뜩한 이야기를 들어버렸다. 바로 프롤로그 부분에서 말한 귀신 이야기였다.

"에이, 설마."

"아니야! 진짜라니까, 내가 맹세코!"

"이 세상에 도대체 귀신이 어디에 있는데? 네가 아무리 귀신을 좋아한다지만 학교에 귀신이 있을 리가 있냐고!"

"아! 참 왜 내 말을 못 믿니? 귀신이 있다니까. 한 2주 전에도 그렇고 이틀 전 쯤에도 그렇고 저녁 때 쯤에 학교 운동장에서 놀고 있는 애들이 이상한 소리를 들었다고 했단 말이야. 그래서 애들이 그 이상한 소리가 귀신이 내는 소리라고 생각한대. 벌써 학교 안에 소문이 쫙 깔렸다니까."

은율이는 자기 말을 믿으라는 듯이 계속 나를 설득을 하였다. 그리고는 옆에서 계속 애들이 들은 이상한 소리의 정체가 귀신이다. 라는 근거를 계속 이야기하는데 정말 귀가 아팠다. 얘는 왜 귀신 이야기만 하면 이렇게 설레발인지.

더 이상 귀가 아파서 못 참겠다. 에잇!

"그러면 네가 내 앞에 귀신을 대령해와 나도 그 잘난 귀신 좀 한 번 보자. 그리고 그 이상한 소리를 내는 정체가 귀신이라는 확실한 증거도 없잖아?"

"……."

"귀신 이야기는 그만하자."

나는 살짝 지겹다는 듯이 교실로 들어갔다.

"저기, 성민아. 내 말 좀 들어ㅂ…."

은율이는 당황한 표정으로 복도에 멍하니 서 있었다.

"하필 첫날부터 주번이라니. 집에 가고 싶어라."

나는 혼잣말로 중얼거렸다.

투덜거림을 멈추고 간절히 집에 가고 싶은 바람으로 열심히, 아주 열심히, 칠판을 깨끗하게 정리하고 청소당번인 애들이 집에 갈 때까지 기다렸다. 청소당번인 애들은 다 집으로 가고, 나는 혼자서 칠판지우개를 씻으러 화장실로 갔다. 칠판지우개를 씻으면서 화장실의 큰 거울로 나의 얼굴을 보았다.

나는 순간적으로 나의 얼굴을 보고 생각하였다.

'오전에 은율이가 말한 귀신 이야기가 사실일까? 이상한 소리는 분명 사실인 것 같은데, 귀신이 했다니. 빨리 정리하고 가자. 새 학기 첫날부터 주번을 하려니까 기분 정말 잡치네.'

그리고서 칠판지우개를 다 빤 나는 화장실을 나가려는 순간,

–키이이이이익

'……!'

아무도 없는 화장실에서 갑자기 문이 열리는 소리가 들려왔다.

'뭐야! 사람인가? 귀신?'

나는 소리가 나오는 쪽으로 가보았다. 아, 공포영화에서 이런 이상한 소리가 들리면 그 자리에서 도망치지 않고 꼭 그 자리로 가보던데. 나는 공포영화를 볼 때마다 왜 도망치지 않고 소리가 난 쪽으로 가느냐고 욕을 하곤 했었다.

하지만 그때는 영화 속 이야기가 현실이 될 줄은 상상도 하지 못했다. 나중에 생각해 보았던 건데 내가 왜 그 문 쪽으로 갔느냐는 생각이 문득 든다. 그 문, 만약 내가 그 문을 열지 않았더라면 평탄한 중3 학교생활을 보냈을 것이다.

소리가 난 화장실 칸은 화장실에서 왼쪽 4번째인 제일 끝 칸이었다.

나는 문 쪽으로 천천히 가보았다.

'설마, 뭐가 있겠어? 화장실 문이 오래되어서 소리가 난 거야. 암, 정말 귀신이겠어?'

–끼이이익

"어?"

예상했듯이 문 안쪽에는 아무것도 없었다. 그럼 그 소리는 무엇인가. 내가 혹시 환청이라도 들었나 생각했다. 그리고 화장실 문을 닫으려는 순간,

"으흐흐흐, 심심해."

나는 온몸에 소름이 돋았다. 분명 화장실 천장에 소리의 정체가 있을 텐데, 궁금한데, 내 몸은 밀랍인형처럼 몸이 굳어서 손가락 하나 움직이지 못했다. 아마, 가위눌림과 비슷한 증상인 것 같다.

'으아. 진정하자. 저건 귀신이 아니야. 분명, 아닐 거야'

나는 머릿속으로는 소리의 정체가 귀신이 아닐 거라고 생각하고 있지만, 몸은 소리의 정체가 '귀신' 이라고 알려주었다.

나는 소리의 정체를 뒤로하고 굳은 몸을 풀려고 사력을 다하였다.

'끄응.'

열심히 몸을 움직이려고 하였다. 1, 2분을 고전한 끝에 손가락이 움직였다.

'앗, 됐다!'

그리고는 바로 뒤돌아서 냅다 교실로 줄행랑 치려고 하였다. 뒤를 돌아본 순간,

"꺄아아악!!"

나는 지구가 떠나갈 듯한 소리를 질렀다. 그런데 분명 나만 소리를 질렀을 텐데, 어째서인지 두 사람 목소리가 났다. 분명히 화장실에는 나만 있는데? 그리고는 일어섰는데, 내 앞에 귀신이 있었다.

"아씨, 내가 더 놀랐네. 님아 귀신 첨보냐? 귀신 놀라게 하지 마!"

귀신? 귀신? 저게 귀신? 내가 귀신을 보다니 무슨 일이야! 나는 너무 놀란 나머지 멍하니 귀신을 보고만 있었다. 그만 나는 찬 화장실 바닥에 기절하고 말았다.

"어이, 일어나봐"

누군가가 나를 깨우는 소리가 들렸다.

나는 누군가가 부르는 소리에 일어나고 싶은 마음은 간절했다. 그런데 몸이 안 움직여.

또 누가,

"야, 야! 인간 일어나! 안 일어나면 너를 저기 화장실 창문 밖에 던져버릴 거야."

'……!'

"그냥 포기하고 갈 것이지 왜 깨어날 때 까지 옆에 있느냐고요."

나는 처음 보는 귀신한테 화를 냈다.?

"네가 진짜 기절한 줄만 알았지."

귀신이 소심하게 나에게 말했다.

"……."

귀신과 나는 몇 분 동안 말이 없었다. 왜냐하면, 나는 평생 보기도 힘들다는 귀신을 봤고, 귀신은 보이기는 하지만 말도 안 해본 인간을 봐서. 정말 태어나서 이렇게 생각을 많이 해본 건 처음인 것 같다. 귀신은 생긴 게 장난끼가 가득하다고 해야 하나? 아무튼 그렇다. 키는 173cm 정도인 거 같다. 귀신이라

서 그런지 옷은 너덜너덜하지만 그렇게 나쁜 정도는 아니었다. 그나저나 내가 귀신을 보다니. 이참에 물어볼 건 물어보자.

"저기. 어쩌다가 제가 당신을 보게 됐을까요?"

아악. 첫 말부터 이게 뭐야. 나는 도대체 생각이 있는 걸까 없는 걸까.

내가 한창 자기비하를 하고 있을 때,

"음. 첫 질문이 정말 어이없네. 진심으로. 그건 나도 몰라. 너, 다른 귀신도 만나보지 않을래?"

귀신이 뜻밖에 말을 하였다. 그냥 여기서 당장 나가라는 말도 아니고, 다른 귀신을 만나보지 않을래? 라는 오히려 인간에게 하지 않을 질문을 하다니.

"네? 네."

악! 나는 왜 "네"라고 대답을 하냐고.

"그럼 날 따라와"

나는 고개를 끄덕거렸다. 그리고는 귀신을 따라서 화장실을 나갔다.

지금 학교 어디로 향하고 있는지 모르겠다. 그렇다고 귀신한테 물어볼 수도 없는 노릇이고. 미치겠네. 일단 화장실이 2층이었으니까, 두 층 올라갔으니 지금은 4층이고. 도대체 어디로 가는 거지?

나는 마음속으로 중얼중얼 거리면서 귀신을 뒤 따라 갔다.

"여기가 우리가 늘 있는 장소야."

귀신이 말했다. 바로 도착한 곳은 음악실 앞, 하루에 한 번씩 음악을 공부하는 곳. 음악 공부를 한다고 해도 별 볼일 없는 것만 하지만. 그나저나 귀신들이 있다 길래 음악실이 무서운 분위기로 변할 줄 알았는데 그냥 평범한 음악실이다. 음악실이라서 방음처리가 되어 있어서 안에서 소리를 질러도 아무도 모르겠지. 요즘 귀신은 머리가 참 좋구나. 그건 그렇고 도대체 음악실을 아지트로 삼은 이유는 뭐야?

"음악실에 있는 이유? 그냥. 구석에 있으니까. 그리고 너희들 인간들은 우리가 있는 기척은 못 느껴도 물건이 돌아다니거나 소리가 나면 금방 아니까 여기 음악실이 제일 낫다고 생각했지"

"아, 그렇구나."

이 귀신은 내 생각을 어떻게 읽었는지 머릿속으로만 생각하고 있었는데. 혹시 독심술이라도 쓰는 건가.

나는 체념하고 음악실로 들어갔다.

"오, 인간이다."

"인간이라고? 우리가 보이는 거야?"

"에이, 설마. 그러면 놀려주자."

화장실에서 만난 귀신을 따라 음악실에 가니, 내가 생각할 수도 없는 귀신들이 있었다. 적어도 한 30명 정도 되는 것 같았다. 우리 학교에 이렇게 많은 귀신이 있다니 놀라울 따름.

그리고 왜 날 놀리려는 건지 그냥 가만히 있어주면 안 되는가. 잠깐정도 귀신을 팰까라는 생각을 했다. 그럴 정도로 귀신들이 너무 얄미웠기 때문이다. 하지만 때리고 싶어도 귀신은 손에 잡히지가 않으니 포기하였다. 화장실에서 만난 귀신은 날 다른 귀신들한테 소개하였다.

"자, 여기는 방금 2층 화장실에서 만난 인간이야. 아, 이름이?"

"아. 저. 권 성민이라고 합니다."

"아, 그래. 얘 이름은 권 성민. 인간이 우리들을 본 건 처음이지만 너무 괴롭히지는 마. 얘한테는 나중에 고생할 일이 생기거든."

내 소개가 끝이 나자, 귀신들은 기분 나쁘게 웃으면서 음악실 가운데에 서 있는 나에게 와서 자기가 어떻게 죽었는지. 자신들을 어떻게 보는지 등을 이야기해줬다. 아마 자기는 하고 싶은 말이 많았나 보다. 이야기를 하면서 귀신들이 질문을 할 때마다 화장실에서 만난 귀신이 내가 당황한 이야기나, 질문은 나중에 내가 적응했을 때 하라고 한다. 그러고 보니 귀신 이름을 안 물어봤구나.

"저기 이름이 뭐예요?"

"나?"

갑자기 한 귀신이 화장실에서 만난 귀신의 말을 끊고.

"재는 평소에는 얌전해 보여도 은근 장난 좋아해. 인간들한테 장난치려고 하면 자기가 굳이 앞장서지 않아도 되는데 선다니까. 가끔 보면 멍청해. 그래서 어쩌다보니까 멍청아, 멍청아 라고 부르게 됐어. 자기도 은근 멍청이가 좋은지 불러도 화도 안 내더라고.”

내가 생각한 대로와는 정 반대이다. 그냥 평범했는데 장난을 좋아하구나. 그럼 난 멍청이한테 계속 끌려다닌 거야?

내가 멀뚱히 서 있자, 멍청이가 내 귀에 조용히 말했다.

“저기 둘이 같이 있는 귀신 보이지? 재네들이 나랑 친한 귀신들이야.”

“네? 아, 네.”

“그리고 너는 임무가 있는데, 뜬금없긴 하지만 넌 나와 저 둘을 성불시키면 된다.”

이건 또 무슨 소리인가. 내가 무당도 아니고 어떻게 당신네들을 성불시킵니까? 나는 정신이 나간 상태에서 귀신에게 말했다.

“야, 이 멍청아! 내가 왜 그딴 짓을 해야 하는데?”

“음, 그건….”

그리고는 허겁지겁 음악실을 뛰쳐나왔다.

“야, 기다려!”

부리나케 집에 온 나는 가방을 내 방 아무데나 던져놓고 침대에 누웠다. 엄마에게 아프다는 꾀병을 부리고 학원에 가지 않았다. 학교에서 만난 그 빌어먹을 귀신 때문에 머리가 너무 복잡하기 때문이다. 어느 날 갑자기 튀어나와서 나를 음악실로 끌고 가더니만 생뚱맞게 자기네들을 성불 시키라니. 당연히 하기는 싫고 안 해주면 어떻게 될지도 모르고 머리가 너무 아프다. 이 사실을 누구한테 이야기 하고 싶어도 믿어주기나 할까.

“에이, 몰라.”

나는 오늘 있었던 일이 꿈이길 바라면서 일찍이 잠이 들었다.

2. "나는 장의사가 아니라고!!"

결국 학교에 왔다. 뭐 아프다 하고 하루 정도는 빠질 수 있지만 학원도 아니고 학교수업은 빠질 수 없어서 체념하고 학교에 왔다.

'등굣길은 괜찮은 건가?'

내가 어제 귀신을 본 게 틀림없을 텐데 학교 등굣길에 귀신 한 명 코빼기도 보이지 않는다.

'어제 내가 어제 본 건 역시 꿈이었을 거야.'

나는 어느새 기분이 좋아져서는 학교 교실로 서둘러 갔다. 그 행복한 기분을 느낀 지 1분도 되지 않아 누군가가 나에게 인사를 하였다. 나는 뒤를 돌아서 인사를 하려고 했다.

'……!'

내 뒤에는 아무도 있지 않았다. 그저 복도를 지나가는 아이들 밖에 보이지 않았다.

"으악!"

나는 순간 너무 놀라서 소리를 지르고 말았다.

애들이 나를 이상하게 보았지만, 나는 너무 놀란 나머지 아랑곳하지 않고 교실로 들어갔다.

"좋은 아침~"

"어, 그래. 좋은 아침이네. 하하."

나는 은율이의 인사를 대충 받는 듯 마는 듯 하고서 책가방을 풀지도 않고 의자에 앉아서 아까 일을 생각하고 있었다.

바로 내 앞에 앉은 은율이가,

"야, 너 왜 그래? 얼굴이 어제보다 더 못생겨졌어."

얘가 뭐라니. 나는 어제 네가 보고 싶어도 못 보는 귀신을 봤다고. 그래서 이렇게 네가 말한 대로 얼굴이 더 못생겨졌는데. 진짜 친구라는 게 도움이 안 돼요. 안 돼.

"몰라."

나는 은율 이에게 쌍욕을 하려다가 참았다. 서로 웃자고 한 말인데 쌍욕을 했다가는 서로 기분이 안 좋아지니까. 그리고 지금은 귀신이 없는 거 같은데 내가 어제 정말, 정말로 잘못 본 것 일까?

수업이 끝나고, 주번인 나는 애들이 다 가고 텅 빈 교실 문을 잠궜다. 문을 잠그고 집에 갈려고 뒤를 돌아본 순간,

"야, 너 왜 아침에 인사 씹고 가냐."

"악!"

헐. 오늘 아침, 나에게 인사를 건넨 사람이, 사람이 아니라 귀신이라니! 그것도 어제 본 머리 완전 나쁜 멍청이!

"뭐, 일단은 됐고, 날 따라와. 어제 갔던 음악실 가려고."

"제가 왜?"

"하아. 어제 말했잖아. 넌 나와 어제 본 내 친구 둘! 총 셋을 성불시켜야 한다고."

그러니까 내가 왜 니들을 성불시켜야 하는데!? 나는 울고 싶은 기분이었다.

"제가 왜 해야 하나요?"

"몰라, 누가 너보고 시키래. 나도 너한테 시키긴 싫어. 그런데 안 하면 우리가 손해를 본다 말이야."

"그럼 제가 손해를 보는 건 생각도 안 해요? 도대체 시킨 사람이 누군데 그래요?"

"몰라. 내가 알면 이러고 있겠냐."

"그럼 자세히 알아보고 저보고 도와달라든지 그러세요."

나는 멍청한 귀신을 휙하고 지나쳐 복도를 뒤도 안 돌아보고 뛰었다.

"사람, 아니 귀신 번거롭게 하지마라."

내 옆에서 들린 멍청이의 말, 동시에 난 30cm 정도 공중에 떠 있었다. 귀신이 나를 든 것이다. 다행히 주위에는 사람이 없었다. 그리고 한숨을 한번 내쉬고 귀신에게 어제부터 마음속에 삭히고 있었던 울분을 다 토해냈다. 물론 욕도 섞어서다.

"야, 이 XX놈아, 죽고 싶냐? 참, 이미 죽었지? 또 죽고 싶지 않으면 당장 이 손 놔! 설마 또 죽고 싶은 건 아니지? 그러면 스님, 무당, 퇴마사 다 불러서 너나 음악실에 있는 귀신들 다 학교에서 쫓아 낼거야! 그리고 또…."

"야, 너…?"

멍청이는 방금까지도 얌전하고 높임말도 꼬박꼬박 쓰던 내가 야, 이 XX놈아. 에다 스님, 무당, 퇴마사들을 부르겠다고 하니 당황했는지 내 손을 놓아주었다.

그리고 난 몸을 추리고 귀신에게서 도망가려고 할 때였다.

"참, 내가 네 재수없는 말에 잠깐 당황했네. 하마터면 널 그냥 보내줄 뻔 했잖아."

내 말에 충격을 받았던 귀신이 이제야 정신을 차렸는지 나를 한 손으로 가볍게 들더니 혼자 중얼거리면서 4층 음악실로 갔다.

멍청한 귀신은 날 끌고 음악실에 도착! 이 아니라, 음악실로 가던 중 난 멍청한 귀신에게서 벗어나기 위해서 안간힘을 썼다. 그런데 진짜 어이없게 귀신은 나를 잡을 수 있으면서 나는 귀신이 안 잡히냐고. 그래서 무당이랑 퇴마사가 있는 거였구나. 라는 생각이 저절로 들었다.?

내가 투덜거리는 사이, 어느새 음악실에 도착하였다. 어제와 마찬가지로 많은 귀신이 음악실에 있었다. 그리고 내가 성불시켜야 할 멍청한 귀신의 친구들도 있었다. 멍청한 귀신 친구는 둘, 한 명은 여자이다. 키는 155cm 정도 되는 여자애다. 나이는 나보다 더 어려 보였다. 하지만 눈은 크고, 코가 어린 나이에 비해 오똑해서 예쁘다는 느낌이 많이 들었다. 그리고 여자 귀신은 어떻게 죽었는지는 모르겠지만, 옷이 고급스러웠다. 죽기 전에 집안 배경이 좋았던 거 같다. 나머지 한 귀신은 멍청한 귀신과 나이가 같아 보이는 남자애였다. 얼굴은 잘생긴 편은 아니지만 못생긴 거는 아니고, 훈훈하다. 그 정도 키는 한 178cm는 되는 거 같았다. 인간이었을 때 한 인기 했을 것 같았다. 또 자신만의 패션 세계가 있는지 다른 귀신들과는 다르게 옷을 잘 입었다. 근데 입고 있는 옷은 주워 온 건 아니겠지?

"안뇽."

예쁘게 생긴 여자애가 나에게 인사를 건넸다.

나는 못 들은 체했다.

"치, 무시하기는."

여자애는 툴툴거리면서 말했다.

난 멍청한 귀신의 친구 둘과 인사를 하고 그 옆에 앉았다. 몇 분 동안 서로 말이 없었는데. 침묵을 깨고 귀신 둘 중, 여자 귀신이,

"저기~에 있는 멍청한 귀신이 널 데려온 이유는 내일 네가 할 일이 있기 때문이지!"

아주 신이 나서 말하고 있다. 때려주고 싶을 정도로. 그래도 대답은 해야 할 것 같았다.

"네? 할 일이요?"

나는 긴장한 목소리로 말했다. 내가 대답을 하자, 여자 귀신은 신이 난 듯이 내게 말했다.

"일단은 네가 할 일은 나중에 알려줄게. 일단은 내가 부르는 노래 좀 봐줄래?"

이봐, 이봐요! 제가 왜 당신 노래 부르는 거까지 봐줘야 하는 건데요? 나는 싫은 듯이 대답했다.

"네? 제가 왜요?"

"뭐? 뭐라고 했냐?"

"……!"

내가 단박에 거절하니, 여자 귀신은 자기 주변에 검은 오로라를 일렁이며 내게 말했다. 저 귀신 조울증이야?!

"아, 아 알겠어요. 화내지 마세요."

나는 결국 항복. 다행히 귀신한테서 검은 오로라는 사라지고 얼굴은 웃는 얼굴로 변하였다.

"그럼, 내가 노래를 부를 거니까, 잘 들으라고"

"넵!"

"그럼, 시작할게. 노래 장르는 대중가요."

"푭"

나도 모르게 웃음이 나왔다.

"웃지 마."

여자귀신은 방금 전과는 까칠하게 말하였다.

"내가 노래 부르는 걸 보고 놀라지나 말라고, 시작한다."

"넵!"

내가 대답하자, 귀신은 방긋 웃더니 노래를 시작하였다. 노래 제목은 아이유의 좋은날.

"어쩜 이렇게 하늘은 더 파란 건지– 오늘따라 왜 바람은 또 완벽한지–"

크하핫, 노래 진짜 못 부른다. 나는 계속 웃음이 나왔지만 꾹 참고 계속 들었다.

어느 새 노래 끝 부분을 부르고 있었는데 이 노래는 마지막에 엄청난 고음이 있을텐데. 자 날 어떻게 웃겨 주실까.

"나는요 오빠가 좋은걸~ 아이쿠 하나 둘 I' m in my dream~!"

악! 이거 정말 노래 테러다. 누가 나 좀 살려줘.

'노래가 박자도 안 맞고 음정도 불안하고 노래 못 부르네요. 아니다. 못 부르는 수준이 아니지.'

나는 노래를 끊고 여자 귀신에게 말했다.

"노래도 못 부르면서 노래는 왜 봐달라고 한 거죠?"

그러자, 여자 귀신은 고개를 푹 숙인 채 말했다.

"네가 할 일은 오늘 ○○기획사에서 오디션을 하는데, 내가 너에게 빙의해서 오디션을 보는 거야."

"빙의라니. 아무튼 오디션은 그렇다 치고 기본적으로 돼야 하는 노래가 안 되잖아요?"

여자 귀신은 내 말에 기가 죽었는지 고개를 아예 땅바닥에 대고 울먹이면서 말했다.

"그래도 난 오디션 볼 거야. 그래야 내가 성불한단 말이야! 그리고 내가 죽어서 귀신이 된 이유가 살아 있을 동안에 내 꿈이 가수였는데 오디션 한번 보지도 못하고 죽은 게 얼마나 한이 됐는데 네가 알기나 해?"

모르죠. 제가 어떻게 알겠어요.

"뭐 일단 좋아요. 제가 빙의해도 괜찮아요. 오디션을 봐야지 성불한다고 하니. 그런데 오디션을 보려면 오디션 신청을 해야 하는데 그건 했어요?"
여자 귀신은 고개를 획 들더니, 눈을 초롱초롱하게 빛나게 하면서 말했다.
"응! 당근이지. 오디션 시간은 내일 5시야."
"음. 시간은 괜찮고, 노래는 그 상태로 부를 거예요?"
그러자, 여자 귀신은 시무룩하게 나에게 말했다.
"응, 욕을 먹어도 네가 먹는 거니까."
이 여자가 진짜. 그러면 '노력해 볼게.' 라고 말하는 게 예의 아니야? 여자 귀신 짜증나. 그리고 여자귀신을 부를 호칭을 정하였다.
"그래, 앞으로 넌 음치라고 부를 거야."
여자귀신, 아니 음치 귀신은 기겁을 해서 나를 보며 말했다.
"엥? 갑자기 내 별명은 왜 짓는 거야? 그리고 뭐? 음치 귀신? 너 말 다했어!?"
"말 다했다. 왜?"
나는 여자 귀신에게 얄밉게 말하였다.
"그럼. 내일 봐요."
나는 음치와 더 이상 섞기 싫어서 가방을 싸서 나가려고 하자,
"어, 너 벌써 가는 거야?"
멍청이가 아쉬운 듯 나에게 말했다.
"네, 학원 갈 시간이라서 가야 해요. 내일 봐요."
"음, 그래. 아쉽지만. 잘 가."
나는 멍청한 귀신과 다른 귀신들에게 인사를 하고 서둘러 집으로 향했다. 학교 교문에서 음악실을 한번 슥 봤는데 음치가 날 노려보고 있었다. 그리고 음치가 창문을 열더니, 얼굴을 슥 내밀고서 나에게 말했다.
"내일 보자! 이 얄미운 인간 여자."
다음 날, 학교 수업을 마치고 음악실로 향했다. 오늘 다행히 학원도 가지 않는 날이기도 하니 음치와 오디션을 보러 가는 게 가능하였다.
'뭐 어떻게든 되겠지.'
난 오디션에 대한 생각을 접어둔 채 음악실에 도착했다.
"성민. 안녕? 준비 다 됐어?"

어느새 내 옆으로 온 멍청이가 내게 말했다.

"응."

나와 멍청이는 어제 내가 욕(?)을 한 기념으로 말이 트여서 편하게 부르기로 했다. 솔직히 내가 귀신에게 한 말은 조금 심했지만, 다행히 꼬박꼬박 높임말을 쓰지 않아도 돼서 안심이라고 생각했다.

"저기, 오디션 가는 거 말이야. 불안하니까 나도 같이 가기로 했어."

"그래? 알겠어. 가서 절대 장난치면 안 돼. 절대로! 알겠지?"

멍청이는 걱정 말라는 듯이 고개를 끄덕 거리면서 대답을 했다.

"그래도 음치보다는 낫겠지만. 그렇게 생각한 나는 음치 귀신을 찾았다.

"야, 음치 준비 다 했어? 지금 안가면 오디션 늦는다고."

그러자, 옆에서 음치 귀신이 뛰어 나왔다.

"너 정말 누구보고 음치귀신이라고 하는 거야? 나처럼 이렇게 노래 잘 부르는 귀신 봤어? 엉? 그리고 너 처음에 봤을 때 꼬박꼬박 높임말 쓰더니만 갑자기 말이 짧아졌다?"

"넌 나보다 나이도 어린 거 같은데 반말이야? 그리고 내가 16년을 살면서 너처럼 노래 못 부르는 애는 인간, 귀신 통틀어서 너 밖에 없을 거야. 안 그래 멍청이?"

나는 멍청이를 보면서 말했다.

"응. 뭐 네 말도 맞는 말이지만, 그건 그렇고 왜 날 멍청한 귀신이라고 부르는 건데?"

"그야, 멍청이니까."

내 말에 음치 귀신과 멍청한 귀신은 동시에 나를 보고 어이가 없는 표정을 짓고는 음악을 나갔다.

○○기획사 앞, 나는 음치 귀신, 멍청한 귀신을 양 옆에 데리고 기획사로 들어갔다. 오디션 대기실에 앉아서 다른 사람들이 연습하는 걸 봤다. 많은 남녀가 노래를 부르거나 춤 연습을 하기도 했다. 나는 내가 보는 오디션도 아닌데 긴장이 됐다.

나의 대기 순서는 25번. 지금은 20번까지 했으니까 다음 순서에 오디션을 본다.

"성민, 언제 네 몸에 들어갈 수 있어? 빨리 노래 부르고 싶다."

음치 너도 참 이 상황을 즐길 수 있다니 대단하다.

"내가 오디션 장에 들어가면 빙의해도 좋아. 나도 오디션은 처음이라 어떤지 보고 싶거든."

"빙의한다고 해서 네가 오디션을 못 보는 건 아니야. 뭐, 하지만 네가 그렇게 하고 싶다면 그러던가."

"응, 그래"

나는 음치와 대화를 마치고 오디션 순서를 기다렸다.

"번호 21번부터 25번까지 들어가세요."

이제 내 차례구나. 내가 직접 오디션을 보는 건 아니지만 그래도 떨리네.

"멍청한 귀신, 음치 귀신 들어가자. 아, 그리고 빙의해도 좋아."

"OK"

그 순간 몸 안에 무언가 묵직한 게 들어가는 느낌이 들더니 눈이 감겨 버렸다. 기절했다고 해야 하나?

–야, 권 성민 일어나. 자지 마. 내가 부르는 노래 들어봐야지.

음치 귀신이 날 계속 깨웠다. 네 노래를 듣느니 하루 동안 기절해 있는 게 낫지.

–야, 권 성민! 일어나라니까.

애는 왜 이렇게 끈질긴지 몰라. 난 네 노래 듣기 싫다고.

–권 성민, 넌 그래도 사람이 노래를 부르는데 들어는 줘야지. 내 순서 다 됐단 말이야. 빨리 일어나.

그래. 들어주는 성의라도 있어야겠지.

나는 음치한테 짜증을 내며 일어났다. 일어났긴 했는데, 여기는 현실 세상이 아니었다. 온통 주위가 까맸다. '빙의' 라는 것을 처음 해서 그런지 겁은 좀 났었는데. 아프지도 않고 잠깐만 어두운 곳에 있으면 되구나 라는 생각이 들었다. 하지만 자주 하고 싶지는 않았다.

내가 잠깐 딴생각을 하고 있자, 음치는 내 귀에다가 큰소리로 소리를 질렀다.

–내 노래를 똑똑히 잘 들으라고! 저번처럼 실수 따위 하진 않을 거니까!

–일단 들어나 보자. 그리고 어서 노래나 부르고 내 몸에서 나와.

음치와 대화를 하고 있는 사이, 심사 위원 중 한 사람이 나를 보고 말했다.

"25번, 권 성민. 노래죠? 시간이 없으니까 빨리 불러요."

"아, 네."

나의 예상과 달리, 음치는 음악이 나오는데도 멍하니 있고 노래를 부르지 않았다.

–저 귀신 긴장한 거 같은데. 많이 우물쭈물 거리는 데 저러다가 심사위원들이 화를 낼 텐데.

"이봐, 뭐하는 거야? 시간 없다고. 빨리 안 불러?"

역시나.

"죄송합니다. 지금 시작할게요."

–드디어 시작하는구나. 그런데 재 노래를 들으면 보통 사람들은 맥도 못 추는데. 말은 안 했어도 나도 저번에 음치 귀신이 부르는 노래를 듣고 내 몸에서 혼이 빠져나가는 느낌이었는데, 심사위원은 더 하겠지?

내가 혼잣말을 하는 사이, 음치 귀신이 노래를 시작하였다.

"어쩜 이렇게 하늘은 더 파란 건지– 오늘 따라 왜 바람은 또 완벽한지–"

다시 들어도 정말 못 부른다.

심사위원들도 하나같이 듣기 싫은 표정이 아니라 짜증난다는 표정이었다. 그래도 음치 귀신은 꿋꿋이 노래를 불렀다.

"나는요 오빠가 좋은 걸~ 아이쿠 하나 둘 I' m in my dream~!"

–너. 짱 먹으세요.

"25번 권성민, 당장 나가! 노래를 무슨 그 따위로 부르는 거야. 지나다니는 똥개가 너보다는 훨씬 잘 부르겠다."

그 상태로 음치 귀신은 아니, 나는 기획사에서 쫓겨났다. 아무리 노래를 못 부른다지만 쫓아내는 건 또 뭐야. 노래는 못 불러도 열심히 불렀는데. 시무룩함도 잠시, 빙의가 풀리자마자 음치 귀신한테 말했다.

"내가 이럴 줄 알았어. 노래도 못 부르면서 오디션에는 왜 나간 거야. 그리고 쫓겨나는 것도 거지같이 쫓겨나서 그런지 몸이 완전 먼지투성이잖아."

나의 말에 음치 귀신은 풀이 죽어서 작은 목소리로 말했다.

"미안해. 나도 이렇게 될 줄은 몰랐어. 그렇다고 해도 여자를 쫓아 보내다니 너무한 거 아니야? 이런 먼지 바닥에."

자기가 노래를 못 불러서 쫓겨났다고는 생각을 안 하는 건지 그런 생각이 아예 안 드는 건지 자기 탓은 안 하고 남 탓만 하다니. 아직 철이 덜 들었네. 귀신이지만 아직은 어린애티는 못 벗었네.

"네가 부르는 노래는 거의 핵폭탄 수준이야. 전쟁에서 사용하면 무조건 완승이다. 완승."

멍청한 귀신이 음치 귀신을 한심하다는 듯이 쳐다보면서 말했다. 음치 귀신은 나와 멍청한 귀신이 한 말에 기가 죽었는지 아무 말도 하지 않았다. 그리고는 얼굴을 시무룩하게 하고 학교로 향했다. 나와 멍청한 귀신은 아까 한 말이 심했다는 걸 깨닫고 얌전히 음치 귀신 뒤를 따라갔다.

우리 셋은 학교 교문 쪽에 도착하였다. 학교에 도착하니, 시간은 6시를 향해가고 있었다. 나는 학교에 도착할 때까지도 시무룩한 귀신을 위로하고 싶었다. 그래서 늦은 시간, 학교로 들어가려고 하였다. 그러자 멍청한 귀신이 날 막더니,

"오늘은 늦었으니까 집으로 돌아가. 위로는 내일 해주고."

진짜 독심술이라도 쓰는 건지 내 생각을 딱 알다니.

"응, 내일 봐."

일단 멍청이의 말대로 시간이 늦었으니 위로는 내일 하기로 하였다. 솔직히 위로도 해주면 안 되는 노래 실력이지만 저렇게 풀이 죽어 있으니 위로라도 한 마디 해야 할 것 같다.

그리고 나는 집에 도착했다. 잠을 자기 전까지도 음치 귀신의 시무룩한 얼굴이 계속 아른아른 거렸다.

"오디션을 잘했던 망쳤던 저렇게 슬퍼하는데 위로정도는 해주자."

난 오늘 따라 학교에 일찍 등교하였다. 왜냐하면, 음치가 걱정되어서 잠을 제대로 못 잤기 때문이다. 나도 참 한심하다. 만난 지 이틀밖에 안 되는 사람도 아니고 귀신을 걱정하고 있으니. 교실에 도착하기 무섭게 음악실로 달려갔다.

"성민- 안녕?"

음치 귀신이 나에게 밝은 표정을 지으면서 인사를 하였다. 엥? 응? 이상하게도 너무 밝은 표정이다. 난 네가 부른 노래 때문에 생전 처음으로 쫓겨나 봤는데 저렇게 해맑다니. 그래도 기운을 차려서 다행이라고 생각한다.

"너 언제 성불해? 말하기 싫어도 말해 줘. 네가 시기를 말해 줘야지. 내가 왠지 모르게 안심이 될 거 같거든."

이 질문은 될 수 있으면 안 하려고 했는데 음치 귀신이 기운을 차려서 조심스럽게 물어봤다. 그러자 음치 귀신은 뒤를 돌아보면서 나에게 말했다.

"성불하는 건 다른 애들이랑 같이 하는데? 일단 뭐 나는 성불 조건이 됐으니까 오디션을 보거나 날 도와주는 건 안 해도 되니까 걱정 마."

나는 그 말을 듣고 얼마나 안심이 되었는지 모른다. 그리고 기쁜 마음으로 교실로 갔다.

방과 후, 나는 어느 정도 친해진 귀신들과 놀기로 해서 음악실로 곧장 갔다.

음악실에 도착하자, 음치 귀신이 날 음악실 어디론가 끌고 갔다. 끌고 간 곳은 귀신들이 없는 음악실 구석이었다. 음치 귀신은 주위에 귀신들이 없자, 나의 귀에 대고 무언 가를 말하였다.

"있잖아. 나 말이야. 오디션 한 번만 더 봐도 될까?"

아침까지는 오디션 더는 안 봐도 된다고 했잖아. 인제 와서 왜 갑자기 보고 싶은 건데.

"네가 더는 오디션 같은 건 안 봐도 된다고 했잖아!"

"음 그건 맞는 말이야. 하지만…."

음치 귀신의 말. 아침에 한 말은 실수였다는 것이다. 분명 거짓말이면서. 아무튼, 아침에 한 말 중에 거짓말이 포함되어 있었다. 아침에 말한 대로 성불 조건은 충족했다는 건 사실, 하지만 더는 오디션은 안 봐도 된다는 건 거짓말이었다.

"헤헷, 미안해. 한번만 봐주라."

음치는 이 중요한 일을 웃음으로 넘기려고 했다.

"야! 내가 네 장의사도 아니고 오전까지만 해도 오디션 같은 건 안 봐도 된다면서?"

"그건 미안해. 그래도 내가 오전에 말하나 지금 말하나 네가 나를 위해서 오디션을 보러 다닌다는 사실은 전혀 달라지지 않았잖아? 그러니까 이만 포기하고 나를 위해서 오디션을 보러 다니자는 말씀."

"악! 안 돼! 부처님 저 좀 살려주세요!"

그 후로 난 음치 귀신에게 끌려 다니면서 오디션을 10번이나 더 보고 말았다. 얘는 아예 자기가 성불하기 직전까지도 오디션을 볼 애이다. 그리고 어제 오늘도 어김없이 난 음치 귀신에게 빙의되어서 여러 기획사의 오디션을 보러 다녔다.

3. "제발 정상으로 행동해 줘."

오늘은 아주 화창하고, 화창하고 하늘에서 구름 한 점 찾아볼 수 없는 아주 맑은 날이다. 날씨가 좋아서 그런지 덩달아서 나도 기분이 좋다.

나는 오디션 사건 이후로, 귀신들과 더 친해졌는데 거기다가 자주 놀러 가기도 하니 이제는 다른 귀신들도 나에게 편하게 말을 건다. 다른 귀신과는 어느 정도 친해졌지만 단 한 명, 친해지지 못한 귀신이 있었다. 그것도 내가 성불시켜야 하는 귀신. 앞서 내가 음치에 관해서 이야기할 때 같이 말했었지만, 키가 175cm 정도 되고 훈훈하게(?) 생기고 나와 비슷한 나이인 남자 귀신이다.

처음에는 나도 친해지려고 노력은 했었다. 왜냐하면, 내가 성불시켜야 하는 귀신이기 때문이라는 이유가 컸기 때문이다. 그래서 옆에서 말을 걸어보고 음식을 먹을 수 있는지 없는지는 모르겠지만, 과자나 음료수 등을 사서 갖다 주기도 하였다. 갖다 주는 수준이 아니지. 거의 바치는 수준이었으니까. 거기다가 스토커처럼 졸졸 따라다니기도 했다. 하지만 소용이 없었다. 귀신도 내가 자신한테 너무 관심을 가지니까 부담스러운지 나를 피해 다녔다.

그리고 어느 날-

학교 3교시 쉬는 시간, 나는 도서관에서 책을 반납하고 혼자 여유롭게 교실로 향하고 있었다. 그때 주위에 아무도 없어서 귀신이 나타나기 딱 좋은 환경이었다. 나는 그것도 모른 채 여유롭게 1층 복도를 걷고 있었다.

그런데 그 순간,

"이봐… 권성민."

'응?'

이건 분명 귀신이 나를 부르는 소리인데? 어디 있는 거지?

"거기 누구 있어?"

나는 나를 부른 귀신을 찾아보았다. 그런데 어디에 숨어 있는지 다른 곳으

로 갔는지 기척도 없었다. 그리고 아무도 없는 걸 확인한 난, 다시 교실로 향하려고 할 때,

"이봐, 왜 그냥 가는 거야. 내가 불렀잖아."

말이 끝나기 무섭게 한 귀신이 내 앞에 떡하니 서 있었다.

그 귀신은 바로 내가 여태까지 친해지지 못한 귀신이었다. 나는 조금 당황은 했지만, 얼른 진정하고 귀신에게 말했다.

"왜 그러는데?"

그러자 귀신이 나에게 하는 말.

"긴말 하진 않을게."

"응."

귀신은 말을 할지 말지 잠깐 고민을 하는 거 같았다.

"휴우."

"응?"

"너, 나한테 관심 있냐? 요즘 자꾸 나한테 과자니 음료수니 먹을 걸 다 바치고, 귀찮은데 계속 말을 거는 거야?"

헐.

"그리고 자꾸 친하지도 않은데 친한 척 굴지 마. 짜증이 나니까."

그 귀신은 자기 할 말만 하고 어디론가 홀연히 사라져 버렸다.

"야…! 너 어딨어? 네가 오해하고 있는 거라고! 빨리 나와! 네가 잘못 알고 있는 거라고!"

아씨. 내가 그때 친절하게 대해 주지 말 걸 그랬어. 관심도 없는데 저런 착각을 하게 만들다니. 성불시켜야 한다고 해서 너무 치근덕거린 걸로 보였나.

아까 그 일이 있은 후 학교 수업을 마치고 곧장 음악실로 갔다. 왜 가느냐고? 당연히 그 관심 종자 귀신이랑 만나서 시원하게 오해를 풀려는 거지. 내가 왜 자신을 좋아한다고 생각하는지. 내가 자기처럼 귀신도 아니고 멀쩡히 살아 있는 인간인데 말이다. 솔직히 말하면 귀신 면상에다가 주먹 한방 먹이고 싶지만, 귀신이 내 주먹에 맞을 리가.

나는 화를 가라앉히고 음악실로 들어갔다. 그런데 음악실 분위기가 이상했다. 내가 음악실로 들어서자, 귀신들이 하나같이 날 보면서 웃고 있었다. 웃는

이유는 대충 알고 있었지만, 혹시나 해서 음치에게 가서 웃는 이유를 물어보았다.

음치에게 물어보니 아주 친절하게 대답해 주었다.

"야, 너. 재 좋아한다면서?"

이런. 그 사이에 그걸 말한 거야? 그리고 난 널 좋아한 적 없다고. 자기가 혼자서 왕따같이 있어서 말 걸어주고 친한 척 굴면서 관심 가져준 건데 내가 지은 별명처럼 관심 종자 짓을 하고 있다.

"아니야. 그게 아니라"

난 사정을 이야기하려고 했다. 그런데 음치는 내 말을 끊고는,

"아니야. 알아, 다 알아. 네가 제 좋아해서 요즘 들어서 먹을 거 갖다 주고 그랬지? 좋아하면 말을 하지 그랬어. 내가 이어줬을 텐데."

에라이, 진짜. 아니라고. 아니라니까. 도대체 몇 번을 이야기 하냐고.

음치 귀신과는 말이 통하지 않을 것 같아서 오해를 풀려고 곧장 재수 없는 귀신에게 갔다. 귀신은 음악을 듣고 있었는데, 내가 자기 앞에 서 있다는 걸 알고는 음악 듣는 것을 중지하였다. 그리고는 나에게 말했다.

"뭔데?"

나는 귀신이 조금 전에 한 말인 '뭔데?' 가 머릿속에서 계속 맴돌았다. 뭔데? 뭐냐고? 너한테 따지러 왔다. 너의 혼자만의?착각으로 인해서 내 입장이 엄청나게 곤란해졌다고.

나는 내 앞에 서 있는 귀신의 별명이 '관심 종자' 이라는 것을 인식하고 마음속으로 '저 귀신은 왕따야. 그러니까 불쌍해서 내가 챙겨준 거지 절대로 좋아하는 게 아니라고.' 를 몇 십번을 외치고 말했다.

"야, 너 죽고 싶니? 난 16년 살면서 남자친구 한 번 못 사귀어본 사람인데 내가 사람 말고 귀신인 너를 좋아하겠어? 엉? 그리고 네가 귀신들한테 내가 널 좋아한다는 둥 관심 있다는 둥 이상한 소문을 내고 다니는 거 같은데 지금 귀신들 앞에서 아니라고 말하지?"

"뭐? 네가 나 좋아하는 거 아니었어? 그래서 내가 너 무시하는데도 옆에서 계속 말 걸고 그러니까 나한테 관심 있는 줄 알았지."

네가 착각한 거다. 이 관심 종자 귀신아.

“당연히 아니지. 그리고 말했잖아. 난 16년 동안 남자친구라고는 없었다고. 그럼 당연히 귀신 말고 인간 ‘남자’를 좋아해야 하는 거 아니야? 생각을 좀 해 봐.”

나는 오해를 풀려고 열변을 토해냈다. 그러자 관심 종자 귀신은 알겠다고 했다. 그리고는 지금 오해를 풀어주겠다고 했다.

“애들아.”

관심 종자 귀신이 귀신들을 부르자, 귀신들은 일제히 나와 관심 종자 귀신을 쳐다보았다.

“얘가 나 좋아하는 거 아니라네. 오해한 거라네.”

휴. 이제 더는 오해는 안 하겠지. 라고 생각한 내가 바보였다. 귀신들은 사실을 믿지 않았고, 내가 좋아하면서도 일부러 아니라고 한 거라 생각하고 있었다.

그리고 음치가 나에게 와서 하는 말.

“네가 재 좋아하는 거 알고 있다니까. 왜 아니라고 그러냐. 킥킥”

“맞아. 네가 재 좋아하는 거 애들 다 알고 있어. 빨리 인정하시지.”

이번에는 멍청이까지 합세해서 날 괴롭혔다.

진짜 울고 싶다. 귀신을 만난 걸로 모자라서 이번에는 귀신을 좋아한다는 소리까지 듣다니 그것도 귀신한테. 나는 체념하고 음악실에 있는 아무 의자나 앉아서 곰곰이 생각해 보았다. 그건 소문을 빨리 죽이게 하는 방법. 한참을 생각한 끝에 해결 방법이 나왔다. 그것은 바로 멍청이, 음치 그리고 저 귀신을 하루빨리 성불시키는 방법뿐이었다. 어차피 내가 오해라고 해봤자 믿을 거 같지는 않고. 애들을 빨리 성불시켜서 소문을 죽이는 게 더 빠르다는 판단을 했다.

난 다시 관심 종자 귀신 앞으로 가서 말했다.

“야, 넌 성불 어떻게 시키면 돼?”

“일단 생각해 보고.”

그래. 생각해 봐. 어서 빨리. 내가 하루 만에 빨리 끝내줄 테니까.

그리고 음악실을 나가려고 뒤를 돌아본 순간,

“아, 생각났다.”

나는 재빨리 관심 종자 귀신한테 달려갔다.
"성불 조건이 뭔데? 빨리 말해 봐."
"조건은… 나 놀이공원 한번 가고 싶어."
놀이공원…?
"응. 그래. 어, 엉? 나 돈 없는데."
요번달에 잡지를 산다고 돈을 다 써버렸는데 엄마한테 용돈을 당겨 받아야 하나.
내가 금전 문제에 관해서 고민하고 있는 사이, 관심 종자 귀신이 나에게 말했다.
"자유이용권은 내가 훔쳐왔으니까. 너는 몸만 오면 돼. 그리고 저기 쟤 둘도 데리고 갈 거야."
관심 종자 귀신이 말한 '쟤 둘'은 음치 귀신과 멍청한 귀신이다. 윽. 짐만 늘어났네.
내가 놀이공원에 가야 한다는 사실로 괴로워하고 있을 때, 음치 귀신이 나에게 다가와서 '정말' 미안하다는 표정으로 말했다.
"너희 둘 데이트하는 데 따라가도 괜찮겠어? 따라가지 말까? ㅋㅋ"
제발 같이 가줘. 아니 제발 같이 가주세요.
"아니, 같이 가자. 얘는 날 불편해 하는 거 같아서."
관심 종자 귀신이 음치 귀신에게 이야기했다. 내가 자신을 불편해 한다고 생각하는 것 같다. 그리고 놀이공원에 갈 요일, 시간을 정했다.
"약속시간은 니들이 알아서 정해라."
"뭐시라?!"
나와 멍청이, 음치는 저 재수 없는 귀신의 말에 동시에 들고 있던 펜과 종이를 던졌다.
"아얏, 니들 무슨 짓이야!"
멍청이가 이야기하였다.
"무슨 짓이야 라고? 네가 가고 싶다면서 너도 같이 정해야 할 거 아니야? 같이 가준 것만 해도 고맙다고 할 것이지."
"그러췌!!"

나도 모르게 사투리가 나와 버렸다. 그리고 나도 이어서 말했다.
"빨랑 와서 하지? 이 관심 종자 같으니라고."
"ㄷㅊ."
이번에는 음치가 말했다. 어느새 음치 주위에는 없었던 검은 오로라가 있었다.
"야아아아아아아아아아아아아아!!!!!!! 당장 같이 안해?!?!?!?!?"
"네에엡!!"
관심 종자는 잽싸게 와서 놀이공원에 갈 요일, 시간을 정했다.
'처음부터 이럴 것이지.'
요일은 내가 학교에 가지 않는 토요일, 시간은 오전 10시. 만나는 장소는 놀이공원 앞 만나는 시간을 보니 온종일 놀 것 같았다. 그리고 관심 종자가 표 2장을 훔쳐온 덕분에 친구 은율이와 함께 놀이공원에서 놀기로 했다. 당연히 귀신들은 표가 필요 없으니까 표를 살 필요가 없다. 이럴 때 보면 귀신이 좋기는 하나봐. 그대로 다행히 은율 이가 같이 가니 마음이 조금 안심되었다.
나는 가방을 싸고 음악실을 나가기 전, 뒤를 돌아보며 한창 놀이공원 이야기를 하고 있는 귀신 셋한테 말했다.
"자, 내일 약속 시간에 늦지 말고 놀이공원 앞으로 만나자. 그리고 내일 너희, 놀이기구 무섭다고 울지나 마."
내 말에 귀신 셋 동시에 말했다.
"너나 잘해. 보기에도 놀이기구도 못 타게 생겼는데."
"아 그래? 내일 가서 사고나 치지 말라고."
설마 놀이공원까지 가서 사고를 치진 않겠지?
지금 시각 10시 20분, 놀이공원 앞에서 만나기로 했으면서 어째 나밖에 없다. 혹시 일찍 와서 먼저 들어갔을까 라는 생각을 하긴 했지만 이 사람들이 일찍 오지는 않았을 것이다. 그리고 은율 이도 조금 늦을 것 같다고 먼저 들어가 있으라고 하였다.
놀이공원에 혼자 들어가려고 했을 때, 누군가 나를 불렀다.
"혼자 먼저 들어가려고?"
나를 부른 사람은?아주 큰 착각을 하고 계시는 관심 종자. 귀신이란 말도 쓰기 싫다. 나를 한순간에 이상한 여자로 만들었으니.

"이렇게 늦게 오면 어떡해. 지금 들어가면 사람 많은데."

"그게 말이지."

음? 왜 그러는 거지?

"그게 말이지. 쟤가 옷 고르느라고 늦었다고."

관심 종자가 말한 '쟤'는 음치 귀신. 음치 귀신은 나이가 어려서 그런지 레이스가 달려 있고 색깔은 분홍색인 원피스를 입고 왔다. 놀이공원 가는데 무슨 원피스냐고;; 어차피 보여줄 귀신도 없을 것 같은데.

일단은 사람이 더 많아지기 전에 놀이공원 안으로 들어가야 하므로 난 아무런 불만을 하지 않았다. 일단은 놀이공원 안에서 사고만 안치면 되니까.

일단 맨 먼저 탈 놀이기구를 골랐다.

"일단 먼저 여기서 꼭 타야 하는 놀이기구부터 타기로 했다. 선택된 놀이기구는 T 익스프레스, 자이로드롭이다.

거리상 가장 가까운 자이로드롭을 타러 갔다.

자이로드롭은 놀이기구 자체가 높아서 그런지 금방 찾을 수 있었다. 그리고 무려 아파트 22층 정도에서 빠르게 내려가는 놀이기구라서 길어야 5분 정도를 기다리고 탈 수 있었다.

멍청이가 앞서가며 말했다.

"자, 그럼. 타러 가자. 좀더 재밌게 타야지."

멍청이의 이상한 말에, "그게 무슨 말이야?"라고 물었다. 그러더니 귀신 셋이 동시에 당황하더니 "아, 아무것도 아냐."라고 말했다.

조금 찜찜한 기분은 들었지만 오랜만에 놀이공원에 왔으니 맘껏 놀자고 생각했다. 그리고 난 자이로드롭을 타자마자 그 생각이 순식간에 없어졌다.

"사람 살려요오오오오오!?"

내가 오랜만에 놀이공원에서 맘껏 놀자고 생각하고 정확히 3분 뒤, 난 지금 22층 정도의 높이가 아닌 비행기가 떠다니는 높이와 맞먹을 만큼 높이에 있다.

"이얏호!! 신난다~ 조금 더 높이 가볼까?"

음치가 내 손을 잡으면서 말했다.

"이런 X친 귀신아! 날 당장 땅에 내려놔! 그리고 조금 더 올라가면 난 숨 못 쉬거든? 그리고 오랜만에 놀이공원에 왔는데 이게 뭐야. 아무튼 빨리 당장 내려가자!"

"싫어."

단박에 거절하는 멍청이.

"그만 내려가자. 나 재미없어."

시크하게 재미없으니까 그만 내려가자는 관심 종자. 지금은 네가 제일 정상적이구나.

"칫, 더 올라가고 싶었는데."

"그러게."

두 귀신은 아쉬운 듯 이야기하면서 내려가고 있었다.

그리고 나는 15분 만에 놀이공원 땅을 밟을 수 있게 되었다.

"에구, 힘들다."

나는 귀신들의 위험한 장난에 진이 다 빠져 자이로드롭 근처 벤치에 앉아서 숨을 고르고 있었다.

"괜찮아?"

음치는 나에게 괜찮냐 묻고, 두 귀신은 뭘 탈지 놀이공원 안내도를 보고 있었다.

놀이공원 안내도를 다 보고 난 뒤, 멍청이가 "저거 타자!!!"라며 의욕있게 어떤 놀이기구를 가리켰다. 멍청이가 가리킨 놀이기구는 '후룸라이드' 일명 '물배' 이다.

"성민, 저거 빨리 타러가자."

"나 힘든 거 안 보이냐?!"

"빨리 가자!"

"이거 놔!"

나와 멍청이가 실랑이를 하고 있던 중, 내 가방에서 음악 소리가 들렸다. 휴대전화 벨소리였다. 전화를 건 사람은 은율이었다.

나는 멍청이와의 의미 없는 실랑이를 그만 두고 서둘러 은율이의 전화를 받았다.

–여보세요?

–성민, 어디야? 나 지금 놀이공원 안이야.

–나 지금 자이로드롭 근처 벤치에 앉아 있어.

–OK. 3분 안에 가지. 늦게 와서 미안해. 집안 사정으로 늦어버렸어. 내가 점심 사줄게. 그걸로 봐주라. 괜찮아?

–올. 점심 값 퉁쳤네. 고맙다. 아무튼 빨리 와.

–응~

나는 은율이와 통화를 끝내고 벤치에 누워버렸다. 사람들 시선이 신경이 쓰였다. 지나가면서 나를 힐끔힐끔 보는 사람들에게 "당신들이 맨몸으로 귀신 셋이랑 비행기가 나는 높이로 날아봐!! 안 누울 수가 있나!! 니들은 기절하고도 남을거다!!"이라고 말해 주고 싶었지만, 누가 내 말을 믿어주랴.

정확히 3분 뒤,

"성민이~ 권 성민!! 일어나. 사람들이 다 지나가는 광장 벤치에 노숙자처럼 누워서 뭐하니. 나 기다리다가 지친거니?"

"아니야. 거기엔 다 사정이 있어."

"무슨 사정?"

"아무것도 아니야. 그보다 먼저 후룸라이드부터 타러가자."

"OK."

후룸라이드는 인기가 많아 줄이 길었다. 그래서 기다리는 동안에 은율이와 이야기를 하면서 기다렸다. 귀신들도 지루했는지 자기들끼리 이야기를 하였다. 나는 은율이의 말을 들으면서 귀신들의 이야기를 듣는 것에 온 신경을 모았다. 하지만 기다리는 다른 사람들 목소리에 묻혀서 들리지가 않았다. 잠깐 들은 거라고는 처음에 탔던 자이로드롭처럼 이상한 장난을 친다는 것이다.

나는 오로지 살아남아야겠다는 생각에 은율이를 끌고 지금 있는 곳을 빠져나오려고 하였다.

"왜 그래? 무슨 일 있어?"

"아니. 우리 다음에 놀이공원 오면 안 돼? 지금은 집에 가고 싶은데."

"어디 아픈 거야?"

은율이는 걱정스러운 듯 나에게 물었다.

"아니… 그건 아닌데…."

"에이~! 아프지도 않으면서. 아무 말 하지 말고 노는 데에 집중하자."

은율이와 이야기를 하고 있는 사이, 우리가 탈 차례가 되었다.

'이럴 때만 말을 안 듣는다니까! 그래도 사람이 죽을 정도로 장난을 치지 않겠지?'

나는 어쩔 수 없이 후룸라이드를 탔다.

그리고 앉는 위치도 재수없게 맨 앞이 걸리고 말았다. 가위바위보에서 졌기 때문이다.

"후룸라이드는 마지막 부분이 제일 스릴 있다니까."

은율이는 오랜만에 타는 후룸라이드에 신이 나 있었다.

'그럼 네가 앞에 타지 그랬어!'

나는 정신을 차리고 귀신들을 찾아보았다.

"성민~ 우리 찾았어?"

'이 목소린?'

나는 뒤에 타고 있는 은율이 쪽을 보면서 귀신을 찾고 있었다. 그리고 목소리가 들리는 쪽으로 고개를 돌렸다. 후룸라이드 맨 앞쪽에 음치 귀신이 무릎을 꿇고 나를 보면서 앉아 있었다.

'앗, 깜짝이야!'

"ㅋㅋ 놀랐구나. 아까 자이로드롭 탔을 때 너무 심하게 장난쳐서 미안했어. 그 대신에 옷은 안 젖게 해줄게."

나는 은율이가 있어서 대답을 할 수 없어서 고개만 살짝 끄덕였다.

그 사이, 우리가 타고 있는 놀이기구는 마지막 하이라이트를 위해서 위로 올라갔다. 그리고 빠르게 내려갔다. 나는 무서워서 눈을 감고 있었다.

"야아, 권성민!! 성민아!! 빨리 일어나 봐!!"

은율이가 나를 다급하게 불렀다. 나는 뒤늦게 눈을 떴는데, 눈앞에는 하늘밖에 보이지 않았다.

"엄마야!!!!!!"

나는 놀란 마음을 가라앉히고 놀이기구 밑을 보았다. 밑에는 사람들과 놀이기구 등 놀이공원 전체가 한눈에 보였다.

"이게 도대체 어떻게 된 거야!?!?!?!?"

"내가 알 턱이 있냐."

"이 짓을 한 놈들은 그 녀석들 밖에 없어."

"그 녀석들이라니? 누구?"

"아, 아니야. 내가 착각 했나봐."

앗차! 모르고 말실수를 하고 말았다. 다행히 은율이는 별 의심을 하지 않았다. 내가 한 이상한 말보다는 놀이기구가 공중에 떠 있는 이유가 더 궁금하니까 말이다.

놀이기구가 공중에 떠 있은 지 3시간, 119, 112 등에 신고해 봤지만 우리의 말을 믿어주지 않았다. 우리가 전화로 시끄럽게 떠들고 있는 사이, 놀이기구는 놀이공원을 5바퀴 째 돌았다.

"우리 좀 제발 내려줘!!!!! 집에 가고 싶다고!!!!!!!"

나와 은율이는 절규하였다. 정말 너무 집에 가고 싶었기 때문이다.

갑자기 내 앞에서 귀신들이 나왔다.

"재밌으라고 장난 좀 친 건데 그렇게 무서워하니까 섭섭하네."

나는 은율이가 있어서 대답은 못 하고 무섭게 멍청이를 째려보았다.

"미안해. 금방 내려줄게. 이미 여기 있는 놀이기구들 다 탔거든. 이제 볼일 없어. 학교나 가자."

그 순간, 놀이기구는 밑으로 내려갔다.

"오!! 오!! 드디어 놀이기구가 내려간다!! 우리 이제 살았어!!"

은율이는 울먹거리면서 말했다.

그리고 3시간 만에 땅을 밟았다. 놀이기구를 탄 건 2개 뿐. 아니, 은율이는 한 개다. 마음 같아서는 다른 놀이기구도 타고 싶었다. 하지만 귀신 때문에 지쳐서 집으로 갔다.

집으로 가는 길에 나는 은율이에게 화장실을 가겠다고 하고 사람이 없는 곳으로 가서 귀신 셋에게 물었다.

"야!!!!!! 니들 정말 너무 한 거 아니야? 너희들 때문에 놀이기구 하나도 못 탔잖아!"

귀신 셋이 동시에 "두 개 탔잖아."라고 말했다.

"그 뜻이 아니잖아? 그리고 아까 한 장난 너무 심한 거 아니야? 놀이기구를 못 탄 건 둘째고, 3시간 동안 공중에 떠 있는데 못 내려갈 수도 있겠다 싶어서 얼마나 무서웠는지 알아?! 거기다가 너희들은 놀이공원에 있는 놀이기구들 다 타고 오고. 아, 짜증나!!"

그 뒤로 나는 한참을 주절거렸는데, 한창 내 말을 듣고 있던 관심 종자가 갑자기 손을 들었다.

"발언권."

뜬금없이 발언권이라니.

나는 신경질 난 듯 말했다.

"뭔데?"

나에게서 발언권을 얻은 관심 종자는 목소리를 가다듬고 말했다.

"애초에 우리가 여기 온 건 내 성불 조건 때문에 온 거잖아. 그리고 오늘 너랑 네 친구가 쓴 자유이용권 2장. 그거 내가 훔쳐 온 거잖아. 그러니까 우리가 장난 친 건 잘못했겠지만, 네가 놀이기구를 못 탔다고 우리한테 성질내는 입장은 아니야."

"헐."

"그럼 이야기 다 끝났지? 난 간다."

관심 종자는 어디론가 사라져 버리고 멍청이와 음치는 내 눈치를 살피더니 어느새 사라져 버렸다. 그리고 할 말을 잃었던 나는 은율이가 찾을 때까지 제자리에 서서 멍하니 있었다.

4. "살아 있어서 다행이다."

"야, 너." "?" "엉?"

"나 하고 싶은 게 생겼어."

내 앞에 지금 멍청이가 있다. 갑자기 나타난 것이다. 예전 같아서는 귀신이 갑자기 튀어나오면 놀라는 게 당연하지만, 지금은 그렇지 않다. 오디션 사건, 놀이공원 사건 이후 학교 가는 길에서나 교실, 식당, 하굣길 등 하루에도 몇 번이나 내 앞에 나타난다. 이제는 튀어나올 시간에 나오지 않으면 내가 찾을 정도이니까.

"아, 어. 하고 싶은 게 뭔데?"

나는 멍청이에게 조심스럽게 물었다.

"지금 말하면 재미없을 거야. 음. 너 오늘 밤에 시간 돼?"

"응. 시간은 괜찮은데 왜?"

"그럼. 밤 8시쯤에 학교 정문에서 만나자."

밤 8시면 학교 엄청나게 무서운데. 귀신 있을 텐데. 아, 내 앞에 있는 애가 귀신이지. 편해서 왠지 사람처럼 느껴졌구나.

"아, 그리고 치마 입고 오지 마."

"치마는 왜?"

"있어. 어쨌든 치마는 안 돼. 그러면 너 다칠 걸?"

무슨 일을 벌이려고 그러는 걸까. 사건 장소는 학교, 사건을 일으킨 사람은 멍청이와 나. 만약 일이 크게 되어서 사람들에게 알려진다면 귀신은 보이지도 않으니 보이는 나만 책임을 떠맡게 되는 게 아닌가.

나는 속으로 멍청한 귀신이 제발 사고를 안 치길 바랐다. 아니, 만약 사고를 치더라도 내가 해결할 수 있는 범위 안에서만 사고를 쳤으면 한다.

'아우, 도대체 무슨 일을 벌이려는 거지?'

나는 학교 수업이 끝날 때까지 공황 상태에 빠졌다. 조금 있으면 기말고사인데 수업도 듣지 않았다. 거기다가 잘 혼나지도 않는데 여러 선생님께 수업에 집중하지 않는다고 혼나고 말았다. 그리고 친구들과 함께 하교하지 않고 혼자서 서둘러 집으로 갔다.

지금 시각 7시. 1시간 뒤가 약속시간이다. 멍청이는 치마는 절대 안 된다고 하여, 긴 바지를 입었는데 날씨가 아직 덥기도 하고 교복을 자주 입어서 그런지 바지가 불편했다.

'하지만 치마를 입고 갔다가는 무슨 일이 생길 게 분명해.'

지금 시각 7시 55분. 나는 지금 학교 정문에 있다. 약속시간까지 앞으로 5분밖에 남지 않았는데 주위에 멍청이는 보이지 않고 다른 귀신들도 보이지 않았다.

"무슨 일이 있나? 이제 8시인데."

그때 학교 운동장에서 누군가?내가 있는 쪽으로 뛰어오고 있었다.

"누구지?"

"야, 성민. 가면 안 돼! 기다려."

음치가 학교 운동장에서부터 내가 있는 학교 교문까지 허겁지겁 뛰어오고 있었다.

"네가 여기 왜 있어? 멍청이는?"

"응. 걔는 음악실에 있어. 갑자기 바쁜 일이 있어서 내가 대신 나왔어. 자, 빨리 가자."

"어디를?"

음치는 부산스럽게 말을 하고는 나의 손을 잡더니 "빨리빨리."라고 중얼거리면서 학교 쪽으로 뛰어갔다.

"자, 이제 너 혼자서 음악실로 가야 해. 멍청이가 그렇게 하라고 하네."

음악실까지 혼자서 가라고?

나는 슬쩍 학교 안을 살펴보았다. 어떻게 혼자서 불빛 한 점도 없는 학교를 돌아다니느냐고.

"그럼. 난 운동장에서 기다리고 있을게. 건투를 빈다."

뭐라고? 건투를 빈다니?

뒤늦게 나는 음치의 말 중에 이상한 부분이 있다는 걸 깨닫고 음치를 쫓아서 운동장으로 나갔다. 하지만 음치는 온데간데없고, 운동장에는 휑하니 바람만 불었다.

"건투를 빈다니 도대체 무슨 말이야? 말이라도 해주면 어디가 덧나냐고."

나는 투덜거리면서 학교 안으로 들어갔다.

내가 학교 안으로 들어온 순간,

"쾅!"

"꺅!"

소리가 사라지고 나는 학교 문을 보았다. 학교 문은 자물쇠로 단단히 잠겨져 있었다.

"이게 뭐야. 뭐가 어떻게 된 거지. 이봐요! 거기 사람 없어요?! 문 좀 열어주세요!"

이렇게 몇 번을 불러봤지만 누구 하나 대답하지 않았다. 그리고 돌아다니면서 열린 창문을 찾았지만, 그 어디에도 하나 없었다.

나는 단념하고 4층 음악실로 향했다. 어딘가 불안하지만 말이다. 4층 음악실은 학교 정문에서 맨 오른쪽에 계단을 4층까지 곧바로 올라가면 된다. 나는 도서관을 지나서 시청각실 옆에 있는 계단을 올라가려는 때였다.

"또각또각"

'음?'

나는 계단 위쪽에서 나는 소리에 놀라서 계단을 올라가지 못하고 있었다.

"무슨 소리지? 설마. 귀신? 내가 모르는 귀신이 있는 건가."

내가 우물쭈물하고 있는 사이,

"또각또각 또각또각 또각또각."

빠르게 누군가 걷는 소리가 났다. 그리고 소리는 점점 커졌다. 분명 2층으로 향하는 계단 위에 있다.

"그럼."

"또각또각 또각또각"

"뛰어야지!"

나는 정체 모를 이상한 소리를 피해서 계단 옆의 복도 끝으로 뛰어갔다.

열심히 뛰다 보니 도착한 곳은 컴퓨터 실 앞이었다.

"아휴, 이게 뭐야. 음악실이랑 완전 정반대 방향이잖아."

음악실 가는 걸 포기하고 집에나 갈까나. 아니야. 지금은 집에 가고 싶어도 못 가는 상황이잖아.

"일단 뛰자."

다다다다다다. 나는 귀신이 나오든 뭐가 나오든 무슨 소리가 들리든지 뛰기로 했다. 그래서 지금 현재 위치. 그대로이다. (학교 로비)

1층 여기저기를 쏘다니면서 이상한 게 있는지 확인하였다. 다행히 아무것도 없었다. 그리고 2층으로 올라갔다.

2층도 1층과 마찬가지로 어두웠다. 그리고 조용했다. 나는 일단 음악실 쪽에 있는 계단은 이용하지 않고 빙 둘러서 가기로 했다. 왜냐하면, 아까 이상한 구두 소리가 싫기 때문이다. 그리고 옆에 있는 창문을 확인해 봤지만 역시나 창문은 굳게 잠겨 있었다.

'열려 있었더라면 뛰어내렸을 텐데.'

음악실에 가려면 2층 본 교무실과 3학년 여자교실을 지나가야만 했다. 느낌상으로는 확실히 무언가 튀어나올 것 같지만,장단에 맞춰주기로 하고 천천히 복도를 걸었다.

3-9, 3-8, 3-7, 3-6반들을 지나서 2층 교무실 앞에 있는 계단으로 가려고 하였다.

"탁"

계단으로 향해 가려고 할 때였다. 갑자기 3-6반부터 반대편에 있는 과학실까지 불이 켜졌다.

나는 맨 처음에 불이 켜진 쪽을 보았다.

'저기 누군가 있다.'

과학실 쪽에서 어떤 검은 물체가 있었다. 형체는 사람 같았는데 어째서인지 움직이지 않고 그 자리 그대로 서 있기만 했다.

나는 어딘가 불안하지만, 혹시 사람일까 싶어서 이상한 검은 물체 쪽으로 갔다.

"저기. 혹시 사람이세요?"

"……."

아무 대답이 없었다. 그런데 갑자기 "흐흐흐"이라는 소리가 들렸다. 역시 예상대로 내 앞에 있는 사람 형체같이 생긴 물체에서 나는 소리였다. 소리에 놀란 내가 3학년 남자 반쪽 복도로 급히 도망가려고 할 때였다.

갑자기 바람이 세게 불더니 복도에 있는 불이 빨간 불로 바뀌었다. 물론 내가 서 있는 복도도 조명이 빨간색이었다.

나는 서둘러 3층으로 올라가려 하였다. 그런데 이상하게 몸이 따라 주지 않았다.

"또각또각"

"이 소리는. 아까 그 1층에서 났었는데. 어디서 나는 거지?"

나는 복도를 돌아보면서 소리가 나오는 곳을 찾았다. 찾아야지 내가 반대방향을 도망갈 테니까.

"또각또각 히히히"

"……?"

구두 소리 + 사람 웃는 소리가 연속으로 났다.

"헐. 내 뒤에서 나는 소리야?"

지금 내 뒤에는 이상한 사람 형체의 그림자가 있었다.

아까 이상한 사람 형체의 그림자를 지나치려 할 때 조명이 갑자기 빨간색으로 바뀌는 바람에 그림자 옆에서 계속 서 있었다.

내가 안절부절 못하고 있는 사이,

"탁"

'……?'

"히히히 잡았다."

나의 팔을 잡고 있는 것은 바로 내 옆에 있는 이상한 사람 형체의 그림자였다.

"야아아아아아아아아아아아아!"

나는 너무 놀란 나머지 들고 있던 휴대폰으로 이상한 그림자를 계속 때려버렸다.

"에잇, 맞아라! 이게 바로 안면강타 술이다. 맞아보니까 기분 좋지?"

내가 열심히 때린 곳이 그림자의 얼굴 부분인지 모르지만 대략 위치가 얼굴

쪽이라서 '안면강타술' 이라는 말이 나왔다.

"퍽. 퍽. 퍽. 퍽."

이상한 그림자를 몇 번 더 때리니까 이상한 물체는 내 팔을 빠르게 놔주었다. 그리고 나는 3학년 남자 반 복도 쪽으로 열나게 뛰어갔다. 뒤도 돌아보지 않고.

내가 뒤도 돌아보지 않고 뛰어간 곳은 3층 2학년 교실이었다.

"이게 무슨 일이야. 평소에 보고 싶지도 않던 엄마가 보고 싶네."

나는 한 번 더 귀신을 본다면 울 것이다. 아니다. 지금도 울고 싶다. 난 분명 멍청한 귀신을 보러 온 것인데 본의 아니게 담력 체험을 하고 있다. 나는 2학년 반 복도에 쭈그려 앉아서 가만히 앉아 있었다. 왜냐하면, 아무런 계획이 없기 때문이었다.

'자, 이제 너 혼자서 음악실로 가야 해. 멍청한 귀신이 그렇게 하라고 하네.'

나는 갑자기 음치가 한 말이 생각이 났다. 나 혼자서 음악실을 가라고? 처음에는 별생각이 없었는데 산전수전 이상한 일을 겪고 나니 뭔가 이상하다는 것을 깨달았다. '이 자식들 만나기만 해봐라.'

멍청이와 다른 귀신들이 짜고 나를 놀린 것이다. 그래서 치마를 입고 오지 말라고 했던가. 아니야. 치마를 입고 왔어도 놀리는 건 아무 지장이 없을 텐데.

귀신들을 생각하면서 3층 2학년 반부터 맨 끝 쪽 영어실까지 쭉 걷고 있었다.

'설마 또 이상한 게 나오겠어?'

나는 영어실 옆에 있는 계단 쪽으로 가려고 할 때 계단 쪽 창문에서 무언가 '획' 하고 지나갔다.

"또 귀신이야?"

나는 천장을 바라보면서 말했다.

"야, 이 귀신들아. 그만 좀 놀려. 케케켁."

아, 너무 큰 소리로 말했나. 목이 아프네.

그리고 고개를 내리는 순간, 창문 앞에 몸이 온통 흰색인 귀신이 있었다. 그런데 눈은 검은색이라서 마치 눈만 둥둥 떠 있는 느낌을 받았다.

"……."

나는 너무 놀란 나머지 아무 말도 할 수 없었다. 아까 2층에서 본 사람 형체의 검은 물체보다 더 무섭게 생긴 거 같았다. 그건 최소한 어두워서 잘 보이지 않았으니까.

그리고 몸이 온통 흰 귀신이,

"오, 인간이다. 나랑 놀자."

내가 흥미로운 듯 얼굴을 들이대면서 나에게 말했다.

"……."

"왜 대답이 없는 거야."

내가 대답이 없자, 귀신은 짜증을 낸다.

"또각또각 또각또각"

아까 그 구두 소리이다. 구두 소리는 계단 밑쪽에서 났다.

이젠 쌍으로 오냐.

"야, 너 왜 대답이 없어."

"또각또각 또각또각"

지금 이 상황이 싫다. 한쪽은 대답이 없냐고 그러지. 다른 한쪽은 허구한 날 구두 소리만 내지.

난 그대로 계단 쪽을 나와서 2학년 교무실 쪽으로 뛰어갔다.

지금은 나의 위치는 4층이다. 2학년 교무실 쪽 계단으로 올라왔다. 이제 저기 있는 코너만 돌면 음악실이다. 담판을 지을 수 있다는 뜻이다.

"내 이 귀신들 만나기만 해봐 가만히 두지 않을 테니까."

나는 4층 강당을 지나고 1학년 교실을 지나고 있었다.

'음. 왜 이렇게 조용한 거지.'

정말 이상하게 조용했다. 지금쯤이면 조명이 빨간색으로 바뀌거나 구두 소리가 나거나 귀신이 나타나거나 그래야 할 텐데. 아무것도 안 나타나니까 더 불안하잖아.

그리고 내가 음악실까지 거리를 불과 5m 정도 남겨놨을 때였다. 내 발에 뭔가 묵직한 것이 밟혔다. 그리고 갑자기 내 몸이 위로 붕 뜨더니, 내 몸이 거꾸로 천장에 매달렸다.
"악, 이게 뭐야."
이래서 치마를 입고 오지 말라고 했던 거였구나.
"이거 뭐야, 빨리 풀라!! 너희 어딨어?! 빨리 튀어나오라고."
나는 화가 나서 아무 말이나 막 내뱉었다.
"야, 너 재밌게 해주려는 건데 말을 너무 심하게 하는 거 아니야?"
목소리의 주인공은 내가 그토록 찾던 멍청이. 그리고 멍청한 귀신 주위에는 음치, 관심 종자 등 학교의 귀신이 모두 같이 있었다.
"왜 이렇게 늦었어."
"고작 이런 장난이 무섭냐?"
그래 무섭다. 어쩔래. 나는 죽는 줄 알았다고.
"너희 이거 빨리 풀어. 다리 아파 죽겠어."
나는 귀신들이 나에게 하는 말 따윈 들리지 않았다. 거꾸로 매달려 있으니까 머리에 피가 쏠려서 정신이 하나도 없었기 때문이다.
"그래. 풀어줄게."
그 순간, 나는 바닥으로 떨어졌다.
"아야."
"괜찮냐?"
멍청이가 나에게 묻는다.
지금 내가 멀쩡해 보이니? 너희 때문에 무슨 개고생이야.
"이게 뭐야. 정말 무서웠단 말이야. 으어엉."
나는 결국 울음이 터지고 세상을 다 산 것같이 울었다.
"너 지금 울어?"
"뭐라고? 울어?"
멍청한 귀신과 다른 귀신들은 내가 울자, 당황해 했다. 자기들 계획에 오차가 생겼으니.
나는 울음을 그치고 귀신들에게 사람 형체의 검은 물체나 흰색 귀신, 조명 등이 무엇인지 물어보았다.
"검은 거는 나였어."

관심 종자가 내 앞으로 다가와 말했다.
"왜 그런 건데?"
나는 또 울 것 같은 표정으로 말했다.
"아니, 그냥. 놀리려고 그랬지."
관심 종자는 미안하다는 듯 말했다. 그리고 덧붙여서,
"아무튼 놀린 건 미안했고, 그리고 그렇다고 휴대폰으로 귀신을 치냐? 아파 죽는 줄 알았다."
"나한테 귀신은 안 잡히잖아."
"그건 그런데. 왜 아팠지?"
치. 그런 게 어딨어.
"그럼 빨간 조명은 뭐고?"
"그건 내가 특별히 학교 옆 가게에서 빨간색 형광등을 훔쳐왔지."
음치가 앞으로 나오면서 자신 있는 목소리로 말했다.
"아 그리고 그 흰색 귀신은 뭐였어?"
나는 그게 제일 궁금했다. 진짜 귀신은 귀신인 거 같았는데 어째서인지 한 번도 보지 못했기 때문이다.
"그 귀신. 걔는 우리도 잘 몰라. 그냥 밤만 되면 계단 쪽 창문에서 놀더라고. 자기 혼자서도 잘 놀던데."
내 마지막 질문에는 멍청한 귀신이 대답해 주었다.
"아, 그렇구나. 야 멍청이. 이 서프라이즈 놀이가 약속인 거지?"
"응. 그렇지."
"그래? 그럼 난 집에 갈래."
나는 화가 나 있는 상태로 계단을 빠르게 내려갔다.
"성민, 거기 서봐."
음치가 날 불렀다. 음치 옆에는 관심 종자도 있었다.
"왜?"
나는 딱딱하게 대답하였다.
"그게 말이지. 처음부터 널 울리려고 한 건 아니었어. 그리고 멍청이가 성불하려면 꼭 해야 됐었거든."

응? 그런 거였어. 그래도 이건 너무 심하잖아.

"얘 말이 맞아. 우리도 어쩔 수 없었다고."

나는 어이가 없어서 두 귀신에게 물었다.

"그런데 왜 성불 조건이 날 놀리는 거야?"

"걔 별명을 생각해 봐. 딱 봐도 장난기가 많잖아."

아. 그러네.

나는 단번에 이해가 됐다.

그리고 음치가 말했다.

"그럼 집에 어서 가. 지금 시각이 벌써 10시야."

음치 귀신의 말에 시계를 보니 시각은 10시가 다 되어 있었다.

"그래, 그럼 내일 봐."

나는 인사를 하고 서둘러 학교를 나갔다.

"내일 볼 수 있을까나."

"안 되지. 우린 내일 여기 없을 거야."

"그래 그렇지? 성민, 내일 정말 놀라겠는데."

음치 귀신과 관심 종자 귀신은 둘이서 이상한 말을 하면서 학교 안으로 들어갔다.

Epilogue

"아함"

어제 일 때문인지 잠을 한숨도 못 잤다.

"어제 제대로 화도 못 냈으니까. 오늘 말 한마디도 안 해야지. 고생 좀 해보라고."

나는 당황해 하는 귀신들을 생각하니 기분이 좋아졌다.

그리고 집 밖으로 나와 학교로 향했다.

"성민아, 같이 가자."

나를 부른 건 은율이었다.

"응. 그래."

은율이는 학교를 둘러보면서 나에게 조용히 말했다.

"그런데 뭔가 이상해."

"응? 뭐가?"

"음."

은율이는 뭔가를 골똘히 생각하더니 나에게 말했다.

"진짜 이상하단 말이야. 어제까지만 해도 학교에 오면 으스스한 기분이 들었는데 오늘은 그런 기분이 전혀 안 들어. 혹시 학교에 귀신들이 다 사라진 거 아니야?"

뭐라고? 귀신이 다 사라지다니? 어제까지만 해도 있었는데.

나는 은율이의 말을 무시하고 교실로 향했다.

지금은 영어 수업 시간이다. 나는 아침에 은율이가 한 말이 계속 걸렸다. 어째 된 것인지 학교가 뭔가 조용하기 때문이다. 그리고 내가 등교할 때마다 귀신들이 보이는데 오늘은 코빼기도 보이지 않았다.

'설마 말도 없이 사라지겠어? 방과 후에 확인하러 가자.'

나는 일단은 수업을 해야 하니 귀신들 생각은 접기로 하고 수업에 집중했다.

방과 후, 나는 곧바로 4층 음악실로 갔다.

"얘들아, 어디 있어?"

"얘들아? 왜 아무 대답이 없는 거야?"

진짜 아무도 없다. 대답도 없다. 혹시나 해서 음악실 구석이나 안 쓰는 사물함까지 다 찾아보았다. 그리고 다른 곳도 다 돌아다녀봤다. 역시 없었다. 은율이 말대로 귀신들이 사라진 것이다. 어제까지만 해도 잘 가라고 인사까지 했으면서.

"진짜 말도 없이 가냐."

나는 어제 이후로 귀신을 한 번도 보지 못했다.

'인사라도 하고 가면 좋잖아.'

귀신들이 성불 조건을 다 채웠어도 말도 없이 간 게 어딘가 분했다.

"대답 좀 해보라고. 어딘가에 있으면!"

갑자기 사라지다니 시원섭섭했다. 솔직히 갑자기 나타나서 자기네들을 성불 시켜야 한다니 도와줘야 한다니 해서 좋지는 않았지만 그렇게 나쁜 것도 아니었다. 그리고 내가 왜 자기들을 성불 시켰는지는 알려줘야 하는 거 아닌가? 그리고 작별 인사라도 하고 가지. 정말 귀신들은 하나 같이 제멋대로다.

"야! 내가 너희 때문에 얼마나 고생을 했는데?! 이렇게 가버리면 되냐고?! 당장 안 튀어나와?!"

나는 음악실에서 거의 울먹이며, 소리를 꽥 질렀다. 그새 정이라도 들어서 그런 것 같다. 내 바람과는 반대로 귀신 셋, 그리고 나머지 귀신들도 아무 말이 없었다. 그리고 내가 중학교를 졸업할 때까지도 음악실이나 학교 어디서든 귀신들의 모습은 볼 수가 없었다.

환희

최소영

작가 소개__최소영

1998년 6월 23일 대구 가톨릭 병원에서 출생.
현재 이곡중학교에 다닌다. 현재 영수 학원만 다니는 중.
2011년, '꿈을 날다' 라는 이곡 중학교 책 쓰기 동아리에서 활동한 경험이 있음.

철장

나는 그곳을 죽은 집이라 부른다.

엄마가 울분을 삭히고 삭혀 거칠게 내뱉는 숨소리, 아빠가 그런 어미에게 바락바락 지르던 고함으로 이루어진 삭막한 기억은 늘 그 곳을 죽어버린 형태로만 기억한다. 호의어린 온기나 따스한 정을 기대하기엔 너무나 지나쳐버린 그것은 아직까지도 내게 좋든, 좋지 않든 큰 영향을 끼쳐오며 날 좀먹어간다. 어린 시절에서, 비로소 지금까지.

나는 그 시절에서부터 지금까지, 아무것도 변하지 않았다. 열일곱. 그 어리디 어린 청춘에서부터 닳디 닳은 지금까지, 난 아무것도 변하지 않았다. 자라나지 조차 않았다. 아니, 미성숙하던 그 시절로써 벗어날 이유를 찾지 못했다. 그때의 기억 또한 좋든, 나쁘든 아직까지도 날 맴돌며 잊지 말라 속삭인다. 그 모든 세월들이 모래알처럼 새어나가는 것을 앎에도, 난 아직까지 널 놓지 못한다. 엄마가 아빠에게 늘 느끼던 것처럼 터무니 없는 미련이라는 것을 안다. 하지만,

내 기억 속에서의 넌, 늘 살아 숨쉰다. 내 비틀린 청춘을 가득 매우고, 내 속의 깊디 깊은 허무를 가득 채워주던 너를, 항상 말갛게 웃으며 낭랑한 목소리로 속삭이 듯 말을 잇는 너를,

푸른 청춘 속, 나는 맑게 빛나던 널 사랑했다. 아니, 항상 사랑하고 있다. 그것이 사랑이라 불리울 수가 있다면, 난 그것을 사랑이라 칭할 것이니. 아직까지도 난 너를 잊지 못한다. 죽은 집에서의 기억 또한 잊지 못한다. 죽어버린 과거를 잊지 못한다. 그 사실을 알고 있음에도, 난 너를 잊지 못한다. 그럼에

나는 항시 과거를 산다. 과거를 살아가고 그 속에 살아 숨쉬는 널 떠올리고, 난 그런 널 잊지 못한다. 내가 어떻게 널 잊을 수가 있을까.

누우런 전등이 깜빡인다.

불면

눈을 마주하면 그 사람이 어떤 사람인지 알 수가 있다고, 너는 늘 그렇게 말해왔다. 따스한 갈색의 눈. 나는 마주치는 그것이 그저 좋았다. 하지만 언제부턴가 마주한 너는 섬뜩 하리만큼, 깊이를 알 수 없을 정도로 검디 검은 색이었다. 사람은 변하지 않는다. 살색의 반창고, 그 속살에 남아서 누런 진물이 흐르리만큼 스스로 곪아가는 상처. 마치 폭풍이 인 것처럼 우르르 무너져 내린 날 선 유리 조각. 나는 아직까지 그것들을 마주하지 못 한다. 나는 겁쟁이다.

나는 여태까지 비 내리는 날이 싫었다. 축축한 체취, 습기, 물비린내가 거리를 가득 적시는 그것이 싫었다. 칙칙한 회색빛으로 물들어진 습하고 우중충한 거리가, 그 속에 들려오는 빗소리 또한 일말의 온기 조차 느껴지지가 않아서 유독 비가 오는 날이면 퍽 감성적이다. 흘러내리는 빨간 목도리를 다시 둘러매고 갈색 구두에 발을 억지로 구겨 넣었다. 얼룩덜룩한 까만 우산을 쥔다. 유일하게 철로 이루어진 손잡이가 내겐 그저 시리기만 하다.

아빠의 아들. 하지만 엄마가 다른, 배다른 동생. 마주친 검은 눈동자는 그저 멍하다. 나른하고 지독한 분위기. 마치 다른 세계에 살아가는 사람처럼. 숨이 턱 막힌다. 이것은 내 속에서 피어오르는 죄악감이다. 엄마에게 고개를 돌린다. 우울한 회색빛으로 물들어진 엄마. 타들어가다 못하여 재가 된 그 눈. 아빠는 돌아오는 대신 자신의 아들을 보냈다. 아빠는 나쁜 사람이다. 엄마를 이렇게까지 몰아세워, 마지막까지 이렇게 다시 울려 버린다. 엄마의 삶은 망친다. 그리고 한 아이의 삶 또한 망가지게 내버려둔다. 나는 방관자다. 아무런 말도 해줄 수가 없다. 피어오르던 것은 어느 샌가 흩어져 버린다. 차가운 무언가가 속에서 울렁인다. 아이와 눈이 마주친다. 유리알 같은 눈, 새까만 그것은 감추는 것에 급급했던 나의 치부를 비추어낸다. 나는 고개를 돌린다.

"연아."

엄마의 목소리에선 물기가 가득하다. 그건 엄마의 속에 쌓아두던 둑이 하나, 둘 무너져 내리는 소리라는 것을, 난 너무나 잘 알 수가 있었다. 그러나 난 그 암암한 감정을 결코 마주하지 않는다. 스스로가 겁쟁이라는 생각을 함에도, 나는 이 모든 것을 외면했다.

"엄마 부탁 하나만, 마지막으로 들어줄 수 있겠니."

그 말에 나는 그저 어항 속 물고기처럼 입을 뻐끔거렸다. 내가 그 말에 무어라 답을 할 수가 있을까. 그녀에게 받지 못하던, 따스하기 그지없는 온기와 비슷한 맥락의 부탁.

"난, 도저히 저 아이를 볼 자신이 없단다."

엄마는 더 이상 아무런 말도 하지 않았다. 옅은 울음소리가 들린다.

***

제 기억 속 흐릿한 형상을 띠는 아빠의 칙칙한 얼굴은 아이의 고운 얼굴과는 전혀 닮은 구석이 보이지 않았다. 아이는 아빠가 옷 속, 항상 가지고 다니던 흑백 사진에 찍힌, 환히 웃던 그녀를 꼭 빼닮았다. 예전에 본 아빠는 항상 그 사진을 하염없이 쳐다보곤 하었다. 그것을 본 내 물음에 그는 이젠 만날 수 없는 사람이라 답했다. 하지만 내 눈엔 아빠는 아직까지도 사랑을 한다. 아빠 또한 돌이킬 수 없는 과거를 사랑했다. 그녀가 죽어버린 현재를 외면하고, 끝끝내 이런 파국에 치달았다란 사실을 난 원망을 배제한 후에야 모든 것을 이해할 수가 있었다. 내 기억 속, 아빠의 눈엔 항상 검은 바다가 넘실거리었다. 그 속에 담긴 수많은 덩어리들. 후회와 회한이 얽히고 설킨 채로 남겨진 그것들.

나보다 더 많은 세월을 살아간 그는 되돌릴 수 없는 일이란 걸 누구보다 잘 알았음이 틀림없다. 그에 따라 그는 사랑하는 그녀에게로 죽음으로 돌아간 것이라.

검푸른 밤사이에 허연 입김이 피어오른다. 그와 동시에 내 속에 또 다른 물음이 뭉실뭉실 솟아오른다. 나는 왜 저 아이를 받아주었는가. 그것은 이젠 너에게 답할 수 없는 의문이기도 하다. 너는 왜 날 받아주었는가. 도착점이 사라진 물음. 지평선 아래 저물은 해. 나는 고개를 묻었다. 너는 때때로 깊은 눈을 하곤 했다. 묻어버린 기억 중 하나를 떠올리면, 모든 것은 마치 폭포수처럼 쏟아져 내린다.

***

봄이 부서져 내린다.

창 틈 사이에 스며든 햇빛이 반짝거린다. 따사로운 봄을 머금은 너의 머리카락이 맑다. 그것에 싱그러운 여름 냄새가 바람을 타고 솔솔 불어온다. 곧이어 봄을 똑 닮은 따스한 색의 눈이 마주치자, 너는 피어오르는 봄꽃처럼 해사하게 웃어 보인다. 참으로 이상한 아이라고는 생각하지만, 저 말간 웃음은 싫지 않다고 여긴다. 거뭇거뭇한 가뭄에 단비가 스며들 듯, 굶주린 애정에 구기어 넣은 호의란 그저 단비처럼만 느껴진다. 나는 잠시 퉁명스런 얼굴을 그려내곤 입을 열었다.

"왜 웃어?"

그 간결하다면 간결한 물음에 너는 어여쁘게 웃음을 터뜨렸다. 그 청량한 웃음소리에 어디선가 옅게나마 물 내음이 풍긴다. 계속해서 웃음을 터뜨리던 너는 곧 입을 연다. 평소와 달리 차분하게 늘어뜨린 목소리가 도서관에서, 맑은 종소리가 울리 듯 깨끗하게만 귀에 박힌다. 그것에 나는 네 쪽으로 돌아보았다. 살짝 들 뜬 것으로 보이는 것 같지만, 침전되어 가라앉는 유람선처럼 보여지는, 새까맣기 그지없는 그 눈. 아주 가끔이지만, 때때로 너는 그런 눈을 오직 내게만 보이곤 했었다. 기묘한 호승심이 감싸오는 사실.

"그냥, 좋아서."

낭랑한 목소리가 귓가에 울리고, 곧장 나는 달콤한 꿈에서 깨어났다.

그리운 시절의 꿈을 꿨다. 그곳의 난, 바래진 청춘의 편린 하나를 다시끔 되짚었다. 열일곱, 추억이라 불리우기도 어렵기 그지없는 새까만 덩어리. 그것은 이루어 지지 않는 그리움에 굶주려가는 날 점차 갉아먹어 간다. 그저 고개를 묻었다. 누군가 말해 주었던 그 어떤 말이 무색하리만큼, 그때부터의 난 아무것도 변하지 않았다. 열일곱, 그 단어에 그저 시린 내가 난다. 열일곱의 겨울 냄새. 그 시린 덩어리들, 먼지를 웅퉁 그러진 그것들. 열일곱의 무간 지옥이 아가리를 벌린다.

***

제 어미를 닮은 법한 아이는 저가 제일 싫어하는, 이 차디 찬 계절의 바래짐을 똑 닮았다. 어딘가 너덜너덜한 모양새로 닮은 법한, 더 더욱 깊은 심연을 눈에 담은 아이.

아이의 눈은 또래의 것이라 여길 수 없으리만큼 깊은 형상을 그려낸다. 새까만 심연, 아무리 짐작을 해보아도 닿을 수 없으리만큼 깊던 그 눈. 나는 그 눈을 안다. 너는 때때로 깊은 눈을 비춘다. 나는 그것을 도통 이해할 수가 없다. 여전히 나는 아무것도 모른다. 아이의 눈은 여전히 아무 일렁임 없이 날곧게 바라본다. 원망해도 될 법한 내게 아무런 감정조차 느껴지지 않는. 나는 입을 떼었다.

"날 원망하지 않아?"

맥락 없는 물음에 아이가 곧장 찬찬히 고개를 저었다. 마주한 것은 모든 것에 관하여 관조적이게만 느껴지는, 새까맣기 짝이 없는 그 눈. 창백한 피부색과는 달리 벌건 입술을 잠시 오물거리던 아이가 처음으로 입을 열었다.

"원망해야 할 이유가 있나요."

살짝 낮은 톤의 미성이 온통 집 안에 울려 퍼졌다.

미명

섬세한 모양의 손가락이 건반 위를 노닌다. 따스한 색의 머리카락, 흰 얼굴에 그려낸 선한 미소와 그때마다 깊게 패여진 보조개. 제 기억 속을 항상 겉도는 흐릿한 잔영은 항상 그런 모양새를 갖추곤 하였다. 뭉텅진 형용사, 그러나 섬세하게나마 제 기억 속에 남은 것. 나는 잊혀지지 못한 것을 저 소년에게 발견 하였다. 몽롱한 색채로 덧씌워진 망막, 그것으로 인해 너로써 젖혀진 제 생의 감각이 점차 거세게 뛰어댄다. 만약이라도 그럴 일이 없다는 것을 알면서도,

***

"아, 안녕하세요."

깨끗한 미성. 나를 발견한 소년은 너와 똑 닮은 오밀조밀한 이목구비로, 그 말간 미소를 지어보였다. 그것에 난생 처음으로 느껴지는, 기묘하게만 느껴지는 감각이 제 시각에 거세게 엄습한다. 망향에 적셔진 그곳으로 마치 돌아간 것과 같이 풍겨대는, 내 속에 피어오른 검푸른 향수. 그리움의 기억.

"피아노 잘 치네."

내 감탄에 소년은 눈을 땡그랗게 뜨더니 곧장 싱그러운 웃음을 얼굴에 만연히 그려낸다. 그럴 때 마다 깊게 패이는 보조개가 그저 곱게만 비추어졌다. 잠시 뜸을 들이던 소년이 입을 열었다.

"피아노가 전공이니, 저도 먹고는 살아야죠."

들어본 적이 있었다. 아마, 우리 학교에 유망한 피아노 천재가 온다던가 하는 흔한 풍문. 새삼스런 기분으로 소년을 보자니, 무어가 그리 좋은 지 다시끔 웃음을 터뜨린다. 종이 울리는 듯한, 맑은 소리로 느껴지리만큼 청량한 웃음소리가 귓가에 울려 퍼진다.

***

"왜 웃어?"

늘 서늘한 인상이던 아이가 드물게 웃음을 그려냈다. 갑작스런 상황에 이는, 뭉글뭉글 피어오른 궁금증에 저도 모르게 퉁명스레 물음이 던져진다. 그러나 퉁명스런 말투가 귀에 담기지 않는다는 양, 아이가 곧장 입을 열어 원인을 고했다.

"그냥, 좋아서요."

무어가 그리 좋을까. 한참 대답을 곱씹어 보던 나는, 곧장 무언의 위화감을 깨달았다. 어디선가 들어본 듯 싶을 정도로, 익숙하기 그지없는 대답. 그리고 난 곧장 해답을 알아챌 수 있었다. 저번 즈음의 꿈에 나왔던, 너와 나누었던 대화 한 자락. 청춘시대의 조각 더미. 그것에 난 곧장 얼굴을 어그러트렸다. 어째선지, 아이와 있을 때마다 너와의 추억을 떠올리는 것에 눈가가 약간 시큰해지는 것 같기도 하다.

자각

"그 사람은 제가 아니에요."

그 아이의 새까만 눈, 새까맣게 타버린 그 문장. 그것에 제 세상이 우르르 무너져 내린다.

***

사실은 알고 있었다. 그 아이는 네가 아니다. 사실은 알고 있었다. 과거의 사람임에 분명한 너는 결코 그 아이란 사람이 될 수가 없다는 것을. 나는 회상한다. 제 눈앞의 수평선이 선명히도 보인다. 허연 배를 태운 검푸른 바다가 옅게나마 넘실거린다. 하얀 것은 흩어져버린 제 추억 일지어, 바다는 결코 내가 될 수가 없다. 저 곳에는,

추억이 있었다.

단지 그 뿐이다. 너와 나눈 추억이 있었고 추억의 편린 하나, 그 교차점이 그 아이라는 것. 그것은 단지 겹쳐지는 일에 불과하다는 것을 안다. 그러나 그 곳에는 잃어버린 추억이 있었다. 돌이킬 수 없는 추억이 있었고, 한낱 지나간 것에 불과한 추억이 있었다. 그 아이는 그리 생각할 터였다. 하지만 그 추억은 저에겐 곧장 피어오르는 열꽃과 같은 것이었다. 열병처럼 아릿하던 어린 시절, 어린 청춘. 너는 그것이 사랑이라 물었다. 그러나 그것은 분명 사랑은 아니었다.

한낱 사랑 같은 것이 아니었다.

제 기억 속의 사랑이란 것은 한날 피어오르는 벚꽃 같은 것이었다. 벚꽃처럼 거짓말처럼 영롱히 피어오르다, 곧장 지곤 하던. 한 때의 찬란하고 황홀한 순간. 그것이 어찌 사랑일까. 그게 사랑이라면 이럴 리가 없다. 달콤한 한 때가 이리 아릿할 리도, 돌아갈 수 없을 리 또한 없다. 남겨진 너의 잔상이 그저

흐릿하기만 하다. 새까맣고 암암한 덩어리, 그러면 그것은 무어일까. 난 잘 모르겠다.

다만, 알 수 있는 사실은.

난 언제나,

너

를

….

* * *

"제게서 그 사람을 바라보지 말아요. 부디 그걸,"

사랑이라고는, 칭하지 말아요. 그토록 단정하던 얼굴이 제가 본 처음으로 일그러진다. 그 말에 속이 마구잡이로 고동친다.

* * *

이른 새벽에 선잠에서 깨어났다. 그에 곧장 시계를 본 난 음식을 테이블에 올려두고, 아이가 깨기도 전에 도망치 듯 코트를 걸친 채 재빨리 집을 빠져나왔다. 아니, 정곡을 야멸차게 찔려 돌이킬 수 없음에 도망치는 것이 명확하다는 것을. 그에 비틀린 현실을 외면하는 짓거리라는 것 또한 나는 이미 절절하게 잘 알고 있었다. 그러나 너를 잊는 것 조차 두려워하는 나에겐, 아이에게 무어라 말할 용기는 존재하지 않았다. 현실에 과거를 떠올리는 모든 자욱들이 점점 옅어짐을, 퇴색되어 간다는 것을, 이런 내가 어찌 감히 입에 담을 수가 있을까. 내 치부라 너를 칭한다는, 널 기만하는 행위를, 기만이란 이름의 부정을, 이 내가 어찌 감히 지껄일 수가 있을까.

* * *

"저, 내일 유학가요."

소년과 주로 만나는 음악실에서는 어딘가 텁텁하기 짝이 없는 내음이 풍겨댄다. 또한, 소년이 오늘 이루어 말한 것 또한 마치 그런 종류의 것이었다. 뒷통수를 후려 맞은 듯, 얼얼한 열기에 머리가 휩싸이는 감각이 선연하게 느껴진다. 알아온 지 별로 되지도 않았건만, 어쩨선지 지난 세월을 잃은 것과 같은 막연한 기분이 가슴 속에 해일처럼 가득 일었다. 차마 말문이 막힌 날 알아준 듯, 입술에 어렴풋한 호선을 그려낸 소년이 다시금 입을 열었다.

"선생님에겐 아마 우스운 이야기일 수도 있겠지만 말인데. 저, 기다려 주실 수 있으세요?"

그러곤 곧장 싱그러운 웃음을 얼굴에 가득 머금는 모습에 난 무어라 대답조차 하지 못 하었다. 따스한 갈색 눈이 저를 처음으로 또렷히 마주하는 모습에, 차갑게 식혀진 머리가 더 더욱 시리디 시리다.

유영

제 어항 속 금붕어는 어스름한 색채에 그려진, 벌건 노을의 색을 똑 닮았다. 물감이 물에 번지 듯, 고운 선으로 퍼져 나가는 꼬리가 그의 좁은 바다를 춤추 듯 노닌다. 마주한 멍한 눈동자, 제 고향이라 불리우던 바다의 향수를 보이는 듯한 그 눈. 물결치는 푸르름에 창백한 초록빛의 물풀이 날린다. 본래라면 저곳엔 두 마리가 존재하여만 했다는 사실을, 나는 알고 있다. 눈깔을 까뒤집은, 둥둥 떠다니는 하나를 외면한 채로 아무렇지도 않은 듯 제 좁은 바다를 노니는 금빛 자락. 너는 늘 무어를 생각하는 걸까. 말 못하는 짐승에게 답을 얻지 못할 것을 앎에도 나는 그 텅 빈 눈을?마주 보았다.?늘 느껴지는 것은 그저 공허감. 잿빛 눈. 그러나 짙은 상실을 담은 듯한 그 눈. 그것에 나는 다시금 눈을 껌뻑였다. 그에 금붕어가 답하는 것처럼 둥그런 눈을 깜빡였다. 깜빡깜빡, 누우런 전등이 또한 깜빡인다.

"좋아해요."

제 단아하던 얼굴을 일그러트리며 그 아이가 맹목적이라 지껄인 그 문장을 하나, 하나 말해 온다. 급격한 갈증이 인다. 버석거리는 제 입술을 축였다. 그것에 아이는 다시끔 일그러진 얼굴을 하고서 사랑이란 그 말을 일컬인다. 좋아해요…. 끝맺음이 흐트러진 문장, 그것을 입에 담으며 수전증에 걸린 마냥 섬세한 모양새의 손이 벌벌 떨린다. 나도 어떻게 해야 될지 모르, 겠어요. 좋아해요. 어항 속 금붕어가 춤을 추 듯, 공기 중을 퍼져나가 유영하는 문장들. 그리 맞닿는 퍽퍽한 감정에 나는 그저 눈을 깜빡였다. 여름, 무덥고 습하기 짝이 없는 열대야가 반기는, 또한 마주한 현실 또한 무덥기 짝이 없다.

"…무슨 대답을 바라는 거니."

맥락 없는 물음. 구부러진 그것에 그토록 고아한 얼굴이?온전히 제게로 향한다. 그 사실에, 무언의 희열이 저를 맞이하는 것임을 깨닫자 스스로에게 더 나위 할 수 없을 정도의 혐오감이 제 속에 가득 들어찬다. 이복동생, 나이차.

역겨움이 급속도로 일었다. 이성은 알고 있었다. 이 짓거리가 미친 것이라는 것을. 그러나 감성은…. 엉켜붙는 그것들을 애써 외면한 채, 나는 곧장 입을 열었다.

"…대체 왜,"

무어를 바라는 건데. 차마 내뱉질 못해 삼킨 뒷말을 알아챈 듯, 아이는 무어라 말을 잇는 듯 입을 뻐끔거리다 곧 닫았다. 그러나 곧 다시금 입을 여는 모습에, 어디선가 소름 끼치는 감각이 온 몸에 일었다. 나는 처음으로 아이를 똑바로 마주 보았다.

"좋아하니까요."

매끄럽고 간결한 문장. 나는 입을 닫았다.

***

"너는 환생을 믿어?"

평소의 고요한 인상과는 달리, 드물게 들뜬 기색으로 꿈속의 네가 말문을 텄다.

가끔이지만 쓸데없는 말을 던지곤 하는 너였기에, 당시의 나는 이 말을 대수롭지 않게 넘길 수가 있었으나 닮디 닮은 지금은 조금 달랐다. 네가 꿈에서조차 던지던 말들, 이미 묻어버린 아직까지도 네가 지껄이는 그것들. 환생, 대답, 수없이 겹쳐지는 맹목적인 조악한 낱말들을 교차한 결과, 나는 곧 해답을 찾아내고야 말았다.

너는 내게 있었다.

극복하고 싶은, 극복해야만 하는 아픔.

HURT

홍주희

진심으로 원한다면 이루어질 수 있다는 것을 .
돌이킬 수 없는 일로 상처받는 단비네 가족. 아빠의 실수는 가족 모두에게 상처로 다가왔다. 서로를 이해하지 못하기에 그 상처는 더욱 깊어져만 가는데…

나에게 왜 이런 시련이 주어진 걸까.
왜 하필 나일까.
'비극의 주인공이 아닌 해피엔딩의 주인공이 되고 싶다.'
나는
이룰 수 없는 꿈을 꾸는 걸까.

작가 소개_홍주희
1998년 4월 20일 출생. 좋아하는 것은 발라드 음악 듣기, 드라마 보기, 그림 그리기, 소설책 읽기, 패션 관련 도서 읽기 등이 있습니다. 현재 이곡중학교에 재학 중이고, 하고 싶은 일을 하며 살아 있음을 느끼고 행복하게 사는 것이 꿈입니다.

1. 숨겨왔던 비밀, 그리고 그 후.

"야 이 새끼야!"

"조용히 안 해! 진짜… 저거를 확 그냥…."

"나쁜 놈… 넌 인간도 아니야… 넌 그냥 쓰레기라고!"

상스럽고 천박한 말들 사이로 내 귀를 기울이게 한 말이 있다.

"내가 누구 때문에 이러는 건데! 그 애만 아니었어도…."

"내가 숨겼어? 어? 내가 숨겼냐고! 알고서도 선택한 건 너야!"

"단비야, 너도 알아야 되는 거야."

"당신 지금 미쳤어? 그게 지금 이 상황에서 애한테 할 소리라고 생각해? 그걸 왜 지금 재한테 이야기하려고 하는 건데!"

"얘도 이제 알 건 알아야지. 말이 나와서 말인데 너한테 오빠 있어."

"어?"

"오빠 있다고."

"내가 이야기하지 말랬지! 하지 말라고 했잖아!"

엄마는 지금 무슨 말을 하고 있는 거지?

나한테 오빠가 있다?

이건 있을 수 없는 일이다.

"오빠라니? 그게 무슨 소리야? 오빠가 누군데? 응?"

"너 할머니 집 가면 보는 남자애 알지? 걔가 너 친오빠야."

"거짓말."

"당신 정말 구제불능이다."

"난 언젠가는 알 게 될 일을 지금 말한 것뿐이야."

"조금만 더 있다가 이야기해도 되잖아. 단비 아직 어려. 그리고 지금 이런 상황에 이런 분위기에 이야기하면 애가 이해할 수 있을 거라고 생각해? 일처리를 왜 이딴 식으로 해!"

아무것도 들리지 않는다. 소주병으로 머리를 맞은 기분이다.

버럭버럭 화를 내는 아빠도, 나한테 오빠가 있다는 것도 모두 이해되지 않는다.

쾅!

순간 모든 것이 고요해졌다.

아빠와 엄마가 싸우던 그 살벌한 분위기도, 폭탄 같은 말을 들어 주체할 수 없이 혼란스러운 내 머릿속도.

이제 나는 어떻게 해야 하는 걸까?

"너희 아빠는 저래서 안 되는 거야. 언젠가는 알게 될 일인데 왜 저렇게 화만 내는지."

고요함 속에 엄마의 목소리가 울려 퍼진다.

"엄마, 난 지금 도저히 이해를 못하겠어. 엄마가 갑자기 무슨 말을 하는 건지, 다 무슨 소린지 하나도 모르겠다고… 오빠가 있다고 갑자기 그렇게 이야기하면 난 도대체 어떻게 받아들여야 하는 거야? 이게 다 무슨 소린데!"

"갑자기 이렇게 너한테 이야기하게 되서 너한텐 미안하게 생각해. 엄마도 갑자기 욱해서 나온 말이기도 하니까. 근데 엄마가 지금까지 한 말 다 사실이야. 믿기 힘들겠지만 그냥 네가 엄마 말 좀 들어줬으면 좋겠다."

난 그 어떤 대답도 할 수 없었다. 그냥 묵묵히 있는 것 밖에는 내가 할 수 있는 게 없었으니까.

"내가 너희 아빠랑 결혼하기 전에 아빠한테는 이미 아이가 있었어. 그것 때문에 엄마가 얼마나 고생을 많이 했는지 아니? 너희 아빠랑 결혼한다고 부모 가슴에 대못을 박았어, 내가… 너희 외할머니가 결혼을 얼마나 반대했었는데… 결혼하겠다고 무릎 꿇고 울면서 허락 받아냈다. 잘 살 테니까 한 번만 봐달라고. 그때 엄마는 너희 아빠만 바라보고 결혼하겠다고 했으니까. 너희 아빠가 불쌍하게 느껴지기도 했어. 동정심이라는 게 있었던 거지… 그렇게 잘 살 수 있을 거라고 생각했었는데 결혼생활이 어디 쉬운 일이니. 생각보다 훨씬 더 힘들고 괴로웠어. 집 사겠다고 아등바등 거리면서 일했고, 아이 한 번 낳아보지 못한 처녀가 남의 아이를 키우려니 내 속이 속이 아니었어. 그런데 저 남자는 내가 어떻게 살아왔는데 아직도 그 마음을 하나도 몰라주고…."

내가 모르는 일들뿐이다. 모두 오늘 처음 들은 이야기들이다.
지금 내가 느끼고 있는 이 감정이 뭔지 나도 잘 모르겠다.

세상이 다르게 보이기 시작한 건 이때부터일지도 모르겠다.
"내가 그 애 키운다고 정말 힘들었어. 툭 하면 사고나 쳐대고, 밤에 같이 잘 때면 옆에서 자꾸 파고드는 데 적응도 안 되고 괴로웠다. 남 몰래 울기도 많이 울었어. 그래도 내가 그 아이를 얼마나 정성껏 키웠다고. 매 한 찰 때릴 때도 그냥 안 때렸어. 싫어서, 미워서 아무 이유도 없이 때린 적 한 번도 없다. 그렇게 3년 가까이 같이 살았어. 그런데 그 애 조차도 엄마 마음을 몰라주더라. 학원비도 내야 될 때가 된 것 같고, 용돈도 줘야 할 것 같아서 돈을 쥐어주면서 학원비 내고 나머지 돈은 용돈으로 쓰라고 했더니 글쎄 무슨 일이 있었는지 아니? 그 돈을 들고선 내라는 학원비는 안 내고 혼자 너희 할머니 집을 찾아가버렸어. 엄마는 그것도 모르고 집에 안 온다고 찾아다니고, 너희 아빠는 애 안 보고 뭐했냐고 성질이나 내고… 엄마가 얼마나 황당했는지… 거기 걔가 그렇게 가 버리면 엄마가 뭐가 되겠니? 여차저차해서 그때부터 그 아인 거기서 자랐어. 그래서 너는 못 본 거고…."
이런 이야기를 해주는 엄마가 황당하면서도 고맙고, 고마우면서도 밉다. 이야기를 들어보니 그 동안 많이 고생했을 엄마의 모습이 떠올라 마음이 좋지 않다. 그리고 이때까지 나와는 아무 상관없다고 생각한, 이제는 내 오빠가 되어버린 그 사람이 밉다.
지금의 내 상태가 어떠한지 잘 모르겠다. 모든 감정들이 휘몰아치는 지금, 나는 나를 모르겠다.
아직 나는 어리다. 그래서인지 나도 날 잘 모를 때가 종종 있다. 바로 지금이 그럴 때가 아닌가하고 생각된다. 지금 내 감정까지 신경 썼다가는 내가 너무 힘들어질지도 모르겠다는 생각이 들어서…
어쩌면 난 지금 내 감정을 모르는 게 더 좋을 것 같아서.
지금 내 감정이 무엇인지 알게 되는 그 순간, 난 흔적도 없이 사라질지도 모르니까.
그 정도로 지금 난 위태롭다.

"엄마가 많이 힘들었겠네."

"말도 마라. 진짜 말로 표현할 수 없을 정도였지. 그 아이 때문에 엄마랑 아빠 많이도 싸웠어. 그 아이만 없었어도 엄마랑 아빠 그렇게 많이 싸우지 않았을 거야. 설상가상, 네 할머니는 그 당시에 또 어땠는지 아니? 아이까지 딸려 있는 남자와 멀쩡한 처녀가 결혼하겠다고 하니까 처음에는 그렇게 좋아라하더니 결혼하고 나니 태도가 싹 변하더라. 아이 놓지 말고 네 오빠나 키우면 안 되겠냐고 하는데… 하… 무슨 그런 말을 할 수가 있는지. 자존심이 상하고 어이가 없었어. 그렇게 힘들게 결혼했는데 아이까지 나보고 키우라고? 어쨌든 엄마 정말 많이 힘들었어."

"그러네… 많이 힘들었겠네. 엄마랑 아빠 결혼했을 때 말이야… 오빠는 몇 살이었어?"

"그 애가 6살 때 엄마랑 아빠가 결혼했지."

"그럼 엄마가 친엄마가 아니라는 걸 오빠는 알고 있었겠네?"

"아니, 처음에는 몰랐어. 내가 여행 갔다 온다고 그렇게 이야기를 했었나봐. 그런데 얼마 안 가서 친엄마가 따로 있다는 거 알게 됐어. 이웃들이 수군거리고 점점 소문이 퍼지기 시작하면서 그렇게 되었지 뭐…."

"오빠는 친엄마가 누군지 알아…?"

"네 오빠는 친엄마 얼굴도 못 봤어. 들리는 말로는 죽었다던데 평생 엄마 얼굴도 못 보고, 엄마라고 한 번 불러보지도 못했지."

이때까지는 할머니 집에 가면 항상 볼 수 있었던 그런 사람일 뿐이었다. 그래서 난 오빠에 대해서 잘 알지 못 한다.

오빠가 미웠는데 불쌍하다는 생각이 든다.

친엄마 얼굴도 보지 못하고, 엄마라고 불러보지도 못했다는 게.

"엄마가 아빠랑 싸우는 바람에 너한테 갑자기 너무 많은 이야기를 해 버렸네. 시간도 늦었는데 이제 자러 가. 지금은 너무 마음에 담아두지 말고 나중에 기회가 되면 그때 다시 이야기 해 줄게. 엄마는 오늘 거실에서 잘 거야. 저 인간 얼굴 보기도 싫다."

방으로 가는 그 짧은 거리를 걷는 내 발걸음이 왠지 무겁게 느껴졌다. 그렇게 나를 헤집어 놓고 이제 와서 너무 마음에 담아두지 말라니… 마음에 담아

두지 않기에는 나에게 이 상황이 너무도 크고 생생하다.
오늘 밤은 오랫동안 뒤척이다 잘 것 같다.
나한테는 오빠가 있다.
불쌍하지만 밉다.
그게 전부다,
내가 오빠에게 가지는 감정은.
몸이 찌뿌둥하다. 어제 그렇게 혼자서 뒤척이다 잠들었나 보다. 입이 텁텁하고 목이 따갑다. 지금이 몇 시지?
"일어났니?"
"응. 아빠는?"
"몰라. 나갔겠지, 뭐. 일어나니까 없더라."
아빠의 습관이 또 시작되었다. 아빠는 엄마랑 싸웠을 때면 아침엔 일찍 집에서 나가고 저녁엔 늦게 들어오신다. 오늘도 늦게 들어오실 것이다.
"우리끼리 그냥 아침먹자."
침묵의 아침식사가 시작되었다. 아빠가 왜 일찍 집을 나섰는지 알 것 같기도 하다.
"어휴, 내가 그 인간 때문에 속이 천불이 난다."
엄마의 습관도 시작되었다. 아빠랑 싸울 때도 그렇지만 싸우고 나서도 속에 있는 모든 말을 털어놓는다, 마치 신세한탄과 같은 것들을.
"내가 뭘 그렇게 잘못했는데? 네가 봐도 엄마가 그렇게 잘못 했어?"
"아니, 아빠가 잘못 했지."
"네가 봐도 그렇지? 아휴… 이런 말 해봤자 뭐하겠어. 그냥 밥이나 먹자."
난 가끔 오빠에 대한 환상을 가지곤 했었다. 오빠라면 내가 기댈 수 있는 그런 존재여야 한다고 생각했다. 그러나 현실은 역시 환상과는 다른가보다. 가족이지만 내가 기댈 수 없는 사람이다, 내 오빠라는 사람은. 심지어 오빠라는 호칭을 부르는 것조차 입 밖으로 내뱉기 힘들다. 가족이 아닌 친구도 아닌, 남보다 못한 그런 존재. '차라리 몰랐으면 좋았을 걸' 하는 생각도 든다.
어쩌면 난 지금 두려워하고 있는 걸지도 모른다. 평생 남보다 못한 사이처럼 될까봐. 미우면서도 마냥 밉지만은 않은 것 같은 이 감정은 무엇일까.

나는 지금 앞길이 보이지 않는 깜깜한 길을 걷고 있는 나약한 인간이다. 앞이 보이지 않아 눈앞에 칼이 있다 해도 보지 못한 채 그대로 밟고 지나갈 것이다. 피가 나고 상처투성이가 되어도 멈출 수 없다. 너무 아파서, 나조차도 알지 못할 만큼 피가 너무도 많이 흘러 더 이상 걸을 수 없을 지경에 이르러도 계속해서 앞으로 나아가야 한다. 이미 출발했고, 뒤는 없다. 깜깜해서 아무것도 보이지 않는 길, 어떠한 장애물이 날 가로막아도 뒤가 없어 돌아갈 수도 없는 길.

나는 지금 그런 곳에 서 있다, 홀로.

<그와 그녀 이야기>

한 남자와 한 여자가 있었다. 그 둘은 운명은 아니었지만, 철저한 계획 아래 부부라는 인연을 맺게 되었다. 그 남자의 이름은 이한기, 그 여자의 이름은 한채아.

둘은 한 회사에서 처음 만났다. 남자는 그 회사의 차장이었고 동시에 신입을 뽑는 심사위원이기도 했다. 남자는 면접에서 그 여자를 처음 봤고, 첫 눈에 반했다.

여자는 긴 웨이브머리에 입술은 빨갛게 하고 있었고, 깔끔한 옷차림을 하고 있었다. 그야말로 예쁜 외모의 소유자였다. 그에 반해 남자는 면도를 안 한지 며칠 되었는지, 까만 수염이 덕지덕지 올라와 있었다. 한 눈에 봐도 잘생긴 외모는 아니었다. 남자가 여자와 사귀기 위해 계속해서 구애를 한 끝에 둘은 사귀게 되었다. 남자의 적극적인 구애가 둘을 사귀게 만든 결정적 이유이기도 했지만, 여자가 연애경험이 별로 없었다는 것도 결정적 이유였다.

시간이 지나 남자에게 아이가 있다는 것을 여자가 알게 되었지만 남자를 사랑했고, 동정심이란 것도 있었기에 부모의 반대를 무릎 쓰고 결혼까지 했다. 어떻게 보면 결과적으로 남자의 계획이 성공한 것이다. 여기서 끝났다면 이 이야기는 해피엔딩으로 끝났을 것이다.

남자는 결혼을 한 후 돌연 회사를 그만두고 집에서 쉬었고, 여자는 생활을 유지하기 위해 악착같이 벌었다. 처음에는 작은 단칸방에서 시작해 자기 집을 마련하기까지 여자의 얼굴이 눈물로 가득 차는 날이 여간 많았던 것이 아니었다. 그렇게 죽자 살자 매달리던 남자는 결혼과 동시에 다른 사람으로 변하기 시작했다. 갑자기 직장을 그만 두거나 직장을 어렵게 다시 구해도 오래 버티지 못하고 그만두는 일이 다반사였고, 여자들과 술을 먹는다고 늦게 들어오는 일도 잦았다. 남편이 가정을 소홀하게 하는 것과 더불어 아이를 어떻게 키워야 하는지도 모르는데 남자아이를 키워야 한다는 것까지 고통의 연속이었다.

여자는 아이를 낳아보지도 못했는데, 남자와 단지 결혼했다는 이유만으로 아이까지 맡아야 했다. 젊은 나이에 감당하기 힘든 현실이었다.

비교적 늦은 나이에 여자에게도 첫 아이가 태어났고, 얼마 지나지 않아 남자아이는 제 발로 집을 떠났다. 아이가 집을 떠나기 전에도 남자와 많이 싸웠지만 그 일이 있고 난 후로도 많이 싸웠다. 여자는 남자아이에게 좋지 못한 감정을 항상 가슴 속에 가지고 있었고, 남자아이 역시 여자에게서 멀어져갔다.

여자는 남자에게 아이가 있다는 걸 알고 있었지만 현실은 너무 힘들었고, 남자 역시 겉으로 표현하지는 못해도 여자에게도, 그리고 특히 자신의 아들에게도 많이 미안해했다. 여자와 헤어질 수는 없었고, 아들을 포기할 수도 없었던 남자는 중간 입장에서 말 못할 고민들을 많이 지니고 있었다.

여자는 여자 나름대로 고민도 많고 힘들었다. 자신의 마음을 몰라주는 남자가 원망스러웠고, 젊은 나이에 내 아이도 아닌 아이를 키워야 한다는 사실을 인정하기 싫었다. 그런 마음이 여자는 느끼지 못했지만 행동으로 조금씩 표현되었고, 남자 아이는 상처를 받기 시작했다. 서로가 서로의 감정을 알아주지 못한 채 각자 상처만 깊어졌다. 상처가 아물 틈도 없이 또 다른 상처가 생기며 걷잡을 수 없이 상처는 깊어져 갔다. 누구하나 치료해 주는 이가 없었기에 그렇게 서로가 서로에게 상처를 받으며 시간은 흘러갔다.

결국, 그 끝은 참담했다. 여자와 남자아이 사이에는 보이지 않는 높고 단단한 벽이 생겼다. 남자와 남자 아이 사이에도 단단해 보이지 않지만, 보이는 것보다 단단한 벽이 세워졌다. 여자와 남자 사이에는 서로 보지 못하는 벽이 생겼다. 남자를 향한 미움과 서운함이 결국 벽이 되었지만, 남자는 볼 수 없다. 남자는 여자를 향한 서운함과 실망감이 벽이 되었지만, 여자 역시 이 벽을 볼 수 없다.

이러한 상황은 치료 시기를 놓쳐버린 환자와 같다. 하지만, 이 환자에게도 작은 희망이 있긴 하다. 환자가 이 희망의 끈을 부여잡고 끝까지 놓지 않는다면 완치에 가깝도록 몸 상태가 좋아질 수 있다. 그러나 이 환자는 불행하게도 이 희망을 믿지 않는다. 희망을 보려고 하지도 않고 잡으려는 노력조차 하지 않는다. 스스로 시한부 인생을 선택한 것이다.

이 환자에게는 아무도 없었다. 이 환자에게 누군가가 있었다면 상황이 달라졌을지도 모른다. 옆에서 희망을 잃지 않도록 도와줬을 테니까. 아쉽게도 이 환자에게는 그럴 누군가가 절실했지만 존재하지 않았고, 결국 혼자 판단하고 혼자 모든 결정을 내렸다. 여자와 남자 그리고 남자아이의 상황도 이 환자와 같은 것이 아닐까?

상처를 치료할 연고를 아무도 주지 않았고 그들 스스로도 연고를 찾지 않았다. 혼자서 오로지 판단하고 결정 내렸다. 그 선택이 올바른 것이었다면 문제는 생기지 않았을 것이다. 하지만 그들이 내린 선택은 잘못된 것이었고 결국 문제가 발생한 것이다. 이럴 때 올바른 길로 그들 모두를 다시 이끌어주는 길잡이가 있었더라면 상황은 달라지지 않았을까?

지금도 희망의 끈을 붙잡는다면 결코 늦은 것은 아닐 것이다. 아무도 먼저 그 끈을 잡으려 하지 않기에 지금에까지 이른 것 뿐. 이 세 사람을 도와줄 누군가가 절실하게 필요하다.

7년 후

이제는 흐릿해져버린 그날의 기억. 영원히 잊지 못할 것 같았던 강렬했던 기억이 7년이 지난 지금 흐릿해져 있다. 시간이 약이라는 걸 증명이라도 해주는 듯 시간은 많은 것을 바꾸어 놓았다. 난 외적으로도 많이 바뀌었지만 내적으로도 많이 바뀌었다. 그동안 많은 일이 있었고, 어떤 일이든 한 가지 시선이 아닌 다른 시선으로도 볼 수 있는 능력을 가지게 되었다.

7년 전 나는 어렸고, 그 일을 이해하는 데 한계가 있었다. 그때 내가 오빠의 존재를 알 게 된 것에 대해 후회하는 것이 아니다. 난 그때 여러 시선에서 보지 못하고 오로지 한 가지 시선으로만 바라보았다. 그래서 난 한동안 오빠가 미웠고 싫었다. 엄마를 힘들게 한 존재 같아서. 그런 모습의 나는 오빠에게 상처를 남겼고, 가까워지지 못하고 계속해서 멀어져가는 것만 같았다. 다시 시간을 되돌릴 수만 있다며 한 가지 시선으로만 바라보던 그때를 지워버리고 싶다.

언제부턴가 오빠와 친해져야겠다는 생각과 함께 오빠가 좋아졌다. 오빠에게 다가가려고 나름대로 많이 노력했지만 오빠는 나를 밀어내기 바빠 보였다. 그렇게 미워해놓고 이제 와서 좋다고 졸졸 따라다니는 내가 탐탁지 않은 것이 어쩌면 당연한 일이다.

그 때부터였다. 오빠를 미워하고 싫어했던 내 모습이 후회되기 시작한 것이. 죄책감 같은 감정이 생기기 시작했고, 오빠가 날 밀어내면 밀어낼수록 가슴이 턱 막히는 느낌이었다. 마치 짝사랑과 같았다. 혼자 좋아했다가 상처받고, 또 아무것도 아닌 것에 웃었다가 아무 것도 아닌 것에 상처받기도 했다.

그렇게 몇 년을 지냈다. 이제는 아무렇지 않은 듯 괜찮아진 것 같으면서도 그렇지 않다. 아직까지 오빠는 마음의 문을 닫고 있고, 난 끊임없이 그 문을 두드리며 문 앞에 서서 그 문을 열어보려 한다. 사람의 마음에 문이라는 게 존재한다면 오빠의 마음에는 아주 크고 높은, 어두운 그림자가 멀리까지 퍼져 있는 그런 문이 있다.

크고 무거워 보이는 자물쇠로 꽉 잠겨 있는데 그 자물쇠를 열 수 있는 열쇠가 없어 난 그 문을 열지 못한다. 그 열쇠는 오빠만이 가지고 있다. 오빠가 나한테 그 열쇠를 주어야만 문을 활짝 열고 내가 들어갈 수 있는데, 열쇠를 주지 않으니 난 아무것도 할 수가 없다. 이제는 자물쇠가 너무 오래되어 녹이 슬었다. 그래서일까? 내가 계속해서 문을 두드린 끝에 그렇게 단단하던 문이 조금은 헐거워진 느낌이 들었다.

언제쯤 내 손에 열쇠가 올려 져 있을지는 모르겠지만, 그날이 빨리 왔으면 하는 게 나의 소원이다.

"헉, 헉… 내가 좀 늦었지? 미안 …."

"아니야, 나도 사실 도착한지 얼마 안 됐어. 빨리 가자."

"아, 그래? 많이 안 기다렸다니 다행이다. 어! 초록불이다! 뛰어!"

오늘 하루도 학교에 가는 것으로 하루가 시작된다. 나는 언제나 똑같은 일상이 반복되는 삶 속에 살고 있다. 제 시간에 맞춰 학교에 가야하고, 학원도 가야 한다.

하루의 절반을 학교와 학원에서 보낸다. 난 이런 생활이 숨이 막힌다. 이러한 내 모습을 부모님은 이해하지 못하신다. 학생이라면 당연하게 학교에 가야하고, 공부를 해야 하는 것이라고. 그래서 요즘은 내 생각을 부모님에게 표현하지 않는다. 어차피 이야기하면 또 싸우게 될 테니까.

"무슨 생각을 그렇게 해? 내가 하는 말에 대답도 하나도 안 해주고."

"어? 나한테 무슨 말 했어?"

"너 내 말 하나도 안 듣고 있었지?"

"미안… 내가 생각을 좀 하느라."

"무슨 생각을 그렇게 골똘히 하실까?"

"그냥… 이것저것."

"에이, 싱겁긴."

이 친구로 말할 것 같으면 나에게 없어서는 안 될 존재랄까? 나의 반쪽과도 같은 친구 윤소은이다. 소은이는 중학교에 입학하고 나서 처음으로 사귄 친구이다. 서로 친구하자고 한 지 몇 년 되지 않았지만, 지금 우리는 서로에게 의지하고 격려해 주며 기쁘고 슬픈 일들을 모두 함께하는 관계가 되었다. 나에 대해 부모님 다음으로 잘 아는 사람이기도 하다. 어쩌면 요즘은 부모님보다도 나에 대해 더 잘 아는 사람일지도.

"소은아, 시험 준비 잘 하고 있어?"

"뜬금없이 앞에 내 이름은 왜 부르냐? 오글오글."

"아니, 뭐 그냥…."

"흐흐. 누가 보면 너 무슨 죄 지은 줄 알겠네. 나야 뭐 시험 준비는 그럭저럭 하고 있지 뭐."

"나도 해야 되는데 손에 잘 안 잡힌다. 이놈의 공부가."

"나도 그래. 나라고 뭐 다른 거 있겠어? 나도 요즘 공부 눈에 안 들어오는데 그래도 어쩌겠어. 해야 되는 거니까 억지로 하는 거지 뭐."

"나 진짜 어떡하냐… 이번이 중학교에서 치는 마지막 시험인데…."

"너 지금까지 잘해 왔잖아. 잘할 수 있어. 지금 좀 방황하는 시기라 힘든 건 알지만, 다른 생각은 잠시 잊고 공부부터 해. 우리 진짜 시험 얼마 안 남았어."

"아는데… 알고 있는데 그게 잘 안 된다…."

"단비야, 으… 나도 너 이름 부르려니까 좀 어색하다. 서로 볼 거 못 볼 거 다 본 사이가 우린데 막 이름 부르고 하려니까 어색한 거 같기도… 그치?"

"뭘 그렇게 뜸을 들여. 빨리 말해. 분위기 잡지 말고."

"에잇, 들켰네. 너 마음 좀 편안하게 가지라고. 너도 알다시피 나도 최근에 진로문제 때문에 엄마랑 싸웠잖아. 너만큼은 아닐 수도 있는데, 나도 진로문제 때문에 고민 많이 하고, 혼자 방 안에서 울기도 많이 울었어. 항상 엄마 말이 옳다고 생각했고, 그래서 그냥 엄마가 하라는 대로 공부 열심히 해서 공무원하려고 했다는 거 너도 알잖아. 근데, 얼마 전에 내가 TV를 보는데 자기가 하고 싶었던 일을 하고 있는 사람이 나와서 강의를 했어. 그 사람은 자기가 하고 싶었던 일을 지금 하고 있는 걸 정말 행복해 했고, 유명해지기까지 말 못할 힘든 점이 한 두 가지가 아니었지만 자신이 하고 싶었던 일이었기 때문에 한 번도 후회한 적이 없대. 그 말을 듣는 순간, '아, 이건 아니구나. 나도 내가 하고 싶은 일을 찾아야겠다.' 하는 생각이 들었어. 그때부터 엄마랑 대립하는 일이 많아졌던 것 같아. 어쨌든 내 말이 너무 길었는데, 내가 너한테 진짜 해주고 싶었던 말은 누구나 힘들고 포기하고 싶은 순간은 있기 마련이야. 시간이 약이라는 말도 있잖아. 지금 우리가 고민하는 일들이 나중에 시간이 지나면 이것도 하나의 추억이 될 수도 있어. 그렇지만 우리는 지금 시험까지 시간이 얼마 남지 않았기 때문에 아무생각하지 말고 우선 공부부터 하자는 거야. 손에 안 잡히겠지만 또 하다 보면 할 수 있더라. 너무 걱정하지 말구. 야, 친구 좋다는 게 뭐냐? 너도 나도 상황은 똑같아. 빨리 마음 잡어, 알겠지?"

"고마워… 진짜 내가 너 때문에 산다."

"으이구… 그런 건 혼자 고민하는 게 아니라 나한테 이야기하라고 있는 거야."

"진짜 고맙다. 아직까지는 좀 혼란스러운데, 빨리 마음잡을게. 네가 그러니까 잘 할 수 있을 것 같다."

"그래, 빨리 마음잡고 나 사회도 좀 가르쳐주고, 흐흐."

"지가 더 잘하면서 항상 나보고 가르쳐달라는 건 나에 대한 모욕인가?"

"야, 난 너보다 잘한 적 없다? 그러니까 가르쳐달라고 하지."

"알았어, 알았어. 진정해. 흥분하기는, 흐흐."

"자꾸 너 나 약 올리지? 내가 신경 써서 너한테 내 이야기까지 해줬는데 이거이거 안 되겠네."

친구 좋다는 게 바로 이런 게 아닐까. 아직 혼란스럽지만 소은이 덕분에 마음이 조금 정리된 느낌이다. 이렇듯 항상 내 옆에 있어주는 친구 덕분에 오늘도 난 조금은 편안해진 마음으로 하루를 보낸다.

"야, 자꾸 너 내 말 씹어 먹지? 과자 줄려고 했는데 안 줘야겠다."

"미안미안. 내가 또 딴 생각하느라."

"또 뭔데? 이 언니가 다 들어줄게. 내가 네 고민 해결하는 데는 선수잖아."

"언니는 무슨. 아무것도 아니야, 과자나 먹자."

"이 과자가 네 것처럼 말하는 데 이건 내 과자거든."

"우리한테 네 거 내 거가 어딨냐. 빨리 먹자, 응?"

"어휴, 내가 널 어떻게 이기겠냐. 과자 뜯어."

2. 터져버린 울음

그렇게 고민하던 시험은 벌써 끝이 난지 일주일이 지났다.

성적은 내가 생각했던 것보다 잘 나왔고 엄마와 아빠도 내 성적에 만족해하셨다. 한 때는 큰 고민이었던 시험이 시간이 약이라는 말처럼 지금은 아무것도 아닌 일이 되었다. 그러나 나는 지금 시험보다 더 큰 문제에 직면하고 있다. 시험기간 동안 소은이의 말처럼 공부부터 했으나, 시험이 끝난 지금 나는 또다시 혼란을 겪고 있다.

나도 나를 모르겠고, 기분이 오락가락하기도 한다. 이런 내 상태에서 일이 터졌다.

"아빠, 오빠가 진짜 우리 집에 와?"

"그렇다니까. 내일 온다고 하던데?"

"근데 갑자기 왜 온데?"

"오는 데 이유가 있어? 집에 오겠다는데."

"아, 그런가? 진짜 내일 만나면 이게 몇 년 만이야."

"몇 년 만이긴. 못 본지 일 년 정도 됐지."

"아, 그래?"

오빠가 우리 집에 온다고 한다. 내가 좋아하는 우리 오빠. 실실 웃으며 좋아하면서도 막상 오빠와 만나게 되면 한 마디도 못하고 쩔쩔매지만.

오빠가 오는 건 좋은 일이지만, 걱정이 되기도 한다. 엄마는 아직까지도 오빠를 좋게만 생각하지는 않는다. 제발 좀 잘 지냈으면 좋겠는데 그렇지 못한 현실을 자꾸만 외면하고 싶다. 이것과 더불어 아직 해결되지 않은 진로문제까지… 혼자서 모든 걸 감당하기가 조금 버겁다.

"아빠, 난 오빠가 오는 건 좋은 데 사실 걱정이 조금 더 돼."

"왜?"

"그냥… 엄마랑 아빠랑 서로 서먹서먹할 것 같고, 그러다보면 분위기도 안 좋을 거 같고….”

“아빠도 걱정이 되기는 하는데, 괜찮을 거야. 서로 가족인데 뭐. 너희 엄마도 이제 어느 정도 마음을 열었으니까 크게 걱정하지 마.”

“그래도….”

“뭘 그렇게까지 걱정해. 네가 걱정할 정도로 그렇지 않아. 이런 걱정하지 말고 방에 가서 학원에서 배운 내용 복습해.”

정말 아빠 말처럼 괜찮을까?

내가 괜히 쓸데없는 걱정을 하는 걸까?

괜한 걱정이 아니라는 것을 증명하듯 찝찝한 이 기분은 뭘까?

“엄마… 엄마 자?”

“아니, 왜?”

“엄마도 내일 오빠가 우리 집에 온다는 소식 들었지?”

“어, 왜?”

그냥 단순히 내 마음이 혼란스러워서 느끼는 찝찝한 기분이 아니었다. 엄마는 오빠 이야기가 나오자마자 퉁명스러워졌다.

엄마는 모르겠지만.

“아니야, 아무것도. 나 그냥 방에 갈게.”

“왜? 네 오빠가 오는 게 뭐? 엄마도 알고 있었어.”

“오빠가 엄마한테 직접 전화로 이야기했어?”

“아니, 네 아빠한테 들었지. 온다는 녀석이 전화도 한 통 안하고.”

지금은 피해야 할 때다. 더 듣고 있다가는 내 마음이 너무 좋지 않을 것 같다.

“숙제가 많아서 방에 갈게.”

“어? 그래.”

엄마는 이렇듯 사소한 일에도 오빠한테 퉁명스러워진다. 난 그런 모습이 너무도 보기 싫다.

정말이지 현실을 부정하고 싶다. 왜 이런 관계여야 하는지. 가족은 서로 위하고 보듬어주는 거라고 생각하는데 아직은 거기까지 바라는 것은 무리인가 보다.

소원이 있다면 가족 모두 다 같이 웃으면서 편안한 분위기에서 밥 먹고, 여행도 가는 것이다. 어떻게 보면 내가 바라는 소원은 가족이라면 당연한 일이다. 그러나 우리 가족에게 내가 바라는 일은 아직은 시간이 좀더 필요한 일인 것 같다. 서로의 상처가 아물 때까지 내 소원은 이루어지지 못할 것이다. 상처가 빨리 아물기를 기다리는 것이 내가 할 수 있는 유일한 것이다.

엄마에게도 오빠에게도 내가 아무 도움이 되지 못한다는 게 너무 화가 난다.

똑똑.

"단비야, 아빠랑 이야기 좀 할래?"

"응."

"너 공부 안 하고 딴 생각 하고 있었지?"

"들켰네. 공부가 손에 안 잡혀서…."

"왜 또 그러실까? 오빠 오는 것 때문에 그래?"

"응. 그런 것도 있고 겸사겸사."

"아빠가 너무 걱정하지 말라고 그랬잖아. 네가 그렇게까지 걱정하지 않아도 돼."

"걱정을 안 하려고 해도 안 할 수가 없어. 아빠 나는 있잖아, 그 말로 표현할 수 없는 어색한 분위기가 분명 오빠가 오면 생길 거야. 난 그런 게 너무 싫어. 우리는 가족인데 왜 그래야 해…."

"너도 알잖아. 아직까지 네 엄마가 마음을 100% 다 열지 않았다는 거. 어쩔 수 없잖아. 다 아빠 잘못이지 뭐…."

"아빠 잘못 아니야. 이유야 어찌되었건 이미 되돌릴 수 없다는 거 나 잘 알아. 그래서 더 답답하고 힘들어. 돌이킬 수 없는데 엄마는 아직도 마음을 다 열지 않았어. 오빠를 좀더 가족으로 인정해 줬으면 좋겠고, 나한테 주는 관심의 반이라도 오빠한테 가졌으면 좋겠어."

"그래도 네 엄마가 많이 낳아진 거라는 거 너도 보면 알잖아. 아빠는 뭐 마음이 좋겠어? 아빠도 똑같아. 그렇지만, 그냥 사는 거야. 아빠가 어떻게 할 수 있는 것도 아니고 하니까…."

"나는 아빠 정말… 정말 잘 지냈으면 좋겠어. 진짜로… 내가 큰 걸 바라는 게 아니라 서로 위하고 보듬어주는 가족의 모습을 원하는 데 그게 정말 이루어질 수 없는 일일까? 우리 가족은 보면 항상 오빠는 동떨어진 느낌이야. 엄마, 아빠, 난 이렇게 3명이 완전체이고 오빠는 거기에 끼인 사람 같아. 그런 가족이 어디 있어…."

"괜찮아. 시간을 갖고 천천히 기다려보자. 네가 바라는 거 이루어질 수 있어. 네가 바라는 그거, 아빠도 정말 간절히 바라는 일이니까."

"진짜 그럴까?"

"그럼, 진짜지. 빨리 자. 내일 학교 가야지."

"응… 아빠도 잘 자."

"그래, 이불 덮고 자고."

모르겠다. 아니, 감당하지 못하겠다. 내 감정도, 이 상황들도.

내가 너무 민감하게 받아들이는 건지도 모르지만 당장 해답도 없는 이 상황이 난 숨이 막힐 정도로 답답하다. 빨리 해결되었으면 좋겠지만 그럴 수 없는 상황이라는 것도 싫고, 내가 이런 상황에서 아무것도 할 수 없다는 것도 싫다.

숨이 막히는 이 상황에서 벗어나기 전에 내가 먼저 지쳐 포기할 것만 같아 두렵다.

다음 날 아침이 밝았다. 오늘은 오빠가 오는 날이다.

"야, 너 왜 이렇게 멍해? 무슨 일 있어? 오늘 하루 종일 멍하게 있었잖아."

"아니야. 소은아, 나 오늘 집에 일찍 가 봐야 해. 오늘 집에 오빠 오기로 했어."

"아, 진짜? 오늘 떡볶이 먹으러 갈려고 했는데 안 되겠네."

"응, 미안해. 다음에 먹자."

"그래, 그럼."

"그럼 나 먼저 간다."

"단비야! 잠깐만."

"왜?"

"너무 걱정하지 말고. 다 괜찮을 거야."

"고마워. 오늘이 제일 고맙네."

"뭐 이런 걸 가지고. 빨리 가."

"응."

어쩌면 소은이는 날 이해할 수 있을 것 같다.

"왔어? 오랜만이네."

오빠다.

"응…."

"야, 너 못 본 사이에 살 찐 거 같은데?"

"아니야!"

"알았어. 보자마자 왜 또 성질이야."

"오빠가 먼저 나 놀렸잖아!"

"진짜 살 찐 거 같은데? 너 요즘에 많이 먹지? 그러니까 살이 찌지."

"오빠! 오빠는 오랜만에 본 동생한테 그러고 싶냐? 진짜 너무해…."

"으이구… 삐졌어? 오빠가 미안해."

"됐어. 내가 오빠오기를 얼마나 기다렸는데 괜히 기다렸어."

"오빠 많이 기다렸어?"

슬금슬금 오빠가 다가온다.

"다가오지 마. 나 오빠랑 말 안 할 거야."

오빠가 내 머리 쓰다듬어주면 오빠한테 하루 종일 쫑알거릴 것 같아.

"치, 오빠도 너랑 말 안 해야겠다."

오빠를 보면 항상 이렇다. 몸과 마음이 따로 논다. 보기 전에는 보고 싶고 그러다가도 막상 보면 툴툴거리게 된다. 괜히 어색하고 그러니까 툴툴거리게 되는 거 같은데 이게 쉽사리 고쳐지지가 않는다.

"단비야, 오빠 밥 먹을 건데 너도 먹을래?"

"안 먹어."

"왜? 살 찔까 봐?"

"그런 거 아니거든!"

"같이 먹자. 이리 와."

오빠랑 생각보다 빨리 어색함이 사라졌다. 나만 느끼고 있던 어색함일지도 모르지만. 오빠는 나한테 무관심한 거 같으면서도 그렇지 않다. 오빠의 그런 모습에 난 또 오빠의 마음의 문을 두드린다. 오빠가 문을 열 것만 같아서.

엄마랑 아빠가 저녁에 오고 나서도 분위기는 괜찮았다. 물론 편안한 그런 분위기는 아니었지만. 오빠는 바빠서 내일 바로 가봐야 했고, 나는 오빠와 많은 시간을 갖지 못해 아쉬운 마음이 컸다.

시간은 너무도 빨리 지나가버렸고, 야속하게도 이별의 시간은 금방 찾아왔다.

"오빠 진짜 오늘 가?"

"오늘 가야지."

"그럼 나 학교 갔다 오면 없겠네."

"응, 오빠도 준비해서 좀 있다 나갈 거야."

"나… 학교 갔다 올게."

"그래, 조심히 다녀 와."

이별의 시간은 빨랐고 그리고 짧았다. 오빠한테 계속 툴툴거리기만 한 것 같아 미안하고 내 자신한테 화가 난다. 오빠한테 살갑게 굴지 못한 것이 너무 후회된다.

언제나 오빠와의 만남은 후회로 끝이 난다.

언제 또 만날지 모르겠지만, 다음번에는 후회로 끝나지 않기를 빈다. 만나기 전에 보고 싶어 했던 그 마음처럼 오빠를 보면 살갑게 대할 수 있기를…

"오빠는 잘 만났어?"

"응…."

"왜 그렇게 풀이 죽었어? 너 오빠 만난다고 좋아했잖아."

"내가 너무 툴툴댄 거 같아서…."

"그럴 수도 있지. 다음번에 만나면 오빠한테 잘 해."

"왜 항상 오빠 만나면 툴툴거리게 되는 건지 나도 모르겠다."

"너무 자책하지 말고 다음에는 오빠한테 애교도 부리고 그래. 네 오빠도 네가 그러면 좋아할 거야."

"에효…."

"됐고, 점심이나 먹으러 가자. 어차피 지난 일이야. 자책해 봤자 뭐해."
"그래, 밥이나 먹자."
왠지 오늘 저녁에는 큰 일이 터질 것만 같다. 오늘은 꼭 엄마와 오빠에 대해 이야기하고 싶다.
"엄마, 나 엄마한테 할 말 있는데…."
"뭔데?"
"있잖아…."
"뭘 말하고 싶은 건데?"
"엄마, 오빠 말이야…."
"오빠? 네 오빠 아까 간다고 엄마한테 전화 왔었어."
"아, 진짜?"
"응. 기차 탔다고 전화 와서 조심히 다니라고 그랬지."
"엄마 어제 우리 분위기 별로 안 좋았던 거 알아?"
"어제 왜 분위기가 안 좋았는데. 괜찮았잖아."
"아니야. 어제 우리 집 분위기 만들어진 분위기 같았어. 편안한 그런 분위기가 아니라. 나 어제 밥 먹을 때도 눈치 보여서 제대로 먹지도 못하고."
"네가 눈치를 왜 보는데? 그리고 지금 그 이야기를 하는 이유가 뭐야? 너 그게 다 엄마 때문이라는 거야?"
"엄마 때문이라는 게 아니잖아. 난 엄마가 오빠한테 좀 잘해 줬으면 좋겠어. 의무적으로 하는 것처럼 그렇게 하는 거 말고, 진짜 마음에서 우러나서 하는 거…."
"엄마가 지금은 마음에서 우러나서 하는 게 아니라는 거야?"
"그냥 내 말은 엄마가 나를 대하는 것처럼 오빠를 대해줬으면 좋겠고, 엄마랑 오빠랑 잘 지냈으면…."
"너 지금 이게 다 엄마 탓이라는 거야? 엄마가 얼마나 힘들었는지 너는 알잖아! 너도 엄마를 이해하지 못하는 거야? 네가 어떻게 엄마한테 이럴 수가 있어! 진짜 너한테까지 이런 말을 들을 줄은 상상도 못했는데…."
"엄마, 제발… 그런 게 아니야… 나 엄마 이해해. 엄마 마음 아는데 난 이런 상황이 너무 싫어. 우리… 가족 아니야? 우린 가족인데 가족 같지가 않아. 편안하게 밥을 먹는 것도 놀러 가는 것도 못하잖아. 이게 뭐야… 진짜 솔직히 말하면 차라리 모르는 게 낳을 뻔 했어. 처음부터 몰랐으면 내가 이런 생각도 이런 감정도 느끼지 않아도 됐을 테니까… 왜 난! 이런 걸로 혼자 힘들어해야 하는 건데… 흐흑….”

“단비야… 엄마도 얼마나 힘들었는지 아니? 엄마도 너무 힘들었어. 엄마가 선택한 길이기 때문에 누구한테 말도 못했고, 힘들어도 혼자 참고 견뎌야했어. 엄마 주위에는 아무도 없었어… 엄마는 그렇게 몇 십 년을 살았어. 너한테까지 이런 상황들 물려주고 싶지 않았는데 네가 이런 걸로 상처받고 힘들어하게 해서 엄마가 미안해… 근데 말이야, 엄마도 너 못지않게 엄청… 힘들었다.”

“엄마, 내 소원이 뭔지 알아? 엄마랑 아빠랑 나랑 오빠랑 넷이서 웃으면서 밥도 먹고 여행도 가는 거야. 그런데 아무리 생각해 봐도 지금은 불가능할 거 같아. 밥 먹고 놀러가는 게 뭐가 그리 어렵다고 이렇게 힘든 건지… 왜 이런 상황은 끝나지 않는 건데….”

“엄마가 미안해… 엄마가 정말로 미안해….”

“흐흑….”

엄마와의 대화는 눈물로 끝이 났다. 어떠한 결론도 내리지 못한 그저 눈물바다인 대화뿐이었지만, 마음은 한결 홀가분해진 느낌이다. 엄마가 힘들었다는 건 알고 있었지만, 내가 생각했던 것보다 엄마는 훨씬 더 큰 상처를 숨긴 채 생활하고 있었다. 나는 엄마가 아니고, 아빠가 아니며 오빠도 아니다. 그렇기에 그들의 상처가 얼마나 깊은지 알 수가 없다. 그저 ‘아, 이 정도이겠구나.’ 하고 짐작할 뿐.

상처가 깊은 그들에게 내가 반창고가 될 수 있었으면…
그들의 상처가 하루빨리 아물었으면…

노력하는 자에게 이루지 못하는 것은 없다.
내 작은 노력이 그들에게 행복을 가져다주기를 빈다.

3. 새로운 발걸음을 내딛다

〈8년 뒤〉

벌써 내가 졸업반 대학생이라니. 시간 참 빠르다.
"단비야, 오늘 파스타 먹으러 갈래?"
"오, 좋다. 오늘 마침 파스타가 먹고 싶었는데."
"그럼 내가 잘하는 곳 아는데 거기로 가자."
"콜."

소은이와는 여전히 사소한 일까지도 함께하는 친구이다. 고등학교도 대학교도 모두 다르지만 자주 연락하고 얼굴도 봐서 그런지 어색함이라고는 찾아볼 수 없다. 대학생이 되면서 내가 자취할 집을 알아볼 때 소은이도 자취할 집이 필요할 때라서 서로 같이 살기로 했다. 그 결과 우리는 룸메이트가 되었고, 졸업반이라 바쁘지만 집에 들어오면 매일 볼 수 있기에, 가끔 같이 술을 마시며 이야기를 나누기도 한다.

여전히 일상은 쳇바퀴처럼 비슷하게 돌아간다. 그렇지만 내가 원했던 대학에서 배우고 싶은 과목을 배울 수 있어 행복하고, 솔직하게 고민을 털어놓을 수 있는 친구가 내 곁에 있어 행복하다.

내가 그토록 원하던 소원은 75%정도 이루어졌고, 나머지 25%는 앞으로 조금 더 노력하면 다 채워질 수 있을 것 같다.

그렇게 간절히 바라던 소원도, 내가 하고 싶었던 공부를 할 수 있게 된 것도 모두 다 이루어졌다. 이렇게 되기까지 힘들 때도 많았지만, 모든 것이 이루어진 지금 난 세상을 다 가진 것만 같다.

아직 취업이라는 큰 과제가 나에게는 남아 있고, 그 과제를 완벽하게 해결하기 위해 나는 또 달려야 한다. 새로운 발걸음을 내딛는 걸 항상 두려워하던 예전의 내 모습과 달리 지금은 두려워하지 않는다. 매일 웃으며 살 수 있는 건 우리 가족이 진정한 가족에 한 발 더 다가섰기 때문이 아닐까.

〈못 다한 이야기〉

"오빠…."

"왜?"

"오빠는 나 싫지? 그치?"

"왜 그렇게 생각하는데?"

"솔직하게 말해 봐. 오빠 나 싫어하지?"

"오빠 너 싫어해."

"진짜? 진짜라도 어쩔 수 없지, 뭐. 솔직히 아빠만 같고 엄마 다른 동생이 좋을 리가 있겠어? 좋을 리가 없지…."

"그런 거 아니야, 바보야. 오빠 너 좋아해."

"치, 거짓말. 오빠 항상 거짓말 하면서. 먼저 연락한다고 하고서는 하지도 않구, 나한테 다정하게 대해주지도 않고…."

"오빠도 힘들어서 너 많이 못 챙겼어. 그래도 오빠 너 싫어하는 거 아니야."

"오빠를 이해한다고 하면서 나는 오빠를 다 이해하지 못했어… 내가 오빠 미워할 때도 있었지만 이제는 안 그렇다? 나 오빠 진짜 진짜 많이 좋아 하는데… 난 오빠랑 잘 지내고 싶고 오빠가 나 많이 예뻐해 줬으면 좋겠어. 진짜 소원인데… 흐흑… 나 진짜 오빠한테 사랑이라는 걸 받고 싶은데… 큰 걸 바라는 게 아니라 나 조금만 더 신경써주고, 나 좀 봐달라는 건데…."

"미안해…."

"나 진짜 너무 힘들어, 오빠… 나 다른 것도 신경 쓰이는 거 많고 혼란스럽고 나도 날 잘 모르겠어… 이럴 때 오빠한테 위로 받고 싶은데 오빠한테는 전화 한 통 안 오구… 오빠랑 잘 지내고 싶은데 방법은 모르겠고… 나 좀 봐주라, 오빠…."

오빠는 아무 말 없이 그냥 묵묵히 내 말을 들어주었다. 그렇게 나 혼자 끅끅대며 통화하다가 내가 일방적으로 끊어버렸다. 더 이상 감정을 주체할 수가 없어서… 다시 오빠한테서 전화가 오지는 않았다.

그 전화를 끝으로 한 달 정도 연락하지 않았다. 시간이 지나고 어느덧 내일이 설날이라 친척 모두가 할머니 집에 모였다. 그곳에서 오빠를 볼 수 있었다.

나는 오빠를 보고도 모른 척 했다. 용기 내서 내 마음을 이야기했는데도 받아주지 않는 오빠가 미워서… 그런데 오빠가 날 보자마자 머리를 쓰다듬어 줬다. 잘 지냈냐며 묻는 오빠의 물음에 난 대답도 않고 고개를 푹 숙이고 있었다. 오빠는 아무 일도 없었다는 듯이 평소처럼 행동했고, 난 그렇게 아무렇지도 않은 오빠의 모습에 당장이라도 눈물이 쏟아질 것만 같아 고개를 들지 못했다.

"고개 좀 들어봐, 어?"

"흐흑…."

"왜 그래… 오빠 좀 봐봐."

"흑… 내가 정한 게 아닌데… 내가 원했던 게 아닌데… 내가 그런 거 아닌데…."

"뭐가? 왜 그래, 갑자기."

"오빠가 나 좋아하지 않는다는 거 알겠는데… 그런 거 다 아는데! 오빠… 오빠 상처를 다 알지 못하고 다 이해하지 못하지만… 그래도… 흐흑…."

아무런 말도 없이 따뜻하게 안아주었다. 그 품속에서 느낄 수 있었다, 오빠가 나를 많이 생각해 주고 있다는 것을.

나는 항상 표현이 서툰 아이였고, 사랑과 관심이 필요한 아이일 뿐이었다, 적어도 오빠 앞에서는. 나는 항상 내 마음을 표현하기 급급했고, 정작 오빠의 마음은 들여다보려 하지 않았다. 오빠가 힘들다는 걸 머리는 알면서도 정작 행동으로는 철저하게 외면했다. 나는 나밖에 생각할 줄 모르는 이기적인 사람이었던 것이다. 오빠의 따뜻하고 진심어린 포옹은 나를 다시 되돌아볼 수 있었고, 내가 제일 알고 싶어 했던 오빠의 마음을 알 수 있었다. 많이 미안하고, 고맙고, 좋았다.

한동안 안고 있던 우리는 멋쩍은 웃음으로 엔딩을 장식했다. 그 일은 내가 만약 자서전을 쓴다면 아주 중요한 부분으로 자리 잡을 것이다, 그 일이 있고 난 후 많은 것이 변화했으니까. 예를 들면 먼저 전화를 해 준다거나, 문자에 답을 한다거나… 뭐 이런 것들?

오빠라는 존재는 나를 많이 바꿔 놓았다. 오빠 때문에 운적도 많았고, 힘든 적도 있었다. 그렇지만 오빠를 통해 나의 새로운 면들도 많이 알게 되었다. 내가 그렇게 애정과 관심에 목말라 있던 사람인 줄 누가 알았겠는가.

오빠와 사이가 좋아지면서 말로는 다 표현할 수 없는 어떤 큰 덩어리랄까? 그런 것이 쑥 빠진 듯하다. 항상 해답 없는 고민거리 중 하나였던 문제가 조금씩 해결되기 시작하면서 난 많이 밝아졌고, 긍정적인 사람이 되었다. 오빠는 내 인생의 전환점이기도 하다. 할머니 집에서의 일을 계기로 오빠는 나에게 뿐만 아니라 엄마와 아빠에게도 마음의 문을 많이 열었다. 먼저 연락을 하고, 안부를 묻고, 같이 밥을 먹고. 이 정도면 내 인생이 아닌 우리 가족 모두에게 전환점이 된 셈이다.

평생 오지 못할 것만 같던 일이 현실로 다가왔을 때 느낄 수 있었다, 진심으로 원한다면 이루어질 수 있다는 것을.

하얀 꽃송이가 내리던 그날, 할머니 집에서.
나는 마음의 문을 열 수 있는 열쇠를 받았다.
오빠에게서.

신 흥부와 놀부

이채원

상상해 보라. 하필 발이 250mm 사이즈여서 왕자와 결혼할 절호의 기회를 놓친 신데렐라의 언니.
상상해 보라. 먹여주고 재워줬 건만 심지어 자신의 집을 뜯어먹은 것까지 용서해 줬건만 감사하단 말도 듣지 못한 채 불구덩이에 타죽어야만 했던 헨젤과 그레텔의 마녀.
상상해 보라. 약육강식 제도인 지구에서 단지 배고픔을 채우려다 봉변을 당해야 했던 빨간 모자의 늑대.
여러분이 생각하던 동화 속 악역들이 정말 악역일까?

작가 소개_이채원

2011년 이곡중 책쓰기 동아리 '꿈을 살다'

2013년 이곡중 책쓰기 동아리 'Healing Camp'

프롤로그

흥부는 착한 사람.
불쌍한 제비의 다리를 고쳐주고 복을 받은 사람.
놀부는 나쁜 사람.
가난한 흥부를 모른 척하고 제비의 다리를 부러트린 사람.
흥부는 진짜 착한 사람? 놀부는 진짜 나쁜 사람?

2013년 7월 강원 랜드

카지노에는 숨 막힐 듯한 긴장감이 맴돌았다. 그러나 사람들은 웃고 있었다.

'포커페이스' 가장 중요한 무기였다. 속고 속이는 포커 판을 구경하는 사람들은 서로 자신이 건 칩을 잃지 않을까 초조해 하는 표정을 숨기지 못했다.

"Bingo?"

가장 어두운 곳에 앉아 있던 사람이 살짝 웃으며 외쳤다.

그는 여유있게 자신의 카드를 내보이며 중간에 쌓인 돈을 품에 안으려 했다.

"잠깐만 흥부."

다른 남자가 그를 막아 세우더니 자신의 카드를 내보였다.

똑같은 모양의 클로버가 숫자 순서대로 나열되어 있었다.

"미안하지만 당신은 졌어."

순식간에 흥부라고 불린 사람의 표정이 굳었다.

다른 남자는 가방에 돈을 담은 후, 흥부의 어깨를 가볍게 두드리더니 유유히 사라졌다.

흥부는 갑자기 목이 뜨겁게 타오르는 것을 느꼈다. 목이 마르다. 숨이 가빠오고 눈앞이 어질어질했다. 지금 당장 내 손에 쥐어진 이 '물건' 을 마시지 않으면 죽을 수도 있다는 생각이 들었다.

"나 이판에서 죽도록 하지."

그는 황급히 자리를 떠났다.

쓰읍, 후우-

건물을 나서자마자 그는 불을 붙였다. 들이마시는 순간 숨이 막혔지만 흥부는 그것을 즐겼다. 일부러 숨을 참고 그 기분을 만끽하기도 했다.

내뱉는 순간 막힌 숨이 뻥 뚫리는 기분이 들었다. 순간 어질하고 몽롱한 기분마저 즐기며 차에 시동을 걸었다. 음주운전 탓에 앞판이 흉하게 찌그러진 BMW, 다른 사람들이 보면 미쳤다 그럴 수도 있지만 그는 찌그러진 앞판을 자랑스레 여겼다. 자신이 얼마나 남성스러운지 밤마다 자신의 차에 타는 여자들에게 보여주고 싶었다. 얼마나 흉하게 찌그러졌으면 심지어 단속카메라에 차번호가 인식되지도 않았다. 그 점도 나름의 장점이라 여겼다.

포커 판에서 졌다는 사실은 벌써 까맣게 잊은 채 그는 자신의 아니, 그 여자의 집으로 향했다. 오늘밤은 그녀와 귀찮은 아이와 밤을 보내야 했다.

'귀찮은 아이' 까지 생각에 미치자 그는 얼굴을 찌푸렸다. 내가 원치 않은 핏덩이. 유산을 강요했지만 그녀는 울며불며 매달렸다.

"제발 이 아이만은, 이 아이만은 살려줘. 얼굴 좀 봐 당신과 꼭 닮았잖아… 제발 당신이 원하는 것 뭐든지 할게… 제발…."

어차피 그녀는 나와 결혼도 하지 않은 사이. 그 아이는 출생신고조차 할 수 없는 아이. 법적으로 그 아이는 존재하지 않는다. 이름이 뭐더라…. 생각은 거기까지 하기로 했다. 이름까지 생각해 내는 건 그들에겐 너무 과분한 관심이라고 그는 생각했다.

'문자 메세지가 도착했습니다. 발신자 놀부'

형이었다. 흥부는 형을 싫어했다. 아니, 증오했다. 아버지는 죽기 직전 놀부에게 대부분의 재산을 물려주셨다. 또 형은 절대 그 돈을 자신에게 주지 않았다.

흥부는 가난하다. '삐까번쩍' 한 모습 뒤에 숨겨진 가난을 들키지 않으려 엄청난 노력을 하고 있다. 자신의 번듯한 모습 뒤엔 엄청난 빚이 있었다. 이 BMW 역시 마찬가지. 사실 흥부는 차 앞판을 수리할 돈조차 없었다. 자신이 묵을 집은 진작 경매 당했다. 그래서 그녀의 집을 찾아가는 것이었다. 하지만 흥부가 즐겨 마시는, 지금 흥부의 손에서 작아져만 가는 이 물건을 살 돈도 다

떨어졌다는 그 사실이 흥부를 가장 미치게 만들었다. 다시 핸드폰에 눈이 갔다. 솔직히 조금 반갑기도 했다. 항상 문자는 은행에서 대출을 해주는 곳에서 왔는데, 오랜만에 다른 사람에게서 연락이 왔다는 것이 조금 반가웠다.

'오늘 아버지 제사가 있어. 집에 와서 절이라도 하고 가라.'

아무래도 아기 울음소리보다는, 형의 잔소리가 나을 듯했다. 두 쪽 다 말이 통하진 않지만, 한 귀로 듣고 한 귀로 흘리기로 했다. 형에게 돈이라도 조금 빌려달라고 슬쩍 말도 꺼내볼 생각이었다. 물론 준 적은 한 번도 없지만. 그는 핸들을 왼쪽으로 돌렸다.

한 시간쯤 뒤, 흥부는 놀부의 집에 다다랐다. 여전히 멋있었다. 넓은 정원, 큰 집. 다 형의 명의였다. 멋있다고 생각할수록 흥부는 화가 났다. 어쩌면, 이 집은 내 것인데, 형이 내 돈 뺏어가지만 않았어도, 그때 아버지가 조금만 바른 선택을 했어도 이 신세는 되지 않았을 텐데…. 억울하기 그지없었다.

딩동-

집에 들어온 순간 전 냄새가 풍겼다. 그러고 보니 배가 고픈 거 같기도. 며칠을 카지노에서만 보내다보니 흥부는 하얀 쌀밥 먹지 않은지도 얼마나 되었는지 기억이 잘 나지 않았다. 며칠 간 굶주린 자의 속이 쓰리고 구역질이 났다.

참을 수도 있었을 테지만 흥부는 참지 못했다. 원래는 그러지 않았지만 언젠가부터 흥부는 작은 일에 쉽게 흥분했다.

흥분하는 이유를 흥부가 알 리는 없지만, 글쎄, 어느 텔레비전 프로그램이던가 책에서 보았던가, 인간은 생리적 욕구를 충족시키지 못하면 다른 어떤 욕구도 채울 수 없다고 하였다. 생리적 욕구도 채우지 못한 채, 다른 욕구만을 채우러 카지노에만 있었던 흥부였다. 아마 흥부의 욕구가 더 이상은 참지 못한다는 신호를 보낸 것 같았다. 점점 단순해지고, 본능에 더 가까워지면서 흥부는 짐승이 되어갔다. 그리고 흥부는 그 사실을 알아채지 못했다.

어느 새 흥부의 손에는 아버지 제사에 쓸 전이 들려져 있었다. 놀부도 놀부의 아내도 제사 준비에 분주해 미처 아버지께 올릴 음식이 흥부에 손에 있다는 걸 눈치 채지 못했다.

흥부는 다만 본능에 충실했다. 아버지는 눈에 들어오지 않았다. 첫 번째로 안절부절못했고 두 번째로 충분히 미치고 팔짝 뛰었다. 이젠 이성을 잃을 차례였다.
"꺄악-"
놀부의 아내가 경악한 듯 소리를 질렀다. 놀부가 곧 그 소리에 놀라 달려왔다.
순간 놀부는 당황했다. 뭘까 이 상황은. 조금 우습기도 했다. 피식 조소가 나오려 했지만 곧 저 음식이 아버지 제사상에 써야 할 음식이란 걸 깨닫곤 곧 아내와 같은 표정을 지었다.
퍽-
전을 부칠 때 써야 할 부침가루가 흥부가 기껏 제사라고 입고 온 검은 수트에 범벅이 되었다. 어느 새 검은 수트는 하얀색의 수트가 되었다. 흥부가 순간 이성을 되찾고 어이없는 얼굴로 둘을 쳐다보았다.
둘 다 얼빠진 표정을 짓고 있었다. 허나 다른 점이 있다면 놀부는 그의 아내와 흥부를 번갈아가며 보고 있었고 놀부의 아내는 자신의 손에 들려진 빈 부침가루 팩과 흥부를 번갈아가며 보고 있었다는 점이었다.
재수가 없어도 이렇게 없을 수가 있을까. 자신의 꼴이 우습다는 걸 그는 알았다. 하지만 웃지는 못했다. 우스운 것보다는 자신의 형수님이 자신에게 한 짓에 대한 분노와 충격이 몇 곱절은 더 컸기 때문이었다.
돈이라도 빌리려 했건만, 나가야 할 것 같았다. 아니 잠깐, 이 민주주의사회에서 내 (수트의)행복을 지킬 권리는 지켜야 할 듯했다. 수트를 빨 돈이라도 받아야 한다. 이건 절대 비굴한 짓이 아니다. 행복…추구권이었던가? 한땐 법대생이었건만, 이젠 빌어먹을 헌법 제 1장 1조조차 생각나지 않았다. 법은 날 지켜주지 않았다. 고로 나도 법을 지킬 필요가 없다. 이 사실을 깨달은 후, 법대에서 자퇴를 하였다.
아, 행복추구권. 깜박할 뻔했다.
"지금 이게 무슨…."
"미, 미안해 흥부. 내가 지금 당장 세탁이라도……."
"아뇨 형수님 필요 없고요. 그냥 세탁비만 주시죠? 지금 제가 이 집에 단 1초도 있기가 싫거든요."
"그게 무슨 말버릇이야! 그리고 아버지 제사는 챙기고 가야 할 것 아니야!"
"나한테 아버지는 없어, 형. 형한테는 모든 걸 다주셨지. 난? 내가 지금 어떤 상황인지는 형이 더 잘 알거라 생각해."
놀부가 소리를 질렀지만 흥부의 당당한 태도에 곧 굴복했다.
"하…."
놀부가 결국 한숨을 쉬더니 지갑에서 오만 원 한 장을 꺼내려 했다.
"쩨쩨하게 가족끼리 오만 원 한 장이 뭐냐? 동생 용돈 주는 셈 치고…."
"이래서 넌 안 된단 거야, 이 자식아. 세탁비 주는 것만으로도 감사하게 생각해. 싫으면 그냥 가던가."
흥부의 표정이 붉어지더니 놀부의 손에 쥐어진 5만 원을 낚아채고 집을 나섰다.
"망할 녀석…."
놀부가 낮은 음성으로 욕을 읊조리며 흥부의 뒷모습을 보았다. 흥부가 씩씩대면서 걸어간 자리에는 하얀 가루들이 떨어져 하얀 길을 만들어냈다.

놀부는 자신이 받은, 어쩌면 뺏었을지도 모를 재산에 대해 콤플렉스를 가지고 있었다. 동생이 받을 재산마저 뺏은 것 같다는 찝찝한 생각이 항상 머리를 떠나지 않았다. 하지만 어쩔 수 없었다. 그는 과거 그의 아버지가 흐릿한 정신으로 그에게 무언가 말했던 때를 떠올렸다.
"놀부야, 내 재산…. 아무래도 흥부는 가질 자격이 없는 것 같다."
"아버지….흥부 다시 일어설 수 있을 겁니다. 법대 다시 다닐 테고요, 애도 얼마나 바르고 착했는데…."
"아니, 그럴 일 있을지는 몰라도 당분간은 없을 거다. 지금 저 녀석 하는 꼴 좀 봐라. 여자에 도박에….그리고 말이다 놀부야, 저 녀석 아무래도 '그것' 에도 손을 댄 것 같다."
"네…? 그, 그럴 리가요!"
"흥부 저 놈 정신 차릴 때까진 절대, 절대 내 재산 못 물려준다. 저놈 정신 차릴 때까지 내가 살 수 있을지도 모르겠구나. 그러니 놀부야, 네가 잘 맡아주렴. 네가 이 재산 다 가지라는 것, 아니다. 맡아달라는 것이다. 부담 갖지 말거라. 잘 보관해주리라 믿는다."
"네, 아버지…."

놀부는 잊지 못했다. 아버지가 돌아가시고 장례식을 하던 날 흥부의 표정을, 아버지의 변호사를 통해 유산 상속이 놀부에게 전부 돌아갔다는 걸 알게 됐을 때의 흥부의 표정을.

소름끼쳤다. 장례식 날 흥부는 웃고 있었다. 영혼 없이 아버지의 영장사진을 보며 웃고 있었다. 이따금 사진에 말을 거는 것 같기도 했다.

눈을 질끈 감았다. 놀부는 그때 흥부가 너무 슬퍼서, 충격이 커서 그랬을 줄만 알았다. 그러나 가엾은 동생을 안는 순간 코를 찌르는 냄새는 역겨웠다. 현기증이 나고 몽롱한 냄새에 놀부는 순간 자신이 이것을 원한다는 것을 느끼고 얼른 흥부를 품에서 떼어냈다. 태어나서 처음 맡는 이 지독한 냄새를 놀부는 마약이란 걸 알았다. 아버지의 말씀이 사실이었다. 꼭 감은 눈을 다시 떠도 흥부의 웃음은 가시지 않았다.머리를 이리저리 흔들었다. 눈물도 함께 떨쳐냈다.

"젠장…."

흥부는 자신의 수트에 얼룩진 하얀 가루를 대충 털어냈다.

후- 한숨을 쉬어도 변한 건 없는 듯했다. 어쩔 수 없다. 그 여자의 집으로 가야 한다.

"참나…. *크. 크크크크*"

생각할수록 흥부는 우스웠다. 모든 것이 다 형편없었다. 오만 원 권 한 장 가지고 쩔쩔매야 하는 자신의 모습이 싫었다.

흥부의 집안이 부자인 건 확실했다. 그러나 흥부는 아니다. 부유한 집안에서 태어나 열심히 공부하다가 법대졸업을 코앞에 두고 아버지가 돌아가셨다. 그리고 그는 쫓겨났다. 아무리 생각해도 억울했다. 아버지가 흥부에게 유산을 물려주셨다면, 아니면 형이 자신에게 돌아올 유산을 빼돌리지만 않았다면, 흥부는 자신이 이렇게 되지 않았으리라, 굳게 믿고 있었다. 자신의 인생도 이렇게 구질구질하지 않으리라 믿었다.

쾅-

흥부는 자기 고개가 앞으로 푹 꺾이다 뒤로 홱 재껴지는 느낌을 받았다. 재껴지는 과정에서 흥부는 목에 묵직한 통증을 받았다.

"하이씨…."

고개를 좌우로 흔들고 앞을 보았다. 빨간불이었다.

흥부는 스스로를 욕했다. 과거에 대한 생각이 너무 많은 탓이었다. 현재, 또는 가까운 미래에 있을 엄청난 불이익을 생각지 못했다. 이래서 사람들이 과거에 얽매이지 말라는 거구나 흥부는 다시 한 번 옛말 틀린 것 하나 없다고 생각했다.

자신의 과실이 아니라고 우길 생각이었지만 누가 봐도 일방적인 충돌이었다.

앞 차의 운전자가 차문을 열고 나오기 삼십초 동안 삼백 가지의 수많은 생각을 했다. 그는 돈이 없다. 치료비는 둘째 치고 저 차와 내 애마를 고칠 돈이 없다. 그런데 저차가 비쌀까 내 차가 비쌀까 쓸데없는 생각이 꼬리에 꼬리를 물었지만 운전자의 모습을 보고 흥부는 생각을 멈추기로 했다.

여자다. 여자. 흥부의 전문분야였다. 대충 겁을 줄지 아니면 홀릴지 흥부의 머릿속엔 온통 그런 생각뿐이었다.

입가에 가벼운 미소를 머금고 문을 열었다. 손 또한 슬쩍 목에 갖다 대었다.

흥부는 크지는 않게 그러나 그 여자가 들리도록 욕을 읊조렸다.

그러나 여자는 움찔한 기색 하나 없이 흥부를 바라보았다.

"일방적으로 그쪽이 사고내신 건 아시죠?"

흥부는 순간 움찔했다. 그러나 곧 여유를 되찾았다. 흥부가 카지노에서 유일하게 배운 포커페이스 덕이었다.

"아가씨 그쪽도 과실이 있…."

"아저씨 빨간불일 땐 멈춰야 하는 거 몰라요? 교통법규 준수한 것도 과실이 있습니까? 지금 안 멈추고 남의 차 박은 사람이 누군데 과실은 무슨 얼어죽을 과실이야!"

"허….허허, 이 아가씨 재밌는 아가씨네 아주? 야 내가 여자라고 좋게 좋게 봐주니까 네가 진짜 눈에 뵈는 게 없나본데….너 진짜 뭐하는 년이야?!"

"저는 도로교통법 제 151조에 의거하여 당신에게 2년 이하의 금고나 500만원 이하의 벌금을 청구할 수 있고요, 제 차 수리비와 진단서에 따라 치료비까지 배상받을 수 있는 년입니다. 그리고 저는 년말고 이름이 있고요."

순간 흥부는 흠칫했다. 저 멀리 과거에 이 말을 들은 적 있는 듯했다. 어떤 장면이 어렴풋 기억나는 듯 하다 했다. 뭐였더라….뭐였을까….

흥부는 이름이 있는 여자에게 명함을 받았다.

'변호사 서수미'

서수미….

"서수미…."

"그렇죠. 저는 서수미입니다. 국선 전담 변호사이며 어떤 경우든 당신을 법에 의거하여 처벌할 수 있는 년입니다."

"서…. 수미…."

서수미. 흥부의 법대 동기생이었다. 동시에 흥부의 첫사랑이기도 했다.

"03학번 강흥부입니다!"

"03학번 서수미입니다"

흥부의 당찬 소개는 법대 선배들에게 예쁨 받기 좋았다. 흥부는 훤칠한 키와 수려한 외모를 가졌다. 여 선배들에게 예쁨 받기 좋았고, 그가 가진 자신감과 그의 가치관은 모두에게 인정받기 충분했다.

서수미 또한 수석으로 모두의 주목을 받으며 법대에 들어왔다. 내성적인 것 같으나 똑 부러진 자기소개였다. 조곤조곤했으나 기승전결이 명확했다. 한마디로 그녀는 변호사 체질이었다. 그러나 이쁨 받지는 못할 그릇이었다. 동기들에게 그녀는 질투의 대상이었고, 선배들 또한 그녀의 우월한 성적을 두려워했다. 혹여나 자신들보다 더 월등하여 무시당할까 봐, 선배의 위엄에 때가 묻을까봐 걱정했다. 서수미 그녀에게는 나름의 스트레스였지만 흥부는 그녀를 매우 매력적이게 생각했다. 단순히 매력적인 여자에서 설렘으로 변했고 흥부는 수미를 이성으로 보기 시작했다. 그렇게 여름을 바라보고 있는 어느 날이었다.

흥부가 길을 가던 중 어디선가 계속해서 실랑이가 들렸다.

'서수미…?'

일방적으로 뒤차가 앞차를 박은 것처럼 보였다. 신호는 빨간불이었고 뒤차가 빨간불을 무시하고 신호를 건너려다 실수로 앞차를 박았는지 또는 딴 짓을 하다 신호를 보지 못한 건지는 몰랐지만 뒤차의 차주인은 자신의 잘못을 인정하지 못하고 씩씩대었다. 그의 모습은 매우 흉악해 보였다. 팔에 흉하게 퍼진 문신은 곧 손가락을 뚫고 나올 듯 보였다. 그 기세에 눌린 앞차 주인은 쩔쩔맨 채 아무 말도 하지 못하는 듯했다. '

'그런데 서수미는 왜 저기 있는 거지?'

"도로교통법 제 151조에 의거하여 당신에게 2년 이하의 금고나 500만 원 이하의 벌금을 청구할 수 있고요, 이분 차 수리비와 진단서에 따라 치료비까지 배상해드려야 할 텐데 계속 싸우시겠어요?"

곧 그 남자는 아무 말 하지 못하고 씩씩거리며 상황을 급히 빠져나갔다.

그녀는 자신 앞에 있는 남자가 그녀를 살짝 건드리기만 해도 그녀가 살아남지 못한다는 것을 전혀 모르는 듯 당당했다. 그런 그녀의 모습에 흥부는 슬쩍 조소를 흘렸다

역시 서수미다웠다. 약자를 도우는 것을 두렵지 않게 여기는, '법' 이라는 틀에 상대를 꼼짝 못하게 가두는, 평소에 아무리 내성적이어도 법 앞에서는 당당한 그녀였다. 흥부는 그녀를 존경했고, 동경했고, 좋아했다.

"당신 나 알아요?"

"나 흥…."

흥부는 말을 거두었다. 지금 자신의 꼴이 매우 창피했다. 흥까지 나온 혀를 뽑아버리고 싶었고 만나도 이런 타이밍에 만나게 만들어 준 신을 저주했다.

"혹시 흥부니…?"

"아니…. 그게…."

그녀의 표정이 싸늘하게 굳었다.

"너 이러고 사니?"

그래 이거. 제발 그 말만은 나오지 않게 해달라고 빌 참이었는데, 그녀가 먼저 선수쳐버렸다.

"너 흥부 맞지. 흥부…. 너 옷 꼴은 그게 뭐고 인상도 많이 변했다 되게 순해 보였는데, 못 알아볼 뻔했다."

이 빌어먹을 부침가루 언젠가 놀부네 집 소파 틈 사이에 다 끼워 넣을 테다. 흥부는 생각했다.

"법 공부는, 그렇게 학교 떠나고 나서 완전히 손 뗀 거야?"

흥부는 아무 말도 하지 못했다. 차마 약물 때문에 자신이 이 꼴이 났다는 걸 말할 수 없었다.

"손 뗐구나…. 그래 보상금은 안 받을게 연락해. 내가 지금 급해서…."

"…. 됐어."

"응?"

"너 같은 거 볼 일도 없고 볼 가치도 없어. 그래 말나오니까 하는 얘긴데, 넌 옛날이나 지금이나 모든 게 변한 게 하나도 없어. 그렇게 법으로 남 깔보는 게 그렇게 좋니? 법 없으면 아무것도 못하는 주제에 그때나 지금이나 너도 참 발전가능성 없다."

"뭐…?"

"됐고, 너같이 재수 없는 거 더는 보기도 싫고, 그리고 법대 나간 게 너한테 그렇게 큰 의미가 있나? 너도 나 없으니까 경쟁할 사람 하나 빠져서 좋아했을 거잖아. 아, 그런 면에선 너한테도 충분히 내가 의미 있을 수 있겠다."

"ㄴ,너 정말…."

"왜. 이제는 인권침해 받았다고 떠들지 그래. 됐다. 그냥 치료비 그딴 거 내가 다 갚을 테니까 사람 무시하고 그렇게 살지 마."

왜일까. 자꾸 흥부의 마음과는 반대로 그녀에게 아픈 말을 내뱉고 있었다.

흥부도 잘 몰랐다. 그저 창피했다. 내가 한 때 좋아했던 사람에게 이런 꼴 보인다는 게 너무 창피했다. 그래서 그녀에게 자꾸 모진 말을 던졌다.

"됐어. 그냥 네 바람대로 우리 정말 다시는 보지 말자."

그녀는 차 문을 열고선 거칠게 닫더니 급하게 가버렸다.

"흥부야…. 왜 이렇게 변했니…."

흥부는 마냥 답답했다. BMW에는 애처로운 상처만 하나 더 남았다. 다 필요 없다. 어서 자러 가고 싶었다. 흥부는 어서 차에 탔다.

"흐으… 이게 아니란 말이야…."

한 번도 잊은 적 없었다. 항상 서수미는 그가 정신적으로 버티기 힘들 때, 위험한 생각을 할 때 그를 붙잡아 주었다.

죽기 전에 한번쯤은 그녀를 보고 싶었기에 그는 죽을 수조차 없었다.

그녀를 보면 잘 지냈냐는 말부터 하고 싶었다. 천천히 많은 이야기를 나누고 싶었다. 그는 그녀를 잊은 적은 없었지만, 그녀와 잘해보고 싶다는 생각은 하지 않았다. 그녀와 잘해 보이기엔 흥부는 너무 못난 사람이었다. 그저 결혼은 했는지, 아이는 있는지, 남편은 잘해주는지, 열심히 한 법 공부로 꿈은 이뤘는지 이것저것 추억도 떠올리면서 과한 욕심이 아니라면 연락처도 주고받으면서 힘들 땐 가끔 연락해서 술도 한잔 하는 그런 친구로서 남고 싶었다.

그런데 그녀를 만나자 마자 처음 한 말이 욕이라니. 아무리 생각해도 어이가 없었다. 그녀는 얼마나 상처를 받았을까, 조금만 화내도 남 눈치 잘 보는 여자인데. 속은 또 얼마나 상했을까. 그저 옛 친구가 이렇게 초라하게 사는 모습이 안타까워 한 말일수도 있었을 텐데. 다 소용없다. 부질없는 일이다. 시간을 다시 되돌릴 수도 없는 노릇이고 이제 그녀를 볼 수도 없을 것이다.

그냥 오늘은 어서 동거녀를 보고 싶다. 흥부는 생각했다. 정신적인 사랑이 아닌, 육체적 사랑, 아니 사랑이라 하기에도 애매모한 그저 육체를 위해 어서 가야 했다.

'0912'

삑삑 삑삑 띠로리-

다섯 번째 친구는 구월 십이일, 서로가 처음 만난 날이었다.

흥부는 사람들이 왜 이렇게 첫 만남에 청승을 떠는지 도저히 이해가 되지 않았다. 그러나 그녀에게는 중요해 보였다.

첫 만남에 만나 서로 육체적으로 쾌락을 느낀 일이 뭐 그렇게 좋은 일이라고 이리도 기념으로 남기고 싶은지, 그녀는 정말 그것을 아름답게 여기는 것일까. 그렇다면 그녀는 정말 멍청한 사람이라고 흥부는 생각했다.

"왔어요?"

동거녀가 자신의 품에 자꾸만 안겼다. 얼마 전까지만 해도 더러운 년이라고 그저 비웃음 정도에서만 끝났는데, 흥부는 오늘따라 그녀가 더럽다고 느껴졌다. 흥부는 그녀의 손을 거두었다.

흥부의 동거녀의 표정이 좋지 않았다. 아니, 아예 빨개지다 노래지다를 반복했다. 누가 보면 정말 아픈 사람처럼 보였다. 흥부는 그런 그녀가 무섭지도, 달래줄 생각도 없었다. 그저 가소로웠다.

흥부는 그녀를 지나쳐 침대위로 옷을 가볍게 던졌다.

언제 왔는지 그녀는 흥부를 밀었고, 흥부는 침대 위로 넘어졌다.

그녀가 재빨리 흥부의 위로 올라타 흥부의 와이셔츠 단추에 손을 뻗었지만 흥부에 의해 저지당했다.

"나랑 얘기 좀 해요."

흥부는 그녀와 말할 기운도 없었다. 아니, 말은 할 수 있었지만 말을 하기 싫었다. 흥부는 그 느낌이 자신이 지나치게 피곤해서 느끼는 것이라 여겼다. 그는 말 대신 그녀를 보며 한쪽 눈썹을 치켜세웠다.

"나 당신이랑 더 이상은 못살겠어."

"우리 그냥 그만해요. 나 내 아이 데리고 나 혼자 살 거야. 나 당신, 법적으로 고소할 거야."

기뻐해야 할지 아쉬워해야 할지 흥부는 순간 헷갈렸다. 그러나 그녀가 덧붙인 말을 듣고 흥부는 헷갈림을 멈추었다. 이건 기뻐해야 하는 것도 아쉬워해야하는 것도 아니었다. 무슨 감정일까. 어떤 생각을 해야 하는 걸까. 흥부는 다시 헷갈렸다.

"네가 어떻게 날 고소할 건데?"

그녀가 순간 움찔했다.

"넌 나랑 법적으로 혼인한 사이도 아니고, 너랑 나랑 가졌다는 그 애도 사실은 존재하지도 않는 아이인 거 아닌가?"

"우리 아기 그렇게 말하지 마."

흥부는 피식 웃었다.

"사실을 말할 뿐이야. 뭘 그렇게 기분 나빠할 것까진 없잖아?"

"당신 참 끝까지 답이 없군요. 법정에서 봐요. 밥 해놨으니 먹고 가던가."

화가 난 것이 뻔히 보였지만 애써 참으면서 웃는 그녀의 노력이 흥부는 가상했다. 그녀는 절대 나에게 이길 수 없다.

며칠 뒤 흥부의 재판이 시작했다. 억지였다. 이건 억지다. 말도 안 된다.

"이로써 강흥부에게 형법 297조 강간죄로 5년의 유기징역을 선고한다."

쾅.쾅.쾅.

'아버지. 이건 정말 아니잖아요. 아직 제가 그리도 미우세요? 너무 너무 미워서 하늘에서 저한테 이런 어마어마한 벌이라도 내리시는 거예요? 아니면 제가 그리도 보고 싶으셔서 제가 빨리 아버지 곁에 가는 걸 원하셔서, 제가 죽는 꼴 보고 싶으셔서 그러시는 겁니까…?'

그녀는 흥부가 협박을 해서 어쩔 수 없이 성관계를 맺었고, 아이가 생겨 어쩔 수 없이 동거하고 있는 것이라고 거짓을 말했다.

그녀는 끝까지 흥부에게는 좋지 못한 존재였다.

'그래, 정말. 정말 이젠 다 끝내자.'

셀 수 없이 많이 시도한 자살기도였다. 그래도 생각난 한 사람 때문에 항상 시도하려다 말고, 죽음을 헤매다가도 항상 깨어났다. 하지만 이제는 아니다. 흥부는 더 이상 아쉬울 것도 없었다. 어차피 쓰레기 같은 인생이었고 앞으로도 쓰레기 같을 것이다. 더 이상은 살 마음이 없었다. 오히려 흥부는 홀가분한 느낌에 기분까지 살짝 좋아지려 했다. 항상 마음 한구석에 찝찝하게 자리 잡고 있던 서수미도 이젠 깔끔하게 꺼져버렸다.

밧줄이 필요하다.약 생각도 해봤지만, 약사들이 흥부가 원하는 양의 약을 줄 리도 없었다. 밧줄. 흥부는 밧줄을 사기 위해 지갑을 열었다.

'변호사 서수미'

끝까지, 마지막 까지 그녀는 흥부 곁에 남았다. 흥부는 사실 자신이 하나도 홀가분하지 않다는 것을 깨달았다.

순간 흥부의 가슴 속 무엇인가가 끓어올랐다. 정말 딱 한번, 딱 한번만 더 보고 싶었다. 한번만 보고 하나만 말해 주고 싶었다. 사실, 많이 좋아했다고.

이제껏 흥부는 자신을 속인 것이었다. 결혼은 했는지, 아이는 가졌는지 그것을 알고 싶은 이유가 그저 친구로서 묻고 싶은 게 아니라는 걸 알았고, 은근 질투할 것도 알았다. 이제껏 자신이 말한 것이 다 거짓이었다는 걸 드디어 깨달았다.

흥부는 아직 그녀를 잊지 않았다.

흥부는 정말 마지막이란 심정으로 그녀에게 전화를 걸었다.

뚜르르르르- 뚜르르르르-

"네, 변호사 서수미 입니다."

순간 흥부는 배시시 웃음이 났다. 전화 받자마자 '변호사' 서수미라니, 그렇게 변호사 변호사 노래를 부르더니, 딱딱한 목소리 안에 즐거움이 묻어나 보였다. 그녀는 잘 지내고 있다. 흥부는 약간의 시기와 안도감이 들었다.

그래. 그녀는 자신 따위 없어도 충분히 잘 살 여자였다.

"여보세요? 말씀하세요."

"..."

무슨 말부터 꺼내야 할지 몰랐다. 그날, 그렇게 매몰차게 보낸 것부터 사과해야할지, 지금 내 사정을 하소연해야 할지 어쩔 줄을 몰랐다.

"장난전화 하시면 끊겠습니다. 한가한 사람 아닙니다."

"…. 수미야. 나야."

"흥부…?"

그녀의 목소리가 굳어지는 것이 느껴졌다. 동시에 그녀의 표정까지 굳어지는 것이 느껴져 흥부는 안절부절못했다.

"그러니까…. 저기…."

그녀에게 모든 것을 털어놓았다. 사실 흥부에게 그녀는 특별한 존재였고, 잊은 적 없었다는 것. 그리고 지금 자신이 많이 힘든 처지에 있다는 것. 보고 싶다는 말까지.

"진작 그렇게 말할 것이지."

그녀가 살짝 웃는 것이 느껴졌다.

"내가 널 도울 수 있다면?"

응…?

"나는 널 충분히 도울 수 있어. 무고죄로 내가 판결 내려지도록 도와줄게."

"정말…?"

"그럼 넌 나한테 뭘 해줄 수 있는데?"

아….

순간 희망을 가진 것이 잘못이었다. 흥부는 변호사를 선임할 비용도 없었다.

"너한테 해줄 수 있는 게 아무것도 없다. 미안해. 그냥, 난 그냥…."

아무것도 가진 게 없는 못난 사람이야.

"넌 단지 내 도움이 필요한 거니?"

"…"

"아니면 아직 날 사랑하니?"

"그게…."

"내가 널 도와주면 너 나한테 다시 돌아올 수 있는지 묻고 있는 거야."

"…. 도와줄래?"

그녀가 웃는 소리가 수화기 너머 들렸다.

에필로그

'자신이 동거하는 남자가 강제로 성관계를 맺고 아이를 가졌다고 거짓 진술한 A양에게 법정은 6년의 징역을 내렸고, H군은 무죄선고를 받았습니다.'

삑-

흥부는 티비를 껐다.

대마초는 끊은 지 오래였고 카지노 또한 발길을 끊었다. 그런 것 할 시간이 없었다. 흥부는 충분히 바빴다.

커피를 들고 흥부는 법전을 폈다.

다시 법 공부를 시작했다. 모든 걸 처음으로 되돌리기로 마음먹었다.

지잉-

핸드폰이 울렸다.

'오늘이 힘든 하루일지, 즐거운 하루일지 아무도 모를 테지만, 무슨 일을 하더라도 당당하게 사랑받으면서 지내. 너는 충분히 사랑받을 만한 가치를 가진 사람이니까. 수신자 제비.'

서수미는 항상 흥부에게 웃음을 주는 사람이었다. 지금도 달라진 것은 없었다. 그녀는 충분히 흥부를 웃게 만들어주는 사람이었다.

그녀는 흥부에겐 제비 같은 존재였다.

힘든 흥부에게 커다란 행복을 쥐어준, 흥부가 충분히 큰 박을 탈 수 있으리라고 믿고 기다려준 제비이다.

지잉-

또다시 핸드폰이 울렸다.

'이 여자 일을 하긴 하는 건가.'

흥부는 웃으며 핸드폰을 다시 확인했다.

'잘 지내니? 만나서 얘기 좀 나눴으면 싶은데.'

서수미가 아닌, 놀부였다.

그러고 보니 놀부를 만난 지 꽤 되었다. 지금은 놀부가 밉지 않았다. 아버지도 밉지 않았다. 오히려 자신에게 아무런 유산도 남겨주지 않은 것이 존경스러웠다.

그래, 나라도 그 상황에서는 그랬을 테다.

흥부는 지금은 진심으로 형이 잘 지내는지, 궁금했다. 한번 보고 싶었다.

'내가 그쪽으로 갈게'

형제는 한동안 아무 말이 없었다.

"법…. 다시 공부한다며?"

놀부가 어렵게 입을 열었다.

"그렇게 됐어. 되게 웃기지 형."

"아니 보기 좋아. 그래 잘 지내는 거 같다. 다행이야."

놀부가 흥부에게 통장을 내밀었다.

"형, 나 돈 필요 없어. 도와주려는 건 고마워. 그런데, 지금은 내 스스로 내 돈 벌어보고 싶어. 생각해 보니까 내 스스로 내 돈 벌어본 적이 한 번도 없더라고."

"이거, 네 돈이야. 아버지가 너에게 물려준 유산이야."

"아버지가….?"

"한 번도 널 사랑하지 않은 적 없으시고, 믿지 않은 적 없으셨어. 물론 나도 그렇고."

흥부는 아무 말도 할 수 없었다.

"나는 네가 이 통장을 받을 날이 꼭 올 거라 믿고 있었어."

흥부는 통장을 받았다. 푹 숙인 고개로 통장만 바라볼 뿐 형을 쳐다볼 수 없었다.

놀부의 집에서 나온 흥부는 서수미에게 전화를 걸었다.

흥부가 사랑받고 있는 사람이란 걸 얼른 알려주고 싶었다.

끝으로

어느 책에서 읽었던 내용이다.

책의 주인공은 오디션 프로그램에서 실패한 아이들이 부럽다고 했다. 왜냐하면, 그는 태어나서 단 한번도, 실패를 할 기회가 없었기 때문이였다.

주인공은 조로증이 있었다. 이를 조(早) 늙을 로(老) 증. 말 그대로 일찍 늙는 병 이었다. 하루 하루 늙어가는 주인공에겐 하루 하루 실패하고, 좌절하고, 또 다시 일어서는 아이들이 부러웠던 것이다.

그에겐 다시 일어설 수 있는 충분한 시간이 없었다.

내 나이 열 일곱, 성숙하다면 성숙하고, 미숙하다면 미숙하다 할 수 있는, 인간이 생을 보내며 가장 못생겨지는, 그러나 나이가 들어서 되새김질해 볼 때, 가장 찬란했던 이 시기. 나는 얼마나 많은 도전을 했고, 얼마나 많은 실패를 했을까?

그리고 이 책을 읽고 있는 여러분은 얼마나 많은 도전을 했는가?

우리는 항상 선택과, 그 선택에 따른 도전, 그리고 그 도전에 따른 두려움을 가지고 살고 있다. 두려움을 극복해 나가는 것은 물론 훌륭한 일이지만, 두려움을 받아들이는, 곧 실패하는 당신들이 얼마나 용기있는 사람인지 알았으면 좋겠다.

실패하는 당신은 충분히 부러움을 살 수 있는 사람이다.

일화

고승민

"도적은 안에 있고, 재앙은 사랑에 있다."

– 한비자 韓非子

"모든 전쟁은 내전이다. 왜냐하면 모든 인간은 형제이기 때문이다."

– 프랑소와 퍼네론

그저 있을 법한 이야기, 한 번쯤 상상해 볼 만한 드라마적인 소재이지만 한 번쯤 곰곰이 생각해 보고 되새겨 볼 가치가 있는 이야기를 만들어 보고 싶었으며, 그래서 만들었다.

작가 소개__고승민

중학교 3학년. 남학생.

기타 치는 것과 노래 듣는 것을 좋아한다.

동자승 하나가 시내에 물을 길으러 갔다. 산중에 해가 채 떠오르지도 않아 빛이 희미하게 스며들고 있었다. 어디선가 차갑고 가차없는 바람이 동자승의 옷 속을 파고들었다. 동자승의 목이 거북이처럼 움츠러들었다. 초가을의 진중함이 산속을 가득 채우고 있는 가운데 동자승이 바위를 조심스럽게 잡으며 조금씩 조금씩 내려갔다. 그러다가 오른손에 든 물동이를 놓쳐버렸고 물동이가 경사진 시내를 타고 저 아래로 떠내려가기 시작했다. 그것을 잡으려고 뛰쳐내려갔다. 뛰다가 넘어졌는데, 나뭇가지나 바위라고 하기에는 푹신하고 연약한 것에 걸려 넘어졌기에 동자승은 다친 자리를 털털 털어내고 자신의 다리에 걸렸던 것을 확인하기위해 가까이 다가갔다. 그러고는 그것의 정체를 알자 기겁해서 자칫 뒤로 나자빠질 뻔 했다. 반 쯤 썩어가는 시체가 버려져 있었다. 기괴하게 뒤틀려버린 살점에 시체를 거의 뒤덮을 만큼 번식한 구더기들 그리고 처음 경험하는 시체 썩는 냄새. 어리고 나약한 동자승에게 있어 그것은 마치 그동안의 세계관을 전면적으로 부정하는 하나의 상징과도 같았다. 한동안 움직이지 못한 채 가만히 서 있던 동자승은 그 길로 절로 뛰어갔다.

동자승이 알기로 이런 상황에는 최소한 시체를 치우거나 수습하러 오는 사람들이 있기 마련이었다. 그러나 아무도 오지 않았다, 동자승은 아무도 오지 '못했다' 는 사실을 이해하지 못했을 것이다.

고을 내에서 형도 아범이라고 불리던 차 유표는 오전부터 내내 불안스러웠다. 자신이 '심 대감' 에게 부탁했던 일이 잘 되었을까, 혹여 놈들이 자신의 사주임을 알고 보복하러 오지는 않을까 하고 염려했던 것이다. 이러한 걱정을 하는 이유는, 차 유표의 딸 성심이 최근 동내 불량배들에게 욕을 보였던 것이다. 그들은 빨래터에서 빨래를 하고 돌아오던 성심을 외딴 길목에서 납치해 인근의 한 산에서 겁탈했다. 수차례를 겁탈하고 실신한 성심을 뒤로한 채 그들은 동네 주막으로 유유히 떠났고, 주변에서 약초를 캐고 있던 약초꾼이 그것을 발견함으로써 그러한 사건이 밝혀졌다.

고을 사람들은 그 범인을 잘 알고 있었다. 고을 내에서 유명한 왈패들의 소행이었다. 이들이 다른 지방에서 도망쳐온 노비들이라는 소문도 있었는데, 어쨌든 그들은 주인을 모를 장물을 어디선가 훔쳐 와서는 그것을 장물아비에게 비싼 값에 팔아넘기는 식으로 삶을 영유하는 이들이었다.

당장 범인이 알려지면 찾아 죽여 버릴 것 같았던 형도 아범도 왈패들의 소행이었음이 알려지자 이러지도 저러지도 못하고 화병만 끙끙 앓게 되었다.

하루는 형도 아범이 마루에 그냥 고적이 누워서는 먼 산을 바라보고 있었다. 언제나 제자리에 서 있는 '심 대감네 집'이, 형도 아범의 힘없는 시선이 바라보고 있는 방향에 자리하고 있었다. 농사일을 하러 가야겠지만, 그렇게 하면 집에 혼자 남겨질 과년한 딸을 생각하면 어딜 가지도 못하고 그냥 그 자리에 있어야만 했다. 자신이 집을 비운 사이에 놈들이 또 찾아오면 어떻게 대처하겠는가? 그렇다고 일손을 돕게 하기 위해서 데리고 갈 수도 없었다. 밖에 데리고 가려고 하면 게거품을 물고 발악하는데.

"어이구, 머리야."

아무 생각 없이, 누워서 이런 저런, 답이 안 나오는 질문들을 스스로에게 하고 있던 도중 수다스러운 동네 아낙들이 형도 아범의 집 주변을 지나가고 있었다.

"저 집 양반은 밭도 안 매고 뭘 하는감?"

"예끼, 이 여편네야. 저기가 저기 그, 저기 아녀."

"저기, 그 저기가 어디인고?"

"아니, 그 있잖아요. 그, 딸내미가 겁탈을 당했다는…."

"하이고! 여기가 그 집이었구만요? 내 입 좀 봐, 이 입방정."

아낙네들의 경망스러운 수다가 더 이어졌다.

"그런데 왜 밭도 안 매고 저렇게 시방, 보릿고개 시체마냥 널브러져 있다지요?"

입이 삐죽 튀어나온 한 아낙네가 말했다. 그러자 다른 한 아낙네가 한심스럽다는 듯,

"생각해 보소. 농일 하러 갔다가 모진 봉변을 당하면 워쩌려구 그러겠소? 무슨 뱃심이 있어서."
하고 대답했다.

"심 대감댁에 가서 부탁하면 되지 않갔수?"

'심 대감?' 옳아, 다른 고을사람들도 심 대감께 은혜를 입었다고 내내 떠벌린 적이 있었지. 형도 아범은 마른 침을 꼴깍 삼키며, 짐짓 아무것도 듣지 않은 듯 자세를 고쳐 잡으며 그들의 대화에 귀를 기울이기 시작했다.

"옳아! 아, 왜 그 전에 우리 고을이 홍수 때문에 물에 왕창 잠겼을 때, 구휼미도 관아에서 푼게 아니구 심 대감이 풀었다고 하지 않아?"

"맞아, 맞아! 심 대감이, 마을에 호랑이가 나타났을 때에도 사람을 시켜 호랑이를 잡게 했다고 하지?"

"많은 사람들을 도와줬다고 하는데 …."

말을 끝까지 듣고 있던 형도 아범은 더 이상 지체할 필요가 없다고 생각하고는 그대로 짚신을 신고는 '심 대감 댁' 에 가보기로 결정했다. 갔다 오는 동안에는 별 일 없겠지, 하고 형도 아범은 생각했다. 이리 꼬불, 저리 꼬불한 산길을 걸어 마을을 한 눈에 내려다보는 위치에 자리를 잡은 심 대감 댁은 차라리 하나의 산성 같은 인상을 심어주었다. 집안에 무슨 야단이 난 것도 아닌데, 두 명의 무사가 대문을 지키고 있었고 순찰을 돌아다니는 무사가 또 여럿 있었다.

'이런 곳에 내가 과연 들어 갈 수나 있을까?'

형도 아범은 대문 앞에서 들어 갈 까, 말 까. 고민하고 있던 찰나에 대문을 지키던 한 무사가 다가왔다.

"대감님을 찾으러 왔는가?"

"예? 아, 예예 …."

"따라오게."

그의 안내를 받아 심 대감의 앞에 대령되었다. 심 대감의 얼굴을 직접 볼 수 있었던 것은 아니고, 발이 쳐 있어서 그의 모습조차 제대로 보이지 않았다. 담배 냄새가 방안을 자욱하게 메우고 있는 가운데 형도 아범은 혼란스러웠다. 양반집에, 그것도 양반과 직접 맞대고 부탁을 하게 되다니. 너무 주제넘은 일이 아닌가 싶었지만 이미 한 번 마음먹은 일, 자초지종을 말하고 놈들을 '처벌' 할 것을 요청하기로 했다. 놈들이 죽는다면 노비가 되어도 상관없으리라.

형도 아범이 우물쭈물하고 있는 가운데, 심 대감이 담배를 깊게 마시고 연기를 내쉬더니 자세를 고쳐잡고 먼저 말을 하기 시작했다.

"그래… 내게 왔다는 얘기는 뭔가 부탁할 게 있다는 얘기로군, 그렇지 않은가?"

심 대감이 말했다. 형도 아범은 그저 그렇다고 머리를 조아릴 수밖에 없었다.

"동네에 소문을 듣기로는 한 아녀자가 겁탈을 당하고도 보복이 두려워 관아에 신고조차 하지 못하고 있다지. 그게 자네인가?"

"예, 예."

"보복이 두려워서, 보복이 두려워서라… 이런 겁쟁이 같으니라고."

"…."

"보아하니, 자네 직업이 …."

"예, 소인은 농사나 짓는 미천한 농사꾼입니다."

"농사꾼, 흔하군 그래."

형도 아범은 자신을 깔보는 듯한 말투에 상당히 심기의 불편을 느꼈으나 어쨌든 양반이고, 자신은 부탁을 하러 온 상황이니 더더욱 비굴해야 할 입장.

"싸우지도 못할 거면서 남에게 부탁을 하러 와?"

"…."

"당장에 집에 있는 곡괭이나 채를 갖고도 놈들 중 한 명을 완전히 죽여버릴 생각은 하지도 않구, 놈들이 딸을 겁탈하는 대로 넙죽 딸아이를 키워?"

"…."

"싸워야 될 것 아니야? 하다못해 비명이라도 지르면 도와줄 사람이 있잖겠는가?"

"…."

형도 아범은 자신을 훈계하는 말투에 슬슬 혐오감마저 느끼고 있었지만 그가 하는 모든 말 하나하나에 뼈저린 후회를 하고 있었다. 대감의 말이 맞다. 집에는 도리깨도 있고, 곡괭이도 있고, 하다못해 칼도 있다. 한 놈이라도 완전히 죽여버릴 생각도 않구, 게다가 딸을 건드렸는데도.

형도 아범은 문득 울음을 주체하지 못했다. 그것은 자신의 무능함에 대한 질책이요 겁탈당한 딸아이에 대한 동정, 놈들을 죽여버리지 못한 뼈에 사무친 한이라. 심 대감이 그런 형도아범을 딱한 듯 쳐다보았다.

겨우 형도 아범이 울음을 그치자, 심 대감이 말하기를

"자네 잘못은 없네. 이 사회가 잘못했지. 감히 싸울 자신감을 박탈해버리구, 그냥 복종하면서 있는 듯 없는 듯 살아가게 하는 조선 사회가 잘못된 게야."

평상의 상태에서 그런 발언을 듣는다면, 일자무식 형도 아범도 당장에 능지처참을 당해야 할 만큼 중대한 발언임을 알고 있었을 것이다. 하지만 형도 아범은 자책감으로 정신을 못 차리고 있는 상태. 기껏해야 "…가 잘못했지." 만 겨우 들을 수 있었을 것이다.

"… 도와주십시오, 대감 마님. 앞으로는 …."

형도 아범이 결심이 선 듯 말했다.

"앞으로 자네가 변할 필요는 없네. 모두가 지금 그대로의 자네가 필요할 테니. 물론 나도 그렇고. 앞으로 내가 자네가 필요할 때 도와주면 되네."

그것이 그날을 회상하는 형도 아범의 마지막 기억이었다.

고을 형방 김생원이 관내 노비에게 보고를 들었다. 산중의 실개천 주변에서 시체가 발견되었다고 했다.

"종이는 있었나?"

김생원이 말했다. 관내 노비가 그렇다는 의미로 고개를 조아렸다.

"좋다, 형도 아범을 불러와라."

김생원이 의미심장하게 말했다. 잠시 후 형도 아범이 김생원의 앞에 대령되었다. 형도 아범은 무언가를 기다리는 듯 김생원의 앞에서 안절부절 못하고 시선도 이리저리 움직였다. 김생원은 말할 필요도 없다는 듯 형도 아범의 등을 토닥여주었다. 형도 아범이 그제서야 안도의 한숨을 내쉬었다. 그러고는 울기 시작했다. 다리의 힘이 풀려서 무릎을 꿇은 채 흐느끼기 시작했다.

"감사합니다, 나으리 …."

제대로 말을 다 잇지도 못하고 흐느끼던 형도 아범을 부축해 주면서 김생원이 말했다.

"심 대감께 가서 감사의 말씀을 드리게. 이 일은 내가 아니라 심 대감께서 해결해 주셨네."

형도 아범이 감히 황송하여 말도 제대로 꺼내지 못하였다. 몇 번이나 고개를 조아렸다.

육십을 갓 넘긴 심 집은, 마을 사람들에게 "심 대감"으로 불렸고 양반이라는 계급에 어울리지 않게 평민들과 잘 어울리는 인물들이었다. 그는 줄곧 마당의 연못가쪽으로 나 있는 창문을 활짝 열어놓고 난초를 가꾸기를 좋아하였다. 그의 집은 마을에서 가장 높은 분지에 위치해 있어 연못가 쪽으로 나 있는 창문을 열면 마을 전체가 한 눈에 들어왔다.

난초를 가꾸던 도중, 심 집의 장손 심 기열이 사랑채에 들어왔다.

"아버님, 보고 드릴 것이 있습니다."

"말해 보거라."

"형도 아범이 오늘 아침에 안부를 전하고 갔습니다."

"그 일이 벌써 끝난 게냐?"

"고을 내에서도 워낙 유명한 불한당이었다고 합니다."

"그래도 이 정도로 빨리 끝날 줄은 몰랐다. 이번 일을 맡았던 게 홍우였나?"

"예, 홍웁니다."

부자간의 짧은 대화가 끝난 뒤에 심 집은 다시 난초 가꾸기에 열중하였다. 그러다가 문득 무언가가 떠올라 몸종 개똥이를 불렀다. 몸종 개똥이는 심 집이 젊은 시절 한양에서 지인에게 '선물' 받은 노비였다. 지인은 '굉장히 유순하고 멍청하니 궂은 일을 시키면 잘 해낼 것' 이라고 하였으나, 의외로 개똥이는 영리하고 어려운 문제를 해결하는 데 있어 재치와 기발함을 갖고 있었다. 심 집이 감탄하여 그의 몸종으로 두어 데리고 다닐 정도였는데, 훗날 그가 지인에게 있었을 때에는 왜 영리함을 감추고 있었던 이유를 물었을 때 개똥이의 답을 심 집은 오랫동안 그 답을 잊지 못했다.

"그 때는 왜 영민함을 감추고 있었느냐?"

"새도 나무를 가려 둥지를 짓는다고 하지 않습니까?"

"부르셨습니까, 마님."

개똥이가 심 집에게 말했다.

"선산의 묘는 관리가 어떠한고?"

"예전 그대로입니다. 굉장히 엄중하옵니다."

개똥이가 선산의 관리를 '잘 되고 있다' 라고 말하지 않고 굳이 '엄중하다' 라고 표현한 이유는 무엇일까? 다른 사람들은 그 이유를 평생을 공들여도 그 이유를 절대로 알지 못할 것이다. 그러나 심 집 집안의, 스무 명이나 되는 노비들은 그 이유를 어렴풋이나마 알고 있었다.

'선산에 심 집에게 중요한 무언가가 숨겨져 있다.'

이것을 아는 것만 해도 벌써 쥐도 새도 모르게 죽임을 당할 수 있었다. 하지만 많은 노비들이, 모이기만 하면 수다의 소재로 삼았던 것이 그 '무언가' 였다. 과연 무엇일까?

여자? 심 집 정도의 권력자라면 그냥 첩을 들일 것이다. 본처의 시기나 질투는 상관없다. 본시 심 집의 아내는 굉장히 순종적인 것으로 알려졌고, 심 집 또한 그러한 아내와의 의리를 지켰기 때문이다.

재물? 재물을 숨겨놓는 것은 선산보다는 집이라던가, 하여튼 다른 더 안전한 장소도 많다. 심 집의 집에 스무 명이나 되는 노비 이외에도 고을에서 명령만 하면 달려올 무사들이 또 스무 명은 된다. 유사시에 추가로 모집할 수 있는 무사들의 수도 굉장히 많다.

보물? 가장 설득력이 있기는 하지만, 역시 마찬가지다. 더 안전한 장소가 많다.

"준비를 해 놓거라. 오늘 한 번 들러야겠다."

심 대감이 말했다. 심 대감이 도포에 두루마기를, 추운 겨울철이라 더욱 두껍게 차려입고 개똥이와 홍우를 대동한 채 선산 묘로 갔다. 분지 지형의 고을에서 심 대감의 집은 산에 위치해 있었고, 묘지는 집에서 얼마 안 되는 곳에 위치해 있었기 때문에 금방 갈 수 있었다.

묘지기가 인근의 오두막에서 심 대감이 오는 것을 알아보고 바로 왔다. 묘지기 허 씨는 백발의 노인으로 일전에 심 대감에게 큰 은덕을 졌다며 자신이 죽어도 그 은혜를 갚지 못할 거라 말하기를 즐겨하였는데 '큰 은덕' 이 무엇인지는 목에 칼이 들어와도 말하지 않았다.

"대감 마님, 오셨습니까요."

묘지기 허 씨가 달려 나와 말했다.

"음, 묘의 창고는 어떻게 관리하고 있소?"

심 대감이 물었다.

"산을 돌아다니며 실한 박달나무 하나를 구했지 뭡니까. 그걸로 문짝을 만들고 옻칠을 한 다음 뒤에 철도 덧대었습니다. 자물쇠도 이중, 삼중으로 만들어 놓았고 내부에 공기가 잘 통하도록 아주 작은, 개미 구멍 크기의 숨구멍을 많이 만들어 놓았습니다. 그 누구도 그것을 구분하지 못할 겝니다."

"다음부터는 그런 것을 만든다면 내게 돈을 청구하게. 자꾸 자비로 재료를 구하지 말고."

"그런 말씀 마십시오. 제가 큰 은덕을 입었는데 돈까지 빌리면, 그것만큼 인륜을 거스르는 일이 또 있습니까?"

"어허, '은덕' 은 이 일로도 충분히 갚을 수 있다니까."

이런저런 말을 나눈 뒤 심 대감은 묘지기 허 씨에게 열쇠 꾸러미를 받아 묘 주변에 있는 창고 안으로 들어갔다. 소나무 숲 속에 위치해 있었기 때문에 잘 보이지도 않았고, 묘지기 허 씨가 말한 대로 박달나무로 만들어진 나무 문이 달려 있었다. 그 위에는 육중한 자물쇠 세 개가 있었다.

"특별히 부탁을 해서 열쇠마다 그것에 맞는 방 이름을 세겨두었습니다."

"자비로?"

"예."

자물쇠 세 개를 모두 열자 육중한 문이 열렸고, 심 대감은 가뜩이나 굽은 허리를 더 굽혀 내부로 들어갔다. 젊을 적, 잠시 담당했던 석빙고 내부와도 같았던 내부에는 각종 패물과 서적, 옷감 등이 그득했다.

"그건 어디 갔나?"

심 대감이 다급히 물었다.

"가장 깊숙한 곳에 넣어두었습니다. 앞으로 쭉 가시면 있습니다."

어두운 통로를 지나자 들어올 때와 마찬가지로 자물쇠가 세 개가 달린 문이 있었다. 아까와 같은 순서대로 자물쇠를 열자 서늘한 기운이 뿜어져 나오는 가운데 몇 권의 책더미만이 보였다.

심 대감은 이러한 시설이 마음에 들었다.

"수고했네."

짤막한 인사를 건낸 뒤 심 집은 다시 자택으로 돌아왔다. 집으로 돌아와 평상복으로 갈아입고 다시 자세를 가다듬어 난초를 가꾸려고 하던 찰나에 "홍우"가 사랑에 들어왔다.

"대감마님, 보고할 것이 있습니다."

홍우가 나직하지만 다급하게 말했다.

"무엇이냐?"

"쥐새끼가 있었습니다."

심 집이 그제서야 홍우를 향해 돌아보며 말했다.

"누가 보냈는지 알아내었느냐?"

"그 …."

홍우가 우물쭈물하다가 말했다.

"이방 계씨였습니다."

심 집은 아뿔싸 싶었다. 이방 계씨는 최근 공방 전씨를 비롯해 호방 최씨, 예방 광씨 등 6조 아전들을 결집하여 고을에서 주도적인 역할을 해나가던 인물이었다. 최근에는 심 집과의 친선관계를 요구했지만 심 집이 이러한 제안을 받아들이지 않자 앙심을 품고 있었던 이가 바로 이방 계씨였다. 필경 자신의 약점을 잡으려는 계획일 것이다.

그 자리에서 한 시각, 두 시각이 지나도 꿈쩍 않아 홍우가 다리가 저릴 즈음에 마침내 심 집이 결정을 내리었다.

"첫째와 둘째, 셋째를 데리고 오너라."

심 규원은 전라북도의 "학성 고을"의 유력자 심 집의 차남으로, 품행이 엄격하고 절제되기로 유명했다. 아버지 심 집의 명으로 한성부에 머물며, 한성부의 정보를 학성 고을로 전달하는 일종의 책임자 역할을 했다. 한성부에서 정보를 수집하기 위해서 그는 조정에 세 명의 친구가 있었는데 이조 정랑 김평, 병조 좌랑 서 경식, 사정 참군 홍 서국이 그들이었다. 심 규원이 정보를 모으는 방식을 보자 하면, 조정에서 일어나는 일이나 기밀 등은 앞서 말한 세 친구들로부터 들을 수 있었고 나머지 잡다한 일 등은 자신의 정보원들로부터 정보를 수집하는 방식이었다.

자신은 한성부에서 내려올 틈이 없었는데, 정보원들이 시도 때도 없이 보고를 했기 때문이다. 한성부에 심 규원이 심어놓은 정보원은 무려 백 명이 넘었는데 그들은 수표교 밑의 거지, 북문 너머의 무덤에서 일하는 사람, 한성에 근거지를 둔 보부상 등 그 종류가 각양각색이었다. 특히 보부상들은 그에게 좋은 정보원이 되어주었는데 그들은 한성뿐만 아니라 다른 곳에서도 정보를 얻어왔기 때문이다. 그들이 가져오는 정보의 종류나 중요도에 따라, 또 그들의 신분에 따라 돈이나 비단, 아니면 단순히 숙식 등을 제공하였다.

어쨌든 이런 심 규원이, 모든 일을 제쳐두고 아버지의 명령에 따라 한성에서 전북까지 한달음에 내려왔다는 것은 심 규원의 효성이 극성하거나, 아버지의 명령이 절대적이거나 둘 중 하나일 것이다.

"관찰 일기"

성 호원 씀. 갑자년 팔월 스무이틀.

심 규원은 근래에 들어 자신을 감시하는 이가 있음을 느껴왔다. 조직적으로 자신의 정보원들을 감시하고 있으며, 혼자 행동하는 것이 아니라 하나의 조직 전체가 자신의 정보망을 감시하고 있는 것이었다. 그렇게 생각하게 된 연유는, 최근 자신의 정보원들이 동일한 인물을 보았다는 보고를 해 왔을 뿐 아니라 실제로 그 또한 미행자가 있음을 인식했기 때문이었다. 그런 이유로 학성 고을의 아버지께 '홍우'를 보내달라고 서찰을 작성하려던 찰나, 아버지께서 학성 고을로 잠시 돌아오라는 전갈을 보내왔던 것이다.

심 규원이 정보를 수집하는 데 있어 가장 큰 조력자는 육조 거리의 황 씨였는데, 황 씨의 직업은 확실치 않았지만 주막을 하나 관리했다. 황 씨의 주막은 사실 심 규원의 정보원들의 비밀 접선지로, 주막에 찾아오는 손님의 삼 할이 그들이었다.

황 씨가 무료한 듯 주막에서 빈둥거리다가 나가려는 찰나에 심 규원이 주막을 찾아왔다. 마침 심심하던 참이라 황 씨는 간소한 주안상을 직접 차려와 주막의 대청에 앉히고 얘기를 시작했다.

반시간 동안 이런 저런 사소한 잡담을 나누며 약간 술기운이 오른 황 씨는 슬슬 심 규원이 자신을 찾아온 이유가 궁금해졌다. 그러고 보니 최근 주막에 오는 정보원들을 주막 앞에까지 쫓아오다가 돌아가는 것처럼 보이는 사람들이 보였다. 어쩌면 그것 때문에 온 것일지도 모른다.

"무슨 일이십니까?"

황 씨가 술을 따르며 말했다.

"아버님께서 고을로 돌아 오라고 하셨는데, 그 동안 한성부를 맡을 인물이 필요하오."

심 규원이 말했다. 그러자 황 씨가 긴장한 듯

"학성에 일이 생겼군요."

라고 말했다. 하지만 사실 황 씨는 학성 고을에 무슨 일이 생겼던지는 신경 쓰지 않았다. 그보다는 당장 심 규원의 정보망을 일시적이나마 위임받는다는 사실이 중요했다. 황 씨는 속으로는 쾌재를 부르며 흥분했지만 겉으로는 짐짓 아무렇지 않은 채,

"염려 마십시오. 한성부에 무슨 일이 생기면 다 알아서 처치하고 학성에서 돌아오시면 보고하겠습니다."

라고 말했다.

"염려를 할 수 밖에 없소. 아버님의 서찰에 의하면 두어 달 정도는 학성에 머물러야 하오."

심 규원이 말했다. 하지만 황 씨는 그런 심 규원을 안심시키려는 듯,

"우리가 서로를 알아온 지가 벌써 십 년을 바라봅디다. 무엇이 못미더워 머뭇거리십니까?"

하고 말했다. 심 규원이 그 말이 일리가 있다는 듯, 그제서야 안도의 한숨을

내쉬고는 "그래, 그렇군." 하고 말하고 술잔을 부딪혔다.

그렇게 황 씨의 주막에서 술을 마시기를 벌써 해가 지고 어둑어둑해져야 끝내고 심 규원은 숙소로 돌아가기 위해 자리를 나섰다. 그러자 황 씨가 주위를 이리저리 둘러보더니 품 속에서 단도 한 자루를 꺼냈다.

"아시겠지만, 요즘 우리를 미행하는 이들이 많습니다. 위해를 가할지도 모르니 이것이나마 지니고 계시는 것이 안전합니다."

하지만 심 규원은 술에 취한 상태라 황 씨의 충고를 가벼운 코웃음으로 무시했다. 그러고는 육조 거리를 지나 한성 남문 근처의 자신의 거처로 향했다.

모퉁이를 걸을 즈음, 스산한 바람이 불었다. 심 규원은 이리 비틀, 저리 비틀거리며 제 몸을 제대로 가누지 못하며 걸어가고 있었다. 냉랭한 기운을 한껏 품고 위세를 자랑하며 강풍이 몰아치자 심 규원이 넘어져버렸다.

"이런 제에길, 에 … 에취!"

심 규원이 길바닥에 널브러져 아무것도 하지 못하고 있을 즈음, 골목 저쪽에서 몇몇 사람들이 다가왔다. 아무런 얘기도 하지 않고 그저 뚜벅뚜벅 이쪽으로 걸어오고 있는 폼이 이상했다. 게다가 품 안에는 뭔가를 감추고 있는 듯 허리를 푹 숙이고 게다가 두건까지 둘렀다. 심 규원이 몽롱한 기운을 느낄 즈음, 그들이 심 규원의 주위를 둘러싸기 시작했다. 바람이 더욱 세차게 불어 심 규원이 불편함을 느끼고 깨어났으며, 그제서야 주변의 상황을 인지할 수 있었다.

"…! 왠 놈들이냐!"

심 규원은 제대로 몸도 가누지 못하고 서 있었고, 그때 한 명이 심 규원에게 달려들었다. 당연히 심 규원이 그에 의해 넘어졌고, 심 규원은 본능적으로 다음 행동을 예상하고 몸을 움츠리고 방어자세를 취했다. 하지만 그들은 곧 아무 일도 없었다는 듯 유유히 모퉁이를 돌아 사라졌고, 심 규원이 어리둥절한 사이 그는 품속에서 바스락거리는 소리를 들을 수 있었다.

'서찰?'

날이 벌써 어둑어둑해지고 있었다. 스산한 가을바람이 등골을 오싹하게 하지만 심 대감의 명을 받은 노비 개똥이는 추위에 벌벌 떨며 한성에서 돌아온다는 심 대감의 아들을 기다리고 있었다. 재채기가 나올락 말락, 점점 신경이 날카로워지고 배는 고파졌다.

"에이, 빌어먹을. 이런 날씨에 '어디서 몸 좀 녹이며 기다리거라' 하고 말해주면 좋을 것을."

한 마디 툭, 혼잣말을 내뱉고 다시 겨드랑이에 손을 끼우며 벌벌 떨고 있었다. 하지만 한 시각이 지나고서도 심 대감의 아들이 보이지 않자 화가 난 개똥이는 드디어 대감댁으로 돌아가기로 했다. 설마 별 일이야 있겠어, 하고 편하게 마음먹기로 한 것이다. 그렇게 자리에서 일어나 산을 내려갈 즈음 저 뒤에서 웬 양반이 말을 타고 산을 내려오는 것이 아닌가. 개똥이는 그것이 심 대감의 아들인 것을 직감적으로 알았고 그에게 다가갔다.

"심 대감어른 장손 아니십니까?"

"그렇소만."

"이 추운 날씨에 학성까지 오시느라 고생하셨습니다. 제가 모십지요, 헤헤."

"음, 그렇게 하지."

개똥이는 혹시나 자신의 공을 인정받지 못할까 봐 그에게 아첨을 하며 학성의 본가까지 심 규원을 뫼셔 갔다. 주먹이 절로 불끈 쥐어지는 추위였으나 학성 고을의 저잣거리가 활발했다.

"요즘 학성은 어떤가?"

"그게… 잘 모르겠습니다요. 그러니까… 풍전드… 등화?"

"풍전등화? 그게 무슨 말인가?"

개똥이가 한숨을 푹 내쉬더니 이윽고 말했다.

"그게… 사정이 좀 복잡합니다요. 최근 심 대감께 아전들이 자꾸 대든다고 하든가… 저도 마당을 쓸다가 들은 얘기인지라 확실하지는 않습니다."

"오라, 아버님께서 날 부른 이유를 짐작할 수 있겠군."

심 규원이 개똥이에게 학성 고을의 요즘 상황을 이것저것 물으며 어느덧 심 집 대감의 집에 도착했다. 심 규원이 한성으로 올라가 벼슬생활을 한 지 어언 6년 만의 일이었다. 우선 곧장 사랑채로 향해 심 집에게 큰 절을 올렸다.

"소자 다녀왔습니다."

"6년 만이구나. 수고했다. 몸이나 좀 녹이거라."

심 집이 담뱃대를 빨며 심 규원에게 이것저것을 묻다가 곧장 본론으로 들어갔다.

"내가 학성으로 너를 부른 이유는, 최근 기류가 심상치 않기 때문이다."

"기류가 심상찮다… 라 하심은."

"아전들이 나를 몰아부치고 있다. 선산의 창고를 알겠지?"

"아… 예."

"그곳에도 이방의 끄나풀 하나가 침입했다고 하더구나. 이런 상태라면 이미 우리 집안에도 첩자가 있을 수 있단다."

"음, 그것 심각한 문제로군요."

"자세한 이야기는… 내일 하도록 하자꾸나. 우선 형제들과도 만나보고 저녁도 먹어야지."

"예."

짧은 대화였지만 또한 굉장히 중요한 대화였다. 3대를 이어 학성 고을의 터줏대감이요, 나아가 조선의 주요 세력 중 하나였던 학성 심씨의 권위에 처음으로 도전장을 내민 이가 나타난 것이다. 심규원이 어렸을 때에도 그런 일이 한 번 있었던 것으로 기억한다. 어머니가 자신을 꼭 안고 벌벌 떨며 그저 상황이 지나가기를 기원했던 것을 기억한다. 그때, 집안에 왠 자객이 침입해 아버님이 위험할 뻔 했다. 그때, 지금은 선산지기인 허씨가 그를 구해주었고 아버지는 그에 보답하기 위해 굉장한 보상과 함께 자신의 집안의 중요한 지위를 내려주었던 것으로 알고 있다.

계속해서 무언가를 생각하고 있을 즈음 누군가가 그를 툭 건드렸다. 누군지 보기 위해 고개를 들자 그리운 두 얼굴이 있었다. 덩치큰 자신의 두 형제였다. 심 도원과 치우.

"형님들 아니십니까."

그들에게 반갑게 인사했다. 그들 또한 웃으며 화답했다.

"정말 오랜만이구나, 6년 만인가?"

"예. 6년 동안 학성이 많이 달라진 것 같더군요."

"감히 학성 심씨 집안에 도전하는 놈들이 생긴 게지, 자자. 그런 무거운 얘기는 그만 하고 그동안 있었던 얘기나 들어보자."

"그래, 나도 요즘은 늙었는지 추운 날씨에는 뼈가 시려워."
셋은 안채로 들어 화로를 쬐며 여러가지 이야기를 나누었다.
"아, 이방 계씨라는 사람은 어떤 사람입니까?"
"이방 계씨라… 그 놈이 앞잡이야."
"앞잡이라 하면 혹시?"
"그래, 6조 아전들을 결집해 우리 심씨 집안을 뒤흔들려는 놈이야. 놈이 중앙에 연줄이 있는지 사또도 감히 어쩌지를 못한다더군."
"지금까지 알아본 바로는 아마 호조와 이조쪽에 연줄이 있는가 보더라고. 어때, 한성에 있으면서 수상한 낌새를 느끼지는 못했나?"

잠시 곰곰히 생각한 규원은 곧 떠오르는 이가 있었다.
"예. 호조에 잡다한 회계를 맡아보는 놈이 하나 있습니다. 다들 권 참봉이라고 부르는 놈인데 자주 학성의 일을 묻더군요."
"그 놈과 관련된 고위 관리겠군, 그러면."
"어쩌면 호판(호조 판서)일 수도 있어. 설마 제깟 놈이 호조 정랑을 연줄이라고 저렇게 활개 치겠나."
"이조는 확실히 아닙니다. 이조 정랑 김 평이 제 사람인데, 아직 이조에 수상한 낌새는 보이지 않는다고 합니다."
"권 참봉이라… 계씨의 집안에 놈과 관련된 정보가 있으면 확실한데."

이런 저런 얘기를 나누며 집안 정사에 대해 논의하자니, 치우가 의견을 내었다.
"오랜만에 우리 규원이가 왔으니 저자에 가서 이것저것 둘러 보세나."
"그거 좋군. 잘하면 새로 하나 정보를 구할 수도 있겠지."
"그럼 우선 각자 채비를 하고 좀 있다 뜰에서 만납시다."

규원과 도원, 치우가 각자 방으로 향했다. 규원이 눈에 젖어 등골이 오싹한 두루마기를 벗어놓자 서찰이 하나 떨어졌다. 규원은 그것을 황급히 주워들어 벽에 뚫어놓은 작은 틈새에 그것을 끼워넣은 뒤 주위를 둘러보았다. 아무도 없었다. 그러자 안심한 그는 곧장 뜰로 향했다. 워낙에 평민적인 취향을 갖고 있는 세 형제는 시끌벅적하고, 사람이 많이 붐벼 즐거운 분위기를 좋아했다.

이곳저곳을 돌아다니며 새로 장신구를 사고 학성의 동향을 들어보며 오랜만에 즐거운 분위기를 만끽했다. 하지만 바로 그때에 이방 계씨가 움직이기 시작했다는 사실을 그들은 뒤늦게 깨달았다.

심 집이 화살에 맞아 중태에 빠진 것이다. 삼 형제가 저택으로 돌아올 즈음에 저택에는 이미 40명의 무사들이 저택의 출입구와 주요 통로를 통제하고 있었다. 직감적으로 일이 심상치 않음을 느낀 도원이 그들 중 한 명에게 달려가 무슨 일인지 소상히 묻기 시작했다.

"무슨 일인가? 왜 이렇게 많은 이들이 저택을 지키고 있는 게야?"

"대감께서 화살을 맞으셨습니다."

"화살? 그게 무슨 소리야, 아버님은 오늘 하루 동안 집안에만 계셨는데 화살이라니!"

"아마도 전문적인 궁사의 소행인 것 같습니다."

"제길… 아버님은?"

"의원이 와 있습니다. 걱정하지 않으셔도 됩니다."

규원과 치우 또한 이 이야기를 도원으로 전해 들었다. 특히 규원의 얼굴이 새하얗게 질렸는데 워낙 경황이 없었던 지라 그것을 아무도 눈치 채지 못했다. 황급히 세 형제가 사랑채로 가자 심 집의 얼굴은 금방이라도 숨이 넘어갈 것처럼 하얗게 질려 있었으며 의원이 추운 겨울임에도 땀을 뻘뻘 흘리며 침을 놓고, 탕약을 끓이며 환자를 수시로 관리했다.

"어떤가?"

도원이 긴박한 목소리로 물었다.

"급한 위기는 넘기셨습니다만… 아무래도 장담은…."

한 숨, 규원이 도원에게 말했다.

"이건 그냥 선전포고가 아닙니까? 당장에 무사들을 풀어야…."

"섣불리 행동해서는 안 된다."

"섣불리 행동하는 게 아니라, 벌써 아버님께서 피습당하지 않으셨습니까?

이미 행동을 해야 하는 시점입니다."

"… 모두 나가보거라."

순간 불길한 직감이 들었으나 그것을 무시하고 나가기로 했다. 갑자기 무사들이 달려들었다.

"이 무슨 짓이냐!"

규원이 소리쳤으나 그들은 그것을 무시했다. 그리고 규원과 치우를 순식간에 베어버렸다. 그제서야 규원은 아차 싶었다.

낯선 이로부터 전달된 의문의 서찰, 갑작스러운 위기, 그리고 아버님의 피습. 이 모든 것은 내부자의 소행으로 정리될 수 있었으나 그만 방심했던 것이다.

점점 아득해져 가는 의식 속에 규원은 자신의 형, 도원이 무사들에게 시체를 치울 것을 명하는 것을 보았다.

그 때, 도원이 자신에게 다가왔다. 규원은 분노에 휩싸여 거의 발작적으로 그에게 달려들려고 했으나 출혈이 심각해 그 자리에서 발버둥치는, 오히려 희극적인 광경을 연출했다.

"너무 탓하지 마시게, 아우님. 이방 계씨도 내 사람이었거든."

"…!"

"난 말이야… 아버지가 너무 싫었어."

순식간의 일이었다.

연못

조민주

만성 귀차니즘의 할 일없는 한 중생이 여름을 지나며 겪는 일상입니다. 여름방학의 끝, 새 학기의 시작 헛소문이 귀차니즘 학생을 끌어들여 조금의 파란을 일으키는 이야기로 표현하고 싶었습니다.

작가 소개__조민주

모 N사의 Cypher에 미쳐 사는 반도의 흔한 학생. 누군가를 잘못 만나 많은 역경과 고난을 견디고 이제 어떻게든 되겠지라는 해탈의 경지에 이르렀다.

'내 인생인데 어떻게든 되겠지.'

소년의 이야기

갑자기 감은 눈 위로 햇살이 쏟아졌다. 그와 함께 잠깐 느껴지는 살기에 나도 모르게 눈을 뜨고 말았다. 자기 전에 쳐놓은 커튼은 창가 쪽으로 밀려 있었고, 닫아놓은 문은 열려 있었다. 생각해 보니 오늘은 개학이었던 거 같기도 하고, 그렇다면 이렇게 해놓은 것은 어머니가 분명했다. 슬슬 따가워지기 시작하는 얼굴을 문지르며 커튼을 다시 치고는 방을 나섰다. 거실로 가는 계단을 내려가며 후들거리는 다리와 아파져 오는 머리는 내가 월요병, 개학병에 걸렸음을 증명해주고 있었다. 내가 내려가는 이 계단이 꼭 'Welcome to the hell!'을 외치는 듯한 기분에 일부러 쿵쿵거리며 거실로 향했다.

"그렇게 해서 계단 무너지겠니? 빨리 와서 밥이나 먹고 학교나 가!"

"네."

역시나 어머니께서는 밥그릇을 소리 나게 내려놓으며 소리치셨다. 어머니, 그렇게 해서 밥그릇이 부서지겠습니까? 난 조용히 숟가락을 들고 밥을 퍼먹었다. 이것은 아마 최후의 만찬이니라. 내 책가방은 방학숙제 따위는 없이 텅텅 비어 있었고, 내 머릿속도 텅텅 비어 있었다. 이것이 흔한 학생의 풍경이리라 생각하지만, 어차피 앞으로 1학기만 더 볼 선생님들이고, 3학년이기도 하니 노련하게 넘어가면 되리라 생각한다. 벌써 기대되는 겨울방학은 내가 삶을 계속 살아갈 수 있는 의미가 되었다.

밥이 코로 들어가는지 입으로 들어가는지(물론 입으로 들어가겠지만,)도 모르게 느긋한 속도로 먹어치우고는, '잘 먹었습니다.' 란 말과 함께 자리에서 일어났다. 대충 양치질과 세수를 하고는 손을 털고 방으로 올라갔다. 교복을 입으며 나는 또 한숨에 잠겼고, 책가방을 들어 올리면서 또다시 난 방학식 전날로 돌아가고 싶은 기분을 느꼈다.

가더라도 분명 악덕교장이 자리 잡은 학교는 에어컨 따위 없는 찜질방이 될 것이고, 40명의 사람이 내뿜는 숨과 체온은 교실 안을 더욱 살인적인 온도로 만들어 줄 것이다. 점심 메뉴는 무엇인가, 학교 갔다 와서 무엇을 할 것인가, 이것저것 생각하다 보니 학교에 대한 생각은 좀 줄어든 것 같다. 아니, 아스팔트 도로 위로 올라오는 아지랑이를 보니 이 더위가 내 정신을 흩트려놓는 것이 분명하다. 등을 타고 흐르는 땀을 느끼며 새삼스레 이 더위가 감사해지는 기분이다.

학교에 도착해 복도를 걸으니 반마다 아이들이 떠드는 소리가 가득 울려 퍼진다. 분명히 복도가 더 시원함에도 왜 교실에 있는 건지 모르겠지만 나 역시 교실에서 떠들 사람이므로 그냥 넘어가기로 했다. 떨어지지 않는 걸음을 이끌어 교실 문을 열자, 시선이 모이기는, 누가 왔는지도 신경 쓰지 않는다는 듯 떠드는 소리만이 들렸다.

가방을 오랜만에 앉는 내 자리에 내려놓으며 주위를 둘러보자, 저쪽에서 인정하고 싶지 않은 내 친구들이 보인다. 결코, 가고 싶지는 않지만 오랜만에 만난 인사라도 해야겠다는 생각에 그쪽으로 다가갔다.

"방학 동안 날 불러주지 않아서 참 고마운 친구들아 안녕하니?"

"네가 사라져버려서, 내가 이 미친놈과 놀아주느라 정말 힘들었다. 인류의 고대유적을 찾아야 한다면서 바다에 가자 하지를 않나, 미스터리 서클을 그리라는 명이 떨어졌다면서 들판에 가자하지를 않나, 힘들어 죽는 줄 알았다. 그냥 놀러가자고 하면 될 것을 뭐 그렇게 어려운 말로 표현하는지. 물론, 바닷속은 나쁘지 않더라."

"안녕, 참 좋은 날씨지? 내 별로 돌아가기 좋은 날씨인 거 같아."

그 자기 별로 돌아간다는 대사에 위화감이 없어 태클을 걸 수 없었던 나는 대충 미안하다고 하며 주위 의자를 빼내며 자리에 앉았다. 계속해서 이상한 소리를 해대는 이상한 놈을 두고는 그냥 그나마 정상적인 놈과 개학에 관해 토론을 했다.

"교장이 양심이 있으면 에어컨은 틀어줄 테야. 아니면 교장실에 사제폭탄을 놔버리겠어. 셋 하면 터트리는 거야."

"난 나중에 다시 태어난다면 파란 나라에 태어날래."

"좋은 생각이야."

대화에 섞여 오는 몇몇의 미친 소리가 들려왔지만 무시한 채 계속 사제폭탄에 관한 이야기를 나누었다. 그렇게 한참을 떠들고 있자, 교실 앞문이 열렸다. 반쯤 벗겨져 반짝거리는 머리와 불룩 튀어나온 배를 가진 '그 선생님' 이 들어왔다. 언제나 그렇듯 벨트를 한 바지 안에 셔츠를 구겨 넣고는 그 불룩 튀어나온 배를 출렁거리며 탁자에 출석부를 내려놓았다.

"……."

무언가 말할 듯하면서 입맛을 다시는 게, 말을 안 하려면 제발 좀 나가줬으면 좋겠는 데 계속 서 있는 것이 불편하기만 했다. 그렇게, 약 40명이 되는 반 아이들은 그 선생님을 빤히 쳐다보며 무슨 말이 나와 조례를 끝나게 해줬으면 하는 마음만이 들었다. 한참을 우리 반을 둘러보고 있더니 입을 열었다.

"오늘은 정상수업으로 일정을 진행하는데, 15분씩 단축수업을 한다."

"우와아아아아!!"

처음으로 담임선생님이 예뻐 보이는 순간이다. 평소에는 그 집 차를 열쇠로 손봐준다거나 저녁에 퇴근하는 길에 뒤통수에 벽돌을 꽂아버리거나 하고 싶은 사람인데 10분씩 단축수업이라니. 분명 담임선생님께서 끝까지 학생들을 위한 것이라며 우긴 게 분명하다. 그 무작정 우겨대는 성격 하나가 쓸모 있을 때가 있다니, '옛말 중 틀린 게 없다' 는 말이 사실인가 보다.

"단, 에어컨은 없을 것이다."

아.

모두가 정적에 휩싸이며 '에어컨은 없을 것' 이라는 문장의 뜻을 생각하는 사이에, 그 선생님은 평소 하는 알 수 없는 손짓을 취하며 앞문을 열고는 나가 버렸다.

에어컨이 없다면 40도가 육박하는 교실 안에서 공부해야 한다. 40도가 육박하는 교실 안에서 인간은 제대로 숨을 쉴 수 없고, 사람이 쉽게 피로를 느끼며 정상적인 생활에는 무리가 있다. 고로 인간인 우리는 에어컨이 켜지지 않은 교실에서는 공부를 하지 않아도 된다. 나의 완벽한 삼단논법에 따르면 공부를 하지 않아도 되므로 미친 척 발광을 해도 통용된다.

내 예상이 맞는다면 분명 점심시간을 기준으로 전후에는 그 이상한 놈이 정상적인 인간으로 보일 때가 생긴다는 것이다. 어쨌든 학교가 파하기만을 기다리게 된다는 것만은 확실하다.

***

덥다. 더워 죽을 것 같다.

"야, 오늘 날씨 정말 덥지 않냐? 이대로 가다가는 죽을 거 같다."

큰일났다. 이상한 놈이 정상적인 행동을 하고 있다. 입을 열면서 정상적인 사람의 대화를 해본 적이 없었던 이상한 놈인데 정상적인 말을 하다니 더위를 먹어도 단단히 먹은 것이 틀림없다. 위험을 느낀 나는 재빨리 정상적인 놈에게가 이 상황에 대해 설명했다.

"뭐? 그럴 리가 없잖아. 정상적이라니 설마요. 얘들아!!! 우리 반 공식 외계인이 정상적인 발언을 했단다!"

충분히 큰일이 났고, 대이변이 일어났고, 전혀 상상이 되지 않는 일임에도 반 아이들은 대꾸하지 않고 각자 할 일을 했다. 보통이라면 '그거야 당연한 거지, 하하하하하…. 뭐라?' 라는 반응이 나와야 될 텐데 할 일을 하고 있다. 반장을 붙잡고 몸을 돌렸더니 책을 거꾸로 해놓고 열심히 필기(필기라기엔 그저 낙서로 보였지만)하고 있었다. 내 예상이 맞은 것이다. 평소 사람들이 말하는 정상과 비정상의 관계가 반대가 되고 말았다. 놀랍게도 우리 교실에 정상적인 사람은 나와, 정상적인 놈, 비정상이었던 이젠 그냥 이상한 놈뿐이라는 것이다.

수업의 시작을 알리는 종이치고 얼마 되지 않아 문이 드르륵하고 열리며 선생님 한 분이 들어오셨다. 비정상이었던 이상한 놈을 포함해 얌전히 앉아 있는 우리 반을 보고는 놀라 하시더니 웃으시면서 교탁 앞에 서셨다.

"웬일이니, 너희가 조용히 앉아 있고 말이야. 평소에는 들판의 미친 들소처럼 날뛰고 있더니. 자, 이제 수업 시작하자. 반장 인사."

우리 반 반장은 고개를 책상에 박고는 미동조차 하지 않고 가만히 앉아 있었다. 선생님은 의아함을 느끼고 다시 한 번 '반장 인사' 하고 말씀하셨다. 하지만 반장은 이미 '이상한 놈' 화 되었기에 대답할 리가 만무했다. 선생님은 반장의 몸을 일으켜 그를 한번 보더니, 책상을 한번 보고는 비명을 지르시며 교실 밖을 뛰쳐나가셨다.

좀 더 시원한 본관 쪽 반이라면 그저 극심한 스트레스와 짜증 속에 허덕이고 있을 것이지만, 양 끝 쪽 반 같은 경우에는 통풍도 되지 않을뿐더러 열기가 그쪽으로 흘러가기에 더 더워진 만큼 반 아이들의 상태도 더 이상할 것이다.

내 예상이 맞는다면 아마 지금쯤 교무실 앞에는 이상해진 학생들에 대해 논의하는 선생님들로 붐비고 있을 것이다. 내심 한번 가보고 싶은 생각이 들긴 하지만 일단 수업시간이기에 참기로 했다.

선생님이 나가신 지 얼마 지나지 않은 시간 띠리링-하는 경쾌한 소리와 함께 따각거리며 무언가 움직이는 소리가 들렸다. 어쩌면 공속보다 빠를지 모르는 속도로 일제히 에어컨을 바라보았고, 에어컨은 그들의 기대에 부응하듯 구원의, 창조의, 생명의, 녹색 불빛을 반짝거리며 계속해서 따각소리를 내고있었다.

"에어컨 틀었다아아아아!"

아까 그 다 죽어가던 좀비들과 비정상적인 아이들은 어디 갔는지 눈앞에 보이는 물체 따위는 신경 쓰지 않고 창문가로 달려가 이중창문이 거의 동시에 닫히는 듯한 기적을 선보이고, 열려 있던 복도 측 창문과 교실 문까지 완벽하게 닫았다. 아이들은 그저 에어컨 쪽으로 돌아앉아 조금이라도 더 시원한 냉기를 시키기 위해 숨을 죽인 채 가만히 있었다.

물론, 미친 듯이 창문을 향해 달려가지는 않았지만 나도 그 아이 중 하나였다. 시원한 바람이 팔을 스치자 알 수 없는 묘한 승리감과 행복감에 몸서리쳤다. 이 척박한 교실에 내린 한줄기의 에어컨 바람은 학생들에게 생명을 불어넣어 주었고, 학교가 방학 전으로 돌아가는 기적을 선보였다. 이 아름다운 상황을 즐기고 있을 때, 옆 반에서 기묘한 비명와 함께 쿠당탕거리는 소리를 보아하니 이제야 에어컨이 틀어진 것을 안듯하다.

얼마 지나지 않아 무언가 끌리는 소리가 들리며 앞문이 열렸다. 더위를 감지하는 예민한 신경은 교실 앞쪽으로 시선을 몰리게 했다. 아마 교실 안으로 들어서던 선생님은 난생처음 '살인충동'의 시선을 받는 기분이란 무엇인지 진심으로 느끼셨을 것이다. 재빨리 문이 닫히고 다시 에어컨을 향해 고개를 돌린 우리의 상태를 확인하시는 듯하던 선생님은 그나마 조금은 제정신으로 돌아왔음을 아시고는 안도의 한숨을 내쉬셨다.

조심히 교탁 쪽으로 가신 선생님은 교탁 끝 쪽을 두어 번 치시고는 '수업 시작하자' 고 겨우 들릴 정도의 목소리로 말씀하셨다. 아직은 덥지만 수업할 정도의 정신은 되기에 수학책을 조용히 편 나는 기아 학적인 무늬를 자랑하는 그림들을 보고는 다시 책을 덮었다.

앞에선 내가 알아듣지 못할 외계어를 하는 듯했지만 애써 시선을 창밖으로 돌렸다. 이제 시원해지니 잠이 오기 시작한다. 책과 팔을 엎어놓고 턱을 괴었다. 칠판에 그려진 예쁜 그림들을 바라보던 나는 고요해진 교실을 바라보았다.

참 이상한 일이다. 더울 때는 이상하리만큼 미쳐가던 사람들이 시원해지니 놓았던 정신적 긴장을 잡고, 잡고 있던 신체적 긴장을 놓으면서 피로가 몰려오는 것인가 보다. 반 이상이 잠을 자는 교실은 흡사 어린이집에서의 '여러분~ 낮잠시간이에요' 를 연상시켰다. 칠판에 예쁜 그림을 그리던 선생님 또 모든 것을 놓아버린 듯 자는 아이들을 허망하게 바라보기만 하셨다. 난 이제 잠을 편히 잘 수 있다는 안도감에 괴었던 턱을 내려 조심스레 수학책 위에 얼굴을 묻었다.

"너희 수업 안 할 거야?"

갑자기 들려오는 소리에 묻었던 얼굴을 팔에서 파내어 고개를 들었다. 소리의 주체는 이름 모를 우리 반의 여자애 한 명이었다. 잠에서 깬 정상적인 놈의 눈치를 봤을 때도 모르는 것 같은 여자아이를 보니 평소에 조용하게 지내던 아이인 듯했다.

"그거 알아? 수학은 일주일에 3번 들었고 추석 연휴나 전일제, 여러 가지 학교 행사들을 고려하면 중간고사 때까지 우리가 수업하는 수학수업은 8시간도 채 안 된다는 거. 그 짧은 시간동안 우리는 2단원을 나가야 해."

딱딱하게 내뱉은 말에 반 아이들은 기신기신 일어났고 그중 소위 잘나간다고 하는 아이 한 명이 자리에서 일어나며 말했다.

"그런 거 학원에서 하면 되잖아. 어차피 학교보다 학원이 더 낫다고. 다들 학원 하나씩 정도는 다니잖아?"

그 말에 수학선생님의 얼굴도 일그러졌지만 이에 아랑곳하지 않고 계속 무언가 말을 했다. 내가 듣기엔 앞뒤가 맞는 말이 하나도 없을뿐더러 전혀 논리적이기도 않기에 기억에도 남지 않았다. 무어라 주절거리는 동안 여자아이의 얼굴은 더 어두워져 갔다. 그것을 본 잘 나가는 아이는 이상한 미소를 지으며 말했다.

"아아, 너희 집은 돈이 없어서 학원을 못 가려나? 우리 집에 와라, 내가 가르쳐 줄 테니까. 뭐, 공부만 할지는 잘 모르겠지만 말이야."

몇몇애들이 킥킥댔고 우쭐한 표정으로 자리에 앉은 그는 더 할 말이 있으면 해보라는 표정으로 여자애를 바라보았다. 그녀는 붉어진 얼굴을 보이지 않기 위해 얼굴을 숙인 채 입술을 깨물고는 자리에 가만히 서 있었다.

"나."

"뭐?"

내가 뜬금없이 내뱉은 말에 자리에 앉아 여자애를 노려보던 그는 얼굴을 잔뜩 구긴 채 내 쪽을 돌아보았다. 이쪽을 돌아보지 말았으면 했는데, 얼굴을 구기니까 더 못생겨 보인다. 고개를 돌려버리고 싶었지만, 꾹 참으면서 말을 이었다.

"나는 학원 안 다닌다고. 그리고 너는 학원 다닌다는 게 그 성적이야? 대단하구나, 그냥 학원 같은 거 다니지 않는 게 낫지 않나. 아니면 너는 그냥 담임이 말하는 대로 기술이나 배워라. 성적도 안 되는 게 일반계고로 간다고 설치지 말고."

잔뜩 흥분한 그놈은 다시 자리에서 일어나 내 쪽으로 오더니 내 멱살을 잡아 일으켰다. 멀리서 봐도 못생긴 얼굴을 가까이서 보니 심장마비로 죽을 뻔했다. 몰랐는데 입 냄새도 조금 심한 것 같다. 그놈은 한 대 치려는 듯 손을 들어 올렸다.

"외계인, 물어라!"

내 말과 친구 위험 센서가 발동한 이상한 놈은 자리에서 일어나 흔들리는 붉은 천을 본 황소처럼 달려와 내 멱살을 잡고 있는 손목을 꽉 물었다. 무는 꼴을 보아하니 심하게 물린 것이 흉터정도는 남을 것 같았다. 놈은 물린 손에 놀란 것인지 다리가 풀리면서 바닥에 쓰러졌고, 아직도 물고 있는 팔을 계속 흔들면서 소리쳤다.

"우와아아악, 이놈 진짜 물었어! 이것 좀 말려 보라고!"

하지만 아무도 말리는 이는 없었다. 평소에 자신이 한 짓거리들을 생각하면

답은 간단할 텐데, 선생님이 말릴 때까지 나서는 이는 아무도 없었다. 선생님께서 팔을 들어 확인했을 때는 선명하게 찍힌 이빨 자국과 꽤 깊게 파여 피가 흐르는 손목이 누구나 눈살을 찌푸릴 만큼 심했다. 양호실로 가기 위해 계속 자리에서 일어나려 하는 놈이었지만, 이미 한번 풀린 다리는 몸을 일으킬 생각을 하지 않는듯했다. 선생님은 난감한 표정으로 우리를 보며 말씀하셨다.

"누구 이 아이 부축해서 양호실까지 데려줄 사람 없니?"

아까와 같은 침묵이 이어졌다. 그런 분위기가 이어지자 선생님께서 아무나 찍어 같이 보내려 하는 것 같았다. 내 책임도 크고 하니 어쩔 수 없이 내가 나서기로 했다.

"제가 갈게요."

책상 한쪽에 팔을 짚고 일어서자 책상과 의자가 부딪치며 달그락거리는 소리가 들렸다. 일제히 내 쪽으로 시선이 모였고, 무안해진 나는 대충 그놈을 부축하며 교실 밖으로 나섰다. 축 늘어진 사람의 몸은 무게가 나가는 것이 제대로 지탱하지 않으면 쓰러질 만큼 무거웠다. 아직도 겁먹은 얼굴로 기대있는 것을 보니 내가 심했던 건가 싶기도 하고, 괜스레 미안해졌다. 보건실 문을 두드리고 열자 보건 선생님께서 쓰시고 계시던 안경을 벗으시며 무슨 일로 왔길래 부축까지 해야했냐는 얼굴로 바라보셨다. 끙끙거리며 탁자 쪽으로 다가가자 선생님께서는 그제야 일어나서 이쪽으로 다가왔다. 부축하기 위해 팔을 들어 올리시다가 그놈이 앓는 소리를 내자 팔을 한번 확인하시고는 놀라시면서 소파 쪽으로 우리를 안내했다.

"어쩌다가 이렇게까지 되었니? 상처가 꽤 깊은 게 심하면 병원에 가야 할지도 모르겠는데."

"외계인한테 물렸어요. 그럼 수업 중이라 이만 올라가 볼게요."

깊게 고개를 숙인 후 잡을까 싶어 재빨리 뒤돌아 나왔다. 아까까지 무거운 짐을 지고 있던 비어버린 어깨는 사라진 무게만큼 뻐근함을 남겼다. 무거워진 어깨를 돌리며 교실로 들어서자 선생님이 어떻게 되었냐고 물어 오셨다. 대충 상처치료만 하고 심하면 병원에 갈지도 모른다고 말한 후 자리에 앉았다. 이미 어수선해진 반 분위기는 되돌아갈 줄 몰랐고, 그 분위기에서 몇 분 정도가 흐르자 종이 쳤다. 선생님은 어색한 미소를 지으시며 남은 수업 잘하라고 말하진 뒤 교탁 위의 교과서와 이번 시간 열지 않은 분필케이스를 챙기시고는 나가셨다. 하지만 소금물에 절은 배추처럼 가라앉은 분위기는 쉬는 시간임에도 돌아갈 생각을 하지 않았다.

"푸하하하하, 와— 야 너도 대단하다. 어떻게 멱살 잡힌 상황에서 '외계인, 물어!' 를 외칠 수 있는 거냐?"

내 앞자리에 앉아 있던 아이를 들어내고 자리를 차지한 정상적인 놈은 혼자서 막 지껄이더니 배를 붙잡고 웃기 시작했다. 솔직히 말해 결과는 참담했지만, 그 일을 말로만 들었다면 상당히 웃긴 상황이긴 했다. 내가 작게 바람 빠지는 소리를 내자 어떻게 들은 것인지 고개를 들고는 내 쪽을 바라본다.

"너도 웃기긴 한 거지? 이로써 우리 학교 제2의 외계인이라는 명성은 떼놓은 당상이구나."

"무슨 소리 하는 거야, 제2의 외계인 후보는 너라고. 몰랐어? 나는 그저 위급한 상황에서 귀여운 애완동물에게 주인을 공격하는 나쁜 사람을 해치우라는 명령을 내렸을 뿐이야."

헛웃음과 함께 뱉어내는 꽥꽥거리는 소리를 무시한 채 시선을 창밖으로 돌렸다. 미친 날씨에 걸맞게 맑은 하늘이었다.

***

시원한 에어컨과 지루한 수업은 어느새 막바지를 달리고 있었다. 종 치기 5분 전의 아이들은 이미 주체할 수 없을 정도로 잔뜩 들떠버려서, 몇몇은 교과서와 필기구 하나만 놓은 채 책가방을 다 싸놓고 있었다. 이윽고 종이 쳤고 선생님이 수업 마침을 알리기도 전에 '안녕히 가세요.' 라고 크게 인사드렸다.

두근거리는 마음으로 담임이 들어오기를 기다리고 있었지만 5분이 지나도, 다른 반 아이들이 청소를 하고 다 집에 간 시간까지도 기다리는 그는 오지 않았다. 슬슬 짜증 지수가 오르는 아이들은 반장에게 그 선생님께 가보라고 소리치기 시작했다. 반장은 난감해하면서 쭈뼛거리며 교무실로 향했다.

"담임 온다고 자리에 다 앉아 있으래!"

돌아온 반장은 아이들을 자리에 눌러 앉히며 자신의 자리에 앉았다. 하긴 아이들이 교실을 쏘다니고 있었다면 혼나는 건 반장 자신이 될 테니까, 당연한 걸지도 모른다. 열리길 고대하는 앞문이 열리고 그 선생님은 어슬렁거리며 교탁가로 다가가 섰다.

침묵 끝에 다 아는 사항을 말하던 그 선생님은 집으로 가버리라는 늘 하던 손짓을 끝으로 각자 해산했다. 수업이 끝나기 전부터 예쁘게 싸놓은 가방을 어깨에 들쳐메고는 친구라고 인정하고 싶지 않은 두 놈과 교실을 나섰다.

"오랜만에 오전 수업만 하니 기분이 이상하네. 집에 가서 뭐하지?"

"뭐하긴 사퍼 해야지. 내 닉네임은 Siance다. 일반에서 예능뛰는 거 보면 아는 척 해라. 공식 그런 거 안 키움. 집에 가면 바로 접할 테니까 파초하렴. 뜬금없는 납치도 사랑하는 나란 사람. 그러니까 학교 마치고 겜하는 건 당연한 거 아님?"

당연히 정해져 있는 답을 가진 질문을 하여오는 놈에게 정답을 말해 주고는 옆구리를 찌르며 답을 받은 대가를 치렀다. 미쳤냐면서 옆구리를 쓰다듬는 놈을 한번 쳐다봐주고는 모르는 사람인 척 그냥 내 갈 길을 갔다.

"그럼 나는 먼저 가볼게. 제사가 있어서 말이야."

제사라니, 외계인이 제사도 지낸다는 말인가. 의아한 기분으로 그쪽을 쳐다보자, 이상한 놈의 뒤쪽에서 아직도 아파하고 있던 애도 나와 똑같은 표정으로 같은 곳을 바라보고 있었다. 외계인의 제사라면 돼지 한 마리를 잡아서 같은 종족끼리 모여서 신께 지내는 제사거나, 족장이 청동거울을 목에 걸고 딸랑이를 흔들면서 이상한 주문을 외우는 그런 모습밖에 떠오르지 않는 나로서는 묘한 기분에 휩싸였다.

"표정 왜 그래. 나도 엄연한 대한민국의 자랑스러운 국민이거든? 할아버지 제사라고. 무슨 상상을 하는 거야 너희."

더위 먹은 것이 아닐지도 모른다. 아침에는 이상했기에 더위를 먹어 정상적으로 변한 건 줄 알았다. 그것이 아니라면 이유는 무엇일까. 정신적 충격으로 인한 인격 변화를 예로 들 수 있지만, 우리가 무슨 짓을 하든 그 이상의 '무슨 짓' 을 보여주던 애였기 때문에 이것은 예로 들 수가 없다.도대체 무엇이 그를 변화시켰는가. 알 수 없는 이질감에 우리는 고개를 떨어뜨린 채 머리가 찢어지도록 고뇌했다. 엉킨 실타래를 푸는 듯한 기분으로 절대 풀리지 않을 답을 찾고 있을 때, 갑자기 느껴지는 이상한 시선에 나는 고개를 들어 주위를 살폈다.시선이 느껴지는 곳에서는 외계인이 난감한 시선으로 나를 보고 있었다. 머리 한쪽을 긁으면서 말하는 그는 정말 정상적으로 변했다는 생각이 들 정도로 너무 인간적인 행동이었다.

"그러니까 먼저 가 봐도 될까? 엄마가 일찍 들어오라고 그랬거든."

"아-. 응, 그래 먼저 가봐."

"미안, 먼저 가볼게."

교문 밖으로 사라지는 뒷모습을 멍하니 바라보고 있던 내 옆으로 생각하기를 포기한 정상적인 놈이 다가왔다. 한참을 그놈이 사라진 교문을 바라보던 우리는 어느 순간부터 하굣길로 텔레포트한 우리를 발견했다. 정신을 차리고 보니 우리 집으로 가야 하는 골목길을 발견하였고 나는 말없이 어깨를 치며 헤어짐을 알렸다.

***

이것은 예정에 없던 일이다. 오늘은 평소와 달리 아침 일찍 상쾌한 기분으로 컴퓨터를 할 생각이었는데 어째선지 엄마가 상큼한 새벽공기를 마시며 등교를 해 새벽공기를 마시며 공부를 하는 것은 어떻겠냐는 협박 아닌 추천으로 강제등교를 하게 되었다.타의로 인한 지각은 해봤지만, 타의로 인한 새벽 등교는 처음 해보는 것이기에 어색한 기분으로, 아직 해조차 어스름하게 뜬 새벽길을 걸었다. 학생주임선생님이 서 계시지 않은 교문 앞은 등교하기는 이른 시간임을 알리는 듯했다. 분명 내가 교실 문을 열어야 할 것이라는 생각에 나는 우선 교무실로 가 열쇠함을 열었다.

"어라, 열쇠가 없어? 그렇지만 지금은 학생이 등교는 무슨 이제 밥 먹는다 해도 이른 시간인데."

주번이 문을 잠그지 않았다고 해도 분명 학교 경비아저씨께서 화내시며 문을 잠그셨을 것이 분명할 터인데, 보관함에 열쇠가 없다는 것은 주번이 열쇠를 가지고 가지 않은 이상 있을 수 없는 일이었다. 일단은 교실로 올라가자는 생각에 계단을 오르자 타박타박하고 복도를 울리는 소리가 꽤 섬뜩하게 들려왔다. 영화에서 학교에 놔두고 간 숙제를 하기 위해 일찍 등교하는 현실에 있을 수 없는 행동을 했을 때, 주인공이 귀신이라던가 괴물이라던가 어떤 것이든 맞닥뜨리는 장면이 머릿속을 스쳐 지나갔다.

갑자기 느껴지는 오한에 어깨를 툭툭 털어내고는 교실 뒷문을 잡고 밀었다. 드르륵하고 부드럽게 열리는 문에 의아함을 느끼며 교실 안으로 들어섰다. 아무도 없어야 할 교실에는 검은 물체가 한쪽에 자리 잡고 앉아 있었다. 머리카락과 비슷하게 흐트러져 있는 모습이 공포영화에서의 살아 움직이는 대걸레와 같은 느낌에 흠칫할 수밖에 없었다.

교실 벽 한쪽으로 붙어서 내 자리로 가 의자를 조용히 빼고, 자리에 조심스럽게 앉았다. 분명 공포영화의 패턴에 따르면 내가 저쪽으로 간다거나 교실 밖으로 달려간다면 저것은 갑자기 내 눈앞으로 튀어나올 것이 분명함으로 해가 완전히 뜰 때까지 엎드려 있는 것이 가장 옳을 것이라는 생각이었다.

두 팔을 포개고 가만히 눈을 감은 채 그저 엎드려만 있었다. 누군가가 들어왔으면 하는 마음뿐일 때 무언가 덜그덕하고 움직이는 소리가 났다. 설마 아까 그 살아 움직이는 대걸레는 아닐 것이라는 믿음으로 고개를 박고는 마음속으로 애국가를 불렀다. 솔직히 이러고 있는 내가 너무 안쓰러워 보이기는 했지만, 솔직히 누구나 이런 상황에 부닥친다면 나처럼 이러고 있을지도 모른다.

끼익하는 의자 끌리는 소리와 함께 어딘가를 가려는 발소리가 들렸다. 믿고 싶지는 않았지만, 그 발소리는 내 쪽으로 점점 가까워져 왔다. 내 앞에 도착한 듯, 그 발소리는 더는 들리지 않았다. 차라리 발소리가 들리기라도 한다면 어디 있는지 대충은 알 수 있을 테지만 오히려 들리지 않는 그것은 불안감을 증폭시켰다.

"저-."

"우와아아아악!"

어깨를 두드리는 손에 놀라 자리에서 벌떡 일어나 몸을 최대한 움츠린 채 팔로 얼굴을 막았다. 그 누가 봤어도 내 자세는 정말 안쓰러웠을 것이다. 무언가 튀어나오거나 다음 장면이 있을 텐데 반응이 아무도 없길래 슬며시 실눈을 뜨고 앞을 보았다.

"어라- 아니었네. 미안, 그게-."

귀신이나 무슨 괴물인 줄 알았다고는 절대 말 못하는 나로서는 그저 말끝을 흐리며 얼굴을 피했다. 그 전에 이 아이는 누구기에 나에게 말을 건 것인가. 같은 반이 맞을 것이지만 난 처음 보는 얼굴이기에 의아할 수밖에 없었다.

"그런데 무슨 일로-?"

"아, 저기 어젠 고마웠다. 너 아니었으면 그 앞뒤 하나도 맞지 않는 역겨운 소리를 듣고 있을 뻔했어."

어제는 분명 이런 성격이 아닌 것처럼 보였는데, 그 붉었던 얼굴은 모욕감이 아니라 헛소리를 지적하고 싶었던 짜증이었나 보다. 분명히 난처해 하고 있는 거 같기도 하고 나 역시 그 헛소리를 듣고 싶지 않았기에 막았을 뿐인데, 내가 아니었더라도 난동을 부린 건 저 아이가 될지도 모르겠다.

"아니 뭐, 나도 그 소리 듣고 있는 거 힘들었기도 했고, 확실히 최후의 방법으로 외계인이란 히든카드를 가지고 있었으니까."

"네가 아니었으면 내가 난동부릴 뻔했어. 중간고사 공부도 못하고 교무실에 불려 가서 괜한 시간을 뺏기는 불상사가 일어나면 점수가 떨어질지도 모르잖아?"

그저 바른말만 하는 아이인 줄 알았는데 의외로 약간의 친절함과 겸손이 겹핍된 거 같은 말투에 왠지 동질감이 느껴졌다. 무어라 답을 해주어야 할 거 같긴 하지만 딱히 답할 대답을 찾지 못한 나는 그저 서 있었다.

나를 잠시 멀뚱멀뚱 바라보던 그녀는 다시 자리로 가 엎어졌다. 그저 아침 일찍 등교해 상쾌한 마음으로 학교의 새벽공기를 마시며 아침잠을 자는 이상한 사람이라는 생각에 그냥 다음부터는 내버려 두어야겠다.

종 치기 18분 전쯤 되자, 한두 명씩 떨어지지 않는 발을 질질 끌고 들어오는 몇몇 애들이 보였다. 그중 몇몇은 나를 보고 네가 왜 벌써 이 시간에 왔냐는 눈으로 바라보았다. 당연히 평소의 나는 기이하게도 정확히 종 치는 때에 들어왔기 때문에 누가 보더라도 지금 이 상황은 이상했다. 반 전체로 지각했나 싶어 시계를 다시 확인하는 이들도 더러 있었다. 난 그 모습을 보며 종종 뜬금없이 일찍 와 이런 모습을 구경하는 것도 나쁘지는 않다고 생각했다.

"나, 굉장히 악취미인 건가."

"뭐가 악취미인 건데, 진짜 악취미인 녀석을 옆에 두고서는."

뒷문으로 들어온 건지 아직 오지 않았다 생각했던 두 명이 내 옆에 있었다. 책상 위에 책가방을 올려놓으며 아까 말의 저의를 설명하라고 재촉하는 녀석을 보며 나는 어제 헤어진 외계인의 상태를 확인했다.

"무슨 일인 거야? 안타깝지만 난 너희 같은 범인들과는 텔레파시로 대화할 수 없어."

다른 사람이 하면 농담처럼 하는 말 같지만, 외계인이 하면 진심인 그 대사는 분명히 그가 원래대로 돌아왔음을 알려주었다.

왠지 모를 안도감에 포옥 안아주었다. 미쳤냐는 듯이 쳐다보는 시선을 무시한 채 눈물을 글썽이며 '제대로 돌아왔구나.' 라며 다독였다. 그렇게 나 혼자의 감상에 젖어 있을 때, 문이 덜컥하는 작은 소리가 들렸다.

그 소리는 사람마다 약간씩 차이가 나서 어느 정도 듣다 보면 정말 머릿속에 남은 사람의 문 여는 소리는 머리가 인식하기도 전에 몸이 움직이는 조건반사적인 행동을 보여준다. 지금 우리 반이 그의 대표적인 모습이다.

문이 열리기도 전에 교실 끝에 모여 있던 아이들은 빛의 속도로 제자리를 찾아갔고, 어째선지 그 난잡한 상황 속에서도 접촉사고가 일어나는 일은 없었다. 그렇게 문이 다 열렸을 때 우리 반은 어느 하나도 일어나지 않고 책상에 얌전히 앉은 모습이었다.

"큰 소리가 들리기에 들어와 봤는데 내가 잘못들은 건가?"

"네!"

반 모두가 한마음으로 외치는 소리는 유치원에서 '여러분 인사할 때는 배꼽 위에 손을 올리고 하는 거예요.' 라는 명령에 해맑게 대답하는 모습과도 같았다. 술수를 감싸 안은 순수에서 이상한 점을 눈치 챈 것인지 교실 쪽으로 발을 들이며 안쪽을 둘러보았다. 그때 반장이 '재치 있게 저희가 떠들었다면 제가 주의하라고 하였겠죠.' 라며 말했다. 선생님은 그것에 고개를 대충 끄덕이고는 '조용히 하고 있어라.' 하고는 휑하게 가버렸다. 문이 닫히자 그것을 기점으로 아까의 상태로 돌아갔다. 이때까지 이런 적은 몇 번 있었지만 이만큼 완벽의 경지를 달린 적은 없었기에, 그 모습에 왠지 뿌듯한 느낌으로 가득 찼다.

선선하게 부는 바람과 바닥에 바스락거리며 굴러다니는 가을날이 어서 왔으면 하는 날이었다. 아직 작렬하게 내리쬐는 햇볕과 아스팔트 도로 위에 피어오르는 아지랑이는 9월에 들어섰으면서도 30도에 육박하는 기온이 얼마나 큰 위력을 발휘하는지 알려주었다. 금방이라도 도로 위에 삼겹살을 툭 던지면 지글지글소리를 내며 구워질 것만 같기에 별로 도로가는 찾고 싶지 않았다.

"으어, 더워. 책이 움직이는 건가, 내 눈이 움직이는 건가, 아니면 세상이 움직이는 건가."

"이상한 헛소리 하지 말고 그냥 앉아 있지 그래? 짜증난단 말이야."

이곳저곳에서 서로 비하하는 소리가 울려 퍼졌다. 하지만 개학하고 난 후의 날씨보다는 나아졌기에 그나마 짜증 지수만 살짝 높아졌을 뿐이었다. 제정신이 아닌 상황으로 이리저리 생각을 하다 보니 잠이 든 건지 눈떠보니 선생님이 앞에 있었다. 어째선지 한 명도 깨워주지 않은 녀석들을 원망하다 쭈뼛거리며 몸을 일으키자 선생님께서는 저쪽으로 휑하게 가버린다.

"자, 드디어 너희가 원하는 대로 학교수업을 마쳤다. 청소당번들은 청소 다 하고, 반장한테 검사 맡고 집으로 가도록 해라. 그럼."

청소분단은 어기적거리며 일어났고, 청소분단이 아닌 아이들은 각자 책가방을 멘 채 밖으로 향했다. 오늘은 동생에게 어떤 장난을 칠까 생각하며 복도에 멍하니 있을 때, 두 놈이 나를 향해 다가왔다. 무슨 일이 있는 건지 원래 이상했던 얼굴의 표정이 더 이상했다. 신발주머니를 안은 채 혹시 내가 무슨 잘못을 한 건지 생각해 보았지만, 아무리 떠올려 보려 해도 나는 오늘 하루 동안 잠만 잤기에 그런 것 따위 있을 리가 없었다.

"외-왜, 무슨 일인데. 나한테 무슨 볼일이라도 있어?"

"아니 그런 건 없고 요즘 재미있는 소문 돌고 있는 거 알아?"

알 리가 없다. 요즘 학교에 오자마자 종소리가 치는지도 모른 채 잠을 자고, 점심시간이 시작되는 4교시 마침 종에만 정확히 일어나 점심을 먹고 다시자고 종례 종에 일어나는 것이 나의 일과였기에 학교에서 들을 수 있던 건 점심 메뉴가 고작이었다.

"어떤 소문인데? 나에 관한 거만 아니라면 굳이 듣고 싶지 않은데-."

분명 귀찮은 일을 시킬 것이니까. '그럼 난 간다.' 하며 급히 뒤돌자 내가 도망치려는 낌새를 눈치 챈 것인지 내 가방을 붙잡는다. 내가 빨리 움직이려 한 만큼 어깨가 아파져 오자 나도 모르게 뒤로 넘어지고 말았다.

"으앗."

넘어지면서 손을 짚는다는 것이 삐끗해서 팔꿈치로 짚어버린 탓에 그 충격을 고스란히 받은 팔꿈치가 저려왔다. 바닥에 앉아 주저앉아 있자, 그런 나를 복도 쪽으로 밀어 놓고 조용히 그 소문에 대해 설명하기 시작했다.

요즘 그 돌고 있는 소문은 뒷산에 관한 것이었다. 버스를 세네 정거장 정도 타고 가면 이름 없는 산이 있다. 그 산의 샛길을 따라 중턱쯤 오르면 작은 샘이 하나 있다. 그 샘은 도심 속의 그것과는 달리 물도 맑고 시원해서 등산객들이 자주 애용하는 곳이기도 했다.

계속해서 듣다 보니 이상한 말이었다. 더 이상한 건 이 터무니없는 소문을 눈을 반짝이며 열심히 설명한다는 것이다. 왠지 '이러이러하니, 우리 한번 가 보자!' 라는 말이 나올 거 같아서 슬금슬금 뒷걸음질 쳤다. 그럴 때마다 한 걸음씩 따라오는 품새가 어째선지 간다고 할 때까지 설사 화장실을 간다 하더라도, 따라올 것 같았다. 설마 하는 생각에, 아닐 거라는 믿음으로 조심스레 물었다.

"야, 그건 됐고. 그래서 결말이 뭐인 거냐?"

생각해 보니 조심스러운 투는 아니었던 거 같다. 자리에서 몸을 일으켜 벽에 기대어 섰다. 도망치려는 의사가 없단 뜻으로 그렇게 서 있기는 했지만, 여차하면 도망칠 생각으로 다리에 힘을 주었다. 내가 너무 직설적으로 물은 탓인지 약간 당황하는 낌새를 보이더니, 다 알면서 뭘 그러냐는 표정으로 말했다.

"같이 가지 않을래, 애들 여러 명이 함께 가기로 했는데."

"그런 거 안 가. 귀찮은 일일 뿐이잖아. 차라리 집에 가서 드러누워 폰이나 만지는 것이 에너지 효율적인 면에서 더 좋다고."

"그러지 말고 같이 가자. 거기엔 묘한 기운이 흐르고 있어, 숨을 쉬기에 편해질지도 모르지. 어쩌면 좀더 편해질지도 모르고."

외계인이 조용히 말했다. 평소의 그 맹하면서도 나른해 보이는 그 표정은 어디 갔는지 조용히 말하면서 웃는 투가 꼭 무언가를 아는 듯했다. 처음 보는 그 모습에 나뿐만 아니라 날 반 협박하던 놈도 당황했는지 도망치려는 행동을 포착하기 위해 계속 보고 있던 시선을 나에게서 떼었다. 이때다 싶은 나는 메고 있던 가방을 벗어 다리 한쪽을 휘둘러 치고는 아까처럼 가방끈이 잡힐까, 가방을 품에 안고는 복도 한끝으로 전력 질주했다. 아파하는 도중에도 쫓아올까 소리치는 것은 잊지 않았다.

"가려면 혼자 가라 멍청아! 왜 안 가겠다는 사람을 끌고 가겠다고 그러는 거야!"

신발을 갈아 신고 교문 앞까지 달려가는 중에 살짝 뒤를 돌아봤지만 따라오는 녀석의 그림자조차 보이지 않았다. 한참을 달려 골목 하나를 꺾었을 때쯤에야 숨을 골랐다. 그런데 다시 생각해 보니 차라리 조용히 따라가는 것이 에너지소모량을 줄이는 것에 더 도움이 되었을지도 모르겠다.

"야, 너 거기 가봤냐? 뒷산 숲에 있는 샘에 돌을 던지면 갖고 싶은 것을 준대."

"미친놈, 그런 것도 믿니? 넌 이 각박한 세상 속에서 어떻게 살아남으려고-. 쯧쯧. 넌 그냥 멍청한 채로 남아 있어 주렴."

"죽으려고 이게-."

길가는 초등학생들이 떠드는 소리가 내 귓가를 울렸다. 솔직히 그런 거 믿는 사람이 이상한 것이다. 콩쥐 팥쥐의 개구리도 아니고, 신데렐라의 호박 마차도 아니고, 금도끼 은도끼의 금도끼도 아니고, 흥부와 놀부의 박씨 같은 이야기를 듣고 있노라면 왠지 웃겼다. 누군가의 농간일지도 모른다. 어쩌면 할 일 없는 백수가 동화를 각색해서 지어낸 소리일지도 모른다. 하지만 어째선지 그 이야기는 좋은 느낌을 들게 하였다.

어쨌든 난 이미 다른 길을 선택했고, 가지 않을 것이니까 굳이 상관은 없다. 그리고 솔직히 말해서 이 더운 날씨에 등산이라니 그건 미친 짓이다. 차라리 선선한 가을이나 봄이면 모를까 아직도 폭염딱지를 떼지 못하는 날씨에 등산하다니, 난 그런 짓은 절대로 못한다. 아직도 내 품에 안겨 있던 가방을 어깨에 대충 걸치고는 시원한 에어컨이 기다리고 있을 집으로 향했다.

"오오오- 숨이 쉬어진다."

그렇다, 내가 들어선 지금 이 공간이 바로 사람이 숨을 쉬기에 가장 쾌적한 환경이다. 숨 막혀 죽을 것 같이 답답한 더위가 아닌 바로 서늘하면서도 안정된 대기상태, 이번 달 전기세는 생각도 나지 않을 만큼 너무나도 마음에 들었다. 분명 어머니가 머릿속에 스쳐지나 간 것 같긴 하지만 나와는 상관없는 일이다. 이 에어컨은 내가 학교 가기 전에는 틀려 있지 않았고, 그렇다는 것은 이미 학교를 마친 누군가가 켜놓았다는 말이 된다. 이 시간에 집에 있을 수 있는 사람은 내 동생밖에 없었으므로, 동생에게 덮어씌우기만 하면 되는 일이었다(설령 내가 켰다 했더라도 그렇게 말했을 터이지만).

"배고파, 밥 줘."

"내가 있는 건 어떻게 알았어? 설마 아무도 없는 집에다 말을 거는 미친 취미가 있는 건 아니겠지."

거실을 보자 소파에 뒤집어져 누워서는 TV를 보고 있는 동생이 보였다. 마음 같아선 나를 바라보는 그 눈깔을 저리 치우라고 한 대 후려치고 싶었지만, 내 손이 썩어나가는 것은 원치 않기에 그저 조용히 '죽을래?' 라는 손짓을 취하는 것으로 봐주었다. 어렸을 때는 분명히 고분고분했던 거 같은데 머리 좀 컸다고 반항을 하는 저놈을 내가 업어 키웠는데 자식새끼 키워봤자 아무 소용없다는 말이 틀린 것이 없다.

"난 네 자식이 아닐뿐더러, 형 같은 게 내 부모라니 끔찍해."

옆에서 더 이어지는 소리를 무시한 채 방으로 가 가방을 내려놓고, 옷을 갈아입고 거실로 내려왔다. 그러고는 다시 거실로 내려가 TV를 보고 있던 동생 앞을 막아 앉으며 리모컨을 들고 소리 없이 채널을 돌렸다. 사람이 보고 있는 거 안보이냐며 꽥꽥대는 소리가 들렸지만, 다시 무시하며 소리크기를 키웠다. 그렇게 몇십 분의 일방적인 침묵의 시간이 흘렀다.

이건 내 지론인데 무차별적인 폭행이 그 사람에게 공포심과 반항심을 불러일으킨다면 그 '무차별적인 폭행' 이 사라지고 '극단적인 무시' 만이 이어진다면 그 사람은 더 큰 공포심 혹은, 큰 반항심이 짜증스러움으로 변질한다는 것이다. 하지만 이같이 자신이 찔리는 것이 있는 경우에는 전자일 가능성이 높다. 하지만 그 전에 어릴 때부터의 세뇌교육이 필요하다.

"배고프다."

"-. 네, 차려 드릴게요."

"나는 오므라이스가 좋다."

이것이 바로 동생을 다루는 법이다.

***

분명히 가지 않으리라 결심했다. 하지만 난 그들의 의지를 너무 가볍게 생각한 듯하다. 전화하는 것은 물론이요, 그 같이 가기로 했던 아이들로 보이는 이들 모두가 나에게 문자를 함은 물론이요, 각자 개개인으로 행하는 메신저테러 때문에 휴대전화가 에러를 먹는 지경까지 일었다. 휴대전화를 끄면 되지 않냐는 생각을 하겠지만 나에게 휴대전화란 공기와도 같았다. 게다가 지금 아까 전부터 deemo의 Magnolia 올콤을 마지막에서 놓치고 있는 상황인데 누가 이것을 안 깨려고 하겠냐는 말이다. 결국엔 내가 먼저 연락을 취하는 것을 선택하고 말았다.

"야, 죽을래? 나 지금 이거 마지막 판이라고. 전화 그만하지 않으면 내가 내일 찾아가서 너의 그 사랑스러운 털이란 털은 다 뽑아버리고 말겠어."

"같이 가지 않을래?"

바로 옆에서 들려오는 듯 너무 생생하게 느껴지는 목소리에 나도 모르게 목을 움츠리고 말았다. 설마하니 이까지 쫓아왔을 것인가. 항상 우리 집으로 가는 골목에서 해어졌었고, 우리 집으로 그들을 초대한 적 따위 한 번도 없었다.

"와, 여기서는 내 별이 한눈에 보이네. 저거야 저거."

외계인의 목소리를 들으니 확실히 이곳에 있는 것을 알겠다. 지독한 놈들, 한여름에 매미 소리 같다.

"너희 도대체 어떻게 온 거냐."

"이 골목이 너희 집으로 가는 길이라는 것은 알고 있었으니까, 대충 어느 집 초인종이나 누르고 주소가 잘못 적힌 것 같다면서 혹시 이 근처에 중학교 3학년 학생과, 초등학생이 사는 집이 어디 있느냐고 물어봤더니 몇 집 가르쳐 주시더라고. 너희 집이 찍어주신 집중 뒤에서 3번째 집이야."

지독하면서 지능적인 놈들이었다. 이렇게 된 이상 조용히 끌려가는 방법밖에 없다. 저놈들이라면 어머니까지 꾀어서 날 기어이 끌고 갈 놈이다. 거실로 쫓아내고는 한숨을 쉬며 나갈 채비를 할 수밖에 없었다.

어머니께 뒷산에 갔다 오겠다고 했더니, 네가 웬일이냐고 환하게 웃으시면서 잘 다녀오라고 현관 앞까지 배웅해주셨다. 잡아주길 바랐는데 잡아주기 조차하지 않다니 내가 고작 그 정도였던가. 이 정도쯤 되었으니 내가 신경 쓰였던 것을 물어봐야겠다.

"근데 왜 너희끼리 안가고 나를 억지로 데려가려고 하는 건데?"

"글쎄, 왠지는 모르지만, 이 녀석이 같이 가야 한다고 우겨서 말이야. 같이 가지 않으면 이번 겨울방학은 스쿠버다이빙을 시원한 겨울 바다에서 하게 될 거라고 해서."

확실히 진짜 미친놈은 못 말리는 것이 확실할지도 모른다. 그건 그렇고 스쿠버다이빙이나 할 만큼 돈이 많나 보다. 그것을 여름방학 스포츠로 즐기는 이는 반도에 흔하지 않을 것인데 중 3들이 스쿠버다이빙이니 하는 것 보면, 이상한 곳에 철저한 외계인인 분명 훈련부터 차곡차곡 진행하며 전문 안전요원을 대동했을 것이 분명하다. 그것은 작년 겨울방학에 했던 얼음암벽등산을 통해 충분히 몸에 익힌 바가 있었다.

4개의 정거장이나 되는 거리를 이것저것 말하며 걷자 어느새 앞에는 뒷산이 보였고, 그 앞쪽에는 시커먼 남학생들 네 명이서 우글우글 모여 있었다. 무언가 이상한 일이 벌어질 것만 같은 기분이었다.

"밖에서 보니까 이상하네, 빨리빨리 출발하자."

사내놈들 여럿이서 우글우글 올라가다 보니 조용했던 숲 속에 우리의 소리만이 울려 퍼진다. 산도 꽤 평탄하고 길도 험하지 않은 탓에 야간등산객이 많아 일정한 간격을 두고 등이 하나씩 서 있었다. 산속에 등이라니 묘하게 어울리지 않았지만 어쨌선지 그런 것이 더 산을 음산하게 만들었다. 원래 달빛만 있어도 충분한 거리를 손전등을 켜고 걷는다면 주위는 더욱 어둡게 아무것도 보이지 않게 되는 그런 것과도 비슷했다.

얼마를 걸었을까 저만치 앞서 가던 놈들이 한쪽으로 몸을 틀기 시작했다. 아무래도 그 샘에 도착한 것일 거다. 가파른 숨을 내쉬며 그쪽으로 가자 쪼그리고 앉아서 한 명씩 돌을 던지고 있는 것을 발견했다. 그것도 샘 안에 있던 돌을 그대로 주워서.

"그런 건 다른 사람이 던져놓은 거 건드는 거 아닌데. 오히려 천벌 받는대."

"에이, 어린애도 아니고 천벌 같은 걸 왜 믿어?"

'그럼 애초에 나는 왜 데리고 온 거냐.'

나도 그 옆에 쪼그리고 앉아서 샘을 가만히 바라보았다. 다시 생각해 보니 샘이라고 하기에는 조금 큰 연못이란 느낌이 강하다. 교실의 반 정도 되는 크기니 작은 연못이라고 해야 맞을지도 모른다. 하지만 어른들 때부터 샘이라고 불렀으니 그 전통에 거스를 생각은 없다.

샘 쪽을 둘러보다 이상한 것을 발견했다. 우글우글 모여 있던 이쪽과는 좀 더 떨어진 곳이었는데 비도 내리지 않았음에도 흙이 젖어 있었다. 누가 저쪽으로 간 적이 있느냐고 물어보았지만, 저 먼 곳까지 들어갈 필요가 없다면서 가보고 싶은 거냐고 되물어 오기까지 했다. 왠지 모를 이상함에 그쪽으로 다가갔을 때는 땅에 박혀 있던 작은 돌조각을 땐 흔적이 있었다. 그 구덩이는 역시 드러난 흙이 채 마르지 않고 촉촉한 상태를 유지하고 있었다.

이상하다는 생각을 하고 있을 때, 내 얼굴에 느껴지는 강렬한 시선에 샘 쪽을 바라보았다. 다들 한발 뒤쪽에서 물러나 내가 무언가를 하길 바라는 듯 서 있었다. 혹시나 내가 아까 한 명씩 돌아가면서 하던 어린아이 같은 행동을 해야 하는 것은 아닐 거라는 믿음으로 샘을 가리키며 손동작을 작게 하자, 전부 고개를 열정적으로 끄덕였다.

"내가 왜 그런 애 같은 행동을 해야 하는 거야. 그런 거 어차피 미신이고, 나는 그런 거에 의미부여 따위 하고 싶지 않은데."

"하지 않으면 우리들의 소망으로 너를 저 샘에 던져 넣어 버리겠어. 옷 젖은 상태로 들어가면 보통 정상적인 가정에서는 혼나지 않을 까나? 그전에 비도 내리지 않았는데 쫄딱 젖어서 길거리를 걸으면 창피하지 않을까나?"

저런 두뇌 회전이 빠른 녀석 같으니. 솔직히 옷 같은 거 젖어도 상관은 없지만 그래도 집에서 기다리고 있을 어머니를 생각하면 확실히 그 바보 같은 행동을 하는 편이 나을 것 같았다. 이미 사람들이 다 던져버려 돌로 보이는 모든 건 남아나지 않은 샘가를 열심히 뒤지며 찾은 하나는 너무나도 작았다. 그것을 바라보다 나는 그냥 그것을 주머니에 넣었다. 바지에 묻은 먼지를 털어내며 말했다.

"그냥 물에 던져버리지 그래, 그런 행동은 못 할 거 같거든. 수준이 비슷한 사람들끼리 있을 때 가장 강한 것은 누구라고 생각해? 잃을 것이 없는 사람 아니겠어. 난 나 혼자 죽지는 않을 거야. 그 중의 누군가는 쳐 잡아서 이 물속에 넣어버리겠지. 그럼 구 누군가는 또 누군가를 잡아서 물속에 쳐 넣을 것이고. 이곳이 안 된다면, 학교도 있고, 등굣길도 있고, 하굣길도 있어. 너희를 위해서라면 내가 등교 시간을 20분이며 1시간이며 일찍 할 용의가 있어."

내 말이 효과가 있었던 건지 다들 눈치를 보며 뒤쪽으로 물러났다. 나는 그 중 하나의 어깨를 치며 집으로 가자고 말했다. 녀석들은 아쉬운 듯 입맛을 다시며 길을 나섰다. 한 명이 휴대전화를 들고 서 있는 것을 보니 내 행동을 찍어서 유포할 생각이었나 보다. 그런 술수에 쉽게 넘어가 줄 수는 없지. 여차하면 나도 그 모습을 찍어놨으니 내가 먼저 퍼트리면 된다. 주머니를 뒤지던 나는 무언가 잊은 것을 깨달았다.

"샘에 무언가 두고 온 거 같아서 잠깐 올라갔다 와야 할 것 같아. 먼저 내려가고 있어."

"무언가 불안해 보이더니 화장실 가고 싶었던 거구나. 먼저 갈 테니까 시원하게 하고 오렴."

"그런 거 아니거든."

휴대폰 손전등을 켜고 내려왔던 길을 다시 거슬러 올라가기 시작했다. 아무래도 아까의 그 흔적들이 조금은 신경 쓰여서 결국에는 하지 않아도 될 행동을 하고 말았다. 공포게임을 자주 하는 것은 아닌데, 그것을 보면 보통 이렇게 무리에서 떨어져 혼자 가다 보면 저택을 하나 발견하고 그 저택에 들어서면 문은 갑자기 닫히며, 플레이어는 나갈 생각은 안 하고 저택을 탐색하며 문을 열 힌트를 얻는다. 탐색하는 과정에서 얻은 각종 연장으로 문의 잠금쇠를 뜯어낼 생각은 하지 않고 알 수 없는 판이 박힌 나사를 돌려대며 각종 힌트로 비밀번호를 입력하고, 그 안에서 발견한 열쇠로 저택 더 깊은 곳으로 들어간다. 저택 깊은 곳으로 들어가며 알 수 없는 파란 도깨비를 만난다거나 갑자기 보는 것만으로 눈이 아픈 벽지가 나타난다거나 존재 자체로 섬뜩한 미술품이 움직인다거나 하는 상황을 맞이한다. 생각해 보니 미술품이 움직이는 건 미술관이었던 것 같다.

지금은 그런 것이 중요한 게 아니라 여기 있던 그 누군가가 왠지 익숙한 사람인 것 같다는 것이다. 다시 도착한 샘의 한쪽 끝에 누군가 앉아 있는 것이 보였다. 검은 무언가가 꼭 저번에 교실에서 느꼈던 그것과 같았다. 아까는 아무도 없었으며 올라가는 사람들의 소리라거나 내려오는 사람들의 소리는 없었는데 이상했다. 말을 걸면 사망 플래그인 것을 알면서도 조심스레 다가가서 조용히 불렀다.

"저기-."

검은 물체가 내 쪽으로 팍하고 뒤돌아 봤다. 갑작스러운 등장에 놀란 기색이 역력했다.

"어."

왠지 교실에서 본 그것과 비슷하다 했더니 동일인물일 줄은 몰랐다. 뭐 익숙한 기운일 때부터 설마 했지만. 그렇게 말없이 서 있었다. 내가 다가가자 이쪽으로 오지 말라는 기운을 풍기며, 으르렁거리는 고양이처럼 몸을 움츠렸다. 어째선지 그 모습이 왠지 웃겼었다.

"너도 이거 하러 온 거야? 아까 애들 우르르 몰려와서 시커먼 것들이 돌 던지고 있던데."

"미안하지만 나는 그런 건 별로 안 좋아하거든. 물에 던져버리겠다는 협박도 무릅쓰고 끝까지 남아 있었다고. 그렇게 말하는 너도 이 '원하는 건 다 주는 샘' 을 믿고 온 것이 되잖아."

흙장난을 툭툭하고 있던 손이 멈칫하는 것이 보인다. 그런 행동을 하면 자신도 그렇다는 것이 증명되는 것이 아닌가. 계속해서 버퍼링 되는 동영상처럼 행동하는 것을 보니 그냥 장난삼아 말한 것이 사실이라도 되나 보다. 그 모습을 잠시 바라보던 나는 그 옆에 쭈그리고 앉아 주머니에 있던 돌을 하나 꺼내 물에 던져 넣었다. 그런 나를 보더니 표정이 조금 나아진 듯하다.

"애같이 그런 말이나 믿고."

"그러게 말이다, 누구누구처럼."

내 말에 잔뜩 흥분해서는 자리에서 벌떡 일어나 길을 내려가기 시작한다.

나는 그것을 가만히 바라보다 한마디 툭 던졌다.

"반 애들 아직 안 내려갔을 텐데. 내가 화장실 갔다 생각하고 놀려주기 위해 잔뜩 독이 올라 기다리고 있을 걸?"

이번에는 내가 흙장난을 하는 것을 보더니 다시 길을 올라온다. 몇 걸음 내려가지도 않은 탓에 금방 내 옆까지 와서는 발로 옆구리 뒤쪽을 툭툭 찬다. 신발에 흙이 묻었을 텐데 뒤쪽이라니 털기도 힘든 자리를 차다니 너무 사악하다. 결국에 나는 한발 물러나서 일어날 수밖에 없었다. 보이지 않는 옆구리 뒤편을 털었다. 산이라니 이런 면에서는 여러모로 귀찮은 것이 틀림없다. 그전에 평범하게 혼자 올라왔다면 이런 일 따위는 없었을 것이지만 말이다.

"내가 내려가고 5분쯤 있다가 가면 될 거야. 천천히 내려오면 더 좋을 거고."

나는 변비라는 말이 나오기 전에 최소한의 반격이라도 할 수 있을 말이 나오기를 기대하며 내려갔다. 생각대로 저 밑에는 우글우글 모여서 무언가를 이야기하는 듯 보였다. 그 이야기의 주제는 나인 것이 확실하다. 내가 뒤쪽에 가만히 서 있었음에도 왜 빨리 안 오냐는 말이며 역시나 변비가 아니냐는 말이 나왔다. 난 그저 반응하기 귀찮아 뒤에 계속 있었다. 얼마 뒤 나를 발견한 외계인은 내 쪽으로 손가락질했다.

그것을 신호로 '왜 이제 오냐.', '변비였냐 못 알아채서 미안하다.', '내려오다가 무슨 귀신이라도 만난 거냐.' 라는 말이 쏟아졌다. 나는 그 말을 무시한 채 집으로 향했다. 나의 반응은 예상치 못한 것인지 내 뒤를 쫓아오는 발소리가 들렸다. 당황한 녀석들도 어느새 원래의 페이스를 찾고 나보다 앞서 가면서 시끄럽게 떠들기 시작했다. 난 그런 모습을 보면서 뒤쪽에서 천천히 따라갔다. 그러고 있을 때, 내 목은 누군가 팍하고 감쌌다.

"우욱."

"뭐야, 그렇게 아팠던 거야? 이거 미안한데."

전혀 안 미안해 보이는 표정의 친구 놈이 서 있었다. 어깨에 걸쳐진 팔 때문에 잔뜩 찌그러진 나는 어깨를 쳐 내리며 허리를 한번 폈다. 옆에서는 외계인이 무어라 중얼대고 있는 듯했지만, 그것을 무시하고 그놈에게 웬 시비냐며 말했다.

"너 소맷자락에 물 묻은 거 몰랐지? 무슨 소원을 빌고 오셨을 까나."

돌을 던질 때 튄 것인지 그 녀석의 말대로 소매에는 물이 묻은 탓에 얼룩져 보였다. 하지만 어두워서 나도 신경 쓰지 못하고 있었던 것인데 꼴에 눈치는 좀 있나 보다. 의미심장한 눈으로 쳐다보자 그놈은 어깨를 들썩이며 '그런 것도 눈치 채지 못한다면 괜히 너희 집을 찾기 위해 탐문수사를 할 수 있는 내가 아니지.' 라고 말했다. 탐문수사라고 좋게 포장했을 뿐이지 그저 스토커가 아닌가.

"네가 상관할 것은 아니야. 그리고 그런 거를 입 밖으로 내면 이루어지지 않는다고들 하잖아?"

"우와 진짜? 그런 것도 모르고 왕창 떠들었는데."

어떻게 또 내 말은 들은 건지 저네들끼리 웅성거리기 시작한다. 생일 초 불 때도 보통 그렇지 않으냐는 생각으로 있었지만, 저 녀석들이라면 왠지 가능할 것도 같았다. 다 처음 듣는 것이고, 다 몰랐던 것이니 말이다. 아니면, 내가 괜히 잡지식이 많은 것일지도 모르지만 말이다.

"그 말씀은 무언가 빌긴 빌었단 말이지? 오호, 그렇군-."

"네 맘대로 생각해라."

어차피 미신일 뿐이고 믿지 않았다. 별똥별이나 돌탑을 쌓는 것 같은 건 인간이 단순한 행동에 의미 부여를 함으로써 위안을 받기를 위한 것 중 하나이다. 신을 믿어 지붕을 높게 지은 고딕양식도 그런 것이다. 단순한 자기 위안을 위한 대상으로 '신' 이 라는 개체를 만들었고, '신의 뜻' 이라는 의미부여를 통해 단순한 것을 과장되게 표현했을 뿐이다.

아니, 솔직하게 말하면 믿었는지도 모른다. 삭막한 사막의 오아시스와 같이 마음속에 품은 아주 작은 희망은 때로는 큰 변화를 가져오니까 말이다. 단순한 그 행동에도 희망을 품게 되는 것이 우리들이다.

외계인의 이야기

사실 어렸을 때부터 특이했던 건 사실이다. 부모님은 회사일 때문에 바쁘시고, 가까운 친인척조차 없었던 나는, 기억 안 나는 어린 시절부터 말상대가 없었다. 그저 혼자 말하는 것이 익숙해져 있을 뿐이었다. 그렇다 보니 나만의 독특한 표현방식이 익숙해졌고, 정신을 차려보니 아이들 사이에서 나는 그저 이상한 아이가 되어 있었다. 부모님은 그런 나를 창피하게 여긴 것인지, 나를 서로 미루며 결국에는 학교를 가정교육으로 돌려버리고 한적한 시골에 계시는 할아버지께 맡겼다.

그것도 나쁘지는 않았다. 사람이 없는 그곳이라면 나 혼자서만 놀기에 적당할 테니까. 그곳에서 만난 할아버지는 처음엔 어린 나를 까다롭게 보셨다. 시간이 지난 지금 생각해 보면 그것은 처음 보는 손자와 친해지기 위해 나를 가만히 지켜보시기만 한 거 같다. 나중에는 이런저런 이야기를 해주시며 내 표현방식을 지적해주셨다. 하지만 그런 지적도, 이해도 해주시는 분은 할아버지뿐이었다.

그곳에서 지냈던 하루하루는 정말 재미있었다. 여담이긴 하지만 스쿠버다이빙도 그때 할아버지와 했었다.

“와아– 와아– 할아버지 저기 삐얏삐얏한 것이 있어.”

“보통 사람은 찌르르르–라고 하지 않느냐? 귀뚜라미라고 하는 거야.”

저녁에 할아버지와 같이 평상 위에 누워서 하늘을 보고 있었다. 그 시절에 보았던 하늘은 집에서 올려보던 그 하늘과는 달랐다. 은하수라던가 하늘에 총총히 박혀 있는 별들은 어렸던 나에겐 다른 종류의 신선한 충격이었다. 할아버지께선 그런 나를 보고 웃으시며 여러 별자리를 짚어주시면서 그에 얽힌 설화도 몇 가지 이야기해주셨다. 그렇게 시간이 흐르고 내가 할아버지 댁에서 맞는 첫 번째 생일이 다가왔다.

“우리 손자아아아아–.”

“할아버지이이이이–.”

잘 생각해 보면 내가 이상해진 것은 할아버지 탓도 만만치는 않은 것 같다.
의자에 앉아 계시는 할아버지한테 안기면서 대답을 하자 순식간에 손자 바보가 되어버린 할아버지께서는 어울리지 않게 헤실헤실 웃으시면서 나를 의자 옆에 앉히셨다.

"우리 손자를 위해 할아버지가 진짜 멋있는 선물을 준비했지요. 저녁때가 되면 기다려보렴."

그렇게 저녁이 되길 기다렸다. 맛있는 음식도 해먹으면서 시간이 지나길 기다렸다. 시간이 되었는지 할아버지께서는 부를 때까지 잠시 거실에서 기다리라 하고 밖으로 나가셨다. 할아버지는 얼마 안 돼서 나오라고 큰 소리로 소리치셨고, 밖으로 나갔을 때는 천체망원경 옆에 할아버지가 서 계셨다.

"우와, 그거 저거 이렇게 보는 거!"

"그래 천체망원경이다. 좀 비싸더구나. 이 할아버지가 돈 좀 썼다. 흠핫."

내 생일 별자리라면서 보여주는 할아버지는 정말 기뻐 보였다. 선물은 받는 것은 나인데 어째서 할아버지께서 더 기뻐하시는지 이해는 안 되지만, 지금 조금은 알 거 같다. 나는 그렇게 할아버지와 지내면서 어휘력도 늘고, 조금씩 사람과 지내는 방법에 대해 알아가고 있었다.

내가 10살이 되었을 때쯤, 할아버지께서는 이름 모를 병으로 쓰러지셨다. 정확하게 말하면 내가 이름을 기억하지 못할 뿐이지 아마, 정확한 병명은 있었던 거 같다. 할아버지께서는 자신이 없으면 어떻게 나를 돌보느냐면서 끝까지 입원치료를 거부하신 채 그 시골집에서 함께 지냈다. 할아버지는 내가 눈으로 알아챌 만큼 조금씩 악화하시는 것이 보였다. 다시 한 번 쓰러졌다 일어나셨을 때에 할아버지의 시간은 되돌아가 있었다. 어느새 나를 돌봐주시던 할아버지는 없었고, 오히려 내가 할아버지를 병실에서 돌보아드렸다. 할아버지는 나의 이 특이한 말투가 마음에 드신 것인지 그렇게 말할 때마다 유독 즐거워하시면서 아프신 것을 잊는 듯했다. 그래서 난 항상 할아버지 앞에서는 예전 모습으로 돌아갔다. 그런 나를 보는 부모님의 눈은 질려하시는 것 같았지만 부모 따위 상관없었다. 나에게 가장 중요한 사람은 할아버지였으니까, 언제나 외적으로 심적으로 함께 한 건 할아버지셨다.

어느 날에는 늘 그렇듯이 할아버지 침대에 엎드려 자고 있었다. 그때 무언가 머리를 쓰다듬는 느낌에 눈을 떴다. 그분은 할아버지셨다. 난 할아버지의 병이 나은 줄 알고 기뻐했었지만, 할아버지가 하신 말은 간단했다.

"우리 손자도 이제 학교에 가서 친구들과 놀았으면 좋겠는데. 손자는 착하니까 할아버지 말은 들을 거지?"

나는 고개를 열심히 끄덕이며 답했다. 학교를 졸업하면 할아버지와 함께 시골에서 다시 살 거라고. 하지만 할아버지께서는 그저 웃으시면서 계속 내 머리를 쓰다듬으셨다.

그것이 할아버지의 마지막 모습이었다. 2년이 최대라던 의사의 말을 어기고 3년이나 사신 할아버지께서는 어쩌면 자신이 죽을 것을 알고 마지막으로 나에게 말을 남기고 싶었던 것일지도 모르겠다. 그렇게 나는 할아버지가 좋아하셨던 나의 모습으로 남아 있기로 했다. 설사 정신이 이상해지셔서 나의 그런 모습을 좋아하셨더라도 상관없다. 그것이 할아버지의 뇌리에 남은 마지막 나의 모습일 것이고 할아버지의 기억 속에 나는 그 모습 그대로 남아 있었으면 하니까. 어쩌면 할아버지가 돌아가셨음을 부정하는 행위일지도 모른다.

그렇게 들어간 학교는 나의 모습을 인정해 주지 않았다. 어차피 알아줄 것이라 생각하지 않았다. 하지만 두 녀석만은 유난히 달랐다.

"우와, 너 완전 특이한데. 보통 그렇게 말하지 않지 않아?"

"알아먹으면 된 거지, 지적해줄 필요는 없다고 보는데."

내 말을 이해해 주었다. 그런 나를 재미있어하기는 했지만 나를 싫어하진 않았고, 경멸하진 않았고, 그저 장난감으로 생각하지는 않았다. 그렇게 가끔 그 녀석들과 있으면 할아버지와 함께 놀던 그때로 돌아간 듯한 기분이었다. 그래서 더욱 그랬던 걸지도 모른다. 하지만 내가 했던 '나의 별' 발언은 사실이었다. 내 별자리니 틀린 말은 없다고 생각한다. 그 아이들도 그것만은 아직 알아채지 않은 것 같다.

그렇게 확고했던 하루만은 원래대로 돌아가고 싶은 때가 있었다. 바로 할아버지께서 돌아가신 그날, 나에게 학교에 가라고 말씀하시던 그날, 그날만큼은 할아버지도 제정신으로 돌아 오셨었다. 그러니 나도 그런 할아버지에게 성장한 내 모습을 보여드릴 생각이려나. 나도 잘 모르겠다, 내가 어떤 생각으로 그렇게 하는 것인지는. 하지만 왠지 그래야 했던 것 같다.

응원의 말

★ 열심히 노력해서 만든 책이니 그 의미가 새로울 것이다. 중학생 때 많은 경험을 해둬서 좋은 도움이 될 것 같다. 많이 고생했을 텐데 끝까지 완성해내 놀랍고 축하한다. 이곡중 학생들의 성공적인 출판을 기대한다. 축하합니다!

– 장주찬

★ 언니 오빠들의 출판을 진심으로 축하드려요! 블로그에서 책에 대한 걱정을 많이 하셔서 저도 어떻게 될까 하고 생각하고 있었는데 드디어 완성이라니. 빨리 출판된 책을 보고싶네요.

– 밀첸

★ 일 년간 옆에서 친구가 책을 쓰며 노력하는 모습을 지켜봤는데 이렇게 출판이 된다니 제가 설레는 기분이 된 것 같아요. 동아리 학생들의 출판을 진심으로 축하합니다! 모두의 꿈이 꼭 이뤄지기를…

– 장윤주

★ 책을 쓰며 힘들어 했는데, 드디어 다 쓰게 되어 출판하게 됐네요. 책을 쓰며 자신이 떠올린 이야기를 담는 것은 소중하다고 생각합니다. 작업이 잘 끝난 것 같아 저도 기쁘네요. 기억정원 출판을 축하합니다.

– 쇼디

★ 탄탄한 스토리가 책을 읽는데 몰입도를 많이 부여 한 것 같습니다. 친구들의 이야기, 재밌고 흥미진진해서 시간 가는 줄도 모르고 계속 읽었습니다. 완전 추천합니다! 그리고 출판 축하해요!!

– 이수빈

★ 정말 대단했습니다. "와!" 하고 감탄이 나올 정도로 모두 다 잘 썼더군요. 이곡중학교 책 쓰기 동아리 책 출판을 축하드립니다!

– 이연주

★ 책 쓰고 있었던 것들 드디어 다 완성해서 옆에서 지켜보던 나도 내가 쓴 것처럼 기뻤어. 앞으로도 책 많이 보고, 많이 쓰고 더 재미있는 책이 나오길 기대할게. 책 완성한 것을 축하해.

– 배유민

★ 책을 쓰며 성장하는 우리 친구들을 생각하니 마음이 뿌듯해 옵니다. 나로부터 출발한 이야기가 현실을 자세히 보게 하고, 미래를 행복하게 꿈꾸게 합니다. 청소년 작가님들의 힘찬 출발을 큰 박수로 응원합니다.

– 나원선

닫는 글

힐링캠프, 책쓰기를 좋아하는 친구들이 스스로 모여 자기만의 이야기를 풀어낸 우리만의 동아리. 돌아보니 힘들고 어려웠던 순간들도 있었지만 즐겁고 행복했던 시간이었던 것 같다. 사진으로 남은 우리의 소중한 추억을 오래오래 잊지 말기로 하자. 어딜 가든 중학교 3학년 아름다운 시절을 기억하며 우리 모두 화이팅!